심훈 전집 8

영화평론 외

엮은이 소개

김종욱 金鍾郁

서울대학교 국어국문학과 교수.
저서로는 『한국 소설의 시간과 공간』(2000), 『한국 현대소설의 서사형식과 미학』(2005),
『한국 현대문학과 경계의 상상력』(2012) 등의 연구서와 『소설 그 기억의 풍경』(2001),
『텍스트의 매혹』(2012) 등의 평론집이 있다.

박정희 朴旺熙

서울대학교 교수학습개발센터 연구교수.
대표적인 논문으로 「심훈 소설 연구」(2003), 「영화감독 심훈의 소설 『상록수』 연구」
(2007), 「심훈 문학과 3·1운동의 '기억학'」(2016) 등이 있으며 편저로 『송영 소설 선집』
(2010)이 있다.

심훈 전집 8
영화평론 외

초판 1쇄 발행 2016년 9월 16일

지 은 이 심 훈
엮 은 이 김종욱·박정희
펴 낸 이 최종숙
펴 낸 곳 글누림출판사

책임편집 이태곤
편   집 문선희·박지인·권분옥·최용환·홍혜정·고나희
디 자 인 안혜진·이홍주
마 케 팅 박태훈·안현진

주   소 서울시 서초구 동광로46길 6-6(반포4동 577-25) 문창빌딩 2층(우06589)
전   화 02-3409-2055(편집부), 2058(영업부)
팩   스 02-3409-2059
등   록 제303-2005-000038호(2005.10.5)
전자메일 nurim3888@hanmail.net
홈페이지 www.geulnurim.co.kr

정가 45,000원
ISBN 978-89-6327-363-1 04810
     978-89-6327-355-6(전10권)

* 잘못된 책은 바꿔드립니다.
* 이 도서의 국립중앙도서관 출판예정도서목록(CIP)은 서지정보유통지원시스템 홈페이지(http://seoji.nl.go.kr)와
  국가자료공동목록시스템(http://www.nl.go.kr/kolisnet)에서 이용하실 수 있습니다.(CIP제어번호: CIP2016021423)

08

심훈 전집

영화평론 외

김종욱 · 박정희 엮음

『심훈 전집』을 내면서

심훈 선생(1901~1936)은 일본제국주의의 지배라는 아픈 역사를 살아가면서도 민족문화의 찬란한 발전을 꿈꾸었던 위대한 지식인이었습니다. 100편에 육박하는 시와 『상록수』를 위시한 여러 장편소설을 창작한 문인이었으며, 시대의 어둠에 타협하지 않고 강건한 필치를 휘둘렀던 언론인이었으며, 동시에 음악·무용·미술 등 다양한 예술분야에 조예가 깊은 예술평론가였습니다. 그리고 "영화 제작을 필생의 천직"으로 삼고 영화계에 투신한 영화인이기도 했습니다.

그런데 오늘날 심훈 선생은 『상록수』와 「그날이 오면」의 작가로만 기억되는 듯합니다. 문학뿐만 아니라 언론과 영화, 예술 등 문화 전반에 걸쳐 있던 다채롭고 풍성했던 활동은 잊혀졌고, 저항과 계몽의 문학인이라는 고정된 관념만이 남았습니다. 이제 새롭게 『심훈 전집』을 내놓게 된 것은 다양한 분야에 걸쳐 있는 선생의 족적을 다시 더듬어보기 위해서입니다.

50년 전에 심훈 전집이 만들어졌던 적이 있습니다. 1966년 사후 30주년을 기념하여 작가의 자필 원고와 자료를 수집하고 간직해 왔던 유족의 노력으로 『심훈문학전집』(탐구당, 전3권)이 간행되었던 것입니다. 여기에는 일기와 서간문, 시나리오 등등 여러 미발표 자료들까지 수록되어 있어 심훈 연구에 있어서 매우 뜻 깊은 사건이었습니다. 그런데, 세월이 흐르면서 이 전집은 일반 독자들이 쉽게 구할 수 없을 뿐더러 새로 발견된 여러 자료들을 담지 못한다는 아쉬움을 남기고 있었습니다. 그래서 심훈 선생이 갑작스럽게 세상을 뜬 지 80년이 되는 2016년에 새롭게 『심훈 전집』을 기획하기에 이르렀습니다.

이번 전집을 엮으면서 다음과 같은 점을 염두에 두고자 했습니다.

이 전집에서는 최초 발표본을 저본으로 삼았습니다. 그동안 우리가 쉽게 접할 수 있었던 여러 소설들은 대부분 단행본을 토대로 한 것이었습니다. 그런데 이 전집에서는 신문이나 잡지에 최초로 발표되었던 텍스트를 바탕으로 삼았으며, 필요한 경우 연재 일자 등을 표기하여 작품 발표 당시의 호흡과 느낌을 알 수 있도록 노력했습니다.

그렇지만 시가의 경우에는 작가가 출간을 위해 몸소 교정을 보았던 검열본 『심훈시가집』(1932)을 저본으로 삼았습니다. 비록 일제의 검열 때문에 출판되지 못했을지라도 이 한 권의 시집을 엮기 위해 노심했을 시인의 고뇌를 엿보기 위해서입니다. 그리고 최초 발표지면이 확인되는 작품의 경우에는 원문을 함께 수록하여 작품의 개작 양상도 함께 검토할 수 있도록 구성하였습니다.

마지막으로 영화감독 심훈의 면모를 최대한 담으려고 노력했습니다. 예컨대 영화소설 「탈춤」의 경우 스틸사진을 함께 수록하여 영화소설적 특성을 확인할 수 있게 했으며, 영화 관련 글들에 사용된 당대의 영화 사진과 감독·배우를 비롯한 영화인들의 사진을 글과 함께 수록했습니다. 그리고 무엇보다 그간 소개되지 않았던 심훈의 영화 관련 글들을 발굴하여 수록했습니다. 이를 통해 영화감독 심훈의 모습은 물론 그의 문학을 더 다채롭게 이해하는 계기가 되길 기대합니다.

이러한 의도와 목적이 실제 전집에서 어떻게 구현될 수 있는가에 대해서 편집자들은 여전히 두려움을 갖고 있습니다. 누구나 그러하겠지만, 전집을 간행할 때마다 편집자들은 자신들의 작업이 정본으로 인정받기를, 그래서 더 이상의 전집이 만들어지지 않기를 꿈꿀 것입니다. 하지만, 전집을 만드는 과정은 어쩌면 원텍스트를 훼손하는 과정이기도 합니다. 하나의 예를 들어보겠습니다.

심훈의 『상록수』에서, 인물들이 대화를 나눌 때에는 부엌을 '벅'이라고 쓰는데 대화 이외의 서술에서는 '부엌'이라고 쓰고 있습니다. 그리고 『대지』를 번역할 때에는 대화 이외에서 '벽'이라는 표현을 사용합니다. 여기에서 '벅'이나 '벽'은 특정 지역에서 사용하는 방언인데, 이것을 그대로 놓아둘 것인가, 일괄적으로 바꿀 것인가에 두고 오랫동안 고민했습니다. 처음에는 작가의 의도를 고려하여 그대로 살려두었는데, 현대 독자의 입장에서 다시 보니 전혀 낯선 단어여서 가독성을 현저히 떨어뜨리고 말았습니다. 결국 전집에서는 '부엌'으로 수정하게 되었습니다.

이런 예들은 무수히 많습니다. 원래의 느낌을 최대한 살리겠다는 원칙을 세워두긴 했지만, 현재의 독서관습을 무시하기도 어려웠습니다. 그래서 편의상 고어나 방언의 경우 『표준국어대사전』의 표제어로 실려 있으면 그대로 살려두긴 했지만, 이 또한 자의적이라는 생각을 떨쳐버릴 수 없습니다. 결국 원본의 '훼손'에 대한 책임은 전적으로 우리 두 사람에게 있습니다. 물론 이 책임을 덜기 위해서 주석을 활용할 수 있겠지만, 이번 전집에는 주석을 넣지 않았습니다. 실제 주석 작업을 진행한 결과 그 수가 너무 많은 것이 이유라면 이유입니다. 어휘풀이, 인명·작품 등에 대한 설명, 원본의 오류와 바로잡은 내용 등에 대한 주석이 너무 많아서 독서의 흐름을 방해했기 때문입니다. 대신 이 주석의 내용을 알아보기 쉽게 정리해서 『심훈 사전』으로 따로 간행하고자 합니다.

마지막으로 전집을 준비하는 과정에 도움을 주신 분들에게 감사한 마음을 전합니다. 새로운 자료를 소개해준 분도 있고 읽기조차 힘든 신문연재본을 한 줄 한 줄 검토해준 분도 계셨습니다. 권철호, 서여진, 유연주, 배상미, 유예현, 윤국희, 김희경, 김춘규, 장종주, 임진하, 김윤주 등. 이분들의 도움이 있었기에 이 전집이 나올 수 있었습니다. 이 자리를 빌어 다시 한 번 감사한 마음을 전합니다. 그리고 유난히도 더웠던 여름 내내 어수선한 원고 뭉치를 가다듬고 엮은이를 독려하여 이렇게 멋진 책으로 만들어주신 글누림출판사의 최종숙 대표님과 이태곤 편집장님께 다시 한 번 고마움을 전합니다.

2016년 9월 심훈의 기일(忌日)에 즈음하여
엮은이 씀

차 례

제1부 영화평론

제2부 문학평론

제3부 연극평론 외

제4부 단편소설

제5부 번안 / 번역

제6부 일기 / 서한

제7부 설문

제1부

영화평론

매력 있는 작품

〈발명영관(發明榮觀)〉평

　무대극을 시나리오화한 것이라고 하나 과학문명의 해독이 현대인들의 영혼을 좀 슬어 전율할 만한 전폭의 파탄을 보이려함에 표현파 희곡 <인조인간>의 깊이와 웅숭깊은 암시를 겨누어 볼 수는 없지만 천편일률로 보기에도 진력이 나는 양키의 작품으로는 근래에 드물게 얻어 보는 양명(陽明)하고도 규모가 째여 퍽 얌전한 영화나 기이한 사건의 중량(重量)과 예(例)의 화사한 배경이나 어느 배우 일개인의 이름을 팔아서 스크린의 마술적 효과를 얻으려고 들지 않고 평범한 '줄기'를 붙들어가지고 맹목적인 사랑과 질투를 벗어나 여성의 차고도 따뜻한 이지적 성격미(性格味)도 양념하고 약간의 교훈적 우의(寓意)를 곁들였음에 불과한 것만 전9권이나 되는 긴 필름이 돌아가는 동안에 관중을 끝까지 긴장시켜 잠시도 한눈을 팔지 못하게 한 곳에 각색의 묘와 감독의 고심이 역력히 보인다. 주역의 '버지니아 아베리' 양의 표정과 동작은 조각과 같은 똑똑한 인상을 주기에 넉넉하였고 '페기' 역을 맡은 '무리실라 모렌' 소녀는 간지럽고도 귀여운 일종의 매력으로 어근버근 틈이 벌기 쉬운 영화의 니스매를 얽어매기에 성공한 것같이 보았다.

🙂 《시대일보》, 1926.05.23. [이 글은 영화 <발명영관(發明榮冠)>에 대해 이구영(李龜永), 이경손(李慶孫), 심훈(沈熏), 안석영(安夕影) 4명이 참여하여 각자 쓴 글임.]

영화계의 일년

조선 영화를 중심으로

1 누가 무어라고 하든지 1926년도까지는 조선에 영화계가 형성되었다고 볼 수가 없다. 이제까지 민중 앞에 나온 것이 근 30편에 가깝고 무슨 협회니 무슨 프로덕션이니 하는 것이(스튜디오 하나도 가지지 못한 제작소) 꼬리를 물고 나도 나도 머리를 내밀어보다가 무녀리, 팔삭동이, 그렇지 않으면 눈과 코를 분간할 수 없는 기형아를 낳아놓고는 그나마 손가락을 둘도 꼽기 전에 쓰러지고 제풀로 눈 녹듯 쓰러져서 최근에는 일인(日人)이 경영하는 '조선키네마'가 남궁운(南宮雲), 주인규(朱仁圭) 양 군 외에 몇 분이 탈퇴를 한 후에 반발적으로 20만 원의 주식회사를 만든다고 떠들 뿐. 조선 사람들이 모여서 방금 촬영 중에 있는 <불망곡(不忘曲)>, 이제부터 박이기 시작하겠다는 <고향의 하늘>이 있으나 몇 사람 안 되는 영화인들은 조그마한 단합조차 이루지 못하고 각자위대장격(各自爲大將格)으로 한 번 모디어 보기도 전에 사분오열을 해서 소위 독립제작을 하는 것이 유행이 된 모양이다. 그러나 무엇보다 상설관의 요구를 맞추어 흥행가치나 영리를 위주로 어쨌든 나도 하나 만들어 내놓겠다는 공명적 풋열(熱)에 떠서 너나 할 것 없이 바닥이 긁히는 밑천을 가지고 장님 막대를 두르며 날뛴다고 하여도 과언이 아닐 듯싶다.

아직 조그마한 프로덕션 하나라도 얌전히 움직여 나갈 만한 영화에 이

해를 가진 사업가도 나오지 않았고, 분만되기도 전에 뱃속에서 탯줄이 난마와 같이 얼크러진 키네마계를 수습하여 통일된 일개의 집단을 단단한 지반 위에 세워줄 만한 제3자적 지위에 처한 인격자의 출현을 볼 수 없고, 다음에는 대중이 갈망하는 영화(표준하기는 어려우나)를 실제로 제작할 영화예술가(각색가, 감독, 배우 등)들을 찾아내기에 힘들 뿐 아니라 '팬'과 연락을 취하고 그들을 교양하여 향상시켜줄 만한 영화잡지 한 권도 생겨나지 못한 것이 엄연한 사실인 다음에야 조선의 영화계는 태생기를 벗어나지 못하였다고 볼 수밖에 없고 목하의 형세로서는 나오기는 꼭 나와야 할 것이요 억지로 빚어라도 내놓아야 할 절박한 시기에 있으나 원체 '조선'이라는 영양부족으로 빈혈증에 걸린 부실한 산모인지라 간신히 빠져나오는 태아의 생명을 보증한달 수 없는 노릇이니 지금 같아서는 가장 위태로운 난산의 조짐밖에는 보이지 않고 이따금 신음하는 소리만 들릴 뿐이다.

그러나 이미 우리 사람의 손으로 세상에 나온 작품이 금년에도 6, 7종이나 된 것은 또한 지워버리지 못할 사실이니 병신자식이라고 덮어놓고 구박만 하는 것이 수가 아니다. 남만큼 성하고 튼튼하게 낳지 못한 자식일수록 더욱 가엾고 잊히지 못하는 것이니 나는 다만 '소인(素人)'인 일개 키네마 팬으로서 작품 몇 개를 보아 내려오다가 얻은 촌상(寸想)을 기억나는 대로 두어 줄 씩 끄적여봄에 그칠까 한다.

😊 01회, 1927.01.04.

😊 02회는 해당 지면을 확인하지 못함.

17

③ <산채왕(山寨王)>
— 계림영화협회 제2회 작품
—8월 단성사

<장한몽>으로 치명상을 받은 계림영화협회가 체면상, 또는 활극을 하면 돈을 벌려니 어림만 치고 죽지 못해서 촬영을 시작하고 죽을 곤욕을 당해가다가 겨우 완성(?)한 소위 시대 대활극 영화니 '백남프로덕션'서 시험해보려던 <황건적黃巾賊)>을 재전(再煎)해서 2, 3일 내로 각색이라고 한 것이니 또한 밥 문제로 죽지 못해 끌려 다니는 불운의 감독 이경손(李慶孫) 씨는 중도에 자신을 잃고 '메가폰'을 던지고 낮잠을 자는 동안에 아무나 '핸들'을 두른 것이다. 이것을 영화라고 부를 양이면 남사당패의 무동 서는 구경을 하는 것이 훨씬 자미가 있을 것이다. 그야말로 언어도단이니 들어서 말할 건덕지가 하나도 없지만 여기서 제작자를 위하여 한마디 해두고 싶은 부탁이 있다.

간이 간지러운 연애극으로 계집애들의 가엾은 눈물을 자아내거나 '채플린'의 희극이나 '로이드', '키톤' 같은 골계극을 흉내를 내어 웃음을 잃어버린 백성에게 하루 저녁 무사기(無邪氣)한 웃음을 웃게 하는 것은 하등 죄 될 것이 아니요 '유니버설'의 서부활극이나 이왕 장난을 한바탕 꾸밀 바에는 '데스몬드', '탈매지' 영화 같은 희활극을 모방해서 (거의 불가능에 가까운 일이나) 어른 아이 할 것 없이 나날이 피가 졸아들고 가죽이 말라붙어가는 우리 민중에게 찰나적 활기도 주어 어깻바람이 나게 하는 것은 도리어 유쾌한 일이어니와 하필 일본의 검극, 소위 살진난투극(殺陣亂鬪劇)이란 것을 흉내를 내려고 드는 것은 용사(容赦)할 수 없는 죄악이다. <산채왕>을 보다가 옆구리로 오장이 뀌어져 나오는 듯, 구역이 나

서 끝을 다 못 보고 뛰어나와 버렸다.

'시멘트' 바닥에 게다짝을 짝짝 끄는 소리를 듣고 사람들을 죽이고 나서 피 묻은 칼을 입으로 쪽쪽 빨아들이는 것만 보아도 대화혼(大和魂)을 가졌다는 그네의 국민성이 사갈(蛇蝎)만 못지않게 악독한 것을 엿볼 수가 있지 않은가. 눈깔을 홉뜨고 살인귀(殺人鬼) 모양으로 미쳐 날뛰는 그 소름이 끼치는 꼴을 흉내를 내어 "이것이 활극이요, 돈을 내시오" 하고 내어놓는 무지몰각한 제작자와 예술가? 천성으로 남을 해칠 줄 모르는 순량한 조선 사람에게 (너무 유순하기만 해서 기실은 걱정이지만⋯) 대화혼, 무사도, 군국주의의 독액까지 부어 넣어주려는 심사와 태도는 비록 고의는 아니라 할지라도 단연히 용서할 수 없다. <산채왕>이 다시 '스크린'에 나타나지 못할 것은 다행하나⋯.

😊 03회, 1927.01.06.

④ <농중조(籠中鳥)>
— 조선키네마프로덕션 제1회 작품
— 6월 단성사 상영

무엇보다도 먼저 촬영의 선명한 것을 취한다. 아마 이제까지 나온 영화 중에 촬영으로서는 제일일 것이다. 그러나 이 <농중조>라는 비속한 가요를 각색한 것을 박인 동기가 일본의 이견명(里見明)이와 택란자(澤蘭子)가 출현한 것으로 어느 사회가 30만이란 파기록적(破記錄的) 수입을 보았다는 소문을 들은 데 있는 모양이니 이 따위 저급의 영화를 제1회 작품으로 대담하게 내어놓아 영화계까지 침식해서 조선 사람의 돈을 긁어 들이려고 한 일인(日人)이 경영하는 '조선키네마'의 소위가 괘씸하다.

시대극이나 노역(老役)에 성공할 줄을 자신까지 하는 이규설(李圭卨) 군이 억지로 청연 역을 맡아 훌륭히 실패한 것은 눈 있는 감독이 없음을 증명하였고 무대 배우로 상당한 기예와 다른 여우(?)들보다는 비교적 명석한 머리를 가진 복혜숙(卜惠淑) 양은 '스크린'에 나타낼 만한 용모의 주인공이 되지 못함을 유감으로 생각한다. <장한몽> 때에 중도에 쫓겨가다시피 하였던 나운규 군이 나타나서 자못 활기를 띠운 출연으로 아래층 친구들의 박수를 받은 모양이나 언제까지나 정견이 없는 중학생들이나 저급 팬들을 표준하여 헐가의 웃음을 사는 것으로 만족하려는가. 진정한 의미의 영화는 고사하고 회화적 씬 한 커트라도 보여주려는 성의가 생기기도 전에 장난부터 한바탕을 꾸며 자타락(自墮落)을 하면서도 깨닫지 못하는 것은 대중을 앞에 두고 영화를 제작하는 양심상 용허키 어려운 일일까 한다.(나 군만을 가리켜 하는 말은 아니다) 물론 초장기에 있어서 모든 것을 모방치 않을 수 없는 사정을 나 역시 모르는 것도 아니요 각색이나 촬영이 전작들보다 우월한 것을 인정치 않음도 아니다. <농중조>는 한낱 필름 유희에 불과한 것을 유감으로 여길 뿐이다.

<아리랑>
─조선키네마 제2회 작품
─10월 단성사 상영

이제까지 나온 조선 영화 중에 뛰어나는 웅편(雄篇)이오 역작이니 첫째 우리의 현실생활을 배반치 않은 원작에 호의를 가질 수 있다.

<악태랑(惡太郞)>, <풍운의 잰다성(城)> 등에서 본보기를 따온 흔적이 보이지 않음은 아니나 남의 것이면 벌써 내 것이 되고 만다. 자세한

'테크닉'에 들어서는 길게 늘어놓을 여유가 없지만 미친 사람의 눈에 어리운 환상으로는 너무 똑똑한 흠이 있으나 극중극(劇中劇)인 사막 장면에서 본디 동물(짐승)과 거리가 그다지 멀지 않은 인간의 잔인한 착취성과 그로 인하여 짓밟히는 무리의 반역, 복수를 되풀이하면서 계속하여 나아가는 인생 생활의 영원상(永遠相)을 상징적으로 불과 몇 '커트'로서 자못 예술적인 당면(當面)을 보여준 것과

　"풍년이 왔네. 풍년이 왔다네. 이 강산 삼천리에도 풍년이 왔다네."
라고 '타이틀'이 비추이자 미친 사람도 기쁨을 참지 못하고 가로 뛰고 세로 뛰면서 나운규 군이 '소용돌이' 하는 마당으로 달음질을 할 때와 시골서 청년회를 모아가지고 깃대를 들고 앞장을 서서 다니는 박 선생이란 인물도 좋았거니와 도회에서 돌아온 남궁운 군이 학생복 바지를 입은 채 고깔을 쓰고 농민들 속으로 뛰어 들어 그네들과 한데 섞여서 춤을 덩실덩실 추는 것을 볼 때 기쁜 눈물이 암연(暗然)히 마음속으로 흐름을 깨닫지 못하였고 형용키 어려운 감격에 가슴이 꽉 찼던 것은 지금도 잊을 수 없다.

🙂 04회, 1927.01.07.

21

◇丙寅映畵界에 活躍한 人物
—[三]—
李慶孫氏

◇丙寅映畵界에 活躍한 人物
—[四]—
南宮雲氏
(本名 金兌鎭)

⑤ 그러나 흥분되었던 머리를 냉정히 식혀서 몇 차례나 거듭해보는 동안 영화자체로서 모든 불비한 조건과 잡아낼 만한 결점이, 원작이 좋고 각색이 가다가 묘(妙)를 얻은 까닭으로 많이 덮여졌던 것을 하나씩 발견할 수 있었다. 구태여 흠집만 내려는 것이 능사가 아니므로 또는 한정된 지면이 이미 넘은지라 생략치 않을 수 없으나 첫째 렌즈 안으로 들어오는 물중(物衆)과 인물의 배치에 모든 것을 한 눈으로 통할해 보고 지휘하는 감독이 없는 탓으로 카메라의 위치조차 바로 잡지 못하여 큰 모순을 낳게 한 곳이 여러 군데나 있고 (부활 장면에 포즈를 잘못 잡아서 앞에 큰 산이 가로막게 한 것과 주체와 객체가 뒤바뀌어 효과를 엷게 한 것 등…) 엑스트라를 수백 명이나 썼으되 한 사람도 살리지 못하여 구경꾼처럼 줄줄 따라다니며 장작개비처럼 뻣뻣한 친구들을 모아놓고 체조를 가르치는 것 같았고 배우의 기예에 들어서는 특출한 사람은 볼 수 없었다. '바스트' 한 커트라도 넣을 만큼 깨끗하게 생긴 신진 여우 신일선(申一仙) 양을 맞은 것과 몸을 무조작(無造作)하게 움직이는 것으로 예(藝)의 생명을 삼고 지내는 나운규 군은 실컷 뛰고 움직여 볼 기회를 얻어 미친 사람의 역으로는 그만하면 얻다가 내놓든지 부끄럽지 않을 만한 성

공을 하였고 남궁운 군은 좀 서투르고 뻣뻣하기는 했으나 아직 배우 내음새가 몸에 배지 않고 그 서투른 것이 도리어 농촌에서 자라난 청년다워서 수수한 맛이 있었다. 이규설 군은 <장한몽>의 아버지 역보다 손색이 있었고 주인규 군의 악역은 후일의 성공을 점칠 수 있었다.

요컨대 <아리랑>(제명은 처음부터 감심 할 수 없으나)은 원작에 생명이 있다. 그러므로 순수한 영화, 그것을 표준하고 볼 때에 아리랑 타령이란 향토적 서정적, 민요를 들을 줄 아는 민중, 풍년이 와도, 굶주리는 기막힌 환경에 처해서 특수한 감정을 갖게 되는 조선 사람에게 보여주어야만 효과를 얻을 수 있는 작품인 것을 말하여 둔다.

😊 05회, 1927,01,08,

6 <봉황의 면류관(冕旒冠)>
— 정기탁(鄭起鐸) 제공
— 11월 조선극장 상연

대단히 화사하고 로맨틱한 제명이다. 감독 이형이 이번에는 '파라마운트'의 영화를 하나 만들어 놓을 터이라는 장담을 하는 것을 들은 법하고 촬영하는 것을 쫓아다니기도 하였고 예고편까지는 보았으나 마침 입원해 누운 동안에 봉절이 되어서 전편을 보지 못한 것을 지금도 유감으로 생각한다. 본 것도 다 말할 수 없는데 더군다나 못 본 것을 가지고 이러쿵저러쿵 할 까닭은 없지만 문병 와 주는 친구들의 전하는 말과 평을 들으면 거개 불살라 버리고 싶은 사진이라고 분개하는 모양이었다.

크리켓, 모터사이클, 보—트레이스, 비행기…… 모든 문명의 이기와 갓은 장난감을 진열하였고 파리에서 방송하는 '우라디오'를 서울 앉아서

◇丙寅映畵界에 活躍한 人物
―(五)―
鞠起鐸 氏

◇丙寅映畵界에 活躍한 人物
―(六)―
姜弘植 氏

듣지 못하나 노서아에서 온 인물, 상해·하와이에서 떠들어온 여자 등… 하이칼라 인물만을 망라했는데 카메라 속으로 광선이 새어 들어가 스크린에 난데없는 누런 비가 쏟아지고… 어쨌든 우리가 발을 붙이고 있는 현실의 생활 양식과는 너무나 엄청나게 현격한 테마를 잡은 것이 여간 불쾌하지 않아서 활동사진 난봉이 난 정기탁 군의 돈 장난에 불과하더란 말과 여러 번이나 여러 사람에게 들었다. 그러나 신기루에도 찾으면 미(美)가 없는 것은 아니런마는 보통사람보다도 좀 착각적 두뇌를 가진 황·손 군이 무슨 새로운 시험을 해보려다가 실패를 했나 보다 짐작만 하고 근자에 만나서 장시간 이야기를 들어보니까 자기가 감독하는 영화는 적어도 20년 후에야 조선서는 알아 보아주는 사람이 나와 주리라고 어려운 이론을 끄집어내며 기염을 토한다. 여하간 괴벽을 가진 그의 작품이 대중에게 환영을 받기는 졸연치 않을 일이요 빈궁의 핍박으로 몇 조각 빵을 얻고자 꺼둘려 다니며 감독이란 이름을 자막에 박지 않을 수 없는 사정을 목도하는 나는 <봉황의 면류관>에 대하여 더 말하기가 어렵다. 어쨌든 그는 조선 영화계의 선배로 칠 만한 분이요 꾸준히 고민하며 식지 않는 정열을 가지고 노력하는 사람이다.

06회, 1927.01.09.

7 <풍운아(風雲兒)>
—조선키네마 3회 작품—
—12월 조선극장 상영—

≪동아일보≫에 연재되었던 「탈춤」을 좀 대규모로 박여볼 준비를 하는 동안에 배우들이 놀 수 없으니까 중간 작품으로 될 수 있는 대로 짧은 시일에 될 수 있는 대로 돈 적게 들이고 될 수 있는 대로 많이 벌어다 줄 것을 하나 헤집어 치우자 하고 촬영한 것이 이 <풍운아>이라니까 (봉절될 임시에 '조선키네마'에 풍파가 일어 「탈춤」은 돈이 없어 못 박이고 나(羅) 군은 고립 상태에 빠져있는 형편이지만…) 처음부터 완미한 작품을 만들 성산(成算)도 없었으므로 또한 여러 말을 하고 싶지가 않다. 통틀어보면 '소포리'가 신통치 못한데다가 억지로 각색을 복잡하게 하느라고 배우의 동작을 연락시켜 놓지 못하였고 도리어 영화의 단순성을 잃어버리지나 않았던가 한다. 여우(女優)들이 약간 진보한 것을 볼 수 있었고 조연자 중에 급행열차 노릇을 한 신인 임운학(林雲鶴) 군을 발견하였을 뿐이다. <아리랑>보다 수층(數層)이나 떨어지는 작품이나 나 군의 귀재(鬼才)와 돈지(頓智)는 "이놈아 이게 사진이냐?" 하고 '야지'를 당하지 않을 만큼은 관객의 눈을 가리어놓고 커트와 타임에 조절을 잃은 곳이 많으나 어물어물해서 간신히 미봉은 해놓았다.

작년도에 영화계는 총결산을 해보면 나운규 군이 독보횡행(獨步橫行)을 한 감이 없지 않다. 나 군이여 자중하여 좀 더 절조 있는 태로도 학술의 가치가 있는 영화를 만들어주기를 끝으로 바란다.

×　　×

검열관의 가위와 우리의 노력한 결정을 짝둑 어려놓는 밑에서 우리는 어린애들의 젖다툼 같은 싸움을 그치고 한 곳에 머리를 맞모아 있는 대로 즙액을 짜내어 한 그릇에 담자! '우라디오'가 신문을 압두(壓頭)한 것과 같이 '키네마'는 온 세계의 무대를 정복하지 않았는가?

희망이 가득 찬 1927년! 조선 영화사의 첫 페이지를 점령할 기업가, 예술가여 나오라! 위안에 주리고 기쁨을 알지 못하는 대중은 그들의 출현을 고대하기에 얼마나 목말라하는지?(26.12.29)

😊 07회, 1927.01.10.

😊 ≪중외일보≫, 1927.01.04~01.10. [이 글은 총 7회 (연재 당시 마지막 회가 8회로 표기되어 있으나 5회를 6회로 오기하면서 생긴 오류임) 연재되었으나, 제2회는 해당일자(1927.01.05) 지면을 확인하지 못함.]

조선 영화계의 현재와 장래

① 부끄러운 과거를 회상함은 전철을 다시 밟지 않으려 함이요 장래를 경계하려면 현재를 냉정히 성찰해야 할 것이다. 그러나 조선 영화의 역사가 겨우 4, 5년에 지나지 못하고 작품의 수효도 아직 30편을 넘을까 말까 하니 상영된 차례를 따라 하나씩 비평의 도마 위에 올려놓고 내용 가치를 해부하고 그 과정을 일일이 검토해보는 것도 결코 헛된 노력은 아닐 것이다. 그러나 묵은 페이지를 들추어내기보다는 우리의 눈으로 보아온 기억이 새롭고 목하의 현세는 복잡한 듯하나 손바닥 위에 올려놓고 들여다볼 수가 있는 것이다. 그러니 오직 문제가 되는 것은 장래에 있고 앞으로 조선 영화계를 어떠한 방향으로 진출시키고 또는 어떠한 계획을 세워서 조종하여 제작해 나아가야 할 것인가? 대단히 어려운 사업이요 그 전도가 요원하니만치 염려됨도 자못 크다.

×

시방이 조선 영화의 홍수시대요 황금시대라는 말을 빈빈(頻頻)히 듣게 된다. 표면으로만 보아서는 여기저기서 제작소가 봉화 일 듯하고 작년도에는 그 전해보다 배나 되는 작품이 쏟아져 나온 것이 사실이다. 그러나 그 내면을 살펴볼 것 같으면 흡사히 병쇠한 산모가 쌍둥이를 두 배나 세 배나 한꺼번에 주책없이 낳아 놓는 것 같으니 남도 낳는다니까 낳아놓기는 했으나 산모의 맥을 짚어보아도 목숨이 경각에 달렸고 빠져나온 자

27

식이란 것은 사태(死胎)가 아니면 눈코를 분간할 수 없는 천생의 기형아들뿐이다. 무엇을 보고 홍수시대라 떠들고 황금시대가 임하였다고 기뻐하는고? 병신자식에게다가 큰 기대와 희망을 붙이며 그래도 그것들을 애무해주지 않을 수 없는 가엾은 어미의 마음! 그것이나마 보고 조그마한 위안이라도 얻고자 머리악을 쓰며 상설관으로 몰려드는 수만의 관중! 비극이다. 바로 볼 수 없는 비극이다.

×

갈빗대를 하나씩 헤일 수 있을 만치 뼈만 앙상한 벌거숭이들이 뛰어다니는 꼴을 우리는 여름밤 종로 한복판에서 가끔 목도한다. 학생들이 마라톤 경주를 연습하는 모양이다. 나는 발길을 멈추고 서서 그네들을 물끄러미 바라다보기 한두 번이 아니었었다. 그리고 이러한 생각을 아니할 수 없었다.

—뛰기만 하면 도대체 어쩔 셈인고? 남과 같이 운동하는 흉내만 내면 어찌 하잔 말인고?—

그들의 장자(腸子)에는 양쌀밥과 배추 줄거리 된장국물밖에는 들어가는 것이라고는 없다. 손끝 맺고 앉아서도 영양부족으로 피가 생으로 마르는 것 같거늘 그나마 간신히 얻어먹는 것을 게다가 땀으로 흘려서 소모해버릴 것이 무엇인가? 어찌 생각하면 도리어 어리석은 일이나 아닐는지. 내 눈에는 그들의 모양이 퍽이나 가여워 보였다. (그렇다고 고기만 먹고 뛰라는 것은 아니다.)

×

황무지와 같은 이 땅에서 치가 떨리는 조선의 현실에서 활동사진을 제작한다는 우리들의 모양이 그네들과 비슷하지나 않을까 생각된다. 표면으로 보아서는 팬들의 영화 열이 백도까지나 끓어오른 것 같고 따라서 실제를 밟는 사람들의 제작욕도 대단히 왕성한 듯하나 기실은 저력이 없는 열이다. 생철 냄비에 끓인 물과 같으니 곧 식어버릴 것이오 튼튼한 기초와 준비를 갖추지 못한 제작욕의 발동만으로는 미구에 미두쟁이가 될 장본이다.

기미운동 이후에 방방곡곡에 봉기하던 청년회가 그 형해나마 존재한 것이 몇 군데나 되며 삼천리를 뒤떠들던 민립대학 소동은 불과 몇 해 동안에 그 소식조차 묘연하지 않은가? (예를 들면 한이 없겠다) 경제적으로 근거가 없는 운동, 조직적 과학적으로 기초를 다져놓지 못한 사업치고 찌부러지고 거꾸러지지 않는 것을 보지 못하였다. 그러므로 무엇보다도 먼저 근본 문제를 해결지어 놓지 못하고는 여러 가지 이유와 체험으로 추상해서 나는 조선 영화의 장래를 낙관하지 못하는 것이다.

×

이른바 조선 영화라는 것이 탄생된 뒤에 6년이란 세월이 흘렀다. 김도산(金陶山) 일파가 연쇄극을 박힌 것이 효시로 좌기(左記)와 같이 □□□□은 작품을 내용은 불문하고 □□□□로 손꼽을 수 있다.

— 계해년 —
▲<춘향전>, <장화홍련전>

— 갑자년 —
▲<해(海)의 비곡(秘曲)>, <운영전(雲英傳)>

— 을축년 —

▲<비련의 곡(曲)> ▲<신(神)의 장(粧)>, <심청전>, <개척자>

▲<흥부전>, <쌍옥루(雙玉淚)>

— 병인년 —

▲<멍텅구리>, <장한몽> ▲<농중조(籠中鳥)>, <산채왕(山寨王)>

▲<아리랑> ▲<풍운아> ▲<봉황의 면류관(冕旒冠)>

— 정묘년 —

▲<불망곡(不忘曲)> ▲<홍련비련(紅戀悲戀)>, <괴인(怪人)의 정체>

▲<야서(野鼠)>, <흑과 백>, <낙원을 찾는 무리들>

▲<금붕어>, <낙양(洛陽)의 길>, <낙화유수>, <먼동이 틀 때>

▲<뿔 빠진 황소>, <잘 있거라>, <운명>, <혈마(血魔)>, <춘희>,
　<낭군(狼群)> (이상 3편은 제작 중) … 등

이상에 열거한 작품 중에 ▲표를 지른 것은 일인(日人)의 자본과 그네
의 지휘로 된 것을 주의할 것이다. 그런즉 그 반수(半數)가 우리의 손으
로 제작되지 못한 것을 볼 수 있다. 또한 조선에서 활동사진이 수입된 지
('콜브란'이란 사람이 지금 전기회사 자리에서 놀린 것을 시초로) 근 20
년에 지방은 말할 것도 없거니와 수도인 경성에 조선 사람을 상대하는
상설관이 단성사 조선극장 우미관 할 것 없이 전부가 일인이 소유한 건
물이다. 그러니 흥행자는 짚세기를 삼아 파는 돈으로 사글세방에 든 셈
이요 어린아이의 코 묻은 돈, 갈라진 논바닥에서 벼이삭을 주워 모은 분

전(分錢)을 긁어다가는 고가의 필름 값을 주어 코큰 놈의 버터 값으로 짜개발이의 고리대금 밑천으로 빨려가는 것이다.

이러면 이 사업에 종사하는 일꾼 기술자나 있느냐? 외모만이라도 형성된 촬영소 하나가 없으니 공장이 없는 것에 공산품이 어디서 나오며 따라서 직공이 있을 수 없다. 좋은 제작자가 저 홀로 나올 수가 없다는 말이다. 어쩌다가 가뭄에 콩 나기로 한두 편 나오기는 하나 판로(상설관)가 없는 상품이니 중개업을 할 흥행사가 있을 수 없다. 따라서 원작을 요리할 만한 각색가가 없고 경험과 수완이 있는 촬영감독이 카메라워크 하나를 변변히 알 만한 기사 한 사람이 없으니 아무리 천재(天才)를 가진 배우가 몇 백 명, 몇 천 명이 기적과 같이 나타난다 하더라도 어떻게 그 기예를 발휘할 수 있을 것이냐? 외양간에 기둥이나 섰어야 황소도 뿔을 비벼보지 않는가? 지금 영화인이라고 일컫는 특수부락에 사람들은 냉혹히 말하면 너나 할 것 없이 걸식방랑군(乞食放浪群)에 불과한 것이다. 그리고 지금 조선 영화계 전체의 전 재산이요 신주처럼 위해 바치는 것은 일천삼백 원짜리 구식 파테 촬영기 하나가 우리 손에 있을 뿐이다. 이 카메라 한 대를 포위하고 무슨 제작소 무슨 협회 무슨 프로덕션이 비싼 세금을 바치고 쟁탈전을 연출하는 꼴을 보고 한심하다고 차탄하는 사람조차 실없는 사람일 것이다.

👤 01회, 1928.01.01.

👤 02회는 해당 지면을 확인하지 못함.

③ 요컨대 근대문명이 민중의 문명인 동시에 영화는 근대문명이 산출

한 가장 흡수력이 크고 폭이 넓은 그리고 새로운 오락이요 예술이다. 겹 구들방 비단 보료 위에서 골패짝을 저으며 한 손으로는 계집의 궁둥이를 만지고 자빠져 있는 사이비 인간들은 거들떠 보아주지 않아도 조금도 겁날 것이 없고 특권계급의 보비위(補脾胃)를 하지 않아도 대중은 이미 영화의 전당을 점령하였으며 그들의 손으로 든든히 지지되어있는 것이다. 여기에 영화의 전당이라 일컬음은 예술지상주의자의 상아탑을 가리킴이 아니요 영화의 왕국이라 함은 봉건시대 제왕의 궁궐을 의미함이 아니다.

×

양키는 영화를 '버터'와 같이 먹어야 살고 일인(日人)은 '미소시루'와 같이 영화를 마셔야 견디고 조선의 대중도 영화를 '김치'와 같이 씹지 않고는 소식(消食)을 못하게 될 것이다. 소위, 신사, 숙녀, 인텔리겐치아, 학생(장래의 국민이 거의 열렬한 영화 팬인 것은 일종의 위력조차 느낀다.) 노동자, 직공, 모던 보이, 견습생, 인육판매업자에 이르기까지 전계급, 각층의 사람들이 활동사진의 '인'이 박히고 말았다. 좋은 의미로 중독이 된 것이니 문어의 흡반과 같은 집착력으로 스크린을 빨아들인다고 한다. 그리고 후락한 '바라크'(상설관) 컴컴한 구석이 그들의 유일한 사교장으로 대용되는 것이다.

그러므로 우리가 아무리 경제적으로 파멸을 당하더라도 목숨이 붙어 있는 순간까지는 수많은 영화팬은 의연히 존재해 있을 것이다. 그러기 때문에 조선에서 신문잡지의 경영이 실속 이익을 전부 남에게 받치고도 재단장이나 양화 직공과 같은 겨우 공전을 품팔이함에 불과하면서도 수십만의 독자가 죽지 않은 까닭으로 부지해 나가는 것과 같이 앞으로 우리의 영화 사업도 수십만 수백만의 '팬'들이 눈을 뜨고 있는 동안에는 아니할 수 없는 사업의 하나요 따라서 유망한 사업이라 아니할 수 없겠다.

×

자—그러면 이제야 본제로 들어가서 어떠한 방면으로 이 □□ 기도해야만 이 길의 흥왕을 볼 수 있을 것일까. 지면 관계로 더 긴 □□은 할 수 없고 구체적 의견이라느니 보다는 평소에 생각해 본 몇 가지를 간단히 들어서 여러분의 참고에 바칠까 한다.

첫째는 무엇보다도 목전의 소리(小利)만을 탐하지 않는 튼튼한 기업가가 이 사업에 이해를 가지고 나타나서 영리를 목적하는 것만이 사업이 아니라는 각오 아래에서 초기에는 금전으로는 많은 희생을 할 작정을 하고 착수할 것이다. 형식은 주식□이든 합자회사이든 개인이든 상관할 바 아니다. 큰 자본의 힘이 아니고는 기반을 잡을 수 없을 것이요 그들로써 □□된 □□의 힘이 아니고는 난마와 같이 얼크러진 현상을 수습할 방책이 없다. 그리고 실제에 들어서는 많은 충절과 의문이 있을 것이다. 이상으로는 단일체로 영화인 전부를 조직해서 규칙 짜인 조직 아래에 간단한 설비에 본 격식 대로 해놓고 제작을 개시할 것이다.

1. 스튜디오(촬영장)을 세울 일(이만 원 한도). 이제까지 사용한 리프렉터식 촬영이나 로케이션만으로는 도저히 불가능한 일을 부득이해왔다.

1. 광선설비(光線設備)를 할 일

—구름장이 하나 떠도 촬영을 중지하는 형편으로는 능률상 가장 큰 손해다. 야간촬영까지 하지 않고는 주□(珠□)이 서지 못할 것이다.

1. 기술자(감독, 기사, 장치자 등)을 적어도 오륙 인 해외로(아직은 일본) 유학을 보내서 장래의 일꾼을 양성할 일—

1. 전속배우 남녀 이십 명(최소한도)의 의식만이라도 보장해줄 일—취미만으로는 일을 못한다. 밥이다 밥. 그리고 또 옷이다—

1. 제작소에서 상설관을 세우거나 2관 이상을 직영할 일

—배 주고 뱃속 빌어먹는 현상으로는 구멍 뚫어진 그릇에 물붓기다—

1. 촬영은 감독 세 사람에게 맡겨서 동시에 삼조로 나누어 일 개월에 적어도 작품 세 편 이상은 제작할 일—될 수 있으면 상설관 매주 프로에 반드시 조선 영화 1편씩이나마 끼우도록—

1. 작품은 아직은 '팬'의 정도를 상량(商量)해서 사활극(寫活劇) 통속물 시대극을 중심으로 할 일 (촬영비 삼천 원 이내로)—고급 팬의 요구와 자체 권위를 보존키 위하여 춘추로 특작품 2편쯤을 전원 출동으로 제작할 일. 때로는 절대영화 순수영화를 기준해서 사오 권짜리 한두 편쯤 시작(試作)해 보는 것도 좋다—

1. 기관 잡지를 발행할 일

— 영업 선전에만 그치지 말고 사계의 중진을 모아 냉정한 비판과 그네들의 의견을 존중하고 국외자로서도 우리 민족의 치욕이 되거나 반동 사상의 발로를 경계하기 위하여 작품의 내용을 감시케 할 일. 그리고 스크린과 관중의 중간에 서서 영화예술에 관한 교육 소개에 힘쓸 일—

1. 원작 각색료를 제정할 일

□□ 그리하여 신진의 출현을 장려할 일—등등등

       ×

요컨대 조선 영화의 장래는 대단히 유망하다 또한 좋은 사업임이 틀림 없다. 그러나 큰 자본의 힘이 아니고는 도저히 구원을 받지 못하고 넉넉한 원동력이 우리 손에 잡힌다 하더라도 당사자가 일시의 사업욕만 가지

고 착수하였다가는 영리는 고사하고 도리어 전도에 많은 □독(□毒)만을 끼치게 될 것이니 현재와 같이 군구난방(群口亂放) 각자위대장(各自爲大將)이 되어서 부끄럼 없이 태작(駄作)을 □작(□作)하는 광풍시대를 면치 못하고 언제까지나 알뜰한 현상에 그치고 말 것이라는 것을 역설하고 단언함에 불과하다.

×

그러나 끝으로 한 말씀 해둘 것은 남의 주먹에 얻어맞아서 얼굴에 혹[瘤]이 생긴 것을 보고 살이 쪘다고 할 수 없을 것이요 손가락이 하나 더 붙으면 일하기에 편할 듯하나 기실은 '육손이'라는 병신이다

조선의 영화 사업은 좋은 기업가 훌륭한 예술가가 나오더라도 조선 ××××의 운명을 좌우하는 더 크고 긴급한 운동이나 사업 혹 □□하고 툭 불거지게 이 사업만이 □□적을 발달되리라고 몽상은 하지 말란 말이다.

우리는 모리 ××××의 암초 위에 나란히 올라앉은 까닭이다.

×

그러나 우리는 절망의 태도를 버리고 새로운 정열과 희망을 가지고 1928년을 맞이하자!

새로운 예술은 오직 저주받은 무리들 사이에서 견줄 수 없이 고난한 환경 가운데에서만 그 싹이 돋아나오는 것이라! (27.12.23일)

🙂 03회, 1928.01.06.

🙂 《조선일보》, 1928.01.01~06. [필자명은 '沈熏'. 연재 2회분은 해당 글을 확인하지 못함]

〈최후의 인〉의 내용 가치

① 원명(原名)으로 <데어 레츠테 만>은 1925년에 제작된 것이요 조선에도 재작년에 공회당에서 시사회 비슷한 공개를 했던 영화이니 이제 와서야 물의(物議)되는 것이 도리어 부끄러운 일입니다.

상설관의 선전이 아니라 사실 이 일 편의 무자막 영화는 오늘날까지의 전 영화계에 가장 큰 센세이션을 일으킨 거탄(巨彈)이었고 세계영화사상에 대서특필할 만한 순수영화입니다. <최후의 인> 이전에 <최후의 인>이 없었고 <최후의 인> 이후에 아직까지도 <최후의 인>만한 절대 영화가 어느 곳에서든지 탄생되지 못한 것입니다.

영사 도중에 객석에서 하품 소리가 들리고도 도지개가 켜지는 사진을 가지고 어느 점으로 보아서 절후(絶後)의 실옥편(實玉篇)이라 일컫느냐 하실 분이 계시겠으나 나는 아래에 몇 가지로 조항을 쪼개서 이 작품의 내포한 가치를 간단히 소개하려고 합니다.

1. 스토리가 ○에 가깝도록 단순한 것

1. 표현수법이 무대극의 약속이나 전통을 걷어 차버리고 자막의 힘도 빌지 않고서 어떠한 예술의 표현형식을 가지고도 나타낼 수 없는 영화 독특의 경지를 밟은 것

1. 촬영이 '회화적 유동미(流動美)'의 극치를 보여주는 것…등

여러분이 보시는 바와 같이 이 영화에는 노인의 딸이 결혼한다는 한

가지 극적 성분(?)밖에는 사건이라고 할 만한 사건이나 층절(層節) 갈등이 하나도 없는 줄기입니다. 각색상으로도 으레 있어야 되는 줄 아는 인스텔르나 시추에이션이나 클라이맥스조차 구성시키지 않은 것을 발견할 수 있습니다.

그렇지마는 우리 인생의 더구나 돈 없는 계급인의 가장 침통한 사실을 붙잡아가지고 다만 깊은 산곡 속이나 태고의 삼림을 거니는 듯한 무한히 침묵한 가운데에 인생의 실현을 아주 단순화시키는 것을 엿볼 수 있는 것입니다. 우리가 <최후의 인>을 보고 다시 머릿속에 남은 인상은 모든 인생의 복잡한 사건을 그 구극에 이르기까지 단순화시켜 가지고 가장 감각적으로 그리고 또한 극적 요소나 우리가 이제까지 가지고 있던 극적 감정까지도 전연히 구축해 버린 다음에 다만 한 가지 기밀한 역동적 표현을 가지고 창작된 영화인 점에 있을 것입니다. 쉽게 말씀하면 감각적으로 완성된 일 편의 실사(實寫)라고 볼 수도 있다는 말씀입니다.

우리는 다만 개념적으로 채플린 같은 사람의 작품을 가리켜서 '영화적'인 영화라고 일컬어 왔습니다. 그러나 <최후의 인>을 감상한 우리는 이 착오를 정정해야 할 것입니다. 고쳐서 말씀하면 말의 힘을 빌리지 않고 사건을 발전시키는 가능성만을 들어서 영화적이라고 일컫는 것은 오늘날 <최후의 인>을 본 이상 정당하다고 인정할 수가 없는 것입니다.

'영화적'이라는 것은 <최후의 인>적이란 말과 같은 의의를 갖게 된 것이니 즉 문학연극이나 기타에 어떠한 예술적 표현형식을 가지고도 나타낼 수 없는 영화의 독특한 점을 지적하는 것이요 '영화 그것'이 아니고는 절대로 영화 이외의 요소를 포함치 않은 그 특점을 발견할 수 있는 것입니다.

<최후의 인>을 보고 통절히 느껴지고 그리고 우리가 처음으로 깨달을 수 있는 것은 냉정한 무언극적 자기고백극이나 또는 규환극(叫喚劇)인 까닭입니다. 처음에 우리는 <키—인>의 플래시백이나 <피에로의 탄식>의 서정시적 소야곡(小夜曲)적 표현이나 <철로의 백장미>의 강압적 표현 <산파스칼>의 미묘한 기교를 가지고 '영화적'인 가장 본질에 가까운 표현의식이라고 생각하였습니다. 그리고 영화가 그 시원에 있어서 음악보다도 무언극의 세계에 가까운 것인 줄만 알았습니다. 그러나 이 <최후의 인>을 보기에 이르러서 명작이라고 하던 작품들이 단순히 효과 있는 표현형식을 빌려온 이외에 아무 것도 아닌 것이 알아지는 것입니다. <최후의 인>은 승강기를 좌표축으로 한 수직적 이동 촬영을 비롯해서 실로 경탄할 만한 새로운 표현방식을 우리에게 보여줍니다. 끝끝내 죽음같이 무언(無言)한 가운데에 기운차게 움직이는 세계를 볼 수 있는 것이요 그 수법에 있어서는 확실히 주관과 객관을 전도시키는 것입니다. 즉 자기와 비자기의(오스쵀이난더) □□의 표현이니 그러므로 이 작품이 참다운 영화일 것 같으며 종래에 영화라고 일컬어왔던 것은 적정한 의미에 있어서 영화라고 □□할 수 없는 것을 확신을 가지고 말할 수 있는 것입니다. 통틀어 말씀하면 이 <최후의 인>은 영화적으로써 극히 완성된 (아직까지의) 작품이란 말씀입니다.

몇 십 년의 역사를 가진 연극에 필적할 만한 유일의 영화극이니 즉 음악적 영화도 아니요 문학적 영화도 아니요 다만 '영화극'이란 세 글자로 그 의의를 다하는 것입니다.

01회, 1928.01.14.

② 그리고 이 영화가 우리의 눈을 끄는 것은 나오는 인물들의 성격이나 심리 묘사가 거의 그 극치에 이른 것이겠습니다.

유명한 문예작품 가운데에서 왕왕히 예리한 심리해부나 드러나는 현실 그대로의 관조의 세계를 볼 수 있으나 프랑크 무르나우 씨(이 작품의 감독자)는 가장 부자유한 기계 한 대를 가지고 호텔의 문위(門衛) 노릇을 하는 변변치 못한 노인의 심경을 그려내되 처음에는 금단추 달린 제복을 입고 버티는 무사기(無邪氣)한 자긍과 죄 없는 명예심으로부터 몸은 비록 늙었으나 억지로라도 젊은 사람에게 지지 않는 힘을 내보려고 무한히 애를 쓰는 가여운 마음을 비롯해서 면직을 당한 뒤에 경악, 실의 그리고 표면으로는 나타낼 수도 없는 원차(怨嗟)와 저주, 드디어 절망의 심연에 빠져 변소 세수간 한 구석에서 자진되어 버리기에 이르기까지 냉정한 제삼자의 태도로써 아주 소박한 수법을 가지고 그 지인(志人)의 최후를 핍진하게 그려놓았습니다. 그러나 결코 애상에 기울어지지도 않습니다. 물론 에밀 야닝스 씨 독단의 신기(神技)와 칼 프로인드 씨의 자유자재한 카메라 기교가 아니고는 그만큼 표현시켜 놓을 수가 없었겠지요마는 배우의 연기도 아닌 조그마한 예 하나를 들면 면직장에 쓰여 있는 "노쇠하였으므로…"라는 글자 몇 개를 붙들어가지고 똑똑하게 또는 흐리게 멀고 가깝게 좌우로 몇 차례나 거듭 이동을 시킨 것은 누구나 다 흉내낼 수 있는 장난 같으나 바로 그 움직이는 글발 속에 실심한 노인의 정기 빠진 눈망울이 구르는 것 같고 억색한 그의 심경까지 한 조각 종이를 통해서 읽혀주는 것입니다.

그리고 우리가 또 한 가지 주의할 것은 모든 것이 상품화하고 나중에는 계집을 빨가벗겨서 난무하는 것을 박혀가지고 관객에게 성적 쇼크를 주어서까지 돈을 빨아들이려하는 자본가 밑에서 <최후의 인>은 대담하게도 소위 흥행가치란 것을 무시한 것입니다. 달콤한 연애 장면도 없고 아슬아슬한 스피드도 없고 난현(爛絢)한 의상이나 배경조차 볼 수 없습니다만 빈소 속같이 음침한 빈민굴과 호사한 호텔과 번잡한 길거리를 대조시켜 가지고 짙은 회색빛 세트 속에서 석양의 잔조와 같은 광선을 받으며 주연 한 사람의 무거운 연기로 시종되는 것을 보면 탈속된 맛이 있다느니보다도 일종 엄숙한 마음으로 대해지는 것입니다.

후편을 다루어 놓은 것을 비난한 사람이 봉절 당시에 있었다 하나 억지로 해피엔드로 끝을 마친 것이 마지못해서 흥행가치를 가미한 것이라고 할 수 있겠지요마는 원작자는 이와 같은 비참한 현실이 신음하는 우리 인생이 무산대중이 모조리 그 노인과 같이 몰락을 당해서 영원히 이러한 숙명 가운데에 파묻혀버릴 것이 아니라 우리는 너희 놈들만한 부요한 생활을 향락할 수도 있고 이러한 꿈을 꿀 권리도 있는 것이다—하는 것을 간이 간지럽도록 풍자해 놓았고 어느 의미로는 우리의 미래를 제시해 주었다고도 볼 수 있습니다. 맨 나중에 갑자기 부자가 된 노인이 돈을 물 끼얹듯 하는 것을 가리켜 미지근한 온정주의의 발로라고 배격(?)할 분이 계실듯하나 그렇다면 그것은 억지로 꼬집어드는 버릇에 불과할 것입니다

영화가 아직도 발달될 전도가 양양한데 나는 <최후의 인> 일 편을 들어서 과찬을 한 듯합니다. 그러나 이 작품의 내용가치가 순수한 영화로서 완성되었다는 것보다도 훌륭한 무산파(無産派)의 작업으로 인정한 점에 있으니 실제 제작에 종사하려는 사람은 물론이거니와 인생의 영원상을 사색하지 않고 예술의 근본의의인 표현까지 무시하려는 작가나 정

말 프롤레타리아는 알아볼 생의도 못하는 고삽(苦澁)한 문자만을 옮겨다가 나열해가지고 붓끝의 투쟁만으로 일을 삼으려는 평론가도 한번쯤은 보아두어도 그다지 해롭지는 않을 줄로 생각합니다―하고 조그맣지만 탈선을 해둡니다.(28.1.14)

02회, 1928.01.17.

《조선일보》, 1928.01.14~17. [필자명은 '沈熏']

영화비평에 대하여

비평을 비평하랴 함이 아니다. 좋은 조선 영화를 아직 보지 못한 나는 그 평조차 좋은 것을 보지 못함이 유감 되어서 이 붓을 든 것이다.

×

공구경을 다니는 것이 작은 정실인 듯하나 아주 발을 끊어 버릴 작정이 아닌 다음에는 그 상설관에서 상영하는 또 제작하는 사진에 대해서 누구나 평필 들기를 꺼린다.

더구나 때로는 두 손길을 맞부비며 말마디 함직한 분들을 모아 가지고

"그저 변변치 못한 사진입니다. 눌러 보아줍시오. 자— 약소하나마 약주나 한 잔 드시지요…"

정종 한 잔이 대단한 것이 아니나 잔뜩 별렸던 혀끝에 독기만은 슬그머니 풀어지고 만다. 일부러 요리 정책을 쓰는 것도 아니요 또는 이용을 당하는 것도 아니겠지만 그들이 애쓴 생각을 하면 피를 뿌릴 원수가 아닌 다음에야 굳이 욕을 쓸 수 없는 것이 또한 인정일 것이다. 또는 이러한 경우도 있다. 조선서는 평한 것을 발표하려면은 각 신문의 연예란밖에 없겠는데 그 난을 담당한 기자들은 대개 제작자와 친분이 있거나 그렇지 않으면 재료를 얻어오고 또는 돈 안 들고 가장 효력이 큰 선전을 의뢰하려니까 피차에 직업상 이용을 하느라고 축일상종(逐日相從)을 하게 되는 것이다. 뿐만 아니라 나오는 작품 족족 칭찬할 것보다도 도리어

실컷 욕이나 하고 싶은 것들뿐이니 중간에 끼어서 대단 거북살스러울 노릇이다. 그래서 정 안 쓸 수 없는 것은 익명으로 발표하거나 약간 논의할 점이 있더라도 제작자의 장래를 생각하고 또는 지방 흥행까지 염려해주는 호의로 비평을 보류하다가 유야무야 간에 파묻혀 버리는 작품도 있는 것이다. 따라서 엄정한 비평을 보지 못하는 원인의 하나도 여기에 있지나 않은가 한다. 그러나 요사이 와서 ≪조선지광≫에서 윤기정(尹基鼎) 형의, ≪조선일보≫에서 최승일(崔承一) 형의, ≪별건곤≫에서 안석주(安碩柱) 형의 영화 총평을 읽었다. 그리고 ≪중외일보≫에 실렸던 예언자(囈言者)의 <낙화유수(落花流水)> 평과 다른 분의 <먼동이 틀 때>, 또 ≪조보(朝報)≫에 <뿔 빠진 황소> 등을 읽었음을 기억한다.

×

수술 잘하는 외과의사에게 고름이 잔뜩 든 종처를 쨌다면 아프기는 해도 퍽 시원할 것이다. 그러나 병이 위중한 환자일수록 서투른 의사에게 생사여탈지권을 맡긴다는 것은 둘도 없는 생명을 위해서 단단히 고려할 일이다. 이왕 메스를 든 바에는 재발되지 않도록 그 국부를 깊이 도려내서 근치가 되도록 성의 있는 치료를 해주는 것이 고마울 것이다.

적절한 영화평은 사람마다 눈이 다르고 생각이 같지 않고 입장과 태도가 또한 다르니까 그 표준을 통일할 수는 없을 것이요 겸하야 각인각양 여러 가지 방면으로 보아 주고 똥겨 주는 것이 흥미도 있고 좋은 참고도 될 것이다. 그러나 그 평한 바가 모두 수박[西瓜] 겉핥기에 그친다 하면 매우 섭섭한 일이다.

붓끝이 속속들이 파고 들어간대야 무슨 달콤한 밀즙이 솟아나올 것 없는 무미건조한 내용들이지만은 그렇다고 당초에 기준이 틀리고 너무나 개념적이요 그 중의 어떤 분의 비평은 일편의 성의조차 보이지 않는 데 이르러서는 저절로 고개가 돌려지고 만다.

자꾸 쓸데없는 비유만 늘어놓는 것 같지만 우리가 영화를 제작하는 것을 방관하면 아해들이 칼 장난을 하는 것과 방사할 것이다. 그 칼은 어린애 하나를 상함에 그치지 않고 까딱 잘못 휘두르면 여러 사람이 (방향을 찾지 못하는 수만의 관중) 이 큰 해독을 받는 위험이 있는 까닭이다.

그러기 때문에 노파심으로써 붓을 들고 적은 것이기 때문에 꼬나주고 붙들어 주려는 그들의 성의와 숨은 노력이 자못 큰 것을 나는 잘 알고 있다. 그러나 영화의 비평만은 퍽이나 어려운 것임도 함께 알아주었으면 할 뿐이다.

×

칭찬을 받아서 얼굴을 찌푸릴 사람도 없으려니와 열넉 냥 금으로 추어만 준다고 헤—하고 만족하는 우물(愚物)만 있을 것도 아니다. 터놓고 말하면 내 손으로 제작한 <먼동이 틀 때>를 천하의 걸작품이라고 아는 터에 절찬을 해주지 않았다고 야속해서 이 붓을 든 것이 아니다. 실패한 <먼동이 틀 때>의 결점은 누구보다도 나 자신이 잘 알고 있는 것만은 자신한다. 비열한 자아변명은 그만두고라도 한 커트 한 장면까지라도 냉혹히 해부를 해놓고도 같이 일한 분들과의 관계와 흥행상으로도 실패를 한지라 돈 낸 분이 가엾어서 발표도 하지 못한 것이다.

요컨대 문제는 칭찬을 받고 못 받는 데 있는 것이 아니요 여러분의 편달이 너무 아팠다고 발악을 하는 것도 아니다. 영화를 제작하고 또는 남의 작품을 비평하려거든 피차에 좀 더 전문적으로 연구를 하고 나서 하잔 말이다.

×

내 생각 같아서는 여러분이 아직까지 무대극의 약속을 가지고 영화를 평하려는 것 같고 너무 자기 자신의 기호나 의견만을 표준 하는 것 같고 또는 문예작품을 평하는 태도와 논법으로써 또 어떤 분은 계급의식을 가지고서 때로는 그 경개만을 주워가지고 피상적이요 부분적인 감상을 적어놓음에 지나지 못한 것이나 아닌가 한다. (대개는 국외자라고 해서 이른바 영화인들의 비난을 지면(只免)하려는 눈치지만 당사자들이라고 사도(斯道)의 조예가 깊거나 장구한 경험이 있는 것이 아니다. 또는 영화 그것은 자체가 문학적 산물이 아닌 동시에 이 환경에서 민족주의를 고취하는 깃대가 되거나 계급의식을 표방한 투쟁의 도구가 되기 어려움을 알아주어야겠다. 그리고 본질상, 영화는 그다지 고상한 (귀족적임을 가리킴이 아님) 예술이 아니요 그다지 과중하게 사상적으로 촉망을 받기에는 너무나 가벼운 상품인 것이다.

누구나 다 같은 조선 사람인 다음에야 조금이라도 조선 사람의 고민을 표현하고 앞길을 계시해주고 싶고 나부터라도 알몸뚱이 하나밖에 없는 놈이니 같은 계급의 생활상을 묘사함에만 그치지 말고 투쟁의 도구로 영화를 이용하고 싶은 생각조차 간절하나 그러나 본질상 문제는 차치하고서라도 여러분의 창작이 주자(鑄字)가 거꾸로 박혀 나오거나 ○○○×××가 아니고는 나타나지 못하는 거와 같이 아니 그보다도 한층 더 가혹한 영화 검열제도 밑에 있어가지고는 이상에만 그칠 수밖에 도리가 없는 것이다.

그러므로 금후의 영화는 제작 방위를 전환시켜서 대체로 우리의 생활 범주에 어그러지지 않을 정도로 될 수 있는 대로 많은 사람으로 하여금 자미 있게 구경하게 하고 신이 나서 손뼉을 두드리게 하는 작품을 만들어낼 수밖에 없을 것이다. 너무나 무료한 생활을 하는 우리에게는 취미잡지도 필요하고 웃음이 없는 민중에게 웃음을 주는 것도 큰 의미가 있을 것이다. 과히 속되지 않는 오락을 중심으로 제작할 수밖에 없다는 말이다.

×

예증(例症)의 탈선이 또 길어졌기에 다시 비평에 관해서 두어 마디 더 하려고 한다. 첫째 영화비평의 표준을 자신에게만 두지를 말 것이니 집 필하는 분들은 고급 팬이라느니보담도 인텔리겐치아에 속하는 분들이라. 그러므로 정작 영화를 향락하는 민중과는 거리도 멀거니와 그 수효로도 비교가 될 수 없을 만치 적은 것이니 정말의 소리는 전문술어를 알지 못 하는 아래층 한복판에서 들려 나오는 것이다.

지도하는 의미로나 그 스토리를 말함에 있어서 물론 문사 여러분의 의 견과 충고에 귀를 기우려야 할 것이나 그것만을 가지고는 전체라고 할 수 없다. 또는 영화비평의 기준을 고상한 예술에만 두지 말고 먼저 공예 품을 품평하는 태도와 예비지식을 가지고 보아야 할 것이다. 한 가지 공 예품을 완전히 감상하려면 원료의 생산지도 알아야겠고 공장의 내용 만 드는 형편도 짐작해야겠고 공장(工匠)의 노력이나 기교도 그 부분 부분 을 따라서 쪼개본 뒤에 비로소 쓰고 못 쓸 것 좋고 나쁜 것을 종합해서 말할 수 있을 것이다.

그러므로 문단인이 영화를 오직 문학적 견지로써 보려하고 더구나 플 롯만을 들어서 비평하는 것이 큰 편견이요 또 오진인 것이다. 어떠한 훌 륭한 문예작품이나 또는 획시대적 영화라도 별다른 신기한 테마를 가진 것이 아니라 오직 표현방식의 여하로 인해서 예술로서의 가치가 판단되는 것이 아닐까? 예술의 근본요소가 표현의 핍진하고 못함에 달린 것이기 때문이다. 그러므로 영화도 물론 원작의 호불호로 종국에 그 내용가치가 판단됨은 틀림없을 것이지마는 말이 중복되나 원작만이 결코 작품의 전폭이 아닌 것이다.

×

어디까지가 원작을 저작(咀嚼)한 각색의 힘이요 어느 것이 감독의 테크닉이요 무엇이 카메라워크요 어느 점까지가 배우들의 기예인 것을 스크린에 나타난 것만 보고라도 분간할 줄 알아야 할 것이다. 좀 더 구체적으로 평을 하려면 세팅 배광(配光), 커트에 이르기까지도 유의해야 할 것이다. 그러나 교묘히 종합된 결과만을 보고는 오랫동안의 실지의 경험이 없고는 좀처럼 속속들이 보아 알기가 힘드는 것이다. 예를 들면 예언자(囈言者)가 <낙화유수> 평(?)할 때에 그 퍼스트씬에 꽃이 수천 송이나 떠내려가는 것을 보고 감독의 두뇌가 명민 운운하고 음(陰)도 양(陽)도 밤도 낮도 구분할 수 없이 오 전짜리 면경에 비친 분등 조각 같은 것을 주—ㄱ 이어놓은 송수열(宋秀烈) 군의 촬영을 극구 찬탄한 것은 당자가 보아도 기사로서의 양심이 있다면 미고소(微苦笑)를 금치 못했을 것이다. 그와는 다르나 작(雀) 형이 <먼동이 틀 때>를 평한 끝에 "억지로 말라붙었던 청춘의 가슴"이란 자막의 일구를 들어 가지고 논란하되 그렇게 방랑해 다니는 사람과 (김광진) 말라붙은 청춘의 가슴이 무슨 기하학적 관계가 있느냐? 한 구절에 이르러서는 아무리 고개를 비꼬고 연구를 해보아도 그 말의 의미조차 터득할 수 없었다.

"시들어 버리고 말라붙은 청춘"이니 무엇이니 한 것이 젖내음새가 나는 문학청년의 연문구절(戀文句節) 같기도 하고 헐가의 센티멘털리즘이 어심(於心)에 불쾌해서 그런 소리를 했는지 모르겠으나 기실은 몸 둘 곳 없는 김광진이와 같은 사람과 "억지로 말라붙은 청춘"과는 A점과 B점 사이의 최단거리를 가리키는 직선—즉 직접의 관계가 그의 말과 같이 기하학적으로 있을 것이다.

그가 사석에서 한 말이 있으니 '김광진'이가 단돈 이백 원에 희생이 되어 또다시 감옥행을 한다는 것은 너무 값싼 희생이 아니냐고 한 것을 기억한다. 그 말에는 수긍되었다. 그래서 대답을 하지 못했었다. 출옥 후 무엇을 해보려는 노력도 보이지 않고 좀 더 전과자의 비참한 생활을 보여 주지도 않고 다만 나 어린 '카펜'의 소녀 하나를 구해준 것이 그의 사업에 그치고 말았던 것이다. 그렇다. 그 점은 원작자의 의도가 이르지 못한 바이다. 구태여 앙탈을 하려면 장발장이가 수십 년이나 징역을 한 것도 그 원인은 겨우 빵 한 조각을 훔친 데서 발생되지 않았느냐고 달려들어도 말은 될 것이지만 그것은 구차한 변명일 것이다. 그러나 그가 새벽을 걸어가는 두 남녀를 보고 '모던보이' '모던걸'이라고 불렀으나 "Modern"이란 자의부터 어떻게 해석했는지는 모르나 그 두 인물이 세상에서 말하는 '모던' 남녀라고 지시한 것은 확실히 망발이다.

그 두 남녀가 덧붙이기 인물인 것만은 사실이요 '어둠에서 어둠으로'라는 제명부터 통과가 되지 못하기 때문에 흐리멍덩한 <먼동이 틀 때>가 되고 따라서 윤(尹) 형의 말한 막연한 여명운동(黎明運動)이 되고 만 것은 두고두고 유감이 되는 바이다. 그러나 작(雀) 형의 말과 같이 이 작품의 실패는 원작에 있는 것이 아니요 첫째는 촬영이 선명치 못했고 다음으로는 각색이 묘를 얻지 못하고 감독이 또한 경험이 없어서 많은 모순을 낳았을 뿐 아니라 배우들의 숨은 기예를 발휘해 줄 만한 수완이 없었고 또는 카메라를 자유자재하게 구사하지 못한 곳에 있는 것은 자인할지언정 원작 때문에 실패했다고는 항복할 수 없다.

×

통틀어 말하면 영화의 비평이 다른 어떠한 비평이나 문학작품의 비평보다도 어려운 것이니 그야 한 부분으로 들어 평할 때도 있겠고 경우에 따라서는 인상적으로 '일구신(一口嘶)' 같이 소감을 말할 수도 있을 것이요 때로는 가십식 단평도 자미 없는 것도 아닐 것이다. 그러나 간판을 큼직하게 조선 영화 총평이니 총결산이니 하고 걸어 놓고 붓을 들 양이면 작품 이름만을 나열해 가지고 '삼태기'로 담다 내버리듯 할 것이 아니라 좀 더 영화평에 가깝게 전체를 움직이고 부분까지 깊이 파고 들어가서 성의 있고 용의가 주도한 평필을 잡기에 힘쓸 것이다. 그리하자면 무엇보다도 순전히 영화에 대한 거의 전문의 지식과 촬영의 실제까지라도 될 수도 있으면 체험해보는 것이 피차에 영화 향상과 발달을 위하여 대단히 좋겠다는 의견만을 무잡(蕪雜)한 붓으로 끄적거림에 그친다.

(1927.12.27)

《별건곤》, 1928.02. pp.146~150. [필자명은 '沈熏']

영화독어(映畫獨語)

① 프로덕션의 의의

프로덕션이 꼬리를 물고 생겨난다. 이것이 영화계의 장래를 위하여 좋은 조짐일까?

production은 본시 그 의의가 한 개인이 책임을 지고 독립해서 작품을 제작하는 부분적 집단을 가리킴에 있는 것이다. 그러나 근래에 생겨난 '○○○프로덕션' '△△△프로덕션' 할 것 없이 자기네의 제작품을 제공하여 판매케 할 일개 상설관 속으로 기어들어서 흥행사(興行師)의 조종을 받고 돈에 먼저 눈을 뜨는 경영자의 지배 하에서 구차스러이 무엇이 되든지 만들어 내지 않을 수 없는 형편에 있다.

그러므로 때로는 영업 싸움의 틈바구니에 끼어서 그네들의 이용물까지도 되는 것이니 그러면서도 옴치고 뛰지도 못하는 사정을 아는 사람이라면 누구나 동정할 것이나 어쨌든 이렇게 제작과정이 거꾸로 되어 나오는 것은 조선 영화계에서만 볼 수 있는 기현상이라 아니 할 수 없다. 초기에 있어서는 면치 못할 사세라 하더라도 이중 삼중의 간섭을 받아가면서 과연 뛰어나는 작품이 나타날 수 있을까 하는 것이 자못 의문이다.

◇　　◇

헛된 제작욕

"자— 날도 따뜻해졌으니 우리도 하나 박아보세. ○○서는 무엇을 박이고 △△서도 움직인다는데 우리만 죽은 듯이 있을 수 있나…" —창작욕이 없이는 무엇 하나라도 빚어낼 수 없고 정당한 노력의 대가이면 굳이 명예를 사양할 사람도 없을 것이다. 그러나 우리가 영화를 제작하는 동기가 봄바람에 놀아나는 계집애 마음 같은 데에 있고 자막에 제 이름 박혀 나오는 것을 명정거리나 되는 줄만 여겨 날뛰는 것은 허욕에 들뜨고 주책없음이 기미 시세도 모르는 미두쟁이와 방사할 것이다.

😊 01회, 1928.04.18.

2 거듭 말하거니와 영화는 예술로 도금한 과학의 산물이니 무엇보다도 먼저 주도한 고안과 정밀한 설계가 없어가지고는 애당초에 손도 내밀지 못할 것이다. 엔진이 서 있는데 스위치만 틀면 저절로 기계가 돌아갈 줄 아는가?

—필름 값은 모관(某館)에서 꾸어오고 카메라는 뉘 집 것을 빌려오고 레—푸 쪽까지 얻어다가

"레디—아잇! 카메라!" 소리만 지르면 영화다운 영화가 나올 줄 아는 것은 망상이다.

그리피스는 길거리 찻집 늙은이 돈을 취해가지고 <국민의 탄생>을 만들어내었고 상설관의 무명악수(無名樂手)로 나이 삼십도 못 된 드미트리 기리자노프는 겨우 돈 오백 원을 밑천으로 세계적으로 일대 센세이션을 일으킨 <mln emonioni>을 개인의 손으로 제작하였다. 그러나 같이 빈궁한 처지에 있다고 해서 우리가 그네들의 뒤를 좇을 수 있느냐 하면 조선서는 아직도 그네들의 흉내조차 낼 수가 없는 것이다. 적어도 그네들에게는 쓸 만한 카메라 하나와 아크등 몇 대라도 있었을 것은 상상하

고도 남는 것이다.

그렇다고 나는 졸지에 방대한 시설만을 몽상하고 돈벼락을 맞은 뒤에야 사진을 만들자는 것이 아니다. 오막살이 초가집에도 궁둥이를 붙일 구석이 있고 소꿉장난 같은 살림살이에도 거기에 따르는 예산과 규모가 있어야 한다. 하루살이 같은 인기책이나 헐가의 명예욕을 버리고 지금의 우리 영화인 전부는 디디고 일어설 지경을 다지고 주춧돌을 세우기에 전역량을 집중하여 한 곳에 경도할 시기에 있는 것이다!

🙂 02회, 1928.04.19.

③ 나운규 군의 복귀

며칠 전에 '조선키네마(キネマ)'를 분연히 탈퇴한 나 군이 다시 그들과 관계를 맺게 되었다는 소문이 들린다. 정식으로 복귀한 여부는 알지 못하나 '조선키네마'에서 나 군의 사진을 다시 제공키로 된 것만은 사실이라 한다. 제공이란 돈을 대준단 말이니 동시에 적지 않은 이익이 남은 것이 확실히 증명되는 것이다.

이제까지의 나 군의 수많은 작품이 우리 영화의 여명기에 있어서 얼마만한 새로운 경지를 개척해 주었느냐 하는 것은 지금 말할 자리가 못된다. 또는 그의 절조 없음을 굳이 책하려고 함도 아니다. 세평은 어떻든 나운규 군은 조선 영화계에서 가장 많은 활동을 해온 사람이요 고생도 많이 한 분 중에 하나이니 지금까지 걸어 나온 자취를 돌아보면 제삼자로서도 눈물이 겨운 일이 한두 가지가 아니다. '단무지(タクアン)' 조각을 씹으며 뛰었고 심동(深冬)에 '다다미(タタミ)' 방에서 외투 하나도 변변히 걸치지 못하고 싸워왔다. 팬에게 그만한 인기를 한 몸에 걸고 있으

면서도 그의 사적 생활은 비참에 가까운 것이었으니 사랑하는 아들을 잃고 감장(堪葬)도 잘못한 채 토굴 속 같은 현상실 한 구석에서 밤을 새우는 그의 커다란 눈을 본 사람이면 그가 얼마나 영화에 대한 정열을 가진 사람인 것을 엿볼 수 있다.

막설(莫說)하고 연래로 전조선의 수십만 민중이 어쨌든 이 나 군의 작품을 보고 웃고 울고 손뼉을 치고 하였다. 그런데 그 중에 한 사람도 그의 손을 잡고 앞길을 열어주려는 유지(有志)가 없다는 것은 적어도 우리 전체의 수치라 아니할 수 없다.

나 군을 예로 들어서 말하는 것이니 도대체 조선의 돈 있는 사람들은 모조리 신경이 마비가 되었는가? 그의 고혈을 짜내인 작품은 또다시 남의 손을 거쳐서 나오게 되는 모양이니 우리들이 제 눈으로 보고 웃고 울고 한 값까지 알뜰히 긁어모아 그의 주머니 속에 진상을 해야 옳단 말인가?

나 군의 작품치고 이(利) 남지 않은 것이 없다. 그러니까 약삭빠른 장사치가 다시 주반(珠盤)을 들고 달려든 것이다.

돈 있는 사람이여 이 남는 장사도 우리의 손으로 해볼 용기가 없는가? 이후로 나오는 나 군의 작품을 무슨 얼굴로 대하려는가?

헤—하고 입을 벌리고 스크린을 쳐다보는 그대 자신의 얼굴을 거울에 비추어보라!

희생자의 출현

동양에서는 문화의 중심지인 대동경의 한 복판에서 축지소극장(築地小劇場)이 불과 이삼 년 동안에 사방흥지(土方興志) 씨의 사재 육칠십만

원을 삼키고 요사이도 매월 삼천여 원의 결손을 보고 있다고 한다. 그렇건만 수뇌배우(首腦俳優)의 수입이란 겨우 전차대 담뱃값밖에 되지 못함을 보았다. 이러한 궁경에 빠져 있으면서도 그네들의 연극예술에 관한 진□한 태도와 꾸준한 노력은 아무러한 재벌의 위력을 가지고도 움직여볼 수 없는 '뿌리'를 깊이 박아놓았고 축지소극장의 존재가 확연히 세계적으로 인정을 받고 있으니 일본의 자랑이라 아니할 수 없다.

◇　　◇

논 몇 섬지기를 팔아 올리고 집 몇 간을 전집(典執)해서 뒤를 대는 것쯤으로는 그야말로 조족지혈이니 이 조선에 '거지'를 한 사람이라도 더 가속적으로 만들어주는 죄악일 것이다. 그러나 우리는 다 굶어죽게 되었어도 누렁 머리를 앓는 돈이 없지 아니하다. 조선서 영화 사업은 극장 경영에 비교할 것이 아니니 이미 수십만의 관중이 있는 것을 보아서도 경영방침 여하에 따라서는 결단코 밑지는 장사가 아니다.

나오라! 존경할 만한 희생자여. 선각자는 한 몸의 희생됨을 영예로 알아야할 것이다.

 03회, 1928.04.20.

④ 영화보국(映畵保國)?

일본의 구극(舊劇) 배우 미상송지조(尾上松之助)는 영화보국으로 종신의 모토로 삼고 무사도(武士道) 대화혼(大和魂)을 표현한 검극(劍劇)을 일천 하고도 세 개나 만들어 놓고 죽었다. [中略]

나 자신이 영화 사업에 종사하려 하면서도 이러한 공상은 해본 적이 없다. 특수한 환경에 처한 우리들의 장래를 생각하면 ○○에 나서야 할

분자로서 유한하게 영화 같은 것을 찍고 있을 때가 아니라는 의식이 몹시도 양심에 가책을 준다. 그러나 사람은 언제나 싸움만 하는 것이 아니요, 도리어 위로를 받아야 할 시간이 많을 뿐 아니라 수십 만이나 되는 팬의 수효는 인구 전체로 보아서도 결코 적은 것이 아니다. 그러므로 나는 보잘 것 없는 존재나마 그들을 위하여 일생을 바치고 한 가지 분업적 사명을 다하리라 하는 구실을 만들어 가지고 스스로 위안을 받고 있다. 그러나 영화를 보지 않고는 견딜 수 없게 된 수십 만의 대중! 더구나 영화밖에는 찰나적 향락이라도 얻을 수 없게 된 우리들에게 있어서는 영화 사업도 우리 민중의 중대 문제 중의 하나가 아니라 할 수 없다.

◇ 절망하지 말자!

[以上 20行 略] 그러나 형제여! 절망하지 말자! 우리가 절망하는 것은 자멸의 짐독(鴆毒)을 제 손으로 마시는 것과 같으니 그저 끈기 있게 줄기차게만 끌고 나가자!

없는 것을 창조하는 곳에 예술가의 천직과 법열이 있고 못하게 방해하는 것을 굳이 대들어서 끝까지 싸워보는 곳에 장부의 심술과 의기가 있는 것이다.

😀 04회, 1928.04.21.

⑤ 욕먹을 소리 하나 둘

우리의 생활상을 응시하려는 일편의 의의도 없이 엉뚱하게 파라마운트식으로 화사한 장면만을 전개해 보려다가는 제명부터 따로 연구하기 전에는 알 수 없는 <봉황의 면류관>이 되고, 일본의 검극 흉내를 내어 살진난투(殺陣亂鬪)를 한바탕 해보려다가는 <산채왕(山寨王)>의 꼬락서니가 되고, 유흥기분을 떠나서 제 딴엔 좀 의미 있는 암시를 보여주려다가 미끄러져서 그 내용이 회색의 몽롱한 인도주의 냄새를 풍기고 필름값도 뽑지 못한 <먼동이 틀 때>는 소위 예술사진의 말로를 밟았고, 서부활극의 카우보이 놀음을 해보려다가는 <뿔 빠진 황소>의 반동과 모순 덩어리를 낳아 놓았고, 심각 침통한 인생의 숙명적 비극의 테마를 붙잡으려다가는 <옥녀(玉女)>의 추악이 되고, 어수룩한 식민지 백성을 좀 속여 먹으려다가는 눈을 뜨고는 바로 볼 수 없는 모던 희활극 <나의 친구여>가 되고, 동서로 표류할 수 없는 백의인(白衣人)의 비참한 현실을 폭로하고 농촌의 계몽운동까지 양념을 쳐보려다가는 <유랑>의 건조무미한 수평선 이하의 범작이 되고, 인정 비련 애상 희활극 <낙화유수>가 가장 흥행 성적이 좋았다고 한다.

여기에 팬의 정도와 감상안을 엿볼 수 있고 좌왕우지(左往右之)도 할 수 없으니 양심 있는 제작자는 눈물이 있을 것이다.

여배우 여배우!

재색이 겸비한 여배우가 한 사람이라도 나타나 주었으면 우선 돈도 많이 벌 것을… 아무리 눈을 뒤집고 쫓아다녀도 이 어수선스러운 판국 수습되기 전에는 약고 상식 있는 여성은 나설 리가 만무하다.

조선에서 여배우라 일컫는 특수부락의 여성은 모조리 깨끗지 못하다고 통탄하는 사람이 있으나 그것은 너무 심한 말인지 모른다.

어쨌든 본시 그들이 여배우로서의 얼마만한 소질을 가지고 있나 하는 것이 첫째 문제이겠지마는 또는 품성과 교양과 인격 여하도 큰 의문이지만 윤심덕(尹心悳) 최성해(崔星海)가 어복(魚腹)이 그리워 창파에 몸을 던지지는 않았을 것이요 복혜숙(卜惠淑) 이월화(李月花)가 기적(妓籍)에 틀어박혀 있지는 않을 것이다. 또는 전(全) 모, 서(徐) 모가 좋지 못한 관사(冠詞)까지 뒤집어쓰고 다닐 것도 아닐 것이다.

아무리 간사한 계집이라도 작은 장자(腸子)나마 붙리고 나야 사나이의 '노리개' 노릇이라도 하는 것이니 가령 천생으로 방종한 탕녀의 유전이 있고 제 몸 하나를 절제할 힘이 없는 여자라손 치더라도 무엇보다도 생활을 안정시켜주고 상당한 지도자를 만나서 디디고 설 무대만 있었더라면 결단코 오늘과 같은 추태를 우리 목전에서 연출하지는 않았을 것이다. 나이 어린 신일선(申一仙)이는 벌써 임신 육 개월이라는 희소식(?)을 그의 친척에게 들었다.

천직은 둘째요 돈이 첫째니 그네들 중에는 일찌감치 가장 유복을 찾았다고나 해줄까?

어쨌든 그 죄과는 '조선'과 그네들 자신이 반분씩 져야할 것이다.

05회, 1928.04.24.

《조선일보》, 1928.04.18~24. [1, 2회에서는 '沈薰', 3, 4, 5회에서는 '沈熏'으로 필자명을 표기하고 있음.]

아직 숨겨 가진 자랑 갓 자라나는 조선 영화계

더구나 우리 연예계에 있어서 무엇 하나가 세계를 향해서 자랑할 만한 것이 있는가? 제 것이면 남에게 거짓말을 보태서까지 자랑하고자 하는 것은 사람의 통정(通情)이겠지만 그렇다고 아조 터무니도 없는 것을 가지고 "이것이 우리 민족의 자랑이요 이 분이—우리 조선의 대표적 예술가요" 하고 억지로 만들어 내지 않으면 아니 될 경우를 당하고 보면 자긍하려는 것이 도리어 큰 고통이 되는 것이다.

◇

이동백(李東伯)이의 융준(隆準)이 우리의 자랑일까? 박춘재(朴春載)의 재담이, 죽은 심매향(沈梅香)이의 <골패타령>이 우리의 자랑일까? 『춘향전』, 『심청전』을 들어서 우리 민족의 대표적 작품이라 일컬을 수 있을까? <남사당> <꼭두각시>노름이 우리의 순수한 향토극이요 승무, 0무, 처용가(소용돌이)가 우리의 무용이요 수심가, 육자배기가 우리의 성악이요 사군자, 십장생이 우리의 미술이요 시조와 사률(四律)이 우리의 시가라 할까? 편집하시는 분의 부탁이 우리 영화계의 자랑을 말하라 함이니 <아리랑>, <풍운아(風雲兒)>, <봉황의 면류관>, <뿔 빠진 황소>, <먼동이 틀 때>가 세계의 시장으로 팔려 나갈 만한 조선의 영화라고 떠들어야 옳을까?

◇

　모든 부류의 예술 가운데에도 연극은 가장 장구하고도 복잡한 역사를 가지고 있는 것이다. 따라서 구라파인에게는 거의 약 천년 동안의 대대로 물려 내려온 전통이 있는 것이니 그리스의 상고로부터 연극이 훌륭히 발달되었던 것은 지금 로마의 구도(舊都) 안에서 굉대한 석조의 원형극장의 유적을 보면 상상할 수 있을 것이요, 전 인도의 영토를 뺏기더라도 한 사람의 셰익스피어와 바꾸지 못하겠다고 하는 앵글로 색슨족에게도 벌써 사옹(沙翁) 이전에 무대극이 상당히 발달되어 있었던 것이며 중국에 있어서는 원조시대로부터 '창희(唱戲)'가 시작되었다 하고 일본의 '가무기(歌舞伎)'만 하더라도 단 이삼백 년의 역사가 있는 것이 아니다.

　그러나 우리 조선에는 문화가 그 극에 달하였던 찬란한 삼국시대의 문물이 그 잔해가 경주 부근에 남아 있을 뿐이요 연극에 관한 것은 사승(史乘)조차 찾아볼 길이 없다.

　조선에는 연극의 역사가 없다! 전통이 없다. 야만이 아니었던 우리 선조가 정신생활이 있었으면서도 극이 없고 오페라가 없고 창희가 없었던 것은 그야말로 기적이 아니라 할 수 없다. 나타나지 않은 기적! 그것은 나타났던 것과 같이 위중을 하고 또 나는 그것을 자랑해야만 한다니까 여간 마음이 쓰라린 것이 아니다.

◇

　더구나 활동사진은 발명된 지가 겨우 삼십여 년에 영화라고 개명을 해 가지고 이른바 제8예술의 대우를 받게 된 지가 불과 수년이니 가난한 것으로 세계의 자랑을 삼는 우리 조선서는 무엇 하나 들어서 말할 건덕지가 없다.

그러나 남과 같은 기회와 재력만 얻으면 우리 조선 사람이 어느 방면으로든지 다른 민족에게 조금도 지지 않을 뿐 아니라 예술방면에 있어서는 그 천품을 발휘할 것을 우리는 자신하는 것이다. 우리는 다른 민족보다 월등히 풍부한 예술적 소질을 가지고 있는 것이다. 기다란 예를 들 지면이 없으나 참말로 풀 한 포기 날 수 없는 이 황무지에서 돈의 위력과 가장 복잡한 과학적 시설이 없이는 꿈도 꿀 수 없는 영화의 제작이 겨우 이삼 년 동안 얼마나 장족의 진보를 하였는가? 설사 하나도 내 놓을 만한 작품이 없는 것은 사실이지만 그것은 사도(斯道)에 종사하는 사람들의 죄가 아니다.

◇

최소한도의 생활보장만 된다하면 작자, 각색가, 감독, 배우, 기술자가 나올 것이 틀림없고 여배우란 이름은 매춘부의 별명으로 알지만 인도자를 만나고 생활만 안정시켜 줄 재력만 있으면 조선에는 세계적 여배우가 나오지 못한다고 뉘 있어 단언할 터인가?

그러므로 우리는 목전에 자랑할 만한 아무것도 없다고 결코 한탄할 것이 아니다. 천재는 얼마든지 숨어 있는 것이다. 다만 한 되는 것은 그들을 찾아낼 눈이 없고 그들에게 천질(天質)을 발휘할 설비와 밥이 없는 것이다.

세상에 드러난 사람으로는 여자는 보지 못하였으나 영화계에 있어서 남배우로는 강홍식(姜弘植) 씨 같은 분은 성악가로서 오페라 배우로서 또는 영화배우로 훌륭한 체구와 드물게 보는 풍봉(風丰)을 가진 사람이니 좀 더 절제 있는 생활을 하고 밟을 무대만 있다면 얻다가 내어놓든지 부끄럽지 않을 것이요 나운규(羅雲奎) 씨 같은 분은 배우로서는 특수한 단역으로 스케일이 큰 작품의 감독자로 상당한 작품을 제작할 뿐이요 이경손(李慶孫) 씨 같은 분은 채플린같이 보기에도 가엾은 천생 고독한 예술가로서 또는 차고 쌀쌀한 희극배우로서도 훌륭한 소질을 가진 분으로 보았다.[망언다죄(妄言多罪)] 그리고 그들의 나이가 모두 삼십도 되지 못하니 어찌 그 장래를 촉망치 않을 것이랴!

나오라 조선의 천재여!

그들이 신계(神啓)와 같이 나타날 것을 우리 민중은 참으로 일각이 삼추와 같이 고대하고 있을 것이다! (삼월 십오일)

≪별건곤≫, 1928.05. pp.217~219. [필자명은 '沈薰']

아동극과 소년 영화

어린이의 예술교육은 어떤 방법으로 할까

아해들은 나이가 어려서 장난[遊戲]을 하는 것이 아니라 장난을 하기
위하여 어린이의 시대가 있는 것이다…(그로─스)

　　　　○

유희(遊戲)할 때의 인간이야말로 참 정말 사람의 모양을 나타내는 것
이다… …(시러─)

　①　여러분! 노래를 부르고 춤을 추어도 오히려 견딜 수 없이 기쁘고
지겨운 어린이날을 맞이하는 여러분 여러분이여! 이 같이 좋은 날에 섭
섭한 말씀을 해서 대단히 안 되었습니다마는 여러분이 밥 먹기보다도 더
좋아하고 학교의 공부보다도 더 재미있어 하는 좋은 연극이나 활동사진
이 이제까지 우리 조선에는 있었다고 할 수가 없습니다. 아름다운 이 강
산에 태어나서 아득한 옛날로부터 남부끄럽지 않은 문명한 살림살이를
누려오던 우리 배달족속이언만 어린이들에게 크게 유익한 아동극이나
소년영화를 우리들의 손으로 해보지도 못하고 구경조차 못하는 것은 참
으로 눈물이 흐르도록 섭섭하고 분한 일입니다.

　그렇지만 없는 것은 밤낮 없는 대로만 있을 이치가 없습니다. 우리도
손발이 있고 다른 나라 사람보다도 더 재조 있는 머리를 가졌으니까 지

금부터라도 열심히 만들어내고 자꾸 해보면 안 될 것이 있겠습니까? 그러니까 없다고 걱정만 할 것이 아닙니다.

말도 잘 거누지 못하는 아기들이 나무토막을 가지고 쌓았다 허물었다 하는 것은 기양 장난이 아니라 집을 짓고 싶어 하는 타고난 버릇[本能]을 가진 까닭이요 남녀를 분간도 못하는 인형 같은 아기씨가 '장독대' 곁에서 작은오빠하고 비둘기처럼 마주앉아서 눈곱만한 그릇에 풀잎사귀를 담아가지고 "너 먹어라" "아이 손님 먼저 잡수세요" 하고 노는 것은 소꿉장난이 아니라 자라서 살림살이[家庭生活]를 하려는 연극을 미리 하고 있는 것입니다.

우리가 어렸을 때에 양지쪽에서 노는 병아리처럼 혼자 쫑알거리든 것이 자라서 성악(聲樂)이 되고 숯검정으로 벽에다가 난초를 치던 버릇이 자라서 미술(美術)이 되고 마루에서 뜀박질을 하던 것이 무도(舞蹈)가 되고 달 밝은 밤에 동무들이 은행나무 그늘에 모여서 '숨바꼭질'을 하고 '까막잡기'를 하는 것이 커지면 연극(演劇)이 되는 것이요 그 그림자를 박혀낸 것은 별다른 것이 아니라 바로 활동사진[映畵]입니다.

😊 01회, 1928.05.06.

② 위에 말씀한 것과 같이 어린이는 잠시도 움직이지 않고는 견디지 못하는 본질을 타고났으므로 나날이 장성해가는 것이요 이른바 지각[理智]이 나지를 못했으므로 그 마음자리는 온통 감정투성이입니다.

'능금' 한 개를 보고도 손뼉을 두드리며 참새같이 뛰놀고 조금만 비위에 틀리는 일이 있으면 발을 동동 구르고 통곡을 내어놓습니다. 그러기 때문에 어린이를 지도하는 책임 가진 사람은 무엇보다도 어린이의 감정

생활에 가장 큰 주의를 해야 할 것입니다. 감정을 무시한 교육은 반편[畸形]이요 껄떡이에 지나지 못하는 것이외다.

일본말 한마디라도 더 가르치기에 눈이 벌겋고 순진스럽기가 천사와 같은 아동을 병정 다루듯 하는 조선의 학교교육을 보면 참으로 한심합니다.

그러므로 우리는 자유를 얻을 수 있는 범위 안에서 동요 영화 자유극 아동극 등 예술교육활동을 일으켜서 지금 우리네가 받고 있는 병신교육(病身敎育)으로부터 감정교육 예술교육 자유교육으로 개선치 않으면 안 될 것입니다. 이것은 결단코 한때의 유행으로나 마음이 들뜬 예술가들의 장난이나 소일거리를 할 것이 아니라 참다운 교육가들의 손으로 신중하게 연구하지 않으면 아니 될 중대 문제입니다.

　　　　○

거듭 말씀하거니와 어린이에게는 예술적 본능이 있으니 그들의 일상생활이 이미 희곡적이라 자유로운 무대에서 자유로운 극본을 가지고 자유롭게 연극을 하면서 제 몸을 잊어버리고 모든 것을 돌아보지 않는 그 무사기(無邪氣)하고 더럽히지 않음이 얼마나 존귀하고 순진한 자태입니까? 여기에 있어서만 우리는 '하나님'을 만나볼 수 있고 '부처님'을 가까이 할 수 있는 것이니 너무도 시끄럽고 더러운 이 땅 위에서는 이보다 더 귀엽고 깨끗한 모양을 볼 수가 없는 것이올시다.

나는 이 위에서 어린이의 예술교육이 어째서 필요하다는 것을 대강 말씀하였습니다. 그러나 모든 점으로 대단히 자유롭지 못한 처지에 있는 우리로서 어떻게 하여야 어린이의 예술교육을 이상대로 펴보고 그 포부와 사명을 다해볼까 함이 가장 큰 문제일 것입니다.

나는 이 문제에 대해서는 습구나 전문으로 연구해 본 적이 없습니다. 그러나 이왕 붓을 든 김에 동화극 소년영화의 각 부문을 나누어가지고 어떻게 실행해야 되겠다는 방침을 아주 간이히 아래에 말씀해보려 합니다.

😊 02회, 1928.05.08.

③ 1. 아동극

아동극은 두 가지로 나누어 볼 수 있으니 하나는 '어린이에게 보여주는 연극'이요 하나는 '어린이에게 시키는 즉 어린이 자신이 배우가 되어 출연케 하는 극'입니다.

러시아에는 어린이만 출입하고 아동극만을 전문으로 상연하는 극장이 따로 있는데, 어느 유명한 부인이 거느리고 있어서 날마다 오후면은 농민이나 노동자의 자녀들을 모아가지고 좋은 연극을 보여준다고 합니다. 또 다른 나라에도 많겠지만 일본서도 축지소극장에서 가끔 '어린이의 날'은 작정해가지고 <가방극장>, <콩이 삶아질 때까지>, <양치는 사람>, <박쥐>, <장난감 병정> 같은 재미있는 각본을 가지고 여러 번 상영한 적이 있습니다. 또 얼마 전에 서울서도 유인탁(柳仁卓) 씨 연출로 조선극장에서 <날개 돋친 구두>를 상연해서 많은 환영을 받았습니다. 그밖에 소년회 주최로 동화극을 이따금 하는 모양이지만 <날개 돋친 구두>나 세계적으로 유명한 <파랑새[靑鳥]> 같은 각본은 '모스크바' 예술좌에서 벌써 천 번이 넘도록 상연을 했답니다마는 이러한 희곡은 어른이 해서 어린이에게 보여주는 것이요 도리어 일반 어른들이 더 많이 보게 된 것이니 순전한 아동극이라 할 수가 없습니다. 그러므로 이러한 종류의 드라마는 희곡이나 연극에 이론을 잘 알고 인간생활에 깊은 이해와 사랑을 가진 아동교육가로서야 비로소 손을 내밀 수 있는 것이니 아직 같아서는 그 실제를 밟을 가망이 없습니다.

그러니까 정말 아동극은 어린이의 손으로 하고 어린이끼리 구경을 할 수 있는 것이겠는데 우리는 조촐한 극장 하나도 짓지를 못했으므로 그러한 어려운 일을 꾸미려고 헛애를 쓰지 말고 우선 실내극이나 야외극 같은 형식을 빌어서 시험해볼 것입니다.

동화 같은 것을 각본으로 만들어가지고 (조선 고래의 옛날이야기, 이를테면 <흥부놀부>, <콩쥐팥쥐> 같은 것이나 새롭고 의미 있는 것) 마루 대청이나 방 안을 무대로 삼아가지고 별다른 분장도 할 것 없이 동무끼리 모여서 연극을 '공석'이라도 깔아놓고 동내 도련님 아가씨부터 모아다가 앉히고요…

@ 03회, 1928.05.09.

④ 장소가 좁고 실내에서는 할 수 없는 각본이면 산곡이나 평야로 나가서 밑천 안 드는 대자연을 배경 삼고 쾌활한 각본으로 씩씩하게 한바탕 하고 보면 하는 사람이나 구경하는 동무들로 심신이 여간 상쾌하지 않을 것입니다.

그러나 어른이 뒤에 서서 감독을 하고 모든 것을 지도해 줄 경우에는 다만 재미가 있다거나 어린이의 흥미를 끌 생각만을 하지 말고, 아동극을 연출하는 근본정신이 어린이에게 인생의 기쁨을 전해주고 어린이에게 정신의 자유를 주는 것으로 목표로 삼을 것입니다. 물론 보는 중간에 하품을 하게 해서는 못 쓸 것이나 아기자기한 재미가 깨 쏟아지듯 하면서도 그 취미가 고상치 않으면 안 됩니다. 상당히 눈이 높은 어른이 보아도 마음이 청신해지고 어린이의 세상으로 다시 돌아가고 싶어할 만한 감흥을 줄 만큼 되어야 할 것입니다.

2. 학교극

학교극의 가치는 물론 생도들로 하여금 극적 본능을 움직이게 하고 생도들의 속에 품고 있는 예술적 행동을 고무시켜서 사회생활로 들어가는 제일보로 좋은 습관이나 아름다운 동작과 경험을 알게 하는 곳에 있습니다.

그 가운데에도 특히 학교극은 일반 아동극과 함께 학생들에게 협동 일치하는 정신을 직업으로 받게 하는 것이니 극중에 출현하는 어린이의 기쁨은 비길 곳이 없습니다. 따라서 그 가운데에서 어린이의 사상 생활은 비상히 자라나는 것입니다.

이와 같이 효과가 있는 학교극을 어째서 우리는 시험해보지 못합니까?

각 학교가 자랑거리로 연극반을 만들어서 교내의 상설기관을 삼을 것입니다. 당국자가 이해만 한다면 가장 두통거리인 검열 문제도 없을 것이니까 합심만 되면 얌전하게 해나갈 도리가 있을 것입니다.

학생들이 가지고 있는 모든 기능—즉 학교와 가정에서 배워 얻은 지식을 기초로 해서 창조적 표현을 가장 자유롭게 발휘케 할 것입니다. 문제는 각본인데 여러분이 모여 앉아서 좋은 거리를 잡아가지고 공동으로 꾸며내면 좋겠습니다. 그러려면 물론 좋은 지도자가 필요할 것입니다. 각본만 되고 보면 여러 가지 무대장치나 의상이나 배경 같은 것은 학교에서 배운 수공이나 도서를 이용해서 만들고 그리고 극 중에 붙는 노래도 학교에서 배운 것이나 그렇지 않으면 작곡까지도 배운 것을, 또 창작해서 양념 삼아 곁들여보면 더욱 흥미가 있을 것입니다. 이렇게 해서 연출하는 학교극은 학교에서 배우는 모든 과정을 복습하는 겸해서 그야말로 일거양득의 효과를 얻을 것이요 종합된 내용을 볼 수 있을 것입니다.

나는 운동경기와 같이 신극 운동이 각 학교 안에서 열심히 연구되고 자랑거리가 되기를 간절한 마음으로 기다리고 있습니다.

🎭 04회. 『심훈문학전집 (3)』(탐구당, 1966) p.546을 수록함.

🎭 ≪조선일보≫, 1928.05.06~?. [필자명은 '沈薰'. 마지막 '4회'분은 해당일자의 신문지면을 확인할 수 없어 보충한 것임.]

〈서커스〉에 나타난 채플린의 인생관

① 찰리 채플린이 똑바로 들여다본 인생을 나는 횡(橫)으로 방관하고 그의 인생관을 너무 추상적으로 생각하는지는 모르겠으나 <서커스>를 통해서 본 나의 의상(意想)을 솔직하게 몇 마디 적어 보려한다.

○

<골드 러쉬>에 있어서 황금욕에 미쳐 날뛰는 현대인의 생활상을 여지없이 폭로시키고 간이 간지럽도록 그들을 풍자한 명장 채플린이 삼년 동안이나 침묵을 지켜오다가 이번에는 기구한 운명에 부대끼는 자기 자신의 다단한 반생의 자서전 한 페이지를 우리들 앞에 내놓았다. 이 영화가 우리가 오랫동안 많은 기대를 가지고 오던 <서커스>의 일 편이다.

착상과 구도가 좀 더 대중적이요, 스케일이 크고 폭이 넓은 만큼 극적 변화도 많은 점으로 보아 <황금광시대>를 사랑하는 사람의 범위가 훨씬 늘고 따라서 흥행까지도 만점이었던 것이다. 그러나 이 <서커스>는 단편적이면서도 아래와 같은 작자의 우의(寓意)를 엿볼 수 있는 것이니 ―인생의 본질적 면목을 한 조각의 빵을 얻어먹기 위해서 곡마단에 팔려서 땅재주를 넘고 심지어 생명을 도박에 걸고 수십 장(丈)이나 되는 줄 위에 물구나무를 서는 어릿광대에 지나지 못하는 것이다.

나(채플린)도 그러하다. 천생으로 고독하고 헐벗고 굶주리던 내가 우연한 기회를 타서 영화계(곡마단)에 뛰어들어 뜻하지 않을 성공을 하여

전인류의 찬양과 인기를 한 몸에 이끌고 있기는 하나 그러나 그것은 뜬 구름과 같은 헛된 영예에 불과한지라 나 자신부터 그다지 큰 쾌열(快悅)을 느끼지 못하는 것이니 인생으로서 속 깊이 뿌리를 박고 있는 고민과 오뇌와 회의가 하루살이의 영화쯤으로 근치될 리 없고 돈과 계집이 또한 숙명적으로 고독한 나의 마음을 위로시켜 줄 만한 아무 것도 되지 못할 뿐 아니라 그러한 것이 누가 되어 도리어 신변을 번거롭게 만들어줄 뿐이다.

○

나도 인생이란 한 개의 동물인 이상 애욕의 본능을 거부치 못하고 이성을 따르다가 세 번이나 이혼을 하였다. 결국은 한 사람의 여성도 얻지 못하였으니 그들은 도리어 나를 저주하여 사랑하는 자식까지 안고 다른 남성의 품에 가 안긴 것이다. 그러나 나는 입술을 깨물고 그네들의 앞길을 축하하며 거칠은 황야에 홀로 서서 석양의 잔조가 지평선 위에 꺼져갈 때 정처 없는 발길을 힘없이 떼어놓기는 하나 눈앞에는 아득한 벌판에 황혼이 아물거릴 뿐…. 무엇을 하려고 또는 어디로 가려고 내디디는 걸음인지 나 스스로도 알 길이 없다.

😀 01회, 1928.05.29.

② 붓은 옆길로 달리나 곡마단을 배경삼고 인간□□의 □□과 삼각관계를 같이 그려냄에 들어서는 에이. 듀폰 씨(<바리에테>의 감독자)의 현란심각한 수법에 견주어 적이 손색이 있고 <파리의 여성>의 제작자로서는 감독술로도 새로운 경지를 밟지 못하였고 카메라워크도 신기한 기교를 보여주지 못하였다. 뿐만 아니라 3권부터 5, 6권에 이르러는 자못

따분해진 감이 없지 않고 각색도 달음박질을 한 혐(嫌)이 보인다. 그다지 사랑하던 머나를 중도에 틈입한 청년에게 결혼까지 시켜 떠나보내기까지에는 그 동기와 어찌할 수 없는 경위를 좀 더 소상 치밀하게 묘사하지 못한 것은 보옥(寶玉)의 미하(微瑕)라 할까. 작자의 그때 사정으로는 이만큼 만들어 놓은 것을 도리어 탄복할 것이나….

어쨌든 초고속도의 윤전기가 돌아가듯 하는 하이 스피드로 눈망울이 핑핑 도는 템포를 붙잡아 가지고 이만큼 거편을 물 한 방울 샐 틈 없이 쥐어짜 그만큼이나 꾸그러 놓은 두뇌와 수완은 세계의 어떠한 천재 제작자도 추종치 못할 것이다.

○

다시 본제(本題)로 돌아가 기갈에 쪼들리고 애욕에 부대끼는 짓밟힌 계급인의 쓰라린 생활만을 보여주고 취재를 프롤레타리아트에 잡는다고 채플린을 가리켜 단순한 사회주의자라고 추단할 수는 없는 것이니 그의 어느 작품에도 진취의 힘과 ××의 불길이 보이지 않음을 보아 알 수 있다.

제 배때기밖에 모르는 곡마단 주인(자본주)에게 채찍을 맞고 쫓겨나서 쓰레기를 담아내는 '구루마' 속에 가서 쪼그리고 누운 가엾은 그의 모양을 보라! 나쁘게 비유하면 찬비에 젖어서 오르르 떠는 생쥐와 같이 보이지 않는가? 이것이 채플린의 손으로 탈과 껍데기를 벗겨 놓은 인생의 노골적인 자태요 또한 채플린 자신의 그림자가 아닐까?

온갖 폭학과 ××와 유린의 어수선스러운 자취를 남기고 인생의 수라장인 곡마단이 떠나간 뒤에 머나를 실은 수레바퀴가 둥그렇게 원을 그리고 지나간 공막연(空漠然)한 폐허에 홀로 남았을 때 퍼스트로 비취는 그의

비창한 얼굴을 보라— 이 순간에 존경할 만한 □□□□의 비극배우의
면영이 우리의 가슴을 전침(電針)과 같이 찌르지 않는가?

○

웃지도 울지도 못하는 채플린! 한 쪽 눈으로 웃기고 동시에 한 쪽 눈
으로 눈물을 짜내는 희극의 심포니!

인생의 무상함과 모순 덩어리인 사회상을 뼈에 사무치도록 보고 느끼
면서도 ××하는 행동조차 또한 헛된 것임을 깨닫고 인간생활의 축도인
<서커스>가 대지 위에 끼치고 간 종이 조각의 파편을 주워가지고 쥐어
뭉쳐서 뒷발로 걷어차 버리고 시름없이 일어서는 찰리!

○

그는 구원의 센티멘털리스트요 테러리즘을 모르는 일개의 허무혼에
발톱 끝까지 떨고 있는 불쌍한 예술가요, 그의 작품 <서커스>는 두 말
할 것 없이 자신의 고뇌를 인류에 향하여 애소(哀訴)한 단편의 서정시인
것이다—(5.27일)

😊 02회, 1928.05.30.

😊 ≪중외일보≫, 1928.05.29~30. [필자명은 '沈熏']

우리 민중은 어떠한 영화를 요구하는가?
—를 논하여 '만년설' 군에게

① '만년설(萬年雪)' 군의 장황한 논문(?)은 여러 날 두고 정독하였다. 계급의식이 박약한 우리로서는 귀를 씻고 근청(謹聽)할 만한 대문도 없지 않았고 알았든 몰랐든 간에 전비(前非)를 뉘우칠 만한 반성의 자료를 얻음이 또한 적지 않았다. 더욱이 이제 와서는 들추어 말하기도 얼굴이 뜨거운 이 사람의 태작이요 졸품인 <먼동이 틀 때>에 대한 냉정 엄혹한 비판에 이르러서는 고두재배(叩頭再拜)로써 그 수고로웠음을 진사(陳謝)할 따름이다. 또는 영화인들의 후일을 경계하기에 충족한 편달이었기에 거듭 사의를 표하는 바이다.

본시 문예작가나 영화 제작자는 입 딱 다물고 제 주견대로 저 할 일에나 몰두할 것이니 헛된 이론싸움으로만 일을 삼는 사람이나 남의 말[辱]을 잘함으로 이름을 날리는 비평자들의 착종한 소론에 일일이 대항할 겨를도 없으려니와 그네들이 떠드는 소리에 번번이 흥분하다가는 첫째 수명에 해로울 것이다.

만년설 군의 도도수천언(滔滔數千言)이 그 논지가 정곡을 얻었든 잃었든 간에 처음에는 다소곳하고 귀담아 들어나 둠에 그치려 하였었다. 또 한편으로 생각하면 정당한 이론을 밟지 않고는 실제운동이 있을 수 없는 것과 마찬가지로 영화예술에 관한 이론도 확립시켜야 할 시기에 이르러 그 필요를 절박히 느끼므로 국외자로서 사도(斯道)에 이해와 명민한 비판안을 갖춘 성의 있는 평가의 출현을 갈망하고 있었던 까닭에 문제를 삼아주는 것만은 고맙다는 말이다.

그러나 유감되는 것은 만년설 군은 그 말한 바가 아직 영화예술 그것을 이해치 못하고 이론으로도 한 가지 편견에 사로잡혀서 내 생각과는 배치되는 점이 적지 않을 뿐 아니라 그의 독필이 영화계 전체를 집어 흔들었으니 문제가 작다고 할 수 없겠고 나 자신의 입장이 과연 실제 제작자인지 아닌지는 모르나 군이 고맙게도 괴뢰의 조종사(나 같은 사람에게 덮어놓고 조종을 당할 허수아비도 없겠지만…)의 한 표본으로 욕 먹이는 조상(組上)에 올려 앉혀준 이상에는 일언의 답변이나마 없을 수 없어 이 붓을 든 것이다.

🙂 01회, 1928.07.11.

2 문단인과 영화인 사이에

"너희들이 무엇을 아느냐 아무 의식도 학식도 없는 부랑배들이—세계 사조의 핵심을 붙잡을 줄 아느냐? 너희들의 귀에 민중이 부르짖는 참 소리가 들리느냐?" 하고 꾸짖으면 한편에서는

"너희들이야말로 영화예술이 당초에 무엇인 줄을 모른다. 얼마만한 가혹한 제도 밑에서 얼마만한 고난을 겪고 있는지 그 실제 사정을 알기나 하느냐? 우리의 혈한(血汗)을 짜낸 작품을 평한답시고 원고료나 받아먹는 즉 우리의 노력을 이중으로 착취하는 놈들이 아니냐? 그다지 불평이 많거든 내 아니꼬운 붓을 던지고 네 손으로 작품 하나라도 만들어 보아라." 하고 발악을 하고 서로 못 먹겠다고 으르렁거리던 싸움은 외국에서 많이

그 예를 본다. 그러나 진정으로 민중의 소리를 대표한 이론이라면 끝까지 싸워보는 것이 진취와 향상을 위하여 도리어 정당한 것이다.

마는 '만년설'이란 사람의 탈선도 어지간해서 나와는 일면식조차 없는 부지하허인(不知何許人)으로서 전생의 무슨 업원이 있었는지는 모르나 평필을 든 사람이 '고린내가 나는 신구예술'이라는 등 '가소로운 날탕패'라는 등 자기는 익명을 하고서 개인의 이름을 또박또박 박아가면서 인신을 공격하기를 예사로 여기고 해동(孩童)도 삼가야 할 욕설을 함부로 퍼붓는 그 태도가 너무나 야비해서 족히 들어 족히 숙시숙비(孰是孰非)를 하 가릴 바 되지 못하나 이 기회를 타서 군과 또는 군과 의견을 같이하는 동류도 있는 모양이니 나는 영화 제작자라고 가정해 놓고 우리가 실제에 당하고 있는 사정과 또는 우리 조선의 민중이 과연 어떠한 내용과 경향과 색채를 가진 영화를 요구하며 특수한 환경에 처한 우리로서는 어떠한 주의와 방법으로써 제작하고 제공해야 할 것인가를 간단히 토의하고자 한다.

이것은 물론 나 한 사람의 의견이니 군이 나와 한데 묶어놓은 이경손(李慶孫), 나운규(羅雲奎) 등 제군과는 피차에 상의해 본 일조차 없음을 말해둔다.

😊 02회, 1928.07.12.

③ 본제로 들어가기 전에 우선 군에게 두어 마디 해두고 싶은 말이 있다.

세계 각국의 사전을 뒤져보아도 알길 없는 '목적의식성' '자연생장기' '과정을 과정하고'… 등 기괴한 문자만을 나열해 가지고 소위 이론 투쟁을 하는 것으로 소일의 묘법을 삼다가 그나마도 밑천이 긁히면 모모(某某)를 일축하느니 이놈 너는 수ㅇ가(手ㅇ家)다—하고 갖은 욕설을 퍼부어 가며 실컷 서로 쥐어뜯고 나니 다시 무료해진 지라 영화계나 어수룩한 양 싶어서 자웅을 분간할 수 없는 까마귀떼의 하나를 대표하여 우리에게 싸움을 청하는 모양인가? 어쨌든 파적거리를 장만하기에 부지런한 것을 보아 군이 청명한 사람인 것만은 알 수 있다.

어쨌든 파적거리를 장만하기에 부지런한 것을 보아 군이 내가 왜 이런 비꼬는 소리를 하는고 하니 첫째로 "내가 이 논문을 쓰는 본의는…" 하고 붓을 잡은 사람으로서 중언부언 늘어놓는 것이 일관한 주견이 서지를 못하여 그 요령을 건질 수 없고 둘째는 작품의 거칠은 '플롯'만을 추려서 시비를 가리려는 것은 작으나마 종합예술의 형태로 나타나는 영화의 비평이 아니니 예술이론상으로도 근본적으로 착오된 것이요(영화비평에 대한 의견은 ≪별건곤≫ 5월호에 실린 졸고를 일독해 주기 바란다) 셋째로는 마르크시즘의 견지로써만 영화를 보고 이른바 유물사관적 변증법을 가지고 키네마를 척도하려 함은 예술의 본질조차 터득치 못한 고루한 편견에 지나지 못함이요 넷째로는 군이 진실로 우리 영화계의 장래를 염려하는 성의에서 나온 것이라면 공론(空論)을 떠나 좀 더 핍절한 실제 문제를 붙잡아가지고 앞으로 어떠한 방법으로 어떠한 내용을 담은 작품을 제작해야 되겠다는 구체적 의견을 진술하여 우리에게 교시함이 그 중요한 착안점이어야겠는데 여기에는 생각이 근처에도 이르지 못하였고 다섯째로는 영화는 예술품 중에서 폭이 가 넓고 큰 대신에 가장 수명이 짧은 것이니 벌써 5, 6년 전에 나왔던 <심청전>, <장한몽>, <농중조(籠中鳥)>… 등 청산하기는커녕 창고 속에 영장(永葬)이 된 지도 오랜 것으로 이제 와서 새삼스러이 들추어내 가지고 임자 없는 시체에 채찍질을 함으로 능사를 삼는 태도는 전연히 욕을 하기 위하여 붓을 든 것이라고 간주할 수밖에 없지 않은가?

😀 03회, 1928.07.13.

④ 피차에 불유쾌한 잔소리는 이만큼 해두고 차차 본제로 들어가 보자.

군이 말한 바 그 요지를 추측하건대 영화도 다른 부르주아 예술과 같이 사회사정을 몰각하고 개인적으로 감각적으로 달라서 자기도취와 말초신경의 향락을 주안을 삼아가지고 제작해서는 못 쓰겠다는 것을 역설하고 무엇보다도 먼저 조선의 현실에 입각해서 영화로 하여금 무산계급의 해방을 돕는 투쟁 도구의 하나로 만들어 기성예술의 성새(城塞)를 함락시키고 그리하여 예술적 사명을 다하기를 바라며 영화를 가장 효력이 큰 신흥예술로서 혁혁한 지위를 획득케 하지 않으면 아니 되겠다는 점에 있는 듯하다.

그러나 그것은 지당한 의견이요 우리로서는 누구나 그렇게 되어주기를 촉망함직하다.

어렵게 말하자면 우리가 현조 계단에 처해서 영화가 참다운 의의와 가치가 있는 영화가 되려면은 물론 프롤레타리아의 영화가 아니면 안 될 것이다. 왜 그러냐하면 프롤레타리아만이 사회구성의 진정한 자태를 볼 줄 알고 가장 합리적인 이론을 가지고 또한 그를 수행하고야 말 역사적 사명을 띠고 있음이 분명한 까닭이다. 현금 전세계를 풍미하고 있는 부르주아 영화는 절대다수인 무산자 사회의 비참한 생활상과 ××의 과정을 진행해 나아가는 가릴 수 없는 현상을 민중의 눈으로부터 은폐해버리고 그들을 기만할 뿐 아니라 그러는 틈에 자본가는 제 주머니 속에 황금을 약취하는 도구로 이용하고 있는 것은 엄연한 사실이다. 그렇기 때문에 우리는 아무 의식도 없고 현실을 앞에 놓고도 들여다볼 줄 모르는 '청맹과니'들이 애상적 센티멘털리즘의 사도로 한갓 유흥기분으로써 청춘과 사랑을 구가하고 헐가의 비극을 보여주는 그따위 작품이란 것들을 단연히 일소해버리는 것도 또한 당연히 해야 할 일이다. 그리고 한 걸음 더 나아가서 우리들이 가져야 할 문학, 연극, 음악, 회화 및 잡지 신문과 함께 모든 예술부문 중에 가장 강대한 무기의 소질을 가지고 있는 영화도 한몫을 쳐서 전 프롤레타리아의 계급적 공동사업을 헌신적으로 조성시키고 끊임없이 발전을 시켜나가야 할 것이니 이것은 지도분자인 인텔리겐치아가 지지하는 이론의 통괄적 초점이어야 할 것이다. 이 의견은 나 역시 연래로 품고 있는 지론이니 작품으로 발표치 못하고 행동으로 선명히 드러내지 못함을 못내 부끄러워할 뿐이다. 소위 작자라는 내 눈으로 보아도 눈도 코도 없는 <먼동이 틀 때>는 내 손으로 죽여버린 지 이미 오래인 것이다.

◇

현금 조선 영화계의 당사자 중에는 한 사람의 '동지'도 없다 하고 한탄하는 것도 무리는 아니니 가끔 하는 말이거니와 영화인이란 특수부락의 룸펜들은 설렁탕 한 그릇에 염천이나 심동에도 하루 40시간의 노동(따라만 다니는 일이라도)을 하고 때로는 마차 말처럼 사역을 당하면서도 예술적 충동보다는 우스운 허영심에 눈이 어두워 불평도 울릴 줄 모르고 자기네의 손으로 만들어지는 영화의 효능과 사명조차 깨닫지 못하는 사람이 거의 전부라고 인정하는 까닭에 호의로 해석하면 군은 국외자로서 신경이 없어 보이는 그네들의 태도에 대하야 의분과 일종 증오의 염까지 일으켜서 장문의 필진이나 쳐보려한 것이 아니었는가?

04회, 1928.07.14.

5 전회에서 나는 대강이나마 영화예술에 대한 자가(自家)의 이론을 약술하고 어느 점으로는 군의 의견과 약간 공통되는 바가 아주 없지는 않다는 것을 말하였다.

그러나 우리가 당장에 발을 붙이고 있는 조선의 현실을 똑바로 들여다 보고 옴치고 뛸 수도 없는 실정에 비추어 생각하면 내가 말한 것조차 또한 한 장의 공문(空文)을 담을 휴지통에 불과한 것을 알아야 되겠다.

조선이란 샘물 한 방울 솟지 못하는 사막지대는 자본주의의 난숙이 그 극에 도달한 아메리카합중국도 아니요 무산계급의 전제가 로마노프 제정시대보다도 우심한 노농노서아도 아니다. 정부의 경영으로 국고금을 내어가지고 문부위원장(大臣)이 직접 지휘를 하여 영화를 제작하고 영화 문제를 토의하기 위하여 전국의 공산당대회가 임시로 소집되는 영화 천국이 지상에 있다는 것은 헛풍문만 들었을 뿐이지 그 나라에서 만들어낸 <포쫌킨>, <바람>, <어머니>, <10월>, <동맹파업>… 등 훌륭한 신흥영화가 일본에 건너가서 우대를 받기는커녕 한 번 개봉도 되지 못하고 어떤 작품은 상륙도 거절을 당한 채 폭발탄이나 밀수입을 한 듯이 일본 정부의 손에 압수가 되고 나머지는 모조리 쫓겨가고야 말았다는 소식에는 군이 귀를 막고 있었던 모양이요 "일본에도 무산정당이 생겨서 대의사(代議士)까지 선거되었다는 것은 꿈이 아니면 기적이 아니냐"하고 젖

냄새 나는 소리는 할 줄 알아도 그와 동시에 한 편에서는 치안유지법 개정안이란 법률이 긴급칙령으로 발표가 되어 학생으로 [中略] 판국인 것을 척안자(隻眼者)가 아닐진대 군의 눈으로는 대조가 되어 보이지 않는단 말인가? 헛기염을 잘 토하는 군 자신부터도 그자들의 ×× 밑에서 사추리에 모가지를 틀어박고 ×× 숨을 쉬고 있는 것을 인식치 못하는가?

다른 방면의 말은 다 집어치우고 표면으로라도 조선에 문단이라는 것이 형성된 지 이미 한두 해가 아니어늘 문예잡지 한 권이 부지를 못하고 '프롤레타리아예술동맹'이 존재가 있다 하건만 도대체 하는 일 해나가는 일이란 무엇인가? 작품 하나 변변한 것을 내놓지 못하면서 무슨 건덕지를 가지고서 청산 배척 극복을 한단 말인가? 참 정말 프롤레타리아가 한 사람이라도 나서서 "너 같은 놈들은 헛된 이론만 캐고 돌아다니는 날탕패니라" 하고 입바른 소리를 할 양이면 군은 족히 무엇을 들어서 변명하려는가? 군과 같은 병신 이론가들이 준동을 하는 것은 자상천답(自相踐踏)의 상서롭지 못한 결과를 지어냄에 불과한 것임을 차차 깨달아야 할 때가 온 것이다.

더구나 막대한 재력과 문예작품보다도 몇 곱이나 지독한 검열제도 밑에서 ××를 선동하는 작품 순정 마르크스파의 영화를 제작하지 않는다고 높직이 앉아 꾸지람만 하는 것은 당초에 무리한 주문이요, 망상자의 잠꼬대도 이 위에 더할 수 없단 말이다.

말이 중복이 되거니와 영화가 계급투쟁의 날카로운 무기로서 이용할 수 있는 소질은 훌륭히 가지고 있다. 그러나 생각해보라. 두쇄족쇄(頭鎖足鎖)를 당하고 있는 사람더러 왜 네 눈앞에 놓여 있는 80근 청룡도를 끊어 들고 싸우러 나가지를 못하느냐하고 호령만 하다가는 목구멍밖에 터질 것이 없다. 첫째로 근본 문제는 [中略] 신(身)을 할 수 있게 된 다음에야 '부지깽이'라도 들고 나설 수 있지 않겠는가?

그러므로 우리는 영화를 자유로 제작할 수 있는 사회를 만들기 위하여 적극적(정치적, 경제적)으로 진취할 것이 초미의 급무니 영화를 ××의 도구를 부려가지고 게다가 예술적 임무를 다해야만 하겠다는 그따위 미온적 수단이나 이론을 가지고 영화인만을 타매함은 괘씸한 것은 둘째요 모순된 관찰과 착각이 이에 더할 수 없단 말이다.

05회, 1928.07.15.

⑥ 요컨대 실천할 가능성을 띄우지 못한 공상은 너저분하게 벌여놓아도 헛문서에 그치고 말 것이니 칼 마르크스의 망령을 불러오고 레닌을 붙잡아다가 서울 종로 한복판에다 세워놓고 물어보라. 먼저 활동사진을 박혀가지고 싸우러 나가자! 하지는 않을 것이다.

그래도 군이 내 말에 불복이 되거든 두 말할 것 없이 총독부 안에 있는 활동사진검열계에 가서 조선 영화가 받은 대우와 그네들의 취급하는 태도를 두어 시간 동안만 구경만이라도 하고 나오기를 권한다. 자세한 말은 지면으로 해서 들어줄 자유조차 없으나 필름 도살장 속에서 우리는 적어도 십년 이상의 형이나 상량(商量)되는 형사 피고인이나 다름없는 대우를 받고 있음을 왼눈을 뜨고라도 발견할 수 있을 것이다. 횡포라든지 언어도단이란 말은 벌써 몇 십 년 전에 쓰던 문구임을 비로소 알게 될 것이니 내가 보고 들은 것만 몇 가지를 적어 군의 참고에 바치고 이 문제는 그치려 한다.

검열이 비교적 너그러운 일본에서 제작된 작품이 이미 몇 천으로는 혜

일 수 없건만 그 중에 단 한 개도 프롤레타리아에 손으로 나온 것이 없다. 근자에 와서 <메닐몬탄>을 모방한 <십자로>가 센세이션을 일으킨 것을 보아 알 수 있는 것이다. 전부가 부르주아의 작품이언만 그리고 미리 각본을 갖다 바치고 촬영소에서 내검열(內檢閱)까지 맡건만 작년도에 커트된 미터 수는 총 검열 미터 수 1,894만 9,911 미터 중에 2만 4,982 미터가 잘려나갔다. 그런데 조선서는 어떠하냐 하면 전부를 몰수를 당한 <혈마(血魔)>(그 까닭은 말할 수 없다)는 문제 밖으로 치고도 <두만강을 건너서>가 두만강이 불온하다고 해서 '저—강(江)'으로 고치니까 '강'자도 못 쓴다고 해서 <사랑을 찾아서>가 되고 말았다.

그러다가는 '산'도 위험하고 '강'도 불온하고 '반도(半島)'도 기휘(忌諱)를 받을 것이니 '조선'이란 식민지의 지명조차 ○○으로 고쳐야 할 날이 머지않을 모양이다.

<어둠에서 어둠으로>는 좋지 못한 암시를 준다 해서 <먼동이 틀때>가 되고 그 싱거운 것을 가지고 별별 말썽을 다 부리다가 나중에는 대본에 형무소라고 쓰지를 않고 왜 그저 감옥이라고 썼느냐, 너는 법령을 무시하는 놈이라고 호령을 몇 시간이나 들었고 [이하 20행 검열로 삭제] 만일 그 자리에서 작자가 조금만 용훼를 할 양이면 "내가 총독부 검열관인 줄 모르느냐" 하고 소리 한 번 꽥 지르면 만사가 이에 그치는 것이다.

😊 06회, 1928.07.17.

⑦ 거짓 없는 사정은 이러하다. 그러나 한편으로 생각하면 영화인이 조선에서 좋은 작품이 나오지 못하는 이유를 오로지 당국자의 폭압이나 검열법규가 가혹하다는 구실만으로 방패막이를 삼아가지고 일반의 비난

을 막고자 함은 자못 비굴한 태도임을 겹쳐 알아야겠다. 무릇 우리의 두 개골을 짓누르는 모든 불합리한 ××는 우리가 애원하고 호소만 한다고 개정될 것이 아니니 이것은 적어도 우리 사람 전체(영화인들도 작은 부분으로서 내포됨)의 용감한 현실적 ××으로 또 ××할 수 있는 것이다. 그러려면 문제는 다시 커지나니 내가 수 회를 걸쳐서 말한 요지를 한 입으로 줄여 말하면 먼저 환경을 뜯어고치기 전에는 한 계급이(그 중에 일부분인 마르크시스트가) 요구하는 영화는 절대로 제작할 수 없다는 것을 단언함에 있는 것이다.

우리 말한 것은 군 한 사람을 상대로 한 '세리후'가 아니요 울분에 견디지 못하는 필자의 방백이다. 그러나 흥분하기를 그치고 좀 더 냉정히 조선서는 훌륭한 것은 고사하고 영화다운 영화가 나오지 못하고 앞으로도 발표되기 어려운 참 원인을 밝혀 보아야 하겠다.

둘째는 물론 돈 문제다. 카메라 한 대도 쓸 만한 것이 없고 기계적 설비라는 거울 한 개와 은지(銀紙)를 바른 반사판 쪽밖에는 없다. 가난한 것도 어지간해야 설궁이라도 하는 것이니 아주 씻은 듯 부신 듯 터무니도 없는 데야 그야말로 어불성설이다. 다른 예술과는 본질상으로 달라서 돈을 닭모이[餌] 뿌리듯 하여도 꼭 좋은 것이 만들어진다고 보증할 수는 없는 영화를 경제파멸의 지옥 밑바닥에서 헤매는 아귀들이 그런 사치스런 흉내를 내보려는 것은 처음부터 망상이다. 줄잡아도 작품 하나에 사, 오천 원이 소모되어서 결국은 밥술이나 먹던 사람이 쪽박을 말리게 되는 것이 또한 은휘할 수 없는 사실이다.

알돈 오천 원만 가지면 노동자조합 하나는 세울 수 있고 고학생 합숙소 한 채쯤은 지을 수 있는 조선 사람들은 유위(有爲)하게 쓸 만한 거액의 돈이니 그 돈을 들여서 '아아 사랑은 애닯아라'식 내용을 담은 영화 하나를 보고 얻는 효과의 가치와 관중에 받는 정신적 비익을 땅을 팔아다가 외인(外人)에게 갖다 바친 귀한 돈과 천칭에 달아볼라치면 비로소 이 땅에서 영화라는 것을 제작하려는 허영과 엉뚱한 계획이 오로지 경제 파멸을 방조하고 하루바삐 촉진시키는 죄악임을 깨달을 것이다.

이와 같이 유물질론자(唯物質論者)의 견지를 벗어나서 돈값어치 이상의 좋은 사진만을 만들고는 존경할 만한 제작가가 나선다고 가정하여도 이 조선은 기형적으로 영화계만을 두드러지게 발달시켜 줄 아량과 여유도 없고 그다지 긴급한 필요도 느끼지 않을 것이 또한 분명하다. 이 문제는 다른 지상에서 누누이 말한 바 있어 더 길게 늘어놓기도 싫으나 좋은 작품이 나오지 못하는 치명적 원인의 하나이므로 거듭 말해두는 것이다.

◇

여기에 또 한 가지 중요한 문제가 가로놓여 있다. 영화계에는 지도자가 없고 상당한 두뇌를 가진 인물이 없다고 군은 말하였다. 이 말에는 머리를 숙이고 듣지 않을 수 없었다. 아무리 불가항적인 검열이나 재력 문제가 있다 하더라도 사도(斯道)에 식견과 수완이 구비한 사람이 있었으면 종래로 우리가 보아온 것 같은 추악한 것을 작품이라고 내놓지는 않았을 것이다.

어느 구석에든지 작자의 인격의 반향이 있을 것이요 아무리 난센스에 가까운 제재를 잡았더라도 표현방식에나 보암즉한 테크닉이 나타났을 것이다. 우리로서는 아무러한 핑계거리를 가지고라도 앙탈치 못할 것이니 이에 이르러서는 재래의 영화인들은 누구나 자신의 역량이 없었음을 시인하고 전비(前非)를 뉘우치기에 주저해서는 못 쓸 것이다. 그러므로 셋째로는 영화인 자체의 수업 문제에 있다고 보는 것이다.

😀 07회, 1928.07.18.

⑧ 촬영감독, 각색자, 기사, 배우를 막론하고 한 개의 기술자로 나서게 되려면 다른 방면의 전문지식을 닦는 이상의 근고(勤苦)와 적공(積功)을 해야 되는 것이다. 가장 복잡한 종합예술인 영화를 이해만 한다 하더라도 여간 잡지 권이나 뒤져본 것으로는 그 윤곽도 짐작치 못할 것이니 실제 촬영에 관한 전문적 지식이 있어야 할 것은 물론이어니와 예술가로서 천품을 갖추어야겠고 과학 방면에 조예가 깊어야 할 것이다. 그러려면은 겨우 이삼 년 동안의 수업으로는 되지 않을 것이니 근 십 년이나 고행을 하여도 스타가 되지 못하는 배우도 적지 않거니와 내가 가 있었던 일활촬영소(日活撮影所)에 육칠 년 동안이나 가장 괴로운 조감독 노릇을 하는 청년이 있었는데 소장이 감독으로 승진시켜 줄 내의(內意)를 보여도 "아직 영화에 대한 지식을 다 배우지 못하고 경험도 덜했으니 몇 해 더 공부를 해야겠습니다" 하고 굳이 사양하는 것을 보았다.

정중와(井中蛙)의 판박이 지식을 가지고 후진에게까지 전하고 있는 조선의 제작자는 귀 밖으로 흘려들을 말이 아닐 것이다.

수모(誰某)를 들어 예를 삼을 것 없이 이런 소리를 적고 있는 나 자신부터 노루꼬리만한 밑천을 가지고 다만 한 번이라도 원작, 각색, 감독을 한 몸으로 해보았다는 것은 그 무모하고 대담하였음이 지금 생각해도 모골이 송연할 지경이다. 감독술의 ABC를 더듬어서 일본서 온 기사에게 몰래 물어보기를 여러 번 하였다는 것을 여기서 자백치 않을 수 없다.

홍모(鴻毛)만도 못한 자존심을 버리고 우리는 연구를 쌓아나가야겠다.

계단을 밟아서 규칙적으로 '가갸거겨'부터 고쳐 배우고 출발점으로 다시 돌아갈 필요까지 느끼는 것이다.

이 말은 이미 두각이 드러난 사람들에게는 자존심을 건드려 불쾌히 여길는지 모르겠으나 이 일에 한 번이라도 착수해본 사람이면 얼마나 상상 이외로 어렵고 복잡한 일인가를 체험했을 것이니 바닥이 긁히는 기초지식을 가지고 향상하려는 노력이 없이 천편일률의 수법으로써 억지로 버티고 되나 안 되나 쭈그려만 놓으려고 드니까 정체를 모를 자에게까지 일등면허장을 들고 다니느니 괴뢰의 조종사니 하는 오장이 옆구리로 꿰어져 나올 욕설을 먹는 것이다.

두 말할 것 없이 조선의 촬영감독, 기술자, 배우들도 적어도 외국의 영화인의 수준까지 올라가 놓고 나서 큰소리라도 할 것이다.

08회, 1928.07.19.

⑨ 넷째로는 영화인들의 생활 문제에 부딪친다. 그네들이 상당한 보수(報酬)를 받고 있는 줄 아는가? 여기도 벌써 조그만 노임의 관계가 맺어지는 것이니 돈을 대주는 사람의 사역인(使役人) 내지 목도꾼 노릇을 하고도 촬영하는 동안만의 밥을 얻어먹는 것조차 보장되지 못하는 경우가 많다. 군이 땅꾼이니 깍쟁이떼니 하고 날벼락 맞을 소리를 한 엑스트라 모양으로 따라 다니는 사람들은 삼순에 구식을 겨우 하는 비참한 생활에 빠져 있는 것이다. 겉으로는 남의 화제에 잘 오르내리면서 영화인만큼 생활의 고통을 받는 것은 조선 아니고서는 볼 수 없는 현상이니 그러므로 이 영화인들이 작업을 제작하는 동기를 내 생각대로 쪼개본다면,

삼분(三分)의 예술감(藝術感)

이분(二分)의 허영심(虛榮心)

오분(五分)의 생활 문제(生活問題)

라고 할 수 있다. 벌여놓은 춤이라 애착도 있으려니와 다른 직업도 얻기 어렵고 산 입에 거미줄을 칠 수 없으니까 마지못해 그 골치 아픈 일을 하는 것이다. 그 중에도 나운규(羅雲奎), 이경손(李慶孫) 같은 사람들은 개인의 생활보다도 같이 일하는 사람 수십 명의 의식을 지탱해줄 책임까지 지고 있는 것이다.

한 작품에 몇 십만 원 몇 백만 원을 던져가며 이태 삼년씩 걸쳐서 겨우 하나를 만드는 사람들이 같은 시대 같은 지상에 있는 것을 비교해 본다면 욕설로 전업을 삼는 군이라도 일을 벌릴 용기도 나지 않을 것이다.

먹기 위하여는 자꾸만 만들어야겠으니 좋은 자식을 배태할 여유가 없고 손해는 보지 않아야 하겠으니까 속중(俗衆)의 비위를 맞출 수밖에 없으니 눈물을 뿌려가며 예술 양심을 죽여 버리게 되는 것이다.

여기에 좋은 작품을 생산치 못하는 주요한 원인의 하나가 또 있는 것이다.

◇

범(凡) 8회나 걸쳐서 지수(紙數)를 허비한 대요(大要)는 군의 맹목적 타매에 대하여 군의 몰이해한 편견과 생각이 근본적으로 착오되었음을 지적하고 실제 사정을 폭로하여 이러한

재작일 분 제1단 3행의 '作業'은 '作品'이요 2단 4행에 '理境'은 '環境'이요 4단 6행에 '有實質論者'는 '唯物質論者'의 오식입니다. 그밖에 국문에도 오자가 많아서 문맥을 통치 못할 구절이 많으니 독자에게 미안하외다.

불가항적 조건으로 말미암아 우수한 영화를 생산치 못하였다함을 구차스러이나마 변명하고 끝으로는 영화인 자체의 수입 문제에까지 언급하였다. 그러나 이미 붓을 든 다음에 말이 이에 그치고 말 수 없으니 아직도 사소한 이야기꺼리는 얼마든지 있으나 마지막으로 제재 문제에 들어가서 좀 더 상술할 필요를 느낀다.

09회, 1928.07.21.

[11] 어떠한 테마를 붙잡아 가지고 즉 어떠한 내용을 가진 원작을 선택해서 제작할 것인가? 이것은 대단히 어려운 숙제의 하나요 제작자로서는 가장 부심하는 점일 것이나 어떠한 스토리를 꾸며가지고 사진을 만들어서 대중 앞에 내어놓을까? 그러려면은 먼저 우리 민중은 어떠한 영화를 요구하는가?를 구명해야 할 것이니 이 제재 문제는 본문의 표제와 직접으로 관련이 되기 때문에 이제야 본론으로 들어가는 것이다.

우리 민중이 어떠한 영화를 보고 싶어 하는가? 적게 말하면 무비 팬들은 무슨 까닭으로 무엇을 얻고자 없는 돈에 비싼 입장료를 내며 밤마다 상설관으로 문이 미어지도록 몰려 들어가는가?

우리는 걸핏하면 '대중'이니 '민중'이니 하는 말을 흔히 쓴다. 그러나 이 말처럼 모호하고 막연한 말은 없을 것이다. 온갖 계급, 남녀노소, 각 층각양의 사람들을 통틀어 가리키는 명사일진대 한 상설관에 모여 않은 오색(五色) 가지 뭇사람들 중에 어떠한 부류의 관객을 표준해가지고 그들의 흥미를 끌고 기호에 맞을 만한 작품을 만들 것인가? 그러려면은 그들의 생활 환경과 교양을 받은 정도와 취미의 고저를 통찰하고 앉아야 할 것이니 그러기 위하여는 광범한 의미로 조선의 대중은 그만두고라도 우선 영화팬부터 분석해 놓아야 할 필요가 생긴다. 어떠한 종류의 사람들이 현재 영화팬을 형성하고 있는가? 이것을 쪼개보려면은 다른 방법이 없나니 몸소 상설관 속에 들어가서 가족석과 아래 위층을 임검(臨檢)한 뒤에야 알아질 것이다.

—작일의 기고 후—

서울이나 지방도시의 상설관을 불문하고 관중의 전부는 도회인이다. 유동관객이라고는 아주 없다고 할 수 있으니 농민이나 순전한 노동자는 그림자도 찾을 수 없다. 연초직공이나 자유노동자들이 활동사진 구경을 다니던 때다. 입장료를 오 전이나 위층이 겨우 십 전을 받던 우미관(優美館) 전성시대니 그것은 벌써 십년이나 되는 옛말이요 그야말로 호랑이 담배 먹던 시절이다. 진종일 비지땀을 흘려서 간신히 양쌀 한 되를 팔아먹는 사람들로서는 하룻밤에 육칠십 전을 변출(辨出)할 여유가 없을 것이니 조선의 영화팬이란 유식계급(遊食階級)의 쁘띠 부르주아지들로 국한되어 있는 것을 발견할 수 있을 것이다. 그 대부분은 학생으로 점령되어 있어서 방학 때가 되면 거의 문을 닫치게 되는 현상을 보인다. 그밖에도 화류계와 부랑자 다음으로는 화사 숙녀급의 상등손님 그 다음으로는 공짜손들이니 이 무료입장자(영화계와, 상설관계자 및 신문기자)가 이른바 고급팬의 부류에 속하는 것이다. 그러므로 조선의 극장과 상설관이 대중적으로 개방이 되지 못하고 한 군데도 프롤레타리아의 손으로 지지되어 있지 못한 것을 알 수 있는 것이다. 해설자가 관중에게? 아첨하느라고 혹시 "다 같은 무산계급이 아니고는 이러한 동정을…" 운운하기만 하면 손뼉을 치고 함성을 지른다. 그러나 아직까지 부형의 등골을 뽑는 학생들로서 참 정말 무산계급인의 감정은 맛도 보지 못하였으려니와 놀고 먹는 기생충들이나 화류계 계집들은 왜 손뼉을 치는 것조차 모르는 것이다.

어쨌든 영화전당에는 아직도 짚신을 신고 감발을 한 사람들의 발자국이 한 번도 이르러보지 못한 것이니 우리가 말하는 의미의 대중이니 민중과는 아주 거리가 먼 사람들에게 독점된 향락장인 것이다.

[11] 그러면 이 관중들이 우리의 계급이 아니라고 그야말로 양기 해버릴 것인가? 억지로 쪼개보면 그렇단 말이오. 대체로 본다면 놀고 처먹고 할 일이 없어서 배를 문지르며 용트림을 하러오는 사람들이 아니니 하루 저녁에도 수천이나 되는 민중을 도외시하지 못할 것이다.

그런데 이 관중들이 어느 정도의 감상안을 가지고 극장에 임하는가? 참으로 영화를 예술로서 감상하고 각색의 묘미를 알며 여러 사람의 감독술을 견주어 보고 촬영과 배우의 연기에 비판의 눈을 가지고 영화예술이 나날이 발달되어 나가는 과정을 유의하며 특별한 취미를 가지고 들어가는 고급 팬이 과연 몇 사람이나 될까? 시내 각 관으로 몰려 들어가는 학생들만 하더라도 고상한 취미를 기르고 무슨 점잖은 정신의 양식을 얻고자 심하면 교과서까지 팔아가지고 다니는 것일까?

그것은 두 말할 것 없이 그네들의 감상의 정도를 보아 알 수 있으니 십년 전이나 십년 후의 오늘이나 별로 진보되지 못한 것이다. 그 증거로는 <명금(名金)>을 지금 상영하여도 옛날과 같이 갈채를 받고 김소랑(金小浪) 일파의 신파극이란 것이 옛날의 탈을 벗지 못한 채 상연을 하는데 조선극장이 연야 대만원의 성황을 이루는 것을 보면 알 수 있는 것이다.

조선의 영화팬은 서양영화만 보고 자라왔고 우수한 작품도 많이 보아서 눈이 대단히 높아진 것 같으나 기실은 더글라스 로이드, 키튼 탈매지 또는 릴리안 기쉬의 사진을 보는 정도에 머물러 있는 것이다. 아래층에 진을 치는 소시민이나 까까중들은 말할 것도 되지 못하려니와 이론으로 또는 실제를 연구하지 못하고 교양을 받지 못하며 덮어놓고 보기만 해온 까닭이다.

그러면 이 관중들은 무엇을 얻고자 무슨 감화를 받고자 구경을 다니는가?

단순히 '구경'을 하기 위함이요 "아아 갑갑하다 답답하다 심심해서 못 견디겠다 구경이나 갈까" 이것이 관극의 동기이다. 하룻밤 무료한 시간을 보내기 위함이요 괴로운 현실생활에서 잠시라도 떠나보고 싶어서 저 구석에나 무슨 자미 있는 일이나 있을까 하고 모여드는 것이다. '인'이 박혀 섰다는 사람의 수효란 조족지혈이요 거의 전부는 억지로라도 웃어보려는 사람들로 가득 찬 것이다.

가정에서 위안을 받지 못하고 사회에서 자미 있는 일이라고는 구경도 못하며 술집밖에 오락기관이라고는 하나도 없는 이 땅에서 생활에 들볶이는 일그러진 영혼들에게는 이 움직이는 사진의 그림자밖에 없는 것이다.

11회, 1928.07.23.

⑫ 오락과 위안! 헐벗고 굶주리는 백성일수록 오락을 갈구하고 고민과 억울에 부대끼는 민중이기 때문에 위자(慰藉) 문제를 무시하고 등한

치 못하는 것이다. 그러므로 어느 시기까지는 한 가지 주의의 선전도구로 이용할 공상으로 버리고 온전히 대중의 위로품으로써 영화의 제작가치를 삼자는 말이다. 대체로 보아서 큰 반동이나 없고 풍교상(風敎上) 해독을 끼치지 않을 정도로 자미 있는 것 우스운 것 시원하고 씩씩한 것—을 만들 수밖에 없고 그러는 것도 결단코 무익한 것은 아니다. 극단으로 말하면 뼈대가 없고 주의주장도 가지지 않은 난센스 영화도 썩 자미있게만 본다면 반드시 배척할 필요도 없을 것이다.

애상적 비극보다도 유머러스한 희극, 풍자극(만들기는 더 어려우나)이 좋겠다는 의견이다. 그러나 물론 여기에만 만족할 것이 아니니 한 걸음 나아가서 대중에게 교화하는 작용을 하기 위하여 또는 그네들의 취미를 향상시키기 위하여는 그들의 현실생활 가운데서 가장 통절히 느낄 누구나 체험하고 있는 문제 중에서 힌트를 얻어가지고 작품의 제재를 삼아야 할 것이다.

농부나 노동자가 나와서 거지놀음을 하는 것만이 신흥예술이 아니요 '빵' 문제만을 취급한 것이 프롤레타리아의 영화가 아니다.

말하자면 부르주아지의 생활에서 온갖 흑막을 들추고 갖은 죄악을 폭로시켜서 대중에게 관조의 힘을 가지게 하고 그들로 하여금 대상에게 증오감과 투쟁의식을 고무시키는, 간접적 효과를 나타나게 하는 것이 신흥예술의 본령이요 또한 사명이 아닐까?

…내 생각 같아서는 모든 제재 가운데에 우리에게 절박한 실감을 주고 흥미를 끌며 검열관계로도 비교적 자유롭게 취급할 수 있는 것은 성애 문제(性愛問題)일까 한다. 즉 연애 문제—결혼 이혼 문제—양성 도덕과 남녀해방 문제….

인생을 해방치 못하는 동안까지는 애욕 문제도 영원한 '수수께끼'에 지나지 못할 것이다. 그러나 우리의 손으로 해결은 짓지 못하더라도 현하의 조선 청년 남녀와 같이 난륜에 가까이 연애에 걸신병이 들리고 불합리한 결혼으로 가정지옥에서 신음하며 이혼난리로 온갖 비극을 꾸며내고 있는 배우들은 다른 나라에 그 유를 찾지 못할 것이다. 반드시 연애지상론자의 견지로만 보지 않는다 하더라도 조선에는 확실히 성의 수난 시대가 임하였나니 일 년 동안에도 수백 명(실수는 수천이 넘을 것이다)이나 되는 자살자의 반수 이상은 생활난보다도 오히려 가정의 불화나 남녀관계의 파탄이 원인이 되는 것이다.

무릇 연애 문제처럼 인간의 영혼을 들볶고 복잡한 갈등과 심각한 비극을 자아내는 것은 없거니와 조선에서는 더욱이 그 정도가 우심하다. 독자들 중에도 이 문제로 고민하고 쓰라린 체험을 맛보고 있는 분이 여간 많지 않을 것이니 더 긴 말은 도리어 지리만 할 것이나 가장 어려운 이 문제를 우리의 손으로써 전면적으로 귀결은 지을 수 없다 하더라도 리얼리즘에 입각해서 자신의 모양부터 거울삼아 비춰보는 것도 좋겠고 냉정한 눈으로 자아의 재현을 들여다보고 비판해서 정당한 길을 지도하기에 노력하는 데 적지 않은 도움이 될 것이다.

그러므로 이 성애 문제 속에서 훌륭한 영화의 제재를 무진장으로 발견할 수 있는 것이요 또한 우리가 전체적으로 당면한 가장 중대한 문제 중의 하나인 것이다. 동시에 참나무장작같이 딱딱한 관념화한 내용의 작품보다도 목하의 우리 민중은 누구나 이러한 종류의 영화를 자못 큰 흥미와 기대를 가지고 우리에게 요구하고 있는 것이 아닐까 한다.

12회, 1928.07.25.

⑬ 내가 전 회에서 성애 문제로 주요한 제재를 삼자 하고 자살자의 반수는 가정의 불화나 남녀관계가 주요한 원인이 있다고 한 것은 적지 않은 과장이요 또한 피상적 관찰임을 자인치 못하는 것은 아니다. 자본주의의 독액이 인간의 골수에까지 침식되고 현대 남녀의 애욕 갈등이란 또한 '돈' 즉 생활 문제로 말미암아 일어나는 경우가 많겠고 여자란 결국 돈 있는 놈에게로 팔려가는 상품이요 용모나 재화는 '시세'의 고저나 금액의 다과를 보이는 인육판매의 광고판에 불과하는 것이다! 이것도 누구나 부정치 못할 현상이다. 그러나 자가(自家)의 주견을 굽힐 대로 굽히고 내가 한 말을 내 손으로 여러 번이나 반복을 시키는 것은 이래나 볼까? 저래나 볼까? 이 구석에나 우리의 자유를 취급할 수 있는 제재가 있을까 하고 초려하는 나머지의 궁여의 일책으로 이 성애 문제까지 끄집어낸다.

너무나 절망적 문구를 늘어놓고 한편으로 치우쳐 모지게 나가지 못하는 태도가 비난거리가 될 것도 모름은 아니다. 그러나 그것은 우리가 당장에 실행할 수 있는 정도를 표준삼아서 생각하기 위함이다. 천 가지 만 가지 이론은 얼마든지 할 수 있는 것이나 단 한 가지 실제를 귀히 여기는 마음으로 반동을 하기 위함이 아니라는 것만은 언명해 둔다.

○

4, 5회만 써보려던 것이 서설과 도중의 탈선이 길어져서 독자도 진력이 날 듯하고 본제에 들어가서는 좀 더 세밀하게 토구해보지 못한 채 용두사미에 그치는 것은 유감이다. 또는 날마다 하루치씩 급히 쓰기 때문에 전문의 맥락이 통치 못하고 요령을 통괄하기 어려운 산문이 되고 말았다.

동시에 실상 여러분 앞에 내놓은 것이라고는 붓끝으로만 공론(空論)으로 일을 삼은 나 자신부터 부끄러이 여기고 또한 무잡(蕪雜)한 이 글이 부질없이 독자만 번거롭게 한 것은 거듭 미안하게 생각하는 바이다.

만년설 군, 군은 나에게 "그런 중업은 그만 두어달라고 항변하고 싶다"고 하였다. 그러나 군이여 이러한 대중과는 하등 교섭이 없다고 할 만한 공론 다툼으로 우물[井]속에서 서로 재그락거리는 개구리 싸움을 피차에 그치고 군이 그다지 영화를 중요시하거든 영화계에 몸을 던져 자수(自手)로 작품 하나라도 만들어 보고 나서 말하기를 충고한다. 내가 한 말이 군을 극복시킬 만한 의견은 되지 못한다 하더라고 내가 한 잔소리가 하나도 거짓말이 아닌 것만은 비로소 통절히 깨달아질 것이다. 그 뒤에 와서 얼마든지 항변하라. 나도 영화예술에 대한 애착과 정열이 아주 식어버리기 전까지는 누가 항변 아니라 저해를 한다 하더라도 이 사업을 직접으로나 간접으로나 버리지 않을 작정이다. 그러면 나타나는 작품의 우열을 가지고 싸우자! 가슴을 헤치고 결투라도 하자!

마지막으로 어떠한 사람이라든지 금후에 나의 소론에 대하여 반박하고 공격의 화살을 던지더라도 일체 응답치 않을 것을 말해둔다. 그리할 겨를도 없거니와 이만한 다변이면 이미 나에게는 과분한 까닭이다. (28. 7월 25일)

13회, 1928.07.27.

《중외일보》, 1928.07.11~07.27. [필자명은 '沈熏'. 이 글은 '만년설'(한설야의 필명)의 「영화예술에 대한 관견」(《중외일보》, 1928.07.01~07.09)에 대한 반박문으로 쓰여졌는데, 여기에 대하여 임화가 「조선 영화가 가진 반동적 소시민성의 말살—심훈 등의 도량(跳梁)에 항(抗)하야」(《중외일보》, 1928.07.28~08.04)를 발표하여 재비판한 바 있음.]

관중의 한 사람으로

① 흥행업자에게

조선서 흥행이란 영업은 양복장수나 구두장수 모양으로 원료를 한 가지도 우리 손으로 제작하지 못하기 때문에 영업자는 기공(機工)들의 수공(手工)값에서 겨우 몇 할을 얹어 가지고 남의 노력을 긁어 먹게 되는 것과 다름이 없는 것이다. 그래서 흥행자는 제작자와 배급업자의 중간에서 이 관중에게서 사진을 소개한 □□□료 즉 심부름 값을 받아먹는 데 지나지 못한다. 그러므로 상설관에서는 계약한 회사의 작품은 울며 겨자 먹기로 마지못해 프로그램에 채워 넣는 수도 많을 것이다. 또는 중개업을 하는 배급업자에게 졸려서 때로는 마음에 없는 작품을 상영시킬 경우도 없지 않을 뿐 아니라 상설관 자신만이 버티고 설 만한 성질의 영업이 되지 못하니까 왕왕히 배급자들이 중간에 도량(跳梁)해서 갖은 책략을 번롱해가지고 수용자(需用者)들의 싸움을 붙이고 어부의 이를 탐하는 자가 생기는 것이다.

그 사례는 비일비재하지만 최근의 <날개>라는 사진만 하더라도 촬영 기교는 막론하나 이 작품의 내용이란 우리 민중으로서는 아무러한 감명과 비익을 주지 못할 뿐 아니라 해설자가 일부러 자막에도 없는 탈선적 부연을 달아놓는다 하더라도 아메리카혼(魂) 군용주의(軍用主議)를 예찬한 한낱 반동영화에 불과하는 것이다. '양키'의 돈지랄이요 천편일률인 헐가의 삼각연애로 양념을 처가지고 순전한 기계 장난을 해놓은 '영화'가 아닌 활동사진을 가지고서 선전이란 마술을 이용하여 한몫 돈벌이를 해보려고 한다.

미국 사람들이 무슨 짓을 하든지 배급자가 아무리 풍을 떨어놓든지 금후에 정말 좋은 작품이 나오면 어떻게 선전을 하려는지 모르거니와 우리는 상관할 바 아니다. 그러나 그네들의 돈 장난이나 영업 싸움하는 틈에 끼어서 속고 돈을 빼앗기는 것은 아무 죄 없는 관중이다. 그래서 문제가 삼아지는 것이요 또 내가 붓을 든 까닭이 여기에 있는 것이다.

감독이나 아무것도 없는 우리로서 금년은 수재와 한재로 벼 이삭 하나를 줍지 못하는 말 못 되는 현상에 신음하고 있는 줄을 번연히 알면서도 의자석 3원은 불문에 붙이나 학생에게까지 1원이란 입장료를 받는 것은 십만부당한 것이란 말이다. 1년 전에 일본서 봉절이 되었을 때도 이러한 비싼 요금을 받았다는 것을 기억치 못한다.

두말할 것 없이 영화란 돈 없는 민중이 보편적으로 즐길 수 있는 곳에 기적적으로 발달된 원인이 있는 것이요 우리들이 가장 친한 친구가 될 수 있는 곳에 특질이 있는 것이다. 그런데 이 영화 하나마저 몇몇 영화업자의 몰지각한 중간적 횡포로 우리에게서 빼앗아간다 하면 그 죄를 어느 사람이 질 것이랴?

나는 어찌할 수 없는 처지를 생각해서 상설관 측을 동정은 한다. 그러나 가장 중요한 시즌을 맞은 관으로서는 그 해의 운명이 좌우될 만한 작품일 것 같으면 열넉 냥 금으로 남의 선전에만 오르지 말고 시사 한 번쯤은 보고 와서 상영시키는 것이 책임 있는 일일 것이다. ('창그'에서도 경험하였을 것이 아닌가.) 한 걸음 나아가서는 팬의 감상 정도나 특수한 경우에 있는 우리 민중의 사상경향까지도 측량을 하고 앉아야 오락 이외에도 조그마한 이익이라도 끼쳐줄 것이 아닌가? 이러한 의미로 나는 팬의 한 사람으로 당사자들의 반성을 촉하는 것이다.

🖊 01회, 1928.11.17.

② 해설자 제군에게

근년에 와서 미국서는 발성영화가 날로 발달되어서 어느 제작소에서든지 막대한 투자로 각 사가 경쟁적을 해가며 토키를 제작한다고 한다. 그러면 자막이 없어질 것은 필연이요 스크린에서 배우의 극백(劇白)이 직접으로 들리고 보면 처음부터 동양에만 특수하게 있었던 영화의 해설이라는 것은 필요치 않게 될 것이요 따라서 일본 전국에 칠팔천 명이나 되는 '활변(活辯)'들은 밥줄이 끊어지고 말 것이라 지금부터 걱정하는 사람이 있다. 그러나 외국말로 된 세리후를 일본말이나 조선말로 고치기 전에는 해설자가 소용없게 되려면 아직도 묘연한 장래의 일일 것이다.

그러므로 자막을 알아보지 못하는 관객 앞에서 소개나 해설을 하는 사람의 지위가 상당히 주요시될 뿐 아니라 해설자들의 실임(實任)이 또한 무거운 것이다.

여러 가지로 종합이 되어 나오는 영화가 상영될 때에는 해설 반주 필름이 삼위일체가 되어서 거듭 종합적 효과를 나타낸다. 그러므로 세 가지 중에 어느 것 하나가 두드러지게 잘 되어도 조화가 되지 못하려니와 그 가운데서 가장 중요한 해설이 탈선을 하거나 원작자의 정신을 곡해한달 것 같으면 작품 전체를 여지없이 잡쳐버리고 마는 것이다. 뿐만 아니라 아내와 자녀를 동반해서 구경을 가고 싶어도 변사들의 무식한 말과 쌍소리를 들으면 얼굴이 뜨거워져서 못 가겠다는 말을 요즘에도 가끔 든 는다. 과연 이것이 심한 말일까? 근년에 와서는 모 관 전체시대 처럼 □ □한 말이나 잡탕스러운 소리는 하지 않는다 하드라도 일본말로 된 대본 (십년 동안이나 변사 노릇을 하면서 그 나라 말도 그저 못 읽는 사람도 있지만…)의 대강만 어름어름 보고 원문인 자막을 읽지 못하기 때문에 가끔—이 아니라 작품마다 생딴전을 붙여놓을 때가 많다. 그러므로 좀 무리한 주문일지 모르나 관중의 대부분이 학생이요 학생들은 적어도 초 등 정도 이상의 영어지식은 가졌기 때문에 해설자도 간단한 회화자막쯤 은 알아볼 만큼 공부를 하여야 할 것이 아닌가? 제명이나 배우들의 이름 을 얼토당토않게 부르는 것은 고사하고 Model을 '모텔', Daved를 '다빗 드'라고 읽는 것 같은 것은 일일이 들어 말할 겨를도 없거니와 심한 데 이르러서는 '獲得'을 "護得"이라고 읽기를 예사로 하고 '風靡'를 '풍마', '犧牲'을 '희성', '殺到'를 '살도'라고 읽는 따위는 너무나 상식을 지나는 일이다. 그뿐 아니라 유식하다고 자처하는 사람들 중에 쓸데없는 문자를 늘어놓고 미문낭독식이나 신파배우 본을 떠서 억지로 우는 각색을 써가 며 저 홀로 흥분하는 것으로 능사를 삼는 사람도 있고 남의 작품을 사뭇 자기 일개인의 취미에 맞는 내용으로 만들어 보이는 대담한 사람도 있 다.

요컨대 영화 해설이란 원작자의 정신을 맞춰서 자막을 사이에 충실히 번역하고 커트와 커트의 흐르는 리듬의 맥락을 교묘히 붙잡아 가지고 전 체적으로 템포에 어그러지지 않을 정도 안에서 극적 효과를 도와주면 임 무를 다 하는 것이다.

영화는 날로 완성의 시기로 들어간다. 그런데 조선의 해설자는 십년 전과 후가 꼭같이 아무 향상이 없는 것은 너무나 섭섭한 일이다. 일개의 해설자로 나설 양이면 남창적(男唱的) 인기에만 구니(拘泥)할 것이 아니라 문학적으로 영화를 감상할 눈이 생겨야 할 것은 물론이어니와 과학적으로 공부를 하여야 할 것이다. 그럼으로 해설계에도 새로 사람이 나와야 할 것이다.

🙂 02회, 1928.11.18.

③ 영화계에 제의함

조선 영화의 홍수시대니 황금시대니 하고 뒤떠들던 것은 겨우 작년 이맘때의 일이언만 올해에 접어들면서부터 적적요요 쓸쓸하기가 짝이 없다. 실제 제작에 앞장을 너나 할 것 없이 섰던 사람들은 모조리 침체해 버린 것은 속일 수 없는 현상이다.

밑천 없는 장사를 억지로 해보려던 것이 이제야 밑바닥이 들어나고 협잡처럼 아무렇게나 만들어서 민중 앞에 "이것이 작품이요" 하고 내어놓던 그러한 속임수가 탄로되고 말 때가 돌아온 것이다.

내 자신부터로도 엉터리없는 흉내를 내어 본 사람의 하나이지만 별다른 변통이 없이 현금과 같은 상태로만 쓸려 나아간다 할 것 같으면 조선의 영화 제작계란 그나마 형체조차 찾지 못할 지경에 다다르고 말 것이 환—한 일이다.

조선에 문단이 있느냐 없느냐 하는 것이 아직까지도 논의되는 것과 같이 조선 영화의 역사가 근 십년을 바라보건만 이날까지도 참말로 영화계라는 것이 형성되어 있다고는 누구나 말하지 못할 것이다. 몇 사람의 영화인이 있고 몇 개의 프로덕션이란 간판만이 바람에 날리고 궂은비에 씻기고 할 뿐이요 반사판 몇 쪽이 있다고 이것이 우리의 영화계요 하고 내세울 만큼 얼굴 두꺼운 사람도 없을 것이다.

두말할 것 없이 우리는 모든 것을 다 집어치우고 발길을 돌려 제1보로부터 용기 있게 밟아다 가야겠다. 우리가 이제까지 쌓아온 노력이란 결국 첫걸음을 내어놓을 때에 디디고 설 발등잔을 장만함에 지나지 못하는 것이다.

우리에게는 아무것도 가진 것은 없으나마 있는 것이란 모조리 뚜드려서 한 곳에 모아놓고 보자! 영화인들은 각자도생으로 뿔뿔이 흩어져 헤매어 다닐 것이 아니라 한 곳에 모여서 머리를 맞부비고 조그만 기관이라도 우리의 손으로 만들어보자! 어디 가서 무슨 짓을 하든지 사기횡령을 해서라도 촬영장 하나는 지어놓고 카메라 몇 개와 아크등 몇 대라도 장만해 놓고 나서 빈약하나마 정식으로 촬영을 개시하잔 말이다. 적어도 본격식(本格式)대로 일을 하고 나서 성패간 성적을 말할 수 있을 것이 아닌가? 이것은 내가 붓을 잡을 때마다 써내려온 주장이지만 결단코 완전한 설비를 해놓고 나서야 일을 시작하자는 일종의 기회주의가 아니라 다른 일과 달라서 영화 사업이란 자본의 힘과 기계적 시설과 그리고 사람의 노력이 아니면 절대로 손도 대어보지 못할 일인 것은 그만하면 누구나 체험하였을 것이다. 기둥을 세우지 못하고 어떻게 지붕을 올려놓잔 말인가? 애당초에 못할 일 안 될 일을 억지로 흉내를 내보려던 것이 어리석기 짝이 없는 일이요 귀중한 금전과 아까운 노력을 얼마나 보람 없이 희생하여 왔는가?

그러므로 지금은 남작(濫作) 태작(駄作)을 해놓아 가지고 작품의 우열을 말할 때가 아니요 한 가지 기관을 만들기 위한 준비시대가 인제야 돌아온 것이다.

조선서 가장 많은 작품을 제작하고 영화인으로서 가장 오래인 경험을 가진 이경손(李慶孫) 씨의 최근의 작품인 <숙영낭자전>을 보고 나니 이 지경으로만 이어나가다가는 우리의 작품이란 '꼭두각시' 놀음만도 못하게 되리라고 일층 더 핍절하게 깨달아진다.

아무리 천재적 시나리오 작가가 나오고 명감독 명배우 명카메라맨이 쏟아져 나온다하더라도 발을 붙일 자리부터 닦아놓기 전에는 우리 민중이 기대하고 갈망하는 작품이 나올 이치가 만무하다.

위선 단 몇 만 원이라도 모아가지고 송판(松板)쪽 촬영소 한 채라도 세워놓고 동지들이 모여서 일을 하기 전에는 작품다운 작품이 나오기를 바라지도 못한다는 것을 나는 여기서 단언한다.

그러하려면 먼저 영화인들의 손으로 한 가지 조직체가 단단히 짜져야 할 것임을 여러분에게 제의하는 바이다.

03회, 1928.11.20.

≪조선일보≫, 1928.11.18~20. [필자명은 '沈熏']

영화시감(映畵時感)

〈암흑의 거리〉와 밴크로프의 연기

　대도회의 이면 암흑의 거리의 모든 전율할 만한 죄악을 지어내는 소굴 속에도 한 사람의 의적(義賊)이 있었다.

　대담무적한 짓을 거침없이 하면서도 그 반면에는 동지를 애호하고 끝까지 굳세게 의리를 지킬 줄 아는 사람이 있다. 그런데 자기가 생명을 바쳐 사랑하는 여자가 제 손으로 구원해준 사나이에게 마음을 던지고 있다. 맹수와 같이 분노에 떠는 그는 무도회날 밤에 전일부터 또한 그 여자에게 야욕을 품고 있던 흉한이 독아(毒牙)를 갈고 덤비는 것을 보고 대번에 쏘아 죽인 후 사형선고를 받았다. 한편으로 그의 은의(恩義)를 입은 사나이는 그를 탈옥시키고자 애를 쓰다가 실패하고 말았으니 사형수는 옥중에서 밖에 있는 남녀를 더욱 오해할 수밖에 없었다. 생명을 아끼는 것보다도 질투에 온몸이 불붙은 그는 간수의 목을 조르고 탈옥하여 고소(古巢)로 달려와 경관대의 포위를 받으며 단신으로 격렬한 반항을 하다가 사로잡히게 될 찰나에 의심하던 남녀는 날으는 탄환의 빗발을 헤치고 달려들었다. 드디어 그의 오해는 풀리고 말았다. 도리어 사랑하는 여자와 연적(戀敵)의 의리에 감격한 그는 자수하여 묵묵히 교수대로 무거운 발길을 떼어 놓는다.

이것이 <암흑의 거리>의 경개(梗槪)다.

원작이 깊이가 있고 각색이 가벼운 재치를 부리려하지 않고 촬영이 수처(隨處)에서 훌륭한 기교를 보여줄 뿐 아니라 감독자 스텐버그 씨의 무게 있는 수법과 인생을 보는 엄숙한 태도에는 머리를 숙이고 볼 만한 점이 있다.

그러나 이 영화의 생명은 주연자 밴크로프 씨의 성격적 연기에 있는 것이다. 투듸―나 나바―로는 카메라 앞에 한낱 인형이요 야닝스나 베리모어의 연기는 너무나 무대극적이요 배우의 냄새를 풍겨서 자연스럽지 못하기 때문에 절핍한 실감을 주지 못한다. 어느 점으로 보아서 그네들의 액션은 과거에 속하는 것이다.

어여쁜 얼굴도 고운 체격도 가지지 못한 밴크로프는 생긴 대로 그대로 능히 조폭(粗暴)한 야생적인 남성의 성격을 복잡한 표정이나 동작을 하지 아니하고도 보는 사람의 가슴이 짓눌릴 만큼 건실히 표현한다. 10권이나 되는 긴 필름이 돌아가는 동안을 숨도 크게 쉬지 못하게 하고 거의 한 사람의 손으로 끌고 나아가는 탄압적 기예는 다른 배우들은 흉내도 내지 못할 것이다.

이것이 '형(型)'의 모방이 아니요 '마음'의 연극이다.

작자의 정신이 감독자의 마음에 통하고 감독자의 뚫고 들여다보는 곳은 배우의 혈관 속에 있다.

커트마다 출연자의 핏줄이 보이고 장면마다 느즈러진 구석이 없다.

그러므로, 원작에 대하여서는 다소의 불만을 가지는 사람도 이 참다운 마음과 힘 있게 꿈틀거리는 근육의 표현에 이르러서는 보고 느끼는 바가 있을 것이다.

만들어 놓은 사람이나 가상적 인물보다도 아무러케나 생기고 보잘 것 없는 보통 보는 인물 가운데에서 우리는 비범한 범인(凡人)을 찾는 것이다. 거기서 성격미를 맛볼 수 있고 연출자가 찾아내려는 새로운 전형이 있는 것이다.

이 점이 우리가 <암흑의 거리>를 보고 나서 느껴지는 바이요 이 영화의 가치도 이 성격 표현에 있는가 한다.(조선극장 상영 중)

◉ ≪조선일보≫, 1928.11.27. [필자명은 '沈薰'. 이 글은 「연예와 영화」란에 발표됨.]

조선 영화 총관(朝鮮映畵總觀)

최초 수입 당시부터 최근에 제작된 작품까지의 총결산

이 산문적인 소문(小文)은 조선에 활동사진이 처음으로 수입되던 당시의 사정으로부터 1928년 말까지 우리의 손으로 제작된 영화를 차례대로 한 곳에 묶어 놓아서 지난날을 회고하는 자료를 삼고 한편으로는 아직도 초창기에 있는 조선 영화가 밟아온 과정을 고찰하며 각자의 작품을 조상(俎上)에 올려가지고 제삼자의 입장에서 약간의 비판을 가하여 과거의 작품일체를 청산해버림으로써 새로운 앞길을 전망키 위한 조그만 문헌을 지어보고자 합니다.

초수입(初輸入) 시대

조선에(경성) 활동사진이라는 것이 맨 처음 수입되기는 1897년(光武 1년 丁酉) 즉 지금으로부터 33년 전에 이현(泥峴)(남산정 마루터기)에 있었던 '본정좌(本町座)'라는 조그만 송판쪽 바라크 속에서 일본인 거류민들을 위해서 실사(實寫) 몇 권을 갖다가 놀린 것으로 효시를 삼는다고 한다.

그 후 일 년이 지나서 광무 2년 늦은 가을에 옮겨가기 전의 남대문통 상업은행 자리에 있던 중국 사람의 창고를 빌려가지고 4대문 밖에서 애스터, 하우스라는 회사를 경영하던 불란서 사람(?)이 파테 회사에서 박힌 사진 몇 권을 가지고 와사등을 사용하여 영사를 하였는데 사진은 대개 천연색이요 정거장에서 승객이 오르고 내리는 광경이며 협곡의 급류를 작은 배를 타고 거슬러 올라가는 장면이나 또는 개하고 사람이 격투를 하는데 테이블이 쓰러지고 가구가 흐트러지고 하는 따위의 백 척도 못되는 단편이었었다고 한다. 입장료는 백동 한 푼이나 그렇지 않으면 새로 나온 '북표' '새표' 같은 궐련갑을 모아다주고 들어갔다고 한다. 관객은 말끔 상투달린 친구들이나 조무래기 아해들이 어중이떠중이 모였었는데 처음으로 구경하는 활동사진이 어찌나 신기하고 자미가 깨 쏟아지듯 했는지 매야(每夜) 대만원의 성황을 이룰 뿐 아니라 나중에는 포장 뒤까지 몰려가서 보는 사람도 많았다고 한다.

그 다음으로는 서대문 밖 석유회사 창고 속에서 (지금은 전매국 창고) 그와 비슷한 사진을 가지고 흥행(?)을 하였는데 여전히 대단한 인기를 끌고 있었다고 한다. 그때에는 물론 검열제도라는 것이 없었던 요순시대가 되어서 일로전쟁 당시에 아라사병정이 일본 군대를 포위하고 무찔러 들어가 몰살을 시키는 아슬아슬한 모험 실사 같은 지금으로는 도저히 구경할 생의(生意)도 먹지 못할 사진을 갖다가 놀렸었다고 한다. 관중들이 보다가 신이 나면 사뭇 아우성을 지르고 손뼉을 뚜드려서 난장판을 이루었었다는 이야기를 들으면 비록 내 눈으로는 보지 못하였으나 금석의 감이 없지 않다.

◇

그 다음으로는 한 5, 6년이나 지난 뒤에 지금 동대문 안 전기회사 자리 (元 光武臺跡)에서 영미연초회사의 한성출장원으로 조선에서 맨 처음으로 전차를 부설한 영국인 콜브란, 보스트윅 두 사람이 자기회사의 궐련을 선전하고 한편으로는 처음 난 전차의 승객을 끌어들이려는 흡수책으로 활동사진을 갖다가 놀렸다고 한다.

그 당시에는 벌써 활동사진의 자미를 두신 구경꾼의 그룹이 요사이 말로는 팬이 생겨서 저녁마다 떼를 지어 몰려다녔다는데 입장료를 내지 못하는 사람에게는 역시 '칼표'나 '자행거표(自行車票)' 같은 궐련초 빈 갑을 모아다주고 들어갔었다고 하며 사진의 내용이란 짧은 희극이나 사람이 달음박질을 하고 말이 뛰고 하는 등 지금 우리의 안목으로는 아주 보잘 것 없는 필름쪽을 가지고 밤마다 관객을 끌고 있었다고 한다. 그러나 이것도 상설된 것이 아니었고 간헐적으로 띄엄띄엄 새로운 필름이 도착되는 대로 양인의 도락 겸 상품의 경품을 붙여주듯이 흥행을 했음에 지나지 못하였을 것이다.

원각사(圓覺社) 시대

그 당시에 한편으로는 조선에서 처음으로 건축된 대표적 국립극장이라 할 만한 궁내부 직할의 원각사가 생겼었다. 원각사가 건축된 내력은 대강 아래와 같다고 한다.

조선에서 또한 처음으로 신소설 통속소설을 지어서 『치악산』, 『귀의 성』 등을 출판한 고 국초(菊初) 이인직(李人稙) 씨가 정변으로 일본에 십여 년 동안이나 망명을 했다가 돌아와서 조선에 극장 하나가 없음이 대외(對外) 해서 큰 수치라 하여 그 당시의 궁내부 대신이요 궁내의 큰 세력을 잡고 있던 고 이용익(李容翊) 씨의 양해를 얻고 돌아가신 고종황제의 칙허를 받아 내탕금으로써 이인직 씨의 설계와 지휘 하에 건축한 것이 원각사였는데 흥화문(興化門) 못 미처 구세군영 위에 있는 신문 내 예배당 자리가 바로 그 유지(遺趾)라고 한다. 내부 구조는 바로 로마의 원형극장을 모방한 듯이 무대 주위에 둥그렇게 관객석을 만들고 한 사람 앞마다 다 각기 의자석을 만들어 놓았고 정원이 근 2천 명이나 들 수 있는 그때로는 이상적 극장이라고 할 수가 있었는데 합병 이후에 경영할 수가 없게 되어 헐어버리고 그 자리에다가 일본인의 관사(官舍)를 지었다고 한다.

극장을 만들어 놓기는 하였으나 원래 조선은 연극이 없는 나라라 무대를 무대답게 쓰지를 못하고 관기(官妓)들을 양성하여 가무음곡을 가르치고 한편으로는 광대를 불러 줄을 태우고 하다가 국경일이면 외국사절을 초대하여 구경을 시키고 한편으로는 고유한 조선의 예술(?)을 세계에 소개하려는 뱃심이었던 모양이다.

그 당년의 재미있는 에피소드로는 지금 계림영화협회(鷄林映畵協會)의 주간인 조일재(趙一齋) 씨와 백남프로덕션의 창립자이었던 윤교중(尹敎重) 씨가 '문수성(文秀星)'이란 신파극단을 조직해가지고 한 일 년 동안이나 이 원각사 무대에서 연극을 하였다는 것이다. 두 분이 다 초(初)출연인데 조 씨는 <불여귀>의 편강중장(片岡中將) 노릇을 하느라고 그 큰 키에다가 군모 군복에 장검을 차고 등장하였고 윤 씨는 '무남(武男)'이 역을 맡아가지고 훌륭하게 미남자 풍을 보였었다고 한다. 그 외에도 여러 사람이 있겠지만 이와 같이 현금의 영화계의 거성들이 이 원각사에서 초무대를 밟았다는 것은 흥미 있는 일일 것이다.

😀 01회, 1929.01.01.

② 그리하여 이 원각사는 후일에 조선연극사를 꾸민다 하면 한 페이

지를 점령할 만한 사적이 있는 것이다. 동시에 영화사에도 한몫을 끼게 되는 것이니 비록 상설은 아니었으나 환등(幻燈)과 활동사진을 조선서는 처음으로 (규모가 큰 점에 있어서) 큰 무대에서 공개하였던 것이다. 그 당시에 일본에서 유학을 하고 돌아온 신장균(申章均)(후에 승이 되어 이름을 상완(尙玩)이라 고쳤다)이란 사람이 금강산의 실경을 환등으로 박혀 가지고 와서 원각사 무대에서 비추었는데 평생 보고 싶어하는 금상산 구경을 앉아서 하게 되니까 장안 한 모퉁이가 무너지는 듯이 구경꾼이 몰려들어서 문이 터질 뻔하였다고 한다.

◇

그리고 그 뒤에는 서양의 활동사진도 상영을 하였는데 사진에 해설을 붙인 것이 또한 처음이라고 한다. 그런데 그때의 해설이란 필름을 돌리기 전에 무대에 나와서

"에―지금으로부터 나타나는 사진은 에―미리견국(美利堅國)에서 에―"

하는 연설(?)인데 장차 보여줄 사진의 내용의 경개만 추려서 몇 마디 지껄이고 들어갈 뿐이었다고 하며 그러한 해설을 또한 맨 먼저 무대 위에서 한 사람은 지금 단성사에 있는 우정식(禹定植)이었었다고 한다. 이 원각사에서 상영한 활동사진들도 대개는 초창기에 있는 구주나 미국의 활동사진 회사에서 테스트를 하고 내어버린 잔재를 추려다가 재탕을 함에 지나지 못하였을 것이다. 여하간 우리의 손으로 만들어진 유일의 극장이 극장으로서의 사명도 다해보지 못하고 영원히 쓰러져버린 생각을 하면 어떠한 이유였든지 간에 대단히 아까운 일이라고 아니할 수 없다.

여기에서 독자와 함께 기억해둘 것은 원각사가 한 번 넘어진 후로는

이제까지 소위 대경성 안에서 우리 조선 사람의 손으로 건축된 극장이나 상설관이 하나도 없다는 것이다.

고등연예관(高等演藝館) 시대

그 후에(距今 20년 전 융희 4년 경술) 활동사진 전문의 상설관이 생겼다. 지금 동척(東拓)에서 황금정으로 가는 중간 쯤 되는 위치에 섰던 고등연예관이 그것이다.

수십 년 전부터 섬잠국(暹賺國)에 가서 사진업을 하던 도변(渡邊)이란 일인(日人)의 밑에서 고용살이를 하던 금원금장(金原金藏)이란 사람이 조선에 건너와서 도변이가 보내는 구주의 사진이나 일본 신호(神戸)의 어떤 횡전(橫田)상회라는 외국활동사진 직수입상회에서 자금을 내어 시험적으로 제작한(이 당시에 일본에서는 미상송지조(尾上松之助) 등 신파배우들이 カツラ[가발]을 쓰고 タチマフリ를 하는 무대검극(舞臺劍劇)을 한창 박히고 있을 때였다) 일본 사진을 수입하여 상영하였던 것인데 전기 장치로 영사를 하기도 처음이었다 한다. 그래서 원각사에 있던 우정식 군이 옮겨 가고 조선 해설계에서는 가장 큰 인기를 끌고 있었던 서상호(徐相昊) 군을 위시하여 이병조(李丙祚), 최종대(崔鍾大), 김덕경(金惠經), 최병룡(崔炳龍) 등 지금은 일류 해설자인 제군이 이 고등연예관 속에서 자라난 것이다. 그리고 영사되는 중의 사진의 템포를 맞춰가며 자막을 번역하고 한문 문자를 써가면서 웅변체로 설명을 하기는 서상호 군이 또한 처음이었다는데 그때에 이른바 사진연설이란 바로 우국지사의 정치연설만큼이나 인기를 끌었고 관주(館主)는 변사와 악사들에게 급료 외에 사택료와 수당을 주고 하여 대우가 훌륭하였다고 하니 해설자들에게는 이때가 아마 황금시대였을 것이다.

02회, 1929.01.02.

≪조선일보≫, 1929.01.01~02. [필자명은 '沈熏'. 이 글은 「영화」란에 발표되었음. 2회의 마지막에 '續'이라 되어 있지만 이후 연재 여부를 확인할 수 없음.]

발성영화론

'발성영화'는 이미 완성된 사실이 되어간다. 기백기천(幾百幾千)의 아메리카 영화 극장은 벌써부터 발성영화를 상영하고 발성영화에 적합하도록 극장을 개축하고 있다. 전아메리카의 영화 회사도 또한 대사영화와 몇 음향영화를 제작하게 된 것이다. 현재 아메리카에서 제작 중에 있는 대작품의 하나인 찰리 채플린의 <거리의 등불>의 촬영에도 음향설비를 하고 있는 것이다. 그와 동시에 아메리카에서 제작되고 있는 모든 사진도 또한 발성영화가 되어버리고 말 것이다. 어느 새로운 발명의 덕택으로 필름에서 소리가 나는 부분은 필름의 촬영이 끝난 뒤에도 고쳐서 만들 수가 있게 된 것이다. 무성영화의 원칙에 의하여 이미 촬영된 모든 유명한 사진도 꼭 같이 발성영화로 개작하는 중이다.

<엉클 톰스 캐빈> 기타 수종(數種)도…

발성영화를 제작하는 회사나 콘체른의 주(株)도 놀랄 만한 속도로 증대되고 있다. 발성영화는 민중 사이에 비상한 성공을 납득하여 아메리카 영화 생산업의 모든 방면의 대표자들의 하는 말을 들으면 1, 2년 후의 아메리카는 묵은 필름 즉 무성영화를 상영하는 극장은 하나도 없으리라고 단언한다.

구라파(소비에트 연방을 제한)에 나타난 영화의 80퍼센트와 아메리카 영화 극장에 나타나는 97퍼센트를 제작하고 있는 아메리카에 있어서나 발성영화가 이다지도 신속히 발달된 것은 무엇을 말하고 있는가? 영화의 짧은 역사는 어떠할지 있겠는가? 그리고 또한 무슨 까닭에 최근에 와서 폭풍우와 같은 세력으로 생장하고 있는가?

◇ 아메리카 무성영화의 위기와 구미 양 영화의 쟁투 급 그 결과 ◇

일본에 있어서는 영화에 관하여 새로 탄생된 게요 그 발달의 제일보를 밟고 있는 예술에 지나지 못한다고 생각하는 것이 보통이다. 사실 이것이 틀린 생각은 아니다. 실상 영화의 역사란 통틀어 30년에 불과하고 영화이론으로 말하더라도 전문적 연구를 하고 있다고 할 수 없고 영화라는 것은 모든 예술 가운데에 가장 연소한 것이라고 간주한다. 그러나 영화가 최근에 이르러 그 발전의 템포를 점차로 느리잡고 있었던 것은 명료한 사실이다.

그 대표적 실례는 아메리카에 있어서 볼 수가 있다. 아메리카의 영화 생산업은 만근(輓近) 2년간 특히 최근 1년간에는 그 발달이 대단히 지체되고 있었다. 수많은 대회사가 뒤를 이어 폐쇄되고 할리우드만 하더라도 몇 백 명이나 되는 것을 볼 수가 있었다. 따라서 몇 십만 명이나 되는 영화배우 엑스트라의 실업은 말할 것도 없는 것이다.

이러한 사태는 총(總)히 민중이 영화 극장에 발을 들여놓지 않는다는 간단한 사실에 의하여 증거되는 것이다. 우리가 여기서 주의치 아니할 수 없는 것은 아메리카 영화 극장의 대부분이 제작회사나 기백기천(幾百幾千)의 극장을 끼고 있는 대콘체른의 장중(掌中)에 있는 □에 있으니 이들의 콘체른들은 싹트기 시작한 위기를 구축키 위하여 갖은 수단과 온갖 노력을 경주하였다. 그러나 위기를 구축하기 위한 모든 방법과 수단은 위기가 더욱 깊어가는 것을 보여줄 뿐이었다. 콘체른은 영화 프로덕션의 개량의 길을 밟지 아니하고 다른 길로써 관객을 끌어들이려고 하였다. 즉 영화 극장 가운데에서 공첨(空籤)이 없는 경품 판매도 해보려고 하고 사진이 시작되기 전에 성악가나 무용가를 끌어내보기는 하였다. 바꿔 말하면 영화 극장 안에서 다른 예술을 보이고 또는 영화와 하등 관련이 없는 특종의 수단을 쓰면서까지 무성영화를 구제하려고 하였던 것이다. 그러나 영화가 생장되기 시작하였을 때에는 아주 말 못되게 건축한 상설관에 상영되고 더구나 관객을 끌기 위하여는 하등의 특종 방법이나 수단을 강구하지 않았던 것을 우리는 잘 기억하고 있다.

전구라파의 영화 회사는 아메리카의 영화 사업의 위기를 이용하려고 들었다. '아메리'에 대항하여 구라파 영화의 블록을 지으려고 하던 생각은 이미 오랫동안 구라파의 자본가단(資本家團) 간에 연구되어 왔다. 그러나 구라파 영화의 블록은 아직도 설립되지 못하고 또 금후로도 설립되지 않을 것이다. 영국, 독일, 불란서에 있는 자본가단의 이익의 상위가 블록을 결성하는 데 큰 장해가 되어있는 것이다. 사실 구미 양 영화의 쟁투의 결과로서는 영국 정부의 지지에 의하여 영국의 영화생산업이 생기고 국가예산안 가운데에서 막대한 자본을 그 때문에 투자한 것이다. 그러나 영국 영화는 여러 번 말하게 되나 막대한 자본을 들였음에도 불구하고 우수한 예술적 달성을 자랑하기에는 당분간 불가능할 것이다. 최근에 끝이 난 미불(米佛)의 영화전(映畫戰)도 또한 아메리카 생산업의 위기와 그 위기를 이용하려던 구라파측의 기도로서는 매우 흥미 있는 것이었다. 불란서 정부에서는 자국의 영화생산업의 발달을 장려하기 위하여 여러 가지 법률을 의회를 통하여 발표하였다. 그 법률이라는 것은 대개 아메리카 영화에 대하여 화살[矢]을 던지는 것이었다. 이 법률에 의하면 아메리카 영화의 수입을 한정하고 또는 정량의 아메리카 영화를 수입할 때에는 자국의 영화도 미국에 수입치 않으면 안 되게 만들어놓았다. 즉 미국 영화가 불국(佛國)에 수입되는 것과 불국 영화가 미국에 수입되는 것이 완전히 또는 엄격히 상대가 되도록 규정되었던 것이다.

여기서 전아메리카의 영화 회사는 위에 말한 법률이 즉시 철회되기 전에는 불란서에 대하여 보이콧을 하겠다고 위협을 하다시피 하였다. 큰회사의 대표자로서 미국의 영화왕 우에리 헤이스가 불란서로 건너가서불국의 문부대신인 에리오와 협의를 하였다. 미국은 무슨 일이 있든지불란서 영화와 일반 불란서 영화를 강제적으로 수입할 수가 없다고 하였다. 그런데 불국 정부에서는 조금도 양보를 하지 않은 까닭에 헤이스는불국에 건너간 미국 영화의 발매를 금지시켰다. 이 수단은 불란서에 있는 영화 극장을 전부 폐쇄하는 상태에까지 이르게 하여 도리어 위협을한 것이다. 어째서 그런가하니 구주영화는 미국 영화만큼 민중 사이에좋은 성적을 보이지 못하는 것은 물론이요 불란서나 전구라파 영화 프로덕션만 가지고는 주문에 응할 수가 없었던 것이니 즉 영화 극장에게 만족을 주지 못하였던 까닭이었다.

불란서 정부는 기어이 양보치 않을 수가 없게 되었다. 그리하여 헤이스의 요구대로 한 번 발포하였던 법률을 철회하고야 말았던 것이다. 이쟁투의 결과는 비상히 주목할 만한 일이니 그것은 한편으로 보면 미국이영화계에 있어서 이전과 같이 전구라파를 자기의 명령대로 할 수 있게된 것과 다름이 없는 것을 보여주고 있는 것이다. 그러나 또 한편으로 보면 구라파 영화의 수입에 반대하고 싸워오던 미국 영화 회사의 결의는 미국 자신 가운데에도 이미 영화의 위기가 첨예화하고 있는 것을 보여주고 있었던 것이다. 민중이 영화 극장에 발을 들여놓지 않게 되는 것만큼 많은 영화 회사는 문을 닫지 않을 수 없게 되고 또 미국의 영화생산업자들이 다른 나라의 영화와 경쟁을 할 수 있었던 것이 증명되는 것이다. 그러면 무성영화에 대한 흥미가 아주 식어버린 원인은 어떠한 것일까?

이 문제에 대해서는 완전히 대답할 수는 없을 것 같다. 지금 있어서는 다만 여러 가지로 추찰을 할 수 있을 뿐인가 한다.

미국뿐만 아니라 전자본주의 국가에서 영화의 위기를 당하고 있는 주요한 원인의 하나는 영화가 특정된 사람의 지도에 의하여 광범한 대중이 가지고 오는 모든 테마나 주제를 모조리 다 써먹어서 밑바닥이 긁힌 지경에 다다랐다. 미국과 구라파 영화의 달콤한 맛이나 그러한 영화의 그늘에 숨어 있는 이데올로기의 경향은 물론, 주제의 범위를 한정한다. 그리하여 영화 각본의 위기는 겉으로 보는 것보다도 훨씬 깊은 내면적 원인을 가지고 있다. 관객 대중은 몇 해나 몇 해나 여러 가지로 조미를 하고 양념을 쳐가며 자기네들이 길러온 '줄기'나 주제에는 조금도 의심할 여지가 없이 염증이 생기고 만 것이다.

그런데 발성영화가 최근에 발명되었다고 생각하는 것은 착오다. 이미 1903년에 불란서의 '고몬' 회사는 발성영화를 제작하였었다. 또 다른 나라에서는 벌써 이전에 여러 가지의 음향영화와 대사영화의 시스템을 실시하고 있었다. 물론 최근에 이르러 모든 이러한 발명이 신속히 완성된 것이다. 그러나 약 2년 전에는 현재의 채용하고 있던 대부분이 기술적으로는 완전히 완성되었던 것이다.

여기에 있어서 자본주의 조직 밑에서는 조금도 이상스럽지 않을 만한 일이 생겼다. 전 '아메리카'의 영화 회사는 발성영화의 특허권을 사들이고 그 특허권을 위장 속에 감추어두었다. 여기서 또한 주의할 일은 발성영화의 회사는 막대한 자본을 던져가며 이러한 회사의 발성영화를 전환시켜 사실상 무성영화를 쇠멸케 하였으니 이러기 위하여 막대한 자본을 투자한 것이었다. 영화생산업자들은 경쟁을 두려워서 하여 새로운 발명의 모든 특허권을 사들이고 그 발명에 대하여 진로를 주지 않았다. 그리하여 무성영화의 위기가 그 장해로부터 이익을 거두기 위하여는 무슨 새로운 방법의 고안을 요구하게 된 현재에 이르러서 비로소 모든 회사가 일제히 발성영화를 제작하게 된 것이다. 그리하여 그네들은 이러한 방법으로써 영화에 관한 일반의 위기를 벗어나려고 애를 쓰고 있다. 그것이 앞으로 수년간 성공할 것은 확실할 것이다. 왜 그러냐 하면 위에 약술한 것과 같이 위기의 원인은 단순히 기술상 불완성에 있는 것이 아니요, 대단히 깊은 곳에 있는 까닭이다. 더구나 미주(美洲)에 있어서는 새로운 발명의 이용은 다만 '센세이션'을 일으킴에 있고 구영화의 근본적 파괴에 있는 것이 아니다(이 점에 들어서는 다음 역술하겠다―). 그렇기 때문에 영화의 위기를 근절하는 것이 아니요 앞으로 수년간은 그 위기를 연기하고 있는 데 지나지 못하는 것이다.

현재 대사영화와 및 음향영화의 시스템의 수는 15종류쯤 있다. 우리는 이 시스템을 일일이 관찰하지 않고 다만 그들을 통틀어 완전한 동시성 즉 음향과 제스처와의 완전한 융합을 보증함에 그친 것이다. 모든 발명은 두 가지의 그룹으로 구별할 수가 있는 것이니 제1의 그룹에 속하는 것은 필름 위에 동시의 음향과 동작 급 제스처를 옮겨서 취하는 방법 즉 동일한 '영화' 위에 음향과 동작을 함께 취하는 방법이요 제2의 그룹에 속하는 것은 촬영기의 필름과 자동적으로 연락하고 있는 축음기의 레코드 위에 음향을 옮겨 받는 방법이다.(우에 소리스키―의 논문에서)

≪조선지광≫, 1929.01, pp.91~95. [필자명은 '沈薰(譯)'. 이 글의 마지막에 "차호완결(次號完結)"이라고 되어 있지만, 다음호에서 확인할 수 없음.]

영화화한 〈약혼(約婚)〉을 보고

요사이에 와서 이름 있는 문단인 더구나 의식이 다른 작가의 원작을 골라서 영화화하게 되는 것은 조선 영화계의 대단히 좋은 경향이라고— 생각한다.

그런 까닭으로 나는 이번 중앙키네마의 손으로 영화화된 김기진(金基鎭) 군의 <약혼>을 의의 있게 경건한 마음으로 대하였다. 소설을 통독 치 못하였으므로 원작의 문학적 가치는 필자가 논란할 바 아니나 그 경개는 1920년대의 조선의 젊은 지식계급의 청년인 명국이는 사회제도에 대한 불타는 의식안을 가지고 아무 준비가 없이 농민과 노동자들 속으로 뛰어들었다가 이상과 실제가 너무 현격한 것과 신념과 행동 사이에 큰 모순이 있음을 발견하고 일종의 환멸을 느껴 백수의 탄식을 하는 한편에 는 애욕의 수난까지 당하여 애인으로 말미암아 가정에 반항하고 알몸뚱 이로 뛰어 나와서 두 사람은 생활의 갖은 고초를 겪다가 돈 하나 없는 탓으로 사랑의 결정까지 배고 있는 사랑하는 여자와 안타깝게 사별하고 다른 여성의 유혹의 손까지 뿌리친 후 정처 없는 방랑의 길을 떠난다—

팔봉의 구작인 만큼 억지로 이데올로기를 주입해서 공리적 효과를 나 타내려고 하지 않은 것이 도리어 실감을 준다. 주인공 명국이는 투르게 네프의 『처녀지』에 나오는 네즈다노프와 방불한 성격의 인물이니 폭풍 이 불기 전 60년대 노서아 청년들의 고민을 십여 년 전 우리 자신이 맛보고 있던 것을 <약혼>은 다시금 추억케 한다. 요컨대 소설 『약혼』은 시대의 짧은 토막을 비추어주는 거울의 한 조각이다.

◇

그러나 영화적으로 보면 <약혼>은 극적 모든 조건을 갖추지 못한 스토리였다. 그리고 주인공의 성격묘사와 시추에이션이 분명치 못하여서 좀 더 가슴을 핍박하는 힘과 긴장미가 있어야 할 때에 가서 느슨하게 풀어놓은 군데가 더러 있다. 그러나 그만큼 비영화적인 원작을 소화시켜서 앞뒤를 짜 놓은 곳에 각색자의 적지 않은 고심의 자취가 보이고 카메라의 위치를 잘 잡아서 배경의 효과를 얻었고 배우의 동작이 들뜨지 않고 때를 벗은 것과 러브신이 여러 번 중복되었으되 추해보이지 않는 것 같은 것은 확실히 감독의 머리를 보이는 점이다. 그러나 가다가 동작의 연락이 되지 않고 장면과 장면의 템포가 맞지 않는 것이 눈에 띄었다.

◇

이 작품을 각 부분으로 나누어 볼 것 같으면 첫째로 이창용(李創用) 군의 촬영과 둘째로는 나웅(羅雄) 군의 연기가 매우 진보된 것을 특서할 만하다. 그다지 어려운 카메라 워크는 한 것이 없으나 반사판 몇 쪽을 가지고 그만큼 선명하고 부드러우면서 전체 조자(調子)가 통일되기는 대단히 힘드는 것이니 레프덕터식 촬영으로는 어따가 내놓든지 부끄럽지 않을 것이다. 나웅 군의 연기는 침착한 성격미가 있는 점을 취한다. 공연히 재치를 부리려고 들지 않고 표정보다도 마음으로 연극을 하는 견실한 태도를 보아 장래의 좋은 배우가 될 수 있다. 여주인공은 적역이 아니었을 것 같고 연기에도 손색이 있었다. 조연한 박훈(朴訓) 박제행(朴齊行) 제군도 탈 잡을 곳이 없으나 자막이 조금 불쾌하였다. 그리고 한 번 편집을

고쳐 했으면 좀 더 깨끗하고 아름다운 효과를 얻을 것 같다— <약혼>
은 원작 각색 감독 출연을 모두 종합해 놓고 볼 때에 이제까지 나온 조
선의 모든 영화 중에서 가장 높은 레벨[水準]에 오를 수 있는 작품이라는
것을 말하기에 주저치 않겠다.

〈약혼〉의 한 장면

《중외일보》, 1929.02.22. [필자명은 '沈熏'. 이 글은 「연예란—시사평」에 실림.]

젊은 여자들과 활동사진의 영향

아름다운 자연과도 친해볼 기회를 갖지 못하는 도회지에 사는 사람으로는 더구나 아무 위안도 받을 기관이 없는 조선에 있어서 하루 저녁이라도 피로한 머리를 쉬이고자 하면 시내에 몇 군데밖에는 활동사진관으로 찾아들어갈 수밖에 없는 것이다.

그러나 적지 않은 입장료를 내고 귀중한 하룻밤에 시간을 희생하면서 본 영화가 과연 우리에게 얼마마한 유익을 끼쳐주는 것일까? 물론 지금과 같은 영화는 아무리 훌륭하다 하는 작품이라도 실상 우리에게 실제적으로 큰 유익을 줄 만한 것이 되지 못한다. 그러나 돈과 시간을 버리는 바에는 그 대신으로 무엇이든지 우리가 찾아와야 할 것이 있어야겠다. 지금 관중들이 영화를 감상하는 그 태도를 보면 아래층의 어린애들은 자동차가 추격을 하고 빨리 달리고 하는 스피드(속도)를 좋아서 손뼉을 치고 중학생들은 정탐극이나 연애극을 보러 가는 모양이요 젊은 여학생들은 사치스러운 생활이나 외국 여배우들의 유행하는 옷매무새를 보기에 정신이 팔리고 연애극 중에도 러브신 즉 남녀가 붙안고 키스를 하거나 속삭이는 장면을 보고 "애고머니! 어쩌면…" 하고 여러 사람의 귀에 들리도록 소리를 지르다 못해 곁에 앉은 동무를 껴안고 구르다시피 하는 경망한 거조를 대담스럽게 하는 여자가 이따금 우리의 눈에 발견된다.

그러므로 영화를 보는 그네들의 태도를 통틀어놓고 보면은 영화를 한 가지의 예술로서 그 내용이나 표현 방법, 또는 배우들의 연기를 뜯어보아서 거기에서 어떠한 것을 배우고 그 무엇을 찾아내려는 노력이 조금도 보이지 않는 것은 크게 유감으로 생각하는 바이다.

영화 그것의 자체가 어떠한 성질의 예술이며 어떠한 방법으로 밝혀지는 것이며 또는 무슨 까닭으로 연극이나 오페라나 소설 같은 다른 예술을 압도하고 그다지도 세계적으로 급속히 발달이 되어 가며 우리 민중을 잡아당기고 끌어들이는 힘을 가졌는가? 하는 영화에 대한 약간의 지식은 배워야 할 것이다. 영화를 잘 이해하고 볼 줄 아는 것은 현대인으로서의 한 가지 자랑일 뿐 아니라 자기가 받는 한 가지밖에 없는 오락예술에 대해서 너무나 범연한 것은 그 사람의 신경이 있고 없는 것이 의심될 뿐 아니라 자기의 취미를 학대하는 것이다.

한번 입어 내버리는 데 몇 천 원씩이나 들이는 픽포―드의 의상이 그대들의 한 벌밖에 없는 무명 '고쟁이'만 같지 못하고 칠면조의 혓바닥이 된장찌개에 풋고추를 씹는 맛만 같지 못한 것이다.

사치스러운 생활을 배우고 본뜨려고 하기 전에 먼저 영화를 한 가지 예술로서 감상할 줄 아는 그 눈을 먼저 기르라. 그리하여 새로운 세계를 그대들의 가슴으로 호흡하라!

《조선일보》, 1929.04.05. [필자명은 '熏生'. 이 글은 「부인란의 '일일일화(一日一話)'」에 실림.]

프리츠 랑의 역작 〈메트로폴리스〉

<메트로폴리스>와 <몽 파리> 두 가지 영화는 고대한 지 오래였다. <몽 파리>는 현대인의 히스테리컬한 말초신경을 자극시키려는 일종의 춘화도에 지나지 못하겠으므로 그다지 큰 기대는 갖지 못하나 <메트로폴리스>만은 제작자인 프리츠 랑 씨의 역량을 믿고 더구나 귀신이 접한 칼 프로인드 씨의 촬영을 몹시도 보고 싶었던 것이다. 그뿐 아니다. 독일 우파— 회사의 전 재산을 기울인 작품인 만치 크나큰 기대를 하여왔었던 것이다.

백 년 뒤의 세계 과학문명의 극치, 땅 위와 땅 밑바닥과의 갈등, 사람이 만든 인간의 출현 그 제재가 얼마나 우리들의 생활과 밀접한 관계가 있는지를 상상할 수가 있는 것이다.

그러나 우리는 그 스토리를 보고 실망하였으니 노자협조(勞資協調) 끝을 마치는 것이다. 원작이 가지는 힘이 너무나 미약한 것을 거듭 깨닫게 되는 것이나 그러나 그것만을 가지고 이 영화의 치명상이라고는 할 수 없다. 스토리에 불만을 가진 것은 사실이나 그 영화적 부분은 진실로 감탄하지 않을 수 없다. 우리로 하여금 덮어놓고 "엄청나구나!" 하는 소리를 뿜어내게 한다. 그중에도 세트다. 전부 세트만으로 촬영을 하였는데 그 장치가 굉장하고 보기에 신기하다느니보다는 우리의 가슴을 누르고 마음을 끌어들이는 것은 그러한 괴상스러운 장면보다 지하실의 기관부,

뿜어내는 분무, 핑핑 도는 기계, 켜졌다 꺼졌다하는 전등, 그 여러 가지
의 조화와 활동은 이제까지의 영화에서는 보지 못하던 것이다. 세트는
이미 단순한 세트가 아니요 영화를 구성하는 데 한 가지 요소로 배우와
같이 연극을 하고 움직이며 살아있다. 우리는 살아있는 세트를 처음 보
는 것이다.

◇

더구나 살아서 활동을 하는 렌즈가 있다. 프리츠 랑은 이 두 가지 무
기를 가지고서 신접한 수완을 휘둘러 근대적이요 과학적인 미를 표현하
여서 우리의 마음을 취하게 한다. 그것은 새로운 미요 또한 미래의 미다.
세기말적 퇴폐를 조금도 포함치 아니한 꿋꿋한 건강미인 것이다. 인조인
간이 나타나서 활동을 하는 곳에도 우리는 몸서리가 쳐질 만한 미래에
대한 두려움과 형용키 어려운 느낌으로 머릿속이 터질 듯해지는 것이다.

◇

배우들의 그림자는 퍽 희미하다. 감독에게 끌리고 세트에 눌려서 머리
를 들지 못하는 것 같다. 그러나 그중에 특출한 사람은 브리짓드 헴 양이
다. 지하의 거리에서 노동자를 선동하는 그 영혼이 떨리는 듯한 부르짖
음과 불에 타서 죽게 될 때의 악마적인 교만한 비웃음은 이 영화에서 보
는 보옥(寶玉)이다.

재래의 독부(毒婦)나 요부(妖婦)의 판박이 탈을 벗어버린 새로운 뱀파
이어의 표본이다.

그밖에 임시배우를 사용한데도 그 움직임에 새로운 연기와 표현의 여
러 가지를 발견할 수 있다.

요컨대 이 영화의 특징은 장래의 영화에 대한 새로운 지시가 되는 점

에 있다.

◇

원작의 정신에 대해서 불평은 가지는 사람도 이 제도 밑에서 볼 수 있는 영화로는 <메트로폴리스>를 빼어놓고는 보고 생각할 만한 사진이 없으리라고 나는 단언한다. 스토리를 계속해서 보지를 말고 그 장면 장면을 따로 따로이 자기의 주의나 관념을 가지고 뜻을 붙여서 맛보면은 의미 깊고 힘 있는 그 표현을 볼 수가 있을 것이다.

무엇보다도 굳세고 힘찬 그 표현에 있다. 노자협조주의로 끝을 맺지 않았으면 <메트로폴리스>만한 영화는 새빨간 노서아에서도 제작할 사람이 없고 그네들의 손으로는 그만큼 엄청난 표현은 하지 못하였을 것이다.

≪조선일보≫, 1929.04.30. [필자명은 '沈熏']

문예작품의 영화화 문제

레뷰와 발성영화가 전 세계를 뒤흔드는 이 판에 남들이 실컷 떠들고 난 찌꺼기 문제를 주위가지고 새삼스러이 논의거리를 삼는 것은 필자와 독자가 아울러 부끄러울 일이다. 그러나 영화의 세기로는 적어도 20년쯤 은 뒤떨어진 조선의 영화계는 이제야 영화이론의 봉화를 들게 된 시기에 이르렀고 문단인이나 일반 영화감상자 사이에도 아직껏 문학과 영화, 소설과 활동사진을 구별치 못하는 사람이 없다고 할 수 없음으로 그 경계 선을 정확하게 갈라놓고 싶은 생각으로 두어 마디 적어볼까 하는 바이 다.

◇

요사이 조선 영화계에도 문예작품의 영화화 문제가 대두하는 모양이 요 몇 해 전의 <개척자>를 위시하야 <유랑>, <벙어리 삼룡> 최근에 는 <약혼> 등이 제작되었다. <춘향전>, <심청전>, <장화홍련전> 따위는 고대의 대중소설이라고 칠 것이므로 문제 밖으로 삼고라도 근래에 와서 문예작가들의 소설을 원작으로 삼아가지고 영화화하려는 경향이 보이는 것이다.

나는 제작자들이나 또는 돈벌이를 먼저 염두에 두는 흥행업자들이 문예작품이나 유행소설을 각색해 가지고 활동사진으로 박히려는 심리를 세 가지로 해석한다. 첫째는 신문이나 잡지에 연재되었던 소설은 이미 그 내용을 알고 그 중에도 애독한 작품이면 누구나 다시 한 번 다른 형식으로써 보고자 하는 애착심이나 호기심을 포착해가지고 수십만 혹은 수백만이나 되는 달아나지 않는 고정된 독자를 끌어서 급조로 영화팬을 만들려는 데 있다. 흥행상으로는 선전이 영화의 생명인데 막대한 비용을 들이지 않고도 다수의 관중을 그 작품의 인기에 집중시킬 수 있는 것이니 업반공배(業半功倍)의 효과를 얻고자 함이요 둘째는 그 작가를 예술가로서 존중하거나 그 작품의 내용이 예술적 가치가 있는 점을 취하는 것보다는 이름난 공장의 신용 있는 상품의 레텔 모양으로 유행작가의 이름을 내걸어 가지고 구육이라도 팔려고 하는 자본가의 이용책이요, 셋째로는 머리 골치 아픈 원작 즉 내용의 시비를 슬그머니 원작자에게 전가를 시켜서 비평하는 사람들에게 대한 방패막이를 삼으려는 실제 제작자의 둔지(頓智)다.

◇

본시 '문학'과 '영화'는 그 형식과 내용에 있어서 전연히 별개의 생명을 가지고 있다는 것은 많은 영화론자가 주장해 온 묵은 문제다. 영화는 '보는 것' 소설은 '읽는 것'이다. 소설 원고는 붓으로 쓰는 것이요, 스크린이란 캔버스는 카메라로 그려야 하는 것이다. 심경소설이 한풀이 꺾어진다 하더라도 소설은 심리와 떠나지를 못한다. 오늘날의 소설가가, 독자가 염증을 내는 심리묘사를 집어던지고 그밖에 달리 나타나는 형식을 대신하야 표현하기에 노력한다 하더라도 역시 그 내부의 세계의 지배로부터는 탈각치 못할 것이다. 그런데 '보는 것'인 영화에 있어서는 그것이 거꾸로 되어있다. '듣는' 영화가 완성의 경지에 이르러서 가까운 장래에 적어도 연극만한 정도로 인간의 내부의 세계까지 파고들어갈 수 있다고 하더라도 영화의 생명은 시각에 호소하는 동작의 묘사로부터 해방될 수 없는 것이다. 이제까지 동서를 막론하고 소설을 영화화한 이른바 예술영화의 거의 전부가 실패를 하고 만 것은 (그 실례는 한이 없겠으므로 들지 않으나) 소설과 영화가 각기 별다른 독자의 세계를 점령하고 있음으로 원질상(原質上) 차이에 그 원인이 있는 것이다.

◇

그런데 영화의 스토리는 단순해야만 한다. 번루곡절(煩累曲折)이 중첩한 스토리보다는 명쾌단순한 이야기로써 만드는 것이 확실히 유익한 것이다. 그 이유는 노노히 말할 것도 없이 복잡한 스토리 때문에 화를 입은 작품이 여간 많지가 않은 것이다. 그 까닭은 위에 말한 바와 같이 영화란 한 가지의 표현양식이 소설 종류의 표현양식과는 그 기능에 있어서 판이한 점으로부터서 생기는 것이라고 보는 것이 정확한 것이다.

이제까지 나온 우수한 영화의 스토리는 거의 전부가 영화인 자신의 시나리오요, 그 시나리오는 아주 단순한 것이었다.

<라 루>(<철로(鐵路)의 백장미>) 같은— <파리의 여성> 같은— <황마차(幌馬車)>, <제국호텔>, <쩐베슌 한다스>, <피에로의 탄식>, <최후의 인>, <바리에테>, <선라이스>, <제7천국>과 같은 예를 들 수가 있는 것이요, 에른스트 루비치 일파의 작품은 비교적 착종한 스토리를 가졌으나 감독의 힘으로 소화시키거나 정복해버린 것 외에는 그 예가 극히 드문 것이다. 그 단순한 줄거리를 가지고 감독자의 힘, 또 그를 도와주는 배후의 연기나 촬영의 묘(妙)한 것으로써 그리고 각색의 양념을 처서 한 통일된 작품이 되어 나오는 것이다.

그러면 영화에는 아무러한 '줄거리'라도 덮어놓고 단순하기만 하면 영

화를 경작할 토지로써 훌륭할 것이냐고 문(問)하는 사람이 있다면 그것은 족히 들어서 논의할 만한 거리도 못되는 우문에 불과할 것이다.

◇

스토리가 단순해야만 하겠다고 하는 것은 그 내용이 좋아야겠다는 말과 호말(毫末)도 틀림이 없다는 것만은 분명한 까닭이다.

"영화의 스토리는 어디까지든지 훌륭한 것이 아니면 아니 됩니다. 그리고 그 훌륭한 '이야기'는 아주 단순한 방법으로써 충분히 무식한 사람도 이해할 수 있도록 설명을 해야 합니다"라는 의미의 말이다.

"요사이처럼 문학작품만 숭상하다가는 장래의 영화는 '그림'이 없어지고 자막만 늘어놓게 될 것이다"라고 한 것은 <피터 팬>의 원작자인 베리의 통절한 풍자다.

또한 근래에 이르러서는 종래의 스토리, 또는 억지로 이데올로기를 주입시키려는 스토리는 영화로 하여금 진정한 영화가 되려는 길을 가로막고 선 적(敵)이다—라고까지 한 아주 단정적인 스토리 부정의 절규까지 해서 시각에 호소하는 예술로서 순수한 경지를 밟아 나가게 하기 위하야 절대영화, 순수영화를 부르짖는 기둔(氣鈍)한 신인들이 뒤를 대여 나오고 또는 그와 같은 이론 아래에서 제작된 작품도 속출하는 것이다.

영화가 관중의 시각으로부터 다시 뇌 속을 통하여 빨려 들어가서 보는 사람의 감정이나 이지를 진감(震憾)시킬 때에 영화는 그 자신의 시각적 기능 이외에 당당히 문학의 세계를 정복하는 것이다. 그 상쾌한 기쁨은 과연 무엇에 비할까? 저 <황마차>가 받은 방대한 상탄(賞嘆)은 장쾌를 극한 시각미에만 그치는 것은 결단코 아니다. 불모의 땅을 개척하는 선구자의 가슴 속에 불타는 장렬한 정신이 명쾌한 로맨스의 점채(点彩)를 갖추어서 굳세게 보는 사람의 마음을 흔들었던 것을 생각하면 영화의 포용하는 힘이 얼마나 위대한 것을 웅변으로써 말하는 한 가지 실례라고 할 수가 있다.

문학이 그 문자적 기교의 구사로써 직접 눈에 부딪치는 시각미로 다소간이나마 감각적인 미를 독자에게 줄 수 있는 가능성은 인정한다. 그러나 그것을 영화가 문학적 세계를 정복하고 나가는 힘에다가 비교해볼 때에 그 효과의 양과 질에 있어서 너무나 말초적인 것을 발견할 것이다.

이리하야 영화가 시각과 청각을 겸해서 감정과 이지에 부딪치고 그것을 흔들어서 문학적 기능을 정복하기 위하여서는 영화가 우수한 문학적 요소 즉 스토리를 필요한 것은 말할 것도 없는 것이다.

◇

위에 말한 것은 요컨대 이름이 나고 내용이 좋다고 아무러한 원작이나 영화화할 수는 없는 것이요 영화는 순수히 영화적인 스토리를 요구한다는 것이다. 그 영화적인 스토리는 무엇보다도 먼저 단순해야만 한다는 것을 중요한 조건으로 삼는 것이다.

거듭 말하면 영화는 시각을 건반으로 하야 연주할 청각, 감정의 연소, 이지의 고양을 동시에 발효시킬 수 있는 가장 능력이 있고 가장 신선한 예술의 '도가니'요 근대의 기적인 것이다.

◇

요사이 문단인이나 영화비평가(?)들이 해석하는 것과 같이 영화는 문학에 예속한 것, 문학적 내용을 이야기해주는 한 가지의 문학적 표현형식이라고 인정할 것 같으면 <최후의 인>이나 <황금광시대>같은 영화를 원고지 위에다가 펜으로 그려볼 수 있는가? 없는가?를 한번 시험해

보라고 하고 싶다. 다만 한 장면이라도 영화와 꼭 같이 묘사를 해놓지 못할 것을 나는 단언한다.

스토리가 없는 영화, 문학적 요소로부터 독립한 순수영화가 있다고 할 것 같으면 그것은 한낱 환상에 불과하다고 하는 사람도 있고 "영화의 최초는 또 최후의 것은 스토리다. 그리고 가장 필요한 것은 문학적 해석을 가질 것"이라고 하는 사람도 있다. 그러나 이러한 결론을 맺기 전에 영화의 스토리라는 것이 문학의 기식자가 아니요 문학은 단순히 제8예술의 일 구성 분자에 지나지 못하는 것이다.

"우리는 조선의 영화를 감시하자."

[이하 32행 삭제]

≪문예공론≫, 1929.05, pp.81~84. [필자명 '沈熏']

내가 좋아하는 작품과 작가, 영화와 배우

우리는 동서고금 어떤 작가의 어느 작품을 읽어야 할까. 사상으로, 정취로, 예술미로, 어떤 것을 택하여 읽을까. 이것은 문학을 감상코자 하는 많은 청년들의 공통된 문제일 것이다. 또는 현재에 옥석이 섞여서 잡연(雜然)히 유행하는 갖가지 영화와 그 많은 남녀우(男女優)에서, 어느 것이 참으로 우리의 감상할 만한 영화이며, 누가 가장 우리의 마음을 속속들이 끌 만한 배우인가. 이 역(亦) 영화'패'뿐만이 아니요, 일반문화인의 알아야할 흥미이다. 여기에 모아서 게재하는 제씨(諸氏)의 의견은 그 방면에 가장 긴밀한 관심을 가진 문단인 제씨의 것인 그만치, 독자 여러분의 호□참고(好□參考)가 될 것을 믿는다. ──
(편자)

(1) 작품과 작가

1. 투르게네프, 『처녀지』, 『그 전날밤』, 『아버지와 아들』 기타

소생(小生)은 경파(硬派), 연파(軟派), 또는 억지프로파, 난삽파(難澁派)의 작품은 즐기지 않고 투르게네프와 같이 유려전아(流麗典雅)한 필치를 가지고도 유약함에 기울지 않고 자기의 인생관, 그 때의 시대상을 핍진히 그려낸 작가를 흠모합니다. 그 중에도 『처녀지』 같은 작품은 원문을 읽지 못함이 유한(遺恨)이나 재독삼독하여도 그 속에서 조선의 현실이 규정되는 듯 오히려 가슴에 형용 못할 감촉을 받습니다.

2. 헨리, 입센(『유령』기타 희곡)

사상상으로는 배치되나 물 한 방울 샐 틈 없는 그의 공교한 작극술에는 머리를 숙이지 않을 수 없습니다.

3. 존, 한킨(1막 희곡 수 종)

4. 고리키(『나 드네』(밤의 주막))

5. 안톤 체호프 (『버찌 동산』기타 단편)

계급문학을 표방하는 작가일수록 퇴폐된 전원의 정경, 그쪽을 밟고 들어서는 새로운 백성들의 움직임, 교대하는 시대의 면면을 아울러 관조하되 쌀쌀한 미소 가운데에도 따사롭고 면면한 정의(情誼)로써 독자의 마음을 어루만져주는 체호프의 창작태도를 본뜨는 것도 좋을까 합니다. 칼 차베크(『인조인간』, 『버러지의 생활』등)

6. 노자(한문의 조예가 없어서 문장은 읽기에 힘이 드나, 개탄적인 허무감보다는 엄숙한 인생의 전폭을 볼 수 있는 점으로)

7. 두보(노후의 시), 백낙천(白樂天)(매탄옹(賣炭翁)), 할비옹(割臂翁)(?) 빈교행(貧交行) 같은 장편시는 현대로 치면 훌륭한 프롤레타리아의 시 중에도 수일품(秀逸品)일 것입니다. 보들레르(공리적으로 인생의 추악을 싸고돌며 억지로 숨지지 않는 점에 있어서).

9. 국목전독보(國木田獨步)의 『우육(牛肉)과 마령서(馬鈴薯)』 외 단편과 초기의 자유시, 석천탁목(石川啄木)의 시 전부, 유도무랑(有島武郎)의 『선언』 외 수편, 최근에는 엽산가수(葉山嘉樹)(「음매부(淫賣婦)」 외 단편들)

10. 조선의 작가로는 과독(寡讀)한 탓이겠지마는 아직은 외국의 유명한 작가의 수준까지 올랐다고 할 만한 분이 있는 것 같지 않습니다. 어렸을 때에는 '영채'('무정』)의 그림자를 안고 성적 쇼크를 받았고 '성순' (『개척자』)을 붙잡고 울며 밤을 새운 적도 있으나, 이광수 씨의 최근의 작품은 구상과 표현은 언제든지 탄복하나 취재가 실감을 주지 않고 탄압하는 힘이 느즈러져서 애독자까지는 되지 않습니다.

탈선이요 실례의 말씀이나 일개의 독자에 지나지 못하는 소생이 읽어서 맛을 본 작품을 미각으로 비유를 한다 할 것 같으면 '춘원(春園)'의 작품은 누워서 수박국물을 흘려 넣는 맛, '상섭(想涉)'은 심줄기를 질경질경 씹는 맛, '빙허(憑虛)'는 무과수를 핥는 맛, '독견(獨鵑)'은 비오리사탕을 혀끝으로 녹이는 맛 '서해(曙海)'는 강냉이 조밥을 강다짐하는 맛, '포석(抱石)'은 우거지 술국을 마시는 맛. …

신문잡지에 실리는 작품의 대강은 섭렵하나 회심의 작을 찾지 못하고 「낙동강」을 신흥작가의 대표작처럼 추상(推賞)하는 모양이나 그것은 일편의 서경서사시에 지나지 못한다고 봅니다. (이상) ― 망언다죄(妄言多罪)

(2) 영화

1. <메닐몬탄>

<최후의 인>. (자막을 빌어서 즉 붓끝으로 스토리를 설명하지 않고 카메라를 자유자재로 구사하여 미천한 인생의 노후의 심경을 묘사하되 영화 독특의 표현의 법으로써 한 순수한 키네마 작품인 점으로.)

2. <바리에테>(모파상, 졸라, 潤一郎 같은 사도(斯道)의 명장(明匠)들의 소설을 깡그리 뒤져도 인간의 애욕을 취재한 것으로 이 곡예단처럼 농염하고 또한 심각한 작품은 없을 것이니 무명하였던 영화 E.A.듀퐁의 손으로 제작된 것이다. 레뷰 영화 초기로도 간주할 수 있음.

3. <파라오의 연애>, <닥터 마브세>, <엘도라도>, <키―드>, <킨―>, <황금광시대> <파리의 여성>, <서커스>, <제7천국>, <선 라이즈>, <암흑의 거리>, <이원(梨園)의 명화(名花)>, <내체(內体)의 길> 그저 자미 있는 것으로는 키튼의 <대학생> 로이드의 <칼리지> 등 무수.

그밖에 계급투쟁을 제재로 삼은 작품이나 그밖에 <10월>, <어머니>, <포쫌킨> 같은 노서아의 작품은 지상(紙上)으로밖에? 볼 수 없으니 여부를 말할 수 없습니다.

4. 배우

남우(男優)

1) 채플린(명민한 두뇌와 기예와 과거의 공로), 에밀 야닝스, 심각원숙

(深刻圓熟) 그 극에 달한 예풍(藝風)

2) 콘래드 페이드, 토—마스 미안, 조지 밴크로프(성격미)

3) 로날드 콜맨(토이기 담배를 태우는 맛, 미남자형이 아닌 점) …등

여우(女優)

1) 알라 나지모바(늙었어도 감독의 인형이 아닌 점)

2) 그레타 가르보— 서전(瑞典)의 여우(기품이 있는 점)

3) 빌리 도부(미모와 묘기를 아울러 가진 만년 여우)

4) 이브 사스레(<까우초>에 잠깐 나왔던 여자, 성결(聖潔)한 표정과
동작)

5) 자네트 깨이너 등

기타 무명한 사람 가운데에도 좋은 소질이 있는 사람을 발견할 수 있
고 일반이 좋아하는 사람이면 다 좋아합니다마는 클라라—포—, 베베
다니엘스 같은 종류의 뼈 없는 양키걸들에게서는 고작해야 성적 매력밖
에는 받는 것이 없습니다.

(이모티콘) 《문예공론》, 1929.09.05. pp.77~80. [이 특집에는 심훈 외에 방인근, 이은상, 박종화, 윤백
남, 최독견 등이 참여함.]

백설(白雪)같이 순결한 〈거리의 천사〉

풍광이 명미한 이태리에도 나폴리 항구에 가난한 집안에서 자라난 안젤라는 눈과 같이 순결한 처녀였다. 구차한 탓으로 임종이 가까운 어머니에게 약 한 첩 달여 올릴 돈이 없어 일부러 매음녀의 몸짓을 흉내 내며 밤의 길거리로 방황하였다. 뜻밖에 경관에게 '소매치기'로 지목을 받아 감옥으로 끌려가는 길에 도망질을 쳐서 집에 돌아와 보니 어머니의 목숨은 이미 끊어져있었던 것이었다. 할 수 없어 곡예단으로 들어가서 인기를 한몸에 끌게 된 뒤로부터 방랑의 화가 지노와 만나게 되어 깨끗하고도 열렬한 연애가 그 절정에 이르렀을 때에 '안젤라'의 뒤를 쫓다니던 경관의 눈초리는 그를 발견 결혼하기 전날 밤에 안타까운 □□□□ 눈물에 □□□□□□를 감옥으로 끌어들였던 것이었다. 뜻밖에 애인을 잃은 '지노'는 화필을 던져? 침륜의 길바닥에 헤매고 형기를 마치고 나온 안젤라는 또한 안개에 덮인 해변으로 정처 없이 돌아다니다가 한풀이 꺾여 그 근처를 거닐고 있던 지노와 마주쳤다. 자기를 배반한 줄 알고 분이 머리끝까지 끓어오른 지노는 죽지 떨어진 작은 새같이 비에 젖어 오르르 떨며 따뜻한 품에 안기려고 기어든 가없은 안젤라의 목을 눌러 죽이려고 하였던 것이다. 그러나 모든 오해는 얼음과 같이 풀릴 때가 왔다. 감격에 넘친 두 사람은 껴안았다― 몸이 으스러지도록 얼싸안은 그들의 머리위에는 새로운 광명이 비추었던 것이다―

◇

이야기는 아주 간단하다. 제7천국□□□□□는 사지와 케이너, 피
렐의 삼부곡(三部曲)이요 또한 <제7천국>의 후편이라고도 볼 만한 로맨
틱하고 깨끗한 시적 작품이다. 그 스토리는 전작보다는 더욱 간결하고
신기할 것은 하나도 없다.

그러나 우리가 이 영화에서 보고 취할 만한 점은 영화의 원작은 될 수
있는 대로 단순해야 하겠다는 것과 재래의 극적 요소를 뽑아 던진 그 '단
순한' 줄기를 가지고 단 두 사람의 주연배우만으로 연기를 시키며 십 권

이나 되는 긴 작품을 통하여 치밀하게 또는
그만치나 핍진하게 그려내되 겨우 몇 개의 자
막밖에 빌지 않고서 끝까지 카메라만을 가지
고 묘사해놓은 감독의 수완과 물 흐르듯이 부
드럽게 흐르며 인물을 쫓아다니는 기계의 움
직임 여기에 우리는 유동의 예술(流動藝術)인
영화에서 비로소 흐르고 움직이는 미 즉 유동
미를 보면은 만족한 것이다.

피렐과 케이너의 가작 없는 동작과 천진
그대로인 연기에 들어서는 두말할 것 없이 훌
륭하다. 여름 시즌에 보기에는 도리어 아까운
작품이라 할 수 있겠다.

〈거리의 천사〉의 한 장면

《조선일보》, 1929.06.14. [필자명은 '薰生'. 이 글은 「영화소개」란에 실림.]

성숙의 가을과 조선의 영화계

산들산들한 실바람으로 겨드랑이에 선문(先聞)을 놓고서야 아슬랑아슬랑 기어들은 가을이 금년에는 파발(把撥) 걸음으로 후다닥 달려들었다. 아침이면 담[墻]너머로 갸웃이 넘겨다보는 나팔꽃 입술이 찬이슬에 파르족족해지고 저녁이면 풀잎에 깃들었던 베짱이, 귀뚜라미, 문깍씨 같은 가을의 교향악대들이 문지방과 베갯머리로 기어올라서 은방울을 굴리고 목금(木琴)을 두드린다. 단조로우나마 귀여운 악수(樂手)의 소프라노는 삼경 사경이 지나도록 목쉴 줄 모른다.

◇

가을이로구나! 우러르니 하늘이 아득하여 가을이요 머리를 굽히니 흙 내음새가 짙어서 가을이다. 가슴을 헤치니 안기는 바람이 가을이요 눈을 감으니 마음속으로 파고드는 생각이 길고 애달파 가을이다!

◇

가을은 무엇보다도 영화의 시즌이니 카메라의 손잡이를 돌리는 기사의 손에 신이 오르고 배우의 동작엔 어깻바람이 날 때요 흥행자는 주머니 끈을 끄르고 관중은 스크린의 유혹에 한눈도 팔지 않고 종용히 앉아서 기나긴 밤을 작품을 감상하기에 넋을 잃을 시절이다.

주인 없는 조선 영화계에도 가을은 찾아왔다. 그러나 한참동안 조선 영화의 홍수시대—황금시대라고 뒤떠들던 사람들은 어디로 그림자를 감추었는고? 조선 영화라고는 금년 정월에 <종(鍾) 소리> 일 편으로 '체절(締切)'을 해버리고 말았는가? 봄여름이 지나고 당철이 되어도 적연무문(寂然無聞)─큰 장마 뒤에 휩쓸려 나아간 강변에 점점이 서있는 잎 떨어진 나무줄기같이 소조한 길거리에서 어깨를 추─ㄱ 늘어뜨리고 다니는 전일에 동고(同苦)하던 사람들의 영락한 그림자를 이따금 대할 뿐이다.

이경손(李慶孫) 군은 그 왜구(矮軀)나마 프로므나드에 발견할 수 없고 가만히 앉아서는 못 견디는 나운규(羅雲奎) 군조차 유랑의 길을 다시 밟는 모양이다. 신문 쪽으로 겨우 죽지 않은 표시나 하고 있던 필자─또한 장근 2년이나 사계의 테두리 밖에서 연명을 하고 있을 뿐… 많은 기대 가운데에 발기된 '동양영화' 역시 눈에 띄는 활동을 볼 수가 없다. 조락의 가을이라 조선의 영화계는 이로써 아주 말려버리고 말려는가?

◇

막설하고 그만하면 우리는 일장의 미몽에서 깨어날 때가 되었다. 근본 문제를 내버리고 삭아버린 나뭇가지에다가 억지로 꽃을 피게 하려던 요술이 애당초에 어린애도 꾸지 않을 어리석은 꿈이었던 것을 깨달을 때가 된 것이다.

칼날 위에서 춤을 출 수는 오히려 있겠으나 경제의 기초를 다져놓지 못한 모래탑 위의 까막잡기는 엄청난 아희(兒戲)에 불과하였던 것이다.

≪조선일보≫, 1929.09.08. [필자명은 '沈熏'. 이 글은 「영화수필」란에 실림.]

영화단편어(映畵斷片語)

실제에 나서서 작품제작에 뜻을 두고 다소간이라도 동지의 일을 거들어 오던 사람으로서 한 번 메가폰을 던진 바에야 탁상의 공론을 캐는 것으로 일을 삼거나 더구나 내용이나 기교의 우열은 막론하고라도 남이 노력해서 만들어 놓은 작품 위에다가 손찌검을 하는 이른바 평필을 잡는 것도 마땅히 삼가야 할 것이다. 이론의 확립이 없이 버르집는 일이란 장님이 파밭을 뒤지는 결과밖에 맺어놓지 못하는 것이 원칙이지만은 과거의 우리 영화인들은 입부리와 붓끝으로 조선의 영화계를 형성(?)시켰을지언정 한 가지라도 우리의 눈으로 증좌(證左)할 수 있는 공적을 쌓아오지 못한 것도 사실이 아닐까 한다.

비판할 만한 건덕지를 만들어 놓지 못한 터에 제 그림자에다 대고 연설을 하는 것도 유머를 지나치는 일이어니와 영화수필, 만담, 책임한 비평이나 인상기 같은 것만이 유행하는 것도 확실히 불구의 현상이요 따라서 영화계의 장래를 저해하는 기우도 없지 않은 것이다.

이렇게 끄적거리고 앉은 필자 역시 몇 번이나 붓대를 꺾어버리려고 하였다. 웃통을 벗어부치고 카메라를 둘러매고 나갈 시기를 붙잡을 때까지는 차라리 입을 다물고 칩거해 있는 것이 마땅하다고 생각한 것이다. 생각은 하면서도 또 붓을 잡는다. 그래도 영화에 대한 정열이 식지 않고 앞날을 기대하는 미충(微衷)이 있음이라고 해서 자위나 해둘밖에…

솔직하게 말하면 나는 조선에 있어서 이 현실에 처한 무리로서 영화 사업을 영위하는 것은 절망에 가까운 일이라고 생각한다. 그야 절망하기로 들 양이면 어느 방면의 무엇 한 가지라도 손을 대어 볼 엄두조차 나지 않는 것이 속일 수 없는 현상이지만은 더욱이 영화 사업에 들어서는 생각할수록 그 전도가 까마아득하다.

외국의 영화인들이 과거 수십 년 간 피가 나도록 노력해 내려온 과정을 돌아다 볼 것 같으면 눈물겹기도 하고 없는 용기도 더 불끈 솟을 때도 없지 않지마는 그네들의 노력이란 이해 없는 민중들로 하여금 영화를 한 가지 예술로서 소개하고 기술 방면에 전력을 경도한 것에 그치는 것이요 구미나 일본에 있어서는 돈— 즉 경제가 영화운동의 치명적 지장이 되지는 않았던 것이다.

돈은 얼마든지 있다! 그런데 자본가가 이 영화 사업에 착안하고 막대한 투자를 하겠느냐? 하는 것이 문제였고 자본가 측으로서는 입에 혀와 같이 부릴 기술자의 양성과 자금의 회수에만 몰두하였던 것이다.

민중이 영화를 이해하고 남에게 지지 않을 만한 기술자가 있다고 가정하더라도 자금이 0이다 끌어낼 곳이 없다. 지금 형편으로는 어느 유지의 희생적 투자가 있다하더라도 그야말로 조족지혈일 것이니 몇 만 원쯤으로는 그 엉터리도 잡을 수 없는 것이 영화산업일 뿐 아니라 도저히 남의 것과 견비할 만한 작(作) 등을 만들 도리가 없는 것이다. 첫째 돈을 만들어야겠다. 그러랴하면 우리 손으로 돈이 만들어질 세상부터 만들어 놓아야 할 것이다. 판국을 뒤집어놓아야 한다. 그러려면은 우리는 어떠한 수단과 방법으로써 이 현실과 싸워야 할 것인가?… 죽어도 비극론은 토하고 싶지는 않으면서도 전도가 묘연한 것만은 사실임에야 누구를 속일 수 있을 것이랴? 적어도 신문의 사회면을 통찬(通讚)하는 사람으로서는 내 말이 무리가 아닌 것만은 용인할 것이다.

×

궁즉달(窮則達)이라 할까? 궁여의 일책이라고 할까? 나는 현재의 형편으로 다만 한 가지 조선 영화의 명맥을 붙잡아 나아갈 방도를 생각해본 것이 있다.

촬영소를 짓고 전속배우를 기르고 배급을 해보려는 꿈을 깨뜨려버리고 건실한 몇 분자가 머리를 싸매고 상설관 속으로 파고 들 일이다. 시내 상설관의 경영자라 한댔자 일인(日人)의 집에 사글세를 물고 들어 있는데 불과하지만 그래도 그들은 많은 편의와 적으나마 얼마간 자금을 융통할 수는 있는 것이다.

무대를 잘 이용하면 조그마한 촬영용 스테이지로 쓸 수도 있고 간단하나마 광선 설비도 할 수 있을 것이니 주야겸행으로 촬영을 하면 능률이 배가할 것이요 제작자 편에 주는 사진대가 없이 전부가 극장에 수입이 될 것이니 일만 규모 있게 해 나아간다고 할 것 같으면 이만큼 유리한 조건이 없을 것이다. 제5회 작품까지는 수지를 생각지 말고 꾸준히 씻어만 내놓을 것 같으면 조선 영화의 '봉절'과 재상영으로 적어도 일 년 후면은 프로그램의 태반을 점령할 수가 있을 것이니 경영자와 관중이 아울러 적지 않은 이익을 볼 것이다. 평세(評細)한 계획을 발표할 지면이 없음은 유감이나 아직 같아서는 조선 영화를 살려볼 길은 이 막다른 골목밖에 없다고 나는 단언하는 것이다.(29, 10, 28일)

≪신소설≫, 1929.12. pp.105~107. [필자명 '沈熏']

소비에트 영화 〈산송장〉 시사평

　〈산송장〉은 조선에서(일본에서도) 처음으로 상영된 소비에트 러시아의 영화다. 또한 원작자가 톨스토이인 점에 적지 아니 우리의 흥미를 이끄는 것이다.

　톨스토이 탄생 백년을 기념하기 위하여 박힌 사진인 만치 원작에 충실하려고 한 노력이 보인다. 그래서 부분 부분은 어쨌든지 마르크스주의적으로 원작의 내용을 뜯어고치지 아니 한 것을 발견할 수 있다. 사진은 주인공인 패—자를 중심 삼아서 그려내었고 따라서 전편이 패—자의 경우에 대한 개인적인 반역에 그치고 말았다. 이혼제도나 법률에 대한 즉 옛날의 제도에 대한 비판이 엄밀하게 과학적으로는 되지 못한 것이다. 그러므로 소비에트의 영화인들이 박힌 사진이면서도 조금도 마르크스주의적으로 해석을 하지 아니하고 원작 그대로 인도주의의 견지에서 한 발자국도 내어 디디지를 않은 것이다.

◇

　그러므로 이 영화가 보는 사람으로 하여금 생각하게 하는 것은 결단코 시대나 제도나 계급대립이나 그러한 것을 생각하게 하거나 한 걸음 나아가서 그러한 불합리한 제도를 타파해버려야 하겠다는 이른바 이데올로기를 부어넣은 역할이나 효과를 얻고자 한 것이 물론 아니다. 다만 개인적인 고민을 말미암아서 몇 개인의 남모를 침통한 비극을 겪고 있는 사실을 그대로 보여주려고 함에 있어서 원작에 충실하였다면 제작의 태도로서는 도리어 마땅할 것이다. 만일 새로운 해석으로 이 <산송장>의 주인공 '패자'를 본다고 할 것 같으면 그러한 성격을 가진 현대의 청년을 그대로 그려 논다고 할 것 같으면 눈 있는 관중에게는 비웃음을 받을 것밖에는 아무것도 없을 것이다. 우리는 마음 약하고 선량한 그 성격과 고민스러운 환경에는 인정으로서 동정은 할 수 있을지언정 그다지 비겁하고 용단성 없는 사나이를 본받고 싶지 않은 까닭이다.

◇

침착한 감독의 수법, 인격적인 배우의 연기, 질박한 세팅과 훌륭한 카메라, 포지션이며 그 움직임이 양키의 영화와는 그 류가 다르나 다만 각 색상의 결점은 <산송장>을 전통적으로 그 내용을 알지 못하는 관중에게 보여주기에는 비극의 발단인 삼각관계가 생겨나던 시초부터 어찌할 수 없이 경우가 그렇게 될 수밖에 없겠다고 이해할 만큼 사건의 취급이나 심리묘사를 치밀하게 하여 그 까닭을 명백하게 하였으면 한다. 그리고 촬영은 감탄할 곳이 많았으나 집시들이 춤추고 노는 장면이 여러 번이나 플래시백을 거듭하여서 눈의 피곤을 깨닫게 하고 새로운 테크닉을 보여주지 못한 것이 유감이었다. 어쨌든 새해 벽두부터 토키로 한참 벅적거리던 판에 <산송장>은 조용히 앉아서 생각해 가며 감상할 만한 색깔 다른 문예영화이니 장면이 변함에 따라 순진한 노서아의 인물과 풍경과 습관을 보여주는 것만 하여도 볼 만한 가치가 있는 작품이었다.

≪조선일보≫, 1930.02.14. [필자명은 '沈熏'. 이 글은 「영화와 연예」에 실림. 이 글이 曉星의 「映畵批評家 沈熏 君의 <산송장> 試寫評은 日文 <新興映畵>誌 所載」,(≪동아일보≫, 1930.03.16)에 의해 표절로 비판받자 심훈은 「映畵評 問題 삼은 曉星 君에게 一言함」,(≪동아일보≫, 1930.03.18.)을 발표함.]

영화평을 문제 삼은 효성(曉星) 군에게 일언함

작지본란(昨紙本欄)에 실린 「<산송장> 시사평」에 관한 그대의 글을 읽었습니다. 동시에 그 평문이 그대가 적발한 바와 같이 ≪신흥영화≫란 일문잡지(日文雜誌)에서 몇 구절을 초역(抄譯)한 것이 사실인 것만은 고백합니다. 따라서 그 평문이 맹목적으로 남의 것을 표절한 것이라고 할 것 같으면 그대의 준엄한 충고를 받아야 옳겠고 스스로 내성하는 바가 있어야 마땅하다고 생각하는 바외다. 그러나 흥분된 그대에게는 자못 오해한 점이 없지 않기로 일면식조차 없는 터이라 귀한 지면으로 빌어서 몇 가지 변명 비슷한 말을 적어보려고 하는 것이외다.

본대 나는 영화비평가로서 자처해본 적은 없으나 영화는 나의 전문으로 공부하고 싶어 하는 학과요 (실제로 일은 계속치 못하고 있는 형편에 있으나) 일반 관중보다는 새로 나오는 영화를 먼저 보게 되는 직업상 관계도 있고 해서 사실인즉 때로는 울며 겨자 먹기로 작품을 본 인상기나 감상문 비슷한 것으로 발표할 경우도 있었습니다.

그러나 이미 서명까지 해서 독자에게 읽히게 되는 이상 책임 없는 붓을 무정견하게 날릴 수도 없고 더구나 영화의 시사평이란 아직 보지 않은 관중에게 적지 않은 영향을 끼치는 것임으로 소개와 비평을 아울러 신중히 하지 아니 하면 아니 될 중대한 사명을 띤 것이라 마지못해 붓을 들 경우에는 먼저 내외의 영화잡지나 신문에 실린 그 영화의 소개문이나 시사평 같은 것을 뒤져보고 재료를 오려까지 두었다가 그 작품이 조선에 나온 뒤에 내 눈으로 친히 감상하고 나서는 나의 주관으로 비추어 보아 가지고 다른 사람들의 비평이 정곡을 얻었다고 생각할 것 같으면 의견이 합치되는 구절을 주석도 하고 부연도 달아서 참작해 쓰는 때도 없지 않습니다. 그리하는 것이 도리어 그 당장에서 일시에 본 자기 일 개인의 소주관(小主觀)으로만 판단해 던지는 것보다는 남의 노력의 결정을 침해할 위험성이 적을 줄로 생각한 까닭이외다.

만일 남의 시가(詩歌)를 그대로 역재(譯載)하고 남의 창작물을 교묘히 벗겨먹었다고 할 것 같으면 그 후안무치한 행동이 좀도적 이상으로 가증할 것이요 그 죄가 필주(筆誅)를 당해도 쌀 것이외다.

그러나 효성(曉星) 군! 소개문이란 성질상 내 물건이 아닌 남의 것을 대변하거나 옮겨 심는 것이니 복사를 한다는 것이 그다지 괴상쩍을 것이 없고 선진의 의견을 종합해보는 것이 또한 망발될 것도 없을 것이외다.

동일한 지면에 매일 연재되는 역사담이나 외국문호의 소개문 같은 것을 제 이름을 내걸고 게재한다고 온통 '서적 표절'이란 죄명을 붙여서 참고서 도적으로 몰아넣을 것 같으면 그러한 범행을 짓지 않은 문필가가 하나도 없으리라고 단언합니다. 일례를 들더라도 근자에 조선·중외 지상에 실린 영화논문 비슷한 글들 가운데에는 사뭇 『영화 12강』이나 기타 잡지 쪽에서 그대로 베껴내는 것이 비일비재입니다마는 팸플릿 한 권이나마 우리의 손으로 된 것을 읽지 못하는 대중에게는 자기가 먼저 읽어서 소화시켜 놓은 것을 곱삶아 먹이고 정당한 해석을 붙여주는 것이 이 시기에 있어서는 면치 못한 사정일 줄로 생각하는 바외다.

효성 군! 그대가 분연히 붓을 든 동기는 용혹무괴나 영화 소개나 평문

의 성질을 근본적으로 오해한 것이기로 구구하게나마 두어 마디로 석명
(釋明)해 두는 것이외다.

＊ ≪동아일보≫(1930.03.18.) [이 글은 曉星이 「映畵批評家 沈熏 君의 <산송장> 試寫評은 日文 ≪新興映畵≫誌 所載>(≪동아일보≫, 1930.03.16)에서 표절을 의심한 데 대한 답변 으로 발표한 것임.]

상해(上海) 영화인의 〈양자강(楊子江)〉 인상기

심혈을 기울인 촬영과정이 역력히 보여서 눈물겨웠다. 기대 이상의 작품이다. 조선 영화인의 해외진출로 그네들의 노력의 결정이 수입되기는 내 기억으로는 <양자강>이 처음인 것 같다. 내용 여하를 불문에 붙이고 우선 경하할 일이다. 중국과 조선은 영화의 처녀지인 점이 같으면서도 풀 한 포기 심어볼 수 없는 조선보다는 여러 가지 관계로 중국은 개척할 수 있는 여지의 가능성만은 있다. <양자강> 일편은 그것을 증좌(證左)한 것이다.

원작의 내용은 좋다. 그러나 구상이 방대한 채로 통일이 되지 못하여 지나치게 복잡한 것이 관중으로 하여금 자막과 해설의 조력만 가지고는 사건과 동작의 연락을 취하기가 힘들게 되었다. 작품을 일관하는 이야기의 '줄기'가 좀 더 단순하고 표현이 소상하였다면 많은 효과를 얻었을 것이다. 이야기의 생략법이 각색상 가장 중요한 것을 무시한 혐(嫌)이 없지 않다.

○

'청천백일기'를 날려 혁명과 삼민주의를 고조한 듯하다가는 공장이 나오고 계급의식을 고취하는 듯하다가는 금세 민주주의적 전쟁장면(복사한 것이지만)이 튀어나온다. 전쟁영화 비슷하다가는 인정비극(人情悲劇) 같고 <바다의 해묵(海默)>를 본뜬 것 같다가는 의협, 약탈, 음일(淫逸)

등…. 중국 냄새를 풍긴다. 이와 같은 '비빔밥'적 상태가 요즈음 중국의 현실일는지 모르나 한 작품 속에다가 온갖 극적 요소를 집어넣으려는 것은 원작자의 욕심이다. 타도 군벌이라든지 타도 자본주의든지 간에 한 줄기를 똑똑히 세우기 위하여 일체의 '군사설'을 할애할 필요가 있지 않을까? <양자강>은 적어도 다섯 작품의 클라이맥스를 가지고 있는 것이다.

○

이경손(李慶孫) 씨의 도연(導演)(감독)은 그가 고국에 남겨놓은 수다한 작품에 견줄 바— 아니다. 모든 것이 서투르고 언어조차 자유롭지 못한 곳에서 그만한 대규모의 작품을 완성시켜놓은 것을 보니 그만한 노력도 못하고 있는 내지 영화인의 한 사람으로서 그의 꾸준한 열성에 감사하지 않을 수 없다. 수법도 볼 만한 것이 적지 않고 엑스트라의 구사에도 머리를 썩힌 흔적이 보인다. 좋은 원작과 '카메라'를 만나면 그의 손에서 <아세아태풍>만한 작품이 나오지 못하리라고 속단치 못할 것이다.

○

한창섭(韓昌燮) 군의 촬영은 내지 영화의 수준보다 더 올리지 못한 것이 유감이었다. 그것은 카메라가 손에 길이 들지 않고 현상과 약품이며 광선, 도구까지 모두가 생소했을 것인데 그래도 그만큼이나 조자(調子)를 맞추고 알아볼 만한 정도로 박아놓은 것만 하더라도 상찬할 만하다. 좋은 카메라워크는 후일에 기약한다.

○

원작자요 주연자인 전창근(全昌根) 군의 연기는 특수한 맛이 있다. 그의 육체가 좀 더 대륙적이요 율한(慄悍)한 기골의 주인공이었더면 침통한 그 역을 좀 더 잘 살렸을 것이다. 표정 동작의 과장이 많으나 그 진지한 태도와 정열적인 점을 취한다. 오운운(吳雲雲) 군의 얼굴도 반가웠고 중국인 조연배우들도 무난하였다. 상상 이상이었다.

○

이 영화가 상영되기까지는 허다한 충절이 있었다 한다. 엄청나게 많은 관세를 물고 '조선극장'에서는 시사도 해보지 않고 호의적으로 다액(多額)의 가불까지 해주었기 때문에 어쩌면 흥행 성적이 예상한 바와는 다를지 모른다. 더구나 지금 이곳의 경제는 영화를 감상할 여유조차 없이 궁핍하다. 따라서 <양자강>의 흥행 성적 여하로 재호영화인사(在滬映畵人士)들의 활동하는 전도에 지장이 된다 하더라도 결단코 낙망하지 말기를 간절히 바란다.

첫 번 잡았던 시험관을 깨뜨려버리는 성급한 과학자는 없을 것이니까 …. 오직 그들의 끊임없는 건투를 축수할 뿐이다. (5월 2일)

《조선일보》, 1931.05.05. [필자명은 '沈熏']

조선 영화인 언파레드

尹白南

李慶孫

安鍾和

金幽影

영화인보다는 그 역사가 오랜 점으로 보더라도 연극인부터 써야 옳겠으나 필자의 형편으로 우선 가까운 영화인을 위시하야 평전도 아니요 가십도 아닌 인명 행진에 지나지 못하는 것을 끄적여보려 한다.

인물평이란 본시 자칫하면 오해받기 쉬운 노릇이지만 더구나 만평 비슷하게 되면 당자에 대하야 적지 않은 실례다. 그렇다고 '正'자를 달아가며 똑바른 평을 하자니 필자의 책임이 과중하다. 그러므로 각 개인에게 일일이 예를 갖추어 정중히 또는 정확히 쓰기도 어려운 일이다.

나는 아래에 나열해 보려는 영화인 여러분에게 평소에 홍모(鴻毛)만한 사감(私感)도 없으려니와 따라서 인격을 중상하려는 악의는 물론 없다. 그러나 철필 끝이란 원체 뾰족한 것이라 종이 위를 달리다가는 따끔하게 찌를지도 모르겠고 탈선을 하면 충고 비슷한 언구가 튀어 들어갈는지 그 역 예측키 어렵다. 찔리어 아픈 사람은 모름지기 반항할 일이요 아니꼬운 충고를 받은 분은 마땅히 "에끼 건방진 놈!"하고 욕할 일이다.

어쨌든 선구적 영화예술가로서 시대의 첨단을 걷는다느니 보담 빈궁과 질곡의 첨단을 걷고 있는 우리 조선의 영화인인지라 한 동지의 촌철쯤으로는 과히 노염을 타지 않을 만한 아량이 있을 것만 믿고 비교적 솔직한 의견을 토막을 쳐서 적어보려는 것이다.

총지휘자

윤백남(尹白南) 원각사(圓覺社) 시대에 문수성좌(文秀星座)를 조직한 극계의 선각자의 일인으로 이래 민중극단—조선키네마주식회사—백남프로덕션—최근의 선전영화 <정의는 이긴다>를 제작하기까지 수십년래 극계, 영화계의 허다한 풍파를 겪으며 적지 않은 제자를 양성하고 음으로 양으로 이원(梨園)을 가꾸어 온 분이다. 조선서 맨 처음으로 작품의 형태로 제작된 체신국 선전영화 <월하의 맹서>(이월화(李月華) 주연)가 씨의 작품이요 개인의 이름으로 프로덕션을 일으킨 것도 씨로써 효시다. <심청전>, <개척자>가 그때의 소산이었으니 생각하면 벌써 아득한 옛날이다.

씨는 일본의 고상(高商) 출신으로 명철한 두뇌의 주인공이라 이재치산(理財治産)에도 밝을 듯하나 어디까지 재자형이요 다감한 성격이 주반(珠盤)질만 하고 늙지를 못하게 한 것이다.

그는 무대연출이나 촬영감독 같은 실제적 활동보다는 극작가나 시나리오라이터로 적재일 듯하다. 청빈한 그는 생활의 방편으로 야담 방송을 시작한 것이 어느덧 전조선을 다리에 걸치고 입심을 부리며 다니는 야담

대가가 되고 필료(筆料)를 겨냥하고 붓을 들다가 슬그머니 대중소설가가 되고 말았다. 그러나 그것은 씨의 본도(本道)가 아니다. 기회가 손아귀에 잡히기만 하면 소지(素志)를 관철하고야 말 결심을 지금도 가지고 있을 것이다. 씨의 권토중래적(捲土重來的) 활동을 기대하거니와 씨는 보리밭도 못 지나가는 부주당(不酒黨)이면서 양주정(佯酒酊)의 명인이라 하고 좌담은 입당한 것이라 막론하고라도 일본의 낙어(落語)나 '양화절(浪花節)' 같은 소리는 일인(日人)도 명함을 못 드린다고 한다. 그러나 연치가 이미 불혹의 역을 넘은 지라 여간한 자리에서는 그 은재(隱才)의 주머니 끈을 끄르지 않는다 한다.

조일재(趙一齋) 지나간 그 옛날 매신(每申)의 기자로 <금색야차(金色夜又)>를 개작하여 <장한몽(長恨夢)>으로 이름을 날리고 윤백남 씨 등과 같이 원각사 무대에서 <불여귀(不如歸)>의 중장(中將)으로 분장하여 환도 바람에 연극 감기가 들기 시작한 이후 계림영화협회를 창립하고 <장한몽>, <산채왕(山寨王)>, <먼동이 틀 때> 등 수다한 작품을 제공하였다. 자본주도 아니요 실지로 메가폰을 잡은 것도 아니나 배후에서 모든 일을 주비한 총지휘자였다. 신장이 육 척이요 성격이 관후하기 대국 사람 같아서 발등 우에 벼락 불똥이 떨어져도 왼눈 하나 깜작거리지 않는 장자(長者)의 풍도가 있고 따라서 무슨 일이든지 한 번 붙잡으면 끈기 있게 잡아 늘이는 힘이 대단하다. '계림'이 경영상 실패를 거듭하는 중 씨 홀로 빈 간판을 수호신과 같이 지키고 오기 수 삼 년에 이르렀었다. 그는 영화가 사업적으로 유망하고 사회적으로 끽긴한 가치가 있는 것은 이해하면서 예술적으로 영화에 대하여서는 문외한과 같이 무심하다. 어쨌든 과거에 있어서 사계를 위하여 많은 고생과 아울러 적지 않은 공로가 있는 분이다. 두주(斗酒)를 오히려 사양해 본 적이 없는 대음가(大飮家)로 가끔 바지 속에서 박연폭포가 흐르고 내려도 태연자약히 잔을 기울인다고—.

박정현(朴晶鉉) 십여 년 래 단성사주(團成社主) 박 씨를 보좌한 흥행사(興行師)다. 전주도 아니요 예술가도 아니나 조선 영화에 "총지휘…박정현"이란 첫 자막에 여러 번 오른 사람이라 빼어 놓을 수 없는 존재다. 이익을 볼 눈치를 약속 빨리 차려서 자본을 융통해 주는 것이 그의 역할이었다. 그의 손으로 만들어진 작품이 매거키 어렵도록 많다. 얼굴이 검어서 아프리카 태생 같으나 호치를 드러내어 노상 생글생글 웃으며 접인(接人)한다. 그의 풍부한 경험만으로도 흥행계의 제일자다.

촬영감독

이경손(李慶孫) 부산의 조선키네마회사에서 윤백남 씨의 조감독 노릇을 한 것을 필두로 <심청전>, <개척자>, <장한몽>, <산채왕>, <봉황의 면류관>, <숙영낭자전> 최근 상해서 제작한 <양자강(楊子江)> 등 허다한 작품을 감독한 촬영감독으로서 고참이요 또한 선배다. 그의 작품이 모조리 걸작이라고 찬사를 올릴 수는 없으나 영화의 처녀지를 개척하느라고 갖은 고난을 겪어온 사계의 공로자로서 그의 이름이 길이 남을 것이다. 그러나 신감각파적인 그의 성격은 오합지중(烏合之衆)을 통어할 만한 포용성과 통제력이 적다. 그러므로 실제 사무가로 제일선에 서기에는 적재(適材)가 아닌 감이 없지 않다. 그를 대할 때마다 채플린을 연상시킨다. 기선(汽船)의 보이, 전도사, 교원, 순회배우…등, 기구한 그의 반생을 보아도 그렇거니와 단구수신(短軀瘦身)의 풍채 쫓아 채플린과 방사하다. 고독한 그는 또다시 유랑의 길을 떠났다. <양자강> 일 편은 그가 몽침 간에도 잊지 못하는 고국의 동지들에게 보낸 선물이었다. 장래의 촉망이 크거니와 그가 중요 작가로서 주옥같은 작품을 발표한 것은 기억하는 사람이 적을 것이다.

이구영(李龜永) 단성사 선전부에서 늙어 가느니만큼 외국영화통이요 소개자요 또 <쌍옥루(雙玉淚)> 시대 이래 근자에 <승방비곡(僧房悲曲)> 최근에 <수일과 순애>에 이르기까지 적지 않은 작품에 배후에서 메가폰을 들고, 레디 아잇!을 부른 사람이다. 본격적으로 감독을 하는 것보다는 대개는 합의제로 일을 해 온 것이나 영화에 관한 평론도 적지 않았다.

안종화(安鍾和) 신파연극 전성시대에 김소랑(金小浪) 일파에 가담하여 여역(女役)을 맡아온 무대경험도 있고 부산 조선키네 제1회 작품 <해(海)의 비곡(秘曲)>에 주연하였던 것도 우리의 기억에 새롭다. 윤백남 씨의 제자로 조선 영화예술협회를 조직하여 그 중추 분자가 되었고 <가화상(假花商)>과 <노래하는 시절>을 감독하였다. 노력한 데 비하여서는 감독 수법에 있어서 아직 볼 만한 것이 없는 것은 유감이다. 방금 촬영 중인 <싸구려 박사>를 고대한다.

김유영(金幽影) 좌익영화인으로 시나리오도 쓰고 평론도 하고 또 감독도 하는 신인이다. 평론이나 소개는 외지(外誌)의 프린팅이 많으나 이론을 실천하려고 부절히 노력하는 사람이다. 서울키노를 통솔하고 <화륜(火輪)>을 감독하였다. 일본의 프롤레타리아 영화들과 연락하여 각 촬영소를 순례한 후 얻은 바가 많았다 한다. <화륜>에 있어서 그의 감독으로서의 기교는 미숙한 것이 사실이요 작품의 내용을 통일도 시켜놓지 못하였으나 좋은 체험을 얻었을 것이다. 앞으로도 프롤레타리아이즘에 입각을 더욱 튼튼히 하고 나서 실지의 활동이 있기를 바란다. 그의 나이로 보아서도 장래가 멀다.

김영환(金永煥) 자타가 인정하는 해설계의 일인자요 지식분자다. 재기가 넘치는 그는 스크린 뒤에서 목청을 파는 일에만 만족치 못하는 듯 각색도 하고 자신이 나서서 <장화홍련전>, <세 동무>, <낙화유수>, <약혼>, <젊은이의 노래> 등 여러 작품의 촬영을 감독하였다. 영화 소곡도 작곡하여 항간에 유행시킨 것도 적지 않다. 행유여력이든 본직 이외의 활동도 못할 바 아니나 앞으로는 영화 해설을 전문으로 더욱 연찬을 거듭해 가기를 권하고 싶다. 일시는 애상적이요 또한 정열적인 그의 해설로 만도(滿都)의 무비 팬에게 많은 환영을 받은 터이요 관중도 또한 새로운 해설자를 요구하는 터이므로 부절의 노력으로 사계의 권위를 잡기를 바란다. 근래에 와서는 가내의 거듭 닥치는 불행으로 건강까지 잃고 정진도 못하는 듯 그를 위하여 유감됨이 적지 않다.

◇ 이밖에 <지하촌(地下村)>을 감독한 강호(姜湖) 씨 등이 있으나 첫 작품이 완성되지 못하였으니 후일을 기대할 밖에 없다.

시나리오 작가

안석영(安夕影)  조선에는 아직 전문으로 시나리오만 쓰는 사람이 없으나 씨는 조선 시나리오 작가협회에 가담하여 <화륜>의 일부와 <노래하는 시절>, <출발> 그리고 현재는 영화소설 <인간궤도(人間軌道)>를 조선일보에 발표하고 있다. 신문기자로 편집자로 삽화로, 만화로, 소설로, 시로, 시나리오로 그는 실로 좌불안석의 다각적 활동가요 정력인이다. 재주덩어리인 씨는 참신한 감각과 날카로운 신경이 움직이는 대로 토운생룡(吐雲生龍)의 기세를 보인다. 성격상 한 가지 일을 고집하지 못하고 주위가 또한 화필만 붙잡고 앉지 못하게 하는 사정을 양해치 못함은 아니다. 그러나 재화(才華)와 정력을 뜯어 벌려서 남비(濫費)하지 말고 외골수로 집중시키면 어떠한 걸작이 나올는지 모를 것이다. 새로운 의식의 파지자요 문무(?)를 쌍전(雙全)한 그의 장래야 말로 바라는 바 크다. 씨여 모름지기 한 길을 뚫고 파 나아가라.

서광제(徐光霽) 프롤레타리아 영화이론과 작품평을 많이 써 왔다. 그리고 <화륜> 일부와 <버스 걸> 등 시나리오도 발표하였다. 아직까지 정면의 활동은 없으나 혈기가 괄하여 사상과 행동이 불온하다고 일껏 맡아 두었던 자동차 운전수 면허장까지 빼앗겼다고 두덜두덜.

(이밖에 몇 분이 있었으나 이번에는 사정상 할애한다.)

촬영기사

이필우(李弼雨) 카메라맨으로 가장 오랜 역사를 가진 분이다. <쌍옥루>도 그의 손으로 된 것이요

'동양영화사'를 창립한 데도 그의 배후의 노력이
컸다. 일본 가서 토키를 연구하고 방금 배구자(裴龜子)와 나운규 출연의 <십년 후>를 촬영하는 중이라 한다. 작년에 상해에 건너갔다가 그곳 촬영소에서 밴앤호엘 기(機)를 다룰 줄 몰라서 뒤통수를 긁었다는 것은 조선의 기사로는 용혹무괴(容或無怪)인 그의 일화다.

이명우(李明雨) 필우(弼雨) 씨의 영제(令弟). <가화상(假花商)> 같은 말씀 아닌 작품도 박여냈지만 <철인도(鐵人都)>, <승방비곡> 최근에는 <수일과 순애>와 같은 가작을 촬영하여 카메라워크로 조선 영화의 레벨을 올리었다. 재조 있는 사람이니 기사로서 일류가 되기에 부끄럽지 않다. 그러나 정중와(井中蛙)로서 만족하지 말고 용기를 내어 수업의 길을 떠났으면 사반공배(事半功倍)일 것이다. 새로이 설립한 현성완(玄聖完) 프로덕션에서 민완(敏腕)을 휘두르는 중이라고.

이창용(李創用) 백남프로덕션 시대부터 조선키네마, 나운규프로덕션, <젊은이의 노래>, <약혼>에 이르기까지 촬영기사로서 가장 많은 작품을 박히고 풍부한 체험을 연골에 쌓은 사계의 일인자다. 두뇌가 명철하여 더욱이 타산에 밝고 매사에 면밀주도하다.

영화인으로서 주초(酒草)를 가까이 하지 않는 것도 드문 일이다. 지금은 생각한바 있어 다년 숙망이던 유학생의 길을 떠나 경도제(京都帝)키네에서 영목중길(鈴木重吉) 감독의 지도하에 업을 닦고 있는 중. 벌써 적지 않은 수확이 있는 소식이 온다. 괄목상대할 날만 손꼽아 기다린다.

손용진(孫勇進) <춘희> 이전부터 <바다와 싸우는 사람>들에 이르기까지 다년간 촬영에도 종사하였거니와 현상과 프린팅으로 그를 따를 사람이 없다. 자기가 암실과 기계를 가지고 있는 관계로 남몰래 연구를 쌓아왔고 <수일과 순애>만 하더라도 거의 그의 손을 거쳐서 그만큼이나 선명하게 씻어진 것이다.

아직 24세의 청년, 그의 전도야 말로 양양하다. 천성이 굼떠 담즙질인데다가 술을 마시면 호기가 대발, 잔소리를 퍼붓는 것이 한 버릇.

한창섭(韓昌燮) 촬영조수로 오래 고생하다가 대지(大志)를 품고 상해로 뛰어 나가서 경손(慶孫) 씨와 <양자강>을 박혀가지고 와서 일약 조선의 일류 기사로 자처하는 친구. 요즈음 그 사진을 가지고 간도까지 가서 흥행하는 중이라 한다.

눈이 사팔뜨기라 속칭 벤다—핀이라는 별명을

듣는데 벼룩이와 같이 톡톡 튀기 잘하고 참새 외딴치게 잘 떠들어댄다. 그도 퍽 젊은 축이다. 처신을 좀 더 신중히 하였으면…

민우양(閔又洋) <화륜>과 <지하촌>을 박혔다. 후자는 출세치 않았으니 논할 바 못되나 <화륜>에 있어서는 더욱 공부할 여지가 많다고 보았다. 데생을 소홀히 하고서 표현파나 구성파 그림을 본뜨려는 것은 망령된 생각이다. 뛰기 전에 걸음발을 타는 것이 순서가 아닐는지?

그 밖에 이진권(李鎭權), 이신(李信), 김재룡(金在龍) 군 등 제군이 있는 것을 기억하자.

남배우

스크린에 나타났던 사람이라고 모두 배우로 간주할 수는 없다. 적어도 2회 이상 출연한 사람으로 필자의 기억되는 대로 소개하려고 한다. 대단 복잡함으로 '가나다'순으로 열기(列記)한다.

강홍식(姜弘植) 영화로 무대로 그의 존재가 크다. 남성미의 권화(權化)인 듯한 당당한 체구와 명랑하고 저력 있는 음성과 그리고 원숙한 그의 연기는 그야말로 금상첨화다. 시기와 천재를 발휘할 장소를 얻고 그를 잘 이해하는 협력자만 있으면 에밀 야닝스란 하늘에서 떨어진 사람이 아닌 것을 느끼게 될 것이다.

일활(日活)의 전속배우로 있다가 귀국하여 <먼동이 틀 때>에 주연한 이후 연극사(硏劇舍)와 관계를 맺어 지금은 동단체(同團體)의 무대감독의 중임을 맡아 활약하는 중이다. 무용가 석정막(石井漠) 씨의 최초의 비장(祕藏) 제자였던 것을 아는 사람이 드물 것이요, 지금은 세계적 성악가가 된 제원의왕(藤原義汪)이와 천초(淺草) 시대에 같은 무대를 밟으면서 성악으로도 백중을 다투던 나 어린 가수였든 것은 더구나 기억하는 사람이 적을 것이다. 그는 테너였다. 카루소밖에는 흉내도 내지 못하던 High C까지 뽑아 올리는 것을 들은 석정막 씨는 그의 천재에 혀를 빼물고 제자를 삼아 친동생과 같이 애지중지하였었다. 그가 만일 중도에 전락하지 아니하고 사생활을 견제하여 성악에만 정진하였던들 오페라 싱어로서 출세한 지도 오래였을 것이다. 제삼자로도 생각할수록 가석한 일이다. 그는 전옥(全玉) 양과 동서한 뒤로부터 과거에 좀 방종하였던 생활을 버리고 극계의 중진이 되어 주야로 무대 위에서 땀을 흘리고 있다. 그에게는 좋은 각본과 배후에 연출자가 필요하다.

남궁운(南宮雲) <개척자>와 <아리랑> 등에 출연하여 순진한 예풍(藝風)을 보이고 각색으로 자막으로 퍽 오래 고생해 온 사람이다. 단아한 성격이 실지 운동보다는 문사형(文士型)에 가깝다. 광주(光州)서 <지지마라 순이>를 박히다가 여의치 못하여 함흥향제(咸興鄕第)로 돌아간 뒤에 소식이 묘연하다.

나운규(羅雲奎) 조선 영화계에서 가장 많은 작품을 한 몸으로 원(原), 각(脚), 감(監), 자주연(自主演)하고 그 중에도 <아리랑>과 같은 명편을 제작하여 전조선 영화팬의 인기를 독점하던 사계의 총아다. 지금 새삼스러이 장황하게 그를 소개할 필요와 지면이 아울
러 없거니와 그가 밟아온 족적은 과연 컸던 것이
다. 그러나 그의 업적을 냉정히 따져 볼 것 같으
면 공죄가 상등하다. 더글라스나 탈매지의 활극
을 흉내 내어서 일반 관중의 저급흥미를 교묘히
이용하여 뛰고 달리고 숨바꼭질하는 것으로 우
선 속중의 갈채를 받았다. 기지종횡(奇智縱橫)하여 한 작품을 손쉽게 얽
어서 꾸그려 놓는 데 능하고 장기가 있으나 그 내용인 즉 천편일률 소영
웅주의로 일관하였다. 규모는 크게 잡으나 표현이 거칠고 그의 액션, 내
지 독특한 유머까지도 결코 고상한 것이 아니었다. 험상스러운 그의 용
모와 오 척 남짓한 왜구(倭軀)가 처음부터 미친 사람이나 불구자 이외에
는 적역이 없는 특수배우에 불과하다고 본다. <아리랑> 전편(前篇)과
<벙어리 삼룡>이가 그 중의 백미인 까닭이다. 그가 그만한 인기를 독점
하고 있었던 것은 기적에 가까운 일이니 그 원인을 캐어보면 무슨 시국
에 대한 대지(大志)나 품은 듯한 룸펜의 서커스적 활약과 오열이불명(嗚
咽而不鳴)하는 곳에 어떠한 사상의 암시가 숨은 듯이 심각침통을 가장한
일종 흥행가치에 있었던 것이 아닐까? 내 말에 불평이 있다면 과거의 수
십 개나 되는 작품을 통하여 그 내용에 있어서 일관되는 어떠한 주의와
사상의 조류가 흐르고 있었든가를 스스로 반성, 검토해 볼 일이다.

뛰엄박질 잘하던 기린아는 지금 언덕비탈을 거꾸로 달리고 있다. 일본
국수회(日本國粹會)의 지회장이 돈을 대는 <금강람(金剛嵐)>에 검극배
우 원산만(遠山滿)이와 공연하여 나운규의 '나'자가 떨어지고 '미나도'좌
로 배구자(裵龜子) 일행을 따라다녀서 '운'자까지 잃어버렸다는 말이 들

리게까지 된 것은 참으로 애석하다. 일반에게 배우들이 가장 천대를 받는 제일조건인 남녀관계에 있어서도 사계의 거두로서 마땅히 삼가야 할 바가 있지 않을까? 나 군이여 군에게 케케묵은 문자 하나를 바친다.

'천인비봉(千仞飛鳳)이여든 기불탁속(饑不啄粟)하라'

나웅(羅雄) 요절한 소설가 나빈(羅彬) 씨의 조카라는 선입견이 있어서 그런지 그는 아무래도 얌전한 문인 같은 인상을 준다.

<약혼>에서 깨끗한 연기를 보였고 <젊은이의 노래>에도 주연하였다. 최근 <바다와 싸우는 사람들>에는 적역이 아니기 때문에 실패하였고 본다. 출연보다는 시나리오를 썼으면 한다.

이경선(李慶善) '메일, 뱀파이어'(色敵役)로 단벌이다.

그의 연기는 직세(織細)하고 경쾌하여 간드러진 품이 아돌프 멘주를 사숙한 보람이 있다. 몸을 자유로 움직여만 독특한 기예를 발휘할 터인데 스테이지가 없다. 상체의 스타일이 어색한 듯하니 주의할 일.

이규설(李圭卨) 오랜 노역(老役) 배우다. <장한몽>과 <아리랑>에는 판박이 조선 노인의 분장이 좋았다.

그러나 <홍련비련>과 <회심곡>의 승(僧)과 소위 자유기자(自由記者)는 완전한 실패라느니보담 이제까지도 웃음꺼리가 되어 있다. 노역이 귀하니 배우로만 나아가야 여망이 있지 다른 욕심을 부린다면 결국 자신의 손해일 것이다.

이원용(李源鎔) 유도 잘하는 활극배우. <세 동무>, <낙화유수>와 <종소래>에서 남성적 연기를 보여준 쾌남아다.

계획이 뜻대로 안 되는 듯. 근자에는 별 소식이 없다. 그러나 활극도 좋지만은 탈매지 같은 넌센스 장난꾼의 모방은 이미 시대에 뒤떨어진 일이다.

임화(林和) 카프의 맹원. 이론과 비평이 앞선다. 자신이 출연한 <유랑>, <혼가(昏街)>는 들어서 재론할 그 무엇이 하나도 없다. <지하촌>을 기대하였으나 역시 페이드 아웃―. 젊은 마르크스 보이라면 군의 자존심이 펄펄 뛸 일, 타인의 포폄(褒貶)으로 일을 삼던 과거를 거울삼아 자아의 동향에 당목(瞠目)하기 바란다.

임운학(林雲鶴) <춘희>, <풍운아>의 <급행열차>와 <수일과 순애>의 구루마꾼은 매우 인상적이었다.

불운하여 아직껏 중역(重役)의 차례가 가지 못 하였으나 장래를 촉망할 만한 소질이 풍부하다.

이금룡(李錦龍) 나운규프로덕션에서 노역(老役)을 전담하여 매우 원숙한 연기를 보였다.

<어사 박문수>를 감독주연하려다가 선전까지 해놓고 사불여의(事不如意)하여 많은 고생을 하고 물질의 손해도 적지 아니 본 모양. 신혼생활이 그의 고민을 어루만져 주기에 넉넉할까?

박제행(朴霽行) 토월회(土月會)에서 폴라이트를 받은 이후 영화로 무대로 노인 역의 분장은 몸에 제격으로 걸맞은 것부터 그를 따를 사람이 없었다.

사람 된 품이 호호야(好好爺)라 시비 틈에 끼이지 않고 부지런히 기예를 연마하여여 왔다. 그러나 목소리가 탁성이요 몸 가지는 것이 너무 뻑뻑한 것이 흠이다.

서월영(徐月影) <운명>, <바다와 싸우는 사람> 등에 색적역(色敵役)으로 좋은 타입을 보이나 의외로 동작이 판에 박은 듯이 부드럽지 못하다. 영화는 카메라와 인물이 함께 유동하는데 미가 있다. 무대극을 많이 해본 버릇인 듯.

석일량(石一良) 신인으로 <화륜(火輪)>에 출연한 것만 보고 속단할 수는 없다. 전기 작품에는 감독의 책임도 있겠지만 위선 분장 메이크업 같은 초보의 공작(工作)부터 유의하는 것이 필요할 것 같다. 연기는 오히려 후일의 문제다.

손효웅(孫孝雄) 원명(原名) 효준(孝俊), 보총(寶塚) 야구선수로 있다가 스포츠 배우로 마키노에 입사하여 근자에는 주연까지 하고 일본인 간에 상당한 인기가 있는 모양이다. 육 척 장신의 늠름한 위장부(偉丈夫)다. 물론 운동을 밥보다 즐겨하는 사람, 고국에 돌아와 활동하는 날을 기대한다.

윤봉춘(尹逢春) 조선키네마 이후 나운규 군과 같이 여러 작품에 출연하였고 그 후의 활동은 매거(枚擧)키 어렵다. 견인침중(堅忍沈重)한 그의 성격은 스크린에서도 엿볼 수 있다. <승방비곡> 중 살수차를 땀을 흘리며 끌고 가는 몇 커트를 보아도 특히 프롤레타리아 영화에 틀이 꽉 들어맞아 실감을 주는 배우다. 그 리얼한 점이 그의 생명이다. 더구나 도시노동자로는 앉았다가 그대로 렌즈 앞에 나서면 고만일 것이다. 재래의 미남형보다는 윤 군과 같은 타입의 출연자가 금후로는 더욱 필요할 것이다.

주인규(朱仁圭) <개척자>의 성재 역을 필두로 <아리랑> 기타 여러 작품과 <먼동이 틀 때> 최근에는 <도적놈>에 나왔다.

악역으로 일인자였고 박진력이 있는 그의 연기는 특출한 것이었다. 말하자면 너무 무겁고 액션이 좀 과장적인 혐(嫌)이 없지 않다. 모스크바의 쏘브키노를 목표로 수업의 길을 떠났다가 중도에 돌아온 후 지금은 모든 것을 단념한 듯이 함흥질소회사에서 일개 근육노동자로서 쾌쾌불락(快快不樂)의 생활을 하고 있다고

정기탁(鄭起鐸) 상해 가 있다가 돌아와서 <개척자>에 출연한 이후 자비(自費)로 <봉황의 면류관>을 박히고 <춘희>에 주연하였다.

다시 상해로 뛰어나가 여운형 씨의 소개로 대중화백합영편공사(大中華百合影片公司)에서 안중근의 최후를 스토리로 한 <애국혼>, <흑의(黑衣)의 기수> 등을 감독 각색 주연하야 일시 중국인 간에 환영을 받고 막대한 수입까지 받았던 영화계의 풍운아 중의 한 사람이다. 무대는 큼직하게 잡았으나 아무런 주의 주장과 사도(斯道)의 온축(蘊蓄)이 적은 그는 그만 밑천이 긁히고 말았다. 그리고 보니 활동사진 난봉이 나서 '멋'을 부려보았다는 이외에 더 달리 평가할 수 없게 된 것이다. 지금은 이창용 군과 같이 경도제(京都帝)키네에서 연구 중이라 한다.

전창근(全昌根) 상해서 <양자강(楊子江)>을 주연하였다. 그 작품을 제

작하는 데도 표면으로는 물론, 배후의 활동이 커서 그만한 것을 만들어 놓았다 한다. 그의 연기는 과장 안 하고는 못 배기는 중국 팬에게는 몰라도 부자연한 동작을 삼갈 일이다. 고국의 동포를 위하야 앞으로 가작을 보내어 달라.

주삼손(朱三孫) 원명(原名) 대택유(大澤柔). 본관(本貫)이 물 건너 땅이다. 그러나 그는 의식주며 언어까지 조선 사람으로 융화해 버리고 말았다. <심청전>의 왕 노릇으로 출세한 후 이제까지 청년 역(소위 이매목

(二枚目))로 적지 않은 인기를 끌어왔다. 그러나 진취할 정열이 적은 것은 그의 성격 소치다.

홍개명(洪開明) 무대극도 하고 조선키네마에서는 오래 출연도 하고 조감독 일을 보았고 각본도 꾸몄다. 성미가 괄괄하야 싸움이 나면 맥주병을 깨트려 자기 팔을 한 일자로 그어서 댓줄기같이 뻗치는 선혈을 뿌려 적을 퇴치하는 의협이요 호걸이다.

신문선전에는 <명일(明日)의 여성>을 박힌다더니 앞으로 얼마든지 명일이 있으니까 어느 명일에 완성될는지 모른다고

함춘하(咸春霞) 펜네임은 어쩐지 센티멘털한 문학청년 같은 느낌을 준다. 그의 시를 가끔 대한 적이 있다.

<승방비곡>과 <노래하는 시절>에 출연하였다. 처음이라 무리는 아니나 동작에 제 버릇을 벗지 못하였고 화장은 물론, 표정까지도 ABC로부터 공부할 필요가 있지 않을까? 한 개의 스타가 되기에는 실로 고심참담한 노력이 있은 뒤라야 비로소 두각이 나타나지는 것이다. 이것은 결코 함군에게 하는 말이 아니라 한 두 영화에 얼굴만 내여 밀면 금세로 영화배우연하는 사람이 없지 않기로 사족을 달아두는 것이다.

171

이밖에 자막으로 김상진(金尙鎭), 경도제(京都帝)키네의 방준한(方漢駿) 군과 박정섭(朴正燮), 박창혁(朴昌赫), 홍찬(洪燦) 군 등 신구인(新舊人)을 차례로 역방(歷訪)치 못함은 유감이다.

여배우

김정숙(金靜淑) 눌변(訥辯)이라 무대에는 서지 못하고 영화 전문의 여우(女優)로 고참이요 제일 많이 출연하였으니 <장한몽>부터 치더라도 <화륜>에 이르기까지 열 손가락으로도 꼽을 수 없을 만치 나오고 또 나왔다. 독특한 연기가 있는 것보다는 여배우가 귀한 조선 영화계의 특수사정이 여기 저기 출연하게 된 찬스를 지은 것이라고 함이 정직한 말일 것이다. 성애관계로도 파란이 중첩하였든 모양. 지금은 나웅(羅雄) 군과 동서 중이라 한다.

김연실(金蓮實) 신일선(申一仙)이가 일몰한 뒤로는 김연실의 독단장(獨壇場)인 감이 없지 않을 만큼 새 작품은 거의 다도맡아 놓고 출연하였다. 그 역시 이렇다 할 만한독특한 장기가 없다.

　평평범범 앉으라면 앉고 서라면 설 뿐, 곡선, 더구나 각선미가 없는 것은 모던걸로서 아까운일이다. 무대극으로도 상당한 지위를 점령하고 있다. 아직도 독신으로 그야말로 만도애활가(滿都愛活家)의 흠모의 적(的)이 되어 있다고

김일송(金一松) 정기탁(鄭起鐸) 군과 같이 <춘희>
에 출연한 뒤에 동군(同君)과 손을 잡고 상해로 가서
그와 결혼까지 하고 여러 중국 영화에 출연하야 지금
도 인기가 남았다 한다. 영화인의 생활이란 전변무쌍
하여 지금은 정 군과도 이별하고 서울 와 있다고 매우
소질이 있던 사람이다. 부활할 생각은 없는가?

김보신(金寶信) 고(故) 왕덕성(王德星) 씨의 아내로 그의 작품 <회심
곡>에 최후로 출연하였다가 대구서 일을 꾸미던 중 왕 씨의 거세(去世)
로 실의낙담하여 눈물로 그날그날을 보내고 있다고

이월화(李月華) 토월회의 명여우(名女優)로 아득한
옛날에는 윤백남 씨의 <월하의 맹서>를 비롯하여
<해(海)의 비곡(悲曲)> 이래 극단까지 조직하였던
여걸(?), 카페에서 댄서로 뚱뚱한 몸이 아주 절구통
같이 비대해졌다는 소식을 전한다.

복혜숙(卜惠淑) 토월회 배우로 상당히 노숙한 기
예를 가지고 무대의 여왕 노릇을 하였다. 음주무량
(飮酒無量)하시대 필급란(必及亂)이요 현하(懸河)의
웅변이 여간 사내는 그의 앞에서 머리를 들지 못하
였다. 시불리혜(時不利兮)하여 호구지책으로 방금
인천서 기생영업을 한다고

그의 주연한 작품은 <농중조(籠中鳥)>, <낙화유수>, <세 동무>…
등

신일선(申一仙) 영화 여배우 중 가장 미모를 자랑하고 팬은 막론하고

조선적(朝鮮的)으로 떠들어대던 여자니 새삼스러이
첩첩(喋喋)할 흥미가 없다. 솔직히 말한다면 얼굴의
윤곽은 선명하나 밀동자와 같이 무표정이요 연기를
이해하는 것 같지도 않았다. 다만 나이가 이팔이요
그만큼 깨끗이 생긴 여우(女優)가 없었던 까닭에 소위
인기라는 것이 경기구같이 올라갔던 것에 불외하다.
<먼동이 틀 때>를 마지막으로 출연하고 능주(陵州) 청년부호였던 양
모(梁某)의 제이부인으로 벌써 사랑의 결정을 둘이나 안는 신세가 되었다
한다. 이미 과거의 사람이요 소생도 여망이 없으나 빼어 놓을 수 없기에
두어 줄 여백을 채운다.

전옥(全玉) <잘 있거라>, <옥녀>, <사랑을 찾아서> 등 주로 나운
규 작품에 나와서 무구한 연기를 보였다. 일신상의 곡절이 많았다가 강
홍식(姜弘植) 군을 만나 지금 연극사(硏劇舍)의 퀸의 옥좌를 차지하고 있
다. 스테이지와 스크린을 통하여 가장 장래가 유망하다. 강 군과 같은 지
도자가 있는 것도 믿음성스럽거니와 재래의 여배우 티가 보이지 않고 진
지한 태도로 기예를 연마하기에 여념이 없는 모양이다.

하소양(河小楊) <도적놈>, <큰 무덤>에서 처음 출연으로는 매우 장

래 있는 연기를 보였다. 미끈한 지체의 주인공 윤봉춘 군의 페터 하프다.

류신방(柳新芳) 나운규 군의 적발로 인천 기원(妓
園)에서 뛰어나와 <사나이>, <벙어리 삼룡>등에 나
왔다가 다시 환원하였다고 독부(毒婦) 역으로 쓸 만
한 사람이었다.

조경희(趙敬姬) <유랑> <숙영낭자전>에서 애련한 얼굴을 보이다가
다시 학교에 다니더니 근자에는 아무개 씨와 살림살이를 한다고

김명순(金明淳) <숙영낭자전>, <노래하는 시절>에
나와서 밤프로 한손 뽐내던 여우(女優). 카페—웨이트
레스 노릇을 하다가 지금은 아마 애인을 쫓아 일본에
가 있는 모양이라고

◇ 이밖에 윤(尹)메리, 전광옥(田光玉), 운선희(尹善姬), 김영란(金鈴
蘭), 박환옥(朴環玉), 김마리아…등 제여사(諸女史), 제양(諸孃)이 있으나
지면초과로 다음 기회로나 미룰 수밖에 없다. 편집인의 독촉이 성화같아
서 하루 동안에 붓을 달리느라고 누락된 분도 많고 내용도 빈약한 것을
자인하면서 붓을 던진다.

또 신문기자로서 영화계로 방향을 바꾸어 활동하고 있는 이서구(李瑞
求), 유지영(柳志永) 양씨가 있는 것을 추기(追記)한다.

편자(編者) 왈=제씨(諸氏)의 사진은 구하기 어려운 것까지 모처럼 그 전부를 구했으나 인쇄임시(印刷臨時)하야 동판에 잘 오르지 못하여 부득이 실리지 못한 것이 많음을 독자와 필자와 또 영화인 제씨에게 사죄한다.

≪동광≫, 1931.07. pp.56~66. [필자명은 '沈熏']

1932년의 조선 영화

시원치 않은 예상기

물으시니 색책(塞責)으로 두어 줄 적어보려 합니다마는 저는 근래에 평이나 이론이나 또는 실제운동도 아니하고 있습니다. 평을 하자니 평할 거리가 없고 이론만 벌려서 탁상의 공론만을 부질없이 늘어놓기도 싫고 더구나 실제운동에 들어서는 음으로 양으로 성의껏 해보다가 그만 지쳐서 당분간 단념하고 있습니다. 그렇다고 영화예술에 대해서 애착을 잃고 아주 절망해 버리고 만 것은 아닙니다. 다만 호구지책으로 진종일 밤중까지 마음에 없는 잡무에 매어달리고 없는 틈을 타서 연재소설을 그날그날 도적질하듯이 쓰는 것으로 눈뜨고 있는 시간 전부를 빼앗기고 보니 본직에 충실치 못하는 비애가 자못 큽니다. 좋은 기회가 잡힐 때까지 오직 침묵을 지키고 있을 수밖에 없습니다. 그러나 언제든지 툭툭 털고 나설 만한 준비는 하고 있으렵니다.

각설하고 1932년 조선 영화계의 예상기(豫想記)나 몇 장 써볼까요? 내 생각 같아서는 일반 경제계가 더욱이 조선 사람의 생활에 무슨 큰 변동이나 생기기 전에는 내년 아니라 후년 몇 십 년 후까지라도 눈앞에 다른 긴급한 사업을 제쳐놓고 영화계만이 발전되리라고는 몽상조차 아니합니다. 그것은 대국(大局)의 정세로 보아서 속일 수 없는 사실이요 어느 정도(최소한도라도)까지 자본의 힘을 빌지 않고는 손을 대어볼 수 없는 영화 사업이 입으로나 붓으로나 떠드는 사람이 몇 개인쯤 있다고 일조일석에 성취될 수 없다는 것은 나의 평소의 지론입니다.

흔히 조선에는 자력(資力)도 좋은 각본도 내세울 만한 기술자도 없다는 것을 누구나 말하고 차탄(嗟嘆)합니다. 그러나 이상의 모든 조건이 기적적으로 구비가 된다손 치더라도 내년, 즉 1932년 이내에 훌륭한 작품이 뒤를 대어 나올 것 같지 않습니다. 이것은 결코 속단도 아니요 억측도 아닙니다. 왜 그러냐 하면 낙엽이 진 나뭇가지를 살펴보십시오. 거기는 벌써 가지마다 새싹이 솟고 파릇파릇 움이 돋을 준비를 하고 있는 것을 발견할 수 있습니다. 낙엽은 지고 싶어서 지는 것이 아니라 새싹의 노력에 밀려서 떨어지는 것입니다. 그런데 1932년이 앞으로 며칠 남지 않은 조선 영화계에는 잎사귀만 서리를 맞은 채로 떨어지려고도 아니하고 그렇다고 새싹이 트고 나오려는 기맥도 보이지 아니합니다. 내가 과문한 탓인지는 모르겠으나 어느 영화 단체에서도 움직여 나오는 조짐이 보이지 않고 개인으로도 각자가 곤비침통에 빠져있지나 않은가 합니다. 우선 먹어야만 살고 꿈지럭거릴 수 있는 엄숙하고도 야속한 사실이 가로놓여 있는 까닭입니다. 만은 하여간 촬영보다는 그 준비에 시간을 더 많이 잡아먹는 영화 제작은 적어도 연래 늦은 봄에 볼 만한 역작이 나온다면 지금쯤은 당사자들이 눈코 뜰 새 없이 바빠야 할 때입니다. 그런데 그 소식이 감감합니다그려. 그러나 가망이 적고 어려운 일일수록 하루바삐 성공되기를 축원하는 것은 사람의 아름다운 욕심이요 또한 우리의 정당한 요구입니다. 내년래(來年來)로는 과거의 '조선 영화'적 내용을 일절로 소비하고 목표를 바꾸어 출발을 고쳐서 기계적 미는 찾을 수 없고 그 표현이 또한 예술적으로는 감상할 맛이 없더라도 우리에게 묵직한 실감을 주고 한 번 보고도 한평생 가슴 한복판에 낙인이 찍혀질 만한 영향의 다만 몇 커트라도 보게 되기를 간절히 바랍니다.

1932년! 지극히 비참한 조선 영화사 상에 조그만 목비 하나라도 세워 놓아야 할 해입니다.(1931.12.8)

≪문예월간≫, 1932.01. pp.9~11. [필명은 '沈熏'. 이 글은 ≪문예월간≫에서 1932년의 「문예계에 대한 신년희망」이라는 기획으로 문예계 각 분야의 필자들의 글들을 싣고 있는데, 심훈이 '영화계' 분야에 대해 쓴 것임]

연예계 산보

「홍염(紅焰)」 영화화 기타(其他)

　고(故) 서해(曙海) 형의 유작(遺作)을 다시 한 번 읽어 보았다. 고인과의 우정을 새로이 느끼고자 재음미를 하였다느니보다 나는 다른 생각이 있어서 통독한 것이다. 고인의 작품을 가장 방불히 부활시키고, 또한 영구히 보존하는 한 방법으로는 수많은 작품 중에 우수한 것을 추려가지고 영화화하는 길밖에 없으리라고 생각한 것이다. 또 한편으로는 만년(晩年)(?)의 서해가 신문사 연극부의 일을 맡아보데 된 뒤로 극장 출입도 잦았거니와 영화예술에 많은 흥미와 관심을 가졌던 것을 아는 까닭이다.

　"여보 심(沈) 형, 내 작품 중에 하나 박여볼 만한 게 있겠소"
하고는 그 독특한 코웃음 치든 것이 눈에 선하다. 그래서 여러 가지 의미로 그의 원작을 모독시키지 않을 조그만 자신과 성의를 가지고 내 손으로 촬영해 보려고 수년 전에 읽었던 것을 밤을 새워가며 되풀이 하였다. 「갈등」은 극적 갈등이 없고, 「저류(低流)」는 영화로서의 조건이 맞지 않고, 『호외시대(號外時代)』는 너무 복잡해서 손을 대기가 어렵다. 오직 「홍염(紅焰)」 일 편이 그 중의 백미요, 영화화하기에 모든 조건이 구비되어 있다. 벌써 여러 해 전에 조선 영화예술협회에서 촬영해보려고 계획을 세웠던 것을 기억하나 좀 더 새로운 수법으로 박혀 보려 하였다. 영화로서 제명도 좋거니와 그 내용이 재만동포(在滿同胞)의 문제로 떠드는 이때라 시기에 적합하고 중국인 지주의 집에 불을 지르고 뛰어 나오는 놈을 도끼로 찍어 죽이는 클라이맥스에 이르러서는 도스토예프스키의 『죄와 벌』을 생각게 하리만치 처참하야 침통미가 있다. 더구나 원작대로 촬영한다 하드라도 최대 난관인 검열망을 무사히 통과할 수 있는 점이다. 그래서 그 원작에 살을 붙이고 양념을 처서 각색까지 해놓고 적어도 삼천 원 가량이나 자금을 대어줄 사람을 찾아 다녔다. 그의 고구(故舊)와 친지며 돈 냄직한 사람을 경향을 막론하고 쫓아다녔다. 범(凡) 일 개 월 동안이나 운동한 결과는 어찌 되었는가? 도로에 돌아가고 만 것이다. 흥행이 잘되면 그의 무의(無依)한 유족에게 다만 돈 백 원이라도 부조해 보려던 공상조차 깨어지고 말았다.

"이 불경기한 판에, 집 팔고 땅 잡혀서 활동사진을 박히다니… 취지는 좋소만…"

일언하에 혹은 완곡히 거절을 당하고 말았다. 아무도 없는가? 이 땅이 낳은 박행한 문인의 작품 하나를 영원히 기념해줄 만한 독지(篤志)가 우리 사회를 통틀어도 없단 말인가. 있다면 필자는 그의 작품 하나를 완성시키기 위하야 견마(犬馬)의 노(勞)를 아끼지 않을 것이다.

실험무대는 어디로?

실험무대가 제3공연을 준비하는지 아직 듣지 못하였다. 앞으로 참고나 되었으면 하는 미충(微衷)으로 바른 말 두어 마디를 하겠다. 제2공연까지 본 감상은 자못 많으나 다만 한 가지 우리로 하여금 호의를 갖게 한 것은 각색자와 동인들이 분장을 하고 무대 위에 오른 것이다. 대단히 좋은 현상이었다. 메이크업이야 되었든 안 되었든, 연기야 잘하든 못하든 간에. 과거의 소위 체면과 신사의 탈을 벗어 버리고 몸소 배우가 되어 풀라일을 받아보는 것은 여러 가지 의미로 좋은 일이라고 보았다.

그러나 실험무대에 레퍼토리는 〈검찰관〉이고 〈해전(海戰)〉이고 〈애인〉이고 할 것 없이 나는 반대의 의견을 가지고 있다. 왜?

1. 그러한 극본이 조선의 현실과 상거(相距)가 너무 멀고

2. 관중의 수준을 몰랐고,

3. 축지소극장(築地小劇場)의 시험관을 걸러 본 각본이라고 반드시 조선의 무대 위에 올려 실험할 필요가 없는 것이요,

4. 연출자와 또는 동인들이 해외문학에만 짐취(鴆醉)해서 조선의 현실과 관중을 이해치 못한 것,

5. 유명한 희곡이라고 해서 무대에 올려보는 것이 연극운동의 본지(本旨)가 아닐 것이요, 자기네들 홀로 고답적 태도로써 임하는 것이 결코 득책(得策)이 아니다.

아무리 진미라고 소화시킬 줄 모르는 민중의 입을 벌리고 틀어넣으려는 것은 망계(妄計)요, 아무 작용도 나타나지 못할 약품을 집어넣고 시험관만 흔들어 보는 것은 자기도취에 불과한 것이다. 번역극을 집어치우고 차라리 번안을 하여 조선 것을 만들어 가지고 무대에 올리라. 신극운동의 외따른 한 길은 (너무 막연하나) 오직 이 현실에 맞는 극본을 창작하여 무엇보다도 조선(여러 가지 의미로)을 잘 통찰하고 이해하는 연출자의 손으로 상연시킬 것뿐이다.

추악한 막간연예(幕間演藝)

연극사(硏劇舍), 신무대, 합동무대, 연극시장, 할 것 없이 수많은 흥행

단체에서 올리는 극의 내용에 들어서는 말붙이기도 싫다. 일언이페지하면 관중의 한 사람으로서도 실망, 절망된 지가 이미 오랜 까닭이다. 그러나 천언만어(千言萬語)를 다 걷어치우고 다만 한마디 충고하는 것은

"제발 적선에 막간(幕間)에 나와서 하는 것을 집어 치워주시오"

하는 것이다. 아무리 관중의 환심만 사면 고만이기로, 장사하는 사람은 고객에게 대한 예의가 있어야 할 것이요 아무리 예술을 모르는 사람에게 배우(가장 천한 의미의)라고 손가락질을 당하는 사람이기로 그럴수록 자기 자신에 대한 체면도 세워야할 것이 아닌가? 그야말로 만인 좌중에 나와서 일본의 만재식(萬才式)으로 남녀가 주고받는 말, 더구나 반주로 맞추어 가며 부르는 독창, 레뷰 등속 그 외설 추잡한 것은 붓으로 옮겨놓을 수가 없다. 차마 바로 볼 수도 없거니와, 귀로 들을 수도 없다. 지면을 더럽힐까 보아, 그 예를 들지 않으나 그 추악한 과작(科作)과 구역이 나는 대사를 듣듯 손뼉을 두드리는 위중(僞衆) 속에는, 수양 중에 있는 학생이 대부분을 점령하고 점잖은 손님과 가정부인네도 섞여있는 것을 모르는가? 가정교화상, 또는 사회풍기를 문란하는 이따위 막간흥행은 단연히 집어 치울 것이다

암장(暗葬)된 〈인생안내(人生案內)〉

조선극장에서 공전(空前)의 선전을 하던 소비에트 발성영화 <인생안내(人生案內)>를 보고서 초일(初日) 낮에 부리나케 갔다가 돌연히 상영금지를 당하였다 하여 관중은 입장권 한 장씩을 얻어가지고 흥행 중도에 나오고 말았다. 일본서 본 사람의 말에 의하면 여러 가지 점으로 전에 못 보던 훌륭한 작품이라 하기에 적지 않은 기대를 가지고 갔던 것이 그만

말 한마디 못하고 쫓겨 나오다시피 하였다. 일본서 이미 가위질을 당할 대로 당하고 무사히 상영되었던 영화가 야릇한 핸디캡으로, 조선에는 특수사정이 있다는 구실로, 검열관의 고갯짓 한 번에 그 필름은 창고 속에 암장이 되고 만 것이다. 그 이른바 특수사정에 의해서 필자 역시 더 말하고자 아니하나 문제되는 것은 극장의 태도와 그러한 문제됨직한 영화거든 좀 더 주도하게 준비를 하지 못하고 막대한 선전비를 들여가며 손에게 신용까지 잃어버리는 것은 일거양실이다. 적어도 가장 중요한 시즌의 벽두를 장식하려는 흥행물이면 감상안이 있는 관원(館員)을 파견하여 시사(試寫)를 보고 온 뒤에 수삼일 전기(前期)하여 검열을 받아놓고 나서, 선전을 시작하여도 시내 팬을 끌기에는 넉넉할 것이다. 당사자는 사진을 보지도 못하고 잡지의 선전만 가지고 떠들어 놓다가 몇 번이나 관중에게 큰 실망을 주었는지 모른다. 수천수만의 대중을 상대로 하는 장사인 만큼 좀 더 신중히 영화를 찬택(撰擇)하고 여유 있는 흥행과정을 밟을 것이다. (토키 문제, 일본영화 상영 문제, 조선 영화에 대한 관견(管見) 등이 많으나 지면이 다하여 다음 호로 미룬다.)

《동광》, 1932.10. pp.74~76. [필자명은 '沈熏']

영화가(映畵街) 산보

연예에 관한 수상(隨想) 수제(數題)

1. 토키와 조선의 영화팬

조선의 영화팬처럼 불쌍하고 억울한 존재가 없을 것이다. 전 세계에 그 유(類)가 없으리라고 생각된다. 그것은 발성영화가 수입되어 조선인측 상설관에 상영된 뒤로부터 그러한 느낌을 더욱 깊게 한다. 무성영화시대에는 자막을 못 알아보아도 해설자가 떠드는 소리만 조용히 알아들으면 총괄적으로 어떠한 내용을 가진 사진이라는 것을 알 수 있었고 장면 의미를 알고 감상할 수가 있었다. 그러나 토키라는 것이 유행된 뒤에는 어찌 되었는가? 값싼 발성기에서 라디오의 잡음과 같이 울려 나오는 부정확한 영어—라느니보담도 양키들의 주절대는 소리 왁자지껄 떠들어대는 훤화(喧嘩), 게다가 온갖 시끄러운 의음(擬音)이 뒤섞여 나와서 우리의 청각을 어지러이 자극시킨다. 더구나 동시에 해설자는 해설자대로 기묘한 목청을 성대가 찢어지도록 높여서 떠들어대니 무슨 소린지 무슨 뜻인지 당초에 분간해 들을 수가 없다. 소위 일본판이라고 일문(日文)으로 주제나 대화의 경개를 스크린 한 모퉁이에 비추어 나오기는 하나 그것도 중학생 이상의 식자간(識者間)에나 알아볼 뿐이요 순간적으로 글발을 초조히 뜯어보는 동안에 화면은 어느덧 사정없이 지워져버리고 만다. 우리의 시선이 자막과 화면 사이를 방황하는 동안에 사진은 어느덧 끝이 나고 만다.

그러니 일문도 알아보지 못하는 다대수의 관중은 남과 같은 요금을 내고 들어가서 과연 무엇을 보고 듣고 나올 것인가. 영사막에 유령과 같이 어른거리는 환영에 눈을 피곤케 하고 먼지와 담배 연기를 마시고 나오는 것밖에 소득이 없다. 그 더러운 공기를 하루 저녁 호흡한 소득세로 적지 않은 돈을 밤마다 모아다가는 양키—와 배급자와 상설관 경영자에게 바친다.

이 얼마나 억울한 일이냐. 딱한 노릇이냐. 여기에도 제 것이 없는 자의 설움이 있다. 무조건 착취가 있다. 소화도 할 줄 모르는 것을 억지로 먹이고 그 대가를 빼앗아가는 간사한 무리가 있다.

그보다도 더 불쌍하고 가엾은 입을 헤—벌리고 앉아서 주머닛돈을 발리우는 조선의 무비 팬이다.

2. 퇴보하는 조선 영화

대구영화사 작품 <종로(鐘路)>의 시사를 보고 느낀 바다. 금년에 와서 가뭄에 콩 나기로 나온 <종로>. 올봄에 봉절되었다는 <아름다운 희생(犧牲)>은 보지 못하였으나 <종로>만은 오래 선전도 되고 또는 나운규 군의 근업(近業)을 보려고 상당한 기대를 가지고 시사장에 임하였었다. 그러나 급기야 보고나서는—아니 보는 동안에 적지 않은 환멸을 느꼈다.

'조선 영화는 도리어 십년 전 초창기로 뒷걸음을 치는 것이나 아닌가' 하는 의아와 일종의 우울까지 느낀 것을 어찌하랴.

기계적 시설이 없고 모든 촬영조건이 구비치 못하고 겸하야 완성 후에 수백 척의 노력의 결정이 무자비하게도 가위질을 당하였다는 것은 새삼스러이 동정을 불감(不勘)한다.

또는 촬영경비를 절약하려고 일 척에 삼 전짜리(?) 소위 국산 필름을 시용(試用)해가지고 팡므로마틱의 효과를 내보려고 노력한 점도 차라리 동정한다. 그것은 모험을 하다가 실패를 하는 예가 왕왕이 있는 까닭이요 그 동기에 있어서 불미(不美)한 것이 없으니 갱론(更論)마저 하지 않는다.

그러나 군색한 촬영조건이나 그밖에 '말 못할 사정'이 잠재했던 것을 제외하고도 이 작품의 제작자는 몇 마디의 질문을 면치 못할 바가 있다.

원작, 각색, 감독술, 배우의 연기 내지 자막까지를 뜯어볼 때 다른 사람의 것은 막론하고 나 군의 육칠 년 전 작품과 비교해 볼 때 조금도 진보가 되기는커녕 손색이 있다느니 보담도 두어 걸음이나 퇴보된 것이 자인되지 않는가?

이것은 제작자의 두뇌가 그때보다 조금도 향상되지 않았다는 것을 여실히 증좌(證左)하는 것이 아닐까?

구상이 엉뚱하고 각색이 교묘하고 감독술이 세밀치는 못하나마 무난히 출연자와 카메라를 구사하던 나 군의 솜씨였다. 그리고 역에야 맞든 안 맞든, 부자연하든 아니하든 간에 나 군 자신의 연기는 열이 있고 씩씩하고 기운차고 어딘지 모르게 관중을 누르는 박력이 있었다.

그러던 것이 이 <종로>일 편에 와서는 옛날의 그 무엇을 하나도 찾을 수 없었음이 크게 유감이다. 그것은 필자보다도 제작자 자신이 냉정히 생각해 보면 알 일이다.

원작의 내용이 가공적이라 비현실적이고 레벨이 저속하고 연출에 있어서도 아무 독창적 진전이 보이지 않는다. 즉 기술적으로도 앞길을 개척하려는 흔적이 보이지 않는다. 손 군의 카메라도 그러하다. 단 한 커트의 새틋한 장면을 찾아볼 수가 없지 않은가? 기타 소소한 점에는 도리어 함구코자 한다. 그러나 모—든 점이 정돈 침체되었다느니보다는 차라리 퇴보다.

<아리랑>, <풍운아> 시대가 그립다. <들쥐>, <벙어리 삼룡>을 제작하던 때가 나 군의 전성시대요 또한 일반 영화팬의 흥분시대가 아니었던가?

필자는 가장 고난한 중에서 꾸준히 노력하는 우리 영화인들에게 끊임없는 경의와 감사를 표하기에 인색한 자가 아니다. 그러나 우리의 모든 부문의 문화운동이 비록 양으로 향상되지 못하나 질에 있어는 괄목할 만한 진전이 있는 것이 사실인데, 유독 영화계만은 침체 퇴보하는 데 있어서는 그 책임이 영화인 자체에 있다는 것, 즉 좀 더 공부하지 아니하고 구각에서 탈출하기에 좀 더 용감치 않은 것을 지적할 뿐이다.

3. 구소(舊巢)에 돌아온 신일선(申一仙)

신일선이가 칠 년 만에 돌아왔다. 아편침쟁이의 이아(二兒)를 이끌고 뛰어나왔다.

소녀의 허영심이 모든 비극의 동기였다는 것을 새삼스러이 논란코저 하지 않는다. 또는 신(申)을 명실이 상부한 독자의 기량을 갖춘 배우로 인정하기에는 아직도 거리가 멀다. 그러나 벽촌 한 구석에서 칠 년 간이나 인종의 생활을 보내다 와서 정구지역(井臼之役)으로 거칠어진 손을 볼 때 세고의 주름살이 잡힌 그의 얼굴을 대할 때 인정으로서 회구(懷舊)의 정과 가엾은 마음을 금키 어렵다.

"나는 다시 영화계로 갈테야요"

하고 비상한 결심을 하고 뛰어나왔다 한다. 신의 은신처는 부모의 그늘
도 아니요 다른 사나이의 품도 아니다. 오직 막연하게 다만 '영화계'를
바라고 나온 것이다. 옛날의 요람으로 찾아들려는 것이다.

그러나 그 부실하던 요람도 지금 와서는 형해도 없이 허물어지고 이곳
저곳 룸펜이 되어 돌아다니는 영화인들을 산견할 뿐. 누구하나 손잡아
맞아줄 사람이 없다.

필자는 신의 흉중 이상으로 조선의 영화계를
생각할 때 소조영락한 감을 금치 못한다.

무엇보다 먼저 본거를 지어야 한다. 영화인
들이 용신할 근거지를 쌓아야 한다. 그래서 유
용의 인재를 포용하고 나서 나머지는 그 후에
할 이야기다.

사람은 한—데서 잠을 자지 못한다. 황차(況
且) 이 빈한한 조선의 땅에서랴.

우리는 개미떼처럼 집단이 되니 그 본영을
쌓아야 한다. 그것이 선결 문제다. 근본 문제다.

어느 특지가(特志家)의 희생적 투자가 없이는
조선의 영화계는 만날 가도 이 현상에서 벗어
나지 못 한다. 전도가 오직 암담할 뿐이다!

돌아온 申 孃

189

4. 돈만 아는 흥행업자

흥행이란 본시 장사다. 극장을 경영하고 영화를 소개 배급한다는 것이 문화사업도 사회사업도 아닌 것은 물론이다.

그러나 위안에 주리고 오락에 목마른 조선의 관객을 상대로 하는 배급자 상설관 경영자는 우리의 특수한 생활형편을 좀 더 나아가서는 우리의 이른바 객관적 정세를 살필 줄 알아야 하겠다.

단순한 돈벌이로 알고 관중을 교묘히 속여서 한 푼이라도 벌어먹고 긁어먹으려는 생각과 태도를 버려야 하겠다.

이번 조선극장에서 일어난 경영자와 관중과의 분규를 일례로 들더라도 극장측에서 허구의 선전을 해서 돈을 잡아 보려다가 그러한 타매(唾罵)를 당하고 분요를 일으키고, 당사자가 사법처분까지 받게 된 것이다.

흥행업자는 항상 '관객 본위'라는 것을 염두에 두고 영업을 하라.

우리 가난한 민중의 몇 십 전이라도 긁어서 모으는 것이 얼마나 가슴 쓰라린 것을 느껴라!

일보 더 나아가서는 우리 민중의 취미를 함양케 하고 위안과 오락을 주는 역할을 하는 일종의 문화사업으로 여기고 좀 거 점잖은 신용 있는 흥행을 하라!

흥행물의 내용을 선택하라!

《中央》, 1933.11. pp.114~120. [필자명은 '白浪生']

민중교화에 위대한 임무와
연극과 영화 사업을 하라

□ 매우 광범한 문제를 제한 지면을 가지고 그 구체적 의견을 말한다는 것은 무리에 가깝다. 부득이 연극과 영화 문제를 항목을 나누어 극히 간단한 요령만을 따서 적어보기로 한다.

1. 소도 몸뚱이를 부빌 외양간이 있어야 한다. 그런데 우리 조선에는 연극인들을 낳고 기르고 자라게 할 보금자리가 없다. 과거의 문화를 자랑하고 또는 문화생활을 흉내라도 내려고 하는 도회인에게—더욱이 대경성(大京城) 한복판에, 우리의 소유인 극장 하나가 없다는 것은 우리들 전체의 큰 수치 중의 하나다. 따라서 우리네의 경제력이 아무리 말금이 아니기로, 신문이나 학교 같은 표면으로 생색이 나는 사업에는 거액의 투자를 하는 졸부나 재벌이 있으면서, 위안 오락의 방계적 효능을 차치하고서라도 민중교화의 가장 위대한 임무를 가지고 있는 극예술의 발달과 향상을 위하여는, 너무나 등한시하고 아직도 그 사업까지를 천대하여 한 사람의 특지(特志)의 인물이 나타나지 않음은 또한 통한사(痛恨事) 중의 하나임에 틀림없다.

과거의 연극운동이 모조리 실패의 역사만을 남기고, 현재와 같이 오합지중(烏合之衆)의 □□과 잡탕패적 단체가, 식자(識者)로 하여금 타기할 용기조차 나지 못하게 하는 소위 막간 흥행 등, 극(劇)을 가지고 대소 도회인의 비속한 취미를 길러주고 돌아다니는 죄악을 범하게 된 것은 그 원인이 어디 있는가. 극예술에 대한 정통을 밟는 지도자가 없고 기예자가 없고 관중이 또한 이해가 없는 것도 사실이다. 그러나 제일 큰 원인은 처음부터 경제적 기초가 확고치 못한 데 있다고 본다. 재래의 연극인들은 발을 붙일 토대가 없지 않았던가. 주춧돌을 박기도 전에 기둥을 세우려 들고 모래로 쌓은 성 위에서 제각기 제멋대로 난무를 하였기 때문에 오늘날 우리가 목도하는 현장에까지 도달한 것이니 그것은 오로지 극단의 기초공사가 부실하였던 결과다.

그러하고 나는 사글세 방 살림조차 할 수 없는 형편에 있어서 번화한 대규모의 극장을 몽상하는 것은 결코 아니다. 무엇보다도 연극인들이 풍우를 피할 바라크식 곳간 비슷한 근거나마 있고서야 될 것이니 우리 손으로 극장 하나를 건설하는 것이 극운동을 재출발시키는 데 선결 문제라는 말이다. 따라서 그것을 경영하고 유지할 만한 유동자금이 준비되어야 할 것은 물론이다. 그리고 일방으로 소인적이요 학생적인 진격한 신극운동을 지방적으로 일으켜야 한다. 이 점에 대하여서는 「연극의 브 나로드 운동」이란 제하의 유치진(柳致眞) 씨 논문과 나의 의견이 일치한다. 가장 가능성이 있는 점으로 보아 그 취지에 찬성하는 바이다.

😊 01회, 1934.05.30.

② 2. 영화 사업은 온갖 예술부문에 있어서, 더구나 조선의 현실에 있어서 거의 망(望)에 가까운 가장 어려운 사업 중의 하나다. 영화는 종합예술 중에 연극보다도 실제 공작에 있어서 몇 배나 까다로운 조건만이 구비되어 있기 때문이다.

첫째, 영화는 예술품인 동시에 과학의 산물인 상품이다. 기계공업이 극도로 발달되어 과잉된 제품을 산더미같이 덤핑을 하는 자본주의시대에 있어서, 유독 조선의 영화와 같은 소꼽장난적 수제품으로는 도저히 시장에 내어놓을 수가 없는 것이다.

둘째, 몇 백이나 하는 지방청년을 꼬여서 밥그릇까지 깨뜨려준 결과로 몇 백 척의 환등 조각 같은 포시 필름을 작성하였다손 치더라도 영화로서 작품이 되고 아니 된 것은 고사하고, 직접 고객인 상설관이 손가락을 꼽을 만하니, 그것은 판로가 없는 상품이다. 먼저 판로를 개척하지 아니하고 상품(그나마 물건답지 못한)부터 제작하려는 것은 상업독본(商業讀本)의 제2과도 모르는 망계(妄計)다. 그 결과가 조선 영화란 그림자까지 감추어지고 [4행 略] 그 따위 흥행물을 가지고 우리에 빈한한 관중의 주머니를 털게 하는 기막힌 현상에까지 도달한 것이다. 도대체 우리가 이렇게까지 구차하게 또는 강제적으로 영화를 구경할 필요가 어디 있는가? 나는 차라리 조선에서 영화 사업이란 단념해버리고 구경도 말아야 옳다고 생각한다. 기실 현하 조선 민중에게는 좋은 영화를 감상시키는 것보다도 고픈 창자를 움켜쥔 그네들에게 한때라도 만족감을 주기 위한 노력이 가장 긴급한 사업이기 때문이다.

그러나 조선 사람에게도 정신상 향신료를 찾는 욕구가 남아있고, 그중에는 영화가 가장 간편한 군것질감이 될진대, 우리의 전통적 구미에 맞는 물건을 만들어야만 한다. 여기에 조선 영화를 제작해야만 할 필요가 또 다시 생기는 것이다. 그러나 소련처럼 국영으로 영화를 제작하거나 그렇지 않으면 이 사업에 특별한 이해가 있는 독지(篤志)가 막대한 자본을 희생적으로 제공하기 전에는 조선에서 영화 사업이란 가망이 없다는 것을 과거의 약간의 체험으로써 나는 단언한다. 이상은 근본적 경제 문제를 말한 것이다. 그러나 그밖에 촬영 경영, 제작, 검열, 배급 등 제 문제는 이 근본 문제를 해결한 뒤에야 논의하는 것이 일의 순서일 것이다.

😊 02회, 1934.05.31.

😊 《조선일보》, 1934.05.30~31. [필자명은 '沈熏'. 이 글은 「조선연극의 항상정화, 조선 영화의 재건방책」이라는 기획 아래 이기세, 박영희, 김광섭, 이규환, 서광제, 이헌구, 박영호, 박철민, 안종화 등과 함께 참여하여 쓴 것임.]

영화 소개: 〈영원의 미소〉

메트로 골드윈 메이어 특작품

전(全) □□ 일본판

21일 단성사에서 상영

결혼식 당일에 연적(戀敵)의 피스톨에 사랑하는 무닌을 잃은 존이란 사나이는 그 후 30년이란 긴 세월을 울음과 한숨과 오뇌로 보내었다. 그리고 그에게는 한 가지 낙이 있었다. 즉 무닌의 여동생 캐슬린을 고아원에서 데려다가 그의 재롱을 보는 데서 여생을 쓸쓸하게나마 하루의 희망을 붙이고 살았다.

호사다마라고 존의 이 실낱같은 희망의 줄도 끊어지고 말았다. 캐슬린이 성장하여 결혼 적령기에 이르렀을 때 그에게는 뜻하지 아니한 연적의 아들 케네스가 나타나서 캐슬린과 사랑을 속삭이게 되고 동시에 캐슬린은 존이 절대 반대하는 것을 불구하고 케네스의 품에 안기는 것이었다. 이리하야 사실은 사랑과 의리의 두 가지 길에서 헤매이는 캐슬린에게 비극적 운명을 던져주는 데서 클라이맥스에 올라갔다가 임종시에 존의 허락으로 두 사람은 곡절 많은 사랑을 완성하게 된다.

◇

작품의 내용은 조금도 신기할 것이 없다. 우리는 다른 영화에서 얼마든지 <영원의 미소>와 같은 스토리를 볼 수 있는 것이다. 그러나 이 작품에 있어서는 무엇보다는 노—마 시어러의 염려한 자태와 더할 수 없이 자연스럽고 능숙한 연기를 취한다. 이런 종류의 순전한 연애극에는 덮어놓고 에로만을 발산하려는 미국 영화 중에 조금도 그러한 천착하고 저열한 감정을 조발시키지 않고 시종이 여일하게 깨끗한 매력으로써 관중을 도취케 한다. 전부 러브신만의 주목이언만 조금도 지리한 느낌을 주지 않는 것은 각색자의 교묘한 수법이다.

금년에 본 많은 영화 중에 조금도 손색이 없을 뿐 아니라, 순전히 정애(情愛)를 취급한 작품으로는 첫손가락을 꼽을 만하다.

《조선중앙일보》, 1933.12.22. [필자명은 '熏']

다시금 본질을 구명하고 영화의 상도(常道)에로

단편적인 우감수제(偶感數題)

1 영화는 나의 청춘기의 가장 귀중한 시간과 정력을 허비시켰고 그 제작을 필생의 사업으로 삼으려고 직접간접으로 간여해 왔던 것이다. 처음부터 문필로써 미염(米鹽)의 대(代)를 얻으려 함이 본망(本望)이 아니었기 때문에 벽촌에 와서 그 생활이 몹시 단조로울수록 '인'이 박힌 것처럼 영화가 그립다. 애착의 도가 한층 더해가고 실연한 애인만치나 아직도 미련이 남아 있다.

그러나 주위의 모든 정세를 냉정히 살펴볼 때, 큰 자본과 우리의 손으로 다뤄보지도 못한 기계적 시설이 없이는 영화 제작이 다만 몽상에 지나지 못하는 것을 생각할 때 현재의 영화들의 손으로 만들어 내놓은 작품을 감상해볼 때 환멸과 절망이 앞을 서는 것이 사실이다. 속으로 '금년에는 어떠하든지 한 작품 만들어 볼 기회를 지어보자' 하고 단단히 벼르고 친분 있는 영화인들과 그 계획까지 말하다가 그만 그 야망이 자라 모가지처럼 움실하고 들어가고만 적이 한 두 번이 아니었다.

안고수비(眼高手卑)의 탄식이 앞서는 까닭이다.

그러나 돌이켜 생각하면, 이 현실에 처한 우리로서 환멸과 절망을 느껴지는 것이 비단 영화 제작에만 있지 않은 것이 인식될 때, '황무지일수록 개척해야 허지 안느냐. 너희들은 손끝 맺고 앉아서 오—란 탄식만 토하는 까닭에, 범백사위(凡百事爲)가 오직 위축되어 갈 뿐이요, 조금도 생기를 발하지 못하는 것이 아니냐. 너처럼 망설이고 꽁무니부터 빼려고 드는 인물들이 많기 때문에, 조선의 영화계도 조그마한 전진조차 없는 것이다' 하는 준절한 꾸지람이 내 귀에 들린다. 이 두 가지 생각이 내심(內心)에서 암투를 계속하는 동안에 시간은 저 홀로 줄달음질을 치는 것이다.

○ ○

내 책상머리에는 조그만 메가폰이 걸려 잇다. 나는 아침마다 일과와 같이 그 메가폰의 먼지를 턴다. 서울로 시골로 셋방 구석에까지, 나는 이 귀중한 기념품을 잃어버리지 않고 끌고 다녔고 지금도 내 서재에 벌여놓은 모든 정물 중에 가장 높은 위치에 걸려 상보(上寶) 대접을 받고 있다. 그 메가폰은 1926년 가을 '계림'서 <먼동이 틀 때>를 자작(自作) 감독할 때에 진고개서 산 것인데 한 3개월 동안이나 내 입김을 쏘이고 손때가 묻은 것이다. 돌려다보니 아득하다. 거금 9년 전 실로 10년 일석(一昔)의 감이 없지 않은데 그 메가폰에 먼지가 앉은 대로 내 머릿속에도 먼지가 앉고 지나간 그 옛날을 추억할수록 감회만이 깊은 대로 그 메가폰을 손에 잡지 못하고 입에 대지 못한 채 오늘날까지 지나 왔다.

○

나는 기회만 닥치는 대로 제일선에 나서보려고 유의는 하면서도 제 손으로는 그 기회를 만들 줄을 모르는 위인이다. 감언이설로 전주(錢主)를 물어드리는 재주와 생으로 엉터리 짓을 하며 일을 획책하는 수완이 함께 결핍하다. 그렇다고 숙시주의(熟枾主義)도 아니니 다만 '주변성'이 없을 뿐이다.

겨우 필름 값을 만들어 가지고 '한 작품 박혀보자'는 유지(有志)가 이 따금 없음은 아니다. 그러나 소꿉장난쯤으로는 이른바 예술욕도 채우지 못하고, 조선 영화의 수준을 단 한 치도 올려놓지 못할 것을 뻔히 내어다 보면서 모험을 하려고 만용이 나지를 않는 것이야 어찌하랴.

😀 01회, 1935.07.13.

2 금년 봄 나는 <바다여 말하라>와 <전과자>의 시사(試寫)를 보고 난 뒤에, 그날 밤은 남의 일 같지 않게 흥분이 되어 잠을 편히 이루지 못하였다. 그네들이 이 바닥에 앉아서 완전한 작품을 만들 엄두를 내고 제작에 착수하는 것도 아니요, 관중이 또한 결점 없는 작품을 감히 기대하는 것도 아니었만, 바라던 바와 동떨어지는 때는

'그저 그 탈을 벗지 못 했구나—'

하는 한숨을 내쉬지 않을 수 없다. 나는 전기 두 작품의 결점만을 끄집어 내려는 것은 결코 아니요 지엽적인 기술 문제를 논하려는 것도 아니다. 다만 근본 문제에 들어 몇 가지 느낀 바를 이번 기회에 적어보려 할 뿐이다.

'극과 영화는 그 형식과 표현방법에 있어 전연 별개의 것이다.'

이 초보적인 말을 전기 두 작품을 제작한 원작자 및 감독자에게 외치고 싶은 것을 슬프게 생각한다. 전자를 일언으로 평하여 왈 "해금강(海金剛)의 그림엽서를 그나마 평면적으로 벌려놓은 것에 불과하다"고 할 것 같으면 그 책임자는 무어라고 답변을 할 터인가. 후자를 또한 혹평하야 왈 "일본 내지의 신파극을 소위 연쇄극(連鎖劇)처럼 흉내 내려다가 화면을 시꺼멓게 먹칠해 놓은 것이 아니냐"고 물으면 그 질문의 화살을 어떠

한 방패로 막아볼 터인가.

그러므로 두 작품의 가장 큰 병통이 어느 점에 있느냐 하면 <바다여 말하라>는 영화를 미술이나 회화로 취급하려든 인식부족에 있고 <전과자>는 영화와 무대극이 그 본질상 판이한 예술임에도 불구하고 두 가지 형식을 무의식적으로 혼동한 점에 있다고 본다.

　　　　　　○

"영화는 작가가 수다스러히 늘어놓고 벌여놓은 대사의 연속이 아니다. 영화에게는 극에 없는 동성(動性)이 있고 영상이나 음색의 발랄한 표현으로서 전연 별개의 경지를 가지고 있다. 새로운 기술에 의해서 영화를 영화가 자라난 밭으로 돌려보내려는 것이 나의 이상이다."

이것은 내가 하는 말이 아니요 <토파즈>의 작자로, 세계적으로 유명해진 불란서 극계의 혹성이라고 일컫는 파뇰을 계몽시키기 위해서 그 나라 영화진에서 십 수 년이나 고생을 하고 <파리의 지붕 밑>과 근자에는 <최후의 백만장자> 등 걸작을 내인 루네 크렐이 그 포부의 일단을 말한 것이다. 그는 끝으로 "파뇰 군도 카페서 기염만 토하지 말고 시네마 관에 자주 드나들며 수업을 했으면… 1920년 이래의 영화사도 좀 더 자세히 읽었더면 그러한 인식 불구인 말을 하지 않았을 걸…"
하고 놀라기까지 하였다. 파뇰은

"토키란 것은 극을 벌려놓고 그것을 복사하는 인쇄술과 같은 것이다."
라고 정의를 내렸던 것이다.

문인의 책상머리의 공상이 원고지가 아닌 필름으로 그려질 때 번번이 영화적으로 실패하는 원인이 이 점에 있고, 유명한 문예작품을 영화화하기가 지난한 까닭이, 또한 씨가 다르고 밭이 다른 소설이나 희곡을, 억지로 영화의 탈을 씌워보려는 모순에 있는 것이다.

가까운 실례를 들면, 유치하기 짝이 없는 조선 영화 중에도 이른바 문예작품을(매거키 미황(未遑)하나) 영화화한 것보다는, 원작, 각색, 감독이 영화인의 손으로 된, 나운규 군의 작품들이 훨씬 조기에 자미가 있고, 예술적 작품으로 허하기는 어려워도, 흥행가치나마 있었던 것이다. 그는 활동사진은 활동사진적으로 표현해야 될 것을 알고 있었기 때문이다.

요컨대 논[畓]에다가 보리를 갈려 하고, 밭에다가 볍씨를 뿌리려는 망령된 생각이, 아직도 일부 영화인의 머릿속에 남았기 때문에 중도 아니요 속환이도 아닌 작품이 나오는 것이다.

😊 02회, 1935.07.14.

③ 모 촬영소에서 춘향전을 박는다는 신문의 광고를 보았다. 또 다른 곳에서 발성영화를 조선서 처음으로 촬영한다는 소식이 들린 지도 오래다. 그러나 어떠한 계획과 준비를 가지고 착수하려는지는 모르지만 나는 두 가지 다 망계(妄計)라고 생각한다.

<춘향전>은 적어도 국보적 원작이니 그 제명이 좋고 흥행가치를 위해서는 손을 대지 못할 것이다. 나는 수년 전부터 이 작품을 각색해 보려고 고본(古本) 『춘향전』, 일설(一說) 『춘향전』, 지금도 연년 사오만 부 팔린다는 『옥중화(獄中花)』, 그리고 『옥중기연(獄中奇緣)』, 일선문(日鮮文) 『춘향전』 따위 범 육칠 종의 춘향전을 정독해 보았다. 읽은 뒤에 나는 몇 번이나 붓을 던졌다. 춘향전을 일종의 정염애사(情艶哀史)로 취급하지 말고 '금준미주천인혈(金樽美酒千人血), 옥반가효만성고(玉盤佳肴萬姓膏)'의 일련시를 중심사상으로, 새로운 해석을 붙여서 각색을 하기가 어려운 것

201

은 아니다. 그 스케일이 너무나 웅대하고, 인물의 배치와 장면의 구성이 너무나 복잡해서 여간한 준비를 가지고는 실제로 제작할 엄두가 나지를 않기 때문이다. 그 내용이 통속적 영화극으로서 세계에 비류(比類)가 없을 만치 훌륭한 조건이 구비되어서 그 당시의 조선의 시대상과, 이 강산의 독특한 향토색이며 또한 인정풍속을 천연색 발성영화로 박인다면 해외에 소개하기에는 둘도 없는 좋은 재료인 것은 두말할 것도 없다.

이 거창한 작품에 어찌 경솔히 손을 댈까 보냐. 적어도 이 작품 하나를 제대로 완성하기 위하여는 기술자와 출연자의 문제는 차치하고라도, 어떠한 큰 배경으로 움직이게 할 만한 조직체가 있어야겠고 임시 설비와 촬영 비용만 적어도 십만 원은 가져야 비로소 크랭크를 돌려볼 용기가 날 것이다.

물건이 좋다고 빈손을 내미는 것은 원작을 다치기가 첩경 쉬운 것이다.

모 촬영소에 어떠한 정신상 물질상 준비로써 용감히 국보적 작품에 손을 대었지?

　　　　　　○

토키는 아직 우리의 형편으로는 박힐 가망이 없다. 토키가 예술의 왕좌를 점령하고 있는 것은 사실이지만(여기서 예술이라고 일컬음은 일반 사회대중과 가장 밀접한 교섭이 있는 예술을 가리킴이다) 가장 지혹(至酷)한 영향을 받아서 꼼짝도 못하게 된 것은 연극이요, 그 다음은 음악이다. 그러한 관람물뿐 아니라, 문예도 거의 치명적 침해를 받고 있는 것이 사실이다. 그 중에도 소설인데, 순문예라고 하는 것 즉 예술소설이 부지를 못하게 된 것을, 문예 그 자체가 막다른 골목에다 닥친 것이 아니라,

영화가 발달됨에 기인된 것이니, 현재의 대중문예라는 것은 결국 영화적 문예라고 간주하게까지 되었다는 평론을 어디선지 읽어 본 적이 있다.

토키를 박히려면, 엄청나게 굉장한 과학적 설비와 경험과 치밀한 두뇌를 가진 기술자가 필요한데 우리에게는 그것이 결핍의 정도를 지나는 것뿐이 아니다. 아무리 신기를 좇고 모방을 즐기는 터이래도 조선의 영화인이 아직 발성영화를 박히지 못할 첫째 조건이 있다고 나는 생각한다.

그것은 무엇이냐? 대답은 간단하다. 외국은 사일런트영화, 즉 무성영화의 발달이 그 절정에 도달한 뒤에, 비로소 토키 즉 발성영화가 생겨났고 현금과 같이 파죽의 세로 전 세계를 풍미하고 있다. 그런데 우리 조선서는 그 어느 때 무성영화나마 제법 발달되어 본 적이 있었던가? 엄격히 말한다면 가뭄에 콩 나기로 나오는 조선 영화는 남의 입내만한 정도에도 이르지 못하였다고 본다. 섭섭한 말이나 조선 영화의 역사가 생긴 지 십수 년래에 그저 초창시기를 벗어나지 못하였다.

일에는 순서를 무시하지 못한다. 일정한 코스의 과정을 밟아야 하고 층층으로 계단을 밟고 올라서야만 비로소 모험도 하고 비약도 할 경우가 내려다보일 것이다.

무성영화의 길은 어느 정도까지는 건실히 밟아야하겠다. 그것이 영화의 상도(常道)다. (35.7.4일)

03회, 1935.07.17.

≪조선일보≫, 1935.07.13~17. [필자명은 '沈熏']

박기채(朴基采) 씨 제1회 작품 〈춘풍〉을 보고서

초만원을 이룬 첫날저녁의 <춘풍>을 보고 비평이 아닌 감상을 간단히 적어본다. 개관하기 한 시간 전부터 극장 앞에 사람바다를 이루는 성황을 오래간만에 보니, 우선 조선 영화계의 장래가 양양한 것이 새삼스러이 느껴졌다. 물밀듯하는 관중 속으로 휩쓸려 들어가면서 매우 흥분해서 <춘풍>이 비치기를 고대하였다.

◇

여자의 손으로 쓴 일편의 통속소설을 보는 것같이 깨끗하고 조촐한 작품이었다. 우리가 흔히 목도하는 그대로의 현실을 과장하지 않고, 순진무구한 한 여성의 반생을 그리려고 한 노력이 심각하지 못하고 극히 평면적이나마 남녀관계에 들어서 재래의 영화처럼 저급 내지 추잡하지가 않은 것은 원작자의 인격의 반영이라 하겠다.

14권이나 되는 장척(長尺)을 끌고나가는 동안에 너무나 파란곡절이 적고, 내용이 평평범범(平平凡凡)한데다가 템포가 느린 채로 아무러한 변화를 주지 않아서 스피드의 조절이 가장 중요한 영화예술로서는 지난한 감이 없지 않았다. 그러나 장편소설적인 그러한 원작을 가지고, 각색이나 카메라워크에, 억지로 부자연한 재주를 부리지 않고 시종일관해서 진실한 수법으로 통일해 놓은 감독의 태도에 호의를 가지게 한다. 신기하고 새뜻한 장면이 한 커트도 없는 대신에, 한 군데도 고개를 돌릴 만한 장면이 없도록 만들기도 그다지 쉬운 노릇은 아니다.

◇

더구나 공원을 배경으로 한 첫 장면부터 1권 가량의 야외촬영은 물 건너 영화의 가장 높은 수준과 비교하여도 손색이 없을 만치나 좋았다. 필자는 바로 그날 낮에 남촌(南村)에서 최근에 박은 <용연향(龍涎香)>을 보았기 때문에 그 눈이 공평할 것을 자신하는 바이다. 그것은 영화예술의 특장인 메가폰과 카메라가 혼연히 일치되었기 때문이니, 우리는 한 가지 본보기로 이 작품의 첫 장면을 보아두기를 권하고 싶다.

작품의 내용이 그러한 이상 배우들의 연기만에 두드러진 특징을 기대할 수는 없다. 뛰어나는 사람도 없는 대신에 그다지 망령되이 잡친 사람도 없으니 그 중에도 남녀주인공의 평범한 연기는 다만 무난한 정도에 그치고 말았다. 또는 각색 감독 촬영에 있어서 다소의 결점을 보지 못한 것이 아니요 유감으로 생각되는 부분이 몇 군데 없지는 않으나 그것을 일일이 지적하는 것이 이 감상을 쓰는 본의가 아니기 때문에 차라리 침묵하려 한다. 다만 이 <춘풍>을 보고 놀란 것은 자유자재한 카메라의 구사와 부드러이 유동되는 그 조자(調子)에 있었다. 물론 그만한 정도의 기술에 만족하고 의식적으로 찬양코자 하는 것은 아니다. 본래의 모든 작품을 제작 하던 때와 다름이 없이 촬영과정을 밟으면서 즉 아무러한 설비도 없이 광선이 새어드는 기계 한 대를 가지고 그만치나 실내까지도 선명히 박은 것은 놀라울 만한 사실이 아닐 수 없다. 명암의 교차라든지 빛[光]의 예술로서의 회화적 리듬을 추구하려면 단순히 선명히 박히기란 그다지 어렵지도 않을 뿐 아니라 카메라맨의 초보적인 기술에 속할 것이겠으나 우선 그 제1과만은 완전히 넘어섰다는 것이 주목되는 점이다. 이러한 의미로, 나는 <춘풍>이 촬영에 있어서는 이제까지 나온 모—든 조선 영화보다 월등한 지위를 점령하였다는 것을 단정하고 싶다. 동시에 박기채 씨와 양세웅(梁世雄) 씨 같은 양심적인 진정한 영화인을 맞이한 것을 매우 기쁘게 생각하고 또는 든든히 여기는 바이다.

끝으로 부르짖어지는 한마디

"인제는 우리에게 남의 흉내를 낼 만한 정도의 기계적 설비를 하여 달라! 조선 영화도 수지가 맞아가는 오늘날에, 없는 것은 사람이 아니요 자본이다. 영리만을 꾀하지 않는 기업가여 나오라!" (35.12.1)

《조선일보》, 1935.12.07. ('영화평') [필자명은 '沈熏'. 이 글은 「영화평」란에 실림.]

조선서 토키는 시기상조다

조선 영화 제작에 대한 건의

토키 제작 문제

현대는 바야흐로 토키의 전성기요 또한 황금시대다. 영화라면 의례히 발성영화를 가리키게 되어 단순히 시각만을 즐겁게 하는 회화의 연속만으로는 만족하지 못할 만큼 일반 관중이 토키에 인이 박힌 것이 사실이다. 인간의 다섯 가지 감각 중에 가장 직접적인 청각을 자극시키는 토키의 매력은 현대인의 소위 문화생활에 없지 못할 요소가 되어있다고 하여도 과언이 아닐 것이다.

그러나 솔직히 말하면 지금 조선에서 발성영화를 제작한다는 것은 시기는 상조치 않으면서도 매우 위태한 일종의 모험이다. 제작에 종사하는 사람이나 일반 관중까지도 토키 열이 팽창한 듯하나 실상인즉 까닭도 모르는 경기풍에 떠오르는 고무풍선같이 부허(浮虛)한 생각이다.

그런고 하니 어느 때 어떤 경우에든지 일에는 발전되는 도정이 있는 법이니 일정한 계급을 차근차근 밟아 올라가는 것이 순서다. 이것은 인위적으로 변경할 수 없는 철칙이므로 그 철칙을 무시할 수 없는 것이다. 쉽게 말하면 말라리아열에 띠운 사람이 사다리를 두 층 세 층씩 껑충껑충 뛰어오르는 것이 얼마나 위험하고 무고한 짓이냐 말이다.

길게 늘어놓을 것 없이 '조선의 작금(昨今)의 현상으로 발성영화'를 제작하는 것이 시기상조란 모험이라고 생각하는 중요한 요점만 수 항(數項) 적어 보려한다.

1. 토키의 전신은 사운드(음향판)요 또 전신은 사일런트(무성영화)다. 그런데 현금에 조선 영화는 대단히 한심한 일이다. 무성영화에 있어서도 아직까지 소학교 정도를 면치 못한다. 조선 영화의 역사가 십유오(十有五) 년이나 되는 오늘날까지 제법 눈코가 제 자리에 박힌 작품이 하나도 없다고 해도 과언이 아니다. 거기에는 자본 문제 기술 문제 등 여러 가지 원인이 있겠지만 하여간 이제까지 정식으로 촬영한 경험이 한 번도 없는 현재에 있어서 무성영화의 몇 배나 복잡하고 치밀한 과학적 설비를 요하는 토키를 박힌다는 것은 너무나 엉뚱한 망계(妄計)란 말이다.

2. 각본작가나 촬영감독이나 기술자나 출연자를 막론하고 우리는 아직까지 토—키—에 관한 실제지식이 박약하고 과학방면에는 손방일 뿐 아니라(물론 영화인 전체를 가리켜서 하는 말은 아니니 수개인(數個人)의 독실한 연구자가 있는 것을 모름은 아니다) 전혀 아무런 훈련이 없는 것이 사실이다. 그러니 아직 천자도 변변히 떼지 못한 주제에 어른들이 읽는다고 대뜸 달려들어 주역을 읽는 흉내를 내려고 드는 것이 소아병적 공상이 아니고 무엇이냐 말이다.

3. 발성과 무성은 전연히 그 길이 다르다고 주장하는 사람이 있다. 그것은 시각과 청각을 따로따로 구별하는 전제 하에서는 그러한 이론이 성립될 수 있을지 모르나 사일런트가 토키의 토대가 되었고 움직이는 회화

에다가 언어와 음향을 덧붙인 것이 발성영화인 것은 그 발달된 과정을 역사적으로 고찰하면 똑똑히 드러나는 사실이다. 그런데 주춧돌 하나도 똑바로 놓이지 못한 기초 위에다가 어떻게 무슨 재주로 이 층 삼 층의 건축을 할 수 있을 것인가?

4. 당분간 조선 영화가 반드시 발성이라야만 할 필요가 없다고 나는 생각한다. 흥행가치를 운운하는 분도 있으나 근자에 제작된 발성영화와 같은 것은 다소간 속중(俗衆)의 호기심을 끌었을는지는 몰라도 영화로서는 무성시대보다 수보(數步)나 전진되었을 뿐 아니라 관객의 신경에 착란을 일으키기에 알맞은 것이 있다. 도대체 조선의 영화팬처럼 가엾은 존재는 없으니 박래(舶來) 토키를(영어, 불어, 독어 등) 듣고 볼 때에는 음향과 대사와 해설자의 설명이 동시에 떠들어대어 고막이 먹먹할 지경인데 또 그와 동시에 시선은 당면(當面)과 알아보기 힘든 방문(邦文) 자막 사이를 초스피드로 왕래한다. 그러니 전신경은 장시간 교란상태를 이루어 피곤이 자심하다. 그러므로 이 시기에 차라리 무성영화를 얌전히 박아가지고 잘 알아볼 수 있는 우리글 자막을 넣고 해설자가 적의(適宜)히 대사의 억양을 붙여주면서 일방 좋은 레코드로 반주를 하여서 효과를 낼 것 같으면 일반 대중은 도리어 기뻐하지 않을까 한다. 말을 모르는 양화(洋畵)나 사이비 조선 토키보다 알기 쉽고 따라서 침묵한 가운데 깊은 인상을 받을 수 있을 줄 안다.

5. 발성은 무성보다 줄잡아도 제작비가 배나 든다. 그만한 거액을 희생하느니보다 그 비용을 가지고 무성(無聲)을 두어 작품 깨끗이 씻어내는

것이 유리하지 않을까! 그러면 한편으로는 공부도 되고 채산도 될 줄 믿는다.

그러나 나는 처음부터 발성영화의 제작을 덮어놓고 반대하는 자가 아니다. 시간적으로 보아서는 정히 토키 시대가 왔고 또는 제작할 시기가 늦었으면 늦었지 이르지는 않은 것을 인정하면서도 다만 가지가지로 빈곤한 조선 영화계의 특수한 사정으로 말미암아 우리는 좀 더 연구를 하여가지고, 고쳐 말하면 토키에 관한 기초지식을 연마하고 과학적 시설이 있은 뒤에 비로소 제작에 착수하라는 말이다.

요령만 따서 말하면 비록 종이는 마분지나마 해자(楷字)부터 또박또박 예천명체(醴泉銘體)로 익혀가다가 필법이 능숙해진 뒤에 차츰차츰 당묵(唐墨)과 옥판선지(玉板宣紙)를 골라서 그때에는 초서(草書)를 쓰든지 전자(篆字)나 예서(隷書)를 쓰든지 마음대로 휘호(揮毫)를 하라는 말이다.

초기의 조선 토키를 그 작품명을 들어 일일이 예증코자 하지는 않는다. 그러나 유치하기 짝이 없는 스튜디오 내의 시험 작품을 일반대중의 앞에 공개하여 고가의 요금을 받아 흥행하기에 급급하는 그 태도는 아무리 호의로 해석하여도 후안무치한 행동이다.

"피차에 서로 연구하자!"

"물건의 형체가 웬만큼이라도 되기 전에는 내놓지 말라!"

이 두 마디에 그친다.

⊙ ≪조선영화≫, 1936.11. pp.84~86. [필자명은 '沈熏'. 이 글은 「조선 영화 제작에 대한 제씨(諸氏)의 건의」라는 기획란에 韓仁澤, 宋影, 李基東 등과 함께 수록되어 있는데, 사후에 유고로 발표된 것임.]

〈먼동이 틀 때〉의 회고

'십년일석(十年一昔)'이라는 데 꼭 거금 만 십일 전에 박힌 <먼동이 틀 때>의 추억담을 쓰라고 하니 감개가 자못 깊다.

나는 그 작품 하나를 처음으로 간신히 만들어 놓고 지우금(至于今) 직접으로 메가폰을 들지 못하고 있다. <상록수>를 촬영한다고 선전까지 하여 놓고 오늘까지 착수를 하지 못하고 있는 것은 비록 제공자 측의 책임이라 하겠으나 우리의 일이 매양 용두사미에 그치는 전례가 많으므로 어느 기회에든지 심혈을 경도해서 기어이 이 작품만은 완성시키고 말려는 결심과 각오만은 가지고 있다.

각설하고 <먼동이 틀 때>는 순전한 '오리지널 시나리오' 어떤 것이 특색이라면 특색이었다. 일활촬영소(日活撮影所)에 있을 때에 강홍식(姜弘植) 형과 예정하였던 각본은 졸작(拙作) 영화소설 <탈춤>을 당시 양정고보 생도였던 윤석중(尹石重) 군과 같이 각색을 한 것을 박이려고 하였었는데 촬영을 개시하기 불과 수일 전에 초지(初志)를 뒤집을 수밖에 없게 되었다. <탈춤>은 부르주아의 생활이면을 유치하나마 그린 것이 되기 때문에 스케일이 여간 크지가 않고 출연 인원도 엄청나게 많은 동시에 한 이천 원 한도하고 촬영비를 내게 되는 터이라 그러한 여러 가지 이유로 도저히 실현시킬 수 없는 난관에 봉착하고 말았다.

그래서 머리를 싸매고 매우 초연히 각본을 고르며 생각하던 중 우연히 그날 저녁에 신문에 게재된 「어둠에서 어둠」이란 제하(題下)의 전과자 로맨스가 내 눈에 번쩍 띄었다. 그래서 그 노루꼬리만한 소재를 주어가 지고 하루저녁 상(想)을 어리다가 그야말로 독창적이요 즉흥적으로 내입 으로 부르는 한 커트 한 커트를 남궁운(南宮雲) 즉 김태진(金兌鎭) 형이 필기를 하여서 하루 저녁에 육백여 커트를 일기가성(一氣呵成)으로 작성 한 것이니 지금 생각하여도 대담하기 짝이 없는 짓을 감행하였었다. 그 벼락 대본을 별로 퇴고할 겨를도 없이 제작에 착수하여 이 개월 동안 파 란곡적이 상당히 많다가 완성하여 26년 10월 26일에 단성사(團成社)에서 봉절하였다.

나는 본시 신문기자 출신일 뿐 아니라 감독에는 전혀 경험이 없어서 메 가폰을 든 손이 떨렸었다. 어떻게 되든 영문도 모르고 카메라 뒤를 따라 다녔는데 아직도 그 변변치 못한 작품이 세인의 기억에 다소간이라도 남 게 된 것은 강홍식 형과 같이 훌륭한 연기를 가진 주연자와 빈전수삼랑 (濱田秀三郎)이라고 하는 기사(技師)의 촬영이 도움이 컸기 때문이다.

더구나 또 한 가지 원인은 조일재(趙一齋) 씨의 지휘와 자금을 오천팔 백여 원이나 (잡비가 많이 났지만) 군소리 없이 대어준 최건식(崔健植) 씨의 공이 컸었다.

그 작품의 한 토막 한 고마[駒]까지도 내 머릿속에 자연히 남아있건만 그 만여 척이나 되는 필름은 지금 어디 가서 누구의 손에 들어 있는지? 아무튼 그따위 졸작이 이 세상에서 영원히 자취를 감춘 것은 다행하면서 도 나 개인으로서는 여간 서운하지가 않다.

《조선영화》, 1936. 11. pp.44~45. [필자명은 '沈熏'. 이 글은 「조선 영화감독 고심담」이라 는 기획란에 羅雲奎, 安鍾和, 李圭煥, 李銘牛 등과 함께 수록되었고, 유고(遺稿)로 발표 되었음.]

10년 후의 영화계

　지금 내가 앉아 있는 구들장 밑에서 지진이 터져 올라 온 몸에 균열이 생기고 사지와 동체가 생이별을 할는지도 보증 못할 노릇인데 아직도 까마득한 10년 후의 영화계를 억지로라도 예언하라는 편집자의 주문이니 이인(異人)이 아닌 나로서는 아니 밴 애 낳기보다도 어려운 일이다.

　활동사진의 역사가 불과 30년에 당시의 사람들은 몽상은 못하였던 발전과 새로운 경지를 밟고 나아가는 것을 보면은 10년 이후에는 세계 영화계에 어떠한 변동이 생기고 키네마 자체에도 얼마나 내부적 또는 본질적으로 그 형식이 바뀌어질는지? 태양과 지구와의 거리를 일 밀리미터도 틀림없이 척도하려는 신비스러운 천문학자의 두뇌를 빌지 않고는 예측할 수 없는 것이다.

　보통 사진이 움직였다—활동사진이다. 움직이는 그림자의 연속은 무대극의 흉내를 박여내기 시작하였다. 그리하여 영화극이란 이름으로 바뀌고 '제8의 예술'이란 칭호로써 받들어 올리기에 이르렀다.

　한 걸음 더 나아가서는 그 그림자에 말이 붙어서 토키라는 것이 발명되고 발성영화는 무대극과 키네마의 장점을 한데 뭉쳐 절장보단을 해가지고 두 가지 예술의 합체된 효과를 나타내게 된 최근에까지 다다른 것이다.

　그러나 영화는 아직도 개척될 처녀지를 가지고 있는 것이다. 이제까지의 영화는 다만 평면인 그림자에 지나지 못하나 앞으로는 입체적으로 물상(物象)을 촬영하여 가지고 폭이 있고 앞뒤에 깊이를 볼 수가 있게 되어 실물과 조금도 다를 것이 없는 인물과 자연을 사람의 눈의 착람(錯覽)을 이용하는 트릭을 쓰지 않고도 훌륭히 구석까지 들여다 볼 수 있게 되고야 말 것이다.

또 한 가지는 근자에 발명되어 성행하는 전송사진의 원리를 이용하여 라디오의 방송을 듣듯이 방안에서 또는 소파에 기대어 앉아서 맞은벽에 발성(發聲)하는 입체영화를 볼 수가 있게 될 것이요 듣게 될 것도 그다지 의아할 것이 없는 사실이 될 것이다.

일정한 장소인 상설관을 가서 모여 앉아야만 볼 수가 있는 폐단은 없어지고 비싼 입장료도 바칠 필요가 없이 라디오의 여석기나 진공기와 같은 장치만 해놓고 있으면 한날에 단돈 일원 이원의 청취료만 내고 몇 십명의 가족이 모여앉아서 듣고 볼 수가 있을 것인데 그때에는 촬영소란 그림자도 없어지고 세계의 각 도시에는 무선입체영화방송국이 생겨서 감독의 지휘로 직접 배우들이 카메라를 마이크로폰 대신으로 하여 십수만 수백만의 팬에게 방송을 하게 되고야 말 것이다.

위에 늘어놓은 바와 같이 연극, 음악, 회화, 영화의 혼연한 종합체란 무선입체 발성천연색영화가 발명 완성되는 때가 언제냐고? 점쳐 내기를 나에게 강요한다면 그 날짜는 내가 예언의 영필(靈筆)을 휘두르고 있는 5월 13일 오후 6시 35분일는지도 모를 것이다.

그러나 한 가지 부언해 둘 조건은 전인류 중에 1939년 5월 12일까지 황천의 아스팔트를 밟을 운명을 가진 사람에게 향하여는 마음 놓고 예언을 한다는 것이다. (1929년 5월 13일에 쓴 것)

≪영화시대≫2권 3호, 1947.05. pp.40~41. [필자명은 '故 沈熏'. 「편집후기」에 따르면 안종화가 소장하고 있던 것을 수록한다고 밝히고 있는데, 글 제목 앞에 '탁상예어(卓上囈語)'라는 수식어가 붙어 있음. 글의 말미에 밝힌 집필일이 원문에는 1921년으로 되어있으나 1929년으로 수정함.]

문학평론

『무정』, 『재생』, 『환희』, 『탈춤』 기타

소설에 쓰인 인물은 누구들인가 = 많이 읽혀진 소설의 모델 이야기

　작가들이 한 작품을 빚어내려면은 대개는 어떠한 인물이나 사건을 모델로 힌트를 잡어 가지고 쓰는 모양이나 워낙 그 모델이란 종작을 할 수 없는 것이요 그 작품에 나오는 인물이 꼭 누구를 모델로 쓴 것이라고 지적해낼 수는 없는 것이니 이를테면 화가가 한 폭의 나체상을 그린다 하더라도 모델로 세워놓은 여자의 살빛이나 육(肉)의 발달된 것이나 곡선까지도 조금도 틀림없이 그대로 캔버스에 옮겨놓는다 할 것 같으면 그것은 서투른 사진장이가 셔터를 누른 한 장의 조편(照片)만도 못할 것이다. 그와 마찬가지로 소설이나 희곡을 쓰는 사람들도 초기에 있어서는 대개 자기나 자신이 체험한 사건을 중심으로 묘사를 하는 모양이나 그것도 처음에는 똑똑하게 드러나다가 중간에 이르러서는 그 윤곽이 흐릿해지며 작자가 상상하는 사람, 또는 자기의 동경하는 인물로 이상화해 놓는 경우가 많으니 쓰는 사람 자신도 나중에는 그 모델이 누구인지 모를 만치 모호한 인물이 되고 마는 것이다. 그런 것을 가장 작가의 머릿속까지 들어가서 뒤져보고나 나온 듯이 꼬드겨내는 것은 외람한 짓이요 불가능에 가까운 일이지마는 편집자의 엄명을 거스를 길 없어 억측이라도 해서 바치지 않을 수 없는 형편이라 생각나는 대로 풍편에 들은 대로 두어 가지 끄적거려 보려니까 부득이 뒤를 까두지 않을 수 없다.

『환희』

고 도향(稻香) 군의 『환희』가 생각난다.

이 소설은 그의 처녀작이요 출세작이라고 할 만한 것이니 이미 이 세상의 시시비비를 던져두고 멀리 떠나간 사람이라고 만만이만 여겨서 씩둑꺽둑 함부로 붓끝을 놀리다가는 고우(故友)의 명예에 저촉이 되어 모처럼 지하에 편안히 잠들었던 나 군이 분김에 황천길을 마라톤 경주를 해서 전보다 더 시컴해진 얼굴로 달려들 양이면 가위가 눌려서 잠을 못 잘 노릇이지만 어쩌면 이 사바에서 그 쾌활한 너털웃음 소리와 양금채같이 간드러진 '사비수(泗泚水)' 독창을 다시 한 번 들어 볼는지도 모르니까 어쨌든 그의 작품을 빼놓을 수 없다.

꼬랑지만 달아놓으면 영락없이 머릿기름 냄새가 코를 찌르는 엿장수 노총각 같은 풍채였건만 그의 감정은 껄끄러운 손으로는 만져보지도 못할 만치 그야말로 비단결처럼 부드러웠으니 따라서 눈물이 많고 다정다한(多情多恨)해서 백조사(白潮社) 시대에 우연한 기회로 잠시 만나본 단심(丹心)이란 기생과 애달픈 실마리가 얼크러져서 풀릴 줄 몰랐었다는 염문도 잠시 흘린 일이 있던 법 하지만 그것은 탈선이다.

… 지금도 어느 ○○○에 ○○로 다니는 작자가 제 시조(始祖) 할아비 쩍에도 못 부려보던 세도를 부리고 꽁무니에다 갖다 바치는 쇠푼이나 절그럭거린다고 기생 하나를 강제로 능욕을 한 후에 어린 영혼까지 시들어 버리게 한 일이 있었으니 그 기생(崔○蓮) 삼단같이 땋아 내린 치렁치렁한 머리꼬리가 마른 신 뒤축을 가댁질하는 이팔의 동기(童妓)였을 당시에 일어났던 일이다.

그 기생이 청진동 행랑 뒷골목에서 하숙옥(下宿屋)을 내었을 때 그 집에는 어중이떠중이 별별 인물들이 풀방구리에 쥐 드나들듯 했는데 그중에도 밤중만 하야 유난스러운 연극을 한 바탕씩 꾸며 내는 것은 아랫방에 든 친구였다.

밤이 이슥해지기만 하면 길거리로 들창이 난 그 방으로서 비련의 곡을 아뢰는 만돌린 소리와 젊은 여자의 해해거리고 웃는 소리가 어울려 밤마다 새어나왔으니 남주인공은 성(姓)이 '개' 가(哥)요 천생으로 연애에 걸신병이 들려 춘화도에 화제를 쓰는 미문가(美文家)로 가끔 욕더미에 가 올라앉아서 뜯다가 놓친 닭의 모가지를 늘이고 끼룩거리는 문사(蚊蛇)였고 여주인공은 꽃다운 나이가 30에 이르기까지 낮에만 독신주의를 지켜오다가 지금은 모(某) 백두(白頭) 변호사의 애처인지 애첩인지가 되어 안방구석에 깊숙이 은둔을 하옵셨다는 유명한 피아니스트였으니 그는 작자의 친누이 되는 정O(貞O) 양이었던 것이다.

그 노양(老孃)이 어떤 때인가 얼굴이 해끔하고 깡깽이도 들고 다녀 요사이는 음악회에도 가끔 출연을 하는 ○○영(○○永)이라는 청년을 꼬여 내다가 한강에 일엽화방(一葉畵舫)을 띄우고 월야삼경에 정사를 강청(强請)하는 바람에 그 친구는 용궁 구경을 할까 보아 겁이 더럭 나서 고만 36계 줄행랑을 했다는 것도 이야깃거리였다. 『환희』는 그들을 중심으로 그들의 주위를 둘러싼 인물들을 배경으로 쓴 것이라고 승문(承聞)되었다.

『무정』

너무 열렬하다가는 식어버리기가 쉬우니 냉혈동물이 될 염려가 있고 지나쳐 철저하면은 밑바닥이 뚫려 빠져서 탈항증(脫肛症)이 걸리지 않으리라고 보증할 수 없으니까 엉거주춤하고 중용의 길을 밟아야만 뒤보기에도 편하다는 신감각파의 작품인 만큼 돋보기안경을 쓰고 보는지 그가 그리는 인물들은 그 윤곽조차 몽롱해서 독특한 개성을 가지지 못한 사람들이라 누구라고 집어내기가 힘이 든다. 그렇지만 『무정』의 주인공 '형식'이는 교사노릇도 하고 연애도 하고 동성애도 해보다가 바람이 맞아서 동분서주해 돌아다니는 것이 갈데없는 작자 자신을 모델 삼은 것이니 청년기의 전반생(前半生)을 기록해놓은 것이오. '선형'이는 그가 동경 유학시대에 그의 염사(艷史)의 한 페이지쯤은 점령할 만한 나(羅) 무슨 석(錫)이라는 여자를 모델로 쓴 것이라 하나 똑똑히 안다고 할 수 없는 일이요 '영채'라는 기생은 작자가 한창 풋열기에 띄어 두주(斗酒)도 사양치 않고 돌아다닐 때에 광문회(光文會)나 매신(每申) 축들과 얼려서 놀러 다니든 어떤 기생이 그 모델인 것 같다. 그 중에 어릿광대 모양으로 대팻밥모자를 쓰고 다니는 바람둥이 신문기자 '신우선'이는 그 당시 매신에서 잠시 문명(文名)을 날려본 일이 있고 자칭 천풍(天風)이라고 호를 지어 허풍선이 주중호걸(酒中豪傑)로 장안에 모를 사람이 없는 심○○을 고대로 떠다놓은 것이니 그의 이름의 아래 위의 받침만으로 갈아놓은 것을 보아도 분명할 것이다. 그리고 주인공 형식이가 교사 노릇을 할 때 유난스러이도 귀여워한 학생 즉 '이희경'이란 미소년은 바로 정주 오산학교를 다니던 생도였으니 장래를 생각해서 특히 이름은 드러내지 않으나 사랑이 많은 춘원(春園) 선생님의 총애를 한 몸에 받았던 것만은 사실인 듯싶다.

「윤광호(尹光浩)」 (후에 「실연」이라고 개제한 것)

《청춘》에 실려서 외설한 작품이라고 문제가 되었던 단편이니 □대학생 윤광호가 동성애를 지독히 하다가 면도칼로 자살을 한 것까지는 작자의 상상일 것이나 정말 그와 비슷한 사실이 있었다 한다. 작자와 거의 동기의 유학생인 서○이란 친구가 그와 방불한 동성애에 걸려서 죽을 둥 살 둥 하고 야단법석을 한 일이 있었다는데 작자는 전기(前記) '이희경' 이에게 대한 뼈아픈 경험이 있는지라 짝을 잃은 외기러기가 서로 그 쓰 라린 정경을 동정해서 두 사람의 체험한 바를 함께 얼버무려놓은 것이 즉 이 소설의 내용이라 한다.

『재생』

새문 밖에 사는 유명한 부호의 배 가(假名)가 '白'이요 '순영'이는 묵 어갈수록 기억이 새로운 일이지만 재색이 겸비하야 영어도 잘 하고 피아 노도 잘 치는 신여성으로 모를 사람이 없이 유명하든 박○덕(朴○德)과 말썽 많은 결혼으로 지금도 머리를 잘 들지 못하게 한 그의 남편 되는 김○호(金○鎬)의 누이동생이 그 모델이라 한다. 돈으로 박 양을 사들이 다시피 한 그자는 개버릇 남 못 준다고 그 누이를 지금은 거진 털어먹은 듯한 부자 백 가에게 시집보내자 그 오라범은 새집에 돈에— 막 생겼다 한다. 그 김 양은 바로 모(某) 키 작은 문사의 처제가 되는 여자였으니 꽃을 부끄리는 그의 용자(容姿)에 ○○ 되는 모 문사는 그를 잊을 수 없 어 ○○○○의 격으로 그를 사랑하다가 동경 유학시대에는 어쩌나 몹시 도 고민을 했든지 신경쇠약까지 걸렸었다는 풍문이 들리느니 만큼 그는 드물게 보는 미인이었다 한다. 작자는 이 사실을 어디선지 주어 듣고『 재생』의 줄거리를 잡은 모양이라 하나 '봉구'는 상상한 인물이 뛰어 들 어간 것이요 후년에 이르러서는 심심하면 연방 입버릇처럼 '조선'을 찾 고 열녁 냥 금으로 동포를 얼싸안고 사랑만 하자는 수작이나 나중에 동아일보 광고까지 해준 것을 보아 '봉구'가 작자 자신과 비슷한 흐리멍덩한 이상을 가진 인물인 것을 의심할 여지가 없는 듯하다고 어떤 입버릇 사나운 친구가 말한 일이 있었다.

『만세전』

소설의 제목과 같이 기미운동 이전의 작자인 상섭(想涉) 공이 상배(喪配)를 하고 동경서 꺼둘러 왔던 체험과 당시의 환경을 그린 것이라고 추측되고….

「해바라기」

남주인공은 경도제대(京都帝大) 출신의 법학사로 증경(曾經) 변호사, 안동현(安東縣) 부영사라는 어마어마한 견서(肩書)를 가진 김ㅇ영(金ㅇ英)이와 조선의 단벌인 일류 화가로 그의 아내인 나ㅇㅇ(羅ㅇㅇ) 여사를 여주인공으로 쓴 것이라는 말을 들었고,

「윤전기(輪轉機)」

는 작자가 시대일보에 사회부장으로 있을 때에 직접 체험을 한 사실을 그대로 기록한 것이요,

「타락자」

문단의 발렌티노라고 할 만한 미남자요 두 뺨에 분을 따고 넣은 듯, 매끈한 손은 한 번 잡으면 놓을 생각이 안 나는 귀공자 타이프의 빙허(憑虛) 씨가 조선일보 기자로 다닐 때에 어느 기생과 실지로 연출한 달콤

한 몽환의 일 장면을 그린 것이니 산 춘화도라고 험구(險口)는 작자의 골을 올리는 작품이다. 그 빙허와 동향인 영남산(嶺南産)의 ○○이가 '춘심(春心)'이라 하나 오입한 동티가 나서 태기가 있는 아내에게까지 임질을 옮겨 주어 요강을 타고 부들부들 떨었다고 하는 것까지는 상상이요 결단코 새색시같이 얌전한 작자가 그런 체험을 했을 리가 만무하다는 것은 그를 대신하야 미리 변명해둔다.

그의 작품으로 『지새는 안개』 외에 또 하나 ≪개벽≫에 실리다가 중단이 된 것이 있으니 소설의 표제는 잊었으나 두 사람이 이미 다 불귀의 객이 된 백만장자의 외아들 장병천(張炳天)이와 다한(多恨)한 기생 강명화(康明花)를 모델로 쓴 것일 듯. 조선 사람의 작품에는 기생이 나오지 않으면 안 될 무슨 특수한 사정이 있는 모양이다.

「약혼」

≪시대일보≫에 연재되다가 끝을 막지 못한 것이니 처음 몇 회는 팔봉산인(八峰山人)의 동경 생활을 배경으로 지금은 금슬이 원앙도 부끄럽지 않을 만큼 지내는 그의 애인 강○○(姜○○) 양과의 실적을 쓴 것이라고 하는 사람도 있으나 이태 동안이나 지독한 연애를 하였건만 그의 애인은 부모 몰래 출가를 해서 팔봉을 따라 서울로 올라오는 도중까지도 남자의 얼굴을 알지 못해서 그의 친구 C군이 경원선(京元線) 차중에서 소개를 하고 처음 인사를 붙인 뒤에야 초대면을 했다는 것이 거짓말 같은 참말이니 동경서 그러한 러브신이 있었을 리 없다.

「탈춤」

조선서 처음으로 시험해 본 영화소설이라 한다. 후편이 있다 하니 뒤에는 어떠한 인물들이 나올는지 모르지만 횟수는 적어도 꽤 복잡한 내용이 있는 모양이다. 그러나 「탈춤」에 대하여는 추상적으로는 알 수 있으나 명확히 그 모델들을 드러낼 수 없으므로 그 언저리만 더듬어 봄에 그칠까 한다.

삼십도 못 된 새파란 젊은 친구가 뒷길이 무서웠던지 오만원이라는 거액을 잔돈푼같이 내여 벌써 대일본생명보험주식회사에 생명까지 보험해 놓고 지내는 O준O(O俊O)라는 청년 부호! 일본의 무슨 대학까지 졸업한 청년 신사요 무슨 일보에 전무이사 노릇도 해 본 청년 사업가이언만 어린애가 어떻게 약고 영악한지 대가리에 말뚝을 박아도 진물 한 점 안 나오게 생겨먹었다 하나 필자는 직접 대면한 일이 없으니 공연히 행세하는 양반의 험담을 할 까닭이 없으나 이 분이 「탈춤」의 준상이라고 지목들을 하는 모양이다. 그러나 실배암 한 마리가 온 바닷물을 흐려놓는다고 이왕 그런 인물을 모델로 쓸 작시면 좀 더 그 흑막과 이면의 죄악사를 벗겨낼 것을 하고 유감으로 생각된다.

여주인공 혜경이는 살로메와 같이 요염무비한 평양 여자로 서울 올라와 있을 때에 그 청년 부호의 마수에 걸려서 나종에는 말러 죽고 말았다. 그 중간에 끼어서 애를 태우고 눈물을 흘리고 돌아다닌 연극 청년이 있었으니 일테면 그 사람이 일영의 모델이겠지 하고 추측되기는 하나 바로 그런 것도 아닌 모양이요 흥렬이란 사람은 작자의 상상의 산물이 아닌가 한다. 어쨌든 자세한 내용은 「탈춤」이 영화화 될 때에 보기로 하고 우스운 이야기나 한마디 끄집어내고 아직은 침묵을 지켜두려 한다.

그자에게 짓밟힌 여자는 가진 수단으로 저를 속인 것이 탄로가 나매 분하기도 하고 극도로 고민한 끝에 꼬치꼬치 말라 죽은 것은 사실인 모양인데 죽은 후에 그 어머니 되는 딱장대 같은 마누라가 서울로 쫓아올라와 제 딸을 죽인 놈을 찾아 동대문 안 ○준○의 별장으로 달려들었겠다. 대문 크고 새로 지은 집이 그놈의 집이려니 하고 들어서면서

"이놈, 아무개 있느냐?"

하고 안마당으로 서슴지 않고 들어가 마루 끝 양지쪽에 걸어앉은 이 집의 젊은 주인을 보자 다짜고짜 달려들어 멱살을 바싹 잡고 매어달리며

"네가 ○가지? 이놈! 천금같이 기른 내 딸을 죽이고도 성하게 살 줄 알었더냐?"

하고 부르르 떨며 이를 가는 바람에 불시에 어처구니없는 습격을 받은 이 집의 주인공, 그만 혼비백산해서 어쩔 줄을 모르며

"아니오, 난 ○가가 아니요. 집을 잘못 찾았소"

하고 겁결에 비명을 질렀다. 천만꿈밖에 애매한 돌에 치인 사람은 춘원 이광수 씨였다. 그가 새로 집을 짓고 든 지 얼마 안 되었을 때에 생긴 실담이니 ○준○의 집이 동대문 안에 새로 지은 큰 집이라는 소문만 듣고 춘원의 집이 그자의 집으로만 여겨 일장의 골계극을 연출하였던 것이니 ○준○의 집은 바로 춘원의 집 뒤에 있는 양옥이었다. 그 후에 이 딱장대 마누라는 피해 다니는 실물의 ○준○을 큰길 거리에서 만나서 만인이 환시(環視)하는데 그자의 넥타이에 가 대룽대룽 매어달려 갖은 사설과 푸념을 다한 뒤에 양복을 졸가리만 남겨 놓았다는 소문을 들은 법하다.

(꼬리) 망언다사(妄言多謝)

≪별건곤≫, 1927.01. pp.73~78. [필자명은 '沈생']

프로문학에 직언 1, 2, 3

1. 민족주의 문학

현재 민족주의를 신봉하는 작가들이 급속히 유물론의 세례를 받기 전에는 앞으로 상당한 시일을 두고 해파(該派)의 문학은 오히려 진정의 과정을 밟을 것입니다. 또한 조선의 지식분자가 아직까지도 대부분 민족주의의 경향을 가지고 있는 터이라 그네들 지식층이 깡그리 몰락을 당할 날이 올 것을 가상하더라도 일조일석에 앞을 다투어 방향을 전환하게 될 것 같지는 않습니다. 당분간 주의(主義)에 관한 이론은 고사하고 같은 민족주의적 색채가 농후한 작품이라도 역사를 들추어 새삼스러이 위인걸

사(偉人傑士)를 재현시키고 또는 창작하는 것으로 능사를 삼지 말고 우리가 눈앞에 당하고 있는 좀 더 생생한 사실과 인물을 그려서 대중의 가슴에 실감과 감격을 아울러 못박아줄 만한 제재를 골라가지고 기교껏 표현할 것입니다. 엄연한 현실을 그대로 방불케 할 자유가 없는 고충이야 동정하지 못하는 바는 아니다. 그러나 그렇다고 눈뜨고는 차마 볼 수 없는 모든 현상을 전연 돌보지 않고 몇 세기씩 기어 올라가서 진부한 '테─마'에 매어달리는 구차한 수단을 상습적으로 쓸 필요는 없을 것입니다. 그것은 너무나 비겁한 현실도피인 까닭이다.

작가로서 과거의 인물에 대하여 흥미를 느끼기 때문에 붓을 대인다는 것은 이미 그 동기에 있어서 작품행동과는 배치되는 것이요 공리적 효과도 얻지 못할 것입니다. 무저항주의의 오인(誤認)은 우리로 하여금 더욱 나약하고 무기력하게 할 기우가 없지 않습니다. 은둔적 비투쟁적인 민족주의문학이란 우리 젊은 사람들에게는 사물탕만한 효능도 얻지 못할 것이외다. 그러므로 앞으로 이른바 민족주의문학은 그 주의를 고수하는 작가들 자체가 좀 더 엄숙한 리얼리즘에 입각하여 방향을 전환하기에 혼신의 노력을 하지 않으면 안 되리라고 생각합니다. 그렇지 못하면 민족주의 문학이란 간판은 가난한 집 사당에 말라빠진 위패만도 못할 것이외다.

2. 시조(時調)는

그 형식이 옛것이라고 해서 구태여 버릴 필요는 없을 줄 압니다. 작자에 따라 취편(取便)해서 시조의 형식으로 쓰는 것이 행습(行習)이 된 사람은 시조를 쓰고 신시체(新詩體)로 쓰고 싶은 사람은 자유로이 신체시를 지을 것이지요. 다만 그 형식에다가 새로운 혼을 주입하고 못하는 데 달릴 것이외다. 그 내용이 여전히 음풍영월식이요 사군자 뒤풀이요 그렇지 않으면

"배불리 먹고 누워 아래 윗배 문지르니

선하품 게게트림 저절로 나노매라

두어라 온돌 아랫목에 뒹구른들 어떠리"

이 따위와 방사한 내용이라면 물론 배격하고 아니할 여부가 없습니다. 시조는 단편적으로 우리의 실생활을 노래하고 기록해두기에는 그 폼이 산만한 신시보다는 조촐하고 어여쁘다고 생각합니다. 고려자기엔들 퐁퐁 솟아오르는 산간수(山澗水)가 담아지지 않을 리야 없겠지요.

3. 프로문학

작가들의 신변에 재액(災厄)만 닥치지 않으면 금년에는 질로나 양으로나 훨씬 진전되리라고 봅니다. 프로문학도 바야흐로 이론투쟁기를 지나서 작품행동을 개시할 나이[齡]를 먹었고 또는 대중적으로 영합될 소질을 처음부터 가졌기 때문입니다. 그러나 아직까지는 수많은 프로작가 중에 조예와 표현력을 가진 즉 일가를 이룬 작가가 다섯 손가락도 꼽아지지 않는 것은 크게 유감입니다. 장작개비를 씹는 듯한 이론조각과 난삽한 감상문이나 그렇지 않으면 시(詩) 줄을 발표한다고 프로시인, 프로작가가 된다는 것은 조선에서만 볼 수 있는 기현상인가 합니다. 이것은 일개 문예독자로서 솔직한 감상입니다. 위선 작가가 그 역량이 인정받을 만한 정도에 도달한 연후에야 비로소 문제가 되는 것이외다. 마르크스주의자, 계급의식인, 또는 좌익동정자는 될 수 있을지언정 하룻밤 사이에 프로

예술가는 될 수 없을 것이외다. 거듭 말씀하거니와 나는 문예독자로서 조선의 프로예술파라고 자타가 인정하는 분들에게 대해서 평소 평소에 몇 가지 병통을 발견하고 있습니다. 그중에 중요한 것만 몇 가지 조항을 들어보고자 합니다. 이것은 프롤레타리아 예술을 발전시키기 위한 성의에서 나온 직언이므로 물론 오해가 없을 것이외다.

1. 아직도 카프만 하더라도 같은 진영 내에 이론이 통일되었다고 볼 수 없는 것, 즉 통제 일사분란하게 된 것 같지 않다. 그 반증으로는 자체 내의 암투로 분열이 잦은 것, 즉 각자의 리더가 되려는 것은 병통 중에서도 가장 큰 것일까 합니다.

2. 대외(對外)해서는 새로운 동지를 포용해 들일 아량이 적다. 부락적 성벽을 쌓아놓고 그 속에 들어앉아서 독선적 태도를 취할 뿐이요 적극적으로 권외인(圈外人)의 의식을 전환시키기에 노력하여 동지를 삼아 잠재세력을 부식할 줄 모른다. 모모(某某) 위원 수삼 명의 의견으로 고집으로 툭하면 손쉽게 제명, 성토, 매장 등 가혹(?)한 처분을 내리니 그것은 확실히 살이 살을 먹는 것이다. 그렇게 편협한 거조(擧措)를 반성치 않는다면 이 좁은 조선바닥에 과연 몇 사람이나 진정한 동지가 될 것인가? 과도기일수록 '양'을 풍부히 걷어 모은 뒤에 '질'을 체질하는 것이 정책으로도 유리하지 않을까 합니다. 요컨대 기관을 조종하는 인물 문제외다. 자체 내의 반동분자는 규약대로 처치하는 것은 마땅하겠지요 그러나 은밀을 요할 것이요 어제까지 동지라고 부르던 사람을 대죄나 지은 것처럼 공공연하게 발표하여 자기의 결백만을 보이기에 급급한 것은 너무나 도량이 적은 행동이다. 무수한 공적과 사적으로 두루마리를 하고 있는 것은 운동 진전상으로도 큰 장애가 될 것이외다.

3. …이제까지는 투쟁의 대상이 몇 개인이나 선입견으로 본 인물에 국한되어 있는 듯한 혐(嫌)이 없지 아니합니다. 이론보다도 감정이 앞을 서며 심지어 인신공격을 다반사로 여기던 버릇을 맹성할 때가 오지 않았다 합니다. '부르'고 '프로'를 막론하고 예술가는 마땅히 이론으로써 또한 작품으로써 버젓하게 투쟁할 것이니 작품의 우열을 분석치 못할 만큼 대중은 우매치 않을 것이외다. 그러므로 작품의 성불성(成不成)과 최후의 승패는 대중이 판단할 것이요 자화자찬으로 일삼는 것은 도리어 식자간의 조소거리가 될 뿐이외다.

😊 01회, 1932.01.15.

2 4…이제까지의 프로작가는 그 대부분이 작가로서 가장 귀중한 체험이 적다고 봅니다. 들떼어 놓고 농민, 노동자의 옹호자 같은 구문(口吻)로 일을 삼으나 그 자신이 결코 프롤레타리아는 아니외다. 몸소 웃통을 벗고 '호미'를 잡으며 팔을 걷어붙이고 곡괭이를 들어본 사람이 거의 없는 것 같습니다. 즉 그 밭[田]에서 자라난 사람이 드물다는 말씀이외다. 그네들의 생활을 생활하고 같은 감정으로 움직이고 한 가지 분위기를 호흡한 연후에야 비로소 흙냄새, 땀 냄새가 코를 찌르는 진정한 프롤레타리아 작품을 생산해낼 수 있을 것이외다. 그런 작품이어야만 무산대중에게 감격을 주고 아지·프로의 위대한 효력을 발휘할 것이외다. 허덕이는 무산대중과는 그네들의 실제생활과 감정이 너무나 상거(相距)가 먼 것 같습니다. 더구나 소부르에 속하는 사람이 거지반이라고 단정합니다. 초록은 동색이어야 합니다. 동색이 되려면은 같은 종자로 배태되어 같은 흙속에서 움이 돋아서 같은 우로를 받고 자라야 할 것입니다. 아무리 예

민하고 명철한 관찰안을 가졌기로서니 몸소 경험한 기초 위에 서지 않으면 그네들의 손에서 만들어진 작품은 사주전 같고 붕어사탕 같은 것입니다. 염천에 용광로 앞에서 부삽을 쥔 노동자의 땀에 젖은 수기가 보고 싶습니다. 젊은 소작인이 흙벽에다가 연필로 찍찍 갈겨쓴 단 몇 줄 생활기록이 읽고 싶습니다. 이상과 실제의 현격신념과 생활의 모순은 인텔리로는 누구나 통감하는 묵직한 양심의 가주(苛誅)나 더욱이 프로작가로서는 너무나 뚜렷한 이중생활을 자괴자책(自愧自責)치 않으면 모든 것이 허위요 위선일 것입니다. 프로예술운동이 일어난 지 여러 해 동안에 괄목할 만한 작품이 나오지 못하고 나왔다하더라도 대개는 개념적이요 '팸플릿' 직역식 되고 마는 원인이 이 점에 있다고 봅니다.

4. 극문학은

만근(輓近) 각 사립남녀전문학교를 중심으로 일어나는 신극운동은 실로 당목(瞠目)할 만한 현상입니다. 흥행을 목적삼지 않은 학생들의 진지한 극운동인 점에 더욱이 장래성이 있고 믿음직합니다. 검열 문제도 있고 극장 하나 없는 터에 그네들의 노력은 과연 큰 것입니다. 현재의 흥행단체에 실망한지 이미 오래라 학생층에서 새로운 극운동이 부절히 일어나기를 간망합니다. 그러기에는 위선 극본 기근에 대한 구제책을 강구해야겠고 또는 성의와 식견을 갖춘 지도자가 먼저 필요한 것이외다.

작년 일 년 간에 발표된 희곡이 적지 않은 듯합니다. 만은 그 대개는 작자가 무대에 관한 경험과 토대가 되는 지식이 적기 때문에 상식적인 무대약속을 범한 것이 많고 어떤 분의 작품은 순전히 극적의 연속일 뿐이었습니다. 그것은 대화를 필기한 것일지언정 상연대본은 아니외다. 연출자보다도 극의 밑바탕이 되는 희곡의 창작이 왕성해져야 할 것입니다.

5. 소년문학은

별로 유의해본 적은 없습니다마는 근래에 유행하는 동요나 동화는 달콤한 애상적인 것이 많은 것 같습니다. 역시 환경 관계이겠지요마는 씩씩하게 자라야할 우리의 어린이에게는 의식적으로라도 조선을 인식시키고 싶지 아니합니다. 소년문예작가가 거의 어른들인 까닭에 그네들에게 대한 주문(注文)한 동심을 잃지 않는 정도한도내(程度限度內)에 진취적이요 활발한 내용으로 동요, 동화, 동극(童劇)을 창작하고도 작용하기를 바랍니다.

6. ―

7.

저는 금년 봄에 『불사조』가 끝이 나면 몇 달 쉬어서 다른 장편을 써볼까 하고 구상 중입니다. 신문소설은 더구나 본도(本道)가 아닙니다마는 이제야 간신히 습작시기로 들어가는 것입니다. 매일 잡무에 얽매여 채무 독촉이나 당한 듯이 시간 도적질을 해서 괴발개발 끄적여 던지니 독자에게 몹시 미안하고 조그만 예술양심에도 가책을 받습니다. 그러나 금년 내로는 다년간 숙망이던 『춘향전』을 영화 대본으로 각색해보려고 합니다. 몇 번이나 착수했다가 촬영할 가망이 없음을 비관하고 붓을 던졌으나 작품화되고 못되는 것은 별 문제로 치고도 저의 반생의 사업으로 완성해보려고 합니다. 영화로서 표현하기에 모든 조건이 『춘향전』만치 빈틈없이 완비된 원작은 수많은 영화를 보아온 중에 하나도 없습니다. 물론 그 내용은 현대적으로 새로운 해석을 붙여야 할 것입니다.

02회, 1932.01.16.

≪동아일보≫, 1932.01.15~16. [필자명은 '小說家 沈熏'. 이 글은 「32년 문단전망 어떻게 전개될까? 전개시킬까?: 문단 제 씨의 각별한 의견」이라는 기획기사에 대한 답으로 작성된 것임.]

『불사조』의 모델

　내가 지금 ≪조선일보≫에 연재하고 있는 『불사조』라는 소설의 모델
이 누구냐고 묻는 사람은 이 잡지의 기자 이외에도 여러 사람이나 있었
다. 졸작을 애독하는 분이면 '누구의 사적(事蹟)'을 쓰는 것인고? 하고 다
소 궁금히 여길 것은 괴이치 않은 일이다. 그러나 나는 작가로서 그러한
질문에 대해서 명확한 대답을 할 수 없는 처지에 놓여 있다. 그러므로
"당신의 상상에 맡기지요. 일정한 모델도 없거니와 주인공의 성격이나
내용의 사실이 아무개와 비슷하다손 치더라도 결코 바로 그 인물의 전체
는 아니니까" 하고 어물어물 질문에 대한 확답을 피하여 왔었다. 설사 어
떠한 인물과 사실을 그대로 복사하는 경우라도 작자의 처지로서는 더구
나 작품이 끝도 나기 전에 공공연하게 드러내놓고 말할 성질의 것이 되
지 못할 줄 안다. 그것은 모델이 된 당자에게 미안하다거나 그 사람의 명
예를 돌본다는 기우보다도 독자 일반에게 대한 도덕으로도 발표하지 않
는 것이 옳을 줄 아는 까닭이다. 요컨대 이 소설의 모델은 반분(半分)은
실재한 인물이요 반분은 작자의 머릿속에서 창작되어 나온 인물이라고
짐작해두면 대차(大差)는 없을 줄 안다.
　'계훈'이는 철두철미 조선의 현실을 모르고 사회의 동태를 거들떠보지
도 않으려는 부르주아의 자식이요, '정희'는 양반의 집에 태어난 전형적
구가정의 여자로서 순정이면서도 과도기에 있는 조선여성의 비극적 존

재를 대표하는 사람이요, '정혁'이는 안고수비(眼高手卑)한 쁘띠 부르의 지식분자로서 사회적으로 보아 일종의 부유층(蜉蝣層)을 구성하고 있는 것을 자인하면서도 투쟁의식을 상실하고 자아의 성격을 거의 파산 당한 사람.

'홍렬과 덕순'은 이 작품의 주인공으로서 전기(前記)한 인물들과는 환경과 의식과 생활이 정반대 방향에 서 있는 무산계급에 속한 전위분자의 한 쌍이다. 새로운 시대를 창조하려는 가장 투쟁적이요, 불요불굴(不撓不屈)의 성격을 가진 남녀를 그려보려는 데 그 표본이란 인물이다. 그러나 그네들의 활동과 수난의 경로를 쓰지 못하니 이 소설의 끝을 어떻게 맺어야 할지 고민 중에 있다. 용두사미로 마친다면 그 책임을 작자만이 부담할 수는 없다.

끝으로 '줄리아'라는 양녀(洋女)는 모델이 없는 바도 아니다. '계훈'의 생활 이면을 폭로시키고 환경의 현격(懸隔)을 보이며 독자를 끌기 위한 수단으로 '양념'을 치려는 인물이언만 의외로 이 비현실적인 인물의 존재가 확대되어 수십 회를 허비한 것은 작자 자신으로서… 그 의도를 의아하기 한두 번이 아니었던 것을 부연해둔다. (1932.02.10.)

《신여성》, 1932.04 [원문을 확인할 수 없어 『심훈문학전집 (3)』(탐구당, 1966)에 수록된 글을 재수록함.]

모윤숙(毛允淑) 양의
시집 『빛나는 지역(地域)』 독후감

 ▲… 오래 전 김명순(金明淳) 씨의 시집이 상재된 후, 이번 모(毛) 양의 『빛나는 지역』이 여류시인의 시집으로는 처음인가 한다. 백 십여 수나 되는 영롱하기 주옥과 같은 문장으로 꾀어 맺은 이 시집은, 사이비 여류문사가 족출(簇出)하는 조선 문단에 있어, 모 양이 홀로 군계(群鷄)의 일학(一鶴)격으로 시인으로서 본격적 출발을 보여준 귀여운 선물이다.

◇… 이 시집에 한 번 눈을 달릴 때, 모 양의 인생과 자연에 대한 사색이 너무나 처녀적이요, 몽환적인 것이 먼저 발견된다. 자서(自序) 중에도 말한 바와 같이 "현실에 부대껴보지 못한" 청교도적 정열이 전편을 횡일(橫溢)한다. 그러나 모 양의 향토와 동족에 대한 사랑이 얼마나 뜨거운가를 아래의 짤막한 일편으로 엿볼 수 있다.

못 가오리다

좋아도 싫어도 나의 땅이요
못나도 잘나도 내 어머니오니

설움과 미움 받은 괴로움이 있대도
상처 난 어머님의 한때 병이러니
오—어찌 이 땅을 버리고 가려 하오
×
죽어도 살아도 이 터에 살으소서
어디를 간들 편하오리까
제끼리 헤지면 남는 것 잿빛무덤
믿음도 희망도 다—깨어지리니
죽어도 이 땅의 흙을 보태사이다

▲…우리는 모 양의 시경(詩境)이 앞으로 어떠한 방향으로 움직이고 뻗어나갈까? 그 점에 당목(瞠目)한다. 아내로서, 어머니로서 또는 조선의 어머니로서의 간난(艱難)한 가시밭을 밟으면서도 일관필(一管筆)을 놓지 않는 시인이 되어주기를 간망대(懇望待)한다.

▲…인도의 사로지니 나이두 여사! 그 얼마나 우리의 심금을 울리는 존재인고

⊙ ≪조선중앙일보≫, 1933.10.16. [필자명은 '沈熏']

무딘 연장과 녹이 슬은 무기

언어와 문장에 관한 우감(偶感)

글을 쓰는 사람에게는 문장이 연장이요, 창작이고 평론이고 간에 자기의 의사를 표현하는 말이 문필에 종사하는 사람의 무기인 것은 두말할 필요가 없다. 그런데 그 연장이 닳아빠진 호미끝같이 무디고, 그 무기가 흙 속에 파묻힌 고대의 석검(石劍)처럼 녹이 슬어서, 등과 날을 분간할 수 없는, 그러한 문장을 발견할 때, 독자의 한사람으로 눈살을 찌푸리지 않을 수 없다. 부질없이 시각을 어지러이 하여 현기증을 일으킬 때가 많다.

글을 잘 쓰고 못쓰는 것은 쓰는 사람의 재분(才分)과 수련에 달린 문제다. 문장이 부드럽고 딱딱한 것도 필자의 개성과 습관과, 또는 글의 내용과 성질에 따라서 다른 것은 물론이다. 그러나 수많은 독자에게 읽히기 위하여 발표하는 글이면, 적어도 필자의 의견이나 주장을 알아볼 수 있는 정도로는 써야만 한다. 아무리 귀둥대둥하는 허튼 수작이라도 어불성설이어서야 될 것인가. 되나 안 되나 끄적거려 던지는 글이라도 문불성장(文不成章)이어서야 그 뉘라서 알아볼 것인가.

과학서적에나 쓰이는 경문(硬文)에 속하는 글까지 소설과 같이 연문체(軟文體)로 쓰자고 주장하는 것은 아니다. 그러나 한글연구가가 피할 수 있는 데도 불구하고 한자를 많이 섞어 쓰는 것은 큰 모순이다. 그보다도 우심한 것은 농민이나 노동자와 같은 독서수준이 어방 없이 얕은 근로대중을 상대로 써야만 할 '프로'파에 속하는 논객들의 문장이다. 행문이 나무때기와 같이 딱딱하고 읽기에 꽤 까다롭게만 쓰는 것이 특징인 데는 질색할 노릇이다.

그네들이 신문이자 잡지를 통하여 보여주는 이론이란 (내용은 말하고도 싶지 않으나) 헌소리를 되씹고 같은 내용을 가지고도 두 번 세 번 곱삶아 놓는데다가 '팸플릿' 직역식 술어만을 연결시켜놓으니, 도대체 누구더러 알아보라고 발표하는지 그 진의를 이해할 수 없다. 그것은 무잡(蕪雜)한 상형문자의 도열에 불과한 것으로 편집자와 교정계(校正係)조차 읽으면서도 그 뜻을 모르고 다만 여백을 채우기 위하여 넘기는 것이다. 결국은 죄 없는 문선(文選) 그의 수고만 시키고 귀중한 지면에 먹칠을 하는 효과밖에 없지 않은가. 생경한 글을 쉽도록 풀어쓰기란 참으로 어려운 일이나 장위가 튼튼한 소도 반추를 해서 식물을 소화시키지 않는가.

이 점에 대하여는 ≪조선일보≫에 발표한 신정언(申鼎言) 씨의 충고에 귀를 기울이고 피차간 맹성(猛省)할 필요가 있을 줄로 생각한다.

"알기 쉽도록 쓰자. 읽으면 말과 같이 뜻이 환하도록 쓰자"하는 것이 문필가의 모토여야 만 한다는 것은 유독 채만식(蔡萬植) 씨의 새로운 제창이 아니니 줄잡아도 언문일치를 실행해온 ≪학지광≫, ≪청춘≫ 시대 이래의 과제다.

예를 들면 춘원(春園) 같은 선배가 한학에 소양이 없고 외래어의 조예가 얕아서 논문이나 소설에 그만치 평이한 글을 쓰는 것은 아닐 것이다.

"우리 지식계급을 표준하지 말고 무지한 구소설 독자층에서도 읽고 뜻을 알 만한 정도로 글을 써야 한다. 될 수 있는 대로 한 사람이라도 많이 읽히는 것이 상책이다."

라고 주장하고 또 그 자신이 오늘날까지 실천해왔기 때문에 그는 아직도 현문단의 누구보다도 다수한 독자를 획득하고 있는 것이 아닐까. 사상이나 주의에 공명하고 아니하는 것은 별개 문제로 만인이 이해할 수 있도록 붓을 놀리는 것이 가장 현명한 방책이다. 그것은 연설가가 될 수 있는 대로 많은 청중을 모아가지고 웅변을 토하고 싶어 하는 것과 마찬가지나 녹이 슬은 연장을 닦자! 무딘 무기를 가지고는 청국 병정의 목 하나도 자르지 못한다. 시퍼렇게 벼른 필봉을 들고 적의 논진으로 달려들어 쾌도난마적으로 자아의 주장을 세워보는 것도 남아의 쾌사(快事)가 아닐까.

이런 말을 늘어놓는 내 글이 도리어 난삽한 문장의 표본이 되는지도 모른다. 또는 일부 평론가들의 글을 알아보기에 힘이 든다는 것은 나 자신의 박학천식을 여실히 폭로한 것인지도 알 수 없다. 그러나 신문잡지의 문예란 독자를 중학교 상급생 정도로 잡아서 이만 글이 읽어지지 않는다면 나는 앞으로 한 십년하고 입산하여 문장의 도를 닦고 나올 터이다.

써 갈수록 써 갈수록 어려운 것은 말이요 글이다!

《동아일보》, 1934.6.15. [필자명은 '沈熏'. 이 글은 「熱窓冷語: 감상·비판·주장」이라는 기획의 아홉 번째 글로 게재됨.]

삼위일체를 주장

우리가 루바시카를 뒤집어쓰거나, 또는 다른 행색을 하고라도, 뼈다귀만은 조선 민족이라는 낙인을 찍어나온 것이 인력으로 변장할 수 없는 숙명이니, 우리의 손으로 제작되는 문학은 결국 조선인의 작품이라는 딱지가 붙고 말 것이다.

동시에 우리는 거의 전부가 무산계급에 처한지라, 시대양심에 눈뜬 작가는 세계사조에 키[舵]를 꼬느고 흘러내려가야지, 그 격랑을 거스러지는 못한다. 그러므로 예술에 있어서도 계급성을 무시치 못할 것임으로 양자 중에 어느 한 편에 치우치거나 호상배격(互相排擊)할 수 없는 것이 목하의 정세다.

또는 아득히 뒤떨어진 후진인 까닭에, 해외문학에서 수시로 새로운 영양분을 섭취해서 건전한 발육을 꾀할 것이니, 이상 3자가 당별(黨別)을 지어 눈을 흘기고, 서로 헐뜯고 재그락거리며 파쟁을 하는 동안에는 조선 문학이 향상 발전될 것을 바라지 못한다.

그러므로 이상의 각 유파를 삼위일체로 삼고 똑같이 지지 옹호해야만 할 것이다.

≪삼천리≫, 1935.10. pp.229~230. [필자명은 '沈薰'. 이 글은 「'조선문학의 주류론, 우리가 장차 가져야 할 문학에 대한 제가답(諸家答)」이라는 기획 특집에 수록된 것임.]

진정한 독자의 소리가 듣고 싶다

『상록수』(동아일보)의 작자로서

애독자에게 보내는 편지를 자꾸만 쓰라고 하나 예고할 때에 간단하게
나마 작자의 말을 썼으니 또다시 중언부언할 필요는 없을 것 같다. 또는
아직 20여 회밖에 발표되지 않은 작품을 가지고 작자 스스로 귀둥대둥
늘어놓는 것도 쑥스러운 짓이 아닐 수 없다. 그러므로 작품 전체가 애독
자에게 보이는 기다란 편지로 알면 고만이니, 『상록수』 속에는 작자의
의도한 바가 미숙하나마 기분간(幾分間)이라도 표현되었을 것이요 비록
날카로운 손톱 끝으로 가려운 데를 북북 긁지는 못하였을망정 구석구석
창작한 사람의 사상이라든지 조선의 현실에 임하는 태도를 엿볼 수 있을
것이다.

그러므로 작가는 거의 반년 동안이나 날마다 독자에게 외상편지를 쓰
는 셈이니까 그 회답을 받고 싶은 것은 이편에 있지 않을까? 매일 수 삼
통의 편지를 받기는 하나 과공이 비례라고 과분한 찬사는 도리어 욕을
보임과 같으니 엄정 냉혹하고 진정 솔직한 독자의 소리가 듣고 싶다. 구
안(具眼)의 비평가의 말에 귀를 기우릴 것은 물론이나 실제로 그러한 환
경 속에서 작품의 내용과 비슷한 성질의 운동을 하고 있는 농촌청년들
의, 이 기탄없는 감상과 비평이 듣고 싶은 것이다.

작가와 독자사이에 긴밀한 연락을 취해서 서로 의견을 교환하고 끊임

없는 격려를 받는 가운데에 피차에 성장을 볼 것이라고 믿는 바이다. 따라서 조골루심(彫骨縷心)하여 창작을 계속하는 일종의 고행자로서는 간담을 상조(相照)해주는 애독자의 '참다운 성해(聲咳)'를 접하는 것이 유일한 기쁨인 동시에 정력을 기울이는 데 커다란 원동력도 되는 것이다.
(11월 11일. 당진 필경사에서)

《삼천리》, 1935.11. pp.78~79. [필자명은 '沈薰'. 이 글은 「십만 애독자에게 보내는 작가의 편지」라는 기획 특집에 수록된 것임.]

제3부

연극평론 외

경성보육학교(京城保育學校)의 아동극 공연을 보고

① 때 아닌 겨울날에 드설내는 비바람이 바로 무슨 조짐이나 보이는 듯한 14일 저녁 이날은 우리 젊은 여자동지들의 손으로 조선극장이 점령되었습니다.

굵직굵직한 전문학교 학생들이 전위대의 보초병같이도 무대와 관중을 지키고 섰고 무대 뒤에는 수십 명 여자군(女子軍)(?)들이 첫 번 개전을 준비하느라고 비상한 긴장과 흥분한 가운데에 도화선에 불을 질러놓고 개막될 순간을 기다리며, 작은 가슴으로 가쁘게 호흡을 하고 있습니다. 그 정경이 들여다보이는 듯합니다.

×

…주황빛 장막이 몇 번이나 열리고 닫히는 동안에 2층 맨 꼭대기에 끼어 앉아있던 나는 차츰 차츰 가까이 끌려가서 <날개 돋친 구두>가 클라이맥스를 향하여 극이 고조될 때에는 나도 모르는 겨를에 아래층 무대 앞까지 쫓아 내려가서 앉아있지도 못하고 서있지도 못하고 형용할 수 없는 감격에 거의 몸 둘 곳을 몰랐습니다.

최후의 희생자인 어린 군밤장수 돌쇠의 전사한 피 흘린 시체, 싸늘하게 식어가는 팔다리를 어루만지며 오열하는 늙은 할머니와 절뚝발이 소녀 '로시아빵'장수가 시가전(?)으로 말미암아 성한 다리 하나가 마저 떨어진 채 불쌍한 제 신세를 동정해서 '날개 돋친 구두'(행복의 상징)를 찾

249

아주려고 헤매어 다니던 '돌쇠'의 죽음 앞에 엎드러져서 허덕이며 느껴울 때 그의 죽음을 뼈아프게 동정하는 동지들이 마지막 불러주는 코러스가

칵칵한 밤을 헤매어 다니는 가엾은 무리여

이 추운 밤에 어디로 가나?

오오 이대로 가려나!

하고 고요히 그리고 가늘게 떨며 일어날 때 무대 위로 뛰어 올라가 그들과 같이 노래를 부르고 어린 동지 '돌쇠'의 만세를 같이 불러주고 싶었습니다. 나중에는 어린애처럼 엉엉 울고 싶은 것을 억지로 참고서 남몰래 손수건을 꺼내기 참 한두 번이 아니었습니다.

×

나는 그네들과 조그마한 정실도 없는 제삼자요 그네들이 묘령의 여성들이라고 호기심에 끌려서 이렇게 찬사를 늘어놓는 것이 결코 아닙니다.

연극이나 영화 구경치고는 빼놓지 않고 다니는 나는 여러 가지 의미로 이날 밤과 같이 극장 안에서 가슴속이 떨리도록 감격을 받고 기뻐서 또는 슬퍼서 마음으로 울어본 적이 없었던 까닭입니다. 그렇다고 그들이 배우로서의 기예나 연출만이 훌륭하였다고 하는 것도 아닙니다.

×

공부하는 여학생들이 연극을 한다—좀 신기한 듯하나 조그마한 단순한 사실입니다.

꽃도 부끄러워할 젊은 여자들이 서울의 한복판 조선극장 무대 위로 들끓어 나왔다—어찌 생각하면 괴상한 현상 같기도 합니다.

그러나 생각해보십시다. 현모양처주의(賢母良妻主義)의 판박이 교육으

로 젖가슴이 영원히 쪼그라붙는 줄 알았던 그들이 더구나 미망(迷妄)한 종교의 독액이 골수까지 침윤된 줄만 여겼던 교회학교의 여생(女生)들이 대담하게도 신흥예술의 기치를 들고 무대를 밟는다—모든 곰팡냄새 나는 인습의 헌 누더기를 벗어버리고 남성의 앞장을 서서 가두로 나섰다—이것이 현재의 우리에게 있어서 단순하고 조그만 사실이라고 간과해버리겠습니까? 또는 호기심으로만 그네들의 노력을 대할 것입니까?

적으나마 어둠속에서 움직여 나오는 힘!

백주에 일어나려는 기적! 아 나는 얼마나 이 기적이 나타나기를 오래오래 고대하고 있었는지요

01회, 1927.12.16.

2 비평이라느니보다는 그날 밤의 소감을 2~3회로 나누어 적어보려할 즈음에 제2일을 보고 돌아온 외우(畏友) 파인(巴人)이 중간에 뛰어들어서 <날개 돋친 구두>의 원작의 가치와 작품의 내용 소개며 작자의 정신 연출에 이르러서까지 유감없이 예의 웅필(雄筆)을 휘두르고 끝으로는 재공연을 열렬히 요구해서 내가 하려던 말씀까지 해버렸으니 나는 더 길게 늘어놓을 말씀이 없게 되었습니다마는 이왕 붓을 든 김이니 연출 기타에 관해서 몇 마디 적어볼까 합니다.

첫째 몽환극(夢幻劇)이나 애상적인 종교극이나 치졸한 아동극이 산적하건만 그것을 다 걷어치워 버리고 특수한 처지에 신음하고 있는 우리 민가에게 코리카, 스투핀을 선정해서 장래할 극계의 좋은 경향을 가르쳐준 연출자에게 호의를 표합니다. 따라서 그의 손으로 된 각본 번안도 훌륭하였습니다. 난삽한 외국의 희곡을 아주 평이한 순전한 조선말로 소화

시켜놓기가 거의 창작에 가까운 힘이 들었을 것입니다. 더구나 암시와 풍자로 시종한 세리후의 한마디 한마디가 여간 세련이 잘 되지 않았습니다.

×

출연한 분 중에는 노파 영순 할머니의 역을 맡아한 김인애(金仁愛) 양이 자못 그중의 백미였다고 보았습니다. 분장도 좋았거니와 힘 있는 극백(劇白)과 빈틈없는 동작 무엇보다도 그에게는 열이 있었습니다. 직업배우로도 그만한 연기를 따르지 못할까합니다.

군밤장수 돌쇠의 역으로 최숙희(崔淑姬) 양을 빼놓고 그만한 적역을 여성 중에는 찾아내지 못할 것이요 무지한 군밤장수의 동작이나 성격을 드러내려고 무진히 애를 쓴 흔적이 역력히 보였으나 초(初) 무대가 되어 그러한지 아직 스테이지에 발이 붙지를 못한 것이 유감이었지만 그가 선천으로 여성이며 꼭 남자와 같아달라는 주문은 무리할 것입니다.

구둣방 주인의 아내[(황또라 양 분]과 로시아빵 장수[윤문옥(尹文玉) 분])도 매우 소질이 풍부한 분이었고 구둣방 주인과 약장수와 여러 가지 역을 한 몸으로 맡아 한 분[김선희(金善姬) 양 분]은 타이프가 훌륭히 그 역이 적합하고 선이 굵어서 코미디언으로는 좋겠으나 대사에 사투리가 섞인 것과 동작이 조금 지나쳐 과장된 것 같습니다.

그리고 오줌을 채 누지도 못하고 붙잡혀 갇힌 시골영감쟁이도 대단히 자미 있던 인물(극 중의 인물을 가리킴)이었고 그밖에 조연한 분들도 무난히 해 넘겼습니다. 그러나 순사가 바보거든 좀 더 바보가 되고 말이 분명하였더라면 인부 감독이 좀 더 영맹(獰猛)한 동물과 같았더라면…

그리고 한 가지 유감은 누더기옷 입은 사나이는 이 희곡 중에 가장 중요한 역의 태도를 인상 받지 못함은 큰 유감이라고 아니할 수 없습니다.

×

또 한 가지는 배우들이 분장에 대한 주의가 적어서 전체의 효과가 박약해진 것을 보았습니다.

유형목(兪亨穆) 씨의 장치는 대체로 순박한 가운데에 침울한 기분이 나타나고 헛되이 화사한 장면을 보이려고 하지 않은 것이 좋았으며 아무 설비가 없는 곳에서 그만한 새로운 시험을 하기가 여간 어려울 것이 아닐 것입니다.

조명도 그 위에 더할 수 없었겠고 무대효과도 주도하였다 하겠습니다.

×

끝으로 가장 어려운 일을 한 몸을 통괄하고 우리 민족이 갈망하는 실의(實義) 있는 좋은 연극을 보여준 신진연출자 유인탁(柳仁卓) 씨의 노력을 거듭 감사하는 동시에 출연한 여러분은 물론이거니와 숨어서 많은 힘을 도와주신 보육학교 직원 여러분께도 일 관객으로서 치합니다. 앞으로도 더 훌륭한 예술가들이 당신네의 그룹 속에서 나와 주십시오. 그리고 좋은 연극을 연출하셔서 우리에게 나아갈 길을 계시해주시기를 간절히 바라며 마지막으로 <날개 돋친 구두>의 극 중의 극백(劇白) 한 구절을 여러분과 함께 소리쳐 외워봅시다.

×

모든 절뚝발이들아 손을 잡아라. 쇠사슬을 발아래에 문질러 짓밟고서 새빨간 태양이 떠오르는 너의 아침을 맞아라!(27.12.16일)

😀 02회, 1927.12.18.

😀 《조선일보》, 1927.12.16~18. [필자명은 '沈熏'. 이 글은 「연예와 영화」란에 게재됨.]

입센의 문제극(問題劇)

① 무대가 없는 곳에 희곡은 생명이 없는 형체와 같습니다. 근대극의 비조(鼻祖)요 그 사상으로든지 그 정치한 작극(作劇)의 기교로든지 진실로 위대한 자취를 우리에게 끼쳐주고 돌아간 입센 선생의 많은 작품도 우리 일반 민중에게는 거의 소개가 되지 못하였으니 <인형의 집>이 여학생들의 손으로 상연되었던 것을 구경한 기억이 남아있을 뿐이요 그나마 여성에게 반역의 정신을 고취한다는 구실로 당국의 금지를 당하고 있습니다.

노라 같은 여성은 벌써 시대에 뒤떨어진 그야말로 인형에 지나지 못한다고 말하는 평가도 있는 모양이나 조선에서는 한 사람의 노라를 아직까지 보지 못하였을 뿐 아니라 도리어 노라와 같은 남성이 쏟아져 나와야 할 시기에 있지나 않은가 합니다.

　　　×

지금 우리가 선생의 탄생 백 년 기념일을 당해서 다시금 마음속으로 깊이 생각해지는 것은 그 작품은 무엇 무엇 할 것 없이 거의 그 전부가 문제극(問題劇)인 것입니다. 그런데 이 커다란 극작가가 우리 인류에게 숙제로 내어준 인생 문제 사회 문제 종교 문제 부인 문제가 이미 한 세기가 넘어가도록 그 중에 하나도 해결이 되지 못한 것입니다. <유령>의 무대면을 보는 듯 북구의 침울한 짙은 농무(濃霧)에 깔려있는 천후(天候)

와 같이 회색의 회의와 무거운 염세로 일생을 마친 입센은 자기가 벌여
놓은 숙제를 자신으로도 해결 짓지 못하다가 쓸쓸한 죽음을 맞아서 모든
인생의 복잡한 문제를 풀어버리고 말았습니다.

노라를 잃어버린 헬머에게는 아직까지도 기적이 나타나지를 않았고
인형의 탈을 벗어버린 노라도 그 나아갈 바를 찾지 못한 채 이제까지 방
황하고 있지 않습니까? 다시 남편에게로 돌아온 <바다의 부인>은 <인
형의 가>에 대한 해결이 아닙니다. 순정과 오직 경건한 신앙의 화신인
목사 뿌랜드는 산더미 같은 설붕(雪崩)에 파묻혀서 비장하고도 처절한
최후를 마칠 때에 "사람 하나의 목숨이 이렇게 거꾸러지는 것을 목도하
면서 당신은 조금도 통양(痛痒)을 느끼지 못하느냐?"하고 신을 부르짖은
침통한 극백이 아직도 귀에 요란히 들릴 뿐이요 그 후로 종교 문제는 더
욱 엉클어져 갈 뿐입니다.

😊 01회, 1928.03.20.

② 그의 대표적 걸작인 <유령>에 있어서도 미망인 아르빙그 부인이
제3막이 끝을 마칠 때에 유전의 독액이 척수까지 배어들어 죽지도 못하
고 살지도 못하게 된 그의 다만 하나인 혈육 오스왈드가

"태양을 오 태양을—"

하고 외마디 소리를 지를 때에 자기의 머리털을 쥐어뜯으며 애통하는 양
은 참으로 마주볼 수 없는 비극이지만 입센은 날카로운 메스를 들어 인
생을 해부하고 근대인의 생활의 모순을 지적해서 이러한 가슴 쓰라린 비
극만 우리에게 보여줌에 그치고 냉정한 제삼자의 태도로 묵묵히 방관만
하고 있었습니다. 마음속으로는 '인생 문제를 해결하고 극명한다는 것은

255

인생으로서 가장 어리석은 일이라'고 절망을 하고 있었던 것 같습니다.

지금 내게는 한 권의 참고서도 없어 더 상세한 것은 쓰지 못합니다마는 그의 일생이 퍽 고적하였던 것과 같이 그의 주옥같은 수십 편의 희곡이 뒤집어 생각하면 우리에게 알지 못하던 새로운 우울과 몸서리가 쳐지도록 인생의 추악한 반면만을 보여준 듯해서 답답한 생각에 가슴이 짓눌리는 듯합니다.

그러나 이 위대한 예술가 한 사람이 지금으로부터 백 년 전에 이 세계에 탄생하였으므로 말미암아 얼마나 수많은 근대인의 일그러지고 짓밟힌 가엾은 영혼들이 얼마나 큰 위자(慰藉)의 눈물을 흘렸을 것인가 하고 생각하면 새삼스러이 그의 앞에 머리를 수그리지 않을 수 없습니다.

'우리들이 죽음으로부터 깨어날 때'까지 그가 제출한 숙제들을 더 보지 못할는지도 모르겠습니다. 그러나 제 손으로 제 문제를 해결치 못하는 것이 또한 인생의 '참'인가합니다. (3월 19일)

😊 02회, 1928.03.21.

😊 ≪조선일보≫, 1928.03.20~21. [필자명은 '沈熏'. 이 글은 「문예」란에 게재됨.]

토월회(土月會)에 일언(一言)함

① 우리의 유일한 신극단체인 토월회가 몇 번이나 절맥이 되었을 때에 당사자와 같이 슬퍼함을 마지않던 사람으로서 오늘에 다행히 가냘픈 호흡이나마 잇게 된 것을 보고 왜 시원하게 걸음발을 타지 못하며 내디디는 발길을 어째서 똑바로 꿇지 못하느냐고 나무람을 한다 할 것 같으면 그것은 무리의 주문이요 또한 인정에 차마 못할 바이다. 그러나 지나치는 찬사만을 올리는 것은 성장해 나아가는 도중에 있는 그 회(會)를 위하여 동지로서는 마땅히 삼갈 바이니 차라리 솔직한 의견의 하나 둘을 토로해서 몇 마디 고언을 바치는 것이 그네들의 과거의 노력에 대한 감사의 표시가 될까하여 거북한 붓을 든 것이다.

<즐거운 인생>과 <초생달>을 보았다. 볼 때에 느낀 바가 없고 집에 돌아와 베갯머리에 남는 것이 없다. 남만 못지않은 호의를 가지고 보았는데 어째서 소득이 '영(零)'에 가까울까? 자신을 의심하면서 생각해 보았다.

○

나는 여기서 연출, 연기, 장치, 무대효과… 등에는 언급하지 않고자 한다. 다만 그러한 소화하기 어려운 '비빔밥' 극본을 선택한 것이 우리에게 넌센스에 가까울 만치 아무런 인상과 감촉(感觸)을 주지 못한 큰 원인이라고 본 것이다.

우리가 무대를 보고 머릿속에 남기고자 하는 '그 무엇'은 반드시 민족의식의 억양도 아니요, 적색운동의 프로파간다도 아니다. 이곳에서는 도저히 바랄 수 없는 사정을 밝히 알고 있는 까닭에 애초에 그러한 주문은 하지도 않는 것이니 앞으로라도 조선의 신극 운동자가 무대를 이용하여 민중에게 어떠한 이데올로기를 주문시킬 수 있겠느냐? 하는 문제는 막론하고라도 연극이 본시 인생의 표현이요 따라서 조선 사람의 손으로 꾸며 내는 연극은 어느 방면으로라도 조선의 한 모퉁이를 재현함에 그 사명이 있다고 할 것 같으면 종래의 토월회의 상연 극본이 거개 우리의 생활환경과는 상거가 멀고 때로는 조선을 망각하고 나왔던 사실을 부인치 못할 것이다.

○

필자는 그 회에서 상연한 레퍼토리를 처음부터 빼놓지 않고 보았거니와 제1회 때에는 모든 것이 미숙하면서도 학생 기질적인 진지한 태도에 머리를 숙였고 가까운 예를 들면 작년 세말에 올린 <이 대감 망할 대감>을 보고는 '저랬으니까 망했구나!'하는 한 가지 개념적 차탄(嗟歎)이나마 관중에게 주었을 것이다. 그런데 금회의 <초생달>과 <즐거운 인생>은 과연 우리에게 무엇을 깨우쳐주려 하였는가? 가뜩이나 이해가 없는 관중에게 "옳지. 저런 서양 것을 흉내 내는 것이 신극이로군!"하는 오해와 의상과 배경에 잠시 현혹되었을 뿐이 아닐까?

<카르멘>의 노래와 춤과 투우사적 기질이나 빈한한 서생의 기지로써 여관비를 안 물었다는 것이며 왕과 왕비가 나오고 로마의 사명이 절을 하면서 소리를 지르고 하는 데는 서양 것도 아니요 일본 것도 아니요 또한 조선 것도 아니며 도대체 무엇인지를 분간 못하였을 것이다. 우리의

실제 생활의 그림자와 너무나 현격되기 때문에 하등의 실감을 불러일으키지 못한 것이니 실감이 없는 곳에 감격이 없고 감격을 주지 못하고는 연극 본래의 효과를 바라지 못할 것이 아닌가?

🙂 01회, 1929.11.05.

2 '축지소극장(築地小劇場)'의 무대에서는 시험관에다가 광물질(礦物質)을 끓이는 냄새가 나고 '제극(帝劇)'에서는 난숙한 부르주아 계집들의 살 냄새가 풍기며 '신국극(新國劇)'에서는 대중의 땀 냄새와 '더운 김'이 후끈하고 맡아진다. 이와 같이 극단에는 각기 독특한 공기와 분위기를 우리의 후각으로도 맡을 수 있을 만치 발산하고 있는 것이다. 이 분위기가 즉 그 극단을 통솔하는 사람의 인격의 향기요 그의 동지들이 파지(把持)하고 있는 주의(主義)의 냄새다.

　　　○

그런데 우리 토월회의 무대는 어떠한 공기를 우리에게 방사하여 왔는가? 제3, 4류 상설관에서 프롤로그로나 내어놓음직한(그것도 한 십 년 전에) <카르멘>과 <데아부로>를 몇 번이나 곱삶고 카페에서 술 마시고 춤추며 뛰노는 장면에서 어떠한 공기가 호흡될 것인가? [中略]

토월회를 언제까지나 그러한 분위기 속에서 끌고 나아가려는지? 필자는 종래로 이 점을 자못 유감으로 생각해왔던 것이다.

무대의 효과를 억지로라도 도와야하겠고 속중(俗衆)을 상대로 할 수밖에 없으니 흥행가치를 짓기 위해서는 피할 수 없는 그 고충은 짐작치 못하는 바는 아니니 차라리 동정의 뜻을 가지고 있다. 그러나 그것은 어느 시기에 있어서의 한 가지 방편이요 수단일 것이지 과거 6, 7년 동안에 진보됨이 없다고 할 것 같으면 너무나 변통성이 없는 연출에 진력이 날 것이요 그것이 또한 토월회 본래의 면목도 아니었을 것이다.

○

신파의 연극이 흥미가 있다고 하는 사람이 적지 않다. 그 '흥미'가 있다는 점을 포착하여 분석해보자. 배우의 연기는 차치하고라도 김소랑(金小浪) 일파의 행연(行演) 각본은 우리가 일상생활에서 실제로 보고 듣고 경험해오는 그 가운데에서 한 토막 두 토막을 떼어낸 절단면을 보여주기 때문에 별다른 소득은 없다하더라도 보아서 눈에 거칠지 않고 들어서 귀에 부드럽다.

이 점을 우리도 붙잡고 놓치지 말자! 특수한 교양이 없는 관중에게 꺽둑꺽둑한 서양극 번안물을 보이느니보다 장위(腸胃)에 맞는 '김치' '깍두기'를 먹이되 그 속에 자양물과 소화제를 양념으로 곁들여 주기에 전력을 경주하자는 말이다. 그러한 제재는 검열망에 걸리지 않는 범위 내에도 얼마든지 있을 것이 아닌가?

이것이 우리의 신극 운동자가 밟고 나아가야할 막다른 길이요 토월회 무대가 이동될 방향이 또한 이곳에 있다고 보는 것이다.

더구나 그 회의 연출자인 박승희(朴勝喜) 씨는 누구보다도 풍부한 조선말의 어휘와 세련된 세리후(せりふ)를 가진 희곡작가요 겸하여 연출경험으로도 그와 견비(肩比)할 사람이 드물 것이니 극본 선택과 연출에 조금만 더 고심하면 새로운 방향으로 키[舵]질 해 나아가기가 그다지 어렵지는 않으리라고 믿는다.

○

어쨌든 만시지탄이 없지 아니하나 앞으로는 한 가지 정견을 세우고 표어를 번듯이 내어걸고 나서 그 밑에서 파악한 주의에 충실하게 행동해야 할 것이다.

사람의 수명이 길기만 하다고 귀한 것이 아니니 약관에 요절하였더라도 보람 있고 의의 있게 산 사람이 공적과 영예를 아울러 후세에까지 남기는 것이다.

○

토월회로 하여금 진정한 의미의 '우리의 극단'이 되게 하라! 이것이 나의 만강의 호의로써 간절히 부탁하는 말이다! (29.11.3)

😊 02회, 1929.11.06.

😊 ≪조선일보≫, 1929.11.05~06. [필자명은 '沈熏'. 이 글은 「연예와 영화」란에 게재됨.]

극예술연구회 제5회 공연 관극기

☐ (1)

관중의 한 사람으로서 극예술연구회 제5회 공연을 본 뒤의 감상을 적는다. 동지(극예술에 유의하는)들이 노력에 대하여 방관자의 태도를 취하거나 실제로 아무 활동이 없으면서 찬훼간(讚毀間) 그 성과에 대하여 용훼(容喙)하는 것은 마음 괴로운 일이다. 더구나 극도의 호의로써 붓을 들건만 왕왕히 그와 반대의 결과를 보게 되므로 나는 몇 번이나 극평 쓰기를 주저하였다.

그러나 오로지 성의에서 나오는 약간 고언이므로 아량으로써 가납(嘉納)하고 후일의 참고거리나 될까 하여 구체적인 비평이 아니라, 솔직한 자기의 의견을 발표함에 지나지 못한다.

◇

정각에 막이 열리는데 위선 호의를 가지게 한다. 연구단체로서의 면목이 약여(躍如)하다.

<바보>

첫째 각본 선택에 수긍할 수 없다. 정당이 얼마나 부패한 것을 알기는 고사하고 의회정치가 상식화하지 못 하였을 뿐 아니라 더구나 정객이 언론기관을 농락하고 이용하는 현대 부르주아 정치의 이면을 들여다볼 기회조차 없는 조선의 일반 관중에게는 아무러한 흥미와 이해와 아이러니를 느끼지 못하는 희곡인 까닭이다. 다 같은 외국극에도 조선의 관중이 보고 이해할 수 있고 공명할 수 있는 얌전한 일막극이 있지 않을까? 체홉도 좋고 그레고리 내지 존 한킨 같은 사람의 작품도 무방할 것이다. 또는 일본의 신흥작가의 작품을 선택하여 번안하는 것도 한 방도일 듯 관중으로 하여금 훨씬 실감을 주고 감응의 효과나마 얻을 수 있지 않을까? 그럼으로 극본 선택의 수준을 전문연구자의 기호에 두지 말고 그렇다고 이른바 대중 취미에도 아첨치도 말고 그 중간을 타서 끌어 올리면서 '그 무엇'을 줄 수 있어야 한다는 것은 필자의 지론이다. 그럼으로 우리 생활과 동떨어진 <바보>는 극본 선택에 있어서도 연출에 있어서도 성공치 못하였다고 본다.

유치진(柳致眞) 씨의 폐병 든 청년의 분장과 동작과 성음(聲音)이 함께 무난하다. 그러나 아무리 분장 중이라 하더라도 사장과 기자들이 무대 정면에 처음부터 진좌□(陳坐□) '파치오'의 존재를 나중에야 발견하고 놀란다는 것은 도연자(導演者)의 실수다.

이웅(李雄) 씨의 연기는 신문사장으로서 정당의 영수(領袖)로서의 '무게'가 적다. 노회하고도 비굴한 성격이 권총부리 앞에서 생명에 대한 공포, 전율과 함께 번복되는 것을 보이려는 것이 원작자의 의도가 아닐까? 그렇다면 이웅 씨는 그 중요한 성격을 이해하고 여실히 표현치 못한 것만은 사실이다.

그밖에 신문기자들은 무대에 발이 붙은 사람이 없다. □막 되자 무대 뒤의 함성과 시위 소동도 빈약하여 비효과적이었고 장치에 있어서도 신문 쪽을 붙이거나 윤전기를 상징한 도구를 사용하는 것쯤으로는 신문사의 공기를 전하지 못할 것이 아닐까.

이상의 몇 가지 점을 보아도 <바보> 1막은 성공과 거리가 멀다.

② 〈베니스의 상인〉

<바보>에 비하여는 매우 통속화한 극본이다. 초역(抄譯)이나마 단행본으로 출판도 되어서 관중은 <인형의 집>이나 <부활> 등과 함께 <베니스의 상인>은 그 경개나마 짐작하고 볼 수 있을 것이다. 그러나 법정 장면의 1장만을 올리는 것이 원체 무리에 가까웠기 때문에 전후의 맥락이 통치 못하고(더구나 극적 흥미의 중심인 바사니오와 포—시아의 관계에 들어서는 매우 모호하다) 막이 열린 후 방청인 두 사람의 간단한 설명쯤으로는 부족한 감이 없지 않다. 들으니 <베니스의 상인>은 개연(開演) 장소의 변경으로 부득이 올릴 것이요, 불과 4~5일밖에 연습을 못하였다 하니 그러하면야 어지간한 성공이라 할 것이다.

그러나 이러한 일종의 희극을 취급할 때에는 연출자로서 가장 용의할 것은 최후 1분간의 효과를 고려해야 할 만할 것이다. 샤일록이 퇴장한 뒤에는 무대의 긴장이 느즈러져서 헤식고 싱겁게 막이 닫힌다. <베니스의 상인>이 단순한 코미디는 아니겠지만 다만 한 장면이라도 클라이맥스를 갖게 하는 것이 연출자의 솜씨가 아닐까. 참아내려 오던 웃음이 막을 닫히는 찰나에 와—하고 터져야 할 것이니 그래야만 무대의 인상도 오래 남을 것인가 한다.

다음으로 역을 따라서 적부를 지적하겠다. 그러나 그것은 출연한 배우보다도 연출자에게 묻는 말이다.

264 심훈 전집 8

윤정섭(尹正燮) 씨의 샤일록은, 같은 동작을(일테면 구두바닥에 칼을 가는 것) 거듭하는 것 외에는 연기가 매우 능숙하다. 그러나 연출자는 이역을 어떻게 해석하였는지 모르나 이 탐욕의 화신이요 에고이즘의 표본인 부유한 유태인의 타입은 신파에서 보는 룸펜이나 악한과 같은 분장이 아닐 것이다. 좀 더 비대하고 능글능글하고 안면에 개기름이 흐르는 따위의 인물이거나, 체소(體小)하더라도 1분(分)의 이(利)를 위하여는 1호(毫)의 가차(假借)이 없는 인물 즉 이마에 송곳을 꽂아도 진물 한 방울 나오지 않는 종류의 인간을 만들었으면 더 효과가 있지 않았을까. 그런데 윤 씨의 샤일록은 관중의 증오감을 일신에 모으기는커녕 도리어 웃음거리가 되고 말지 않았는가. 이 점에 있어서 주역인 윤 씨의 샤일록은 순박한 상인을 강박하는 채귀(債鬼)로서의 힘이 적고 따라서 원작자가 취급한 인물과 상거(相距)가 크다고 보았다.

김수임(金壽任) 양의 포시아도 그렇다. 청명하고 영리하여 기지와 재략이 종횡하고 깔끔하고 맵짜한 여주인공의 성격을 표현하기에 적재가 아니었다. 샤일록의 간을 주무르고 고양이 앞에 쥐를 만들어 임의를 번롱시키기에는 당초에 근처도 가지 않았다. 여학교의 학생극을 보는 감이 없지 않았고 너무나 무표정이어서 차라리 안경이나 씌웠으면 한다.

최봉칙(崔鳳則) 씨의 안토니오는 침착한 것을 취하나 그 대신 때로 초조와 불안의 빛을 보이기에 미흡하였고

최영수(崔永秀) 씨의 바사니오는 초(初) 연출인 듯 무대의 호흡을 좀 더 체험한 뒤에야 문제가 되겠다.

신태선(申泰善) 씨의 공작(公爵)은 무능한 재판장으로 호호야(好好爺) 같아 보이나 그런대로 무대를 위압하는 존엄한 맛이 났으면 한다. 그리

고 재판장의 대사는 보통 대화와는 구분하는 것이 좋겠지만 '활변(活辯)'의 구조여서는 웃음을 자아내게 할 뿐.

이헌구(李軒求) 씨의 서기는 무대 정면에 앉아서 매우 무료한 역이나 그의 동작은 약간의 골계미가 있었고 김처을(金處乙) 씨의 그라시아노는 이른바 '삼매목(三枚目)'으로서 관중을 웃길 만하였다. 그밖에 작은 역들을 특기할 것이 없다.

요컨대 불과 4~5일의 연습 기일밖에 없었던 <베니스의 상인>을 평하는 것은 필자부터 무리한 것을 느끼므로 이만해두고 이번 공연에 주요 극본인 유치진 씨의 역작 <버드나무 선 동리의 풍경>을 보아나려가기로 하자.

😊 02회, 1933.12.03.

③ 〈버드나무 선 동리의 풍경〉

대본을 재삼차 정독하였고 그 무대를 초일, 제2일 이틀 동안 연야 감상하였다. 그러나 이튿날은 다소 변경된 바가 있었음으로 제2일을 취한다.

그러나 나는 이 대본의 희곡으로서의 가치도 말하려니와 무대에 오른 즉 수천 관중 앞에 드러난 <버드나무 선 동리의 풍경>도 겹쳐서 보아내려가려 한다.

이 작품은 두말 할 것 없이 유치진 씨의 역작이요, 창작희곡이 영성한 조선의 극단에 있어 적어도 1933년도의 제작품 중 단연 수위를 점령할 작품이다.

질에 있어서 일편의 농촌 스케치요, 양에 있어서도 1막물에 부족하지 민은, 여러 가지 점으로 보아 대작, 걸작이라면 과찬이겠으나, 일편의 역작임에는 틀림없다. 그러면 그 여러 가지 점이란 무엇인가?

▷ 첫째, 취재가 좋다. 가장 비참한 우리의 현실, 그중에도 농촌을 실상 더 궁핍한 지방농민들의(생활은 더욱 참혹하지만) 그리려고 착안하고 노력한 데 경의를 표하고 싶다. 그리하여 진실로 눈물겨운 우리 겨레의 절대 다수인 농민들의 생활상을 여실히 보여주는 것만에 그치지 않고, 은연중 도회인 관중으로 하여금 관극 중에

"이런 제—기"

"아이고 어쩌면 저래?"

하고 부르짖고 주먹을 쥐게 한 것만 하여도 재래의 저속한 양극(洋劇)따위나 생경한 번역극에 비하여 얼마나 큰 감명을 주었는가. 내용이 너무나 정적이어서 비선정적이요 처녀작품의 냄새가 나서, 그 감명의 도가 그다지 심각치는 못하였더라도, 가슴 답답한 느낌과 언제나 눈앞에 사라지지 않는 인상만은 남겨줄 수 있었을 것이다. 그래야만 극예술 본래의 사명을 다 할 수 있을 것이요

▷ 둘째. 외국극의 상연은 성공하였더라도 일반이 이해하기 어려우나 이런 종류의 우리의 실제 생활을 취재도 한 □□□은 실패를 하였대도 위선 '제것'이라는 생각과, 무대와 친밀한 느낌을 갖게 한다. 그 점만 해도 대중에게 작용하는 효과가 컸다는 말이다.

▷ 셋째, 극의 내용과 연출자의 태도가 매우 건실하고 진지한 데 다시 한 번 경의를 표한다. 이 작품을 취급함에 있어서 시종이 여일하게 조금도 유흥 기분이 떠돌지 않을 뿐 아니라 그 단체와 작자와 연출자의 인격이 반영되었기 때문이다.

▷ 넷째, 무대에 오른 연출자들도 자기가 맡은 역에 대하여 표현에 충실하려고 노력한 흔적이 역연하다. 연구단체로서의 정도를 밟고 나아가려는데, 또한 머리를 숙이는 바이다.

그러나 나는 유감이나마 본의가 아니면서도 이 작품의 결점과 연출수법에 수긍치 못한 것은 물론 필자 일개인의 사견이나, 당사자로서도 어느 정도까지는 동감이 될 점도 없지 않으리라고 믿는다.

그러나 미리 한마디 해두는 것은, 이 작품의 상연은 대체로 있어서 성공이었다는 것이다.

그럼에도 불구하고 중언부언하는 것은 결코 생트집을 잡으려는 것이 아니요 완전한 성공을 바라는 '욕심'으로서다.

그러면 이 <버드나무 선 동리의 풍경>은 그 어느 점에 있어서 완전을 결하였던가. 어떠한 대문을 어떻게 했드면— 어떻게 고쳤더면 좋을 걸 그랬나— 하는 몇 가지를 느낀 대로 적어 내려가려 한다. 먼저 작품 전체를 통하여 본 뒤의 불만을 적고, 그 다음으로 세쇄(細瑣)한 부분으로 들어가려 한다.

😊 03회, 1933.12.05.

④ ▲… 전회(前回)에도 말한 바와 같이 취재도 좋았거니와 사건의 진전도 매우 자연스럽다. 그 중에도 막이 열린 뒤에 할머니와 학삼(學三)의 대화라든지 계순(季順)의 옷을 사 가지고 들어왔을 때 비명에 죽은 아들의 옷가지를 세이든 것을 연상하는 할머니의 방백이라든지 술이 취한 성칠(成七)이가 등장한 뒤부터는 수십 분 간은 조금도 흠을 잡을 곳이 업다. 무대가 퍽 어울렸을 뿐 아니라 도연(導演)과 배우의 기예와의 조화가 그

절정에 딜한 때문이었다.

▲… 그러나 전체를 통하여 볼 때 배경의 아무 변화가 없는 1막물로서 한 시간 반이나 끌어 내려가는 것은 너무 무리하고 단조하고 지난한 감이 없지 않았다. 희곡이나 시나리오나 간에 각색자는 첫째 생략법이 교묘해야 한다. 관객이 그만 끝이 난 줄 알고 일어선 뒤에 (계순이가 떠난 후) 덕조(德祚) 모가 나오고 할머니가 우두커니 앉았는데 또 다시 계순 어머니가 독백을 하는 것은 확실히 군더더기이다. 최후의 5분간이 이 때문에 죽어버렸다. 계순이가 떠나자 고부(姑婦)가 마주 붙잡고 말없이 흐느껴 우는데 버드나무의 낙엽이 머리 우에 우수수 떨어지며 동시에 무대가 어두워지면서 막이 고요히 내렸더면 얼마나 더 효과가 있었을까. 마땅히 할애할 장면을 질질 끌어나갔기 때문에 용두사미가 되고 만 것이다.

▲… 그리고 할머니를 무대 정면으로 내다가 대사와 동작이 없이 앉혀 놓을 필요가 어디 있던가? 검열에서 커트된 가장 중요한 최후의 세리후를 외게 하기 위한 존재이었겠지만 그 세리후를 못하게 된 바에야 적의(適宜)히 처치해야만 할 인물이다. 앞 못 보는 늙은이가 엎드러지며 곱드러지며 팔려가는 손녀의 뒤를 따르는 것을 며느리가 붙들어 드린 후 망연자실하는 표정을 보인다든지 봉당 위에 쓰러져 정신을 잃는다든지 했더면 비극의 효과가 더 있었었을 것이다.

그리고 등장인물마다 실컷 울어버리면 관중은 무엇을 보고 울라는 말인가. 비극일수록 눈물을 아낄 필요가 있지 않을까.

▲… 또 한 가지 이 희곡의 중요한 결점이 있다. 그것은 억지로 이데올로기를 주입하려고 한 점이다. 원체가 농촌의 스케치면 엄밀한 사실주

의(寫實主義)로 일관할 것이니 딸을 팔아먹은 어머니가 시어머니더러

"과연 이 일을 울어야 할 일입니까? 우리가 울고만 있어야 될 일입니까"

하고 외치는 것은 너무나 부자연하다.

원작대로 할머니가

"가난 때문에 자식을 팔아먹어도 괜찮으냐고 길을 막고 물어 볼 일이다"라는 대사를 가입하였더면 더욱 쑥스러울 뻔하였다. 작자가 의식적으로 뛰어 들어가서 설교하듯 할 성질의 희곡이 아니었을 뿐 아니라, 그러한 중요한 극백(劇白)은 관중의 입으로 부르짖게 되어야 할 것이다. 더구나 덕조의 모를 끝으로 등장시켜서 고무신 푸념을 한참이나 하게 한 것은 효과상 큰 실수라고 보았다.

▲… 통틀어 보면 이 <버드나무 선 동리의 풍경>은 가려운 데 손이 닿지 않는 것 같고 오열이불명(嗚咽而不鳴)하는 감이 없지 않다. 그러나 그 이상의 심각, 비통한 것을 바라는 것은 현하의 검열 수준으로 보아 불가능한 일이므로 이 이상 더 욕심을 말치 않겠다.

또 한 가지 이 희곡의 대사는 어렵더라도 전부 시골 사투리를 썼더면 더 한층 실감을 줄 수 있었을까 한다.

남북도(南北道) 간에 알아듣기 어렵지 않은 방언(近畿지방이라도)을 사용했더면 훨씬 향토미가 났을 것이다.

😊 04회, 1933.12.06.

⑤ 그리고 딸까지 팔지 않을 수 없게 된 경우와 경로를 개막(開幕) 초에 좀 더 명시할 필요가 있을 줄 안다. "계순이가 팔려간단다" 하는 간단

한 전제만으로는 부족하다. 그런 점은 도리어 생략해서는 안 될 것이다.

▲… 다음에는 인물의 성격 취급에 언급하겠다. 먼저 주역이라고 할 만한 계순이는 너무 말괄량이로 만들었다. 벽촌의 처녀답지가 않고 너무 똑똑하고 영악하단 말이다. 천진한 것과 까부는 것과는 구별이 있을 것이니 처음에는 팔려가서 무엇을 하려는지도 모르고 단순히 또는 막연하게 도회를 동경하는 나머지에 작약하다가 이별하는 장면이 가까워 와서는 다분의 소녀적 센티멘털한 맛이 있어야 더욱 가엾고 애처로워 보일 것이 인정의 자연이다. 계순이는 그만한 철이 난 계집애로 보였던 것이다. 떠나가다가 별안간 돌아서 어머니를 붙잡고 엉엉 울기까지에는 그만한 준비 동작이 있어야 할 것이니 아무리 견문이 없는 소녀래도 이런 경우에는 명암 양면의 성격이 나타나야할 것인가 한다.

▲… 다음으로 할머니와 어머니의 타입이다. 허리도 굽지 않은 할머니는 너무나 싱싱하다. 앞 못 보는 불구의 노파로는 더구나 지나치게 꿋꿋하다. 우리가 시골서 보는 세고(世苦)에 찌들고 평생을 굶주리며 늙은 아낙네는 결코 그런 타입이 아니다. 머리털이 마른 풀뿌리같이 흐트러지고 피골이 상접해서 추풍에 가랑잎 같은 풍모다. 그런데 계순의 할머니는 조금도 애련한 맛이 없지 않았던가.

(여우난(女優難)을 아는 사람으로는 역시 무리한 주문이겠지만…)

계순의 어머니도 그렇다. 머리를 쪽진 모양까지도 여학생 풍의 흔적이 역연해서 도회여자의 탈을 벗지 못했다. 필자가 대본을 보면서 상상한 어머니는, 제 주선으로 딸까지 팔아먹는 퍽 이기적인 중년 과부였다. 그런데 무대로 본 어머니는 조금도 그런 점이 표현되지 않았다. 기아와 고독과 싸우다가 '악'만 남은 여편네로 최후로 딸까지 팔았으나, 떠나가는

271

딸의 뒷모양을 보고서야 비로소 울음이 터지게 했더면 더욱 인정미가 있었으리라는 의견이다.

연기

이웅 씨의 '학삼'과 윤정섭 씨의 '성칠'은 쌍벽이다. 양 씨의 훌륭한 연기로 말미암아 <버드나무 선 동리의 풍경>이 살았다고 해도 결코 과장이 아니다. 그만하면 전문배우도 따르지 못할 만치 연기가 세련되었다. (윤 씨는 무대를 밟은 지가 오래지만…) 대사(탁성인 것이 더욱 좋았다), 동작, 분장 등 전체에 있어서 이 씨는 순박한 농부(통감 권이나 배운)도 매우 자연스럽고 건실한 예풍을 보이기에 유감이 없어 자기가 맡은 역을 여실히 표현하였다. 윤 씨의 '칠성'도 입당(入堂)한 것이니 노랫가락이나 부르고 주막으로나 거들거리고 돌아다니는 시골건달을 붙잡아다 놓은 듯 '칠성'의 정서와 건달풍이 없었더면 이 연극은 참으로 무미건조했을 것이니 주정하는 대문은 더욱 절창이다. 이상 두 분은 극연(劇研)이 가지는 보배요, 배우로서의 장래가 크게 촉망된다.

김복진(金福□) 양의 계순은 전기한 바 그 책임은 연출자에게 돌릴 것이나 연습에 열심한 자취가 보였고 적역을 만나면 한몫을 단단히 볼 만하다. 무대에 파겹(破㤼)된 것만 해도 쉬운 일이 아니다.

차성희(車星姬) 양의 할머니는 가장 중요한 역이요 또한 난역(難役)인데도 최후까지 침착을 잃지 않고 무난히 해 넘겼다. 이십대의 여자에게 칠십 노역을 맡기는 것은 당초부터 문제지만 당자도 여간 고심하지 않았을 것이다.

박정아(朴□娥) 양의 어머니도 매우 애를 썼다. 그러나 여역들에 대한 불만은 전기(前記)와 같이 연출자가 고려할 바이요, 그밖에 조훈해(趙薰海) 양의 덕조의 모와 두리 명선 초동들의 제역(諸役)은 다 수수하였다.

무대장치

황토수(黃土水) 씨의 장치도 매우 좋다. 사실주의에 충실하였고 도구 등의 배치도 적의(適宜)하다. 그러나 보릿겨로 연명하는 사람의 집에 함석 연통은 비격(非格)이요, 하늘을 백포장(白布帳)으로 친 것이 좀 의문이다. 조명의 효과를 나타내려 함이겠지만 허연 원색만을 쓰는 것은 찬성하기 어렵다. 좀 더 음울 분위기를 발산케 하여도 좋을 것이다.

그리고 계절 관계로 초적(草笛) 하나 불 수는 없었겠지만 음악 효과를 좀 더 보았더면 한다.

그리고 잊었던 것을 한마디—할머니의 대사 중 "나도 승낙을 했다"느니 '십 원'이니 '십구 전'이니 하는 것은 매우 귀에 거칠었다.

끝으로 가두에서 선전지까지 뿌려가며 일심동체가 되어 이번 공연에 그만한 성과를 얻게 한 회원 제씨의 노력을 관객의 한 사람으로서 감사한다. 동시에 청년극작가요 연출자인 유치진 씨의 대성될 날을 기대한다.

관극기는 미진한 대로 이만 적거니와 다시 한마디 거듭한다. 자기는 실제의 아무 생활이 없으면서 남의 노력에 대하여 찬훼간(讚毁間) 용훼(容喙)하는 것은 마음 괴로운 일이다.

😊 05회, 1933.12.07.

😊 ≪조선일보≫, 1929.11.05~06. [필자명은 '沈熏'. 이 글은 「연예와 영화」란에 게재됨.]

총독부 제9회 미전화랑(美展畫廊)에서

여러분 중에는 이 글이 우선 비평인가 아닌가를 생각하려고도 할 것이다. 따라서 비평가나 미술가의 글인가 아닌가를 생각하려고도 할 것이다. 그러나 여러분은 이 글을 쓰고 있는 나의 신분을 알 필요가 없을 것이다. 왜? 그러냐하면 아무리 비평가로 자처한다 하여도 진정한 비평을 하지 못하였으면 그는 사실로서 비평가가 할 일을 다 하지 못하였다고 볼 수 있기 때문이다. 그에 반하여 아무리 일반인으로 자처한다 하여도 진정한 것을 말할 수 있다면 그는 사실로서 비평가가 할 수 있는 것을 훌륭히 하였다고 볼 수 있다. 그리고 미술가라고 반드시 비평가가 아울러 된다고 단언할 수도 없는 까닭이다.

그러므로 여러분은 내가 미술가인가 비평가인가를 알려고 애쓸 필요가 없다. 더구나 이 글에서 내가 취할 태도는 미술가나 비평가로서가 아님에랴. 오직 겸허한 심정으로 작품을 바라다본 일반 감상자와 같은 태도로서 사실로 느끼고 상상되었던 것을 다른 동무들에게 이야기하여 보려는 것에 불과하다.

이렇게 가장 평범한 태도로서 써놓은 이야기가 우연히 훌륭한 것으로 평판이 되어서 비평선상에 오르게 된다하여도 관계치는 않겠으나 어쨌든 나는 비평으로서 이 글을 쓰는 것은 아니다. 따라서 이 글이 비평이냐? 아니냐? 하는 것은 나의 생각할 바가 아니다. 그러면 다음으로 붓을 이어들어 보자.

◇

글씨에는 이한복(李漢福) 씨의 재기보다도 김돈의(金敦義) 씨의 천진이 더 존경하고 싶었다. 김 씨의 글씨에는 천진의 기상이 있다. 가장 평범하게 썼으면서도 그 평범한 가운데에 도리어 순진이 흐르고 있다. 이 '진'은 재기를 초월한 것이다. 가장 정녕(靜寧)한 심경에 안주하여 자연 그대로 붓대를 든 그것이 아니고는 안 될 것이다. 그러므로 평범하면서 그 평범에 자기창조의 '진'이 있는 것인가 한다.

나의 수선한 마음도 이 글씨 앞에 와서는 바라다보면 바라다볼수록 침착과 평안을 느끼게 되는 것이었다.

사군자에는 김규진(金圭鎭) 씨의 작품이 눈에 띄는 것이었으나 퍽 능란은 하면서도 지조가 항상 깊어 보이지 아니하고 정운범(鄭雲範) 씨의 묵매(墨梅)는 퍽 자미있게 보고 싶었다. 기외에도 좋은 작품이 있었으나 잘 기억되지 않으므로 그만두겠다.

◇

동양화실에서는 특선작품인 이영일(李英一) 씨의 <농촌 아해>와 이상범(李象範) 씨의 <만추> 등 보다는 도리어 노수현(盧壽鉉) 씨의 <귀목(歸牧)>이 나의 가슴에 그윽하게 울리는 것이었다. 노 씨의 작품에는 언제나 종교와 시가 있기 때문이다. 우리 인류의 생활과 자연과를 한 가지 조화하고 있는 까닭이다. 나는 <귀목>에서 나(인생)의 고향을 생각할 수가 있었다. 인생의 대정녕(大靜寧) 대조화(大調和)의 원래의 면목을 이 산수화에서 찾을 수가 있었다. 실로 그러한 점으로 밀레의 작품을 연상할 수도 있었다. 그러나 밀레의 <만종>에서는 자연과 인생의 절대한 운명을 신앙함에 어떠한 의식의 기초가 있음에 반하여 노 씨의 작품에는 가장 순박한 향민의 원시적 무의식적 생활본능에서 그대로 산수와 한 가지 일치 조화하고 있는 태원(太源)의 무궁함을 보이고 있다. 생각하면 그것은 밀레의 의식적 신앙보다도 더 근본적이요 자연인 것이라고 하게 된다. 자연과 인생의 대명을 정각하고 그것을 신앙하는 밀레의 <만종>도 심원하거니와 하등의 고민도 사색도 하지 아니하고 천명 그대로 자연의 농향(農鄕) 가운데에서 나서 생장해야 흙으로 돌아가면서 있는 것은 더 이상 심원하고도 본래적 생활이라고 할 것이다. 요컨대 밀레의 자연은 의식으로부터 돌아간 것이나 노 씨의 작품에 나타난 자연은 무의식적이다. 그러므로 근본적이다. 왜? 그러냐하면 인간이 하등의 의식적 노력을 하기 전의 생활은 생명의 천진스러운 유동에 의하여 무사기(無邪氣)한 아동의 생활과 같기 때문이다. 즉 본래의 인생과 자연은 원시인과 같이 아동과 같이 생명의 힘이 강해야 항상 무의식적 지배를 받기 때문이다.

자연은 그리고 인생은 그 본래에 있어서 무의식적이다. 의식적 세계에서 수족과 이목구비를 이용하고 오각, 오색, 오미, 오취에 대한 향락만능을 노래하는 문명인의 복잡한 도회적 생활에서 다시 우리는 저 단순한 향촌의 무의식적 세계로 돌아가 장구한 동안 진화 방황에 피로한 오관(五官)을 쉬지 않으면 안 된다. 관능적 향락에만 몰두하여 드디어 폐퇴(廢退)하면서 있는 현대인은 다시 자연의 조화로 돌아가지 않으면 아니 된다. 의식적 세계에서 관능도취인 심미가 출현되었다. 그러므로 우리는 심미적 세계에서 무의식적 세계로 돌아가야 한다. 무의식적 세계는 윤리인 까닭이다. 그리고 윤리는 의식적 심미적 추상적 세계가 아니요 무의식적 종교적 구체적 인생의 실존한 세계다.

무거웁게 들려있는 자연과 배후의 산줄기들은 저녁의 어두워감과 한 가지 수면하려는 대자연의 웅대하고도 적연한 잠을 말하고 있다. 그렇다. 산맥의 순박한 곡선은 마치 서양 표현파 화가 프란츠 마르크의 <우(牛)>라는 작품에서 보는 것과 같은 순진하고도 심심한 표징을 보이고 있다. 실로 무거운 빛으로 거무스름하게 구불어져 있는 산허리는 졸고 있는 목우(牧牛)의 후자(後姿)와도 같아서 화면 앞으로 돌아가면서 있는 목동과 목우의 장차의 안정(安靜)한 잠을 미리 암시하여주는 것도 같다. 배경의 산은 앞으로 보이는 목동과의 그 외면적 관계가 가장 그윽한 조화를 가지고 있다. 이 조화다. 이 조화가 이 작품의 중대한 생명을 가지고 있다. 그리하여 이 생명의 조화력은 주위의 모—든 것으로 하여금 적막하고도 유약(悠若)한 기분으로 통일을 하고 있다. 즉 저녁 공기 가운데로 은은히 보이는 가을의 초목과 전답 그리고 배후에 근원을 둔 계류(溪流)와 그 위에 떠도는 얼마의 안개[霧]까지도 모두 대우주의 혼연(渾然)한 본능적 구체적 생활의 신성한 통일체의 상징이다. 태원(太源)에 있어서 산수와 동물과 식물 등은 인류와 동일한 형제라는 지대고결한 자연의 자비한 사랑의 틈을 문득문득 연상하였다.

그리하여 청산도 절로요 녹수도 절로니 산수 간에 나도 절로 이중에 절로 난 몸이 늙기도 또한 절로 하리 한 고시(古詩)를 생각하고 다시 아침의 밝음도 절로요 저녁의 어두움도 절로니 음양생멸(陰陽生滅) 간에 나도 절로 이중에 절로 난 몸이 돌아감도 또한 절로 하리라고 소를 몰고 돌아가는 저 목동과 한 가지 노래하고 싶었다.

물론 이 작품에 흠이 아주 없는 것도 아니다. 첫째는 그 터치에서 더 좀 무거운 맛이 있게 하였으면 하는 요구요 둘째는 조석을 물론하고 춘추의 분리된 정서를 표현하기에 더 좀 어떠한 역점을 기우릴 수 있는 새 수법이 있었으면 (그러나 전체를 대관(大觀)할 때는 아무래도 봄으로 보고 싶지는 않게 되었다.) 하는 것이요 셋째로는 인물과 동물의 표현이 부족하다. 즉 산천초목을 그린 붓보다 너무 옹졸하다. 그리고 소와 목동은 그 몸의 전부를 보이게 할 것이 아니요 어떠한 초목 사이로 보이도록 하였으면 더 완전하였을 것이며 흥미가 더 깊었을 것이다. 왜? 그러냐 하면 동물과 인물의 전부를 보이게 할 필요가 없을 뿐만 아니라 그것이 전부 보이는 곳에 어색한 점이 보이게 되는 까닭이다. 즉 어떠한 논자 중에는 과연 저러한 저녁에 목동이 소에게 끌려가는 일이 있을까 하여 인물이 동물에게 끌려가고 있다는 공연한 시비가 나게 되는 까닭이다. 그러나 안석영(安夕影) 선생의 비평과 같이 하등의 이유로 설하여 놓지 아니하고 무조건으로 그저 추락이라고도 하였다는 것은 이 글을 읽는 여러분도 다시 안 선생의 비평 원리 내지 미술관을 연구할 필요가 있을지도 모르겠다.

◇

이영일 씨의 작품에 대하여는 다만 재기와 기교의 새 맛을 느낄 뿐이다. 그리고 서양화에서 많이 취하는 방법으로서 소녀의 안면에 바람 기운을 느끼게 할 뿐이다. 물론 그 바람만은 얼굴에서 찾을 수 있는 기운만은 저녁의 바람인 것 같다. 그러나 기외에는 특별한 정서를 자어내지 못하는 것 같다.

그 화면의 구성은 장식적 방법이라고 할 것이다. 인물의 배치, 저녁달, 가을의 풀, 넓은 들, 이렇게 중요한 것만을 단순화시키려고 하였다. 주관적으로 필요한 것만을 선택하여 자유로 구성시키고 그 명목의 독특한 색채를 가하여 창조하려는 정서를 암시하여 주라는 것이다. 즉 화면 내에 있는 풀 한 개가 가지고 있는 형태와 선, 그리고 위치와 색채까지도 모두 특별한 성질을 보이고 있으면서도 저녁이라는 커다란 정조와 일치 조화 되어가지고 비로소 인물들과의 관계에 도달하는 것이다. 따라서 인물이나 기타 반달의 그것까지도 또한 저녁이라는 정서와 한 가지 풀들과 조화되어야할 것이다. 그리하여 대체로 있어 이러한 동화에서 보는 사람의 마음을 꿈으로 환상적 정서로 끌 수 있을 것이다.

그러나 <농촌 아해>에서는 아직도 그러한 지경(至境)을 보여주지 않는다. 나는 느끼지 못하였다. 저 지평선 위에 떠있는 반달은 화면에서 더욱 조화를 잃었다. 객관적 사실주의의 서양화 방법을 표준하고 보면 그 반달은 너무 앞으로 튀어나와서 지평선 넘어서 솟아오는 것 같지가 않다. 그리고 주관적 장식주의의 동양화 방법을 표준하고 보면 반달이 가지고 있는 색채 정조가 다른 부분의 색채 정조와 너무 딴청으로 유리하여있는 것으로 밖에 보이지 않는다.

그리고 어떤 논자는 소녀의 의복과 두렝이 두른 곳에 부자연하다고 시비하기도 한다. 그러나 그것은 본 화면에서 그렇게 중요한 곳도 아니고 또 그러한 이론은 객관적 사실주의의 것이므로 장식적 표현법에서는 객설에 불과할 것이다.

여하간 이 씨의 모―든 작품을 통하여 발발(潑潑)한 재기를 볼 수가 있고 앞으로 노력 여하에 따라서는 좋은 지경에 도달할 것도 같게 생각한다. 그러나 다만 유감인 것은 작가의 인격의 수양 문제에서 곤란을 깨닫게 되는 것이다. 인격의 수양이라는 것이 반드시 철학적 사색만을 의미하는 것도 아니겠으나 어쨌든 자기를 부절히 반성하여 보지 않고는 진정한 대작품이 나올 수 없다고 할 수도 있다.

금번의 <농촌 아해>에 있어서도 그것을 생각하게 된다. 본 작품에는 오직 기교에서 얼마의 자미가 있었을 뿐이고 하등 우리의 심장을 흔드는 무엇이 없다. 유원(幽遠)한 맛도 없으며 농촌 현실 폭로의 통쾌한 맛도 없다. 즉 제재가 농촌 운운에 있으면서도 하등의 미래의 이상도 금일의 반영도 보이지 아니한다. 아무리 유미주의자의 작품이라도 끌고 가는 세계가 있다. 하다못해 몽롱한 환상곡이라도 듣게 될 것이다. 그러나 이 씨의 작품은 단순한 관능적 자극력도 갖지 못하였다.

◇

이상범(李象範) 씨, 이한복(李漢福) 씨, 김은호(金殷鎬) 씨, 변관식(卞寬植) 씨 등의 작품도 모두 대체로서 좋았다. 그러나 역시 나의 장부(臟腑)를 흔들 만한 것은 없었다. 이상범 씨의 <만추>는 언제나 볼 수 있는 씩씩한 붓을 자랑하는 듯하였다. 그리고 그 구도에도 씨의 독특한 세계가 늘 따로 있는 모양이다. 그러나 씨의 모—든 작품을 과거의 것으로부터 생각했을 때에는 너무 변동과 차이가 없어서 정조나 정조가 암시하는 세계나 항상 대동하다. 그러나 그렇다고 그것이 반드시 나쁘다고 단언하기도 어려운 일이다. 이번 작품도 한번 바라보고 싶은 역작이다.

그리고 변관식 씨의 바위 등을 묘사하는 피치가 가장 석면의 입체감을 제물로 잘 적발하고 있는 것 같아서 자미스럽다. 그 구도에 있어서 남성적이라고 보고 싶다.

◇

다음으로 서양화실을 들어가 보자. 무수한 작품이 늘어있음은 한 개의 작품을 완전히 감상하기에 도리어 방해인 것같이도 생각되는 것이었다.

그중에 내가 가장 큰 눈으로 주의하여 본 것은 석흑의보(石黑義保, 이시 구로 요시카즈) 씨와 김주경(金周經) 씨의 작품 등이었다. 금번에 가장 성공한 작가는 김 씨인가 한다. 서양화실에서 제일 뛰어나 보인다. 그림 의 폭으로 보던지 화면내의 노력으로 보든지 그 노력의 결과로 보든지 그야말로 과거의 옷을 일신하게 벗어버린 것같이 새로웁다. 그러나 표현 풍이 변하였다는 것은 아니다. 그리고 석 점 중에 인물은 그렇게 반갑지 않으나 풍경과 낙양은 나의 마음에 상쾌한 기운을 던져주는 것이었다. 더욱이 <낙양>이라는 작품에서 나의 마음은 거의 전적으로 장렬한 성 격을 갖게 되었다.

<북악을 등진 풍경>은 비교적 흠잡을 곳이 적다고 하겠으나 표현의 힘은 <낙양>에 비하여 약하여 보인다. 그러나 퍽 다정한 작품이다. 그 리고 정취도 역시 현대적이다. 문화촌식이다. 그러므로 그러한 문화촌식 적 향락을 고집할수록 <풍경>은 가장 일치되는 작품이다. 하여간 그러 한 표준선 상에서는 고가의 것이다. <낙양>만은 시간적 의의를 초월한 것이다. 나는 이 작품에서 느끼고 상상된 것을 다음으로 말하여보겠다.

나는 <낙양> 앞에 서서 속으로 이렇게 부르짖고 싶었다. "해가 넘어 간다. 아아 뜨거운 힘을 가지고 부절히 싸워오던 해는 마침내 저 산 너머 로 넘어를 가는 것이다. 그러나 그것은 용사의 죽음이다. 또한 그러나 용 사의 죽음은 언제나 아름다웁지 않은가? 보라! 산비탈에는 침묵의 그림 자가 떨어지면서 있다. 그것은 자색의 심원한 반성의 찰나의 그림자이다. 그리고 숙정과 침묵과의 색채의 미묘한 대조와 조화의 장렬한 용사의 거 동의 놀라운 미관을 보아라. 붉은 햇빛은 최후 일각까지도 절대한 자아 의 강렬한 생명을 대담하게 각 찰나에서 오히려 창조하면서 있지 않은

가! 그렇다 청춘의 뜨거운 피를 창조하여라! 만유와 한 가지 인생은 저 햇빛과 같이 상대적으로 자유다. 그리고 자유인 까닭에 저렇게 아름다운 것이다. 최후까지 자아의 자유와 생명을 창조하는 것은 모두 저렇게 아름답다."

그러나 저와 같은 장렬한 창조의 미는 자아의 최후의 생명까지 완전히 진력하는 곳에만 있는 것이다. 실로 니체의 말과 같이 '미(美)'는 전 의사를 가지고 스스로 의욕 아니할 수 없는 곳에만 있는 것이다. 오오 그러면 이 세상에 사는 젊은이들이여! 너의 전 생명을 다하여 너의 의욕하는 곳을 향하여 돌진하라! 조금도 주저할 것은 없다. 미를 창조하려거든 직선적으로 너의 자유와 생명을 그대로 돌진시켜라. 미를 창조하려는 너의 앞에는 생사도 오히려 동일한 것이다. 그러나 용사의 죽음은 저렇게 아름답지 않은가!

침정(沈靜)한 청색과 심현(深玄)한 자색 사이로 시뻘건 빛이 폭풍우가 일어나는 암야의 천공에 내리 문지르는 전광과도 같이 무수히 즉각적으로 꺾기면서 힘 있게 뻗치어 있음은 실로 위대한 용사의 무섭게 뛰노는 동맥에서 뻗치는 열혈과도 같다. 그리하여 그 광경은 도리어 참혹한 밤의 적막을 상상하게까지 된다. 그러나 적막은 무한하다. 이 무한한 배경을 등지고 비약하는 용사의 돌아가는 고향은 무한히 깊다. 그리고 이 무한히 깊은 나라의 끄는 힘[愛]이 있기 때문에 용사는 영원한 동경과 창조의 자유를 갖게 된 것이다. 무한한 곳으로 돌아감에 용사의 창조가 있으며 온 천지와 일체될 수 있다. 그리고 거룩한 고향을 향하여 최후의 힘을 마지막으로 발휘하는 그 찰나부터 고독한 용사의 허리에는 남도 모르게 고요히 '침묵의 님'의 보드라운 흰 달쭉이 힘 있게 감겨버린다.

오오 영원의 동경! 영원의 사랑! 그것은 무한히 아름다웁다.

물론 이상의 것은 작품에 대한 나의 감수력(感受力), 상상력에 의한 것이다. 그러므로 작가 자신이 반드시 그것을 의식하고 있는 것이라고 할 수는 없다. 나는 작가가 의식하지 못한 것이라도 나의 감각과 연상작용에 의하여 얼마든지 작품을 통하여 찾아서 보고 싶다. 실로 그것은 나의 자유다.

그러나 <낙양>은 <북악을 등진 풍경>에 비하여 아직 붓을 더 가할 곳이 있었는지도 모른다. 또한 그러나 아직 미성(未成)인 듯한 점이 도리어 이 그림으로서는 효과가 있는 것도 같다. 그것은 생동 발랄한 기혼(氣魂)이 되는 까닭인 듯하다.

◇

끝으로 석흑의보(石黑義保) 씨의 작품을 마지막으로 구경하여야겠다. 동양화에서도 몇몇 일본인 작가의 작품을 이야기하여보고 싶었으나 시간이 없어 서양화에서만 가장 깊은 성격을 가지고 본 석흑 씨의 작품만을 간단히 말하겠다.

석흑 씨의 작품으로는 <박모(薄暮)>보다도 <하의(夏意)>에서 더욱 많은 흥미를 가지고 보았다. 그 외에도 <정물(靜物)>이 있으나 역시 자미가 많았다. <정물>에서는 모—든 물상이 모두 속을 들여다보는 것같이 이상한 상상성(想像性)을 느낀다. 그리고 <박모>는 <하의>의 다음 가는 좋은 작품이다. 그 색채는 장식적으로 몽환에 가까운 정조적 효과를 보이고 있다.

<하의>는 <박모>에 비하여 씩씩한 점이 많아 보인다. 그리고 각 물상에 비친 주관으로 표징함에 성공하였다. 또는 형태를 자유로 변화시켜

가지고 구성한 것은 대담하여 보인다. 여하간 <하의>는 가장 그 작품의 명제와 가치 여름의 의지를 교묘하게 표현하였다. 바라다보고 있던 나의 심경은 어언간 저 화면의 일부에 휩싸여 휘몰려가는 것 같았다. 그것은 화면의 전부의 기운이 무상민속(無常敏速)한 여름의 변화성을 잘 통일하여 나타내고 있는 까닭이다.

창천(蒼天)에 옆으로 비껴 있는 백운(白雲), 이 구름은 스스로 대화하여 어떠한 의지에 끌리고 있는 것 같다. 그 형태를 보면 바람에 불려가는 구름도 아니요 고요히 떠도는 한가로운 구름도 아니요 뭉게뭉게 피어오르는 솜과 같은 구름도 아니다. 그리고 화면 중앙에서 앞으로 나타난 도로, 그 위에는 옆으로 늘어선 포플러들의 그림자 또는 앞으로 달려오는 자동차, 길 저쪽으로 휩스러져 돌아가는 행인들 옆으로 우두커니 서있는 적색 포스트, 이 포스트가 중심이 되어가지고 전후로 민속(敏速)하게 활동의 연락을 하고 있는 것 같다. 그리고 그 포스트의 내면을 다시 한 번 상상하여 보게 될 때는 미묘한 암시를 얻게 된다. 또는 포플러의 윤택한 잎사귀들이 각각 흔들리는 공기와 한 가지 찰나 찰나로 무궁하게 하늘빛에 반사하여 번득거리며 변화를 반복하면서 있는 것이 눈에 얼른 띄우도록 잘 표징되었다. 그리하여 하늘에 구름, 수목과 도로 위의 그 모―든 변화, 그것은 모두 혼돈하여 유동 변화무상한 여름 의지를 창조하고 있다. 한 마디로 잘라 말하면 하의는 유동 변화무상이요 유동 변화무상으로 표현한 것은 곧 하의(夏意)라고 할 수 있다.

여름의 생명의지는 가장 대담하여 조그마한 고집을 버린다. 그리하여 생동기화(生動氣化)하는 대자연과 한 가지 유동하는 무아적(無我的) 창조에 도달하는 것이다. 여름은 무상의 극치다. 따라서 무(無)다. 하의는 무아적 의지다. 우리는 언제나 이 무아적 행동이 아니면 위대한 창조를 할 수가 없을 것이다.

◇

본문은 정다운 동무의 청으로 얽어본 것이다. 나는 기회 있으면 다른 이름으로 본문을 다시 고쳐볼는지도 모른다. 더욱이 문장에 있어서 다시 붓을 가하고 싶은 것이다.(총총 끝)

≪신민≫, 1929.08, pp.112~120. [필자명은 '沈熏']

새로운 무용의 길로

―배구자(裵龜子) 1회 공연을 보고―

① 배구자예술연구소의 제1회 공연을 보았다. 무용을 잘 알지 못하는 관객의 한 사람으로서 그 감상을 하나 둘 적어보는 것이다.

◇

무용도 조만간 우리가 가져야할 한 가지 예술의 부문이다. 따라서 우리의 환경으로는 성공에 가까운 효과를 얻기 지난한 종합예술이요 기교를 닦는 것만 하여도 장구한 시일과 금전을 허비해야 될 것이며 겸하여 사도(斯道)에 대한 기본지식과 전통이 없는 관중 앞에서 공연을 시험하는 것은 일종의 모험일 것이다.

◇

이십 년 전에 놓쳐버린 한 마리의 소조(小鳥)가 비에 젖은 날개를 처뜨리고 옛날의 보금자리로 기어들었다. 그러나 주인은 반가이 맞아줄 줄을 몰랐다. 자유롭게 날아볼 공간을 주지 않았다.

빈사의 백조는 조그만 동무 새들을 모아가지고 그 죽지 떨어진 날개를 펴보려고 무진 애를 썼다.

그리하여 몇 해 동안을 파득파득 떨다가 그 가느다란 다리를 버티고 일어설만한 무대를 얻은 것이다. 그가 갱생한 배구자요 그를 중심으로 모인 곳이 순수한 무용단체로는 다만 하나뿐인 그의 연구소다.

◇

　단시일에 그만한 제어와 통일을 얻은 것을 위선 치하한다. 무엇보다도 그들의 태도가 유흥 기분을 떠나서 진실하고 연구적이요 관중에게 아유할 줄을 모르는 것을 보아 싹수 있는 장래를 점쳐 기대하는 바이다.

◇

　순서를 따라 본 대로 느낀 대로 평 비슷이 해보고 싶으나 밑천이 없으니 할애하고 개괄적으로 두어 가지 적어보면 첫째 의상은 눈 거친 것이 없으나 배경이 유동적 효과를 돕지 못하였고 둘째는 축음기의 반주가 무용에는 금물이 아닐까 한다. 관객도 실감을 얻지 못할 뿐만 아니라 춤추는 사람 자신도 판박이 음향, 즉 죽은 음악을 들어가지고 생명 있는 인스피레이션을 얻을 수 있을까 하는 것이 의문이다. 피아노 건반 위에 반주자의 손가락이 먼저 춤을 추어야 할 것이 아닐까? 훑어 내리고 떨어 올리는 바이올린 줄에서부터 정서가 풀려나와야 할 것이 아닐까? 단순히 피아노 반주 하나만으로도 족하려니와 무용의 내용을 이해하는 악수(樂手)의 현악조주(絃樂助奏)쯤이 곁들었으면 리듬도 맞으려니와 훨씬 생색 있는 무대를 보여줄 수 있었으리라고 생각한다.

◇

　곡목은 재즈, 코미니코, 발레, 무용시(舞踊詩)… 등 매우 복잡하고 각각 계통이 다른 춤을 뒤섞어 놓았다. 특별한 소양이 없는 사람으로서는 탈잡아낼 것이 없고 노력의 과정이 역력히 보이는 것만으로 제1회는 만족해야 옳을 것이나 내가 연구해보고자 하는 것은 그 단체의 통솔자인 배 양 자신이 창작하고 또한 대중 앞에 발표하고자 하는 창작무용에 대한 것이다. 처음부터 비전문적이나 그의 참고나 될까하고 솔직한 의견을 몇 가지 말해보고자 한다.

01회, 1929.09.22.

② 배 양이 독연(獨演)한 곡목은 거의 그의 창작인 것 같다. 그 중에도
<수(水)의 정(精)> <아리랑>(작년에 공회당에서 본 바) 같은 것은 향토
의 색조가 농후한 작품이라 하겠는데 <수의 정>의 청정전아(淸淨典雅)
함과 <아리랑>의 순진한 처녀심(處女心)의 발로를 보아 앞으로 연찬(硏
鑽)을 거듭할 여지를 보여서 그대로 버려두기에는 아까운 작품이라 하겠
다. 어쨌든 외국 사람의 것을 맹목적으로 흉내 내어서 겉틀만을 뒤집어
쓰려고 들지를 않고 변변치 못하나마 한 가지라도 자아(自我)를 살려서
새로운 조선의 무용을 창작해 나아가려는 독창적 태도에 우리는 적지 않
은 기대를 붙이는 것이다.

독창력이 없는 예술가는 언제든지 원숭이의 말예(末裔)노릇을 면치 못
하는 것이다!

◇

조선에서 무용가라고 선전된 몇몇 사람 가운데에 재질과 체모가 아울
러 조선의 새로운 향토적인 무용을 창작해내고 자신이 스테이지에 서서
발표하기에 적당한 사람은 아직까지는 배 양 한 사람뿐일까 한다. 내가
본 배 양은 재즈 댄스나 찰스톤이나 고전적인 발레를 추는 것보다 서정
시적이요 민요적이요 또는 소야악적(小夜樂的)인 예풍(藝風)을 가지고 있
어서 그 방향으로 진출할 수 있는 소질이 있는 댄서다.

그러므로 자아를 살리기 위하여서라도 순수한 조선의 무용을 창작해
서 민중에게 보여줄 의무를 져야할 것이다.

재즈의 템포를 맞추어가지고 미친 듯이 뛰어 보이는 것도 사기가 저상(沮喪)된 민중에게 해롭지는 않을 것이요 자장노래적인 무용시가 또한 곱지 않은 것은 아니나 우리가 밟고 나아가야 할 새로운 무용의 길은 조선무용의 창작에 있다! 조선에는 무용의 전통이 없으니 삼국시대 같은 황금시기에는 훌륭한 춤이 있었으리라고 추측은 되나 <태평춘일지곡(太平春日之曲)> <만년장환지곡(萬年長歡之曲)> 같은 궁중의 고악(古樂)을 들어본대야 눈망울이 핑핑 도는 초고속도의 템포로 뛰놀고 있는 현대인에게는 드러누울 자리부터 찾아지고 도지개밖에 킬 것이 없다. 그 따위의 음악에 맞춘 무용이 남아 있었다하더라도 우리는 아무러한 감흥을 느끼지 못하였을 것이다.

😀 02회, 1929.09.24.

③ ◇

격양가(擊壤歌)에 맞춰서 추는 농군(農軍)들의 '소용도리', 승무, 검무, 심지어 '굿중패'나 '남사당패'의 무동춤 지랄춤 탈춤이라도 우리의 고유한 무용이 아니라고 할 수 없으니 비천하다고 해서 내버릴 것이 아니라 다시 우리의 손으로 부활시켜 볼 도리가 없을까?

그러려면 작곡을 다시하고 서양악기에 맞도록 뜯어서 편곡을 하는 것만 해도 여간 힘이 들지 않을 것이다. 그러나 재래의 무용의 형식만을 임시로 빌려가지고 새로운 의도로써 재빠른 동작을 붙이고 배경과 의장(衣裝)을 순전한 조선 것으로 만들어 볼 것 같으면 훨씬 실감을 줄 수도 있고 대중적일 뿐 아니라 흥행가치도 훌륭할 것을 단언한다.

지금 조선 사람에게 보여주어서 이해할 만한 무용은 선이 굵고 색채가 짙고 동작이 빠르며 따라서 정열적인 것이라야 하겠다. 말을 바꾸어보면 '무용'이라는 것보다는 북구적인 '무도'가 맞으리라고 생각한다.

◇

아사꾸사 김용관(金龍舘) 패 말류(末流)의 흉내를 내는 것으로써 새로운 댄스라고 일컫는 자의 비위도 어지간하려니와 그나마도 재전삼탕(再煎三蕩)을 해가지고 민중 앞에 내어놓는 것이 얼마나 얼굴 뜨거운 일인 것을 알아야한다.

안나 파블로바로 하여금 슬라브 여□(旅□) 가운데에서 잠자리 같은 그 날개를 펼치게 하고 서반아의 무희는 마드리드의 명미(明媚)한 풍경화속에서 뛰놀게 하라. 조선의 무용가는 조선을 추어야한다. 괴로운 조선의 마음을 추어야한다. 조선 사람의 애틋한 정서를 그 육체로써 표현하는 새로운 무용을 창작해야만 할 것이다!

🙂 03회, 1929.09.25.

🙂 《조선일보》, 1929.09.22~25. [필자명은 '沈熏']

제4부

단편소설

찬미가(讚美歌)에 싸인 원혼(冤魂)

바다 속의 큰 바위틈같이 어웅한 인왕산의 검은 석벽 사이로. 가만가만히 기어 나오는 어둠이 외따로 언덕 위에 터 닦은 이 집의 높은 벽돌 담을 에워쌌다.

오랫동안 이곳에 와 갇힌 수많은 학생들은 견딜 수 없는 고통과 갑갑한 마음을 잊어버리기 겸하여 석반 후에 간수의 눈을 피하여 가며 목침 돌리기로 옛날이야기도 하고 가는 소리로 망향가도 부른다. 한참이나 서로 웃고 떠들고 지껄이고 하여 벌통 속같이 우글우글하는 각 감방에 희미한 오 촉의 전등은 그들의 머리 위에 일제히 켜졌다.

기도시간이다. 그 여러 사람은 입을 다물고 고개를 숙여 숭엄한 침묵이 사오 분 동안이나 계속되었다. 이 침묵의 바다에 미미한 파동을 흘리고 다만 한 소리! 가뜩이나 불평의 덩어리가 뭉친 그들의 가슴을 찌르던 슬픈 소리는 이십구 방에 있는 노인의 앓는 소리다. 참으려 하여도 참지 못하고 자연히 울려 나오는 그 지긋지긋한 소리! 귀 뚫린 사람으로 하여금 차마 듣지 못하게 한다.

칠십이 넘은 이 풍신 좋은 노인은 천도교의 서울대교구장이라는데 수일 전에 붙잡히어 호정출입(戶庭出入)도 병으로 인하여 인력거로나 하는 그를 추운 거리로 발을 벗겨 십리나 되는 이곳까지 끌고 와서 돌부리에 채이고 가시에 찔린 발에는 노쇠한 검푸른 피가 엉기고 두 눈은 우묵하게 들어갔었다. 이로 말미암아 그는 나흘 전부터 병이 들었다. 일주일에 한 번밖에 오지 않는 의사의 진찰은 받을 수 없어서 나흘이나 되는 오늘 저녁까지 약이라고는 입에 대이지 못하였다. 그러나 팔십 명의 동고(同苦)하는 젊은 사람들이 이 밤을 새어가며 그의 가족이라도 더 할 수 없을 만큼 지성으로 간호는 하였다. 그러고 각기 자기의 모욕(毛褥)을 꺼내어 두껍게 포개어 놓고 그 위에 노인을 될 수 있는 대로는 편안히 누이고 이제도 그 주위에 쭉 둘러앉아 성경을 읽고 있다.

환자의 머리맡에는 금년 십육 세 되는 K소년이 타올에 냉수를 축여 더운 이마를 축여주고 있다. 노인이 처음 들어와 K를 보고 극히 통분한 어조로

"에 몹쓸 놈들, 저 어린애를 잡아다 무엇 허려누"

하며 K의 등을 어루만지며

"처음 보건만 내 막내 손자 같아서 귀엽다."

하였다. K군도 조부의 생각이 나는 듯이 고개를 숙이고 듣고만 있었다. 그러한 관계로 불과 수일에 이 노인과 소년은 다른 사람들보다 더 가까워지게 되었다.

데그럭데그럭 하는 사람의 발소리가 여러 번 났다. 이 안이 고요해짐을 따라 노인의 급히 모는 숨소리와 함께 신음하는 소리는 이 방의 어두운 구석까지 크게 울린다. 여러 학생들은 거의 얼이 빠져 죽음의 두려운 운명이 각일각(刻一刻)으로 덮으려는 그의 혈기 없고 주름살 잡힌 얼굴과 별안간에 높았다 금세 얕았다 하는 여 가슴만 보고 있다. 밤은 깊어간다.

그들은 보다 못하여 노인을 향하고

"아무리 하여서래도 누구를 불러서 임시 진찰을 청원해 보아야겠습니

다."

하였다. 노인은 눈을 힘없이 떴다. 그러나 벌써 동자(瞳子)의 정기는 빼앗겼다.

"곤하게 자는 사람을 불러 그리 구차하게 진찰을 받을 필요는 없소"

한마디 한마디 간신히 하는 말은 퍼렇게 질린 입술을 새었다. K소년은 타월을 이마에서 떼어 수통에 담그며

"이러다 돌아가시면 어째요?"

죽는 것이 무엇인지도 모르고 천진의 애정으로 나오는 소년의 목소리는 애연히 떨렸다. 노인의 흐릿한 눈과 소년의 샛별 같은 눈의 시선은 마주치고 눈물 고인 두 눈은 전등 빛에 이상히 번득였다.

5분이 지나고 10분이 지나 밤은 이미 삼경이나 되어 옆방에 코고는 소리와 먼— 인가(人家)의 개 짖는 소리만 어렴풋이 들리는데 창의 한 편이, 훤— 하니, 달이 비치었나 보다.

깊어가는 밤과 함께 노인의 고통이 점점 더하매 여러 사람은 의논하고 간수를 불러 애원하였다.

"여기 급한 환자가 있으니 의사를 좀 불러 주시오."

"의사? 이 밤중에 의사가 올 듯싶으냐."

하고 소리를 지르며 가려 하는 것을 성미 급한 R군이 문 앞으로 다가앉으며

"여보 당장 사람이 죽는 데야 이럴 수가 있소? 이곳에서 사람이 죽으면 당신에게는 책임이 없는 줄 아오? 당신도 사람이거든 생각을 좀 해 보."

그는 소리를 버럭 질러

"머야? 건방진 놈들 △△△△△△△"

하고 질타하며 독사 같은 눈을 흘겨 여러 사람의 얼굴을 쏘았다. 그렇지
않아도 몹시 흥분한 그들은 노기가 머리끝까지 올라 소리를 질러

"△△△△△△△"

"△△△△△△△"

하고 부르짖어 반항하기 시작하였다. 이 소리를 노인이 귓결에 듣고

"참으시요, 이런 일은 참을 수 없는 일이 아니요"

하며 가을바람 같은 한숨을 길게 내쉬었다. 몸이 점차로 식어감이다. 불
붙듯이 끓어 나오는 분노를 억제하고 그들은 고개를 숙였다.

"아— 무도(無道)한 그놈의 말 한마디로 인하야 사람의 생명을 구하
지 못허니 너무도 원통타."

하였다.

얼마 동안이나 노인은 괴로운 호흡을 잇—다가 어렴풋이 눈을 떠 여
러 사람을 둘러보며

"여러분의 정성을 저버리고 나는 가오…."

하고는 눈물이 샘솟듯 하는 눈을 들어 이리저리 얽힌 굵은 창살을 처다
보며

"오늘이 내 몸을 얽은 쇠줄을 끊는 날이오. 겸하야 길—이 행복을 누
리러 가는 큰 영광을 얻는 날이요…."

말이 끝나며 노인의 벌벌 떨리는 손을 들어 힘 있는 대로 여러 사람의
손을 차례로 쥐었다. 불덩이 같은 여러 청춘의 열혈(熱血)이 그의 찬 손
에 주사(注射)하였으나 아무 효력은 없고 K소년의 한 방울 두 방울 떨어
뜨리는 더운 눈물만 노인의 이마에 떨어질 뿐이다. 노인은 감으려던 눈

을 다시 뜨며

"나는…. 여러분의 자손은 △△△△△△△△△△△△△△△△△△△
△△△△△△△△는 것이요."

하고 끓어오르는 담(痰)을 억지로 진정하고 눈을 옮겨 K소년을 쳐다보며

"공부 잘…."

하고 말을 맺지 못하여 눈이 감겼다. 이 말을 알아들은 K소년은 노인의
가슴에 두 손을 얹으며 피 끓는 소리로

"오오—할아버지 안녕히 가십시오!"

이 말이 노인의 귀에 들렸는지 아니 들렸는지…. 이때에 다른 사람이

"댁에 유언하실 것이 없습니까?"

하고 물었다. 그러나 노인은 머리를 조금 흔들 뿐이었다.

자유의 신은 부드러운 날개로 어루만져 노인의 주름살을 피고 화평한
기운이 가득 찬 그의 얼굴은 창을 새는 창백한 월색에 비치었다. 노인은
잠이 드는 것같이 칠십 년 동안의 고해에 빠지기 전의 낙원으로 돌아갔
다. 자유의 천국으로 우리를 남겨두고 그만 홀로 영원히 돌아가고 말았
다. 여러 청년은 마음을 모아 상제께 기도하고 소리를 합해

날빛보다 더 밝은 천당 믿는 것으로 멀리 뵈네
있을 곳 예비하신 구주 우리들을 기다리시네
며칠 후 며칠 후 요단강 건너가 만나리
며칠 후 며칠 후 요단강 건너가 만나리

찬미가(讚美歌)를 가늘게 불렀다. 울음 섞여 떨려 나오는 이 하늘나라

의 노래의 가는 음파는 노인의 영을 싸고 받들어 창을 벗어나 원시의 침묵에 잠긴 달 밝은 중천으로 멀리멀리 끝없이 떠올라간다.

그 이튿날 아침 때 영(靈) 떠난 그의 시체는 문을 뚜드리며 통곡하는 가족에게 인도되었는데 그의 성명을 기록한 조그만 목패(木牌)만 그 방문 위에 여전히 걸려 있었다.

😊 1920, 3, 15 심야.

😊 ≪신청년≫, 1920.08. pp.4~6. [필자명은 '심ㄷ·ㅣ섭']

오월비상(五月飛霜)

① ◇

홀아비 밤중에 이불을 걷어차는 봄날이 왔다. 어느덧 그 봄도 저물어 섬뜰에 옥잠화 송이가 푸른 잎 위에 느슨히 꽂힐 때 어느 날 아침 뜻밖에 여자의 편지 한 장이 태식이가 턱을 고이고 앉은 책상머리에 떨어졌다.

나는 당신 보구 싶어 왔어요 고생 많이 했어요 ×놈이 못 가게 해서 편지 몰래 합니다. 죽어도 당신 만나보기 원하는데 어디서 어느 시간에 만나자구 약속하셔요. 편지는 이 번지로 ─보면 당신 잘 아는 R

연필로 급하게 갈긴 글씨가 소홀해 보이기도 하고 사연이 서양말의 서투른 직역도 같아서 간신히 뜯어는 보았으나 끝에 쓴 R자가 피[血]로 쓴 글씨임에는 놀라지 않을 수 없었다.

어느 기생이 돈 있는 놈과 정분이 나서 혈서로 연애편지를 했는데 나중에 알고 보니 여자의 죽은 피로 그랬더라는 것과 얼굴이 콩명석같이 얽은 어느 병원 간호부가 의학생에게 쪽사랑을 바치다 못해서 단지를 하고 끊어낸 손가락을 봉투에 넣어 보냈는데 그 이튿날 해부실에 교수대로부터 실험 재료로 떠메어 온 본부를 독살한 여죄수의 무명지를 누가 잘라갔다고 야단이 났더라는 이야기를 들은 법하여 커다랗게 쓴 R자와 그 곁에 뚝뚝 떨어진 핏방울을 뚫어지도록 들여다보았으나 피가 채 마르지도 않아서 끈적끈적하고 혈구가 아직도 살아서 글자 획을 돌린 대로 돌고 있는 듯한데 피비린내까지 맡는 것같이 소름이 오싹 끼쳤다.

'도대체 누구일까 R이라니 임(林)가인가? 이(李)가인가? 피를 뽑아가며 나를 만나보려고 할 여자가 도모지 없는데…. 어느 친구의 장난일까? 장난으로는 너무 지나치는 걸…'

◇

그날 저녁에 태식이는 취운정(翠雲亭) 꼭대기 정자나무 밑에 가서 쭈그리고 앉았었다.

당신이 누구인지는 알 길이 없으나 한 지어미가 원한을 머금으면 오월에 눈이 날린다 하니 어쨌든 오늘 밤 아홉 시에 취운정으로 오시요 잠시 만나드리오리다.

라는 속달 우편을 부친 다음 저녁밥은 사발 뚜껑만 열어보고 칼라를 갈아매고 나서 야릇한 흥분과 호기심으로 지남철에나 끌리는 것처럼 초조히 발길을 떼어 놓았던 것이었다.

전등불이 별 깔리는 듯한 장안에서 전차가 커브를 도는 소리만 모기소리만큼 들리는데 어두컴컴한 송림 속에서 올빼미처럼 웅숭거리고 앉아서 10분—30분—한 시간—흰물생선 같은 모던걸의 종아리도 삼승버선을 포근히 신은 운혜 코도 나타나 보이지 않았다. 나무 위에서 선잠 깬 까치가 날개를 쳐도 머리끝이 쭈, 뺏 발밑에서 잎사귀만 바스락거려도 가슴이 덜커덩 도깨비한테 홀린 것같이 겁이 더럭 나건만 아니 올 리는 만무한 그 여자를— 얼굴도 모르는 연인을 기다리노라니 그건 진정으로 참기 힘든 노릇이었다.

◇

온다! 온다! 포플러 그늘을 색이며 올라온다. 흰 저고리에 검정치마다. 그런데 밤에 왜 검은 양산을 받고 올꼬…. 지척을 분변할 수 없는 언덕길을 단숨에 뛰어내려가서 그 여자 앞을 막아서며

"아이구 인제야 오십니까?"

하고 껴안을 듯이 달려들려고 하다가

"애고머니나!"

하고 돌아서는 사람을 자세히 보니 샘터로 물을 길러 올라온 물동이를 인 동리 여편네였다.

나중에는 화가 더럭 나서 숲속으로 천방지축 헤매다가 나무 삭장구에 양복만 찢어버리고 밤이 이슥한 뒤에나 집에 돌아왔다. 속은 것이 분해서 그 놈의 거짓말 편지를 박박 찢어버리려고 하다가 에—라 친구에게 염복(艶福) 많다는 자랑거리나 삼자하고 우스운 허영심으로 헌 가방 속에다가 그 편지를 던져두었었다.

😊 1회, 1929.03.20.

2 ◇

다섯 해란 세월이 하루도 마음 편한 날이 없는 태식이의 머리 위로 곤두박질을 쳤다. 겨울밤 어느 친구의 원고료 받은 것을 추켜들어 가지고 선술집에서 태식이는 오늘밤에도 술이 얼근히 취하였다.

"요—오래간만이요"

하고 어깨를 탁 치는 사람이 있어 돌아다보니 상해(上海)서 돌아오면서부

터 줄기차게 태식이의 행동을 감시하던 형사인데 지금은 전당포를 내고 있는 자였다. 개개풀린 눈자위가 어지간히 취한 모양인데 피차에 귀등대 둥 지껄이던 끝에

"참 당신이 이때까지 홀아비로 지낸다니 말이지 미인 하나를 놓쳤습니다."

"꿈속에 왔단 말이요?"

"아닌 게 아니라 당신은 꿈속 같으리다. 에— 또 벌써 대여섯 해나 되었으니까…."

"단단히 얼근한 모양이로군. 횡설수설하는 것이…."

그자는 술이 취했다는 말에 비위가 틀려서

"아 해삼위(海蔘威)에서 찾어온 유—다가 거짓말이란 말이요?"

"무어? 유—다?"

하고 태식이의 시선은 그자의 혀끝을 옭아 당겼다.

"그때가 어느때라구 우리가 가만히 두었겠소?"

"그래서 어떡했단 말이요?"

태식이는 그자의 멱살을 추켜잡을 듯이 달려들었다.

"어쩌긴 어째 당신 집을 찾어서 헤매는 것을 붙잡아다가 취조를 해보고 쫓아 보냈지. 그 계집애가 와 있는 집에 당신이 속달편지 한 것까지 압수를 했었는데 내가 거짓말이야. 바로 그날 저녁에 압송을 했는데…."

오래 잠들고 있던 추억의 한 토막이 태식이의 머리를 번갯불같이 후려 갈겼다. 억지로 마음을 눅여가지고

"그럼 그 뒤의 소식도 알겠구려."

하고 잼처 묻는 그 목소리는 떨렸다.

"더는 말할 수 없소 제집에 가서 죽었답디다."

하고 한마디 내어던지고는 외투 깃을 세우고 그자는 달아나다시피 선술집을 나갔다. 실성이나 한 사람처럼 그자의 뒤를 쫓아나가는 태식이를 속 모르는 친구들이 붙들어 들였다. 유리창 밖에는 칼끝 같은 바람이 전선줄을 긁어내는 소리만 들리는데 술청 모퉁이에 털썩 주저앉아서 태식이는 들고 있는 소독저를 이빨로 깨물어 뜯었다.

◇

집시의 무리와도 같이 바다 밖으로 표랑해 다니는 사람들 가운데에는 노령(露領)에서 자라난 유—다라고 부르는 열일곱 살 먹은 처녀가 있었다. 태식이가 상해서 학교에 다닐 때 토요일 밤마다 아라사 사람의 구락부의 무도회에서 유—다를 처음 보았다. 동화(童話)의 나라에서 꾸어다 박은 듯한 크고 검은 눈동자 두 갈래로 땋아 늘인 구름머리 서양 여자와 같이 균제(均齊)된 체격— 그 소녀는 언제든지 백합꽃같이 청초한 하얀 양복을 입고 있었다.

한 번 사귄 뒤에 유—다는 무도회마다 태식이가 가면 다른 사람을 젖혀놓고 그의 가슴에 안겨서 상대가 되어 춤을 추었고 그가 일어나면 소녀도 따라 일어섰다. 창자를 훑어내는 듯한 구슬픈 아라사의 왈츠[圓舞曲]가 울려 나올 때마다 태식의 가슴에 안겨 매암을 도는 소녀의 눈에는 눈물이 돌았다. 노루꼬리 만 한 조선말과 러시아말 반벙어리 교제였으나 그 처녀의 모든 동작이 그 나이로서는 몹시도 애상적이요 혈색이 좋지 못한 것이 몹시도 가여웠다.

◇

서로 친해진 지 두 달 만에야 소녀는 태식이를 자기 집으로 인도하였다. 그것은 주소를 아무에게나 알려줄 수 없는 비밀이 있던 까닭이다. 음침한 청인의 집 2층, 거기에는 ××을 몰래 만들다가 실수를 해서 다리 하나를 못 쓰게 되어 누워서만 지내는 오라버니가 있었는데 단 두 남매는 하루 한 끼나마 시꺼먼 빵 조각을 뜯고 냉수를 마시어 연명을 하였다. 입술을 굳게 다물고 멀겋게 뜬 눈으로 천정만 바라보고 누워 있는 그 오라버니를 아주 굶겨 죽이지 않을 사람은 나 어린 유—다밖에 없었던 것이다.

◇

"꼬—스까"

"꼬—스까"

"고양이"

"고양이"

벙어리 연극하듯 태식이와 유—다는 속옷까지 전당을 잡혀다가 요기를 하고 나서는 조선말과 러시아말을 바꾸어 배우기 시작하였다. 총명한 소녀는 한 달 만에 국문을 깨치고 아쉬운 말은 쓰게까지 되었다.

"나 조선사람 내지(內地)가— 아라사…."

하고는 "싫다"는 말을 잊어버리고 질이질을 치기도 한두 번이 아니었다.

"꼭 올 테요? 꼭꼭?"

"다—다—꼭꼭."

하고 둘이 손을 들어 맹세를 하고 나서는 "꼭꼭" 소리가 우스워서 태식이의 무릎을 이마로 콕콕 쪼을 때도 있었다.

◇

□□□□□날 ××들을 몰래 실어가는 기선 한 척이 밤중에 물결만 미

친 듯이 날뛰는 황포탄(黃浦灘) 바다 밖에 닿았다. 청인의 종선은 유—다의 남매를 싣고 해안을 떠났다. 극히 비밀한 길이라 태식이는 알 길이 없었고 그 이튿날 유—다가 누웠던 침대 머리맡에 손톱 끝으로 벽을 긁어서 몇 번이나 '경성 ××동 ××번지'라고 써 본 서투른 글씨를 발견하였을 뿐이었었다.

◇

그 이튿날 새벽 연초 공장의 첫 뚜—가 불 때까지 태식이는 헌 가방 속에 그저 넣어 둔 채로 있는 유—다의 편지를 앞에 놓고 책상머리에 앉은 대로 밤을 밝혔다. 몹시도 분한 생각에 떨리는 손으로 단도나 뽑듯이 만년필 뚜껑을 뽑았다. 검푸른 잉크가 정맥혈(靜脈血)같이 종이 위에 쏟아진다. 태식이는 잉크 방울을 손가락으로 찍어 피로써 피를 씻는 듯이

"이 계집애를 어느 놈이 죽였느냐!"

하고 유—다가 피로 쓴 R자 위에다가 굵다랗게 눌러썼다.

⊙ 2회, 1929.03.21.

⊙ ≪조선일보≫, 1929.03.20.~03.21. [이 소설은 ≪조선일보≫ 학예부에서 1929년 3월 1일부터 30일까지 15명의 작가에게 청탁하여 기획한 '장편(掌篇)소설' 가운데 심훈이 쓴 작품임.]

황공(黃公)의 최후

하루아침에 직업을 잃고 서울의 거리를 헤매다니던 나는 넌덜머리가
나던 도회지의 곁방살이를 단념하고 시절로 내려왔다. 시골로 왔대야 내
앞으로 밭 한 뙈기나마 있는 것도 아니요 겨우 논마지기나 하는 삼촌의
집에 다시 밥벌이를 잡을 때까지 임시로 덧붙이기 노릇을 할 수밖에 다
른 도리가 없었던 것이다. 나이 어린 아내와 두 살 먹은 아들놈 하나밖에
는 딸린 사람이 없어서 식구는 단출하기만 한 푼의 수입도 없는 터에 뼈
가 휘도록 농사를 지으시는 작은 아버지의 밥을 손끝 맺고 앉아서 받아
먹자니 비록 보리곱삶이나마 목구멍에 넘어가지를 않을 때가 많았다.

아무리 호미자루 한 번 쥐어보지 못한 책상물림이기로 번들번들 놀고
만 있기는 너무나 염치가 없어서 괭이를 들고 밭으로 내려가서 덥적거리
면 삼촌은

"누가 너더러 일을 해달 라니? 어서 들어가 글이나 읽어라."
하시면서 사랑방으로 들여쫓듯 하신다. 어떤 때는 책상 속에서 좀이 먹
은『논어(論語)』와『시전(詩傳)』같은 길길을 꺼내 놓고 꿇어앉아서 읽으
라고 하시는 것이었다.

참으로 견딜 수 없이 무료하고 단조로운 그날그날을 몸을 비비 틀면서
보내노라니 서울의 친구들과 네온의 거리가 몹시 그리워졌다. 눈을 뜨면
허구한 날 들여다보는 아내의 얼굴도 나날이 늘어가는 어린 것의 재롱도

다 싫어졌다. 감방 속같이 침침한 뜰아랫방 속에서 사흘씩이나 걸러서 오는 신문이나 광고까지 뒤져보고 흐미지근한 호흡을 계속하며 누워 있는 나 자신에게도 그만 염증이 나서 저영 답답할 때는 자살이나 해버렸으면—하는 공상까지 하게끔 되었다.

그럴 적에는 동저고리 바람으로 뛰어나갔다. 신작로가의 주막으로 가서 막걸리를 두어 사발이나 약 먹듯이 들이키고는 논틀밭틀로 쏘댕기며 휘파람을 불어 우울한 심회를 억지로 풀었다.

"인전 몇 원 남지도 않은 퇴직금을 야금야금 막걸리로 녹여버리면 어떡할 작정이서요?"

하고 아내에게 바가지를 긁히면서도 주막에나마 가지 않으면 말벗 하나 없는 곳이라 갑갑해서 미쳐날 것 같은 데야 어찌하랴.

◇

철 아닌 궂은비가 온종일 질금거리는 어느 날 황혼 때였다. 그날도 나는 침울한 방 속에서 뛰어나와 급한 볼 일이나 있는 것처럼 우산도 안 받고 주막거리로 건너갔다. 아궁이 앞에서 술을 데우는 노파의 부지깽이를 빼앗아 가지고 검불을 긁어 넣으면서 비에 젖은 바지를 말리는데 무엇이 곁에 와서 바스락거리더니 살금살금 발등을 간지른다. 고개를 홱 돌리니 그것은 토시짝 만한 노놈 강아지였다. 한 놈, 두 놈, 세 놈이 앙금앙금 기어 나와서 머리를 마주 모으고 아궁이 앞에 가 쪼그리고 앉더니 나부죽이 엎드려 불을 쪼이는 꼴이 여간 귀엽지가 않다. 나는 그 중에 한 놈을 끌어안으며

"우이 요것들 보게. 언제 이렇게 새끼를 낳수?"

하고 주인마누라에게 묻는데 나무가리 속에서 별안간 어미개가 으르렁

거리며 달려들 형세를 보여서 얼떨김에 새끼를 놓아주었다.

"조거 나 하나만 놓아 주."

하고 주인마누라에게 두세 번 단단히 부탁을 한 뒤에도 나는 날마다 강아지가 보고 싶어서 저녁때면 주막을 찾아갔다. 어미개 몰래 한 놈씩 안아주고 함치르르한 털을 어루만져주고 앉았노라면 은연중에 적으나마 무슨 위안을 받는 듯싶었던 것이다. 그러다가 젖이 떨어지기가 무섭게

"인젠 요놈은 내가 가져갈 테요"

하고 여섯 마리 중에서 제일 탐스러운 수컷을 껴안으니까 주인마누라는

"안 돼유. 그건 우리가 멕일테유. 저 무녀리나 가져가슈."

하고 내놓지를 않는 것을 술상을 들고 방으로 들어간 틈을 타서 바둥거리는 놈을 번쩍 들어 얼른 두루마기 속에다 숨겨가지고 힁녀케 집으로 돌아왔다.

◇

될성부른 나무는 떡잎부터 알아본다더니 '누렁이'는 강아지 시대부터 그 생김생김이 출중하였다. 순전한 조선의 토종(土種)이면서도 셰퍼드니 셋터니 하는 서양개만치나 두 눈에 총기가 들어 보이고 목덜미를 쥐면 가죽이 한 줌이나 늘어나서 얼마든지 자라날 여유를 보였다. 게다가 털은 금벼 이삭같이 싯누런 수놈이라 개를 싫어하는 아내까지도

"이렇게 탐스럽게 생긴 강아진 첨 봤네."

하고 머리를 쓰다듬어 주었다. 내가 자는 방 윗목에다가 희연 궤짝을 들여놓고 작은어머니 몰래 목화송이를 훔쳐다가 그 속에 깔아주고는 밤마다 토닥토닥 두드려 재워주었다. '누렁이'는 자다 말고 앙금앙금 이불 속으로 기어들어서 아내는 막중중하고 징글맞다고 자막대기로 때리려는

것을

"가만두, 가만둬. 우리 애기 친군데…."

하고 말리면서 정말 둘째자식이나 되는 것처럼 폭 끌어안고 잤다. 그러면 '누렁이'는 어미의 품인 줄 아는지 조이삭 만한 꼬랑지를 살래살래 흔들다가 어떤 때는 토끼처럼 콜콜하고 코를 다 골며 잤다. 새벽녘이 되어 머리맡에서 바스락거리는 소리에 눈을 떠보면 '누렁이'는 미닫이틀에 가매달리듯 하고 앞발로 창호지를 박박 긁으면서 끙끙댄다. 나는 처음에는 그 뜻을 몰랐다. 그래서 문을 열어주었더니 간신히 문지방을 기어 넘어 밭으로 내려가서 똥을 누고는 흙을 후벼 파서 그 자리를 덮고야 들어오는 것이었다. 그러면 나는 '누렁이'의 발을 닦아주고 다시 이불 속에서 언 몸을 녹여주었다.

내가 늦잠이 들면 가슴과 겨드랑이와 얼굴을 싹싹 핥아서 간지럼을 참다못해 사정없이 목덜미를 쥐어 집어던지건만 집어던지면 다시 기어들고 기어들어선 또 손등이나 발바닥을 싹싹 핥는다. 귀찮기는 하면서도 어린애가 재롱을 부리듯 하는 꼴이 하도 귀여워서 (어린놈도 정말 제 동생처럼 강아지를 귀여워하고 서로 붙안고 놀았다) 나는 강아지를 끌어안고 입을 맞추었다. 그리고는 동요를 불러주듯이

평생소원 누룽지
고대광실 아궁지
자손만당 나누지
와석종신 올감지

하면서 놀려주는 것이 일과 중에의 하나가 되었다. 그러는 동안에 나는

늦잠을 자는 버릇이 떨어졌고 개는 하등의 동물이라는 관념이 없어졌다. 성미가 깔깔한 아내까지도 '누렁이'를 어린 식구의 한 사람으로 여기고 자기의 밥을 먼저 떠주는 때까지 있게 되었다.

◇

'누렁이'는 크는 것이 눈에 보이는 듯이 무럭무럭 자랐다. 두어 달쯤 되니까 허리가 늘씬해지고 키가 자가웃이나 되었다. 작은어머니에게서는

"저 애는 개하구 헝겊붙이나 되는 거야."

하는 꾸중까지 들어가면서 내 밥의 대궁을 일부러 남겨주고 손수 솥바닥의 콩누룽지를 박박 긁어다가는 어린애는 아니 주고 '누렁이'를 주곤 하였다. 그렇지 않아도 한창 자랄 고비라 '누렁이'는 먹는 대로 우쩍우쩍 자라니까 한 방에 데리고 자기가 징그러워서 마루 밑에 공석떼기를 깔아 살림을 내고 귀용을 파서 밥그릇 장만까지 해주었다.

내가 밤에 뒷간에 가면 반드시 따라와 턱을 고이고 앉아서 주인을 지키고 어느 때에는 주막에서 술이 취해서 비틀거리고 오다가 눈 위에 가 쓰러진 것을 보고는 집으로 달려가서 아내의 치맛자락을 물고 끌고 온 덕택으로 까딱하면 얼어 죽을 것을 살아났다. 그래서 그 뒤로 '누렁이'는 나의 사랑을 곱절이나 더 받게 되었던 것이다. 사실 여우나 늑대 같은 짐 승의 출몰이 심한 산중에는 '누렁이'만 앞을 세우면 무장한 보호병정을 데리고 다니는 것만치나 든든하였다. 동시에 '누렁이'는 장난이 늘었다. 취각[嗅覺]이 어찌나 예민한지 내가 이웃집으로 마실을 가면 댓돌 위에 십여 켤레나 벗어놓은 고무신 가운데서 내 신을 맡아서 알고는 살그머니 물어다가 저의 집 신돌에다가 놓고는 시침을 떼기가 일쑤였다.

그럭저럭 '누렁이'가 내 손에 길리운 지 거의 일 년이나 되었다. 원체

숙성한 놈이라 벌써 암캐의 꽁무니를 따라다니고 봄철이 되니까 암내를 내고 이웃집으로 오입을 하러가서는 이틀 사흘씩 들어와 자지를 않았다.

과년한 총각 모양으로 목이 패었는데 베이스로 컹컹컹 짖는 목소리는 아주 남성적으로 우렁찼다. 동네의 개들에게는 왕노릇을 하거니와 한 번 목청껏 짖고 내달으면 동냥아치나 중들은 문간에 얼씬도 못한다. 밤중에 안마루 속에서 짖으면 사랑채의 벽이 울리고 장지가 떨렸다. 도둑을 지키는 천직에 충실한 것은 물론 집안 식구의 밤출입까지 감시를 하는 것이었다.

◇

그러다가 나는 두어 달 동안이나 서울로 올라가서 취직 운동을 하다가 실패를 하고 두 어깨가 축 처져가지고 내려왔다. 가족을 대할 면목조차 없어서 기신없는 걸음걸이로 동네 밖에 장승이 선 고개를 넘어오는데 다복솔 밑에 누—런 것이 쭈그리고 앉았다가 어느 틈에 나를 보았는지 말처럼 네 굽을 몰며 달려왔다.

"오오 누렁이 잘 있었니?"
하고 머리를 쓰다듬어주려니까 '누렁이'는 반가워서 견딜 수가 없는 듯이 길길이 뛰어오른다.

"으응 으응" 하고

어린애가 응석을 하는 듯한 이상한 소리까지 하면서 사뭇 몸부림을 하는 꼴을 볼 때 나는

"허— 누가 나를 이다지 반겨주겠니?"
하고 한숨을 길게 내쉬었다. 귓바퀴에서 바람이 일도록 꼬리를 흔드는 '누렁이'의 목을 껴안아주려니 부지중에 콧마루가 저려지는 것을 깨달았다.

그동안에 '누렁이'는 엄청나게 컸다. 뒤에 따라오던 동행은

"어—이 그 가이! 개호주만 허이!"

하고 혀를 빼문다. 처음 보는 사람의 눈에는 더 한 층 커 보였던 것이다.

집에 와서 들으니 '누렁이'는 내가 없는 동안 날마다 아침저녁으로 장 승박이 언덕으로 올라가 북쪽 하늘을 우러러 한바탕씩 짖고, 내가 타고 가던 승합자동차가 지나가서 내리는 사람이 없는 것을 확실히 안 뒤에야 집으로 돌아오기를 하루도 빼어놓지 않았다 한다. 개가 사람 한몫도 더 먹는다고 걱정을 하시던 작은아버지까지도

"저건 영물이야. 함부로 다루지 못할 짐승이다."

하시고 이를테면 경이원지(敬而遠之)를 하시게까지 되었다.

'누렁이'는 자랄수록 얼굴바탕이 넓어지고 두상이 둥글고 이는 써렛발 같은데 성미만 나면 싯누런 앞 털이 갈기처럼 뻐쭈—하게 일어서는 것과 동체(胴體)가 한 아름이나 되는 대신에 아랫도리가 훌하게 빠진 것이 여불없는 사자(獅子)였다.

양지쪽에서 낮잠을 자다가 기지개를 켜며 뒹구는 것을 보면 천연 동물원에서 본 사자와 같았다. 그래서는 그때부터 '누렁아'하고 부르던 아명을 버리고 '사지'라는 별명을 지어 불렀고 어느 때에는 친한 친구를 부르듯이

"여 황공(黃公)!"

하고 관명까지 지어서 불러주었다. 아닌 게 아니라 '황공'이라는 점잖은 이름이 '누렁이'에게는 잘 맞는 것 같았다.

◇

그러다 황공은 나쁜 버릇이 생겼다. 워낙 걸대가 커서 여간 눌은밥 찌

꺼기쯤으로 양이 차지를 않은지 쌀광 앞에 쭈그리고 앉았다가 참새도 날치를 하고 수챗구멍을 지키고 있다가는 쥐도 움켜먹었다. 무엇이든지 벼락불똥같이 달려들어서 한 번만 덥석 하면 그만이다. 그 동작은 꿩을 잡는 매[鷹]만치나 빨랐다. 만일 돈 있는 사람의 사냥개 노릇을 하거나 외국에 태어나서 몇 만 원짜리 정탐개가 되었더면 우유와 고기만 먹고 털 위에 털옷을 입고서 사람 이상의 호강을 할 것이다.

"너두 팔자가 사나워서 조선에도 시골구석에 태어나 눌은밥 한 구융도 배불리 못 얻어먹는구나."

하면서 나는 황공을 몹시 가엾이 여겼다. 그래서 막걸리나 마시고 들어오는 날은 아내 몰래 내 밥을 통으로 쏟아주는 때도 있었다.

그러나 육식에 입맛이 붙은 황공은 고기가 먹고 싶어 죽을 지경이든가 하루는 내가 들로 산보를 다니는데 줄곧 따라다니다가 돌아오는 길에 범용이네 집 마당에서 닭이 서너 마리나 모이를 쪼아 먹는 것을 보고 꼬리를 사추리에다 끼고는 넓죽 엎드리더니 별안간 껑충 뛰어올라 닭을 물려고 든다. 닭은 깩깩깩 하고 비명을 지르면서 사방으로 풍기고 암탉은 죽을힘을 다해서 지붕으로 날아 올라갔다.

'닭 쫓던 개 지붕만 쳐다본다'는데 설마 물기야 하랴 하고 장난으로만 여기고는 멀찌감치 떨어져서 구경만 하고 섰으려니까 '사지'는 전신의 용기를 다해서 검정 수탉을 쫓아가더니 그만 덥석 물었다. 몸이 둔한 커다란 수탉은 땅 위에서 서너 자[尺]쯤밖에 솟지를 못하고 푸드덕거리며 날으다가 기어이 날개까지를 물리고 말았다.

암탉들은 뜻밖의 환난을 당하고 지붕 위에서 꼬꼬댁거리는데 '사지'에게 물린 수탉은 차마 들을 수 없는 외마디 소리를 지르며 물려 간다. 범

룡이네 집에서는 닭장에 든 족제비나 튀기듯이

"유—개! 유—개!"

하고 '사지'를 쫓아간다. '사지'는 눈 끔쩍하는 사이에 산으로 치달았다. 아마 포수에게 놀란 노루도 그만치 빨리 뛰지는 못할 것이다.

나는 개의 주인이 되는 책임상 단장을 휘두르며 헐레벌떡거리고 '사지'의 뒤를 쫓아 올라갔다. 처음에는 닭의 털이 버들개지처럼 날으는 것만 보이더니 거의 한 간통씩이나 뛰어간 '사지'는 홀연히 그림자를 감추었다. 나는 하는 수 없이 개의 발자국과 털이 떨어진 것만 대중하고 숲속으로 산모퉁이로 천방지축 따라갔다. 나뭇등걸과 돌부리에 발끝을 채우면서 거의 삼 마장이나 숨이 턱에 닿아서 추격을 하였는데 바다로 향한 모래 언덕까지 와서는 발자국조차 끊어졌다. 황혼 때라 어둑어둑해지는 그 근처를 헤매이며 더듬어 보았으나 개도 닭도 간 데 온 데가 없는 거야 어찌하랴. 나는 망단해서 소매로 이마의 땀을 씻고 섰는데 등 뒤에서

"아 이게 예유?"

하고 나중에 내 뒤를 따라온 범룡이가 외쳤다. 가뜩이나 휘젓한 생각이 들던 판이라 깜짝 놀라 돌아다보니 아닌 게 아니라 바위 밑에 가서 닭의 꼬리가 빼쭉—하게 꽂혀 있다.

'벌써 잡아먹었나?'

하고 어쩐지 손을 대기가 싫은 것을 혹시나 하고 꼬랑지를 끌어당기니까 묵직한 닭의 시체가 달려 올라온다. 닭은 그 날카로운 이빨에 정통으로 멱줄띠를 물려 철철 흘린 피가 털 위에 엉기어 붙었는데 눈을 뽀얗게 뒤집어쓰고 죽은 꼴은 끔찍해서 바로 볼 수가 없다.

"저눔의 개가 여우 혼신이 씌웠나. 어쩌믄 이렇게 감쪽같이 파묻었담."

하고 범룡이는 울상이 되었다. 여우는 닭이고 무엇이고 물어다가 이렇게 파묻었다가는 며칠 뒤에 썩혀가지고 먹는다고 한다.

그러자 어디선지 부시럭거리는 소리가 나기에 둘러보려니 맞은편 소나무 밑에 웅숭그리고 앉아서 나를 노려보는 '사지'의 파—란 광채를 발하는 눈과 마주치자 가슴이 선뜩하였다. '사지'가 정말 사자처럼 무서웠던 것이다. 나는 얼떨김에

"이—눔의 개!"

하고 소리를 버럭 지르며 돌을 던졌다. 몹시 밉살스럽기도 하고 일변 무섭기도 해서 연거푸 돌멩이를 던졌다. '사지'는 있는 힘을 다 들여서 물어온 것을 주린 김에 오붓하게 뜯어먹으려다가 그만 주인에게 빼앗겨서 불평이 가득찬 눈으로 나를 흘깃흘깃 돌아다보다가 어디론지 자취를 감추었다. 아마 다른 사람이 닭을 빼앗았더면 한사코 달려들어 물어박질렀을 것이다.

◇

닭값은 물어주기로 하고 죽은 닭을 들고 내려와 보니 '사지'는 먼저 집에 와 있었다. 죽을죄나 지은 듯이 슬금슬금 내 눈치만 보고 꼬리를 사리며 피해 다니는 것을 버르장이를 알켜 줄 양으로 붙들어다가 중문간에다가 몰아넣고는

"이눔 또 그 따위 짓을 헐 테냐."

하고 사설을 해가며 빗자루로 두들겨주었다.

황공은 너무 귀여만 해주던 주인의 과도한 폭력행동에 놀라서 꺼겅껑 하고 소리를 지르고 죽는 시늉을 하며 엄살을 한다. 그러면서도 감히 달

려들어 반항은 하지 못하는 것이 가엾기도 해서

"다시 그 따위 짓을 했담 봐라."

하고 매를 던졌다.

그날 저녁에 나는 닭고기 볶은 것을 맛있게 먹었다. 개의 이빨에서 무슨 독이나 퍼지지 않았나 하고 꺼림칙하기는 했지만 여러 달 동안 고기란 구경도 못해서 허수증이 났었고 나는 닭고기를 편기하는 터라 기름진 살은 물론 뼈까지 으지직으지직 깨물어서 고소한 국물까지 빨아먹었다. 먹다가 마당에서 텁석텁석하는 소리가 들리기에 내려다보니 배가 홀쭉하게 꺼진 황공이 귀융에다 머리를 틀어박고 멀겋게 탄 숭늉 찌꺼기를 핥아먹고 섰다.

나는 황공이 여간 불쌍해 보이지 않았다. 천신만고를 해서 호젓하게 뜯어먹으려고 물어다 파묻은 닭을 주인에게 송두리째 빼앗기고 고기 냄새를 맡아서 회만 동했을 터인데 주인에게 난생 처음으로 매까지 호되게 얻어맞고는 숭늉 찌꺼기로나마 주린 창자를 채울 수밖에 없는 황공의 신세가 눈물겹도록 가엾어 보였다. 황공이 말을 할 줄 안다면 동네방네로 친구를 찾아다니며 '내가 먹을 것을 강탈해가지고 몽둥이찜질까지 한 뒤에 그것을 횡령취식(橫領取食)한 주인의 횡포가 얼마나 분하고 얼마나 원망스러우냐'고 억울한 사정을 하소연하였을 것이다. 그래서 황공을 동정하고 이해관계가 깊은 근처의 개들이 일치단결을 해가지고 이빨을 갈며 으르렁거리고 달려들면 나는 어찌할 것인가? 나를 여지없이 물어박지르고 뭇 개가 다투어가며 내 살을 물어뜯으면 과연 저항할 힘이 있을까? 그들의 정당한 보복에 대해서 변명할 말이나마 있을 것인가?! 하고 생각해보니 황공을 대하기가 두렵고 부끄럽기도 하였다. 개가 고기가 먹고 싫었던 것이나 내가 육식이 하고 싶은 것은 그 본능(本能)에 있어서 조금도 다름이 없다. 저보다 약한 것을 잡아먹고 저의 식욕을 채우는 것을 사람들이 떳떳하게 여기는 것과 같이 남의 살을 뜯고 피를 빨지 못하는 사람을 도리어 못난 놈 빙충맞은 놈으로 여기는 것과 같이 개의 경우에 있어서도 '사지'의 행동이 잘못되지 않은 것이 분명치 않은가? 눈앞에 먹을 것을 보고 달려들어 문 것은 '사지'가 다른 저의 동족보다도 용감하기 때문이다. 보통개보다 잘난 까닭이다.

닭을 잡아간 '사지'에게 무슨 죄가 성립되느냐. 개 자신으로 보아서도 정당한 행위가 아니었더냐. 구태여 잘못이 있다면 '사지'에게는 날짐승이라도 날치를 할 수 있는 힘과 날램이 있었기 때문이 아닐까?

그러나 '사지'가 출중하게 잘나고 날랜 것은 결코 저 자신의 의사(意思)로 된 것은 아니니 그것도 조물주의 장난인 것이 분명하다. 그런데 나는 나보다 약한 개가 물어다 먹으려던 그 개보다도 약하였던 닭을 잡아서 먹었다. 개의 토죄를 해가며 때려주기까지 하고 바로 그 개가 친히 먹을 닭을 뼈다귀까지 아지직아지직 깨물어 먹고는 입을 닦았다. 그나마 숭늉찌끼로 주린 창자를 채우고 섰는 '사지'를 내려다보고 동정 비슷한 미안한 생각이 난 것도 그 닭을 맛있게 먹고 난 뒤이다. 그러고 보니 남을 동정한다는 것도 제 배가 부른 뒤에 식곤증 비슷이 일어나는 미지근한 심리작용(心理作用)이요 양심의 가책을 받는다는 것도 제 욕망을 채운 뒤에 생기는 얄미운 자기변호(自己辯護)에 지나지 못한다.

'사지'가 제 육체의 힘을 다해서 닭을 문 것은 억제할 수 없는 본능이 시키는 용감한 행동이다. 그러나 그 뒤를 쫓아가서 묻어놓은 것까지 파헤쳐다가 힘 아니 들이고 먹은 나의 행동은 개가 부끄러울 만치 가증하고 비겁하지 않았던가?

　나는 '사지'를 달래주듯이

　"황공!"

하고 불러서 먹다 남은 닭의 내장과 뼈다귀를 던져주었다. 그러나 황공은 본 체도 아니하고 머리를 돌리고는 대문 밖으로 나가버렸다.

　　　　　◇

　그 뒤로 황공은 그다지 귀여워해주던 주인을 곁눈으로 눈치만 보고 가까이 오지를 않았다. 내가 눈에만 뜨이면 비실비실 피해가는 것을

　"여 황공 내가 잘못했네. 미안하이."

하고 사과를 하여도 들은 체 만 체하고 외면을 하고는 동네집 옆으로 가곤 하였다.

　그러자 며칠 뒤에 황공은 집에서 기르는 닭을 물었다. 둥우리에서 알을 낳고 꼬꼬댁거리다가 내려오는 암탉을 물었다. 알을 꺼내려고 나온 아내의 눈앞에서 여봐란 듯이 물고 눈 깜짝할 사이에 뒷산으로 치달았다. 물려가는 닭의 비명은 차마 들을 수 없는데 하얀 털이 마당 가득히 눈송이처럼 휘날렸다. 집에서 기르는 닭 중에서 값이 제일 비싼 레그혼인데 아이 잘 낳는 여편네 모양으로 앙바틈하게 생겨서 오리알만큼씩이나 한 알을 하루도 거리지 않고 낳던 씨암탉이었다.

　책을 보다가 뛰어나간 나는 어안이 벙벙해서 마루 끝에 서서 바라다볼 뿐이요 개를 추격하려고는 하지 않았다. 먼저 먹은 후답답으로 두 번째 닭을 빼앗을 염체가 없었던 것이다. 머슴이 작대기를 들고 쫓아가는 것을

　"내버려 둬라. 내버려 둬."

하고는 호령하듯 해서 말렸다. 같은 동물로서 피차에 제 힘으로는 억제

할 수 없는 본능의 발작을 막을 권리가 없었던 것이다. 일테면 남의 생존권(生存權)을 방해할 아무 이유도 찾을 수 없었고 남의 노력을 중간에서 착취하는 죄를 두 번 다시 짓지 말려함이었다.

삼촌 내외분은 "저 개 없애라"고 걱정이 대단하신데 그 뒤로 날고기에 입맛이 붙은 '사지'는 점점 맹수성(猛獸性)을 띠우고 동네집 도야지 새끼를 두 마리나 잡아먹었다. 난 지 얼마 아니 되어 젖살이 포동포동 찐 것이 울밑으로 나와서 어릿어릿하는 것을 물어다가 전과 같은 수단으로 흙을 허비고 파묻었다가 꺼내먹은 눈치다. 나는 도야지 임자에게 시비를 듣고 도야지 값을 물어주는 수밖에 없었다.

그 뒤로 '사지'는 집에 잘 들어오지를 않고 물론 밥도 먹지를 않았다. 이제는 입이 높아져서 누룽지 같은 것은 입에 대기도 싫은 모양이다.

'사지'의 행동이 너무나 정도를 지나치니까 동정이 차츰차츰 아무 죄 없이 비명에 죽은 닭과 도야지에게로 갔다. 동시에 '사지'가 때려죽이고 싶도록 미워졌다. 약육강식(弱肉强食)도 그 도(度)를 넘어서 같은 가축끼리 화목하게 지내지를 못하고 가장 참혹하고 잔인한 수단으로 제 배때기를 불리는 '사지'가 극도로 미웠다. 일종의 의분(義憤)까지 느껴지는 것이었다.

삼촌 내외분은 물론이지만 동네 사람들은 나를 보고

"여보 댁 개 때문에 닭은커녕 돼지도 못 길러먹겠소 그래 그 따위 버르장이를 하는 걸 그대루 버려둔단 말요? 조만간 어린애꺼정 물어갈 게니 아―니 살인하는 것까지 당신의 눈으로 봐야만 시원허겠소?"

하고 팔을 걷으며 시비를 걸었다. 나는 속으로

'이런 말을 들어두 싸다.'

하면서도

"값을 물어줬으면 고만이지 웬 여러 말요?"

하고 버티었다. 억지의 소린 줄 모르는 바는 아니나 그렇다고 '사지'를 차마 백정에게 내줄 수는 없었다.

'저것을 그대로 뒀다간 암만해두 큰일을 저지르겠는데…'

하고 나의 어린것까지 염려는 되건만 그다지 사랑하던 '사지'가 올가미를 쓰는 거야 볼 수가 없지 않은가?

그렇지 않아도 어느 날은 동네 사람들이 장거리에서 개백정을 데리고 와서

"자— 고집 세지 말구 고만 요정을 냅시다. 물건이 그렇게 크니 다른 개 값 갑절을 드리지요"

하고 일원짜리 지전 넉 장을 내어민다. 저희끼리 수군거리는 소리를 들으니 뒷다리는 아무개가 갖다 먹고 내보는 누구누구 차지하고 잡아먹을 배비까지 차리고 온 눈치다. 어쩌면 가마 속에 물까지 끓여놓고 왔는지도 모른다.

"쓸데없는 소리말구 어서들 가우. 내 손으로 기르는 개를 돈 받고 팔아먹을 듯싶소?"

하고 나는 처음에는 순순히 말대꾸를 하다가 부득 조르는 것이 밉살스러워서

"가라면 갔지그려, 남의 집엘 떼를 지어 와서 웬 야료들야? 백 원을 내두 안 팔테니 헐 대루들 해봐!"

하고는 마루 끝에 놓은 지전을 발길로 걸어찼다. 그때 마침 '사지'가 안마루 밑에 누웠다가 집에서 떠들썩하니까 그 우렁찬 목소리로 몇 마디

컹컹 짖으며 나온다. 개백정은

"얘— 이눔 엄청나구나!"

하고는 시커멓게 그은 상판에 살기 도는 눈초리로 '사지'의 목덜미에 눈독을 들이며 가까이 온다.

그자의 허리춤에는 올가미가 한 끝이 처진 것이 보였다.

'사지'는 제 앞으로 다가오는 개백정을 흘낏 보더니 그자가 저의 동무를 옭아가는 것을 보았는지 한사코 짖으면서도 겁이 나서 냉큼 달려들지는 못한다. 급한 김에 나는

"사지야!"

하고 목소리를 높여 불렀다. '사지'는 내 목소리를 듣더니 비호같이 마루 위로 뛰어올라 내 곁으로 바싹 붙어서면서 귀가 먹고 하도록 짖어댄다. 여느 때에는 마루로 뛰어오르는 버릇이 없었고 더구나 그 동안 나하고는 아주 불상견인 사이였는데 위급한 경우를 당하니까 주인에게로 달려들어 구원을 청하는 것이다. '사지'의 위풍에 백정도 혀를 내두르며

"아—이 그눔의 개 사람 잡겠네."

하고 게두덜거리며 돌아섰다. '사지'는 그제야 마음이 놓인 듯이 짖기를 그치고 내 앞에 가 앞발을 뻗고 너부죽이 엎드리며 꼬리를 젓는다. 나는 그 눈과 동작에서 무한한 가사와 다시 살아난 기쁨을 보았다.

"황공 너 이눔 아주 혼났지? 또 그따위 짓을 해봐라. 그땐 이렇게 올감지를 쓴다."

하고 두 손으로 목을 조르며 올감지를 씌우는 흉내를 내어보았다. 그러니까 그 얼굴에는 동물의 사나운 빛이 사라지고 내가 이불 속에서 끼고 자던 어렸을 때의 유순하고 천진스럽던 표정이 나타났다. 나는 그 애원

321

하듯 모든 죄를 뉘우치는 듯한 '누렁이'의 얼굴을 한참이나 들여다보았다. 담배 한 대 거리나 머리를 쓰다듬어주었다.

◇

그 뒤로 황공은 주인에게 새로이 충성을 맹세한 듯 전보다도 더 나를 따랐다. 잠시도 곁을 떠나지 않으며 낯 서투른 사람은 근접도 못하게 굴었다. 동시에 나 역시 황공에게 대한 동정이 더 깊어가는 것을 깨달았다.

그런 일이 있은 후 한 달이 되었다. 저녁때인데 불시에 온 동리가 떠들썩하기에 나는

"사지'가 또 무슨 일을 저질렀나'

하고 안마당으로 들어가보니 '사지'는 장독대 곁에서 유산태평으로 네 활개를 뻗치고 낮잠을 자고 있었다. 조금 있자

"미친개가 들어왔다!"

"수만이네 개가 물렸다!"

"영준네 개두 물렸다!"

하고 외치는 소리가 여기저기서 들렸다. 나는 우리 '사지'가 물릴까 보아 대문을 걸고 몽둥이를 들고 앉아서 미친개가 오기만 하면 뚜드려 잡을 작정을 하고 기다렸다.

아나나 다를까 조금 뒤에 털이 시꺼멓고 거의 '사지'만큼이나 큰 놈이 동리 사람에게 쫓겨서 혀를 기다랗게 빼물고 쏜살같이 내 앞으로 달려왔다. 동네 사람들은 '사지'를 내어주지 않은 감정이 있어서 그러는지 몸들을 사리느라고 그러는지 막대기를 들고도 먼발치로 바라다보고만 서 있다.

미친개는 눈깔이 썩은 생선처럼 새빨갛게 뒤집혔는데 개소리 같지 않은 이상한 소리를 지르더니 다짜고짜 내게로 뛰어오른다. 나는

"이— 개! 이— 개!"

하고 외마디 소리를 지르며 몽둥이를 휘두르나 길길이 뛰어오르는 미친 개를 막아낼 수가 없다. 개는 미치기만 하면 평소보다 몇 곱절이나 기운이 늘고 맹수 이상으로 날래지는 것인데 주사는커녕 의료기관도 없는 이 시골구석에서 광견병에 걸리기만 하면 참 정말 큰일이다. 미친개에게 물리면 사람도 미쳐서 개소리를 하다가 죽는다는 말을 들은 나는 개와 싸우는 동안 머리끝이 쭈뼛거리고 아랫도리가 사시나무 떨리는 듯하였다.

삼촌은 마침 초상집에 가시고 머슴도 들에 나가고 없는데 안에서들은 내다보고

"아이 저를 어쩌나 저를 어쩌나?"

하고 부들부들 떨기만 할 뿐 미친개는 어느 겨를에 휙 하고 내 뒤로 돌아와서 바지자락을 물고 늘어졌다. 하마터면 종아리를 물릴 뻔 했는데 겹결에 댓돌을 헛때려서 몽둥이는 두 동강에 났다. 그러니 맨손으로는 더구나 당할 장사가 없다. 쩔쩔매는 찰나에 미친개는 시—ㄱ 하더니 이리[狼]같은 이빨로 내 발뒤꿈치를 물었다.

"애고머니! 저를 어쩌나?"

하는 아내의 외치는 소리가 들리자 나는

"사지야!"

하고 소리를 버럭 질렀다. 저엉 형세가 급하니까 구원병을 청하지 않을 수 없었던 것이다.

사지는 밖에서 내가 개와 싸우는 줄 알았는지 골통이 깨어져라고 아까 걸어놓은 대문짝을 막 들이받았다. 그래도 열리지를 않으니까 한 길이나

되는 수수깡이 울타리를 홀 뛰넘어서 안마당으로 내닫자

"으르렁!"

소리를 한 번 지르며 목덜미 털이 고슴도치처럼 일어서더니 주춤하고 물러서는 체 하다가 시—ㄱ 하고 미친개에게로 돌격을 하였다. 대번에 미친개의 넓적다리를 물어박지르는 바람에 나는 구원을 받았다. 요행 고무신 위로 물렸기 때문에 상처는 나지 않았다.

'사지'와 미친개는 맹렬한 단병접전이 시작되었다. 식식거리며 으르렁거리며 엎치락뒤치락 단판씨름을 한다. 그제야 동네 사람들은 막대기와 쇠스랑 같은 것을 들고 모여들었다. 나도 '사지'를 응원하려고 막대기를 들고 덤볐으나 서로 한 몸뚱이가 되어 뒹구는 것을 얼러칠 수도 없어서 손에 땀만 쥐며 형세를 관망할 수밖에 없었다.

'사지'는 참으로 용감하였다. 그러나 귀와 앞다리에는 시뻘건 피가 줄줄이 흐른다. 나는 차마 그대로 볼 수가 없어서

"어느 개가 죽든지 난 모른다."

하고 쇠스랑을 뺏어들고 내 앞으로 쫓아오는 미친개의 골통을 겨냥해서 힘껏 내려 갈겼다. 미친개는

"껑!"

하더니 그 자리에 혀를 빼물고 거꾸러졌다. '사지'는 인제는 저항을 못하고 버둥거리는 미친개를 닥치는 대로 물어뜯으며 실컷 분풀이를 한다.

나는 그 독한 이빨에 물려서 얼마 아니면 미쳐 죽게 된 것을 '사지'의 결사적 응원으로 살아났다. '사지'는 내 생명을 두 번째나 구해준 은견(恩犬)인 것이다. 나는 이마의 땀을 씻던 손수건으로 '사지'의 피를—나를 위해서 대신 흘려준 검은 피를 씻어주었다. 그러나 '사지'가 미친개에게

피가 나도록 물린 것이 여간 걱정이 되지 않아서 밤이면 잠을 편히 못 잤다. 동네 사람들은

"저 개를 그냥 뒀다간 정말 큰일나우. 마저 잡어 없애야지 저 큰 게 미쳤다간 성헐 사람이 없을 걸 뻔히 알면서…."

"아—니 그래 동네 애들이 모조리 물려서 개소리를 하고 죽는 걸 봐야 시원하겠소?"

하고 이번에는 아주 위협적으로 대들었다.

"에이키. 개만두 못한 자들 같으니라구. 너희는 내가 물리는 걸 멀거니 보구만 섰다가 인제 와서 무슨 수준이냐? 물려두 내가 먼첨 물리구 죽어두 내가 먼첨 죽을 께니 걱정을 말어!"

하고 나는 어찌나 성이 나는지 막 욕설까지 해서 보냈다.

그러나 실상인즉 나 역시도 몹시 걱정이 되어서 자전거를 얻어 타고 삼십 리나 되는 장거리로 가서 미친개에게 통효가 있다는 '청가래'라는 약을 사다가 밥에 타서 '사지'에게 주었다. 냄새를 맡고 아니 먹는 것을 밥에다 타서 몇 번이나 억지로 먹이고서야 조금 안심을 하였다. 그러면서도 혹시 눈이 붉어지지나 않나? 밥을 안 먹고 시룽거리지나 않나? 하고 하루도 몇 번씩 '사지'의 건강상태를 검사하였으나 다행히 조그만 이상도 보이지는 않았다.

수만네 집 강아지와 영준네 개는 물려 그날로 평계가 좋은 김에 잡아들 먹었다는 말을 들었다.

◇

그런 지 한 달쯤 뒤에 삼촌의 심부름으로 오십 리도 넘는 군청에 볼일이 생겨서 갔다가 비에 막혀서 사흘만에야 집에 돌아왔다. 갈 때에는

325

황공이 비를 줄줄 맞으면서 한사코 따라오는 것을 주막집 부엌에다가 두고 갔었는데 멀리 고개를 넘을 때까지도 황공의 원망스러이 짖는 소리가 들렸었다.

집에까지 오니 내가 출입했다가 들어왔건만 보면 길길이 뛰어오르던 황공이 눈에 뜨이지를 않는다.

'혹시 나 없는 사이에 그자들이 어쩌지나 않았을까?'

하는 불길한 예감이 언뜻 머릿속에 떠올라서 중문간을 들어서며 여전히 친구를 부르듯이

"황공!"

하고 점잖게 불렀다. 대답이 없다! 마루 밑에 공석을 깔아놓은 저의 침소에서도 저의 식당인 부엌에서도 황공은 그림자도 찾을 수 없다. 아내에게

"'사지' 어데 갔소?"

하고 물어보아도

"어디 갔는지 누가 알아요"

하고 톡 쏘듯 한다. 며칠 만에 돌아와서 어린 것은 아는 체도 안하고 개부터 찾는 데 불평인 눈치다.

'아뿔싸 늦었구나.'

하는 후회가 쇠마치처럼 뒤통수를 갈겼다. 며칠 전에도 올가미까지 차고 와서 나 몰래 '사지'를 불러내다가 들키고 나를 노려보며 돌아서던 개백정의 날카로운 눈초리가 내 가슴을 잘 드는 칼로 비는 듯이 선뜩했다.

나는 황공과 단짝인 암캐를 기르는 순돌이네 집으로 부리나케 갔다. 가보니 그 집의 개만 부엌 앞에서 북어대가리를 뜯고 있다. 나는 순돌이

를 불러내어

"우리 개 봤나?"

하고 될 수 있는 대로 침착히 물었다. 순돌이는 어름어름하고 냉큼 말대
답을 못한다.

"아 우리 개 봤어?"

이번에는 조급히 채우쳐 물었다. 순돌이는 또다시 뒤통수만 긁더니

"제가 알어유. 주인이 안 계신 줄 알구 아마…."

"아마 어쨌단 말야?"

나는 소리를 버럭 지르며 순돌이 앞으로 달겨들었다. 순돌이는 겁이
나서 문칫문칫 물러서며

"저… 건넌말서 잡어가는 소리만 들었시유."

한다. 설마 잡아가기야 했으랴— 하던 나는 가슴이 덜컥 내려앉았다. 염
통이 별안간 쿵쿵 기계방아처럼 찧는 것을 간신히 진정시키며

"아 뉘 집에서 잡었어?"

하고 바른대로 고해바치지 않으면 멱줄이라도 누를 듯이 엄포를 하니까
순돌이는

"아마 작은말 응천네루들 뫼나 봐유."

하고 목소리를 떤다.

나는 비 뒤에 미끈미끈 미끄러지는 길을 엎드러지면 곱드러지며 응천
네 집으로 달음박질을 하였다. 걸음 꿈뜨인 나로서는 상상할 수 없을 만
치 빨랐다.

사리짝 문을 발길로 걷어차니 개의 독특한 비린내가 훅 끼쳤다.

"어떤 놈이 남의 갤 잡어 먹느냐?"

나는 호통을 하며 더운 김이 연기처럼 서리어 나오는 부엌으로 불쑥 머리를 들이밀었다. 동네의 늙수그레한 축들이 칠팔 명이나 쭈그리고 앉았다가 내 호통에 놀라서 벌떡 일어선다. 하도 서슬이 푸르니까 하나 둘 슬금슬금 꽁무니를 빼는데 부뚜막을 보니까 컴컴한 가마 속의 물이 부글부글 끓어오른다. 나의 시선이 김과 연기 속에 싸여 어둠침침하던 부엌 바닥으로 달리자 이를 어찌하랴? 백정놈이 창칼로 황공의 가죽을 벗겨가지고 그 가죽에 붙은 살을 싹―싹― 발르고 있지 않는가. 그것을 들여다본 나는 두 눈이 벌컥 뒤집혔다. 여전히 독살스러운 눈을 치뜨고 할끔 쳐다보는 개백정의 배를 갈라 간을 꺼내서 씹고 싶도록 미웠다.

　　"이눔아― 이 잡어먹을 눔아!"

하고 부르짖으며 이를 부드득 갈다가

　　"이 이눔! 너두 죽어봐라!"

하고 단장을 번쩍 들어 개백정의 어깨를 힘껏 후려갈겼다. 개백정은

　　"어이쿠!"

하고 고개를 푹 수그렸다가 칼을 들고 일어나 반항을 하려는 것을

　　"이 개만두 못헌 눔 어딜 덤벼?"

하고 물푸레단장 끝으로 그자의 앙가슴을 총창으로 찌르듯 푹 들이질렀다. 그자는 개소리처럼

　　"깽!"

하고 비명을 지르고 꼬꾸라지더니 몸뚱이를 발에 밟힌 지렁이처럼 뒤튼다. 동네 사람들은

　　"아―니 미친개를 잡었는데 왜 이러슈? 이건 너무 심하구려."

하고 대들어 말린다. 나는 동경의 검극(劍劇) 배우처럼 두 손으로 단장을

들어 그자들을 후려갈기고 떠다박지르고 하면서 미친 사람처럼 날뛰었다. 그 바람에 막걸리까지 받아다 놓고 군침을 흘리며 부뚜막 앞에 턱을 쳐들고 앉았던 아귀(餓鬼)들은 풍비박산을 했다.

그것만으로는 꼭두까지 오른 분이 풀리지 않았다. 사방을 휘휘 둘러보다가 외양간 옆에 세워 놓은 괭이를 들고 들어가서 가마솥 뚜껑을 힘껏 내려찍었다. 유착한 솥뚜껑은 쩡— 하고 두 쪽 세 쪽에 갈라졌다. 거품이 일 듯이 부글부글 끓는 물속에서 떴다 잠겼다 하며 들먹거리는 것은 허옇게 가죽을 벗겨놓은 황공의 잔등이가 아닌가! 나는 고개를 홱 돌렸다. 그다지도 사랑하던 '누렁이'의 '사지'의 '황공'의 무참한 시체를 차마 내 눈으로는 두 번 다시 볼 수가 없었다. 더구나 부엌바닥에 백정이 살점을 훑다가 달아난 그 껍질은 더군다나 내려다볼 용기가 없었다. 툭 불거진 눈알맹이는 반이나 빠져나오고 몸뚱이는 송두리째 벗기우고 살점은 갈갈이 찢겨 부엌바닥에 납작하게 깔린 '사지'의 껍질! 그 싯누런 털! 나만 보면 곁에서 바람이 일도록 내달리던 그 탐스럽던 꼬랑지. 나는 흥분이 조금 가라앉자 눈두덩이 뜨끈해졌다. 이윽고 두 줄기 눈물이 앞을 가리웠다. 더운 물에 불어서 축축하고 끈적끈적한 황공의 머리털과 등어리를 전처럼 어루만져 주려니 울음이 북받쳐 올라 어린애처럼 엉엉 울고 싶은 것을 입술을 깨물며 참았다.

"황공! 황공! 내가 잘못했다! 주막에서 너를 왜 못 따라오게 했더란 말이냐. '사지'야! 주인의 잘못을 용서해 다우."

나는 넋두리를 하듯 하며 소매로 얼굴을 가리고 흐느꼈다. 올가미를 쓰지 않으려고 나를 찾으며 최후의 반항을 하던 것을 눈앞에 상상하려니 개가 미치면 위독하다는 것보다 그 탐스러운 목덜미와 군살이 너덜너덜

329

하게 찐 뒷다리를 식욕이 동해서 황공을 몰래 잡아먹으려던 인간들, 그 인간들의 살점을 물어뜯고 싶었다.

황공이 그다지도 무참한 최후를 마친 지도 어느 틈에 두 달이 지났다. 그때처럼 궂은비가 오는 날 밤에 나는 동경서 친구가 부쳐주는 신문에 대강 이러한 기사가 실린 것을 보았다.

"사랑해주던 주인 ××× 박사가 세상을 떠난 후 진날 마른날을 가리지 않고 4년 동안이나 조석으로 정거장에 나와서 주인을 기다리며 슬픔에 젖어있던 '동경 ポチ구락부'의 명예회원인 '충견(忠犬) ハチ公'이 노환으로 세상을 버렸다"

는 것과 그 임종하던 모양이며 수많은 아이들과 어른들에게 싸여서 조상을 받는 'ハチ公'의 사진까지 커다랗게 났다. 4단으로 내려뽑은 기사는 대신이 죽었어도 그보다 더 크게 취급은 하지 못했으리라.

며칠 뒤에 온 신문에는 그 후보가 났다. 'ハチ公'의 장례 때에는 중[僧侶]이 여섯 명이나 경을 읽어서 그 충성스럽던 영혼을 위로해 주었고 주인의 무덤까지 온 동리 사람들이 회장을 나왔는데 이 슬픈 소식이 한번 퍼지자 전국에서 모인 부의금이 삼백 육십여 원에 달하였으며 어느 동물학 박사는 손수 메스를 들어 'ハチ公'을 해부한 뒤에 생시와 똑 같은 모양으로 박제(剝製)를 해서 아동박물관에 영원히 보존하기로 되었다 ─.

🔘 《신동아》, 1936.01., pp.238~250. [필자명은 '沈熏']

제5부

번안 / 번역

괴안기영(怪眼奇影)

① 제1일

내가 스물두 살 된 청년으로 ××일보사에 입사한 지 얼마 되지 않았을 때에 생긴 일이었다.

전날 밤에 명월관에서 열린 척사대회에 참례하였다가 새로 두 시까지나 뛰어놀던 끝에 술이 얼근히 취해가지고 사관으로 돌아왔다. 전신이 아픈 것처럼 피곤하고 목이 꽉 잠겨서 오정 때까지나 마음 놓고 실컷 자볼 양으로 자리 속으로 기어들었다. 그런데 아침 열 시쯤 되어서 여관의 아이놈이

"전화가 왔으니 급히 나와 받으슈."

하고 사뭇 두드려 깨우는 하는 바람에 뻑뻑한 눈을 부비고 간신히 일어나서 전화통 있는 데로 달려갔다. 그것은 참으로 뜻밖이었다. 유상혁 씨가 "중대한 일이 생겨서 긴급히 상의하고자 하니 아모 데도 나가지 말고 기다려주면 즉시 찾아오겠다"는 전화였다. 유상혁 씨는 나의 선배였다. 뿐만 아니라 조선에서 가장 유명한 편집자로 누구나 인정하는 민완가(敏腕家)였다. 그는 조선 신문계의 초창시대부터 많은 활동을 하여 왔고 당시에 몰락의 비운에 빠져있는 ××일보를 맡아가지고 크게 개혁을 시켜서 오늘날의 지위를 얻었다. 그래서 우리 언론계의 권위를 잡았고 그가 고

안해내는 계획이 실현만 되면 신문의 발행부수가 엄청나게 늘었다. 이러한 당대의 인기를 독점한 인물이 일부러 나 같은 이름도 경험도 없는 신출 기자를 찾아오다니 참으로 의외의 일이다. 호랑이가 고양이를 상대하려는 것과 다를 것이 없다. 유상혁 씨가 내 방으로 들어왔을 때에 나는 아직도 자리옷을 입고 있었다.

"자리 속으로 들어가시오."

그는 태연히 말한다. 아침에 불을 때이지 않아서 방은 몹시 추웠다. 그는 내 머리맡에 앉더니 조끼주머니에서 신문 오린 것을 꺼내었다. 그것은 길이가 한 치 남짓한 것으로 그다지 대단해 보이는 것이 아니었다. 본즉 평양의 어느 일본문 신문과 다른 지방신문에서 오려낸 것이었다.

"여보 신 군이 이걸 좀 읽어보시오."

하고 그가 내게 내어준 것은 다음과 같은 기사였다.

청년 부호 김종택 행방불명
십이월 이십오일 평양 특신

이곳의 청년부호들이 조직한 보트구락부의 회장인 김종택이가 돌연히 행방불명이 되었다. 그는 이십삼일까지 서울로 올라와서 망년회니 무슨 회니 하는 데 참례하여 질탕히 놀다가 이십사 일 아침 차로 평양으로 돌아왔다. 정거장에 내리자 집에다가 전화를 걸고 자기 어머니에게 그 길로 바로 오리 사냥을 나간다고 전갈을 시켰다. 그날 아침 그가 보트구락부 있는 곳으로 걸어가는 것을 보았다는 사람은 있으나 그 뒤에 소식은 전언히 불명하다. 수색이 시작되는 동시에 그가 타고 다니던 그의 보트까지 없어진 것이 발견되었다. 구락부 안에는 김종택이가 일상에 혼자 쓰던 기구들을 넣어두는 장속에 외출할 때에 입던 옷까지 있었으나 그가 사냥할 때에 쓰던 제구와 가격이 사백 원씩이나 나가는 엽총 두 자루까지 없어졌다. 그 뒤로 김종택이의 소식이 묘연함으로 구락부의 회원 직업적으로 총을 가지고 다니는 사냥꾼과 어부들이 별별 수단을 다하여 '대동강' 어구까지 백방으로 수색을 하였으나 '능라도' 일대를 깡그리 뒤져도 아무러한 흔적조차 발견할 수가 없었다. 그 반대편의 강 언덕까지 석해 잡듯이 뒤져도 조그만 증거품도 발견되지 않았다. 그는 어선이나 발동선과 충돌이 되어 빠져죽지나 않았나 하고 의심하는 사람도 있었으나 그렇다 할 것 같으면 배를 젓고 다니는 노(櫓)라든지 주인을 잃은 비인 배라도 물결에 밀려 떠다닐 것이 분명한데 아무것도 눈에 띄지 않는 것은 더 이상한 일이다. 지금까지의 추측으로는 김종택이가 혼자 나간 것이라는 것뿐이다.

이 통신은 그 전날 밤 ××일보사에는 오지 않았다. 이 통신을 받은 지방의 신문기자는 간단하고도 이렇게 막연한 기사를 실었을 뿐이요 이 기괴한 사건에 대해서는 아무런 흥미도 느끼지 않았던 모양이다. 그러나 이 짤막한 통신기사가 신문계의 거물인 유상혁 씨의 본능적인 통신감각과 신문기자의 제 육감을 자극시켰던 것이었다.

😀 01회, 1933.03.01.

② 제2일

그 당시에 유상혁 씨는 ××일보의 편집국장이 된 지 불과 삼 주일밖에 되지 않았을 때다. 그는 ××일보로 하여금 조선에 제일가는 일간신문을 만들고자 비상한 활동을 하였다. 그러는 한편에 아주 엄청나게 훌륭한 기사거리를 눈을 흡뜨고 찾았다. '기괴한 이야기', '살인사건', '살해를 당한 것은 부호청년' — 이러한 복잡한 '로맨스'나 흥미 있는 계획적 음모가 숨어 있어서 한 번 주먹덩이 같은 활자로 이른바 특종기사를 박아내어 일반 독자를 깜짝 놀라게 하고 대 경성 한복판을 ××일보로 덮어놓으려는 야심을 가지고 활동을 개시한 것이었다. 서울뿐만 아니라 일본에서 발행하는 큰 신문사에서도 혀를 빼어 물 만큼 신속하고도 정확하고 동작이 기민하여 더구나 흥미가 진진한 재미있는 기사를 실리려고 매우 애를 썼다.

나는 그 신문사에 들어오자마자 두세 가지 재미있는 기사를 꼬드겨내어서 편집국장의 특별한 주의를 끌었고 "장래가 매우 유망하다"는 칭찬도 들었다. 그 기사 재료인 즉 다만 재미가 있다는 것뿐이었다. 사건을 관찰하는 눈이 매우 예민하다는 인상을 그에게 주었다. 그것은 수년 후에 어느 사석에서 비로소 그가 나에게 말로 알았다.

편집국은 내게 말하기를

"나는 신 군이 평양으로 가서 비밀히 이 사건을 조사해가지고 오기를 바라오. 돌아올 때에는 이것이 살인 사건인지 재난인지 또는 자살인지 만일 자살일 것 같으면 무슨 까닭으로 김종택이가 자살까지 하였든지 그 동기 즉 무슨 사업에 실패를 하였다 그렇지 않으면 여자와의 관계로 말미암음인가 그런 점을 명확하게 알아가지고 오기를 바라오. 만일 살인 사건이라고 할 것 같으면 신 군이 큰 공로를 세워서 막대한 상급을 받을 수 있는 기회가 온 것이오 ××일보로서도 신문이 이 사건의 진상을 붙잡을 수만 있달 것 같으면 될 수 있는 대로의 후원을 할 터이오. 열한 시에 봉천 가는 급행차가 떠나니 당장 행장을 차리시오. 활동비로 우선 백 원을 가져왔소"

단도직입으로 말을 한 뒤에 편집국장은 그 자리에서 나를 사로잡고 말았다. 일이 이렇게 된 바에야 나는 다만 "네네" 하고 그의 명령을 좇을 수밖에 없었다.

그는 조금 초조한 듯이 일어서 문 밖으로 발 하나를 내어 디디다 말고 그 빙긋이 웃는 웃음은 사원의 누구나 끌어내리는 이상한 매력을 가지고 있었다. 그 독특한 웃음 속에는 '신출 병정, 정신을 똑똑히 차려라!' 하는 말없는 말이 포함되었다고 생각하였다.

그날 밤 나는 평양으로 내려가 어느 조그마한 여관의 깊숙한 방 속에 들어앉아서 제일일의 조사한 결과를 수첩에 기록하였다. 그러나 그날 온 서울 본사에는 아무 통신도 하지 않았다.

그곳에 지국 기자가 제멋대로 귀둥대둥 본사로 전보를 친 모양이나 그것은 내가 참견할 바가 아니었다. 지국에서는 내가 비밀한 사명을 띠고 평양까지 온 줄을 알지도 못했었다. 그러나 나는 벌써 경찰서장 지방법원 검사 김종택이가 주간하던 구락부의 부원 여섯 사람과 사냥꾼과 고기잡이 다니는 어부 열두 명과 김종택의 어머니와 내년에 김종택이와 결혼을 약속한 평양 사교계의 화형미인으로 유명한 여자까지 면회하고 행위불명이 된 사람에게 관한 사실을 번갯불같이 신속하게 그 대강을 조사하였다.

나 역시 이번 기회를 놓치지 않고 희생적으로 활동을 해서 동료들에게 코 큰 소리를 하며 한번 뽐내 보고도 싶었고 또는 모처럼 나에게 훌륭한 기회와 남달리 수완을 인정해준 편집국장에게도 면목을 세우려고 단단히 결심을 하였다.

😊 02회, 1933.03.02.

③ 제3일

김종택이는 당년에 스물다섯 살 매우 건강하고 활발한 청년이었다. 친구들 사이에도 평판이 놓았던 것은 같은 계급의 청년으로 조직된 구락부의 회장으로 추천된 것만 보더라도 짐작할 수 있다. 구락부원은 모두 밥술이나 먹는 사람의 집 아들로 사냥을 좋아하는 사람, 수영을 잘하는 사람이 많아서 이를테면 고급인 한량들의 모임이었다. 종택이는 아버지에게서 이십만 원이나 되는 막대한 유산을 상속 받았다. 또 백만장자라고 일컫는 큰아버지가 아들이 없어서 그가 돌아가기만 하면 종택이가 유산 상속자로 인정이 되는 터이다. 그뿐 아니라 그의 아버지로부터 양도 받은 큰 정미소를 다른 사람에게 넘겨서 수만 원이나 되는 현금과 바꾸었다. 이 사실은 그가 이 세상을 떠날 각오를 하고 미리 재산처리를 한 것이 아닐까 하는 의심이 생길는지 모른다. 그러나 누가 조사한 바에 의하면 그는 약혼한 여자와 결혼한 뒤에 이태 동안쯤 구미 각국을 만유할 계획으로 정미소를 판 것이었다. 또한 그는 평양 조선은행 지점에 맡겨두었던 돈 중에서 삼백 원을 찾았다. 그것은 연말에 서울로 올라가서 친구들과 어울릴 때에 유흥비로 쓸 작정이었던 것도 추측할 수 있다. 그러다가 24일 날 아침에 도착되는 급행차로 평양으로 돌아온 것이다.

내가 그의 어머니를 찾아서 직접으로 들은 바에 의하면 그는 황금과 백금으로 섞어 짠 만든 시곗줄과 뒤딱지에 제 이름을 새긴 백오십 원짜리 시계와 다이아몬드와 루비 박은 돈 천 원도 넘는 반지와 그밖에 값진 물건을 많이 지니고 나갔다고 한다. 뿐만 아니라 종택이는 어떠한 경우든지 한 이백 원가량의 현금을 반드시 주머니에 넣고 있었다는 사실이다. 그의 구락부 친구들 가운데 가장 친하게 지내던 두 사람과 내 방에서 여러 시간이나 전후 이야기를 하였는데 그들의 말에 의하면 종택이는 얼마 전부터 어떠한 여자와 연애관계를 맺어서 약혼까지 했는데 그 여자에 대한 사랑이 열렬해서 종택이는 평소에 매우 품행이 방정하였다고 한다. 부잣집 아들들이 항용 빠지기 쉬운 오입질이라는 아주 인연이 없는 사람이었다 한다. 그는 평양으로 돌아올 때까지 아무에게나 사냥을 나가겠다는 의사조차 표시하지 않았다. 그러나 극성스럽다는 추위가 매우 풀리고 흐릿한 날씨였으니까 기차 속에서 바깥 경치를 내어다 보니까 불현듯이 오리 사냥을 가고 싶은 생각이 들었으리라고 상상할 수는 있다.

종택이는 씩씩하고 용감한 청년이었지만 언제든지 총을 들고 나서면 몸조심을 대단히 하였다. 사냥을 나가기 전에는 반드시 방수장치(防水裝置)를 한 쇠로 만든 성냥갑을 집어넣은 것을 잊어버리지 않았다. 그 때문에 그가 강물 위에서 진퇴를 임의로 할 수 없는 경우를 당했더라도 언덕의 마른 풀이라도 걷어 모아 불을 질러 위급한 신호를 해서 우리들에게 급히 연통을 하였을 것이다. 더구나 그날 밤은 달도 뜨고 별도 빛나고 있었으니까 설사 그가 탄 보트가 기선과 충돌을 하였다손 치더라도 그대로 무책임하게 내버려두고 갔을 리가 없고 또는 그날 밤에는 어선도 많이 떠있었으니 충돌이 된 채로 내버려두고 갔더라도 그 수많은 사람들의 눈에 띄지 않았을 리도 없다. 그런데 종택이가 타고 나간 보트도 없고 노(櫓)조차 발견할 수가 없다. 대동강 연안에서 고기 잡는 것으로 생업을 삼고 지리에 익숙하고 경험이 많은 어부들을 수십 명이나 풀어서 몇 십 리나 되는 구역을 모조리 뒤져도 여전히 아무것도 소득이 없다. 횡액에 걸렸다는 억측을 가지고는 종택이가 행방불명이 된 설명을 할 수 없다. 그러면 살인범이 있었다고 가정하자. 그렇다 할 것 같으면 그 동기가 무엇일까? 사건은 점점 미궁으로 빠져 들어갈 뿐이요 조그만 단서조차 잡을 수 없었다.

≪조선일보≫(1933.03.01.~?) [필자명은 '白浪生 飜案, 石草 畵'라고 되어 있음. 3회까지 연재되다가 중단된 듯함. 제3회분은 신문의 해당지면을 확인하지 못해 백승구 편저 『심훈의 재발견』(미문출판사, 1985)에 수록된 내용을 본 전집에 맞게 재수록했음.]

장편소설

대지 The Good Earth

『대지』의 작자 펄 벅(Pearl S. Buck) 여사는 중국에 주재한 미국인 선교사의 딸로서 그의 반생을 중국 각지에서 보냈고 중국의 농촌과 습속과 문자에 정통하고 온갖 고난을 자신으로 체험한 여류작가다. 그 사회를 보는 날카로운 눈과 그 명석하게 인정을 감수(感受)하는 마음과 그 풍부히 인생을 포옹하는 세계관은 현대 희유(稀有)의 인간적 실험실인 '중국'의 현실에 대하여 모―든 가능한 극한까지 문학의 힘을 발휘하였다.

이 작품이 한 번 나오자 그 묘사의 정치(精緻)와 그 굳센 강박력(强迫力)에 남경(南京) 정부는 이 책의 출판과 또는 촬영까지 저지(沮止)하고자 하였다. 실로 원(遠)한 이상(理想)과 인도적 정열을 가진 농민소설의 최대걸작이다.

이것은 이 소설을 과찬하는 선전문이 아니다. 신거격(新居格) 씨의 번역을 중역하는 것이나 최근 역자가 읽은 독서범위에서 가장 깊은 감명을 받았을 뿐 아니라 중국은 우리와 밀접한 관계가 있는 것은 물론 조선에서도 이러한 농민소설이 나오기를 간절히 바라는 바이다. 독자는 통속소설과 같은 '재미'를 이 작품에서 구하지 말고 꾸준히 읽어주면 소득이 많을 줄 믿는다.

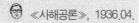

≪사해공론≫, 1936.04.

아내를 맞는 날

왕룡(王龍)이가 장가를 드는 날이었다. 침대를 둘러싼 침침한 방장 속에서 잠이 깨었을 때 그는 왜 오늘 아침이 여느 때 아침과 기분이 다른지 처음에는 아무런 생각이 없었다. 집안은 조용해서 대청을 격한 늙은 아버지의 방에서 기신없이 쿨룩거리는 기침소리가 들릴 뿐이었다. 아침마다 그가 맨 처음 듣는 것은 늙은 아버지의 그 기침소리다. 그러나 침대에서 내려오지 않는 것이 왕룡의 버릇이었다. 그 기침소리가 차츰차츰 가까워 와서 아버지의 방의 문소리가 삐—걱 하고 날 때까지 꿈쩍도 아니하고 있는 것이었다.

그러나 오늘 아침은 그때까지 기다리지를 않았다. 벌떡 일어나며 방장을 열어젖혔다. 아직 어두컴컴한 새벽이다. 들창 대신으로 벽을 네모지게 뚫어서 그 구멍에다가 바른 종이가 찢어졌는데 그 틈바구니로 시퍼런 하늘이 내어다 보인다. 그는 그 종이를 부—ㄱ 찢으면서 중얼거렸다.

"봄이다. 이젠 일없다."

이 집도 오늘만은 정갈해 보였으면 좋겠는데— 그러나 그런 말을 입밖에 내기가 어쩐지 부끄러웠다.

들창 대신으로 뚫어놓은 구멍은 간신히 손이 드나들 만하다. 그는 그리로 손을 내밀고 창밖의 공기를 쏘여보았다. 한들바람이 동쪽으로부터 부드러이 불어온다. 속삭이는 듯한 비를 머금은 미풍(微風)이다. 상서로운 조짐이다. 밭곡식들은 비를 기다린 지가 오래다. 이 바람이 이틀 사흘만 잇대어서 불기만 하면 비가 올 테니 고마운 일이다. 닦아 놓은 유기와 같은 태양이 줄곧 내리쪼이고 보면 밀[小麥]은 이삭이 말라붙고 말 것이다. 그가 아버지에게 이런 말을 한 것은 바로 어저께였다. 하늘은 특별히 오늘은 그에게 은혜를 베풀려는 듯 그렇고만 보면 대지(大地)는 온갖 곡식이 실염이 잘 될 것이 틀림없다.

그는 퍼런 바지를 입으면서 가운데 방으로 들어가서 허리에다가 같은 빛의 허리띠를 둘렀다. 세수를 하기까지는 언제나 웃통을 벗고 있다. 몸체에 덧붙여서 퇴를 내어달은 부엌으로 가려는데 맞은편 침침한 귀퉁이에서 소가 머리를 내밀고 둔탁한 소리로 음메―하고 울었다. 부엌은 몸체와 마찬가지로 밭의 흙으로 구운 벽돌로 네모지게 쌓아올리고 그들이 농사 지은 밀짚으로 지붕을 이었다. 할아버지가 젊었을 때 역시 밭의 흙으로 만들어서 오랜 세월을 써내려오는 동안에 오지그릇과 같이 딴딴해지고 새까맣게 끄른 부뚜막에는 둥글고 깊다란 가마솥이 걸렸다. 그는 곁에 있는 물독 속에서 바가지로 물을 반쯤 퍼서는 솥에다 부었다.

물은 귀해서 허투루 쓰지 못하는 것이지만 그는 망설이다가 급작시리 독의 물을 말끔 퍼서 가마솥에다 들어부었다. 오늘이야말로 몸뚱이를 깨끗하게 씻으리라. 어머니의 무릎에 안겼던 어렸을 때부터 아무도 그의 벗은 몸뚱이를 본 사람이 없다. 오늘은 그 몸을 남에게 보인다. 깨끗하게 하고 싶은 생각이 들었던 것이다.

그는 부뚜막 뒤로 돌아가서 마른 나무를 한 움큼 움켜쥐고 한 옆에 세워놓은 삭장구와 함께 잎사귀 하나도 허실이 되지 않도록 아궁이 속에다 쌓아놓은 뒤에 케케묵은 부싯돌을 쳐서 불을 피웠다. 불은 지푸라기로 붙어 당기다가 타올랐다.

이렇게 해서 불을 피우는 것도 오늘 아침이 마지막이라고 그는 생각하였다. 어머니가 돌아간 뒤로 여섯 해 동안은 날마다 그가 불을 살렸다. 그러고는 끓인 물을 주전자에다 넣어서 늙은 아버지의 방으로 가지고 가는 것이다. 늙은 아버지는 침대 위에 일어나 앉아서 기침을 하면서 신발을 찾고 있다. 이때까지 여섯 해 동안 아침마다 노인은 아침의 해소를 진정하기 위해서 더운 물을 가지고 오는 아들을 기다리고 있다. 그런데 인제는 아버지도 아들도 편하게 된다. 홀아비살림에 여자가 들어오는 것이다. 왕룽이는 여름이나 겨울이나 새벽녘에 일어나지 않아도 좋다. 그도 자리 속에서 기다리게 되는 것이다. 나도 아버지처럼 더운 물을 가져오게 하리라. 풍년만 들면 그 끓인 물에 차 잎사귀를 띄울 수도 있으리라. 대여섯 해 동안에 그런 때도 한 번은 돌아오리라.

오늘 맞아들이는 색시가 늙을 때에는 아들이 불을 피우렷다. 아내는 왕룽이를 위해서 아들을 많이 낳을 것이 틀림없다. 방이 셋이나 있는 이 집안에서 아이들이 뛰며 돌아다닐 공상까지 하자 왕룽은 무엇에 얻어맞기나 한 듯이 우뚝 섰다. 어머니가 돌아간 뒤부터는 집은 반이나 텅 비어서 방 셋이 너무 휑한 것 같았다. 좁은 집에 식구가 번잡한 일가가 오면 딱지를 시키기가 퍽 거북하던 생각이 났다. 그 중에도 주책없이 어린애만 낳는 삼촌은 항상 이 집으로 기어들 틈만 엿보고는 이런 말을 하는 것이었다.

"홀아비 둘이서 이 넓은 집을 다 뭘 하느냐. 부자가 한 방에 자지를 못한단 말이냐. 젊은 사람의 운기로 노인네의 해소도 나아질 걸."

그러면 늙은 아버지를 이렇게 대답하는 것이었다.

"내 잠자리는 손주 새끼들을 눕히려구 마련해 논 게다. 얼마 안 있으면 손주 놈이 내 늙은 뼉다귀를 덮어줄 텐데."

인제는 손자를 볼 때가 되었다. 손자가 얼마든지 쏟아져 나온다! 집안이 왼통 침상천지가 된다.―

왕룡이가 집안이 침상으로 가득 차게 되는 데까지 공상의 날개를 펼치고 있으려니 아궁이의 불은 꺼지고 가마 속의 끓인 물은 미지근해졌다. 그 때 노인이 그림자처럼 나타났다. 노인은 단추를 끼지 않은 저고리를 손으로 여미고 기침을 해서 담을 뱉은 끝에 헐떡거리며 말을 한다.

"어쩨 내가 마실 물은 그저 끓질 않는 거냐?"

멀거니 아버지의 얼굴을 쳐다보는 왕룡은 그제야 정신이 번쩍 났다. 어쩐지 부끄러웠다.

"바람이 축축해서 나무가 젖었세요."

그는 아궁이 앞에서 부르짖듯이 대답하였다.

노인은 물이 끓을 때까지 잠시도 그치지 않고 기침을 한다. 왕룡은 끓인 물을 주전자에다 옮겨 붓고 부뚜막 위의 선반에 올려놓은 조그만 항아리에서 바싹 말려서 돌돌 말린 조그만 잎사귀를 여남은 잎이나 꺼내서 주전자 속에다 떨어뜨렸다. 노인의 눈은 금세 험상스러워지며 잔소리를 꺼낸다.

"뭣 허러 쓸데없는 짓을 허느냐. 차(茶)를 마시는 건 돈을 깨물어 먹는 거 한가지야."

"오늘은 별다른 날인데요"

하고 왕룡은 웃었다.

"어서 그거나 마시세요. 걱정 마시구요"

노인은 무어라고 중얼거리며 북두갈고랑이 같은 손가락으로 찻잔을
받쳐들고도 차 잎사귀가 끓인 물위로 불어서 퍼지는 것을 언제까지나 들
여다보기만 하고는 얼른 마셔버리려고 하지를 않았다.

"들구만 계시면 식어버려요"

왕룡은 얼른 마시기를 권하였다.

"흐—응"

노인은 쿨룩거리며 뜨거운 차를 마시기 시작하였다. 어린애가 무엇을
먹은 것처럼 흐뭇한 눈치다. 그러면서도 아들이 큰 가마솥의 물을 아낌
없이 커다란 통에다가 들이붓는 것을 바라다보고 있었다.

"물이 그만치나 많으면 밭에다 주면 좋을걸. 밭이 걸어야지."

노인은 딴전을 부치듯 한다. 왕룡은 잠자코 마지막 한 방울까지 큰 통
에다 옮겼다.

노인의 목소리는 거칠어졌다.

"뭘 허는 셈이냐!"

"정초버텀 난 몸뚱이를 안 씻었세요."

왕룡은 공손히 대답하였다. 그는 색시에게 보이려고 몸을 깨끗이 하는
것이나 아버지에게 말을 하기는 어쩐지 열없었다. 그는 황급히 큰 통을
저의 방으로 들고 들어갔으나 출입하는 문간이 솔려서 방문은 잘 닫히지
를 않는다. 노인은 대청까지 기엄기엄 그를 따라와서 문틈바구니에다 입
을 대고 꾸짖는다.

"예편네를 얻어 들이는 날 이렇게 헤픈 짓을 하면 본보기가 안 된다.
아침엔 마시는 물에 차를 넣기가 일수요 아—니 게다가 목욕꺼정 해!"

"오늘뿐이에요."

왕룽이도 볼멘소리로 대꾸를 하고 그 말에 부연을 붙였다.

"씻은 뒤에 뗏국물을 밭에다 줄 테니까 정말 거름이 되지 않아요?"

노인은 입을 다물었다. 왕룽은 허리띠를 끄르고 벌거벗은 뒤에 들창 대신 뚫어놓은 구멍에서 네모가 져서 흘러들어오는 햇발을 받으며 더운 물에 담갔던 조그만 수건을 쥐어짜서 강파르고 거무스름한 몸뚱이를 북북 문지르기 시작하였다. 처음에는 운김이 뜨뜻한 것 같더니 몸이 물에 젖으니까 금세 소름이 끼치며 으스스해졌다. 그는 재빠르게 다 씻었다. 그러는 동안에 그의 온몸에서는 보일 듯 말 듯 하게 김이 서리어 올랐다. 그는 어머니가 생전에 쓰던 상자 속에서 퍼―런 무명의 새 옷을 꺼냈다. 솜을 둔 겨울옷이 아니면 오늘 같은 날에는 좀 추울는지 모르지만 귀퉁이 귀퉁이 해지고 너무 더러웠는데 게다가 묵은 솜까지 삐죽 삐죽 내밀어서 그는 처음 맞이하는 아내가 될 여자에게 여느 때 입던 옷을 보이기가 싫었다. 나중에는 여편네가 그 옷을 빨기도 하고 꿰매기도 하겠지만 아무튼 처음 만나는 날 보이기는 재미적었다.

그는 같은 바탕의 두루마기[長衫]를 입었다. 이것은 그가 가진 출입옷으론 단벌인데 일 년에 열 번이나 되는 제삿날밖에는 꺼내 입지를 아니한 것이다. 그리고 나서 그는 민첩하게 몸을 움직여 등허리에 매달린 머리꼬리[辮髮]를 끄르고 구벽다리 조그만 서랍에서 머리빗을 꺼내서 빗어 내리기 시작하였다.

아버지는 다시 문틈에다 입을 대고 불평스럽게 말한다.

"오늘은 아무것도 멕여주질 않느냐? 내만 나이가 돼봐라. 아침은 무얼 좀 요기를 허기 전엔 뼉다귀까지 물씬물씬해지는 것 같아서 견딜 수가 없다."

"얼핏 나가께요."

왕룽은 빨리 머리꼬리를 충충 땋아 내렸다.

그러고는 두루마기를 빗고 머리꼬리를 감아올린 뒤에 커다란 통을 들고 밖으로 나왔다. 그는 아침 먹을 것을 까맣게 잊어버리고 있었다. 아버지에게는 옥수수 가루를 뜨거운 물에다가 풀어서 죽을 쑤어 올리리라. 그러나 저 자신은 아무것도 먹고 싶은 생각이 없다. 비틀거리며 문턱까지 큰 물통을 들고 나와서 땅바닥에다가 더러운 물을 들어붓고 나서야 왕룽은 가마솥의 물을 말끔 써버린 것을 깨달았다. 또 다시 불을 피우지 않으면 아니 된다. 그 생각을 하니 아버지가 밉살스러워졌다.

"저 늙은이는 밤낮 먹을 것 허구 마실 것밖에 모르더라."

그는 아궁이 앞에서 투덜대었으나 다른 사람의 귀에 들리도록 목소리를 높이지는 않았다. 노인의 조석 시중을 하는 것도 오늘이 마지막이라고 생각하였기 때문이다. 그는 가까운 우물에서 길어 올린 물을 가마솥에다 부었다. 물은 금방 끓었다. 그는 옥수수 가루를 타서 휘휘 저어가지고는 아버지에게로 들고 갔다.

"오늘 저녁은 쌀밥을 잡술 테니깐 아침엔 옥수수 죽을 끓였세요 아버지."

"쌀은 인제 조금밖에 없을걸."

하면서 아버지는 가운데 탁자 앞에 가 앉아서 기다란 젓가락으로 걸직하고 누르스름한 죽을 휘젓는다.

"그럼 봄 새 일꾼들을 멕일 때는 곡식을 덜 먹두룩 허지요."

노인은 아들의 말에는 귀도 기울이지 않고 정신없이 죽만 훅 훅 들이마시고 있다. 왕룽은 다시 저의 방으로 들어가서 퍼런 두루마기를 입고 머리꼬리를 기다랗게 늘어뜨렸다. 그러고는 깎아 올린 이마로부터 두 뺨을 쓰다듬어 내리면서 면도를 할까 하고 생각을 해보았다. 아직 해는 떠오르지 않았다. 지금부터이면 아내가 될 여자가 기다리고 있는 집으로 가기 전에 이발쟁이들이 있는 거리로 들러서 면도를 할 시간은 있다. 돈만 있으면 깎으리라—.

그는 허리춤에서 흰 헝겊으로 싸맨 지금은 걸레처럼 더러운 조그만 지갑을 꺼내서 돈을 세어보았다. 은전 여섯 닢과 동전이 두 줌은 된다. 그는 오늘 저녁에 청한 사람들을 초대한 것을 아버지에게는 말하지 않았으나 아버지의 친아우인 삼촌과 작은 아버지의 아들 즉 저의 사촌과 근처에 사는 농군을 세 사람쯤 와 달라고 할 예정이어서 요리를 만들려고 거리로 나가는 길에 도야지고기와 조그만 단물생선과 밤[栗]을 조금씩 사올 생각이다. 형편을 보아서는 남방에서 오는 죽순이나 소고기를 사다가 그가 농사를 지은 호배추를 넣고 지질려고는 했지만 그것은 소금과 기름이 든다. 면도를 하고 나면 아마 소고기는 못 사가기가 쉬울 게다. 오냐 그렇지만 100호는 써야만 한다. 그는 급작시리 결심을 하였다.

그는 아버지에게는 아무 말도 아니하고 밖으로 나갔다. 하늘은 흐릿하나 해는 지평선의 구름을 뚫고 그 광선은 이슬에 젖은 보리와 밀의 잎사귀 끝에 빛나고 있다. 왕룽은 농민의 본능으로 그 순간 모든 일을 잊어버리고 농작물의 모양을 살펴보았다. 아직 싹이 영글 것 같지가 않다. 비를 기다리고 있는 것이다. 그는 바람 냄새를 맡아보고 걱정스럽게 하늘을 우러러 보았다. 바람도 구름도 축축하게 비를 머금고 있다. 그는 만수향을 사서 지신(地神)을 모신 당집으로 가서 피워 올리려고 생각하였다. 이렇게 경사스러운 날 그는 정성껏 치성을 드리고 돌아온 것이다.

그는 밭 가운데의 우불탕구불탕한 좁은 길을 걸어갔다. 그 근처는 거리의 회색 벽돌집이 추녀를 잇대고 있다. 그 벽돌집 모퉁이로 돌아가서 대문을 지나면 시내에서 제일 큰 부자요 양반인 황(黃) 씨네 집이 있다. 그 집에 그의 색시가 될 여자가 어렸을 때부터 씨종으로 팔려가 있는 것이다. 남들은 '그런 크나큰 집에 종으로 있던 계집애와 혼인을 헐 테면 총각으로 늙는 것이 낫다'고 하나 왕룽이가 아버지더러

"난 언제꺼정 장가두 못 들어보나요?"

하고 물었을 때 노인은

"온 도무지 세상이 어떻게 야박해졌는지 혼인을 하려면 돈이 여간 많이 드늬? 어떤 색시든지 금반지나 비단옷을 탐내니까 우리 같은 가난뱅이는 남의 종년이나 데려올밖에 도리가 없구나."

라고 대답을 한 것이었다. 노인은 제 발로 걸어서 황 씨네 집으로 갔다. 며느리를 삼을 남저지 계집종이 없습니까? 고 구걸을 하듯이 청하였다. 노인이 소용되는 것은 그다지 젊지도 않고 예쁘지도 않은 계집애였다.

왕룽은 색시가 예쁘지 않아도 좋다는 조건에는 불복이었다. 남들이 부러워할 만한 어여쁜 색시한테 장가를 들면 얼마나 자랑스러울까—하고 생각한 것이었다. 아버지는 아들이 흡족해하지 않는 눈치를 보고 꾸지람을 하였다.

"생각해 봐라! 집안에 헐 일이 태산 같다. 게다가 어린 걸 날 테지. 그러구두 밭에 나가서 같이 일을 헐 사람이 소용이 있지 않으냐? 그래 해끔허게 생긴 계집애가 그런 상일꺼정 할 줄 아늬? 몸치장이나 헐 줄 알지. 우리 집엔 똑똑헌 계집애가 소용없다. 네나 나나 모두 흙이나 두저

먹구 사는 농군이 아니냐? 그러니 말이다 그런 대갓집에서 자라난 해반
주그레한 종년이 하나나 숫색시루 있을 줄 아늬? 모두 젊은 서방님들이
건드렸지. 너 따위 녀석의 두더지 발처럼 껄끄런 손을 부잣집 젊은이의
매끈매끈헌 손보덤 좋아할 듯싶으냐. 그래두 너처럼 시꺼멓게 거른 상통
이 그네들버덤은 탐스럽지."

　왕룽은 아버지의 말이 옳은 줄은 아나 그래도 심중으로는 섭섭하였다.
그래서 심술을 더럭 내었다.

　"난 곰보하고 언청이는 싫여요."

　"그야 데려다 놓구 볼 일이지."

　아버지는 예사로이 대답을 한다.

　아무튼 그 계집애는 곰보도 아니요 언청이도 아닌 것은 확실하나 그밖
에는 아무것도 알 길이 없다. 아버지와 아들은 알따랗게 도금을 한 반지
와 귀걸이를 사고 늙은이는 그것을 계집애의 상전이 황 씨네 집으로 혼
인을 정한 표적으로 가져다 바쳤다. 단지 이것밖에 그는 제 색시가 뭘 여
자에게 대해서 아는 것이 없다. 그런데 오늘 가기만 하면 그 색시를 데려
온다.

　그는 시가(市街)의 출입구인 누문(樓門)의 어둠침침하고 냉기가 도는
문으로 들어갔다. 물을 져 나르는 인부들이 손으로 떠다미는 수레에다가
커다란 물통을 싣고 온종일 그리로 왔다 갔다 하며 물을 뿌린다. 그래서
그 흙과 벽돌로 쌓아올린 누문의 두꺼운 벽담에 뚫린 터널만은 여름에도
서늘하다. 장사치들은 거기다가 좌판을 벌리고 그 축축하고 서늘한 장소
에서 수박씨나 호박씨를 먹여준다. 아직 때가 일러서 그런 장사치들은
나오지 않았으나 퍼―렇고 딴딴한 복숭아를 담은 채롱이 벽에 기대어 놓

였는데 물건 임자는 굵다란 목청을 높여

"싸구료 싸구료. 갓 따온 복숭아요 사다가 잡소만 봅쇼"

왕룽은 생각하였다.

"색시감이 복숭아를 좋아하거들랑 갈 때에 사가지구 가리라."

그러나 그는 다시 이 누문을 지나올 때 제 등 뒤로 여자가 따라올 상 싶지가 않았다. 누문에서 바른편으로 꺾으면 이발쟁이들만 늘어앉은 골목이다. 아직 조반 때니까 오고가는 사람이 건성드뭇하다. 새벽녘에 문안으로 채소를 팔려고 지난밤부터 와 있고 지금부터 들로 나가서 일을 하려는 농군들이 몇 사람 있을 뿐인데, 그들은 빈 채롱 위에 엎드리기도 하고 길바닥에 가 떨면서 자는 사람도 있다. 왕룽은 그 사람들이 저의 형색을 보고 놀려댈까 보아 슬금슬금 피하며 걸었다. 이 길거리에는 걸상을 앞에다 놓은 이발쟁이들이 주ㅡㄱ 늘어앉았다.

왕룽은 제일 구석진 걸상에 가 걸터앉아서 이발쟁이를 불렀다. 옆에 있는 동업자하고 이야기를 하고 섰던 사나이는 즉시 달려와서 화로에 올려놓았던 주전자를 기울여 놋대야에다가 뜨거운 물을 쏟고는 천천히 묻는다.

"삭 깎으랍쇼?"

"면도허구 백 호만 쳐 주."

"귀허구 코는 어떡허까요?"

"그럼 얼마나 더 내면 되우?"

왕룽은 미리 다졌다.

"사 전만 냅쇼"

이발쟁이는 대답을 하고 끓인 물에다가 껌은 헝겊조각을 담갔다가 쥐어짠다.

"이 전만 받구려."

"그럼 한 편짝 귀허구 코만 우빌 테요. 자 어느 쪽이든지 맘대루….."

그는 곁에 있는 동업자에게 얼굴을 찡긋해 보이며 껄껄 웃어젖힌다. '이거 아주 실없는 자한테 걸려들었군' 하면서도 왕룡은 까닭 없이 문안 사람들한테는 기를 펴지 못한다. 이발쟁이는 사람치고 아주 천덕구니인 줄 알면서도 그자들하고는 마주 대들 수가 없었다.

"아무려나 마 맘대루—"

그는 이발쟁이가 하는 대로 비누질을 하고 면도칼을 대게 하였다. 이 이발쟁이는 웃는 소리는 할망정 사람이 좋아 보여서 돈을 덧거리질을 하지 않고 어깨로부터 잔등이까지 안마를 해서 몸을 부드럽게 풀어준다. 그리고 살쩍을 밀어주면서 왕룡에게 말을 건넨다.

🙂 01회, 1936.04. pp.174~185.

머리를 다 깎은 뒤에 이발쟁이의 물 묻은 손에다 돈을 세어주자 그 순간 왕룡은 '아뿔싸' 하고 입속으로 부르짖었다. 돈이 아까웠던 것이다. 그러나 다시 길거리를 걷기 시작하면서 갓 깎은 머리에 선뜩선뜩하게 바람을 쏘이면서 혼잣말을 하였다.

'이것뿐이로구나. 아무래도 괜찮다.'

그는 그 길로 장거리로 갔다. 도야지고기 두 근을 사서, 고깃간 주인이 그것을 마른 연잎에다 싸는 것을 유심히 들여다본 뒤에 조금 망설이다가 한 반 근쯤 더 샀다. 그밖에 흰 젤리와 같이 물씬물씬한 두부를 산 뒤에 초[蠟燭]를 파는 집으로 가서는 만수향을 샀다. 그리고는 몹시 수줍어하면서 황 씨의 집으로 향하여 발을 옮겼다.

황 씨네 집 대문간에서 그는 별안간 겁이 더럭 났다. 왜 내가 혼자 왔을까? 아버지나 작은 아버지나 이웃집 진(陳) 서방이나 아무도 좋으니 같이 가지고 했다면 든든할 걸 그랬구나 하는 후회가 났던 것이다. 그는 이제까지 대갓집에 대문 안으로 들어서본 적이 없었기 때문이다. 혼인잔치에 쓸 음식거리를 담은 채롱을 껴안고 '색시를 데리러 왔습니다' 하는 말이 그의 입으로 얼른 나올지 제 딴에도 의문이었다.

그는 한참 동안이나 닫힌 대문을 멀거니 바라다보고 섰었다. 시커멓게 칠을 하고 두꺼운 쇠배목을 유착하게 박은 대문 양 옆에, 돌로 새긴 사자가 호위나 하는 것처럼 지키고 앉았다. 사람은 아무도 없건만 그는 다시 걷기를 시작하였다. 암만해도 그 문을 두드리고 들어갈 용기가 나지를 않았던 것이다.

그는 별안간 현기증이 났다. 우선 어디든지 가서 요기를 좀 하리라. 조반도 잊어버리고 있어서 여태 공복이다.

그는 좁다란 골목 속에서 음식점을 찾았다. 식탁 위에다가 동전 두 닢을 놓고 걸터앉은 뒤에 새까만 행주치마를 입은 아이놈에게 국수 두 그릇을 청했다. 시킨 음식이 오자, 그는 대젓가락으로 걸터듬을 하듯이 틀어넣었다. 아이놈은 동전을 만지작거려보다가 멋대가리 없는 목소리로

"또 한 그릇 드릴까요?"

하고 묻는다. 왕룽은 머리를 흔들었다. 그리고 일어서서 사방을 둘러보았으나 식탁을 가득이 늘어놓은 좁고도 어두운 식당 안에는, 그가 아는 사람이 하나도 없다. 두세 사람이 먹고 마시고 할 뿐. 구차한 사람들만 드나드는 곳이라, 여기서는 그의 옷이 깨끗해서 제법 돈푼이나 있는 사람

같이 보인다. 그래서 그런지 어느 틈에 거지가 그를 보고 콧소리를 섞어

"나—리, 한 푼만 적선헙쇼. 네? 굶어 죽겠습니다."

하고 구걸을 한다. 왕룽은 이제껏 거지나 비렁뱅이에게 적선해 달라는 소리를 들어본 적이 없었다. 더구나 남에게 '나으리'라고 불려본 생각도 나지 않는다. 그는 어쩐지 기뻐져서 1전의 5분의 1이 되는 조그만 동전 두 푼을 던져주었다. 거지는 새발 같은 새까만 손을 벌리며 약삭빨리 동전을 줍기가 무섭게, 누더기 속에다 감추었다.

왕룽은 그저 앉아있는데, 해는 점점 높아간다. 아이 놈은 그의 옆으로 불쾌스럽게 왔다 갔다 하더니, 나중에 참을 수가 없다는 듯이 건방진 어조로

"아무것도 시키실 게 없으면, 자리값이래두 냅쇼."

한다. 왕룽은 그 말에 비위가 틀려서 벌떡 일어서려고 했으나, 그 황 씨 댁으로 가서 색시를 데리고 갈 생각을 하니, 밭에서 일을 할 때처럼 전신에 땀이 나는 것이었다.

"차 한 잔 다우."

그는 기신없이 말을 하였다. 그러나 그의 말을 듣기 전에 약빨리 차를 가져온 아이놈이, 퉁명스럽게 채근을 한다.

"돈이나 가졌에요?"

왕룽은 마음이 내키지 않는 듯이 허리춤을 뒤져서 동전 한 닢을 낼 수밖에 없었다.

"멀쩡한 도적놈이로구나."

하고 불쾌히 투덜거렸으나 그와 동시에 오늘 저녁 잔치에 청한 근처의 농부가 들어오는 것을 보고, 동전을 식탁 위에다가 놓고 찻물을 한 모금

마시고는 옆문으로 빠져서 길거리로 뛰어나갔다.

"어쩌면 좋을까. 아무튼 가긴 가야겠는데."

그만 낭판이 떨어진 듯이 저 혼자 부르짖듯 하고는, 엄장스러운 황 씨 집 대문을 향해서 천천히 걷기를 시작하였다.

벌써 한낮도 겨웠다. 대문을 활짝 열어놓았는데, 그제야 아침을 먹고 난 듯이 문지기는 기다란 이쑤시개로 이를 쑤시며 문간에 기대어 멍하니 서 있다. 키가 멀쑥하게 큰 사내인데 왼쪽 뺨에 사마귀가 있다. 그리고 그 사마귀에는 까맣고 기다란 털이 세 개가 삐죽하게 났다. 그는 왕룽을 보았다. 채롱을 끼고 있으니까 무어나 팔려고 오는 줄 알고, 대뜸 호령을 한다.

"이놈아, 그게 뭐냐?"

왕룽은 움찔해서 간신히 대답을 하였다.

"난 농군인 왕룽이란 사람이유."

"응, 그래 왕룽이가 어쨌단 말이냐?"

문지기는 호기를 내어 소리를 지른다. 그 작자는, 지체 있고 돈 많은 상전의 친구 이외에는 누구 앞에서나 고분고분하지가 않다.

"내가 오긴— 저… 내가 오기는…."

왕룽은 어름어름하였다.

"그래 뭘 하러 왔단 말야?"

문지기는 사마귀의 털을 잡아당기면서, 아무튼 무슨 일로 왔는지 얼핏 말만 하라고 재촉을 하는 눈치다.

"댁의 색시가…."

라고 하는 왕룽의 목소리는 귓속이나 하는 듯이 나지막하였다. 볕을 쏘이고 선 그의 얼굴에는 땀이 다 흘렀다.

문지기는 껄껄껄 웃어젖힌다.

"어— 그런가? 그게 바로 네로구나."

하고 다시 커다랗게 웃는다.

"신랑이 오늘 온다는 소문은 들었지만, 채롱을 껴 안구 오니 알 수가 있는가."

"고기를 좀 샀쉬니까."

왕룽은 변명하듯이 대답을 하였다.

그리고 문지기는 집 안으로 데리고 들어가 주기를 기다렸다. 그러나 문지기는 시침을 딱 갈기고 태연히 서 있는 것을 보고, 기다리다 못해서 겁을 집어먹고 간신히 물었다.

"내가 혼자 들어가두…."

하니까, 문지기는 몸을 벌벌 떠는 흉내를 내어 보이면서 일부러 무서워하는 표정을 지어보였다.

"그따위 짓을 허다간, 너 주인 영감께 맞어 죽는다."

왕룽이가 그 눈치를 채지 못하는 것을 보고

"이런 땐 은전이 소용 있단 말이다."

하고 문지기는 일깨워준다. 그자가 돈을 달라는 것을 왕룽은 그제야 깨달았다.

"난 구차해서요…."

"허리춤엔 뭐 있느냐 말이다. 어디 좀 보자."

숙백이인 왕룽은 채롱을 댓돌 위에 내려놓고 허리춤에서 지갑을 꺼냈다. 흥정을 하고 난 나머지 돈은 말끔 왼편 손바닥에 쥐어졌다. 만지기도 쓸쓸한 웃음을 금할 수가 없었다. 은전이 한 푼, 동전이 열네 닢이 남았을 뿐이 아닌가.

"은전을 받지."

문지기는 시침을 뗀다. 왕룡이가 말 한 모금도 못하고 서있는 동안에, 문지기는 그 은전을 소매 속에 집어넣고

"신랑이다. 신랑이 왔다!"

하고 커다랗게 외치고는 성큼성큼 걸어서 현관으로 들어갔다.

왕룡은 은전을 빼앗긴 것이 분하고 커다란 목소리로 내가 온 것을 떠들어 대는 것이 싫었으나 문지기의 뒤를 따라서 들어갈 수밖에 없었다. 그는 채롱을 다시 집어 들고 한눈도 팔지 않고 곧장 문지기를 쫓았다.

호화로운 대갓집에 발을 들여놓기는 이번이 처음이었다. 얼굴이 뻘겋게 다는 것을 느끼면서 머리를 숙인 채, 그는 문과 마당을 몇 고팽이를 쳐서 안마당을 지나갔다. "신랑이다! 신랑이 왔다!" 하고 떠드는 문지기의 목소리는 앞에서 쩌렁쩌렁 울린다. 곁에서 킬킬거리고 웃는 소리를 들으면서, 마당을 백 군데나 지나갔거니 할 즈음에 문지기는 급작이 입을 다물고 그를 좁다란 방에다가 가두듯 하였다. 그가 혼자 서 있으니까 어딘지 깊숙한 데로 들어갔다 나온 문지기는 다시 돌아와서 그에게 이른다.

"노마님께서 널 좀 보자구 협신다."

왕룡은 걷기를 시작하였다. 문지기는 그의 앞을 딱 막아서며 어처구니가 없다는 듯이 소리를 지른다.

"아―니, 너 그 채롱을 낀 채 노마님 앞으로 갈 테냐. 돼지고기하고 두부가 들어있는 채롱이 아니냐! 그러구선 어떻게 절을 헐 작정이냐?"

"네네, 네네, 그렇습니다…"

왕룽은 황망히 대답을 하였다. 그러나 그 채롱을 거기다 내버려 두었다가는 도적을 맞을 염려가 있다. 돼지고기가 서 근[三斤], 쇠고기가 반근, 생선이 서너 마리, 이런 맛있는 음식 재료를 탐내지 않는 사람이 없으리라고는 꿈에도 상상할 수가 없지 않은가. 문지기는 왕룽이의 속을 들여다본 듯이 몹시 업신여기는 어조로

"이런 크나큰 댁에서는 그 따위 고기는 개나 멕인다."

라고 하면서 왕룽의 손에서 채롱을 빼앗아 방안에다 던지고, 그의 등을 떠밀어 앞장을 세웠다.

길고 좁다란 복도로 두 사람이 지나간다. 지붕을 떠받친 기둥의 조각(彫刻)이 으리으리하다. 복도를 지나자 왕룽은 생후에 처음으로 널따란 방을 보았다. 저의 집은 한 스무 채나 들어갈 만한 넓이로 천장은 더 넓다. 그는 머리를 들고 단청(丹靑)을 혼란하게 한 엄청나게 큰 대들보를 휘둥그레진 눈으로 쳐다보면서 걷다가 높은 문지방에다 발을 접질러서, 문지기가 붙들어주지를 않았다면 그만 고꾸라질 뻔하였다.

"알지? 노마님을 뵈올 땐 지금처럼 땅바닥에다 공손히 절을 해야 한다."

부끄러운 것을 참고, 간신히 정신을 차려 앞을 바라다보니, 방 한복판에 따로 천정이 덮인 단(壇)이 있는데, 백발이 성성한 노부인이, 의자에 기대어 앉았다. 조그만 몸집을 진주와 같이 반짝이는 비단옷으로 감았다. 곁에 놓인 얇은 탁자에는 아편을 빠는 연관(煙管)이 있고, 조그만 남폿불이 켜졌다. 노부인은 주름살투성이 수척한 얼굴에 원숭이와 같은 조그맣고 날카롭고, 그리고 움푹 들어간 눈동자로 왕룽을 내려다본다. 연관을

들고 있는 노마님의 손은 도금을 한 우상(偶像)의 손과 흡사하다.

왕룡은 무릎을 꿇고, 기왓장 같은 것을 깔아놓은 땅바닥에 이마를 들부신다.

"일으켜 세워라."

노마님은 점잖이 문지기에게 명령한다.

"그러지 않아두 좋다. 이 자가 계집애를 데리러왔느냐?"

"네 그렇습니다."

"이 자는 왜 제 입으로 말을 못하는고?"

"놈이 못나서 그렇습니다."

문지기는, 사마귀의 털을 만지작거린다. 왕룡은 성을 불끈 내며 문지기를 쏘아보았다.

"소인은 미천한 놈이올시다. 노마넴 존전이라 무슨 말씀을 여쭈어야 좋을지 모르겠사오니까."

노부인은 주의 깊게 위엄 있는 눈초리로 왕룡을 노리고 내려다본다. 그리고는 무어라고 말을 하려다가, 노부인을 모시고 서있는 계집종이, 아편대를 받들어 올려서 그것을 받아들고 몸을 수그리며 흑흑 느끼는 소리를 내어 빨기를 시작한다. 동시에 노부인의 날카로운 눈은, 안개가 낀 듯이 흐릿해졌다. 왕룡은 그 자리에 서 있을 수밖에 없었다.

"이 자가 예서 뭘 허구 섰는 거냐?"

노부인은 돌연히 꾸지람을 한다. 그러나 벌써 아무것도 다 잊어버린 것 같다. 문지기의 얼굴에도 아무런 표정이 없이 묵묵히 서있다.

"노마넴, 소인은 계집애를 데릴러 왔습니다."

"계집애? 도대체 무슨 계집애란 말이냐?"

노부인은 그저 정신이 몽롱해서 무슨 일인지 깨닫을 못하는 모양이다. 그러다가 뫼시고 선 계집종이 허리를 굽히며 노부인의 귀에다가 무어라고 속삭였다.

"아아 그랬드냐? 깜박 잊고 있었구나— 대사롭지 않은 일이니까…. 넌 아란(阿蘭)이란 종을 데릴러 왔지?

그년은 아마 어떤 상놈한테 시집을 보내기루 했는데 네가 바루 그 애냐?"

"네, 그렇습니다."

"아란을 불러오너라."

다른 계집종에게 분부를 하였다. 노부인은 급작이 이까짓 일은 얼핏 걷어치워 버리고 조용한 넓은 방안에서 홀로 아편을 즐기려는 희망이 솟아올랐던 것이다.

계집종은 즉시 튼튼하고 키가 큰, 퍼런 무명저고리와 바지를 입은 계집애의 손을 끌고 나타났다. 왕룽은 색싯감을 유심히 바라다보고는 외면을 하였다. 가슴이 두근두근 해졌다. 이것이 내 아내가 될 여자인 것이다.

"이리 오너라."

노부인은 아무렇게나 말을 던졌다.

"이 사내가 널 데리러 왔다."

여자는 노부인의 앞으로 다가와서 머리를 숙인 채 두 손을 마주잡고 섰다.

"치장은 다 했느냐?"

여자는 무슨 느릿한 말씨로 노인의 말에 뒤를 이었다.

"다했습니다."

왕룽은 여자의 목소리를 처음으로 듣고 앞에 선 여자의 잔등이를 보았다. 목소리는 새되지도 않고, 그렇다고, 그다지 곱지도 못한데, 평범하기는 하나 귀에 거슬리도록 듣기 싫은 목소리도 아니다. 어쩐지 순직한 성질이 엿보이는 듯. 머리도 곱다랗게 빗고, 옷도 깨끗하게 입었다. 다만 그 계집애가 발을 조리지[纏足]

독자 여러분!
천하에 이렇게 우리의 골육에 사무치도록 손과 머리에 땀을 배이게 하는 소설을 한 번이나 읽어보신 적이 있습니까? 물론 없을 것입니다. 이 앞으로는 그야말로 더—한층 이 소설은 재미의 맛보다 흥분의 맛으로 여러분을 대할 것입니다.

않은 것을 보자 조금 실망을 하였으나 노부인의 목소리가 왕룽의 머릿속을 흩으려 놓았다. 노부인은 문직령이에게 명령을 하였다.

02회, 1936.05. pp.163~168.

"아란의 옷을 내다주고 둘이 함께 가도록 해라."
하고 분부한 뒤에 노부인은 "더 일러줄 말이 있다"고 왕룽을 앞으로 가까이 오라고 해서 아란이와 나란히 세워놓고는 입을 열었다.

"이 계집애는 열 살 적에 이 댁에 와서 오늘날꺼정 시중을 들고 있으니 아마 스무 살은 됐을 거다. 이 계집애의 어미 아비가 흉년을 당해서 거지꼴을 허구 떠돌아 댕길 때 내가 샀던 게다. 이 계집애의 어미 아비가 산동(山東) 땅 저어 북쪽에서 왔다가 다시 제 고장으로 돌아갔는데, 난 그밖엔 모르지만, 네 눈으로 보다시피 이 계집애는 몸두 튼튼허구…"

"그러구 이 앤 너허구 둘이서 밭에 나가 상일두 헐 테구, 물두 길어 먹을 테구, 아무거든지 다 헐 게다. 얼굴이 이쁘진 못허지만, 외양만 해반

주그레허면 뭣에다 쓰느냐. 천량 있구 헐 일이 없는 사람들은 노리갯감으루 미색을 탐허드니라마는— 그러구 잔소리 같다만, 그다지 영리허진 못해두 이르는 대로는 곧잘 듣구, 첫대 유순해서 내가 보매는 숫처녀다. 남의 눈에 띨 만치 생기질 못헌 데다가, 부엌 구석에만 있었으니깐, 구중이나 별배들 허구나 악쓴 일이 있었을까. 허지만 다른 똑똑헌 계집종들이 많으니까, 아마 그런 일두 없었을 듯허다만⋯."

그리고 노부인은 다시 말을 이어

"구박허지 말구 잘 데리구 가서 살어라. 좀 멍청허구 일개가 느리지만, 뭣에든지 소용에 닿을 게다. 내가 연화대 길을 닦을 생각이 없으면 언제꺼정이든지 두구서 부리구는 싫다만, 난 집안 식구가 그다지 탐탁허게 여기지 않는 종하면, 데려갈 작자가 나서는 대루 시집을 보내련다—."

그리고 노부인은 계집종에게 일러 준다.

"이 사내 말을 고분고분히 듣구, 자식을 낳어라. 몇이든지. 그러구 첫아들을 낳거들랑 내게루 데리구 와서 보여다구."

"네—."

계집애는 공손히 대답을 하였다.

두 사람은 어름어름하고 서 있었다. 왕룽이는 무슨 말을 어떻게 할지 어리둥절해서 멍하니 서 있었다.

"그럼 얼른들 물러가거라."

노부인은 금세 갑갑증이 난 모양이다. 왕룽은, 놀란 것처럼 급히 절을 하고 물러나왔다. 계집애는 그의 뒤를 따라 나왔다. 문지기는 계집애의 단 한 가지 밑천인 고리짝을 둘러메고 나오다가, 왕룽이가 채롱을 둔 방까지 와서는, 그 상자를 내려놓고 아무 소리 없이 그림자를 감추었다.

그제야 왕룡은 처음으로 계집애를 눈여겨보았다. 네모가 진 얼굴은 퍽 순직해 보이는데, 넓적한 코 밑에 꺼먼 콧구멍이 맨 먼저 눈에 띄었다. 입은 크고 눈은 작은데 거무스름해서 까닭모를 근심이 떠돌고 있다. 입을 꽉 다문 채로 하던 말도 잊어버린 것 같은 얼굴이다. 계집애는 왕룡의 눈총이 얼굴에 닿아도, 부끄러워하지 않고, 그렇다고 교태를 지어 보이려는 눈치도 없이 몸가짐이 그저 고지식할 뿐이다.

왕룡은 그 흙빛 같은 튼튼해 보이는 얼굴이 조금도 고와보이지는 않았다. 그러나 그 거무스름한 살에는 마마를 한 자죽이 없고, 건순이 지지도 않았는데, 귀에는 제가 사다가 준 금관(錦冠)의 귀고리가 달려있다. 손가락에는 역시 제가 선물로 보낸 가락지를 끼고 있다. 그것을 보고, 그는 슬그머니 마음이 느긋해져서 잠시 외면을 하였다. 제 색시를 얻은 것이다!

"여기 고리짝허구 채롱이 있어."

그는 무뚝뚝하게 한마디를 건넸다.

계집애는 암말도 하지 않고 허리를 굽혀 고리짝 모서리를 들어 어깨에 둘러메고, 그 무게에 절름거리며 일어나려 한다. 왕룡은 황급히 소리를 질렀다.

"상자는 내가 지구 갈 테여. 임자는 그 채롱이나 들구 와."

그는 가장 소중한 장삼(長衫)을 입은 것도 거리끼지 않고, 고리짝을 메었다. 계집애는 잠자코 채롱을 들었다. 왕룡은 그런 체통 사나운 꼴을 하고, 아까 이루 셀 수 없을 만큼 많았던 뜰[中庭]을 내리면 혼이 날 생각을 하니, 저도 모르게 부르짖어졌다.

"뒷문이나 있었으면 좋을 텐데…."

계집애는 그 말이 무슨 뜻인지 얼핏 알아듣지를 못하는 듯하게 생각해 보다가 머리만 조금 숙여 보이고, 잡초가 우거지고 이끼가 낀 연못 근처로 해서 꾸부러진 노송나무 아래로 길을 인도하였다. 거기에는 후락한 문이 있다. 계집애가 그 문에 빗장을 벗겨 두 사람은 그리로 해서 길거리로 나갔다.

왕룡은 한두 번 계집애를 돌려다보았다. 아란은 그 넓적한 얼굴에 아무런 표정도 띠우지 않고, 한평생 그 길을 걸어다녔던 것처럼, 커다란 발로 땅바닥을 꽉꽉 밟으면서 사내의 뒤를 따라온다. 시가(市街)를 에두른 쪽 성벽의 누문(樓門)이 선 곳에서, 그는 머뭇거리며 한쪽 손으로 상자가 떨어지지 않도록 떠받치고 다른 손으로 허리춤에 남은 동전을 뒤져서 두 푼을 꺼내가지고 조그만 퍼런 복숭아 여섯 개를 샀다.

"이거 먹어."

왕룡의 말씨는 여전히 무뚝뚝하다.

계집애는 마치 어린애가 군것질감을 받는 것처럼 그것을 움켜쥐고는 말이 없다. 보리밭을 지나칠 때였다. 왕룡이가 돌려다보니까 아란은 그 복숭아를 소중한 듯이 깨물고 있다. 그러나 왕룡이가 저를 보는 눈치를 채자, 그것을 손으로 감추더니, 턱도 움직이지 않고 아무것도 하지 않았던 양을 꾸민다.

두 사람은 터주를 모신 당집이 선 서편 짝 밭으로 걸었다. 당집의 높이는 사람의 어깨에도 차지 않는데, 회색 벽돌로 쌓인 기와를 올렸다. 시방 왕룡이가 농사를 짓는 그 밭을 꼭 같이 갈아 내려온 그의 할아버지가, 거리에서 벽돌을 혼자 미는 수레로 실어다가 자기의 손으로 지은 것이다. 벽은 옻칠을 하고 어느 풍년이 들었던 년분에 환쟁이를 불러서, 그

벽에다가 산과 대륙의 경치를 그리게 하였었으나 기나긴 세월에 비바람이 흩뿌려서 대륙을 그린 것이 겨우 새털만큼 남았을 뿐으로, 산은 형적도 없이 지워져 없어졌다.

당집 속에는 조그만, 흙으로 빚어 만든 우상(偶像)을 모셔 앉혔다. 근처의 흙으로 만든 것인데 내외의 짝을 지은 터주다. 사내 터주는 금지와 부운 종이로 만든 도포를 입고, 사람의 터럭으로 수염을 달아 삐딱하게 늘이고 있다. 연연히 해가 바뀌면, 왕룡의 아버지는 붉은 종이를 사서 오려가지고, 정성스럽게 터주 내외의 옷을 갈아 입혀왔는데, 해마다 눈비와 여름에 내려 쪼이는 폭양 때문에 애써 해 입힌 옷도 말씀아니로 찌든 그것이었다.

그러나 지금은 설을 쇤 지가 얼마 되지 않는 때라, 터주들이 입은 옷은 아주 말짱하다. 왕룡은 그 부운 종이와 금지의 옷이 색깔스러운 것을 보고, 일종의 자랑을 느꼈다. 그는 계집애의 손에서 채롱을 받아들고 도야지고기 밑에다 넣어두었던 만수향을 조심스레 찾았다. 그것이 혹시 꺾이기나 했으면 재수가 없다고, 몹시 마음을 졸였으나, 다행히 두 가락이 다 성한 채 있다. 그는 터주 앞의 두툼히 쌓인 잿무더기 위에다가 나란히 꽂았다. 이 근처 백성들은 모두 이 터주를 뫼시고 분향을 하기 때문에 재가 높다랗게 고인 것이다. 그는 부싯돌을 꺼내서 마른 잎사귀에 당겨가지고 만수향에다 옮겨 붙였다.

그들은 터주 앞에 섰다. 계집애는 만수향 끄트머리가 타들어가서 뽀얀 재가 되는 것을 유심히 들여다보고 있다가, 그 재가 기다랗게 꼬부라지려고 하니까, 허리를 굽히고 손가락으로 그것을 털어서 떨어뜨리고는 꾸지람을 들을까 보아 무서운 듯이 말없이 왕룡의 얼굴빛을 엿본다. 왕룡은 아란이가 하는 짓에 어쩐지 호의를 느꼈다. 궐도 이 만수향에, 그네들 두 사람의 팔자를 본 것 같았다. 그 순간에 그들은 얽어매어진 것이었다. 만수향이 다 타서 떨어져 재가 될 때까지, 그들은 나란히 선 채 말없이 정숙하게 서 있었다. 어느덧 해는 기울기 시작하였다. 왕룡은 다시 고리 짝을 둘러메고 집으로 향해서 급히 걸었다.

집 앞에는 노인이 석양을 온몸에 받으며 서 있다. 그는 아들이 며느 릿감을 데리고 가까이 오는 것을 알았으나, 일부러 움직이지를 않는다. 계집애를 부러 쳐다보든지 하면, 남자의 체면이 사납다고 생각한 까닭이 다. 그는 하늘에 떠도는 구름에 각별한 흥미를 느끼고 있는 체하다가, 목 소리를 높였다.

"달무리를 헐 것 같으니, 비가 올려나 보다. 내일 저녁꺼정은 비가 올 게다."

그리고 노인은 왕룡이가 계집애의 손에서 채롱을 받아드는 것을 보고 꾸짖었다.

"너 이눔, 돈을 또 객쩍게 썼구나?"

왕룡은 채롱을 식탁 위에다 내려놓고

"오늘 저녁엔 손님들이 와유."

하고 간단히 대답을 하고는 고리짝을 제가 자는 방으로 들고 들어가서 저의 요를 넣어둔 상자와 나란히 놓았다. 등 뒤에서 인기척이 있어, 이상 스럽게 돌려다보니 늙은이는 방 앞턱까지 따라와서, 버럭 역정을 낸다.

"넌 무슨 돈을 그렇게 헤프게 쓰느냐!"

그러나 늙은이는 속중으로 아들이 동네사람들을 청하는 것을 기쁘게 여기고 있는 것이다. 다만 새로 들어온 며느릿감이 처음부터 돈을 아낄 줄 몰라서는 걱정이다. 그래서 얼마 동안을 꾸지람만 하는 것이 상책이라고 생각한 것이다. 왕룽은 아무 말 없이 밖으로 나갔다. 채롱을 들고 부엌으로 들어가니까, 아란은 뒤를 따라 들어왔다. 그는 한 무더기씩 꺼낸 고기를 차디찬 부뚜막에다 벌려놓으면서

"알지 고기허구 쇠고기허구 생선이야. 이걸 일곱 명이 먹을 테여. 음식 만들 줄 알어?"

하고 여자의 얼굴은 보지 않는 체하고 물어본다. 얼굴을 보면서 말을 건네는 것은 체통이 사나운 것 같았다. 궐녀는 대수롭지 않은 듯한 목소리로 대꾸를 한다.

"난 와 황 씨 댁에 팔려갔을 때버텀, 부엌에서만 일을 하는 종이었시유. 그 댁에선 조석마다 고기가 떠날 적이 없어유."

왕룽은 머리를 끄덕이고는 궐녀를 부엌에다 남겨둔 채로 손님들이 올 때까지 들어가지를 않았다. 그러는 동안에 활발한 듯하고도 교활하고, 일 년 열두 달 굶기만 하는 작은 아버지가 온다. 그리고 부끄럼을 타는 듯이 멋쩍게 웃기만 하는 상스러운 농군들이 온다. 두 사람은 왕룽이가 씻나락으로 추수를 할 때에나 만나는 사람으로, 나중에 온 사람은, 이 윗집에 사는 진(陳) 서방인데, 부득이한 경우가 아니면 당초에 말을 아니 하는 사람이다. 체수는 조그마한데 매우 얌전한 사내다. 그들은 서로 자리를 사양하다가 앉은 뒤에, 왕룽은 부엌으로 가서 계집애더러 시중을 들라고 이르고 들어왔다.

"음식 담은 접시를 내보낼 테니, 임자가 상 위에다가 벌려놔 주시구료. 난 낯설은 사내들 앞에 나가기가 싫어요."

왕룽은 색싯감의 대답이 여간 기쁘지 않았다. 그 계집애는 저의 색시

니까, 제 앞에 나오는 것은 서슴지 않지만 다른 사람에게는 얼굴을 보이기를 꺼려하는 것을 생각하면 무척 자랑스러웠다. 그는 부엌 문턱에서 음식접시를 궐녀의 손에서 받아들고 가운뎃방 식탁 위에 늘어놓은 뒤에 목소리를 높였다.

"여러분. 잡수십쇼"

우스갯소리 잘하는 삼촌이, "반단 같은 새색시를 우리헌텐 뵈주지 않을 테냐"고 우긴다. 왕룡은 숫기 좋게 대답을 하였다.

"안직 데리구 온 지가 얼마 않어서…. 혼인을 허기꺼정은 여러 사람 앞에 나오는 게 마땅치 않으니깡요"

하고 그는 정성껏 손들을 접대하였다. 손들은 입에서 슬슬 녹는 듯한 맛있는 음식을 정신없이 먹었다. 말은 할 사이도 없이— 그 중의 한 사람만이 생전에 양념을 잘한 것을 칭찬하였다. 한 사람은 도야지고기가 기가 막히게 훌륭하다고 하였다. 그런 말을 들을 때마다 왕룡은 똑같은 대답을 하였다.

"온 변변히 채린 것도 없는데…. 음식두 맨들 줄 모르구요…."

그러나 속중으로는 아주 흐뭇하였다. 아란은, 그가 사다준 음식감에다가, 몇 숟가락의 술과 설탕과 초와 간장을 쳐서 솜씨껏 고기 맛이 썩 도저하게 나도록 요리를 하였던 것이다. 왕룡이 자신도 다른 집 잔치에 가서 이만치 맛깔스러운 음식을 먹어본 적이 없었다.

밤이 되었다. 손님들은 음식을 다 먹은 뒤에도 차를 마시어가며 우스운 소리를 하면서 얼핏 궁둥이를 들지 않으려고 하였으나, 색시만은 언제까지나 부엌 속에서 나오지를 않았다. 왕룡이가 맨 끝으로 일어선 손님을 전송하고 나서 부엌으로 들어가니까, 궐녀는 외양간 곁에 쌓아놓은 짚 무더기에 가 꿇어앉은 채 자고 있었다. 머리카락에는 지푸라기가 잔뜩 묻었다. 왕룽이가 불러일으키니까, 잠결인지, 별안간 누가 때리는 것을 막아내기나 하는 듯이, 두 손을 벌리다가 눈을 뜨고, 멍하니 그를 쳐다본다. 왕룽은 낯을 가리는 어린애를 눈앞에 보는 것 같았다.

그는 여자의 손을 잡고 아침에 그 색시를 위해서 목욕을 하던 방으로 데리고 들어갔다. 그리고 촛대 위에다가 홍초를 켰다. 그 촛불 아래서, 그는 '인제는 단 둘뿐이로구나' 하니 졸지에 부끄러워졌다.

'이 계집애는 내 색시다. 아무렴 그렇구 말구.'
하고 수없이 입속으로 뇌어 보았다.

그는 수줍은 듯이 옷을 벗었다. 색시는 침대 곁으로 가서 조심스럽게 이부자리를 펴고 있다. 왕룽은 열적은 듯이 말을 꺼냈다.

"자기 전에 불을 꺼."

그러고는 턱 누워버렸다. 두꺼운 이불을 어깨까지 추켜 쓰고 자는 체한다. 그러나 잠이 든 것은 아니다. 그는 온몸을 부르르 떨었다. 그의 육체의 모든 신경은 눈을 뜨고 있는 것이다. 조금 있자 방안이 어두워지고 색시가 살그머니 곁으로 오는 줄을 느끼자, 그는 극도로 흥분이 되어 어둠 속에서 야릇한 웃음소리를 내었다. 그러나가는 색시를 끌어당겼다….

얼마나 재미나고 얼마나 무게 있는 이야기입니까. 그러나 이 소설은 지금부터 정말 진짜 이야기가 풀어진다고 이야기의 역자 심훈 씨도 말씀하십니다. 다 같이 다음호를 기다려주십시오. (기자)

03회, 1936.06. pp.164~172.

아란(阿蘭)

그의 살림살이에도 남부럽지 않을 만큼 기를 펼 때가 왔다. 왕룽은 이 튿날 아침 자리 속에서 이제는 제 물건이 된 여자를 들여다보고 있었다. 궐녀는 일어나서 천천히 기지개를 켜면서 옷을 주워 입고 헝겊으로 만든 신을 신고 발꿈치에 끈을 매었다. 아침햇발이 들창 대신으로 뚫어놓은 구멍으로부터 한 오라기의 실처럼 궐녀에게로 흘러 들어와서 그 얼굴을 흐릿하게 보여준다. 밤사이에 조금도 달라진 것이 없다. 왕룽에게 있어서 그것은 매우 놀라울 만한 사실이 아닐 수 없다. 그는 하룻밤 동안에 저 자신의 육체에 어떠한 변화가 생긴 것을 믿고 있기 때문이다. 그러나 궐녀는 날마다 겪어보아서 아직 버릇이 된 것처럼 저의 침상에서 일어나지 않는가!

늙은이의 기침소리는 어두침침한 속에서 화증이 난 것처럼 들려온다.

"아버지는 가슴앓이루 괴로워허시니깐 어서 먼첨 물을 끓어다 드리우."

아란은 어제와 같은 목소리로 묻는다.

"차 잎사귀를 넣을까요?"

이 간단한 질문은 왕룽으로 하여금 어리둥절하게 하였다. '넣구 말구 아무럼 차를 넣어야지. 아─니 우리들을 거지루 아는 셈이야?' 라고 그는 대답하고 싶었다. '차쯤은 아무것도 아니다' 라고 제 색시에게 큰 소리를 하고 싶었다. 말할 것 없이 왕 씨네 집에서는 아마 종들까지도 차 잎사귀 연둣빛이 된 끓인 물을 무상시로 마시고 있을는지 모른다. 그것은 끓인 물뿐이 아닐 것이다. 그러나 늙은 아버지는 새 며느리가 겨우 첫날밤을 치르고 난 이튿날 백비탕 대신에 차를 넣어가지고 갈 것 같으면 살림규모가 없다고 꾸지람을 할 것이다. 그나 그뿐인가. 실상 그들은 넉넉지가 못하다. 그래서 왕룽은 아무렇지도 않다는 듯이 대답을 하였다.

"차 말요? 일없어. 차를 드리면 기침이 더 심해지시니까."

그는 아내가 부엌에서 불을 피우고 물을 끓이는 동안 따뜻한 침상 속에서 마음이 느긋한 것을 느꼈다. 좀 더 게으름을 부리고 한숨만 더 잘까. 이제는 늦잠을 자도 괜찮을 팔자가 되었다. 그러나 요 몇 해 동안 매일 아침 일찌감치 일어나는 것이 버릇이 된 그는 좀 더 자려야 잘 수가 없었다. 그는 드러누운 채 꿈지럭거리지 않고도 견딜 수 있는 행복을 마음에도 육체에도 흐뭇하게 느꼈다.

그는 제 물건이 된 여자를 생각하는 것이 어쩐지 아직도 수줍은 것 같았다. 그는 밭을 생각하고 보리를 심을 것과 비가 오면 풍년이 들려니 하는 생각과 값만 비싸게 달라지 않으면 이웃집 진 서방에게서 사려고 한 무씨 같은 것을 생각하고 있었다. ─날마다 그런 궁리를 하고 있는 터이나 거기에 따라서 앞으로 살아 나아갈 것도 걱정이 되지 않을 수 없었다. 그도 그렇거니와 지난밤에 겪은 일을 머릿속에서 되풀이해 보니까 별안간 색시가 저를 좋아하는지 아니하는지가 새삼스러이 의심스러워졌다. 저 역시 그 여자를 사랑할 수 있는지 그 여자가 이 집에서 이런 살림을 하는 것을 만족하게 여기는지─가 걱정일 따름이요 그 여자 자신이 어떠한 감상을 가지고 있는가─하는 것은 문제가 아니다. 색시의 얼굴은 둥

글넓적하고 속은 껄끄럽지만 커다란 몸뚱이만은 부드러운 채 아무도 손을 대어보지 않았다— 그는 그것을 생각하니 어젯밤 어둠속에서 저 혼자 웃었던 것처럼 멋쩍은 웃음을 입모습에 띠었다. 젊은 서방님네는 이 부엌데기 종년의 얼굴밖에 보지 않았을 것이! 색시의 육체는 아름답다. 뼈대는 굵을망정 살결은 희고 탐스럽다. 그는 색시가 저를 남편으로 사랑해주었으면 오죽이나 좋을까하고 조급히 생각을 하여보았으나 그렇게 생각할수록 점점 부끄러워지기만 하였다.

방문이 열렸다. 궐녀는 조용히 아무 말도 아니하고 김이 서리어 오르는 찻잔을 두 손으로 받들어 들고 들어왔다. 그는 몸을 반쯤 일으키어 받았다. 끓인 물 위에 차 잎사귀가 떠 있다. 그는 슬쩍 아내의 얼굴을 쳐다보았다. 그런즉 색시는 겁을 집어먹는 것처럼 말을 한다.

"아버님께는 차를 넣지 않았어요— 임자가 말씀허신 대루— 그렇지만 임자헌텐…."

왕룽은 저를 두려워하는 색을 보고 무척 유쾌해져서 색시의 말이 끝나기 전에

"난 차를 좋아해. 난 차를 잘 마셔."

하고는 기쁜 듯이 훌훌 소리를 커다랗게 내면서 차를 마시었다.

그는 제 마음에게도 똑바로 알리는 것이 부끄러운 새로운 기쁨으로 흥분이 되었던 것이다.

'이 여자는 참 정말 나를 좋아허는구나.'

×

몇 달 동안 그는 아내의 하는 일에만 정신이 팔렸다. 아무 일도 없었던 것 같기도 하다. 그러나 실상인즉 전처럼 날마다 일을 하고 있었다.

그는 괭이를 메고 밭으로 가서 밀을 심어놓은 밭고랑의 풀을 뽑아주고 소에게 멍에를 메어가지고 서편 쪽 밭을 갈기도 하고 마늘이나 파를 심기도 하였다. 그러나 일하는 것이 조금도 싫지가 않았다. 해가 높직이 떠오른 뒤에 집으로 돌아온다. 그러면 점심밥이 그를 기다리고 있다. 밥상은 행주질을 말끔하게 쳐놓고 그릇과 젓가락이 제자리에 똑바로 놓여있다. 지금까지는 아무리 농사일이 바쁘고 몸이 피곤하여도 제 손으로 밥을 짓고 상을 보지 않으면 아니 되었다. 때때로 늙은 아버지가 몹시 시장하여서 부엌으로 들어가 고기를 찾고 밀가루를 반죽하여서 찜병 같은 것을 부쳐가지고 마늘종에다가 말아서 먹기도 하였으나 그런 때밖에는 무엇이든지 제 손으로 하지 않을 수가 없었던 것이다.

그러던 것이 이제 와서는 이것저것 할 것 없이 모두 저를 위해서 척척 준비가 되어 있다. 식탁 옆에 놓인 의자에 걸터앉아서 그저 먹어만 주면 그만인 신세가 되었다. 방 속과 앞뜰도 말끔히 소제를 하였는데 땔나무가 높직이 쌓였다. 그의 아낙은 남편이 밭으로 나간 뒤에 갈퀴와 삼태기를 들고 근처의 길거리를 걸었다. 마른 풀잎이나 삭정구나 낙엽을 긁어서 점심을 짓고도 남을 만치 걷어 들이는 것이다. 나무를 사서 때지 않은 것만 해도 왕룽에게는 여간 고맙지가 않았다.

저녁때가 되면 쿼녀는 괭이와 망태기를 어깨에 들쳐 메고 장거리로 뚫린 큰 길로 나간다. 짐을 싣고 하염없이 왕래하는 당나귀나 노새나 혹은 말똥을 끌어 담아다가 집 앞에다 쌓는다. 밭에 거름을 하려는 것이다. 쿼녀는 시키지도 않는데 잠자코 일만 한다. 그리고 날이 저물어서 하루의 일이 다 끝이 난 뒤에도 소여물을 쑤어주고 언제든지 물을 마시도록 한 번 둘러본 뒤가 아니면 결코 쉬지를 않는다.

'아란'은 집안 식구의 떨어진 옷을 꺼낸다. 대바늘을 가지고 제 손으로 솜에서 뽑은 실을 꼬여서 정성스럽게 떨어진 자리를 꿰매기도 하고 깁기도 한다. 침상도 밖으로 내다가 빛을 쏘이게 하고 이불잇을 뜯어서 빨아서는 바지랑대에서 걸어서 말린다. 몇몇 해를 그대로 덮기만 하여서 회색빛으로 딴딴히 뭉친 솜을 피고, 채질을 하여서 솜반을 짓고 구석구석에 숨은 빈대를 잡아 죽인다. 이와 같이 궐녀는 날마다 무슨 일이든지 해야만 견딘다. 그러는 동안에 셋이나 되는 방은 알아보지 못할 만치 정갈해지고 살림이 불은 것처럼 보이게까지 되었다. 늙은 시아버지의 해소는 점점 나아간다. 그는 집 앞 남향판의 벽에 기대어서 따스한 볕을 쏘이면서 그만 만사가 느긋한 듯이 낮잠만 자게 되었다.

그러나 '아란'은 꼭 해야만 할 말밖에는 입을 벌리지 않는다. 왕룡은 제 색시가 크고 넓적한 발로 집안을 느직느직이 그리고 꽉꽉 밟으며 돌아다니는 것을 보고 있었다. 또는 궐녀의 정신기 들어 보이지 않는 넙대대한 얼굴과 반쯤은 겁을 내는 듯한 표정이 없는 눈을 몰래 주의하고 있었으나 도무지 무슨 생각을 하고 있는지 깨단을 할 수가 없었다. 밤이면 그 보드랍고 탄력(彈力)이 있는 육체를 어루만지지만 날이 밝아서 아무나 입는 푸른 무명옷이 궐녀의 육체를 싸고만 보면 그저 고지식하고 말이 없는 하녀 같아 보인다. ─부엌때기나 심부름하는 계집 이외의 아무 것도 아닌 것처럼 그저 묵묵히 일만 하고 있다. 왕룡은 '왜 말을 아니 하느냐?'고 꾸짖을 수는 없다. 아내로서의 할 일을 충실히 하는 데야 거기에 만족할 수밖에 없었다.

이따금 그는 밭에서 딴딴한 흙을 갈아엎으면서 저의 아낙을 생각해볼 때가 있다. 그 헤일수도 없이 문이 많고 뜰[中庭]이 넓은 크나큰 집에서 퀼녀는 무엇을 보았을까? 어떠한 생활— 나도 모르는 어떠한 생활을 하여왔을까? 그는 아무것도 알 수 없다. 그러나 그는 제 아내에게 대해서 일종의 호기심을 가지고 그런 것을 걱정 비슷이 생각하는 것은 무슨 수치가 되는 것같이 생각되었다. 요컨대 퀼녀는 한 개의 여자에 지나지 못하지 않는가!

×

방안의 세간을 소제하고 하루 두 끼의 밥을 짓고 반찬을 장만하는 것만으로는 대갓집의 종으로 이른 아침부터 밤중까지 세찬 일을 하던 여자로서는 신에 붙지가 않았다. 어느 날 왕룽이가 나날이 이삭이 굵어가는 밀밭에서 날마다 일을 해서 허리가 아픈 것을 참으면서 팔다리를 놀리고 있으려니까 구불탕거린 밭두둑 위에 여자의 그림자가 떨어졌다. 본즉 아내가 괭이를 어깨에 메고 섰다.

"날이 저물 때꺼정 집엔 아무 일두 없어요"

퀼녀는 간단히 한마디를 하고는 남편과 나란히 서서 밭두둑을 힘껏 파올리기 시작하였다.

첫 여름이었다. 볕은 내려쪼인다. 얼마 아니 가서 퀼녀의 얼굴에서는 땀이 흘러내리기 시작하였다. 왕룽은 저고리를 벗어부치고 웃통을 드러내었지만 퀼녀는 얇은 옷자락을 어깨에다 걸치고 있다. 이윽고 그것은 땀에 젖어서 가죽과 같이 살에 가 찰싹 달라붙었다. 두 사람의 괭이는 완전히 한 가지 '리듬'으로 움직인다. 몇 시간 동안이나 말 한마디 아니하고 둘이 함께 노동을 하고 있으면 그는 일이 힘든 줄을 모르고 따라서 고통도 잊어버린다.

그는 아무것도 생각지 않고 있다. 다만 완전히 조화(調和)된 운동이 있을 뿐이다. —그들의 집이 되고 그들의 육체를 길러주고 그들의 신(神)들을 만들어주는 이 흙을 파헤치고 파 올리고 하여서 햇볕을 쪼일 따름이다. 기름진 검은 흙은 괭이 끝이 닿으면 서뿟서뿟 갈라진다. 가다가 벽돌조각이나 나무뿌리가 나온다. 그런 것은 아무렇지도 않다. 어느 시대 어느 해 연분에는 그곳에 남녀의 송장이 파묻힌 적도 있었다. 집이 서 있었을 때도 있었다. 그것도 이제는 흙으로 돌아온 것이다. 때가 오면 그들의 집도 그들의 뼈도 또한 흙으로 돌아간다. 모든 것이 이 흙 위에서 돋아났다가 차례차례 뒤를 이어서 흙으로 돌아간다. 그네들은 일을 하였다. 함께 묵묵히 이 흙을 살찌게 하기 위해서 수고로운 일을 계속해서 하는 것이었다.

해가 기울더니 날이 저물었다. 그는 천천히 허리를 펴고 아내를 바라다보았다. 얼굴에는 땀이 흘러서 흙먼지에 찌들어 주름살이 잡혔다. 그런데도 '아란'은 마지막 남은 한 사래의 골을 조심스럽게 켰다. 그리고 여전히 평범한 말씨로 말허두도 없이 갑자기 불쑥 한마디를 하였다. 이 고요한 저녁때에 여자의 목소리는 전보다도 더 평범하게 울렸다.

"어린애가 생겼어요"

왕룽은 어찌나 놀랍고 기쁜지 얼빠진 사람처럼 멍하니 서있었다. 무어라고 했으면 좋을까. 궐녀는 발밑에 있는 벽돌조각을 집어 들고 밭두둑 밖으로 던졌다. 궐녀는 '차를 가져왔어요'라든가 혹은 '잡수시지요'라고 하는 것과 조금도 다를 것이 없다는 듯이 생각하는 모양이다. 궐녀에게는 그만치 항용 평범한 일로 보이는 것이리라. 그러나 왕룽에게는— 그에게 있어서는 말도 나오지 않고 염통이 급작시리 쿵쿵 방아를 찧기 시작하였다. 그렇다! 이제 이 흙 위에서 사는 그들에게도 아들을 낳을 차례가 온 것이다.

그는 아내의 손에서 황급히 괭이를 뺏어들고 목청이 찢어지는 것 같은 목소리로 말을 하였다.

"인제 고만 하지. 날이 저물었는데…. 집에 가서 아버지헌테 여쭙시다."

그들은 집으로 향해서 걸었다. '아란'은 여자다. 남편의 뒤에서 여섯 발자국 떨어져서 따라온다. 늙은이는 저녁밥을 기다리다 못해서 문간에 서있었다. 며느리를 얻은 뒤부터 노인은 아무리 시장하여도 결코 자기의 손으로는 음식을 만들지 않게 되었다. 그는 더 기다릴 수 없는 듯이 목소리를 높였다.

"나는 늙은 사람이다. 이렇게 늦두룩 밥을 기다릴 수는 없다."

왕룽은 그 말에는 대답은 하지 아니하고 아버지의 앞을 지나칠 때에 말을 하였다.

"어린애를 뱄대유."

그는 '오늘 서편 쪽 밭에 씨를 뿌렸세요'라나 한 듯이 넌지시 알려줄 생각이었다. 그러나 목소리를 높지 않았어도 제 생각에는 의외에 커다랗게 부르짖은 것같이 생각되었다.

노인은 그 말을 듣는 순간 눈을 번쩍 떴다가 무슨 말인지 그 뜻을 똑똑히 짐작되자 급작시리 기쁜 듯이 웃기를 시작하였다.

"흐 흐 흐 흐…."

하고 얼핏 웃음을 끊지 않는다. 그리고 며느리를 돌려다보고는

"그래 추수헐 날이 멀지 않었니?"

하고 말을 건넸다.

어두워서 며느리의 얼굴은 보이지 않았다. 다만 여전히 평범한 목소리만이 들렸다.

"얼른 저녁을 차리겠습니다."

"오올치 그래그래 저녁을 먹어야지!"

노인은 금방 어린애가 된 듯이 며느리의 뒤를 밟아서 부엌으로 들어갔다. 손자가 생긴다는 말을 듣고 저녁 먹을 것을 잊어버리고 밥을 먹을 생각을 하고는 손자를 잊어버린 것이다.

그러나 왕룽은 컴컴한 가운데 방의 식탁 곁에 걸터앉아서 팔짱을 끼고는 머리를 파묻었다. 그의 이 몸뚱이에서 왕룽이 자신의 육체에서 새로운 생명이 태어나오려는 것이다!

04회, 1936.07. pp.269~274.

첫아들

해산할 날짜가 가까워오자 왕룽은 아내에게 물었다.

"누구든지 해산구완해 줄 사람을 얻어야 허지 않겠수? 여편네를 얻어여지…."

아란은 머리를 흔들었다. 저녁을 먹은 뒤에 설거지를 할 때였다. 늙은이는 벌써 잠이 들어서 단 둘이서만 있었다. 고요한 밤이다. 조그만 생철 접시에 콩기름을 따르고, 거기다가 솜을 부벼서 만든 심지를 띄웠다. 흐릿한 불빛이 그들을 비추고 있다.

"여편네두 일없단 말야?"

왕룽은 놀라서 채우쳐 물었다. 그는 벌써부터 저 혼자 지껄이는 것이 버릇이 되었다. 아내는 머리를 흔들거나 팔을 내어젓기만 할 뿐이요 마음이 내켜야 그 커다란 입에서 시답지 않은 듯한 말이 새어나올 따름이다. 그는 그러한 반벙어리하고 살면서도 못마땅한 것이 없을 만치나 저절로 익숙하였다.

"그렇지만 집에 사내만 둘이 있으니 어떡헌담."

그는 말을 이었다.

"어머니가 산고가 계실 때는 시굴서 여편네를 데려왔었지만 난 당최 어린애 낳는 걸 보기나 했어야지. 그 황 씨 댁엔 늙은 종이나 같이 지내던 동무든지 와 줄 사람이 없을까?"

아내의 몸이 팔리었던 황 씨 집의 일을 그의 입 밖에 내기는 이번이 처음이었다. 아란은 홱 돌려다보았다. 그가 전에는 보지 못하던 얼굴을 하고 있다. 좁다란 눈꼬리가 샐쭉해져서 노여운 표정이 떠돌고 있다.

"그 집엔 아무두 내 동무가 없어요."

하고 톡 쏘아붙인다. 왕룽은 담배를 담고 있던 담뱃대를 떨어뜨리고 깜짝 놀라서 아내를 바라다보았다. 그러나 그의 얼굴은 금새 풀려서, 아무 말도 하지 않았던 것처럼 씻은 젓가락을 고르고 섰다.

"아—니 그러니 어쩌잔 말야?"

그는 놀라서 물었으나 대답을 하지 않는다. 그는 다시 말을 이었다.

"우린 둘 다 사내니까, 어린애를 날 적엔 소용이 닿지 않는단 말이여. 아버진 며느리방엘 들어가지 못허시지— 난 소가 새끼를 낳는 것두 본 적이 없어. 내 손으루 서투르게 다루다간 어린애가 다치기나 허게. 저 황 씨 댁 같은 데선 해마다 누구든지 애를 낳을 테니깐 해산구완에 익숙한 사람을 청해오잔 말이지 뭐…."

아란은 식탁 위에다가 행주질까지 친 젓가락을 차례차례 벌려놓으면서, 남편의 얼굴을 쳐다보며 그제야 입을 연다.

"내가 그 댁에 갈 때는 내 어린 걸 안구 있겠어요. 어린애헌테 다홍저고리에 빨간 꽃무늬를 수놓은 바지를 입히구요 앞에 금빛이 나는 조그만 부처님을 꿰어 매단 모자를 씌우구 호랑이 얼굴 같은 신을 신길 테야유. 나도 새 신을 신구 새 껌정 우단 옷을 입구서 내가 입때꺼정 일을 허던 부엌에두, 노마네님이 아편을 잡수시는 대청에두 가서, 나허구 내 어린앨 여러 사람헌테 구경시킬 테유."

왕룽은 여지껏 이만치나 길게 늘어놓는 말을 아내의 입에서 들어본 적이 없었다. 말은 느릿느릿하게 해도 발음은 똑똑하다. 그는 저의 아낙이 전사부터 그러한 예산을 하고 있었구나— 하고 생각하였다. 그와 함께 밭에서 일을 할 때도 그런 것을 생각하고 있었으리라. 아란은 어린애에게 대한 일은 염두에도 두지 않는 것처럼 그날그날을 묵묵히 일만 하고 있었다. 겉으로 보기에는 그랬건만 어린애에게 옷을 입히고 그리고는 그 어린애의 어머니로서 새로운 치장을 한 제 자신의 자태까지 벌써 마음속에다 도장을 찍은 듯이 그려보고 있었던 것이다. 이때만은 왕룽의 입에서 말이 나오지 않았다. 애꿎은 담배만 손바닥에다 비비적대고 섰다가 간신히 정신을 차려 떨어뜨린 담뱃대를 집어올렸다.

그리고는 잠시 점적히 섰다가 일부러 목소리를 낮추었다.

"그럼 돈이 들 걸."

"은전을 서 푼만 주시면…."

하고 궐녀는 겁이나 나는 듯이 어름어름하다가

"그건 여간 큰돈이 아니지만 난 몇 번씩이나 셈을 쳐 봤어유. 동전 한 닢두 허투루 쓰지 않을 테야유. 모전에 가서두 옷감을 속아 사진 않을 테유."

왕룽은 허리춤을 더듬었다. 엊그제 서녘 밭두렁에 무성하게 엉키었던 갈대를 저잣거리의 장사치에게 한 마차 반이나 팔았기 때문에, 아내가 청구하는 액수보다도 좀 더 넉넉히 가지고 있었다. 그는 은전 서 푼을 식탁 위에다 꺼내놓았다. 그러고는 잠시 머뭇거리다가 은전 한 푼을 더 꺼냈다. 이것은 찻간[茶舘]에 가서 노름을 하고 싶을 때, 밑천으로 쓰려던 것이다. 그러나 그는 노름판에서 애써 얻은 전을 내버리는 것이 아까운 생각이 나서, 주사위[骰子]가 구르는 것을 구경만 할 뿐이었다. 장거리에 가서도 틈만 있으면, 길모퉁이에서 고담책을 보는 소리를 듣다가, 추넘을 낼 차례가 오면, 동전 한 닢을 던져주면 그만이다.

"그 은전두 받어 둬."

그는 담배를 붙이려고 꼬아놓은 종이에 등잔불을 옮겨서, 연기를 빨아가며 띄엄띄엄 말을 한다.

"돈을 쓰는 김에 조그만 비단 옷두 한 벌 해줘 응. 아무튼 첫 자식이니까…"

아란은 그 은전을 얼핏 받으려고 들지는 않았다. 여전히 표정 없는 얼굴로 잠시 남편을 바라다보더니 이윽고 반쯤 속삭이는 듯 말을 한다.

"내가 은전을 가져보긴 난생 첨이야유."

궐녀는 별안간 손을 내밀어 은전을 움켜쥐더니, 급작스레 침실로 들어가 숨어버렸다.

왕룽은 그 자리에서 담배를 빨자니, 은전이 그저 책상 위에 놓여있는 것 같았다. 그것은 흙으로부터 온 것이다. ―그 은전은, 그가 땅을 파고 흙을 일러서 진땀을 흘린 그 흙에서 생긴 것이다. 그는 자기의 생명을 땅에서 쥐어짜내고 있다. 땀방울이 흙에서 곡식을 낳고, 곡식이 은전으로 변하는 것이다. 이제까지는 은전을 다른 사람에게 줄 때, 제 살 한 점을 저미는 것 같은 생각이 들었다. 그러나 이번만은 그 돈을 내놓는 것이 조금도 아깝지 않은 것을 처음으로 경험하였다. 저잣거리의 장사치의 손으로 들어가는 돈이 아니다. 거기에 보이는 것은 은전 그것이 아니라 은전보다 훨씬 값이 나가는 것― 제 자식의 알몸을 싸줄 옷인 것이다. 그는 또다시 저의 아내를 이상스럽게 생각하였다― 아내는 묵묵히 한눈도 팔지 않고 다만 노동을 할 뿐이다. 그러면서도 그런 새 옷을 입은 어린애를 맨 처음 본 것은 아란이 저 자신인 것이다!

×

아란은 해산할 때는 누구의 손도 빌고 싶지 않다고 하였다. 때가 왔다.
어느 날 밤 해가 떨어진 뒤에 얼마 아니 있어서였다. 그때까지 남편과 함
께 논에서 일을 하고 있었다. 밀을 거두어들인 뒤에 밭에다가 밭벼를 심
었다. 여름 볕과 초가을의 따뜻한 볕발을 쪼여서 이삭은 탐스럽게 영글
었다. 내외는 온종일 자루가 짧은 낫을 들고 벼를 베고 있었다. 아란은
달이 꽉 차서 몸을 굽히기도 여간 거북해하지를 않았다. 일손은 점점 더
디어 가서 남편이 베고 있는 밭두둑에서 아득히 뒤떨어져서 나란히 서서
일을 할 수가 없게쯤 되었다. 해가 기울어 저녁때가 되고 어스레하게 땅
김이 지게 되자 아란의 몸 움직임이 유난히 더디어지는 것이 눈에 띠었
다. 왕룽은 슬그머니 갑갑증이 나서 등 뒤를 돌려다보았다.

아내는 낫을 떨어뜨린 채 서 있다. 얼굴에서는 새로운 땀이 흘러내
린다. ―고통의 땀인 것이다.

"어린앨 날 때가 돼서요. 난 들어갈 테유. 내가 부를 때꺼정 내 방엘
들어오면 안 돼유. 그러구 새루 껍질을 벗긴 갈대를 뾰죽허게 잘러다 주
서요. 삼줄을 가를 테니…."

아란은 대수롭지 않은 일인 듯이 밭둑을 건너서 집으로 돌아간다. 그
것을 바라다보고 섰던 왕룽은 웅덩이에서 싱싱한 시퍼런 갈대를 골라서
정성스럽게 껍질을 벗기고, 낫으로 엇비슷이 칼날처럼 잘랐다. 저물어가
는 가을날 어둠은 낡어온다. 그도 낫을 어깨에 걸어 메고 집을 향하여 급
히 걸었다.

식탁에는 그의 저녁밥 뜨뜻한 채로 기다리고 있다. 늙은 아버지는 벌

써 먹고 난 판이었다. 아란은 그다지 괴로운 중에도 그들을 위해서 저녁 준비를 하였던 것이다. 이러한 아내가 좀처럼 있을 것인가. 그 역시 한참 이나 고마운 생각을 마지않다가 침실 앞으로 가서 목소리를 높였다.

"갈대를 가져왔어."

그는 아란이 그것을 가지고 들어오라고 할 줄만 알았으나 아내는 문 턱까지 와서 문이 빠끔히 열린 틈으로 손을 내밀어 갈대를 받아들였다. 그러고는 아무 말도 없이 다만 집에서 기르는 짐승이 먼 길을 뛰어온 것 처럼 숨을 헐떡헐떡하고 몰아쉬는 소리가 들릴 뿐이다.

노인은 숭늉그릇을 입에서 떼여 말했다.

"얼른 먹어라. 식겠구나."

그리고 나서는

"네가 염려허긴 너무 이르다. 무척 오래 걸리는 법이다. 지금두 눈에 서언 허지만 네 큰형을 날 때엔 지금쯤 비릇기 시작해서 이튿날 아침에 나 낳았단다. 내 자식이— 네 어머니가 낳은 자식은 아마 스물은 됐을라 —난 잊어버렸다. —살아 있는 건 너 하나뿐이니까… 허니까 여편넨 자 꾸 낳는 게 수지."

잠시 있다가 노인은 또 무슨 생각을 새삼스러이 한 듯이

"내일 이맘때면 난 할애비가 되는구나."

노인은 돌연히 웃기를 시작해서 저녁도 다 못 먹고 방안 침침한 구석 에 가 앉아서 한참동안이나 혼자 웃고 있다.

그러나 왕룽은 해산방 앞에 서서 몹시 괴로이 헐떡거리는 숨소리를 듣 고 있었다. 피비린내가 훗훗하게 맡혀 온다. 구역이 날 것 같은 냄새다. 왕룽은 그만 겁이 났다. 몰아쉬는 숨소리는 점점 더 높아가는데 터져 나

오는 신음성을 입술을 깨물고 참는 눈치가. 그렇건만 산모는 소리를 지르지 않는다. 왕룽이가 듣다 못해서 문짝을 박차고 들어가려할 때 가늘고 새된 비명이 들렸다. 그는 만사를 잊어버리고 말았다.

"아들인가?"

왕룽은 아내가 어떻게 된 것은 잊어버리고 커다랗게 소리를 질렀다. 가느다란 외마디 소리 같은 것이 아직도 끊이지 않는다.

"아들인가 아닌가? 그것만 어서 말해."

그는 자분참 조급히 물었다.

아란의 목소리는 실낱같이 가늘게 들렸다.

"아들이야유."

그 말 한마디를 듣자 그는 걸상에서 펄썩 주저앉았다. 참으로 속하였다. 음식은 벌써 식었는데 노인은 걸상에 기대인 채 꾸벅꾸벅 졸고 있다. 참 정말 빨리도 낳았다. 그는 늙은이 어깨를 흔들며

"아들이래유."

하고 자랑스럽게 소리를 질렀다.

"아버진 할아버지가 되시구 난 아버지가 되어유?"

하고 부르짖듯 하였다. 깜짝 놀라 잠이 깬 노인은 잠이 들기 전에 웃듯이 다시 웃기를 시작한다.

"그럴 테지— 그럴 테지. 아—무렴 어쩐 말이냐."

하고 노인은 여전히 웃음을 그칠 줄 모른다.

"할아비? 홍 할아비!"

하고 헛소리하듯 하면서 일어나 자기의 침상으로 갈 때까지 웃기를 계속하였다.

왕룽은 식은 밥그릇을 들고 먹기를 시작하였다. 불시에 허기가 진 것 같아서 입에다 밥을 넣기도 갑갑한 듯하다. 해산방에서는 아란이가 무엇을 걷어치우는 것 같다. 어린애의 으아—라고 우는 소리가 끊길 사이 없이 귀가 따갑게 들려온다.

"인제버팀 이 집은 일 년 열두 달 시끄러울 게다."

그는 흐뭇해서 혼잣말까지 하였다. 그리고는 배가 잔뜩 부르도록 밥을 먹고 나서 다시 해산방의 방문턱까지 갔다. 이번에는 산모가 불러서 들어갔다. 아직도 피비린내가 혹 끼치기는 하나 벌써 깨끗하게 방을 치워놓아서 아무데도 피 흔적이 없다. 다만 대야 속에 핏빛이 보일 뿐이나 그것도 산모가 침대 밑에다가 틀어넣어서 왕룽의 눈에는 띄지를 않았다. 홍초에 불을 켜고 산모는 깨끗이 치워놓은 침대 위에 이불을 덥고 반듯이 누웠다. 그 곁에 그 지방의 습관에 따라서 그의 첫아들도 아버지의 헌바지를 덮고 누워있다.

산모의 곁으로 가까이 다가선 그는 잠시 말문이 막혔다. 가슴이 두근두근해졌다. 그는 핏덩이를 위에서부터 내려다보았다. 둥그렇고 주름살이 잔뜩 잡힌 얼굴은 까무잡잡하다. 머리에는 기다란 머리털이 축축하게 젖어있다. 울다가 지쳤는지 이제는 소리도 내지 않고 두 눈을 꼭 감고 있다.

그는 아내의 얼굴을 보았다. 아내의 머리털은 아직도 고통 때문에 젖어있고 가느다란 눈은 옴폭이 꺼졌으나 그밖에는 여느 때와 다를 것이 없다. 그러나 그러고 드러누운 모양을 보니 그의 가슴을 깊이 울리는 무엇이 있다. 그의 마음은 두 사람에게로 쏠린다. 무어라고 해야 좋을지 몰라서 어름어름하는데 이런 말이 입 밖을 튀어나왔다.

"내일 장에 가서 붉은 사탕을 한 근 사다가 끓여 줄께에."

그러고는 어린 것을 들여다보고 섰는 동안에 별안간 무슨 생각이 떠돈 것처럼 부르짖었다.

"닭알을 채롱에다 하나 가득 사다가 발갛게 물을 들여서 온 동네에 노나 줄 테여. 여러 사람헌테 내가 첫 아들을 낳다는 걸 알으켜 줄걸."

수확(收穫)

해산한 이튿날 아란은 여느 때와 같이 일어나서 아침을 차렸으나 밭으로는 나가지 않았다. 왕룽은 한낮이 겨워서 혼자 벼를 베었다. 그러고는 푸른 장삼을 입고 저잣거리로 나가서 닭알 오십 개를 샀다. 한꺼번에 물을 들이려고 붉은 색지도 샀다. 또 붉은 사탕을 한 근 나머지나 사서 점원이 누런 종이에 싸는 것을 보고 있었다. 점원은 가는 노끈으로 묶고 빨간 종이를 끼고는 웃으면서

"순산허신 어른께 마시게 허실겝죠?"

하고 묻는다.

"응 첫아들을 났어."

왕룽은 자랑스럽게 대답하였다.

"그건 참 경사스런 일이십니다."

점원은 입버릇처럼 인사를 하였다— 그의 눈은 이미 저의 전방으로 들어서는 다른 부자 같은 손님에게로 쏠렸기 때문이다.

점원은 이러한 인사를 하루도 수없이 하는 것이건만 왕룽은 저하나만 축복해주는 것처럼 생각하고 그 친절한 말씨를 기뻐하였다. 그래서 머리를 숙여 절을 다 하고 나왔다. 가게에서 나올 때에도 머리를 숙였다. 전방에서 나와서 길거리의 먼지가 뿌옇게 일어나는 눈이 부시도록 강렬한 광선 아래로 나왔을 때의 왕룽이처럼 행복에 넘치는 사내는 세상에 없을

것 같았다.

그는 처음에는 여간 기쁘지 않았으나 뒤미처 무서운 생각에 사로잡혔다. 사람이란 너무 운수가 좋을 때 정신을 차리지 않으면 아니 된다. 하늘과 땅에는 마귀가 가득 차서 인간들의 행복을 무심코 보지 않는다— 더군다나 가난한 사람의 복록을 시새우는 법이라 한다. 그는 졸지에 발꿈치를 돌려 잡화점으로 가서 굵다란 만수향을 네 가락이나 샀다. 집안 식구 네 사람에게 한 가락씩 차례가 가는 것이다. 그는 전에 가본 조그만 당집으로 가서 혼인하던 날 색시와 함께 향을 피워 올리던 것처럼 그 찬 잿무더기 가운데다 그것을 세우고 그 네 줄기의 향에서 연기가 피어오르는 것을 보고서야 비로소 마음을 놓고 집으로 돌아갔다. 그 납작한 지붕 밑에서 오두머니 서 있는 한 쌍의 수호신(守護神)은 얼마나 위대한 힘을 가지고 있는 것이랴!

×

아란은 아무의 눈에도 띄지 않게 남편과 같이 밭이나 논으로 나가서 일을 하고 있었다. 곡식을 걷어 들인 뒤에는 집 앞에다 타작마당을 만들고 바심을 하기 시작하였다. 두 양주는 힘을 모아 도리깨질을 해서 벼를 털기도 하고 키로 나비질을 해서 커다란 키에 담아 공중에 끼얹는다. 바람은 볏가락을 구름과 같이 날리는데 떨어지는 나락은 그 키에다가 받는다.

바심이 끝난 뒤에 그들은 밭으로 나가서 겨울에 기를 밀 씨알을 뿌렸다. 왕룽이가 소로 밭을 갈고 나가면 아란은 그 뒤를 따라 굵다란 흙덩이를 멍이로 끈다. 그때쯤 되면 궐녀는 날마다 밭에서 진종일 일을 하였다. 어린애는 헌 이불에 둘둘 말려서 흙 위에서 자고 있다. 어린애가 울면 어머니는 일하던 손을 쉬고 땅바닥에 앉아서 가슴을 헤치고 젖을 먹인다. 가을볕은— 미구에 닥쳐올 추운 겨울의 전조(前兆)를 보이는 것 같은 늦은 가을의 엷은 볕은 두 사람의 머리위로 흘러내린다. 어머니도 어린애도 얼굴은 흙빛이 되어서 흙으로 만든 터주와 같이 앉아있다. 어머니의 머리에도 갓난이의 보드라운 머리 새까만 머리카락에도 먼지가 뽀얗게 앉았다.

　여자의 갈베옷빛 같은 가슴에서는 어린애를 위한 젖이— 눈과 같이 새하얀 젖이 솟는다. 갓난이가 한쪽 젖을 빨고 있으면 또 한쪽 젖은 샘물과 같이 흘러내리건만 어머니는 그대로 내버려두고 있다. 제 아무리 빨아도 어린애를 몇이라도 넉넉히 기를 수 있을 만치 젖이 풍부한 것을 아는 어머니는 흘러내리는 것을 보고도 무심히 있다. 뒤를 잇대어 자꾸만 솟아오르기 때문이다. 이따금 너무 흘러내리면 옷을 더럽히지 않으려고 일부러 쥐어짜서 땅바닥에다 짓는다. 그것이 흙에 가 배면 뽀얗고 동글동글한 반점(斑點)이 어룽진다. 어린애는 포동포동하게 살이 쪄가서 무척 튼튼하게 자란다. 어머니의 무진장인 생명수를 흡족히 빨기 때문에—.

　겨울이 온다. 그들은 그 준비에 바쁘다. 올해에는 이제까지 없던 풍년이 들어서 좁은 그의 방 세간은 추수한 곡식으로 가득 찼다. 천정의 대들보에는 말린 파와 마늘을 묶은 것이 수없이 매달렸다. 갈대로 엮은 삿자리 같은 것을 섬 대신으로 만들어서 쌀과 밀을 꽉꽉 눌러 담은 것이 가운데 방에도 노인의 방에도 자기네가 쓰는 방에도 넘치도록 찼다. 물론 그 대부분은 팔 것이지만 왕룽은 규모가 대단하여서 다른 동네사람들처럼 노름을 하거나 맛있는 음식을 사먹어서 돈을 낭비하지 않고 곡물 시세가 떨어지는 추수한 뒤에는 그네들과 같이 급히 팔지를 아니하고도 견딜 수가 있다. 모두 그대로 저축해 두었다가 눈이 땅 위를 뒤덮을 때 또는 정초가 되어서 장꾼들이 비싼 값을 주고도 살 때가 아니면 곡식을 내지 않는다.

그의 삼촌은 곡식이 여물기도 전에 팔아먹는다. 베어들이거나 타작을 하는 수고를 덜고 싶고 또는 맞돈만 주면 값이 싸더라도 밭이나 논에 세워놓은 채 팔아버린다. 삼촌댁은 뚱뚱하게 살이 찌고 게으르고 미욱한 여자로 일 년 열두 달 기름진 음식을 먹을 생각과 저잣거리에서 몸치장할 것을 사들일 궁리만 한다. 왕룽의 아낙은 남편의 것이다. 시아버지의 것이다. 저의 신이나 어린애가 신을 것까지도 신이란 신은 제 손으로 삼는다. 만일 아내가 새 신을 산다고 말할 것 같으면 왕룽은 도대체 무슨 말인지 알아듣지 못할 것이다.

삼촌의 허물어져가는 집 대들보에는 아무것도 매달려 본 적이 없으나 조카의 집에는 도야지 다리까지 걸렸다. 이웃집 진 서방네서 먹이던 도야지가 병이 날 듯해서 잡았을 때에 산 것이다. 아란은 그것을 소금에다가 흠씬 절여서 말려두었다. 그밖에도 내장을 발라낸 닭을 두 마리나 털이 붙은 채 매달았다.

얼마 아니 있어 사막으로부터 차디찬 동북풍이 살을 엘 듯한 혹독한 추위와 함께 불어올 때 왕룽의 가족은 그 넉넉히 추수한 것을 가지고 단취해서 지냈다. 어린애는 벌써 저 혼자 따로 앉게 되었고 한 달이 되는 날에는 국수를 해서 나눠먹었다. 그것은 어린애가 수를 오래하기를 비는 풍속으로 왕룽이가 장가를 들 때에 불렀던 사람들을 청해다가 발갛게 물들인 닭알을 열 개 씩이나 나눠주고 그리고는 축하를 하러 온 동네사람들한테도 두 개씩 별러주었다. 동네사람들은 발육이 잘되어서 어머니와 같이 광대뼈가 나오고 보름달같이 얼굴이 탐스러운 어린애의 아버지를 모두들 부러워하는 눈치였다.

벌써 겨울이다. 어린애는 밭으로 데리고 나갈 수가 없다. 툇마루에 자리를 깔아서 앉히고 남창을 열어놓아서 볕을 쏘여준다. 북풍은 몹시 차게 불어오지만 북쪽 벽은 두꺼웠다.

집 앞에 있는 대추나무와 밭둑에 선 버드나무나 배나무에는 잎사귀란 잎사귀는 모조리 바람에 불려서 떨어졌다. 다만 집 동편 짝에 얼크러진 대숲의 신우대만은 아직도 성성하다. 세찬 바람이, 이렇게 조강한 바람이 줄창 불어서는 일껀 뿌린 밀 싹이 나지를 않는 까닭에 왕룡은 근심스럽게 비를 기다렸다. 그 깡마른 바람이 자고 고요히 흘러들어오는 하늘에서 돌연히 비가 쏟아지기 시작하였다. 그는 그만 흡족해서 집 속에 들어앉아 창대같이 내려오는 빛발을 바라보았다. ―마당 앞의 밭까지 빗물이 먹어들어 온다. 짚으로 이은 추녀에서는 빗물이 뚜―ㄱ 뚜―ㄱ 떨어진다. 어린애는 놀란 듯이 눈을 휘둥그렇게 뜨고 은실 같은 빗발을 휘감으려고 두 손을 벌리고 재미있는 듯이 웃는다. 집안 식구가 한꺼번에 따라 웃었다. 할아버지도 손자의 방에 앉아있었다.

"아마 이렇게 숙성한 녀석은 이 동네엔 없을 게다. 내 조카놈은 서서 걸어댕길 때꺼정 아무 분간이 없었으니까…."

밭에서는 밀이 싹을 뾰족뾰족 내밀다가 축축하게 건 흙 위에 초록빛 잎사귀가 너울거릴 만치나 퍼졌다.

한편으로 바지런한 여자들은 집안에서 헝겊신을 만들고 옷을 꿰맨다. 그러면서 정초에 먹을 음식을 장만할 궁리를 한다.

…풍년이 들어서 왕룡이가 거두어들인 곡식을 팔았을 때는 소용되는

393

것을 다 사들이고도 은전이 한 줌이나 남았다. 그는 전대에 넣어 허리에 차기도 마음이 놓이지 않고 이웃사람에게 알려질까 보아 무섭기도 하였다. 그래서 두 양주는 은전을 어디다가 감출까? 하고 의논을 한 끝에 아란의 의사대로 자기네가 자는 침대를 기대어놓은 벽에 구멍을 뚫고 그 속에다 넣고는 진흙으로 발라 감쪽같이 때워버리기로 하였다. 그러면 밖에서 보아 알 수도 없을 뿐 아니라 왕룡이도 아란이도 슬그머니 '우리도 부자가 되었거니' 하는 든든한 생각을 갖게 되는 것이었다. 왕룡은 그 집한 돈을 어디다가 다 써야할지 모를 것 같기도 하였다. 농군들 틈에 끼었을 때 저 자신에게 대해서 또는 여러 사람에게 대해서 무엇인지 모르게 자랑스러운 생각까지 들었다.

> 매달 숨이 턱턱 막힐 듯 긴장한 육박성을 엮어가는 이 이야기, 여러분은 또 다음 달에 오는 대지의 인간미를 아시라. (기자)

05회, 1936.08. pp.254~264.

신년(新年)

새해가 가까워오자, 어느 집에서든지 설을 맞이할 준비들을 하였다.
왕룽이도 저잣거리의 초[蠟燭]를 파는 집으로 가서 네모진 붉은 종이를
여러 장이나 사왔다. 거기에는 복을 빌고 재물이 많이 생길 덕담 같은 것
을 금 글자로 씌어있다. 그것을 호미나 쇠스랑 같은 농기에다가 붙이면
새해의 행운이 돌아온다는 것이다. 그는 붉은 종이를 괭이와 소등에 싣
는 멍에와, 거름과 물을 긷는 통에다가 붙였다. 그리고 대문짝에도 좋은
운수가 돌아오라는 문구를 쓴 기다란 붉은 종이를 붙이고, 대문 위에는
꽃모양으로 곱다랗게 오린, 역시 붉은 종이를 꾸며 놓았다. 또 그리고 터
주에게 옷을 입히려고 붉은 종이를 사왔는데, 그것은 늙은이가 떨리는
손으로 보기 좋게 만들어놓아서, 왕룽은 전에 다니던 당집으로 가서는,
두 조그만 터주에게 입히고, 새해를 축복하고 그 앞에서 잎을 피어 올렸
다. 그리고 강고데방 벽에 붙인 터주의 화상에는 설날 저녁에 바치려고
붉은 초 두 가락을 샀다. 음식을 먹을 때 쓰는 식탁이 바로 그 밑에 있어
서, 거기다가 초를 꽂아놓는 것이다.

두 번째 저잣거리로 나갔을 때 왕룽은, 도야지 기름과 흰 설탕을 사
가지고 돌아왔다. '아란'은 그 도야지 기름에다가 쌀가루를 섞었다. ―그
쌀가루는, 그네들이 논에서 농사를 지은 쌀을 방아에 찧은 것이다. '아란'
은 거기다가 설탕을 넣어서 이른바 월병(月餅)이라고 부르는 설에 먹는

과자를 만들었다. 황 씨네 같은 부잣집에서는 그것을 설에 먹는 것이었다.

그것을 찌기 전에, 식탁에다가 벌려놓은 것을 본 왕룽은, 가슴이 뻐개질 만치나 흐뭇해졌다. 부잣집이나 지체가 높은 사람의 집에서나 해먹는 과자를 만들 줄 아는 여자는, 온 동네를 뒤져도 없는 줄 알기 때문이다. '아란'은 그밖에 빨간 주두열매[山茱萸]와 파란 오얏열매[李實]로 꽃과 여러 가지 모양을 만들었다.

"이걸 먹긴 아까운걸."

왕룽이가 말하면 늙은이는, 어린애가 알록달록하게 색깔스러운 것을 보고 기뻐 안하는 것처럼, 여간 신기하게 여기고 좋아하지 않으면서, 그 곁을 떠날 줄 몰랐다.

"네 삼촌허구, 작은집의 아이들두 다 데려다가 구경을 시켰으면 좋겠다."

그러나 살림이 넉넉해진 뒤부터 왕룽은 조심을 하게 되었다. 배가 고픈 사람들을 불러다가는, 떡을 구경만 시키고 그만 둘 수는 없다.

"설이 되기 전에 월병을 남헌테 뵈면 재수가 나간대요."

왕룽은 그렇게 말하고 늙은 아버지의 뜻을 막아버렸다. 쌀가루와 도야지 기름을 손에다가 뒤발을 하고 있던 '아란'은, 겨우 입을 열었다.

"이건 우리들이 먹을 게 아닙니다. 순색으로 만든 걸 조금 손님들에게 내놓기만 허든 건데, 우리들을 흰 설탕허구 도야지 기름을 먹을 형세가 못됩니다. 이건 황 씨댁 노마님헌테 드릴려구 만든 건데, 정월 초이튿날 그 댁에 어린애를 데리구 갈 때 가지구 갈 겝니다."

그런 설명을 듣고 본즉, 그 떡은 더 한층 귀한 것같이 보였다. 왕룽은 전자에 아직 거지꼴을 하고 무섭도록 으리으리하게 여겼던 그 집 대청에, 지금은 손님처럼 빨간 옷을 입힌 어린애를 데리고, 훌륭한 떡을 선사품으로 가지고 갈 생각을 하니, 여간 기쁘지가 않았다.

그 집을 찾아갈 생각을 하면, 새해에 할 다른 일은 모두 시시한 것 같았다. '아란'이가 꿰맨 검정 무명옷을 입었을 때에도, '그 큰댁엘 갈 때에는 이 옷을 입으리라' 하고 그것만 생각하고 있었다.

정월 초하룻날은, 삼촌을 비롯하여 동네사람들이 배가 부르도록 먹고 마시고 나서, 매우 유쾌하게 늙은 아버지에게 세배를 하려고 왔으나, 그런데는 왕룽은 아주 무심하였다. 그는 색스러운 과자를 잘못해서 그런 상사람들에게 내놓았다가는 큰일이라고, 미리부터 채롱 속에다가 감추어 두었다. 그러나 세배꾼들이, 순색으로 만든 과자를 입의 침이 마르도록 칭찬하는 것을 들으니까 '흥, 더 훌륭헌 게 있어, 좀 구경이나 시켜주랴' 하는 자랑이 입 밖을 튀어나올 듯한 것을, 그는 꼭 참았다. 그는 어떠한 일보담도, 왕 씨댁의 큰 솟을대문으로 떡 버티고 들어갈 것이, 가장 기뻤던 것이다.

초하룻날은, 사내들이 실컷 먹고 마시고 떠들어대며 즐겁게 논다. 그 날이 밝고 이튿날이 되면, 여편네들이 세배를 다니는 날이다. 이른 아침 '아란'은 훤하게 동이 트자마자 일어나서, 어린 것에게는 제 손으로 지은 빨간 옷을 입히고, 호랑이 얼굴로 수를 놓은 신을 신기고, 왕룽이가 세전에 깎아준 머리에는, 앞에 황금빛의 부처님을 꿰매어 달고, 정수리가 터진 모자를 씌운 뒤에 침상 위에다 앉혀놓았다. 그리고 남편이 옷을 갈아입는 동안에, 그의 아내는 길고 새까만 머리를 풀어 내려서, 남편이 사다 가 준 은물을 씌운 '핀'으로 쪽찌고, 검정 옷으로 갈아입었다.

옷을 갈아입은 후, 왕룽은 어린 것을 안고, '아란'은 채롱을 들고 거리의 누문(樓門)으로 향하여 걸었다. 그들이 지나가는 밭에는 이미 겨울 경치를 이루고 있었다.

이윽고 왕룽이가 황 씨네 집 솟을대문 앞에 왔을 때, '아란'이가 부르는 소리를 듣고 나온, 문지기는, 그들을 보고 놀라서 눈을 커다랗게 뜨고, 사마귀에 난 털 세 가닥을 쓰다듬으면서 목소리를 높였다.

"어, 왕 서방인가. 이번엔 세 식구가…."

그리고 그는 모두 새 옷을 갈아입고 아들아이까지 데리고 온 것을 보고는 말을 이었다.

"작년엔 운수가 대통으로 했구먼. 올해도 재수가 좋아여지."

왕룽은 손아랫사람에게 인사나 하듯 말을 낮추어서

"풍년이 들어서… 작년엔 풍년이 들어서…."

그는 떡 버티고 대문 안으로 들어섰다.

문지기는 그만 황송해서 왕룽에게 말하였다.

"아씨와 아기를 안내해 드릴 테니, 잠간 예서 기다려주시지요 누추헐 테지만…."

왕룽은 문지기의 방 앞에 서서, 이 굉장히 큰 집의 노마에게 선물을 가지고 들어가는 처자의 뒷모양이, 안으로 깊숙이 사라질 때까지 바라다 보고 섰었다. 그는 어찌나 상쾌한지 몰랐다. 처자의 뒷모양이 보이지 않을 때까지 섰다가, 문지기 집으로 들어가서, 전에 보던 얼굴이 더러운 계집이 인도하는 대로, 상좌에 가서 의당히 앉을 권리나 있는 것처럼, 점잔을 빼고 걸터앉았다. 그리고 문지기 여편네가 차를 권해도 조금 머리를 끄덕여 보였을 뿐이요, 그따위 낮은 차는 마시지 않는다는 듯이, 입에도 대지 않았다.

　문지기가 두 사람을 데리고 나올 때까지, 왕룽은 기다리고 앉았기가 매우 지루하였다. 그는 아내의 얼굴을 잠시 빤히 쳐다보았다. 어떻게 하고 나왔는지 알고 싶었다. 그는, 아무 표정이 없는 아내의 네모진 얼굴에서, 처음에는 깨달을 수 없었던 가냘픈 표정의 변화를 이제는 알아볼 수 있게 되었다. 아내는 여간 만족하지 않는 눈치라. 저는 들어가지 못하는 안채에서 어떠한 일이 있었는지, 궁금해서 갑자기 아란의 입에서 무슨 말이고 듣고 싶었다.

　그는 문지기 내외에게 간단히 인사를 하고, 아내를 재촉해서 문 밖으로 나오면서, 아내의 손에서 어린애를 받아 안았다. 어린애는 때때옷에 싸여서 콜콜 자고 있었다.

　"그래 어드랬어?"

　그는 어깨너머로 아내에게 물었다. 이때만은 아내의 대답이 청처짐하게 부화가 났다. '아란'은 조금 다가서며 목소리를 낮추었다.

　"그 댁에서 올핸 어렵게 어렵게 지내시는 것 같아요"

　그 말에는 큰 부자가 빌어먹는다는 이야기나 듣는 것처럼 몹시 놀라운 뜻이 포함되었다.

　"왜 그렇대여?"

　왕룽은 대답을 재촉하였다.

　그러나 '아란'은 아무리 재촉을 하여도 얼핏 말대답을 아니 하다가

　"노마들은 작년에 입으시던 옷을 여태 입구 겹셔요. 입때꺼정 그런 일은 없었는데요. 종들두 새 옷을 얻어 입지 못 허구요"

　그리고는 조금 뜸을 들여

"나처럼 설빔을 헌 하인을 하나두 볼 수가 없었세요"

하고나서는 또 잠시 머뭇거리다가

"우리 아기처럼 곱다란 때때옷을 입은 아이는 주인댁 뒤채에두 얻어 볼 수가 없어요"

극히 느즈러진 미소의 물결이 '아란'의 얼굴로 비쳤다. 왕룽은 목소리를 내어 유쾌한 듯이 웃었다. 그리고 제 어린 것을 껴안았다. 만사가 마음먹은 대로 되었다! 그래서 그만 느긋해졌었으나, 갑자기 두려운 생각이 머리를 엎눌렀다. 이렇게 투실투실하게 잘생긴 첫아들을 안고, 대명천지 밝은 날에 큰길거리로 자랑스럽게 나다니다가, 우연히 지나가는 잡귀(雜鬼)에게 붙들리기나 하면 어떡할 작정이냐. 그런 어리석은 짓을 하다가…그는 별안간 무서운 생각이 들어서, 얼른 웃옷을 풀어헤치고, 어린애의 얼굴을 가슴속에다가 되묻으면서, 누구나 다 들으라는 듯이 소리를 질렀다.

"아이구 가엾기도 허지. 우리 자식은 아무두 탐을 내지 않는 계집애구, 게다가 박박 얽었단다. 이까짓 자식은 죽어도 좋다."

'아란'도 예방을 하려는 뜻인 줄로 어렴풋이 짐작하고

"그렇죠. 그렇구 말구요—"

하고 맞장구를 쳤다. 그만한 예방으로 두 사람은 안심을 하였다. 왕룽은 아까 하던 말을 이었다.

"그래 그 댁이 퍽 어렵게 지내시는 까닭을 물어봤어?"

"전에 내 위에 있던 반빗아치허구 잠깐 얘기를 헌 것 뿐이지만…"

하고 '아란'은 대답하였다.

"그 사람 말이, 젊은 서방님들이 그렇게 돈을 흔전만전허게 쓰다가, 이

집두 오래 부지를 못허겠다고 그러던데요. 젊은 서방님이 다섯 분이나 계신데, 먼 타국에 나가서 돈을 물처럼 쓰구 사들인 계집들이 싫증이 나면 모두 이리로 보낸대요. 댁에 계신 노나리께서두 해마다 하나나 둘씩이나 첩을 사들이시니까요. 그러구 노나리가 태우시는 아편을 돈으루 따지면 아마 커다란 목화루 은전이 하나씩은 될게유."

'아 그래여!'

왕룡은 마음속으로 부르짖었다.

"그런데 올 봄에 셋째따님이 혼인을 허시죠"

하고 '아란'은 말을 이어

"그 사천으로 가지구 가시는 돈만 해두, 상감님 몸값만이나 허대유. 대처의 높은 벼슬두 그 돈만 가지면 살 수가 있다는 걸요. 작은아씨의 옷감은 소주(蘇州)나 항주서 맞춤으로 짠 것뿐인데, 그 옷을 짓느라구 상해(上海)서 재봉허는 사람이 일꾼들을 여간 많이 데리구 오지를 않는대유. 작은아씨는 서양 여자들헌테두 시체에 떨어지질 않겠다구 허시니간요."

"그렇게 돈을 무척 들여서 어데루 시집을 간다누?"

왕룡은 그 엄청나게 많은 비용이 무시무시하기도 하고, 한편으로는 부러운 생각도 들었다.

"상해서 큰 벼슬을 다니는 양반의 둘째아들헌테루 들어간대유."

하고 대답한 '아란'은, 잠시 말을 멈추었다가 다시 입을 열었다.

"돈이 떨어지니깐 두루 노나리께서는 땅을 팔겠다는 분부까지 내리셨대유. 댁의 남쪽으로 성 밖에 있는 땅인데 호수의 물을 끌어댈 수가 있어서, 여태꺼정 논을 만들어서 벼를 심던 데예유."

"땅을 팔어?"

왕룽은, 그네들이 어려워진 것을 겨우 믿을 수가 있었다.

"그럼 여간 궁해진 게 아니로구면. 논밭이야말루 누구한테나 살이구 피가 되는 겐데…."

그는 잠시 생각하고 있었으나, 불시에 무슨 생각이 떠돈 듯이 이마박이를 손바닥으로 탁 쳤다.

"왜 좀 더 일찌감치 몰랐더람."

하고 그는 아이를 돌려다보았다.

"그 땅을 삽시다!"

그들을 서로 얼굴을 쳐다보았다. 왕룽은 기뻐하건만 아란은 어리둥절하는 눈치다.

'땅을— 땅을—'

'아란'은 속으로 중얼거렸다.

"난 살 테여!"

그는 목청을 높였다.

"그 큰 황 씨네 집에서 그 땅을 살 테다."

하고 외치듯 한다.

"너무 멀지 않어요?"

'아란'은 놀랐다.

"거기까지 가려면 아침의 반나절은 허비허게 될걸요"

"그래두 난 살 테여!"

왕룽은 흡사히 어머니가 가지고 싶은 것을 사주지 않을 때의 어린애처럼, 사뭇 떼를 쓰듯이 같은 말을 되풀이하였다.

"땅을 사는 거야 좋은 일이죠. 돈을 벽속에다가 감춰두는 것보담은 훨

씬 맘이 든든하겠죠 그렇지만 작은아버님 땅을 왜 안 사셔요? 작은아버
님은 우리 서편 쪽 밭에 붙은 땅을 팔려구 허지 않으셔요?"

"작은아버지 땅 말야?"

왕룽의 목소리는 또 다시 높았다.

"그까짓 건 사서 무엇에다 쓰게. 작은아버지는 장근 이십 년 동안이나
거름 한 번 안 허구 어물어물허던 밭이야. 그래서 흙이 횟덩이[石灰]처럼
굳어졌어. 그걸 무엇에다 쓰게. 난 황가네 땅을 살 테야."

그는 모르는 겨를에 '황가네 땅'이라고 함부로 불렀다. 그는, 그 사치
만 하는 어리석은 대갓집의 식구들보다, 얼마 아니면 부자가 될 것이다.
그는 직접으로 은전을 가지고 가서 마주 대어놓고 흥정을 하려 하였다.

'난 돈이 있소이다. 당신이 팔려는 땅값이 얼마요?'

그는 노나으리와 청지기 앞에 벌리고 서서,

'나두 다른 사람처럼 대접을 해 주시요 상당한 값이 얼마요? 돈이야
언제든지 있쇠다.'

하고 뽐내는 제 모양을 눈앞에 그려보았다.

그리고 그의 아내는, 그다지 부귀를 자랑하던 크나큰 집의 종년이었던
그의 아내는, 이제까지 황 씨네 집을 대대로 호화롭고 위엄 있게 살게 하
던 땅의 한 부분을 소유하는 그의 아내가 되는 것이다. —라고 생각하였
다. '아란'도 남편의 마음을 살피는 듯이 급작이 반대는 하려고 들지는
않았다.

"그럼 사기루 허시죠 아무튼 벼를 심을 수 있는 땅은 좋으니깐요 게
다가 물이 가까우니까 해마두 물난리는 나지 않을 테지요 그건 염려 없
어요."

두 번째 느릿한 미소가 '아란'의 얼굴에 넘쳤다. 그리고 얼마 뒤에 말을 꺼냈다.

"작년 이맘때 난 그 집의 종년이었지요"

두 내외는 그런 생각을 하면서 잠자코 걸어갔다.

새로 온 바트

왕룽이가 새로 산 토지는, 그의 생활에 현저한 변화를 주었다. 맨 처음 그가 흙벽 속에 감추어두었던 은전을 꺼내가지고 황씨네로 가서, 노나으리의 청지기와 다 같은 사람으로서 이야기하는 명예를 맛본 뒤로, 그는 거의 뉘우친 것이었다. 당장 쓸 데가 없는 은전을 감추어 두었던 벽에 구멍이 텅 비인 것을 본즉, 한 번 치른 은전을 다시 찾아보고 싶은 생각이 들었다. 땅을 사면 결국 힘든 일을 많이 하게 된다. 그리고 '아란'이가 말한 것처럼, 거의 1리(里)—1리(哩)의 3분지 2이상이나 떨어져 있는 것이다. 그뿐 아니라, 그가 황 씨네 집으로 교섭을 갔을 때는, 너무 일찍이 갔기 때문에 노나으리는 아직도 취침 중이었다. 물론 그때는 오정도 지났었지만, 그가 거만스럽게

"노나으리께 내가 대단 긴요한 일로 왔다고 여쭈시오. 돈 때문이라구 말씀해주시오."
라고 말하였으나, 문지기는 딱 벌리고 말을 전해주지 않았다.

"온 세상의 돈을 산더미처럼 쌓았드래두 난, 그 호랑이 같으신 노나으리가 주무실 때는, 일으켜드리러 갈 수가 없다. 노나으리는 새루 얻어들인 도화(桃花)란 첩허구 동침중이신데, 안직 사흘밖에 안 됐어. 잠을 깨워드렸다간 내 모가지가 달어난단 말야."
하고 문지기는 여전히 사마귀에 난 털 세 가닥을 잡아당기면서, 심술 사

납게 말을 이어

"게다가 돈 조건으루, 노나리께서 잠이 깨셨다간 큰일이야. 노나리는 은전 속에서 나서 자라난 양반이시니까…."

쌀 파는 교섭은 청지기와 하기로 되었으나, 그 사나이는 유들유들하게 생긴 심보 사나운 자여서, 돈은 다소를 불구하고 반드시 얼마간이고 그 자의 손속에서 축이 난다. 땅을 산 뒤에 왕룽은, 역시 은전이 땅보다는 소중한 것이 아닌가하고, 이따금 생각할 때가 있었다. 아무튼 은전은 누구의 눈에나 번쩍이는 것이다.

아무튼 땅은 그의 소유가 되었다. 이월달 어느 흐린 날에, 그는 새로 산 땅을 가보았다. 아직 아무도 그 땅이 왕룽의 소유가 된 것을 아는 사람이 없다. 그는 혼자서 시가의 성벽을 에두른 물줄기를 따라서 장방형(長方形)으로 된 시꺼멓게 걸은 땅을 보살펴보았다. 주의해서 면적을 재어본즉 길이가 3백 척, 폭이 120보(步)라. 네 모퉁이에는 황가의 소유지라는 석표(石標)가 서있다. 그렇다, 이 석표를 바꾸어 세우는 것이다. 이 돌에다가 황가의 이름 대신으로 내 이름을 새겨서 세울 터이다— 그러나 급히 세울 필요는 없다. 그는 아직 황씨네 집 같은 세력 있는 집의 땅을 살만치 부자가 되었다는 것을 세상에 알릴 수 없으나, 좀 돈이 모이면 아무래도 상관이 없다. 그때를 당해보아야 알 일이다—라고 생각하였다. 그는 다시 장방형의 땅을 바라보면서 생각하였다.

'이 한줌밖이 아니 되는 땅은, 황씨네 집안사람들의 눈으로 보면 아무것두 아니겠지만, 너한테는 소중한 땅이다.'

그러다가 조금 있자, 그의 생각은 또 다시 변하였다. 그는 요만한 땅을 그다지 소중히 여기는 저 자신이 아주 변변치 못한 위인인 것 같았다. 그것은 제가 자랑스러이 은전을 내어주었을 때의, 청지기의 태도가 생각났던 것이다. 그때 청지기는 아무러케나 은전을 긁어모으면서, 척하니 하는 소리가 "아무튼 이걸루 노나으리가 며칠 동안 잡수실 아편은 사겠군" 하였던 것이다.

그런 생각을 한즉, 저와 황씨네집 사이에 있는 거리(距離)는, 지금 제 눈앞에서 철철 넘쳐흐르는 호수와 같이 뛰어넘기 어려울 뿐 아니라, 또한 저의 눈앞에 옛날부터 우뚝하게 서 있는 높은 석벽과 같이, 도저히 넘어 볼 수 없다는 생각이 돌연히 엄습하였던 것이다. 그러다가 왕룽의 마음속에는 또 다시 분노에 가득 찬 결심이 솟아올랐다. —내가 자는 방 흙벽에 뚫어놓은 구역에 몇 번이든지 은전을 가득히 채우리라, 그래서 이 땅으로는 문제도 되지 않을 만치 황씨네 땅을 얼마든지 사리라—하고 스스로 맹세를 하는 것이었다.

그리하여 이 한 줌밖에 아니 되는 토지는, 왕룽에게 있어서 결심을 단단히 하게 하는 동기가 되었다.

× ×

비를 머금은 조각구름을 몰아오는 바람을 내어서, 봄이 돌아왔다. 동삼 석 달을 별로 하는 일 없이 지내오던 왕룽은, 봄날의 기나긴 하루해를 밭에 나가서 일을 하였다. 벌써 요즘은 노인이 어린애를 보살펴주니까, 아란은 남편과 함께 날이 환하게 밝을 때부터 어둑어둑하게 땅김이 질 때까지, 집에서 일을 하였다. 어느 날 왕룽이가 유심히 보니 또 아이를 밴 눈치다. 하필 추수할 때에 아란이가 일을 못하게 될 것을 생각하니, 그는 슬그머니 골딱지가 났다. 너무 지나치게 일을 해서, 신경이 날카로워진 그는 화를 더럭 내었다.

"이번에두 또 가을에 해산을 헐테야? 꼭 바쁠 때만 낳는담"

아란은 여무지게 대답을 하였다.

"이번엔 아무렇지두 않아유. 어렵긴 초산뿐이유."

이때로부터 둘째아들을 낳을 때까지 그들은 이밖에 더 아무 말도 하지 않았다. 이윽고 가을이 된 어느 날 아침, 아란은 낫을 내려놓고 설설 기듯 하여서 집으로 들어갔다. 왕룽은 그날 점심도 집에 들어가 먹으려고 하지 않았다. ─하늘에는 구름이 꿈틀거리고 번갯불같이 번쩍이는데, 벼는 벌써 누렇게 익었다. 한눈을 팔 사이도 없이 바쁠 때가 닥쳐왔다. 해가 지기 조금 전에 아란은 다시 남편의 곁에 나타났다. 배는 홀쭉해져서 피로한 눈치다. 그것을 얼굴에 나타내지 않았다.

"오늘은 고만둬. 집에 가 누웠어."

말이 입 밖까지 나오려 하였으나, 너무나 노동을 한 그는 마음이 독해졌다.

'네가 해산을 하느라고 괴로웠던 것만치, 역시 일을 해서 그만치나 괴로웠던 것이다'라고 생각하고 위로해주는 말을 하려다 말고, 다만 낫을 든 손으로 움직이는 사이에 간단히 물었다.

"아들인가? 딸인가?"

아란은 나직이 대답하였다.

"아들이야유"

그 밖에 그들은 더 말을 주고 받지 않았으나, 왕룽은 기뻤다. 쉬일 사이 없이, 허리를 구부리고 벼를 베는 것도, 그다지 고통스럽지 않았다.

그는 지평선에 한 일(一) 자로 깔린 자줏빛 구름 위로 달이 떠오를 때까지 일을 하고, 볏단을 묶어세운 뒤에 집으로 돌아갔다. 저녁을 먹은 뒤에 흙에 걸은 몸뚱이를 찬물로 씻고, 찬물로 양치질을 하고 나서는, 이번에 낳은 둘째아들을 보려고 침실로 들어갔다. 저녁준비까지 해놓고 들어가 누운 아란의 곁에는 갓난이가 누웠는데, 살이 찌고, 얌전하게 생겨서, 첫 아들처럼 크지는 못해도, 토실토실하다. 왕룡은 고만 흐뭇해서 가운데 방으로 나왔다. 해마다 차례차례 낳은 것을 그때마다 붉게 물들인 닭알을 놓아서는 당할 내기가 없다. 인제는 고만두기로 하자. 해마다 아들을 낳으니 좋은 운수가 닥쳐오는 것이다. ―아란이가 시집 온 뒤부터는 가운이 대통이다. 그는 커다란 목소리로 아버지에게 말을 하였다.

"아버지, 또 손주를 낳었세유. 놈을랑 아버지가 데

😊 06회, 1936.09. pp.237~245.

😊 《사해공론》, 1936.04~09. [6회로 미완. 6회분의 마지막부분에 이어지는 내용을 확인할 수 없어 해당부분까지만 수록함.]

제6부

일기 / 서한

심훈의 미공개 일기

1920년

1월 3일(토요일)

독서 · ≪신청년≫의 방(方) 군의 「사랑의 무덤」

김소랑(金小浪)의 연극을 기어이 보았다. 임성구(林聖九), 김도산(金陶山) 파보다도 더욱 유치하다. 각본이야 처음부터 의논할 거리도 되지 않으나 그러한 각본을 가지고도 넉넉히 진정한 예술의 가치를 관극자(觀劇者)의 가슴에 깊이 파묻을 수가 있을 것인데 너무도 어린아이 장난 같다. 무대든지 배경이든지 더구나 극장 하나 없음은 통분한 일이어니와 역자(役者) 되는 배우 자신이 배우가 무엇인지 모르는 모양이다. 그저 나와서 아무것도 모르는 구경꾼을 웃기기만 하면 큰 자긍이요 명예인 줄 안다. 극을 보러 가는 사람조차 그러한 범위에 있으니 어찌 한심치 않으랴. 방성환(方成煥) 군을 회사로 만나 위스키에 취하여 왔다. 추운 밤이다. 새하얀 눈에 밝은 달 비치는 야삼경(夜三更).

1월 4일(일요일)

독서 · 하목수석(夏目漱石) 씨의 『吾輩は猫である』

노량진 집으로 나오는 길에 신문관(新文館)에 들러 난로에 목을 녹이려니까 C선생이 홀연 이규영(李奎榮) 선생의 돌아가심을 전한다. 급성감기로. 이 말을 들은 나는 거짓말 같은 정말에 어쩔 줄을 몰랐다. 한 이주일 전이다. 내가 선생에게 우리글을 배우기로 마치고 밤에 중앙학교 숙직실로 선생을 찾았다. 침침하고 추운 밤인데, 숙직실이 어디인지 몰라 쓸쓸한 벽돌집 밑으로 호젓한 송림 사이로 오랫동안 방황하다가 찾지 못하고 귀도(歸途)에 김성수(金性洙) 씨 댁에서 선생을 만나게 되었다. 선생은 나를 반가이 맞으며 "실례가 많으니 용서하게" 하며 따뜻한 손으로 찬 나의 손을 녹여 주었다. 그 따뜻한 악수와 정다운 웃음 속에서 내가 조금 원망스럽게 생각하였던 맘을 녹여버리고 다시 경애하는 마음이 가슴에 찼다. 이것이 나에게 대한 선생의 마지막 웃음이요, 말이며 그리 온순하고 겸손, 친절하던 선생의 얼굴은 다시 볼 수 없게 되고 말았구나 할 때에…. 향년이 겨우 삼십이다. 그 짧은 일생도 고생으로 보냈었다. 귀중한 일생을 조선어 연구에 바쳤으나 시대와 사회는 선생을 환영치 않았으니 그의 흉중이야 어떠하였으랴. 호천(昊天)이여 무정하다. 선생의 원대한 희망의 불길을 끄고 황천으로 가시게 함이여. 조선에 공헌이 위대한 선생을 빼앗음이여?! 날은 저물어 한기가 더욱 살을 찌르는데 선생과 인연 많은 신문관의 인쇄기가 덜커덩덜커덩하는 소리는 여전히 끊이지 않는다.

1월 5일(월요일)

서신(書信) · 임병기(林炳基), 임인상(林仁相), 송영찬(宋榮璨) 군에게서 연하장이 옴.

독서 · 『묘(猫)』

팔을 베개하고 꾸부리고 누워 흐릿한 작은 등잔 밑에서 일기책을 여기

저기 뒤지다가 코를 찌르는 그을음 내에 돌아누우며 창을 보니 넓은 와사(瓦斯)불 같은 십오야의 달빛이 두꺼운 백지창에 앙상한 포플러 그림자와 같이 아래로 반을 물들였다. 창을 열자 월색이 찬 냄새를 섞은 바람과 함께 방 안으로 줄기져 들어오며 티 하나 없는 맑은 수정에 불빛이 영롱하게 비친 것 같은 고드름이 처마 끝에 죽 열을 지어 매어달렸다. 눈을 들어, 연해 등잔 같이 깜작깜작하고 무슨 큰 비밀이나 나에게 가르쳐 줄 듯이 별들이 수 없이 떠 있는 허공의 바다에 탐해등(探海燈)같이 시선을 둘러 달을 찾았다. 둥그런 달은 한 점 구름에도 싸이지 아니하고 알몸으로 떨어질 것 같이 천심(天心)을 향하고 찬찬히 헤어 올라간다. 땅에는 들 끝, 산골, 집구석까지 백설이 어둠과 혼악(魂惡)을 덮어 감추었고 중천에는 명월이 삼라한 만상 위에 휘황한 광채를 아낌없이 내리니 누리는 왼통 빛이다. 이것이 고결한 우주요 광명한 천지다. 나는 육체가 몹시 추운 줄은 깨달았으나 마음은 달빛과 같이 추운 줄 몰랐다. 나는 뜰에 내려섰다가 문득 꿈같이 돌아간 이 선생의 살던 집을 보았다. 마음이 어째 구슬퍼진다. "천국이 밝다 한들 이보다 더 밝으며, 좋단들 이보다 더 좋을 수 있으랴. 백설 덮인 지붕 위에 명월은 문안하는데 선생은 어디 가고, 물 마른 시내 곁에 빈 집만 외따로"

1월 6일(화요일)

독서 · 『묘(猫)』

아침부터 날이 흐릿하여 눈이라도 올듯하다. 오래 운동도 안하였기에 점심 후에 스케이트를 메고 강으로 나갔다. 눈이 와서 얼음은 좋지 못하나 여기 저기 지쳐 다니며 생선 잡는 구경을 하다가 철교 밑으로 가서 한참이나 미끄러져 다니며 강풍(江風)을 마음껏 마셨다. 침을 뱉으면 꺼먼 담이 나온다. 이 발 저 발을 번갈아서 번쩍번쩍 들고 넓은 강을 질풍같이 돌아다니는 맛이 과연 그럴듯하다. 이제야 인·아웃이 다 되는 모양이다. Skate도 어지간히 어려운 운동이다. '뛰' 하는 소리에 돌아다보니 뒤에 앉은 사람의 낚시에 고기가 걸려 견지가 척척 휜다. 낚시꾼들이 별안간 쭉―모여들어 시퍼런 얼음 구멍을 눈도 깜짝이지 않고 들여다보고 섰다. 한참이나 줄이 풀렸다 감겼다 하더니 황금덩어리 같은 큰 잉어가 꼬리를 치며 까맣게 깊은 물속에서 찬찬히 떠오른다. 구멍 밖에 나와 세상 구경을 처음 하는 잉어는 눈 덮인 빙판에서 피를 흘리며 이리 뛰고 저리 뛰고 하다가 찬바람 불고 구름 낀 석양천(夕陽天)을 쳐다보고 입을 벌리고 한숨을 내쉬며 지쳐 늘어진다. 한편에서는 큰 톱으로 거울 같은 얼음장을 베어내느라고 사람이 우글우글한다. 모색(暮色)을 등에 지고 촌가로 돌아오는 나는 피곤함을 깨달았다.

1월 7일(수요일)
서신·김성수(金性洙), 유기동량(柳基東兩) 씨에게서 연하장이 옴.

독서·『묘(猫)』

날은 작일보다 매우 풀린 모양인데 조반 후부터 눈이 휘날린다. 처음에는 한 송이 두 송이 눈 발자국을 셀 수가 있었으나 나중에는 함박같이 내리 퍼붓는다. 뜰에 눈으로 만들다 내버려 둔 사람의 코에 눈이 포개 앉아 점점 코주부가 된다. 수선화 가지에는 또 새하얀 꽃이 피기 시작하고 진달래나무에 약한 가지에는 백설을 담뿍 싣고 차차 앞으로 쓰러진다. 꺾어지지나 않았으면 좋겠다. 요를 쓰고 누워 『묘(猫)』를 읽으려니까 소낙비가 오려는 하늘같이 방 안이 캄캄해 들어오고 눈비 섞인 세찬 바람이 무서운 소리를 지르며 공중으로 지나간다. 장승박이의 큰 버드나무라도 날아갈 듯하다. 뒷동산에는 참나무 뽕나무들이 쏴하고 운다. 일껏 흰 꽃이 핀 것을 바람이 사정없이 흔들어 떨어뜨렸다. 그러다가 산과 들커녕 지척도 안 보이게 되었다. 저녁 때 어머니가 눈이 마당에 길로 쌓였는데 쓸 생각도 아니들 한다고 행랑사람더러 야단을 한바탕 치고 들어가셨다. 밤에는 바람이 좀 진정되었다. 작은 사랑에서 늦도록 하목(夏目) 씨의 『묘(猫)』를 읽었다. 참 수석(漱石) 선생은 박학광식(博學廣識)한 사람이다. 그 묘사의 극치와 우습게 만든 중에 이 세상을 깊이 풍자한 것이 여간한 심교(深巧)한 수단이 아니다.

1월 8일(목요일)

독서 · 『묘(猫)』

점심 후 이발도 하고 엽서도 살 겸 노들로 갔다가 병섭(秉燮) 형 댁에서 형식(亨植) 군을 만났다. 바이올린이 있기에 물어보니 유(兪) 군의 것이라 한다. 나 역 꼭 하나 사서 잘 배워야겠는데 이것저것 할 여유가 없으니 어찌하랴. 전과 같이 3인이 모여 앉기만 하면 어줍지 않은 문학평론이 일어난다. 일상 하는 소리가 그저 그런 범위 안에서 지껄이는 것이다. 조선에 웬 소년문학자가 그리 많이 나는지 모르겠다는 둥 그 누구는 제법 문학자의 티를 내고 큰 길로 거만스럽게 다니는 것이 아니꼬와 죽겠느니 누구는 대강이 속에 피천 한 푼어치 없는 것이 남의 원고를 붉은 붓으로 긋고 앉았는 것이 눈허리가 시어 볼 수가 없느니 하고 서로 흥을 보고 앉았다. 한참이나 서로 지껄이다가 3인이 강으로 나와 내 Skate를 가지고 얼음 汇느라고 쓸어 놓은 곳으로 와서 말을 들어가며 병섭(秉燮) 언니와 번갈아 지치다가 집으로 들어와 석반을 같이 하고 어두운 후에 돌아갔다. 우리 3인 간에는 아무 기탄도 없다. 엿 한 가락이나 담배 하나를 가지고도 서로 빼앗느라고 싸움을 한다. 셋이 형제라 하여도 퍽 재미있는 형제다. 장래에 다 같이 성공키만 축수한다. 그리 사납던 일기는 매우 풀렸다.

1월 9일(금요일)

서신·서광진(徐洸璡) 군에서 두 장 엽서가 옴.

독서·『묘(猫)』

여덟 시 반이나 되어 기상하여 갑창(甲窓)을 여니 동산에 쌓인 눈에 눈이 부시어 한참은 뜨지 못하였다. 신이(辛夷) 수풀에 아침 해가 금색으로 부서지고 참새들이 나와 재재거린다. 일기가 어제보다도 매우 추운 모양이다. 조반 후 일기를 적고 돌아간 이규영(李奎榮) 선생의 전기 비슷한 것을 단편으로 만들어 보려 7·8장 원고를 썼다. 자신이 생길만하게 되면 ≪청춘≫에 보낼 작정이다. 저녁때에 웬 젊은 사람이 동저고리 바람으로 떨며 사랑으로 와 하룻밤 자고 가기를 간청한다. 아우를 찾으러 나섰다가 못 찾고 돌아오는 길이라는데 진정이면 이 추운데 아니 재 보낼 수 없어 석반을 먹여 창수(昌秀) 방에 재웠다. 밤에도 그 원고를 몇 장 쓰다가 『묘(猫)』를 손에 들고 잠이 들었다. 여러 시간 궁둥이를 붙이고 정신을 전일(全一)해 가지고 써야만 하겠는데 당초에 마음같이 되지 않으니 큰 걱정이다.

1월 10일(토요일)

독서 · ≪문화운동≫(잡지) 중 「유서」· 「가곡선(歌曲選)」

그럭저럭하다 11시나 되어 노들로 이발을 하러 Skate를 메고 가며 고개에서 눈벌판을 향하고 소리를 하며 병섭(秉燮) 형한테까지 갔다. 병섭 형이 그저 이불을 쓰고 누웠기에 옆에 앉아 책장을 뒤적거리려니까 아저씨가 들어오시며 청천벽력으로 호령이 내린다. 어제 저녁 때에 병섭 형이 또 아주머니하고 대판으로 싸움을 하였다고 한다. 불문곡직하고 양편이 다 그르다. 계모 되는 이도 그르거니와 계모라도 부모인데 그저 참지 못하고 자기의 성미를 함부로 부리니 결코 가정이 온화할 가망이 없다. 병섭 형의 사정은 내가 자세히 안다 할 수 있다. 인생은 사랑 속에서 나고 자라고 하며 제일 거룩한 것이 사랑이어늘 형은 생후로 부모의 사랑도 받아 본 일이 없고 남을 사랑한 일이 없다. 계모 슬하에 생장하여 불평과 질투라는 악한 성질을 가졌다. 이제 조금 더 마음이 너그럽고 용서성이 많았으면 좋겠다. 이러한 가정과 비교하여 나는 썩 행복한 처지에 있는 것이 깊이 생각되었다. 머리를 깎고 와 Skate를 하고 와 보니 W가 계동서 와 있었다.

1월 11일(일요일)

독서 · 『묘(猫)』

산에는 백설이 쌓여 있고 강에는 얼음이 굳으되 바람이 가벼이 불고 해가 앝이 떠 봄 같이 포근한 좋은 일기다. 조반 후 추워서 여태껏 길게 내버려 둔 아버지와 선손(先孫)들의 머리를 깎았다. 오후부터 밤이 늦기까지 「폐가의 월야」라는 단편을 초하였다. 나의 어렸을 때의 산정(山亭)

419

과 재미있게 지내던 일이며 돌아간 이규영(李奎榮) 선생의 조사(弔詞)를 곁들여 일전의 것을 연속하여 썼다. 회고의 정과 비참한 씨의 생각이 나의 종일을 지배하였다. 「꽃의 설움」이란 원고를 일전부터 써내려 왔으나 자료가 너무 좋아 지금의 내 수완으로는 써 발표하기가 아까워 이후에 기념작으로 하여 세상을 놀랠란다.

1월 12일(월요일)

독서·『묘(猫)』(원고)·「생이사별(生離死別)」

날이 어제보다도 더 풀려 처마에 눈 녹은 물이 줄줄 흐른다. 요새 양삼일 간은 아주 봄 일기 같다. 춥지는 않아 좋으나 스케이트를 못 타니 큰 손해다. 저녁 때 걸식하는 사람이 또 온 것을 밥만 먹이고 보내었다. 해는 저물어 가는데 때 아닌 비가 부슬부슬 오다가 장림(長霖) 때 궂은 비 오듯 한다. 공중은 암흑한 얕은 구름에 쌓였다. 뒷동산은 우수수하고 요란하게 울고 눈 섞은 빗발이 두꺼운 창에 부딪친다.

나는 11시까지 W와 같이 앉아 원고를 쓰며 또 어렸을 때 산정에서 재미있게 지내던 생각이 자못 깊었다가 자리를 펴고 창을 열고 바깥을 내어다보니 어느 틈에 백설이 땅을 덮고 나뭇가지에 꽃이 피었다. 눈 섞인 바람이 여전히 공중을 지나간다. 참 조화 많은 천지다. 춘하추동의 사시가 일주야 안에 번갈린다.

침두(枕頭)에서 『묘(猫)』를 읽고 어느덧 잠이 들었다.

1월 20일(화요일)

서신·장하진(張河鎭) 군에게서 엽서와 지원(池原)에게서 조선문 연하장이 옴.

『묘(猫)』 독서·(원고) 작일에 연속된 것

조반 후 문의이(文義二) 형이 설중에 왔다. 이 겨울 안에 만주로 상업을 하러 가고자 하였으나 집에서 용서치 않는다 한다. 부모 되는 마음에 자제를 수만리 타향에 물 설고 산 선 곳으로 보내는 것이야 마음에 좋을 리는 없을 터이나 일평생 자기네 앞에서 떼어 놓지 않으려 하는 조선의 부형되는 사람은 너무도 몽매하다. 미개한 곳을 개척하며 암흑의 비경(悲境)을 문명의 고지로 만들려는 큰 사업을 자기네는 할 능력이 없다 하더라도 그 책임을 지고 당할 자제는 개방하여야 할 것이다. 조선의 부형 되는 사람은 좀 더 자유를 주어 자기의 전유물이나 사유물로 알지 말고 세계에 공개된 극장의 그 자녀를 다 각기 좋은 배우로 만들어야만 할 것이다. 이것이 현금 조선의 무엇보다도 더 큰 문제다. 기어이 우리는 이 진부한 사상을 박멸시켜야 할 것이다.

일기가 어제와 같이 어수선스럽다. 바람도 불고 눈도 온다. 낮에는 원고를 계속하여 쓰고 밤에는 『묘(猫)』를 읽었다. 이제 반밖에 못 읽었다. 퍽 길기도 하고 썩 재미도 있다.

1월 14일(수요일)

독서·『묘(猫)』 원고…

날은 춥고 한데 할머니로 하여 가인(家人)들은 참으로 큰 곤란이다. 작년 삼월 내가 감옥에 있을 때에 할머니는 병환이 드셨다가 불행히 반신불수가 되었다. 식사는 물론이요, 기거동작까지 하지 못하시고 더구나 대소변을 다 받아내니 하루 이틀 아니고 할머니도 진정 어려우시려니와 그를 받드는 자손 되는 사람은 더우나 추우나 견딜 노릇이 아니다. 오늘도 내가 전생에 무슨 죄로 이렇게 되었느냐고 우시고 목을 잘라서라도 어서 죽어야겠다고 하신다. 참으로 뵈올 수 없다. 오후에 원복(元福)이가 술값을 받으러 와서 어머니께 걱정을 들었다. 일월 일일에 여러 사람에게 끌려가서 억지로 먹은 것을 이때까지 그저 두었다가 기어이 탄로가 되었다. 나도 너무 예산 없이 돈을 쓰기에 신용까지 없어진다. 하고 싶은 것을 참지 못하는 것이 나에게 큰 결점이다. 그런 일을 당할 때마다 몹시 정신 고통을 받는다. 밤에는 원고 「생이사별(生離死別)」을 다 마치고 청서(淸書)를 두어 장 하다 잤다.

1월 15일(목요일)

독서·국목독보(國木獨步)의 「戀を戀する人」, 「정직자(正直者)」, 『묘(猫)』. 원고의 청서(淸書)

일기가 또 갑작스레 춥다. 방 안에 물이 다 얼어붙고 벽에 성에가 하얗게 서렸다. 아침 후 작은 사랑에서 요를 뒤집어쓰고 「생이사별」의 청서(淸書)를 하였다. 그까짓 것 얼마 안 되는 것을 오늘도 다 못 썼다. 너무도 내가 요사이 게을러서 큰일 났다. 일고삼장(日高三丈)이나 되어 일어나고 책을 보거나 원고를 쓰더라도 한 두 시간을 계속하지 못한다. 성근(誠勤)이 적어 큰일이다. 몸이 어디든지 꼭 매여만 할 터인데 내 마음대로 하게 되니 극기심 없는 내가 그렇게 될 수밖에 없다. 오후에 일기책에 낀 소품문(小品文) 현상 「紙鳶のらなり」를 지었다. 한 번 보내볼 작정이다. 저녁 후에 인범(仁範)이한테 가서 여럿이 모여 이야기를 하다 와서 원고 청서(淸書)를 하려다가 하기가 싫어서 독보(獨步)의 「戀を戀する人」,

「正直者」, 『묘(猫)』를 읽었다. 독보의 글은 간명하여 읽기도 좋다. 사조(思藻)가 고상함이 일본의 문호는 단단히 된다.

1월 16일(금요일)

독서 · 『묘(猫)』

오늘도 어제보다 더하면 더했지 덜하지는 않는 혹독히 추운 날씨다. 벌써 서울을 들어갔을 것인데 추워서 못 들어가고 있다. 야학도 시작이 되었을 터이요, 형님들한테도 가보아야겠고 황금정에 얼음 지치는 곳을 만들어 놓았다는데 거기 가서 스케이트도 해야겠는데 하루 이틀 멈칫멈칫하고 있다. 범사를 다 이렇게 하는 것이 내 특징인지도 모른다. 전번 지원(池原)의 편지에 이중재(李重宰) 군이 가고시마로 갔다는데 무엇을 하러 갔는지?…또 장하진(張河鎭) 군이 오래간만에 올라와 좀 보자고 하였던데 모두 궁금하여 내일쯤은 둘러 가볼 작정이다. 이 군이 일본 가기를 전부터 숙망하던 것이지만 학교를 갔으면 동경이나 다른 곳으로 가지 그리 갈리는 없는데 어쩐 일인지 모르겠다. 나도 올 안에는 꼭 일본으로 가야겠는데 어찌나 될는지. 어떻든지 금년 봄 안에는 꼭 가고야 말 작정이다.

밤에는 새로 두 시까지 원고 청서(靑書)를 마쳤다.

1월 17일(토요일)

서신 · 지원(池原)과 장(張) 군에게 편지를 씀.

독서 · 『묘(猫)』

삼한사온이라더니 요새는 연일 함부로 춥기만 하다. 강철같이 시푸른 하늘도 강물같이 얼어붙은 것 같고 바람도 시베리아 동토대(凍土帶)나 북빙양(北氷洋)에서 불어오는 것 같다. 실상 거기서 불어오는지도 모른다. 아무리 춥더라도 방에 불을 마음대로 때고 그것도 부족하여 화로에 숯을 이글이글하게 피우고 요를 쓰고 종일 드러누워 궁둥이가 뜨거워 이리 뒹굴 저리 뒹굴 하는 나야 무엇이 추우랴, 참 호팔자다. 지금쯤 얼음 속 같은 옥중에 그저 남아 있는 사람들이야 과연 어떠할까? 살을 깎아내는 북풍은 철창에 불고 눈덩이 같은 밥을 먹고 허구한 날 우르르 떨기만 할 때에 그이들의 마음이야 과연 어떠할까. 그러나 그들의 마음은 그저 뜨거울 것이다. 서대문감옥 높은 담 위에 태극기가 펄펄 날릴 때 굳센 팔다리로 옥문을 깨뜨리고 환호와 만세의 부르짖음으로 열광하여 뛰는 군중—에워싸인 것을 꼭 믿고 생각하고… 오—상제여 그의 원한을 속히 이루어 주소서!

1월 18일(일요일)

그리 지독하던 추위가 오후가 되어 조금 풀려 길이 질척질척하게 되었다. 오랫동안 집에서 생활을 하여 하도 갑갑해서 서울로 들어오는 길에 강에서 이완응(李完應) 이완재(李完宰) 등 제군과 만나 스케이트를 하다가 얼음이 나빠서 구룡산 앞에 가 지쳤는데 거기는 얼음이 썩 좋았다. 여울의 뛰는 물은 얼지도 않고 오리가 수십 마리나 추운 줄도 모르고 헤엄도 치고 날으기도 한다. 엽부(獵夫) 2, 3인이 오리를 노리고 물가의 엷은 얼음을 밟고 쫓아다닌다. 여기저기서 탱탱 하는 소리가 석양천(夕陽天)에 울리고 해는 시뻘건 빛을 회색빛 서천(西天)에 남기고 넘어가고 여울의 물은 빛에 끓는다. 이것을 보고 곁의 이 선생이 참 그림 같은 경치라고 흥이 도도하다. 피곤한 몸을 구룡산 전차 안에 실리고 문안으로 들어와 길에서 석반을 먹고 방(方) 군에게서 종석(種石) 군을 만나 이야기하다 왔다. 정환(定煥) 군은 앓아누웠다 하고 나도 썩 곤해서 바로 왔다. 바람은 없다.

1월 19일(월요일)

독서 · ≪학생≫의 「佐佐醒君を吊ふ」, 원고 · 시 이절(詩二節)

길에 눈이 녹아 대단히 질다. 영섭(英燮)이와 같이 취운정(翠雲亭)에 다녀 내려와 한양병원으로 데리고 가서 귀의 진찰을 받으니 나아도 완전한 귀는 될 수 없다 한다. 이발과 목욕을 한 후 동양서원 광익서포에 들러 ≪창조≫와 ≪삼광≫을 외상으로 얻었다. 지나는 길에 회사의 형님을 찾고 약포를 뒤져 할머니의 변기를 사려 하였으나 없어 사지 못하고 집으로 돌아왔다. 어제 스케이트에 너무 피로하여 오늘은 종일 두통이 났다. 돌아오는 길에 종석(鍾石) 군을 보러 여관으로 갔으나 외출하고 없다. 밤에는 시를 2절만 써 놓고 잠이 들었다. 잘 되면 어느 잡지에든지 보낼 작정이다.

1월 20일(화요일)

독서 · ≪새별≫ 「굽은 다리 곁으로」

어제 짓던 시를 조금 더 짓다가 영섭(英燮)이를 데리고 한양병원에 다녀서 공평동에 와 있다는 장하진(張河鎭) 군을 찾았다. 그런데 장 군은 어찌된 셈인지 오지 않았다 한다. 몹시 질척질척한 길을 밟고 신문관으로 가 한참이나 있다가 ≪아이들 보이≫와 ≪새별≫을 합하여 열세 권

을 재영(載英)이에게 주려고 얻어 가지고 황금정으로 하여 본정으로 들어갔다. 할머니의 변기를 사려 함이다. 그러나 있는 곳은 한 군데도 없어 책사만 여기 저기 뒤지고 돌아다녔다. 사고 싶은 책도 많고 더욱 잡지가 산처럼 쌓인 것을 볼 때에 우리의 빈약함에 심각한 느낌을 준다. 진고개의 복잡한 거리에는 불이 켜지고 왕래하는 사람들의 'げた(게다)' 소리가 언 땅에 어지러이 울린다. 간 김에 지원의 집을 들렀다. 이야기를 말자면서도 자연 독립운동 이야기가 나온다. 지원도 근일 일본으로 돌아가겠다 한다. 진실로 교원 노릇 하기도 어려울 것이다. 돌아오니 열한 시. 불을 끄고 누워 장래에 대한 걱정을 하며 머리를 괴롭히다가 잠이 들었다.

1월 21일(수요일)

독서 · 「한글 손장난」

영섭이와 같이 취운정에 갔더니 형님의 병환이 그저 낫지 못한데 어제는 오지도 않았다고 보지도 않고 공연한 걱정을 하신다. 아무 아는 것도 없이 혼자 달관을 하고 초관(超觀)을 하고 안하무인으로 자임하여 말만 함부로 다니며 하다가 신문 경영에도 대실패를 하고 울화병이 든 것이다. 그리고 주색에 몸은 약하여 가지고 온갖 번민을 하며 여러 가지로 고통을 받는 것이라 아무리 친 형제 간이라도 동정하는 마음이 생길 수는 없다. 형님의 일은 만사가 다 그 수법이니 누가 환영을 하랴. 이러다가도 형제간에 마음이나 상하지 않으면 좋겠다. 큰 걱정이다. 병원에 가 영섭의 귀수술을 하고 데리고 와서 점심 후 김성수(金性洙) 댁에 가서 『부활(復活)』, 『성욕론』, 『조도전총지(早稻田叢誌)』 등을 빌려온 것을 갖다 두었다. 그리고 이희승(李熙昇), 상근(相根) 군과 이야기를 하다가 희승

(熙昇) 군에게 매일 한글 배우기를 마치고 이중재(李重宰) 선생한테로 가서 주종(珠種) 군과 이야기를 벌이다가 시장하여 돌아왔다. 요새는 하는 것 없고 책도 못 보게 되니 딱한 일이다.

1월 22일(목요일)

독서·<동아부인상회(東亞婦人商會)의 발기 취지서>)의 반역(反譯)

아침 후 할아범을 데리고 회사로 해서 본정, 황금정으로 장곡천정(長谷川町) 산안상점(山岸商店)에서 변기를 사고 재영에게 줄 ≪아이들보이≫와 기타를 집으로 보내었다. 날이 대단히 추워졌다. 돌아와 보니까 집에서 편지가 왔는데 할머니가 병환이 더 하시다 한다. 어서 돌아가셨으면 당신도 좋으시려니와 이 동절에 어떻게 할는지가 걱정이다. 오후에 이화동 노인의 생신에 가 점심을 먹고 곧 돌아와 작은 형님에게 맡은 장차 발기될 동아부인상회의 창립 취지서를 순국문으로 번역하는 것을 쓰고 있으려니까 화로의 숯에서 탄산가스를 마시고 별안간 두통이 심하여지며 구역이 난다. 겁이 버럭 나서 급히 이불을 뒤집어쓰고 누우니 정신이 도무지 없어진다. 곧 날카로운 도끼 같은 것으로 두개골을 쪼개는 것 같이 지탱할 수가 없다. 그래 숙직인 언니와 회사에서 만나기로 한 약속을 어그러뜨리지 아니치 못하게 되었다.

1월 23일(금요일)

독서·작일 것을 연속해 씀

새벽에 자리에 누워 들으니 도원(道源)의 목소리가 나는데 큰 형님이 아침부터 병환이 급작스레 대단해지셨다 한다. 날은 몹시 매운데 그 길로 뛰어 올라가 보니 참 대단하시다. 호흡이 급하고 담이 끊어 도원이가 시푸를 하고 있다. 돌아가실까 봐 미상불 큰 걱정이다. 그래 종일 의사를 부르며 약을 지으러 그 빙판 언덕을 종로 근처까지 거의 십여 차나 돌아 다녔다. 작은 형님은 큰 집으로 나가고 나 혼자 혼이 났다. 의사는 박계 양(朴啓陽)이를 보았는데 폐렴이라 위중하다 한다. 종일의 병세의 경과는 더 중태에 빠지지는 않았으나 체온이 39도 7부요 맥박이 1분에 110번이 나 뛴다. 성한 때는 친구요 병이나 급사에는 형제가 제일이다. 아무리 돌 아다녀도 괴롭지가 않고 한편이 켕긴다. 석반은 거리서 먹고 어저께 쓰 던 것을 마저 쓰다가 회사의 형님 책상에 넣고 또 올라와 형님한테서 자 려다가 작은 집으로 내려왔다. 내일 아침에 일찍 올라갈 작정이다.

1월 24일(토요일)

일찍이 일어나 곧 취운정으로 가보니 밤 사이에 더하시지는 않은 모양 이다. 그러나 간밤에도 잠을 못 주무셨다. 그저 숨은 차고 해수(咳嗽)가 낫지 못해서 고통 중이시다. 한의가 와 보고 간 후 박계양(朴啓陽) 의사 가 와 진찰을 하였는데 어제보다는 조금 차도가 있다 하고 가고 김봉제 (金鳳濟) 군이 문병을 와서 앉았는 것을 보고 병원으로 약을 가지러 갔다 왔다. 생명에 관계는 없다 하니 적이 안심은 되나 의원의 말은 믿을 수 없다. 돌아와 보니 주사를 맞으신 후로는 숨찬 것이 조금 가라앉은 듯하 다. 그것은 잠깐 반짝하는 효능뿐이다. 한양구락부에 가서 신문을 가지고 가고 오고 오늘도 종일 돌아다니다가 피로하여 일찍 돌아왔다. 형님 말 씀따나 처음으로 형님 심부름을 하느라고 요사이는 조금 틈도 없다. 와 보니 병섭 형이 들어와 있어 내가 지은 시와 「생이사별」을 읽어드렸더니 잘 지었다 한다. 형의 시계를 빌렸다.

1월 25일(일요일)

독서·동아부인상회의 규약을 형님의 부탁으로 청산.

오늘 아침은 이럭저럭 어제보다 조금 늦게 형님한테로 가보니 어젯밤 내가 와 잔 뒤에 또 숨이 차서 의사를 불러다 주사와 최면제를 하고 여섯 시간이나 안면(安眠)을 하셨다 한다. 식전이라 좀 나아 뵈는 것 같다. 작은 형님, 병섭 형님과 같이 한의를 데리고 올라갔다가 약을 가지고 오니 봉제 군이 또 문병을 왔다. 실상 진실한 사람이다. 그 빙판 언덕을 할 수 없이 다니는 나도 어려운데 매일 온다. 조금 있다 박 의사가 와 진찰을 해보고 폐렴은 없어지고 기관(器管)이 좀 언짢으나 아무 관계없다 하며 다시 주사를 하고 내려갔다. 그만만 하여도 우선 안심이 된다. 병섭형, 봉제 군과 오반(午飯)을 같이 하고 병원에 와 약을 지어 가지고 여러 군데로 돌아다닌 후 올라갔다. 다 어두운 뒤에 최면제를 가지러 또 병원으로 다녀 구락부의 신문을 돌려주고 아랫집으로 내려왔다. 영섭이가 집에 다녀왔는데 할머니는 나으시다 한다.

1월 26일(월요일)

오늘은 어제보다도 형님이 좀 나으신 모양이다. 한의, 양의가 다 다녀간 뒤에 또 약을 짓고 가지고 오고 하느라고 반일을 보냈다. 회사에 갔다가 와서 또 동아부인상회의 조합출자승낙서를 국문으로 써가지고 가서 다른 것을 좀 더 쓰고 왔다. 요사이는 내 공부도 못하고 두 형님을 위하여 임시로 희생한 셈이다. 내가 쓸 시간을 남의 일로 (암만 형제간이라도) 허비하는 것을 몹시 싫어하는 좋지 못한 성미를 가진 나도 조금씩 그 맘이 없어지게 되었다. 말하자면 타인을 사랑하고 타인을 도와 힘쓰는 것은 자기를 위하여 노력함이요, 자기를 사랑함이라 하는 진리를 맛보았다 할 수 있을 것이다. 밤에는 일찍 아랫집으로 왔다가 이희승, 김성수, 이중화(李重華), 이기종(李璣鍾) 제 씨를 두루 찾고 이야기를 하다가 12시나 되어서 돌아왔다.

1월 27일(화요일)

독서 · ≪신춘(新春)≫의 「ヤスナ・ヤポリヤナの回顧」

엊저녁에 실섭(失攝)을 하였는지 새벽에 기침이 나고 두통이 나서 아침 후 가기 싫은 것을 억지로 취운정에 올라갔다가 약은 할아범에게 보내고 와서 누워서 K선생에게서 빌려온 ≪신춘(新春)≫과 『금색야차』를 조금씩 보고 누웠으니까 오후의 햇발은 창에 비치고 날은 훨씬 풀려 봄바람 같은 바람이 불고 댓돌에서는 피아노 소리 같은 낙수 떨어지는 소리가 난다. 밤에 이희승 군이 이춘원(李春園)이 주간인 ≪신한청년(新韓靑年)≫이란 잡지를 가지고 왔다. 발각되지 않게 팔아야겠다. 읽은 후 나의 느낌은 내일로

1월 28일(수요일)

서신 · 월탄(月灘), 고든게서 똘 兩兄에 봉서(封書)

독서 · 노화(蘆花)의 「임종」 靑白き夢의 「シプ子の靈前」

오늘도 일기가 험악하다. 어머니가 이 비바람에 명자(明子) 돌을 보러 들어오셨다. 그 뒤로 도원(道源)이가 내려왔는데 어머님을 뵙고는 눈물

이 쏟아진다. 나는 해수(咳嗽)가 심히 나고 머리가 휭 하고 해서 오늘은 올라가지도 못하였더니 개미새끼 하나도 오지 않는다고 형님이 야단을 쳤다 한다. 불안과 불평의 마음이 일시에 북받쳐 온다. 그 때 김성수(金性洙)댁에 가서 박의(朴醫)에게 전화를 하고 돌아왔다. 길이 장림(長霖) 때 같아 약심부름은 병섭 형이 하고 형식 군이 왔기에 그 잡지를 주고 값을 받았다. 노영호(盧永鎬) 군에게서 편지가 왔는데 월간 문예잡지 ≪근화(槿花)≫에 게재할 원고를 보내어 달라 한다. 타인이 나를 그만큼 알아 주는데 적은 정성이나마 표하지 않으면 안 되어서 시나 단편이나 하나 보내 주어야겠다. 요를 쓰고 홀로 누웠으니 북악으로 내려부는 바람은 창을 연해 울리고 뜰에는 어제 같은 피아노를 난명(亂鳴)하는 듯한 낙수 소리가 들린다. 밤에 병섭 형과 같이 잤다.

1월 29일(목요일)

일어나니 여전히 몸이 찌뿌듯하여 기운이 나지 않는다. 그래도 형님한 테는 올라가 뵈어야겠는데 답답한 일이다. 그래서 병섭 형이 하루 수고 를 하였다. 다리 팔이 노근하고 머리가 휭 해서 아무 것도 귀찮다. 아마 요새는 조금도 운동을 하지 않고 형님 병환에 걱정이 되어 심기가 음울 한 까닭인가보다. 그래도 안 가 뵈올 수가 없어 취운정에 올라갔다. 병환 은 그저 일반이다. 이제는 변소 왕래도 어려우신 것 같다. 그러나 일분의 항산(恒産)도 없는 형님이 이렇게 병환이 중하시니 돈은 날 곳 없고 어느 친구 하나 와 돈 주고 가는 사람도 없다. 저녁 후에 취운정에서 내려와 김성수 댁에 가서 의사에게 전화를 하고 이희승, 상근 군과 같이 놀다가 돌아왔다. 길이 대단히 질어 나무신을 신고 다녀도 어렵다. 내일 명자(明

子) 돌에 떡을 하느라고 아랫집은 부산하다.

1월 30일(금요일)

오늘이 명자 돌이다. 사람들은 많이 모였으나 형님 병환으로 아무 경황이 없다. 돌잡히는 것은 재미있는 풍속이다. 주먹만한 핏덩이 어린 아이가 겨우 일 년 안에 그만큼 자라서 벌써 걷기까지 하니 그 동안에 발육이 썩 빠르다. 그러다가도 그럭저럭 한 육십년을 지나 부모의 앞에서 돌을 잡히고 신통하다던 애가 어느덧 늙어서 다시 자손들의 위에 앉아 환갑을 지나게 된다. 나도 나이가 벌써 이십이다. 전생애 삼분의 일을 아무 한 것 없이 꿈 같이 지냈다. 이러다가 하루 가고 이틀 가고 일 년 가고 이 년 가 내 장래는 어찌나 될는지? 참말로 내가 이상(理想)하는 경계까지 이르러 볼 수 있을까? 지금 같이 게으르고 해서는 도저히 대성공을 기다릴 수 없을 것이니 한심하다면 한심하다. 취운정에 다녀와 밤에 희승 군과 돌떡을 같이 먹었다.

1월 31일(토요일)

서신 · 노영호(盧永鎬) 군에게 「새벽」을 보내다.

독서 · 《신춘》의 「춘신(春信)」

날씨는 여전히 고르지 못하다. 훨씬 풀려 봄날 같아서 제법 봄인 듯한 것 같다가도 지붕이나 산을 보고는 봄은 아니로구나 한다. 그러나 눈이 녹아 내려서 길이 대단히 질어 수렁 같다. 취운정에 와 있으려니까 어머니가 아버지와 형수와 같이 형님 문병차로 들어오셨다. 형수는 문을 열고 들어서자 눈물이 돈다. 그도 그러할 것이다. 자기의 남편 병을 자기가 간호치 못하니 섭섭할 일이다. 어떻든지 첩 둔 사람과 버린 아내가 된 사람은 불행복(不幸福)한 사람 중에 하나일 것이다. 여자의 통병으로 질투하는 마음은 형수에게도 없을 리가 없다. 그러나 흔히 여자의 본능인 질투와 분한 마음을 억지로 참고 남편의 얼굴을 자주 보지 못하는 가슴이야말로 애처롭다. 그래서 나는 형수에게 동정한다. 또한 형님이 타락하는 것을 보고 적지 않은 걱정을 품은 나는 그를 동정치 않을 수 없다. 밤에는 침두(枕頭)에서 책을 보고 누웠으려니까 어디로선지 단소 소리가 바람에 흘러 들린다. 곡조는 극히 건조무미한 거나마 오래 음악에 주린 나는 그 소리 속으로 여러 가지 감상을 일으켰다.

1월의 감상

금년은 꼭 진실한 생활을 하며 힘쓰자 하였건마는 문칮문칮하는 동안에 일 년 중의 첫 달은 아무 것 한 것 없이 벌써 놓쳐버렸다. 이러한 법(法)으로 한 달 두 달 한숨과 같이 쌓아 보내면 이 해도 이 이십이라는 극히 중요한 해도 그만 길이 잃어버리고 말 것이다. 아! 이러다가는 썩 훌륭히 되어야만 할 나의 장래가 어찌나 될는지?

나의 일본 유학은 벌써부터의 숙망(宿望)이요, 갈망이다. 여기만 있어 가지고는 아주 못할 것은 아니나 내가 목적하는 문학 길은 닦기가 극난하다. 아무리 원수의 나라라도 서양으로 못 갈 이상에는 동양에는 일본밖에 가 배울 곳이 없다. 그러나 내 주위의 사정은 그를 용서치 않는다. 그러나 나는 기어이 올 봄 안으로는 가고야 말 심산이다. 오는 3월 안에 가서 입학을 하여도 늦을 것인데… 어떻든지 도주를 하여서라도 가고야 말란다.

3일에 이규영(李奎榮) 선생이 돌아갔다. 그에 대한 많은 느낌은 「생이 사별」에 썼으니까 또 쓸 필요는 없으나 어떻든지 이 달의 큰 감상 중의 하나이다.

다음에는 형님의 병환이다. 형님은 이 한 달 동안을 대단한 병으로 지내었고 나 역 형님의 약과 의원의 심부름으로 반달을 보냈다. 형님의 병은 밖에 있어서는 타락적 쾌활, 안에 있어서는 불규칙한 생활, 극기심이 조금도 없으므로 원인한 줄로 생각한다. 자과(自誇), 안하무인, 아무 거리낌도 없이 그러다 병이 드니 병은 위태할 수밖에 없다. 나머지 말은 쓰지 않으나 형님을 보아 나는 그러한 지경에 타락하지 말아야 할 것이다. 주색은 형님에게 제일의 악마다,

이 한 달 동안은 다른 때보다도 특수하게 추웠다. 추울 때마다 감옥에 남아 있는 형제의 생각을 하였다. 아니하려 하여도 아니할 수 없다. 빙원 같은 옥 속에서 떨고 있는 형제에게 두꺼운 금침이나 의복을 들여주고 싶은 마음이 때때로 나나 낭중(囊中)의 무전(無錢)임에 어찌하랴. 돈! 돈! 이 무엇인고…

3일 이규영 선생 돌아감.

15일 「생이사별」의 원고를 청서함.

23일 큰 형님의 병환이 급히 남.

31일 「새벽빛」 신체시를 ≪근화≫ 잡지에 보냄.

2월 1일(일요일)

정신없이 지내는 동안에 이월의 처음 날은 왔다. 어머니와 종일 취운정에서 있다가 한양병원으로 영섭과 같이 가서 W와 재웅(載雄)이 약을

보낸 후 도로 올라왔다. 요새 형님은 매일 주사를 맞는다. 병은 차차 나아가는 모양인데 그저 완인(完人) 되기는 멀었다. 한풍과 춘풍과 절충한 바람이 대단하게 분다. 저녁 후에는 너무도 갑갑해서 아래 가게에 돈을 얻어 가지고 우미관(優美館)에 활동사진 구경을 가서 보고 또 탑동공원(塔洞公園) 청목당(淸木堂) 앞을 지내다가 사내 싸움에 쫓겨나와 코시마키(コシマキ)를 걷고 달아나는 예기(藝妓)인 듯한 여자를 보고 육욕이 일어나는 동기가 되었다. 아! 악마의 육욕! 나는 이 성욕에 대하여 억제치 못한다. 그것을 잘 이기지 못하고는 나의 장래는 위험하다. 확실히 위험하다. 인생을 창조한 상제는 왜 참기 어려울 정도까지 우리에게 성욕의 본능과 이에서 발생하는 모든 죄악을 짓게 하였는고? 그러나 우리는 약자다.

2월 2일(월요일)

독서·≪신춘≫ 태양(太陽)의 「アル結婚」 성균(星均) 작

어제 저녁 때문에 그런지 심기가 언짢다. 요새는 일정한 공부도 없고 운동도 하지 않으니 마음이 상쾌해질 수는 없다. 거기다가 위병이 생겼는지 음식물이 소화가 되지 않는다. 싫어도 약을 먹어 둬야겠다. 오후에 병섭 형이 들어왔는데 별일은 없다 하고 ≪신한청년≫의 값을 낸다. 의사가 와서 큰 주사를 한 뒤에 김봉량(金鳳凉) 군이 문병차로 올라왔다. 그래 김 군과 같이 일찍이 아랫집으로 내려와 석반 후에 이희승을 찾아서 그 값 2원을 주었다. 그리고 이중재, 기종(璣鐘)과 이야기한 후 11시나 되어서 집으로 돌아왔다.

달이 밝다. 그 달 속으로 쏟아져 나올듯한 바람이 몹시 차게 분다. 조

금 풀린 줄 알았던 날이 도로 언다.

2월 3일

독서 · ≪신춘≫

날이 춥고 몸이 괴로워서 안방에 오정까지 누웠다가 약을 가지러 한양 병원에 갔다가 영섭을 만나 약을 주어 취운정으로 보내고 거의 종일 병원에서 간호부와 쓸데없이 온당치 못한 행동을 하였다. 그리고 나도 진찰을 받았는데 기관이 좋지 못하다 하여 약을 얻어 와서 형님한테는 가지도 않고 아랫집에 누웠다가 ○○ 책값을 이희승 군에게 주고 왔다. 창덕궁 금원(禁苑) 안에는 그윽한 송림 사이에 십사야(十四夜)의 월색이 부서진다.

2월 4일(수요일)

그리 춥지는 않으나 오늘도 추운 날씨다. 약국에 가서 형님과 내 체약(滯藥)을 지어 가지고 취운정에 올라갔더니 어머니가 왔다 가셨다 한다. 오정 때쯤 노영호 군을 찾아 ≪근화≫의 편집한 것을 보려 하였으나 다른 사람이 가져갔다 한다. 석반 후 이중화(李重華) 씨 댁에서 희승(熙昇), 주종(珠鐘) 군 4인이 화로를 끼고 앉아서 조선어 개량에 대한 의견을 서로 장시간 의론하였다. 장래에 완전한 국어를 전국에 보급시킬 계책도 말하고 연구의 어려움을 말하고 이상적 국문의 자체(字體)는 가로 쓰는데 있다 하여 의론이 분분하다. 다 옳은 말로 틀리지 않으나 완전한 국문을 만드는 것은 제2 문제라 하더라도 지금 아는 것 발달된 것만을 보급시키려 하여도 여간한 난사(難事)가 아니다. 우선 잡지 한 권을 만들려

하여도 돈을 얻을 곳이 없다. 한심한 일이다.

2월 5일(목요일)

아침저녁은 추우나 낮은 봄날 같이 따뜻하다. 개천에 얼음 속을 물이 배를 가르고 흐른다. 약국과 한양병원을 거쳐 형님 심부름으로 청년회관에 윤치호(尹致昊) 씨를 찾았으나 없었다. 운동을 못하여 몸이 점점 약해지는 모양이어서 청년회관 유도부에 다녀볼까 하였다. 체격도 꼭 훌륭하게 할 필요가 있다.

석반(夕飯)에서 조그만 감정으로 영섭이를 두들겨 주었다. 나의 혈기를 참지 못하는 것도 잘못이려니와 영섭의 마음이 너무 좁고 게으른 데는 말을 아니 하려 하여도 자연 아니 할 수 없다. 그러나 무슨 일에든지 인내성 없는 것이 내 결점이다. 밤에는 예에 의하여 희승 군을 찾아 명일부터는 영어를 배우기로 하였다. 출옥 후로 이때껏 아무것 아니한 가운데 영어를 힘써 배우지 않은 것이 지금 큰 후회가 된다. 돌아오는 길에는 지금 천도교당 뾰족집 위에 십오야의 명월이 걸렸었다.

2월 6일(금요일)

독서·《문장구락부(文章俱樂部)》 중 남부수삼랑(南部修三郎)의 「文壇へ出ルマヲ」

취운정에 다녀 내려와 다른 곳에는 가지도 않고 아랫집에서 가로 쓰는 글로 내 수양에 관하여 책상머리에 써 붙이고 매일 반성할 다섯 가지의 조목을 썼다. 요새 같아서는 나는 확실히 부랑자다. 기생집에나 술을 먹으러 다녀서 부랑자라는 것이 아니라 일정한 공부를 못할 뿐 아니라 운동조차 아니 하니 모르는 겨를에 심신이 점점 타락해 간다. 아무리 큰 포부나 목적을 가졌더라도 노력이 없으면 일분의 가치도 없이 되고 마는 것이야 물론이다. 자아를 수양치 못하고는 도저히 수없는 이 세상 사람의 생명을 내 것으로 만들 수 없으며 감화시킬 수 있으랴. 남을 감동시키는 것은 결코 재주나 학술에 있는 것이 아니라 무엇보다도 고상한 인격에 있다. 아! 나의 인격, 그저 훌륭한 인격이로구나! 밤에 이희승 군이 와 놀았다.

2월 7일(토요일)

유두형(柳斗馨) 군의 부음. 김상덕(金相德)에게서 엽서. 이참봉(李參奉) 집에서 편지

늦게 일어나니 날은 어제보다 풀렸다. 큰 형님한테 올라가 뵈어야겠는데 가면은 여러 가지 심부름을 자연 하게 되어 바로 집으로 나오고자 나섰다. 내일 한강서 스케이트 대회를 한다는데 그것도 구경하고 집에도 다니러 올 겸 나오다가 배오개장으로 조한진(趙漢軫)을 찾았다. 그를 만나고 보니 반갑기도 하려니와 작년 봄 감옥에 같이 있던 일이 바로 어제같이 새삼스럽게 생각난다. 야반 옥창(獄窓)에 만세성(萬歲聲)이며… 그 많던 고초와 느낌을 어찌 이 짧은 곳에 쓸 수 있으랴. 조한진은 숯장수를 한다. 꼴도 망칙하나 그것이야 상관할 바 아니라 가까운 중국요릿집으로 같이 가서 회구(懷舊)의 정 가운데 잔을 기울였다. 강으로 나와 보니 준비는 하여 놓았으나 다른 곳에서 여럿이 오래간만에 얼음을 지치다가 꽤 피곤해 돌아왔다. 와 보니 할머니는 더 엄엄하시다. 나는 의외로 유두형 군의 부음을 받았다. 또한 이 참봉 집의 편지를 받았다. 아 많은 느낌을

어디다 쓰랴.

2월 8일(일요일)

서신·서광진(徐洸璡) 군에게서 엽서가 오다.

늦게 일어나 스케이트를 메고 한강교 아래 전선스케이트대회장을 향하고 급히 걸었다. 빙상경기장은 두 겹의 말뚝으로 큰 원을 그렸고 그 중앙에는 채색 깃발이 시퍼렇게 개인 찬 공중에 풀풀 날린다. 정각 10시가 되었다는 군호로 폭죽성(爆竹聲)이 두꺼운 얼음이 깨어질 듯이 여러 번 울리며 수 없는 구경꾼들이 미끄러지며 자빠지며 모여들어 순식간에 회장을 까맣게 에워싸고 조급히 시작되기를 기다리는 가운데 총소리와 함께 경기가 시작되며 강변 언덕 위 천막 안으로서 웅장한 군악소리가 내려 흘러 개선문 안에 승전고 소리를 생각게 한다. 이윽고 홍안열혈(紅顔熱血)의 일대(一隊)는 흰 입김을 훅훅 내뿜으며 나는 듯이 결승점을 향하고 펑펑 달린다. 이리하여 5주(周), 10주(周), 제등(提燈), 배진(背進), 재낭(載囊), 기취(旗取) 등의 경기가 박수갈채에 싸여 거의 끝이 나니 열풍은 관람자들의 얼굴에 눈가루를 끼얹으나 추위도 잊고 고래의 초점인 전국선수의 20주(周) 결승 활주대원이 출발하니 군중은 흥분을 지나 거의 열광하여 우박 같은 박수와 우레 같은 군악이며 포성으로 회장은 다시 끓는다. 살같이 달리는 선수들의 발밑에 스케이트가 한참이나 석양에 번득인 후 기대하던 곽 군은 의외로 낙오되고 김상룡(金相龍) 군이 명예 있는 우승기를 점령하였다. 1, 2등이 다 우리 동포다. 나도 잘 연습하여 해보았더면 하고 추위에 쫓겨 집으로 지치며 돌아오다 돌아보니 사람은 다 흩어지고 찡찡하고 얼음 갈라지는 소리만 넓은 눈벌판에 길게 울린다.

2월 9일(월요일)

독서 · 「여울의 낙일(落日)」

날이 몹시 춥다. 뒤에 고목 흔들리는 소리가 무수히 들리고 문풍지가 바이올린 소리로 울린다. 오늘 서울로 들어가려 하였더니 아버지가 감기로 인후를 앓으셔서 편치 않으신 것을 뵙고 들어갈 수가 없어서 종일 집에 있었다. 할머니는 전보다도 더 말씀 아니다. 매일 대소변을 사뭇 싸시고 똑똑치 못하시던 말이 더 알아들을 수가 없어 앞에서 심부름하는 자손도 이 추운데 큰 곤란이려니와 당신도 못 견딜 노릇이다. 차라리 하루라도 바삐 돌아가셨으면 두 편이 다 좋으련만 그리도 되지 않고 진정 딱한 일이다. 석반 후 인범이에게 가서 스케이트 열쇠를 해달라 맞추고 와서 「밤에는 강촌의 겨울 소식」이라고 제목하고 일기 5절을 써서 어느 잡지에든지 보낼 심산을 하고 미리 기뻤다. 잘 써 보낼란다.

2월 10일(화요일)

독서 · 「벗 생각」

어제보다도 더 추운 일기다. 적어도 영하 20도는 넉넉히 될 것이다. 할머니는 이제부터 아주 혼수상태에 빠져 오늘 돌아가실는지 내일 돌아가실는지 알 수 없다. 병환인들 이런 병환이 어디 있으랴. 아버지께서는 인후가 좀 나으시니 우선 안심은 되나 시절이 너무도 험하니까 미상불 급병이나 아닌가 하고 겁이 난다. 여기저기 우환에 못 견딜 지경이다. 밤에는 「벗 생각」이라는 일기문을 또 「여울의 낙일」이라는 것을 쓴 뒤에 쓰려 하였으나 붓은 잡지 못하고 잠이 들었다.

W는 나의 무례함을 책하려 한다. 내가 이때껏 W에게 대하기에 좀 비

열한 듯함을 뉘우치지 않을 수 없다. 금후부터는 W에 대하여 전의 태도를 변하여야겠다.

2월 11일(수요일)

입춘이 지났건만 억척스러이 춥기만 하다. 여러 날 집에 있어서 궁금도 하고 갑갑도 해서 문 안으로 들어오려고 나서는데 병섭 형이 왔다. 또 여러 가지로 번민을 하니 딱한 일이다. 강으로 나와 둘이 스케이트를 하고 나는 서울로 들어왔다. 오다 남대문 밖에서 월탄(月灘) 군을 찾았다. 여러 시간 이야기를 하다가 점심을 같이 하고 일형(一兄)님한테로 왔다. 일형에게 가보니 병환은 아주 나으신데 벌써 술을 잡숫는다. 술이 형님의 생명이다.

2월 12일(목요일)

독서 · ≪중앙문학≫의 일절(一節). 「생리사별」의 청서

어젯밤에 유종석(柳鐘石), 김재형(金在衡) 양 군을 찾았더니 「생이별사」의 원고를 ≪신청년≫에 보내라 하고 미리 좀 보여 달라 한다. 그러나 저번에 청서를 하려다가 두어 장밖에 내버려 두고 만 것인데 내일 밤에 가져 오마 하고 왔었다. 그래 취운정에 가서 가리로 아침을 먹고 내려오며 곧 그것의 청서를 하느라고 오후 11시까지 꼭 앉아서 썼다. 둘의 약속은 어긴 편이 되었으나 밤이 늦었으니 어쩔 수 없다. 문장은 참으로 어려운 것이다. 이것을 몇 번 쓰고 베끼고 하였는지 모르건만 그래도 불만족한 곳이 많다. 고치기 시작하면 한이 없겠기에 속필로 아무렇게나 써 놓았다. 오래간만에 종일 들어앉아 그런지 두통이 난다. 날이 좀 풀려서 석

반 후에는 거리에 아이들 노는 소리가 들린다.

2월 13일(금요일)

독서 · 생각의 청서

조반 후 원고를 가지고 유종석(柳鐘石) 군에게로 가져가려 하는 중에 김상근(金相根), 장세구(張世九) 군을 만나 소격동 천도교중앙총부 뜰로 가서 오래간만에 테니스를 서너 번이나 치다가 헤어져서 전동탕으로 가서 목욕을 하고 안동 와서 이발을 하고 유도여관 방정환(方定煥) 군을 찾아본 후 집으로 돌아왔다. 날이 매우 풀린 모양이다. 석반 후 강종대(姜鐘大) 군이 찾아와서 이것저것 한참이나 지껄이다갔다. 아— 벌써 일월도 지나고 이월도 반이나 지나니 작년이 어제 같은데 며칠 아니면 돌이 돌아오는구나. 우리의 신성한 자유를 위하여 분기하던 때 자손만대의 영화를 위하여 수만의 동포를 희생하던 때 아! 돌아오도다. 느낌 많은 봄은 돌아오도다.

2월 14일(토요일)

아침 후에 바깥으로 나가려하니 구두가 없다. 아무리 찾아도 없다. 어젯밤에 도둑을 맞은 것이다. 그저 백주에 강도가 나지 않나 인심이 흉악하다. 이형(二兄)님의 새 구두를 신고 취운정에 올라가 큰 형님의 헌 구두를 얻어 가지고 내려와 세브란스 병원으로 차영호(車英鎬) 군을 찾았다. 이때까지 감옥에 있다가 중병으로 하여 보방(保放)이 되어 입원함이다. 그 여윈 얼굴, 마른 몸, 나는 저렇게야 될 수 있나 하였다. 또 여러 가지 감상이 끓어오른다. 한참이나 이야기하다가 나오며 간호부와 이야기를 하는 중 그 자태에 끌렸다. 잊혀지지 않는다. 누동으로 가 이해승(李海昇) 군에게 동아부인상회의 주(株)를 들라 하고 저녁 겸 점심을 얻어먹은 후 장세구(張世九) 군을 태흥여관으로 찾았다. 그래 같이 단성사에 활동 사진 구경을 가서 <기림(騎林)의 낭등(狼等)>을 보았는데 매우 흥분하는 곳이 있었다. 돌아오는 길에 중국 요리로 배를 불렸다. 장 군에게 신세가 많다.

2월 15일(일요일)

서신·만주 일근(日根)에 엽서

독서·『묘(猫)』

흐릿한 날이 비라도 올듯하다. 11시쯤 장세구 군이 찾아왔다. 어제 같이 사진을 박자는 약속이 있음이다. 오정이 넘어 같이 국전(菊田)사진관으로 가서 둘이 박으려 하였더니 장 군은 싫다 하여 나 혼자 군의 재킷을 입고 박았다. 잘 될는지 모른다. 작년에 감옥에서 나올 때부터 꼭 박으려 한 것이 이제야 박았다. 나에게는 두고두고 기념할 사진이다. 밤에 이형(二兄)님과 나의 일본 유학에 대하여 의논이 있었다. 이 일은 큰 형님이 먼저 말을 내고 금방 보내는 것 같이 떠들더니 소식이 감감하고 시치미를 떼고 마니 사람을 희롱하여도 분수가 있지, 그래놓고는 쩔쩔매고 전에는 말도 안하던 둘째 형님에게 일을 맡기는 모양이다. 점점 형님에 대한 증오심과 불안과 불평이 생긴다. 아무리 하여도 금년 봄에는 어디로든지 꼭 가야겠다. 꼭 가야만 되겠다. 오늘부터 담배를 끊었다.

2월 16일(월요일)

서(書)·「뛰는 잉어」

요사이는 연일 담천(曇天)이 계속 된다. 조반 후부터 원고를 쓰고 있으려니까 유(兪) 군이 왔다. 그래 한참이나 이야기하다가 간 후 끊자던 담배를 또 시작하였다. 극기심 없고 결심 없는 나의 성질을 유감없이 표현함이다. 그러나 착실히 담배라는 것이 해로운 줄을 안 이상에는 언제든지 끊고야 말 것이다. 꼭 끊어야만 하겠다. 경제상으로도 어렵거니와 실상 몸에도 유익치 못하다. 이틀 동안을 입에 대이지 않다가 먹고 보니 과연 좋지 못하다. 그러나 심심할 때 뒤보러 갈 때 식후에는 좋다. 그러나 끊기는 끊어야 할 것이다. 대신에 인단이나 가오루 같은 것을 상용하여야겠다. 석반 후 방 군과 유 군을 찾았으나 없어서 이희승 군에게 갔더니 상근이가 청지연(青紙煙)을 준다. 취운정에서 도원(道源)에게 돈 일 원을 얻었다.

2월 17일(화요일)

「노량진의 겨울」이라는 원고를 쓰고 있으려니까 장세구 군이 와서 이 이야기 저 이야기 하고 과자를 사 대접하려니까 병섭 형이 왔다. 그래 3인이 석반을 같이 하고 장 군의 돈으로 광무대의 김소랑(金小浪), 김도산(金陶山) 양 파의 연합연극을 구경하러 눈을 맞으며 급히 갔다. 일전 조선신문에 김영환(金泳煥), 김도산 등 여러 사람이 서양 각국을 돌아다니며 가극단을 조직하여 독립선전을 하려 하였다는 혐의로 잡혔다는 기사를 보고 적지 아니 놀랐었는데 웬일인지 김도산이가 잡혀 가지 않고 연극의 주인이 되어 하는데 전보다도 훨씬 기술이 늘었다. 참 좋은 현상이다. 김소랑 군도 말하는 것이며 극을 하는 품이 점잖고 하여 남부럽지 않게 한다. 참으로 좋은 일이다. 기쁜 일이다. 오늘 저녁은 유쾌하였다.

2월 18일(수요일)

아침 후 9시 반쯤 하여서 재등(齋藤)에게 폭발탄을 던진 강우규(姜宇奎)씨의 공판을 구경하러 재판소로 빨리 걸었으나 벌써 방청을 할 수 없이 사람이 모여들어 할 수 없이 못하고 세브란스병원에 차영호(車榮鎬)를 문병 가려고 언덕으로 올라가려니까 의외로 유근영(柳近永), 이희경(李熙景), 기타 일(一) 인이 검은 옷을 입고 전악당(傳樂堂) 더러운 곳에 있다. 3개월 동안 복역을 하고 나왔다는데 전신에 옴이다. 아? 많은 느낌은 일후에 시나 문으로 쓰겠다. 형님이 아침에 나올 때에 돈 일 원을 주며 차 씨에게 과자나 사다 주라 하여 참으로 긴요하게 썼다. ㄱ, ㅎ, ㅂ은 보았는데 여전하다. 나는 미를 탐내는 자로구나! 유 군을 만나려, 방 군을 보려 하였으나 상봉 못하였다. 형식 군과 장 군이 또 와 놀다 갔다. 세모가 되어 길거리가 부산하다.

2월 19일(목요일)

서(書) · 「노량진의 겨울」이라는 일기문 원고를 정환(定煥)에게 주다.

오늘이 음력 12월 30일이다. 나의 19세는 다시 오지 못하는 곳으로 돌려보내는 날이다. 나의 전 생애의 열 자가 붙은 나이를 다시 오지 못하는 곳으로 보내게 되는 감상이 없을 수 없으련만 나는 그저 무심하다. 무심과 무심이 길이 계속되는 가운데, 나의 귀중한 생활은 종시 무의식한 것이 되고 말 것이다. 유 군과 월탄 군과 같이 종로까지 와서 헤어졌다. 집에 나와서 보니 작은 아버지가 당진에서 올라오셨다. 음식을 차리느니 고사를 지내느니 하여 집안은 수선하다. 참묘(參墓).

2월 20일(舊 1월 1일)(금요일)

늦게 일어나니 맑게 개이고 따뜻한 아침이다. 동네 아이들이 (차례를 지내고 나니) 붉은 두루마기에 모두 울긋불긋한 설빔을 하고 떼를 지어 세배를 하러 온다. 그래 귤을 하나씩 던져 줬다. 나도 어렸을 때에 설이 좋던 생각을 하게 한다. 세배차로 노저(鷺邸)로 가는 길에 병섭을 만나 집으로 돌아왔다 갔다. 길은 대단히 질고, 금댕기에 색두루마기가 길에 널렸다. 병섭 언니에게서 4시까지 안승찬(安承贊) 등과 윷을 놀다가 소파정(小波亭)으로 가서 먹고 놀고 하였다. 밤에 돌아오는 길에는 병섭 언니가 고개까지 바래주었다. 나는 소리를 질러 창가를 높이 부르며 돌아왔다. 음력 정조(正朝)는 당연히 피하여야 할 것이다. 세계 만방이 쓰지 않는 것을 구습관으로만 생각하고 없애지 못할 것은 아니다. 꼭 없애야 할 것이다. 음력설도 설 같고 양력설도 설 같아서 두 번이 다 설 같지 않다. 한 편을 정해야겠는데.

2월 21일(토요일)

어제 노들까지 가서도 일체정(日體亭)은 가지 못하였기에 세배 온 무영(茂榮)과 같이 넘어가는 길에 외가에서 윷을 놀고 다시 소파정(小波亭)으로 모여서 여럿이 윷을 놀다가 다 저녁 때 병영(秉榮) 언니와 같이 일체정으로 갔다. 누님은 우리를 보고 반가워 하는 줄 알았더니 수색이 만면하다. 매부의 생각이 다시 남이다. 정초가 되어 다른 사람은 다 기꺼워

놀거늘 자나 깨나 잊지 못하는 깊은 원한이 북받쳐 올라와서 그러함이다. 그렇더라도 일신이나 편하였으면 좋으련만은 시부모라는 이는 허구한 날 앓기만 하고 동서는 남편의 무정함을 비관하여 생병을 앓고 들어 누웠으니 그 어수선한 집안을 맡아갈 사람은 애처러운 누님뿐이다. 누님은 우리를 향하여 "이제는 살기가 지긋지긋하다. 내 살이 내리는 것이 보이는 것 같다" 한다. 아! 악마, 구수(仇讐)의 조혼아, 내 손으로 깨뜨리련다. 나의 붓이 이 원수를 죽일란다.

2월 22일(일요일)

어제 저녁에 일체정서 돌아오는 길에는 여러 가지 우울한 감상이 뇌속에 물 끓듯 하였다. 그러다 소파정서 놀다가 밤이 늦어서 거기서 부비어 자고 형식 군을 만나 집으로 왔다. 가회동 아주머니도 명자를 데리고 나오셨다. 그러자 병섭 언니가 뒤미처 와서 점심을 같이 먹고 외가로 넘어와서 같이 서울로 들어오려 하였더니 외가 아저씨가 가지 말라 한다. 언제까지든지 자녀를 속박하고 압제하려 드는 두뇌를 깨뜨려버리고 싶다. 그래 혼자 들어오다가 남대문서 내려 세브란스 병원에 들러 차(車), 유(柳), 이(李) 삼군(三君)을 찾았다. 차는 그저 쾌하지 못하고, 유, 이들은 명일 퇴원한다 하고 기꺼워한다. 국전사진사에 가서 내 사진을 찾았는데 만족치는 못하나 그저 쓰겠다. 길이 기념할 것이다. 누동으로 다녀 세찬 상을 받고 방 군을 찾았으나 보지 못하고 김재형(金在衡)한테 가서 이야기를 하고 작은집으로 왔다.

2월 23일(월요일)

아침 뒤에 취운정에 세배차로 올라갔다가 노영호(盧永鎬) 군을 심방하였으나 있지 않아 소격동으로 가 점심을 먹은 후 안흥상점으로 가서 무명을 사서 보내고 집에가 잠시 일기도 쓰고 하다가 두 점이나 되어 원동으로 갔다. 날이 대단히 고약하다. 하늘이 시꺼멓고 눈이 쏟아지고 하여 길이 썩 질다. 원동서 저녁을 먹고 아저씨에게 돈을 얻어 가지고 병섭 언니와 같이 단성사 활동사진 구경을 갔다. 세계의 유명한 <시빌리제이션>이라고 하는 사진을 보게 되었다. 훌륭한 사진이다. 폭악과 전횡, 인도와 정의의 전쟁이다. 나는 많은 느낌을 얻었다. 깊은 인상을 새겼다. 변사들의 하는 말들도 차차 무슨 의미를 포함케 한다.

2월 24일(화요일)

종일 할 일이 없이 있다가 밤에 이중화(李重華) 선생의 숙소에 가서 이야기를 하다 밤이 늦어서 돌아왔다. 어째 목이 거북하다.

2월 25일(수요일)

아침에 일어나니 목이 아프다. 인후병인가보다. 그래 일어나지 못하고 종일 드러누웠다. 저녁때부터는 목구멍이 뜨끔뜨끔하고 대단히 아파서 침도 삼킬 수 없고 약도 넘길 수 없다. 참 어렵다. 밤에는 신열이 나고 다리, 팔이 쑤시고 해서 썩 고통을 느꼈다. 잠도 잘 수가 없다.

2월 26일(목요일)

전기불이 꺼지기 전에 눈을 떴다. 병은 조금도 낫지 않고 좁쌀 같은 것이 온몸에 돋고 시뻘겋다. 큰 형님이 일찍 내려와서 마마라고 하며 급히 한의를 불러다 보니 마마는 아니라고 한다. 종일 아무 것도 먹지 못하고 우유만 두어 번 먹었다. 우유도 넘길 수가 없다. 병중에도 천하에 고약한 것이 목병이라고 하고 싶다. 밤에도 신열은 조금도 내리지 않고 땀이 몹시 난다.

2월 27일(금요일)

벌써 사흘 동안이나 누워서 갑갑할 뿐 아니라 전신에 돋은 것이 몹시 가려워 잠도 잘 오지 않는다. 약은 하루 두 번씩 먹으나 얼른 낫지 않는다. 목도 여전하고

2월 28일(토요일)

거울을 보니 얼굴에 버짐이 잔뜩 나고 요 며칠 동안에 몹시 파리하였다. 형님은 약주가 니취(泥醉)하여 와서 곧 나으면 일본에 보내주마 한다. 아픈 중에도 웃음을 금치 못하겠다. 내가 일본 유학하는 것이 최고의 이상인 줄 아는 것이 우습다.

2월 29일(일요일)

차차 조금씩 나아가는 모양이다. 목도 이제는 거의 나았다. 오후에 월탄, 유 양 군이 심방하여 와서 이야기를 하는데 내일이 3월 1일이라 하여 놈들의 경비가 심하다 한다. 아! 내일이 3월 1일이로구나! 아! 내일이 3월 1일이로구나!

2월의 감상

구태여 감상을 쓰려고 하면 작은 감상이 없는 것은 아니다. 또 한 달을 그저 보냈으니 다만 무위도식을 한 후회뿐이다.

⟨2월 중의 중요한 사건⟩

10일 · 구두를 잃다.

15일 · 국전(菊田)에게서 사진을 박임

25일부터 29일까지 감기 겸 신열 · 인후병으로 고통하다.

3월 1일(월요일)

오늘이 우리 단족(檀族)에 전천년 후만대에 기념할 3월 1일! 우리 민족이 자주민임과 우리나라가 독립국임을 세계만방에 선언하여 무궁화 삼천리가 자유를 갈구하는 만세의 부르짖음으로 2천만의 동포가 일시에 분기, 열광하여 뒤끓던 날— 오— 3월 1일이여! 4252년의 3월 1일이여! 이 어수선한 틈을 뚫고 세월은 잊지도 않고 거룩한 3월 1일은 이 횡성(橫城)을 찾아오도다. 신성한 3월 1일은 찾아오도다. 오! 우리의 조령(祖靈)이시여, 원수의 칼에 피를 흘린 수만의 동포여, 옥중에 신음하는 형제여, 1876년 7월 4일 필라델피아 독립각에서 우러나오던 종소리가 우리 백두산 위에는 없으리잇가? 아! 붓을 들매 손이 떨리고 눈물이 앞을 가리는도다.

3월 2일(화요일)

병체(病體)라 일기할 것을 잊어버리다. 경성 전시(全市)는 전부 순경과

군대로 충만되었다 한다. 마수가 진을 쳤다 한다. 그러나 평양서는 야단이 났다는데 신문에도 내지 않고 배재학당과 배화학당에서는 독립만세를 불렀다는 소문이 들린다. 내가 앓는 병이 성홍열이라 한다. 하마터면 큰일 날 뻔하였다.

3월 3일(수요일)

작년의 금일이 태황제의 장의날이다. 나는 아버지와 명(明)·병섭(秉燮) 양형과 훈련원으로 가서 국장의 행렬을 구경하던 날이다. 작년같이 날이 따뜻하여 여러 가지의 감상을 자아낸다. 밤에 도염동에 있는 황일성(黃壹性) 군을 방문하고 그와 같이 종교예배당에 가서 대전도회의 강연을 들었다. 연사는 스코필드인데 우리말을 잘 한다. 연제(演題)는 <진리의 득승(得勝)>이라 하였으나 아무래도 서양 사람의 말이라 잘 알아들을 수 없는 곳이 종종 있었으나 요컨대 인내의 승리라는 점을 유익하게 들었다.

3월 4일(목요일)

집에서 귀성(貴成)이가 들어와서 함께 노량진 집으로 귀성하는 길에 한양병원에 들려 전화로 이(二) 형님에게 동양물산회사에 집의 시계를 맡김을 알고, 그리로 가 찾아 가지고 남문 밖까지 걸어 나와 차영호(車榮鎬) 군을 세브란스 병원으로 찾았다. 병이 차차 나아가는 모양이다. 오늘이 정월 보름날이다. 그러나 집은 쓸쓸하다. 조모님 병환도 한 모양이시다. W가 감기로 누웠다. 십오야의 달이 밝다.

3월 5일(금요일)

독서 · 「소산(素山)」 「신춘(新春)」 중

오늘이 3월 5일 나에게 대하여 느낌 많은 날이다. 작년에 오늘 오전 9
시 남대문 역전에서 수만의 학생과 같이 조선 독립 만세를 불러 일대 시
위운동을 하여 피가 끓은 날이요, 그날 밤 별궁 앞 해명여관(海明旅館)
문전에서 헌병에게 피체되어 경무총감부 안인 경성 헌병분대에 유치되
어 밤을 새던 날이다. 그리고 심문을 받을 때 만세를 불렀다고 바로 말함
으로 인연하여 2개월 동안이나 고생을 할 줄은 모르고 내어주기만 바라
던 그날!

3월 6일(토요일)

날이 매우 풀려서 이제는 아주 따뜻하여간다.

봄이 왔구나—엄동설한을 이기고, 봄은 왔는데 우리 심령의 봄은 어
느 때에나 올는지?

노들서 외가아주머니가 왔다. 일휴정(日休亭)에서 누님과 정식(亭植)의
W와 병철(炳喆)이가 왔다. 한참이나 어수선하다.

집에서는 내일 들어가라 하시는 것을 종교예배당의 연설을 들을 양으
로 저녁 후 들어왔다.

들어와 예배당으로 와보니 연희전문학교 교수 필링스라는 사람이
<인생의 가치>라는 연제로 하는데 우리말에도 썩 능하고 썩 열심 있게
한다. 새삼스럽게 예수를 믿고 싶은 마음이 났다.

3월 7일(일요일)

조반 후 영섭(英燮)이와 같이 종교예배당에 가서 예배를 본 뒤에 신흥우(申興雨)의 「봉사」라는 연제로 하는 강연을 들었다. 조리 있는 말인데 그 말을 듣고 하느님을 잘 믿고 싶은 것보다도 꼭 믿어야만 할 마음을 얻었다. 집으로 돌아와 잠시 있다가 석반 후 다시 종교예배당으로 이기종(李璣鍾), 김상근(金相根) 형제와 같이 김필수(金弼秀) 목사의 「단체의 필요」라는 연설을 들었다. 더러 못할 말도 하고 열성 있는 말에 적지 아니한 유익을 얻었다. 연설도 잘 할 것이라고 하던 전의 생각을 깨뜨리고 연설을 공부할 마음이 솟는다.

달이 밝다. 바람은 부드럽다.

저번에 몹시 앓은 뒤에 몸이 그저 회복되지 못하고, 몸에 돋은 것이 대단 거북하다.

3월 8일(월요일)

독서 · 『금색야차』

아침에 형님과 같이 나가 나는 한양병원으로 가서 피부에 돋은 것과, 눈에 거북한 것을 보였으나 약을 주지 않는다. 오는 길에 누동에 가서 L에게 동아부인상회의 주(株) 들 일을 권고하고 포천(抱川) 종국(鍾國)의 청요리로 점심으로 대신하였다. 어려운 사람의 것을 얻어먹은 것이 좀 미안하다.

돌아와서 날마다 할 일에 일과표를 초 잡아놓고 석반 후 영섭(英燮)이와 동행하여 청년회관에 유도하는 구경을 하였다. 나도 배우기로 심약(心約)하였다. 이희승(李熙昇) 군을 찾고 집으로 돌아와 『금색야차』를 손에 들고 잠이 들었다.

3월 9일(화요일)

오랫동안 동경하던 나의 일본 유학을 몇 해 동안 중지하거나, 아주 유람으로 가거나 하기 외에는 아니 가기로 결정하였다. 이렇게 사람의 마음이 변하여 가는 것이로구나 하고 내 일이언만 의심치 않을 수 없다. 원래에 단단하지는 않으나 믿고 있던 형님도 나의 공부나 유학에 대한 열성이 없고 아버지도 극력 반대요, (완고 보수적 반대가 아니라) 제2는 재력 문제로 어찌할 수 없으며 또 나의 공부도 당장은 영어를 준비하여야 할 것이라, 여기에 있어 영어 기타의 준비를 얼마큼 하여 가지고 해외로 갈 작정이다. … 장세구(張世九) 군이 놀다 갔다.

3월 10일(수요일)

아홉 시에 어머니가 들어오셨다.

그간 가택수색을 당하고 의외에 경찰서로 붙들려가 사소하나마 악형을 당하였다 하여 찾아보았으면 하던 형식(亨植) 군도 왔다.

여름 같이 더운 첫봄의 시가의 낮이다.

이리 저리로 돌아다니다가 돌아왔다. 병섭(秉爕) 형이 왔다. 이제야 원동에 와있게 됐나 보다. 나도 근일은 책 한자 아니 보고 놀고 소일을 해서 아니 되겠다. 밤이 되면 눈이 뻑뻑하고 거북하고 다리에 돋은 것도 따갑고 가렵고 해서 청년회관의 유도 배운다는 것과 여러 가지 규칙적 생활을 시작하려면 것을 나을 때까지 당분 중지 아니치 못하게 되었다.

밤에 희승(熙昇) 군을 방문하고 한글을 배운 후 돌아왔다.

3월 11일(목요일)

독서 · 「귀거래」

식전에 일(一) 형님이 와서 어머니와 이야기를 하다가 병섭(秉燮) 형과 나와 어머니와 같이 춘자(春子)의 생일을 먹으러 갔다.

2시까지나 먹고 지껄이고 하다가 어머니와 이(二) 형수와 같이 부인상회 창립사무소 구경을 가는 길에 형님에게 얻은 돈 3원으로 구두를 세창양화점에 맞추고 가서 보니 사무소에 전화도 있고 테이블도 벌려놓고 해서 제법 한 꼴이 되어가나, 여자사무원이 주인이 되어 일을 해가야 할 것인데, 형님이 온갖 지도와 억제를 받는 것을 보고 상회의 간판을 볼 때에 좀 이상하다. 느리골로 가서 저녁을 먹고 김달환(金達煥)을 만나 오래 걱정이 되고 비밀한 중에 큰 고통과 번민이었던 생식기의 위축과 장애를 설파하여 대단치 않다는 말에 적지 않은 위안을 받고 돌아와 병섭(秉燮) 형과 동침하다.

3월 12일(금요일)

아침 뒤에 취운정(翠雲亭)에 올라가보니 화류 삼층장을 사놓고 아버지의 은수저를 사놓았는데 은(銀)의 호부(好否)를 알려 아래 전당포에 물어보고 곱돌 담배함을 원동으로 가지고 가 할머니께 형님 대신해 드렸다. 사랑에서 풍금을 뜯고 앉았으려니까, 트르르 하는 비행기의 프로펠러 소리가 들린다. 뛰어 나아가 벽공(碧空)을 쳐다보니 한 쌍의 비행기가 허공에 높이 떠 솔개만큼 보이는데 그리로서 흘러내리는 웅장한 프로펠러 소리가 봄기운이 가득 찬 구만리장천에 큰 파동과 음향을 퍼뜨린다. 땅에 발이 붙어야만 살 줄 아는 인생이 저같이 몸을 새로 변하여 지구를 떠나 홀로 인생의 사계를 내려다보며 바람을 가르고 살 같이 달릴 때 그 위에 올라앉은 사람이야말로 유쾌함보다 상쾌하고 상쾌하다니보다 통쾌할 것이다. 아! 남자의 한 번 할 일이 아닌가?! 원동서 여럿이 구황제의 신주를 창덕궁으로 옮기는 것을 보고 돌아왔다. 그에 대한 느낌은 쓸 수 없다. 밤에 한글을 배우다.

3월 13일(토요일)
독서 · 〈위인의 기벽임종(奇僻臨終)〉
날이 오늘로 썩 따뜻하다.

언 땅이 녹고 봄비가 부슬부슬 오고 연한 풀이 쏙쏙 삐져나오고 신록에 새가 울고… 아! 신춘이로구나. 또 며칠 아니면 그리 될 것이로구나!

종일 들어앉아 별로 하는 것도 없었다.

문의 큰 형님이 왔다.

3월 14일(일요일)
아직 자리에 누워 있는데 김봉제(金鳳濟) 군이 오래간만에 왔다.

아침밥을 같이 한 후 취운정에 올라갔다가 내려와 나는 안동(安洞) 예배당으로 가고 김 군은 천주교당으로 갔다. 평화는 하늘을 잘 믿는데 생긴다는 제목으로 유성준(兪星濬)의 강연이 있은 후 정오 후에 헤치고 집으로 돌아와 스케이트를 잡혀 청요리를 먹었다. 병후에 소복(蘇復)이 덜 된 것 같기에 그리하였다.

오후 3시에 청년회관에 가서 미국적십자대위의 <예루살렘의 근황>이라는 연설을 들었다. 그 말도 더러 유익함을 얻을 수 있었으나, 체격이 썩 좋은 청년이다. 그 훌륭한 체격에 눈이 끌리다. 집으로 돌아와 하 오 랫동안 하지 않았기에 목욕을 하려 전동탕으로 갔다. 전신의 허물이 벗 어진다.

돌아오는 길에 방정환(方定煥) 군에게 들려 여러 가지로 원고, 잡지에 대한 이야기를 하고 왔다.

3월 15일(월요일)

종일 그럭저럭 하다가 석반 후에 희승에게 찾아갔다.

돌아오는 길에는 비가 가늘게 조금씩 옷을 적실 만큼 온다.

하늘에는 비에 젖은 별이 하나, 둘 번득인다.

3월 16일(화요일)

서(書) · 「찬미가에 싸인 원혼」

종일 들어앉아 「찬미가에 싸인 원혼」이라 하고 작년에 감옥 안에서 천도교 대교구장(서울)이 돌아갈 때와 그의 시체를 보고 그 감상을 쓴 것 이다. 그의 임종을 적은 것이다. 보아서 ≪신청년≫의 방 군에게 줄 작정 이다.

3월 17일(수요일)

서(書) · 「찬미가에 싸인 원혼」

어제 초(草) 잡은 것을 녹성사(綠星社) 원고지에 옮겨 썼다. 놀아가며 하는 일이라 온 해를 두고 하게 된다.

저녁 때 유태응(柳泰應) 군이 찾아와서 즐거이 이야기하다가 석반을 같이 하고 나는 희승 군에게로 갔다.

3월 18일(목요일)

아침 뒤에 형님한테 올라가 맞춘 구두를 찾으려 돈을 달라하였으나, 도원(道源)이만 있는데 돈도 없다 하여 골김에 취운정 꼭대기로 올라가 서울 전 시가를 눈 아래로 내려다보며 창천(蒼天)을 우러러 잔디 위에 편히 누웠다. 부드러운 춘풍이 가만 가만 금잔디에 스쳐 불고 따뜻한 태양은 얼굴을 마음껏 쪼인다. 내 장래는 어찌나 되는지, 삼천리강토의 도시인 서울의 시가가 언제나 저 꼴을 벗을까. 우리의 문화! 이런 것을 생각하다 정오가 지내어 들어왔다가 밤에 김봉제 군을 전농동 자택으로 찾아 열 시까지나 이 이야기 저 이야기 하다가 자정이나 거의 되어 단성사 앞을 산보하다가 연극하고 나오는 안종화(安鍾和)를 만나 연극에 대한 일과 배우 이야기며 하다가 새로 두 시나 되어 돌아와 보니 병섭 형이 괴산서 홍근식(洪勤植) 아주머니와 왔다. 홍은 원동에 있고

3월 19일(금요일)

병섭 형과 같이 취운정에 올라갔다가 관훈동 한일은행출장소에 가서 형님의 돈을 찾아 가지고 세창양화점으로 가서 구두를 찾았다. 비가 온다. 옷소매를 적실 만치.

원동에 가서 홍 아주머니와 갑숙(甲淑)이를 보고 비가 와서 저녁때까지 있다가 이(二) 형님과 같이 돌아 왔다.

3월 20일(토요일)

큰집에서 들어온 지도 오래여서 어머니와 여러분도 보고 싶고 제일 W가 보고 싶다. 내일쯤은 나가 보아야겠다.

할머니 병환도 너무 지루하고 어머니도 참으로 어려우실 터인데, 요사이는 신춘의 일기가 좋건만 심사가 평화롭지 못하다.

3월 21일(일요일)

주일이라 안동예배당엘 갔다가 오랫동안 보았으면 하던 전수일(全壽一)이를 보았다. 벌써 결혼하여 남편 되는 사람과 손을 이끌고 예배를 보러 옴이다. 행복한 부부다. 이것을 보고 부러운 생각도 난다. 나는 어느 기간에 쪽사랑을 함이다. 나는 마음으로 죄를 지었다. 그와 내가 참으로 연애를 하게 되었던들 나는 부랑하였을 것이다. 나는 행복치 못하였을 것이다. 전 중앙학교 터에서 테니스를 치고 노영호(盧永鎬) 군을 속여가지고 청년회관의 청년기숙전도단의 김필수(金弼秀)의 <혼전(魂戰)>이란 연설을 들으러 갔다. 사람이 많이 모여 수성수성한다. 그러나 경찰서인가 악마의 구혈(口穴)인가에서는… 하지 못하게 하였다. 아! 종교의 자유를 물시(勿視)하는 공적이여. 검은돌 집으로 나아가 보니 관을 누마루에서 짜신다. 조금 놀랐다. 할머니는 그저 돌아가지는 않으셨으나 어머니의 신색을 뵐 수가 없다. 그러나 우리 내외는 자미 있다. 이(二) 형님도 나와서 자다. 강안의 버들나무는 푸르려 하고 강은 시푸르게 흐른다.

3월 22일(월요일)

봄비가 부슬부슬 와서 산과 들과 사장(砂場)을 뿌옇게 안개가 끼었다.

그럭저럭 하다가 다섯 시나 되어서 집으로 들어왔다. 문안으로 들어와 동양루에서 석반을 먹고 단성사로 가서 임성구(林聖九)의 연극과 <백림(伯林)의 랑(狼)>을 보고 늦게 돌아왔다. 집에서 그 어려운 돈을 얻어다가 이와 같이 하루 저녁에 근 1원씩이나 없애는 것이 양심의 가책을 아니 받을 수 없다. 80전이라는 돈이 그리 대단한 것은 아니다.

큰 형님도 검은돌에 다녀가셨다.

벌써 길가에는 새 풀이 파릇파릇하게 삐져나온다. 기운차게도 나온다.

3월 23일(화요일)

서(書)·〈운명론자〉

조반 후에 휘문고등보통학교에 졸업식인 줄 알고 정근(亭根) 군을 위해 간 것이 졸업식은 26일이라 하여 헛걸음을 쳤다. 그래 고등학교에 가서 졸업식이나 구경하리라 하고 가서 교문에서 기웃기웃하다가 노영호 군을 찾아 놀다가 소격동으로 해서 정오가 지내어 집으로 왔다. 작년 금년의 두 번 졸업을 나는 하지 못하였다. 중등학교의 졸업장이 결코 부러운 것은 아니나 한편으로는 이상한 감상도 나지 않음은 아니다.

밤에 이희승 군에게 한글을 배우고 돌아와 「귀거래」에 있는 국목일독보(國木日獨步)의 명작인 「운명론자」를 반이나 읽었다. 나는 독보의 글을 제일 좋아한다. 단명(單明)하고, 힘이 있고 진(眞)의 예술인 때문에.

3월 24일(수요일)

서신·정식 군에게 봉서(封書)

독서·「운명론자」, 「체구문담(滯歐文談)」

오랫동안 일기의 밀린 것을 쓰고 귀거래의 「운명론자」를 읽어 마치었다. 그러고 나니 정오가 지나 점심 후에 원동으로 놀러갔다가 석반까지 먹고 돌아오는 길에 희승 군에게 한글을 배우고 늦게 돌아왔다.

요사이 작은 형님이 발기인 대표가 되어서 동양물산회사를 나온 뒤에 기력을 다하여 경영하는 동아부인상회의 창립사무소 안에서 여러 가지 좋지 못한 갈등이 났다.

이를 보면 조선 인종의 질투심이며 권리의 쟁투라는 망국의 근원되는 성질과 버릇은 할 수 없다. 누 백 대 부패한 조종(祖宗)의 유전인가?! 아! 이천만이란 여러 형제가 일심으로 나아가고 전력하여 기초를 닦으며 앞 길을 뚫어야 할 것을 이 악귀의 본성으로 인하여 나오려는 새싹을 순지르고 말 터인가! 다시 두렵고 쓸쓸하고 쓰린 암흑시대로 들어갈려는가!?

3월 25일(목요일)
서(書) · 제4회 결혼기념일 정사년(丁巳年) 윤2월 3일

오늘이 우리 부부의 제4회 결혼기념일이다. 이 4년 동안 우리는 화목하였다. 재미있게 서로 배우고 놀고 할 기회는 얻기 어려웠으나 나는 해영(海暎)이 외에 다른 이성을 구하려 하지 않았다. 나는 그의 학문 없음을 유감으로 생각한다. 그러나 구조선의 전제, 반노예로 희생이 되어 있는 그를 신문명의 세례를 받게 할 수는 과연 극난하다. 한편으로 보면 남편 되는 내 자신의 과단성이 적다할지나 이미 깊은 구렁에 빠진 것을 구할 수 없고 이 빈한한 가정과 복잡한 속에 빼어낼 수는 없다. 그러나 우리 어린 부부는 일생을 행복하게 보낼 것이다. 아! 이 어린 두 이성아.

3월 26일(금요일)

서(書)·톨스토이 『성욕론』

오늘이 형식 군이 졸업하는 날이라 하여 휘문고등보통학교로 갔다. 식이 비롯된 뒤에 '군키미가요(君が代)'를 하는데 대단히 불쾌하였다. 어째 그런지 졸업식이라고 그리 정숙한 맛이 솟지 않고 다만 이따금 이따금 황천으로 간 매부의 생각이 날 뿐.

월탄(月灘), 유(兪) 양군과 대관원(大觀園)으로 가서 요리 3원어치를 같이 먹었는데 15전이 부족 되어 창피하였다.

돌아와 일과표를 써놓고 밤에는 희승 군에게 한글을 배우고 돌아오다.

3월 27일(토요일)

오랫동안 불규칙하고 게으른 생활에 운동도 하지 않아 얼굴빛이 하얗게 되었다. 그래서 하루 산에 올라가 놀아보리라 하고 수통과 망원경을 둘러메고 남산에 올라갔다. 왜놈들에게 짓밟힌 남산 눈앞에 깔린 서울 시가며 꿈 같은 먼 산과 띠 같이 흐르는 한강수까지 다 우리 것이련마는 아! 슬프고 답답한 마음을 억제키 어렵다. 잠두(蠶頭)에 홀로 걸터앉아 넓은 시가와 산과 들과, 강을 향하고 목청을 빼어 동해물과 백두산이 마르고 닳도록…의 창가를 높이 불렀다. 북악 밑 인왕산 아래로 망원경이 비치는 곳에 높은 담이 보이니 서대문 감옥이다. 우리의 선생들은 지금 어찌나 지내는지?

이른 봄에 맑은 하늘은 수도의 낮을 덮었는데 전차의 닫는 소리며 기적의 우는 소리와 쇠마치 소리가 들린다. 아! 우리나라의 수부(首府)인 서울이여, 남산이여.

3월 28일(일요일)

주일이라 안동예배당에 가 예배를 보고 취운정에 올라갔더니 평양집도 오고 옥동집도 오고 아저씨도 오고하여 벅적벅적한다.

오후 세 시에 청년회관에 가서 신흥우 씨의 <만능(萬能)>이라는 연설을 들었다. 우주만물을 태양이 지배함과 온 물질이 태양이 아니면 생존할 수 없다는 과학자의 말과 같이 우리의 영계를 지배하는 이는 하느님이라 하고 상제가 우리 조선을 택하여 동양의 추요지(樞要地)에 둠은 쇠패한 동양의 영계를 우리가 우리 민족이 지도치 않으면 아니 되게 함이라. 그러므로 우리는 열패한 민족이라 자기(自棄)할 것이 아니요, 능히 온 세계의 가장 행복한 지위에 있다 하는 그의 극히 열변 있는 말에 대단히 흥분되며 격려되었다. 진실로 웅변가다.

밤에는 공연히 우울증이 나서 집에 나가리라 하다가, 최철(崔喆) 군에게 가 놀다가 자정에 돌아왔다.

3월 29일(월요일)

조반 뒤에 곧 집으로 나갈 양으로 가는 길에 최철 군을 찾았다. 위인이 재조가 있고 총명하고 친절한 여성적 남자다. 나는 그의 부드러운 성격에 끌렸음이다. 그러나 그는 며칠 동안 감기로 누웠다. 나는 그를 위안해줄 겸 방한욱(方漢郁) 군과 종일 서독(書讀)을 하다가 갈 길에 시조 둘을 주었다.

천만리라 먼 줄 알고 터 볼려도 아셨더니,
엷은 종이 한 장밖에 정든 벗이 숨단 말가

두어라 이 천지에 우리 양인 뿐인가 하노라.

이향(異鄕)에 병든 벗을 내 어이 떼고 갈랴
이제 이제 허는 중에 봄날은 그물은 제
어렴풋한 피리소리 객창(客窓)에 들리는고야.

황혼에 집으로 나갔다. 조모님의 병환은 여전하다. 답답한 일이다.

3월 30일(화요일)

서(書)·「집 없는 이의 노래」

오늘 죽은 매부의 면례를 한다 한다. 산 사람은 새 집을 지어들고, 죽은 사람은 공동묘…

오늘의 일기는 별로이 느낌이 많은 고로 잘 써서 잡지에 내어 보낼 터이다. 「매부의 무덤을 안고」라고 제목하여.

아! 그 썩은 송장, 그 시커먼 송장물, 따라가며 통곡하는 가족의 정경, 누님의 뇌중(腦中), 나는 말하려 하지 아니하노라. 나는 쓰려하지 아니하노라.

3월 31일(수요일)

집에서 종일 그럭저럭 하고 있다가 저녁때가 되었다. 비는 여전히 부슬부슬 내린다. 여기저기서 아이들의 피리소리를 들으니 버들나무에 물이 올랐나 보다. 연둣빛의 조그만 새싹이 말랐던 나무껍질을 벗고 뾰족뾰족 비어져 나오려나 보다. Violin을 들고 안개 같은 봄비를 얼굴에 맞으며 문 안으로 들어와 이발과 목욕을 하느라고 남은 해를 보내고 7시나 되어서 오는 길에 최철 군을 찾았으나 그저 병이 낫지 못하다. 오일철(吳 一轍), 방한욱, 임준식이며 최린(崔麟) 선생의 자제 형제가 다 요사이 갓 사귄 벗들이다. 늦도록 잡담들을 하다가 새로 3시나 되어 설렁탕 하나를 먹고 좁은 곳을 부비고 여럿이 다 잤다.

3월의 감상

○ 1일은 너무 느낌이 많고 생각이 넘쳐서 좁은 종이에 쓸 수 없음을 유감으로 아는 바이며

○ 5일도 내가 그 무서운 고초를 6개월 동안이나 하게 될 양으로 안동 별궁 앞 해명여관에서 잡히던 날이니 이로 말미암아 1년이나 되는 오늘 까지 1권의 책도 능히 읽지 못하였으며 이로 인하여 중요한 19년의 소년 기를 허송하였으니 어찌 회구(懷舊)의 감상이 없으며, 장래에 대한 심처 (心處)가 없으랴.

우리 민족의 자유를 사(死)와 바꾸려한 지 이미 1년의 성상을 보내었 으니 더욱이 생각남은 해외에서 고통을 받으며 의지까지 없는 동포의 생 각이다.

○ 나의 갈망하던 일본유학은 3월에 들어 단념하게 되었다. 그 원인은 이러하다.

1, 일인(日人)에 대한 감정적 증오심이 날로 더해감이요,

2, 학비 문제니 뒤를 대어줄 형님이 추호의 성의가 없음,

3, 2·3년간은 일본에 가서라도 영어를 준비해야 하겠는데 그만큼은 못하더라도 청년회관에서 배울 수 있는 것,

4, 영어와 기타 기초교육을 닦은 뒤에 서양유학을 바람,

등이다. 부친도 극력 반대이므로.

○ 제4회 기념일을 당하여 더욱 생각이 간절함은 W를 공부시키지 못함이다. 아직까지 부부 간에 화락(和樂)함은 나에게 한 가지 행복일 것이다.

○ 30일. 매부의 면례날, 차마 두 눈으로 보지 못할 그 썩은 물, 송장, 애곡 성(聲), 누님의 정경, 이로써 우리 조선의, 청년의 구수(仇讐)인 조혼을 타파하겠다는 나의 이상의 일부분에 극히 강한 인상을 얻었으니….

3월의 중요한 일

1일 작년의 오늘을 겁내어 왜궁헌(倭宮憲)의 경계가 엄중을 극(極)하다.

5일 내가 작년에 피검되던 기념일, 각지의 기독전도단이 일어나다.

9일 임시로 일본유학을 단념하게 되다. 수일 전부터.

12일 일본의 비행대가 소택(所澤) 경성 간으로 함. 현해를 건너서.

16일 원고, 「찬미가에 싸인 원혼」을 쓰다.

21일 동(洞) 예배당으로 예배를 보러 다니기로 작정함.

25일 제4회 결혼기념일을 당하다

27일 남산에 올라 종일 놀다 돌아옴.

29일 최철혁(崔喆爀), 방한욱 군과 친하게 됨.

30일 매부의 면례하는 데 참례함.

4월 1일(목요일)

서(書) · 톨스토이의 『성욕론』

어제 수면이 부족하므로 유, 방 양군을 방문한 뒤에 가회동 집으로 돌아와 10시부터 오후 3시까지 잤다. 김도산(金陶山) 일행이 와서 다른 연쇄극을 한다 하기에 방 군과 같이 갔다. 연일 비가 줄곧 와서 길은 팥죽을 밟는 것 같다. 바람도 분다. 부산 부근을 배경으로 한 사진인데 통틀어 말하면 각본이 너무도 유치하다. 저 육혈포 강도나 형사, 우습고 어색한 격투들뿐이요, 하나도 순문예적인 인정극 같은 것을 볼 수 없었다. 그러나 점차로 우리 극계도 발달하여 감을 보면 기쁜 마음이 솟지 않을 수 없다. 나도 장래에는 극도 해볼 생각이다. 배우도 되어볼 작정이다.

가고 오는 길에 방 군과 여러 가지로 문(文)에 대한 이야기를 하다. 우리의 매였던 언론을 트기 위하여 ≪동아일보≫라는 좋은 내용을 가진 신문이 창간되다.

4월 2일(금요일)
독서 · ≪동아일보≫의 창간호 원고 「피에 물들인 석양」

2월 9일부터 흐린 날이 이때껏 개일 생각도 아니 하고 봄이건만 여름의 장마 때 같이 연일 비가 쏟아진다.

「매부의 무덤을 안고」라고 제목하여 쓰기 시작하였으나 명자하고 장난을 하고 온 날 그럭저럭하다 몇 장 쓰지 못하였다.

석반 후에 여러 날 만에 이희승 군을 찾아갔다가 김태등(金泰登)이라는 이에게 ≪상해대륙보≫에 기재된 조선과 애란(愛蘭) 독립에 대하여 북미합중국상원에서 극력 주선하여 이 양국의 독립은 아메리카의 정신이라고까지 하였음을 보고 기뻤으나 한편으로는 일본의 소위 대신문이라는 것들이 거짓으로 보도함이 몹시 밉다.

돌아와 제목을 갈아 「피에 물들인 석반」이라 하여 쓰기 비롯하였다. 밤은 깊은데 창을 미니 북악의 봉우리는 구름에 숨고 교당은 어두운 곳에 우뚝 서 무섭게 보인다.

4월 3일(토요일)
서(書)·「피로 물들인 석반」

오늘도 비가 온다. 아침 후에 일기의 밀린 것과 감상을 쓰고 원고를 몇 장 썼다.

저녁 때 비가 조금 개임을 타서 최철 군에게 가 놀다. 돌아와 석반 후 희승 군에게 갔다 돌아오니 병섭 형이 왔다. 요사이 원동에서 양봉 공부와 기타에 대단 고통을 받는 모양이다. 차차로 착실한 인격이 되어감을 바라며 기꺼하는 바이다.

4월 4일(일요일)

일찍이 귀성이가 들어와 할머니의 병환이 급함을 전한다. 반신불수가 되셔서 대소변을 받아내게 된 지가 벌써 만 1년이 넘어 그간 당신의 고통은 말할 수 없으려니와 병간호하는 어머니와 집안사람이 진정으로 참지 못할 큰 고난이다. 우리 삼형제로 인하여 또는 가정의 희생적 반노예적 생활로 말미암아 오십이 넘으신 어머니의 행복치 못한 현재에 더욱이 설상가상으로 이 지난한 경우에 있게 됨을 생각하면 우리 삼형제처럼 제 쾌락만 취하려 드는 자손은 참으로 불효한 것들이다. 양심을 가진 내 어찌 홀로 마음의 편안함을 얻으랴. 예배당에 다녀 집으로 나아가니 별로 병환이 대단치는 않다. 작은아버지 고모가 다 모였다. 내일은 한식을 지내기 위하여 산소에 가라는 명령을 받다.

4월 5일—

4월 6일(화요일)

눈을 뜨니 흙방의 아침이라 들기름투성이의 조반을 간신히 넘기고 산소로 올라갔다. 아직 잎도 나지 않은 잡목림의 엷은 그림자 속에 선조의 묘가 있다. 집에서 제사 지낼 때에 신주에 쓴 글자나 보다가 이 흙 속에 그의 신체가 묻혔으려니 하고 절을 돌아가며 하였다. 임의로 묘지기를 데리고 갔다. 새빨간 뫼를 넘으니 그 앞이 곧 6대조의 산소다. 주위도 꽤 넓고 잡목이 더러 있다. 낮이 훨씬 겨워서 동막골로 갔다. 돌아다닌 노정이 멀어 다리가 아프다. 예는 산림 꼴이 제법이다. 물로 다른 산에 비하여서는… 5대조와 증조의 무덤이 급히 비낀 산 위에 있다. 나는 세 군데 산소에 절은 하지 않았다. 매부 면례 때 얻은 불쾌한 사정과, 나는 예수교를 믿으려는 관계로… 밤에는 묘지기 방에서 이야기를 하다가 늦게 잤다.

4월 7일(수요일)

아침 뒤에 동막골서 집으로 향하고 떠나 왔다. 걸은 길이 육십 리인데 어지간히 멀어 다리가 아프다. 동행한 서봉골 묘지기와 오며 이야기를 하다가 과도시대의 육욕에 대한 회구담(懷舊談)을 듣게 되었다. 독보(獨步)의 여난(女難)을 생각게 한다. 일개 촌부의 생활의 내막이 이와 같은 음란한 경험을 비장한 줄은 몰랐다. 그리고 지금 그 신세의 빈한함을 보매 이상한 감상이 난다. 바라산의 고개 구관악(舊冠岳)의 준령을 남태령으로 가로 끊고 저녁 때 귀가하여 보니 할머니는 그저 한가지시다. 우리 집도 웬 시골의 구차한 생활과 조금도 다를 것이 없다. 따뜻한 봄 해가 세포를 녹이는 것 같이 온몸이 느른하다.

4월 8일(목요일)

오전 10시에 청년회관의 주학(畫學)(영어부) 입학시험을 치르다. 작문은 어학의 필요, 산술은 분수 그나마 잘 몰라 남의 것을 보고 썼다. 여기 저기 돌아다니다가 동양서원에 있는 이에게 돈을 얻어가지고 우미관에 구경을 갔더니 소위 신파 연극을 변사와 악대들이 하는데 아무것도 볼 것이 없다. 그러나 아주 모르는 사람들이 하는 장난으로는 꽤 하는 모양이다. 아무리 하여서라도 영어와 음악은 배워야 할 터인데 너무도 열성이 적고 공부를 아니 하여서 큰 걱정이다. 이 게으른 것이 나의 항상 떼버리지 못하는 번민의 근원이다.

4월 9일(금요일)

취운정에 올라갔다가 참위(參尉) 아저씨에게 붙들려 개똥이를 데리고 한양병원에 갔다가 2시나 되어서 청년회 학관으로 가서 방(榜)을 보니까 입격(入格)이 되었다. 본정으로 돌아다니며 책 구경을 하고 바이올린 강의록과 거기 끼는 것을 사가지고 돌아오다.

책은 사야 할 것이 많고 가게의 외상은 5원이 넘는데 작은 형님의 곤궁한 것을 알면서 간청할 수는 없어 걱정이다. 제발 다른 물가는 고등(高騰)이더라도 책값이나 좀 쌌으면 좋겠다.

4월 10일(토요일)

큰 형님과 창경원에 구경하러 들어갔다. 철창에 갇히어 있어 자유를 잃은 뛰는 범과 거수(巨獸)며 넓은 중공(中空)으로 한없이 날아다니던 금류(禽類)들을 보고 사람들은 이상히 여기고 즐거워한다. 옥중에 신음하는 형제들을 생각할진대 영원히 자유를 잃은 이 동물들을 볼 때에 동정의 눈물을 흘려야 옳거늘 인생은 어디까지든지 남을 속박하고 억제함으로 쾌를 삼으니 이것이 과연 상제의 명하신 바일까?! 그러되 연못의 가는 물결은 춘풍에 일고 언덕에 꽃나무들은 새하얀 향기를 토하려 하니 이 어인 조화인가. 실로 가괴(可怪)의 대조로다.

김봉호(金鳳鎬) 군과 석반을 같이하고 돌아오다.

4월 11일(일요일)

아침을 먹고 나서려니까 어머니가 들어오셔서 같이 뫼시고 안동예배당으로 가 예배를 보고 소격동으로 해서 돌아왔다. 작은집은 다 예수를 믿게 되니 기쁜 일이다. 어머니의 신색(身色)은 뵐 수 없이 되었다. 인간의 생활이 너무도 무정하게 갖은 심우(心憂)와 온갖 고생을 겪으며 늙으려 한다. 그 더러운 유다른 할머니와 병구완… 차마 볼 수 없다. 아 나의 어머니는 가엾다. 불쌍하다! 교동학교의 동창회에서 종일 옛 동무와 놀다가 병섭 형과 목욕을 하고 돌아오다.

4월 12일(월요일)

6시에는 일어나리라 하고 벼르기는 퍽 하였으나 봄날이 노근하여 온몸이 느른해서 썩 피곤하다. 8시 반에 청년회관에 가서 신(申) 총무의 식사와 찬미와 성경을 읽은 뒤에 주의사항을 듣고 돌아오다.

개나리꽃이 여기저기 울안에 황금 담을 쌌고 복숭아꽃이 처녀의 입술 같은 화판 속으로 향기를 토하니 봄은 지금이 한창이다. 한껏 무르녹은 판이다.

나는 이태 만에 봄을 마음대로 돌아다니며 구경을 하고 자유를 얻었다. 옥중에 있는 형제여! 나는 그대들을 충심으로 동정함을 마지 아니하노라. 밤에 YMCA에 유도 구경을 하고 돌아오는 길에 김봉호 군과 만나다. 최동준 군과 처음 인사를 하다.

4월 13일(화요일)

학교에 다녀와 원동 어린애 백일에 가서 점심을 먹고 돌아오다.

밤에는 유도를 배우려고 벼른 지가 오래다. 그러나 돈 1원 50전이 없어 가지 못한다. 그러나 주머니를 털어서 자선음악회 하는 YMCA로 갔다. 어찌 그리 불규칙하게 순서를 바꾸는지 아주 재미없었으나 경성 악대의 연주와 장강자(張康子) 양의 독창이 내 귀를 끌었다. 여자의 교육의 필요함이 더욱 느껴지며 따라 W의 무교육함에 적지 아니 유감 된다.

사현금(四絃琴)이 없어서 재미가 없었으나 신선의 풍률(風律)을 듣는 듯한 노인들의 고악(古樂) 연주와 심정순(沈正淳)의 가야금이 들을 만하였다.

4월 14일(수요일)

나의 장래에 대하여 영원히 기념할 날… YMCA의 인쇄직공 구제 자선 음악회에 출석하여 다대한 감상을 얻었다. ××× 군과 ××× 양의 바이올린

합주와 합창을 들을 때의 나의 심령은 그 아리따운 두 이성의 우아미묘한 바이올린에 맞춰서 하는 하늘노래 같은 곡조에 떨었다. 취하였다. 내 주먹은 땀을 쥐었다.

오, 나는 이제 굳게 결심하다. 나는 분투하여 문학에 음악을 겸하여 배우리라. 불쌍한 나의 아이로 하여금 고경(苦境)을 면케 하리라. 가르치리라. 만난(萬難)을 배척하여 음악을 가르치리라. 그리하여 우리 부부는 거친 동산의 봄바람이 되며 깊이 잠든 동포의 심령을 깨우치리라. 나는 어떠한 수단으로든지 나의 아내를 공부시키리라. 나는 노력하리라. 그리하여 심야의 여종(麗鍾)이 되리라. 여러 가지 번민 가운데에 이 결심을 영원히 버리지 않기로 하늘께 기도하고 잠이 들다.

4월 15일(목요일)

일찍 서울에 들어와 청년회에 청원지(請願紙)를 들이고 남문역에서 수원으로 향하고 대전행 기차에 몸을 싣다. 발가벗은 뫼를 끼고 황량한 들을 뚫고 기차는 달린다.

아! 언제나 저 땅이 다 우리 것이 될는지?! 저 빨간 산이 언제나 울창한 산림이 될는지. 참으로 갑갑하고 답답한 마음이 불 일 듯한다. 수원역에서 내려 남문으로 들어가니 고색이 창연한 문루와 성벽이 심회를 돋는다. 그러나 시가의 쓸쓸함과 요리점이 많은 것이 마음에 걸리며 서호(西湖)와 화산(華山)과 동릉(東陵)을 찾지 못함이 유감이다. 화홍문(華虹門)에 올라서니 맑은 계류(溪流)가 어지러이 흩어진 조약돌 사이를 흐르는데 빨래하는 소리가 석양에 가까운 성 안에 노을 속으로 흐르며 방화수류정(訪花隨柳亭)에 올라서니 용연(龍淵)이 눈 아래 있는데 단안(斷岸)의 굽은 소리 그림자를 비치며 멀리 흘러서 쌍을 지어 어깨 겨눈 나물 캐는 처녀들의 옷은 청풍(淸風)에 날린다. (뒤에 감상을 쓰고자 함)

서봉골로 가서 묘지기 집 흙방에 피곤한 몸을 쉬다.

4월 16일(금요일)

눈을 뜨니 생전 처음 자본 흙방의 아침이다. 오늘이 한식이다. 음식이며 거주가 너무 더럽다. 생활정도가 어찌 이다지 유치한지 보는 것 듣는 것이 도무지 따분하다.

조반 뒤에 고조부의 묘전에 절하다. 꿇어 앉아 옛을 생각하다. 밤나무 한 조각에 분 발라 논 신주를 보던 느낌과는 다르다. 임의로 와서 차례를 지내고 동막골로 갔다. 묘소 세 군데 가운데 여기가 제일 산도 넓고 송재(松材)도 그윽한데 산 중턱에 우리에게 일용할 양식을 끼쳐주신 증조부모님이 누셨다. 그러나 나는 한 곳도 음식 앞에 절을 하지 않았다. 결코 우상에 절을 하지 않을 작정이다. 오늘 일찍 집으로 가려 하였으나 늦어서 고가(古家)에 쉬다.

5월 28일(금요일)

승동 예배당 안에 조직된 중앙악회에 참례하여 바이올린을 배우기 비롯한다. 선생은 김영환 씨다.

6월 1일(화요일)

한 달이나 넘겨 일기도 쓰지 않을 만큼 게으른 생활을 염치 좋게 했다. 그 동안에 물론 영어도 공부하지 않았다. 그 동안에 물론 영어도 공부하지 않았다. 다른 책도 하나도 본 것 것이 없다. 이로 말미암아서 적지 않은 번민의 원인을 스스로 만든다. 어떤 때에는 내 속에 감춘 이상과 포부를 버러지가 차차로 먹어 들어가는 것 같다. 아! 마음이 약한 놈이여! 식전에 큰 형님이 오셔서 같이 아베 미츠이에(阿部充家)의 숙소로 갔다. 사치한 생활을 한다. 큰 형님하고 썩 친한 사람 가운데 하나인데 일인(日人)으로는 꽤 점잖은 편이다. 나는 그 동안 바이올린을 죽남(竹南)악기점 최동준에게 급히 사고 싶은 마음에 5호를 샀는데 돈을 그저 못 주고 돈은 한 푼도 없으니 어찌할는지? 여덟 시에 잘이나 하는 것 같이 바이올린을 들고 큰 길로 나섰다. 바이올린의 난명(亂鳴)이 달 박은 중천을 뚫고 우뚝 선 예배당 안에서 끓는다. 명원이 창을 물들여 눈이 잘 감기지 않는다.

[심훈의 일기는 「1920년 1월 3일부터 4월 16일까지의 일기」라는 부제를 달고 이희승(李熙昇)의 「심훈의 일기에 부치는 글」과 함께 《사상계》(1963.12. pp.291~320)에 공개된 바 있으며, 그 후에 『심훈문학전집 (3)』(탐구당, 1966)에 나머지를 더해 재수록했는데, 여기서는 두 자료를 참고하여 재수록함.]

서간문

다만 한 떨기의 나의 꽃
바다 속에 깊이 숨은 진주
아름답게 빛나는 새별
나의 가슴엔 다만 한 사람
사랑하는 해영 씨께 드립니다.

沈大燮

나의 지극히 사랑하는 해영 씨!

우리 두 사람이 따뜻한 품을 벗어나 서로 애끓는 이별을 한 후, 봄도 가고 가을도 지나서 어느덧 해도 여러 번 바뀌었지요. 그 동안 그대는 오래 병상에 누웠고 나는 만 리 해외에 갖은 풍상을 겪고 지내니 사랑하는 님을 생각하는 마음 부편을 사를 듯하고 그리고 사모하는 뜨거운 정회는 빙산이라도 녹일 듯하나 나는 여러 번 그대의 정이 넘치는 글월을 받고 화안을 눈앞에 보는 듯, 옥음을 귀에 듣는 듯 차마 손에 놓지 못하고 산 사람과 같이 가슴에 품고 여러 날 밤을 잘 때에 나의 마음이 과연 어떠하였겠습니까? 내가, 가서는 분홍 줄 친 종이에 자꾸자꾸 편지 하마 약속한 것을 생각하고는 얼굴을 붉히면서 이다지도 무심히 지낸 생각을 하면 참 나는 무정한 사나이외다.

내가 그대의 편지를 받을 때 그리도 반갑고 정다워 큰 보배나 얻은 것 같을 적에, 내 편지를 얼마나 기다리고 얼마나 나를 위하여 염려하셨으며 병상에 홀로 누워 고생고생 잠 못 이루는 밤쯤 내가 재미있는 글이나 길게 써 보내서 받아 보시게 하였으면 얼마나 마음이 위로되고 신병도 곧 낫는 것 같으셨을 것을 생각하면 엽서 한 장 드리지 않은 나의 허물이 과연 크외다. 참으로 무정하구나 하고 야속히 생각하셔도 변명할 수 없사외다.

그러나 해영 씨 내가 그리도 무정한 사람일까요?

지난 해 봄에 드린 편지에 우리가 몇 만 리를 떠나 있어도 심령은 항상 교통한다 한 말을 짐작하시겠지요. 그저 잊어버리지는 않으셨겠지요. 그러면 내 마음을 멀리서도 추측하여 아실 것이외다.

나는 어디 있든지 어느 때든지 단 한 시 한 초 동안도 그대를 잊어본 적이 없으며 사랑하는 그대와 지내던 일은 역력히 가슴 속에 깊이 새겨 있고, 그대의 신병을 염려하매 신상을 생각하는 간절한 마음은 몽매간에도 잊어본 적이 없사외다. 더욱이 몸이 혹시 불편하면 약 한 첩 지어다 줄 사람 없고 더운 이마 한 번 짚어줄 사람도 없을 제, 생각나느니 그대뿐이요 객창 앞 벽오동 잎에 아침 비나 시름없이 듣고 전당강에 달이나 밝아 인적조차 없는 밤에는 멀리 들리는 처량한 퉁소소리를 따라 흐르느니 님을 생각하는 눈물뿐이라 스스로 못나서 그런 것 같기도 하외다. 아! 나는 참으로 여자 마음 같이 약하고 정이 많은 사람이외다. 그런 때에는 왜 우리 두 사람이 깊은 인연을 맺었던고 하는 생각도 나며 왜 우리가 남유달리 사랑하여 잠시도 서로 잊지 못하고 주주야야로 마음을 괴롭히며 갖은 간장을 태우나? 그러느니 차라리 아주 잊어버렸으면 하고 부르 짖어도 보았소이다. 그러나 해영 씨가 나를 잊으며 내가 어떻게 해영 씨를 잊을 수 있을까요? 이것이 차마 할 수 있는 일일까요? 해영 씨! 언제까지나 우리가 떨어져 있을 것이 아니요, 꽃다운 청춘시절이 결코 헛되이 지나가지는 않을 것이니 다만 기쁘고 반가이 만날 때를 가까이 기다릴 뿐이외다. 그러나 그 때가 참으로 일각 삼추외다. 정말 지루하외다. 허나 어찌하나요, 좀 더 참을 수밖에….

나의 잊을 수 없는 평생의 벗이여! 겨울에 하신 편지에 이 몸이 퍽 외로운 것 같다 하신 구절을 읽고 나는 울었소이다. 왜 아니 외로우시겠습니까? 부모님도 안 계신데 다만 하나 믿는 사람은 몇 만 리 밖에 이별하여 소식조차 자주 못 들으시니 오죽이나 외로우시겠습니까. 그러나 어머님께도 아버님께도 못 드려본 넘치는 사랑을 받는 이 몸의 어버이가 아직 계시지 않아요. 그를 내 몸 대신으로 섬겨 주십시오. 잘 위로하여 드려 주시오. 그대가 어련한 일이 아니어늘 왜 거듭 이 말씀을 하리까마는 효성이 계신 줄도 아는 일이외다마는 내가 친히 슬하에 모시지 못하고 할 수 없는 일로 늙으신 부모님의 심려를 끼쳐드림이 많으니 하도 마음이 아파하는 말이지 결코 해영 씨가 부족한 일이 있어 그러는 것은 아니외다. 그러나 한집에 모시고 있게 되지 못함에야 어찌하리까.

그립고도 그리운 나의 아내여!

그 동안 지난 일과 모든 형편은 어찌 다 쓸 수 있으리까마는 고통도 많이 당하고 모든 일이 마음 같지 않아 실패도 더러 하였으며 지금도 마음 상하는 일은 많으나 그 대신 많은 경험도 하였고, 다 일시의 운명이라 인력으로 어찌 하리까마는 그대의 간곡한 말씀과 같이 결코 낙심하거나 실망할 리 없으며 또는 그리 의지가 박약한 사나이는 아니니 아무 염려 말아 주시오. 다만 내가 무슨 공부를 목적 삼아하며, 그것이 어떤 학문이며 장차 어찌해야 할 것인데 지금 내 신세는 어떠하며, 어떤 길을 밟아 나아가서 입신하고 출세하려 하는가 하는 데 대하여 그대에게 자세히 알게 하여 드리지 못함은 참으로 큰 유감이외다. 그러나 몇 권 책을 꾸며 보낸다하더라도 잘 이해하여 보지 못할 듯하니 참 답답한 일이외다. (지금은 잘 공부를 하시니까 모르지만) 평생의 동지에게 이런 의사를 잘 발표치 못하는 것은 벙어리가 말을 하려 해도 못하는 답답한 마음과 한 가지외다. 그러나 학교에 있지 않고 노는 것이 아니요 하루면 하루 공부하고 있으니 공부 일체엔 마음 놓으실 것이며 형편에 의지하여 팔월 중순엔 아름다운 항주의 산천을 버리고 북경으로 돌아가려 하나 큰 걱정이외다. 하여간 외국 유학을 한데야 별안간에 성공의 면류관이 하늘에서 별 똥 떨어지듯 하는 것이 아니요 항상 허황한 일을 바랄 것이 아니며 결코 조급히 생각할 것이 아닌가 합니다. 겸하여 내가 아무런 경우를 당하더라도 그대의 몸과 마음을 행복하게 하여 드리고 화락한 가정을 이루어 사는 동시에 세상에 유익한 사람노릇은 할 것이라 부부는 한 몸이니 해영 씨나 나를 잘 믿어주시오 나도 올해 귀국할 생각 간절하였으나 내년에나 가게 될 듯 세월은 길고도 빠른 것이라 미구에 기쁜 날이 올 것이외다. 참 인사 선후 없으나 돈의동 할머님과 해선 군 다들 안녕하시며 누동 환후 계시다니 듣기에 놀랍고 얼마나 상심되오리까. 잘 안부나 여쭈어 주시기 바라며 자주 가보셨으면 좋겠습니까. 가슴에 첩첩이 쌓인 끝없는 사연은 베개를 같이 하고 한자리에 누워 여러 날 밤을 새워도 오히려 부족할지니 다만 온 정성을 기울여 귀중하신 몸이 하루바삐 쾌차하시

479

기를 축수하고 이만 붓을 놓습니다. 자주자주 기다랗게 정다운 글월 주시오. (해정한 글씨로 내 편지만큼 길게) 학교에 입학하여 잘 공부하심 내 평생소원을 다 이룬 듯하나 만일 몸이 괴로우시거든 억지로 다니지 마시고 될 수 있는 대로 신문 잡지 같은 것 많이 보시고 좋은데 구경 많이 다니시오. 그대의 일은 모두 자유로 하시기 바랍니다. 아! 나의 사랑하는 님이여! 평안히 주무시오

칠월 칠일 야삼경에 그대의 남편 외별은 꺼져가는 불 아래에서 이 글을 적어 한숨에 띄워 보냅니다.

(그대를 생각하고 지은 글, 수가 없으나 그 중에 남아 있는 것 몇 편 보내니 보고 웃고 곧 찢어 없애시오.)

중국에서

겨울밤에 내리는 비

뒤숭숭한 이상스러운 꿈에
어렴풋이 잠이 깨어
힘없이 눈을 뜬 채 늘어져
창 밖에 밤비 소리를 듣고 있다.

음습한 바람은 방 안을 휘―돌고
개는 짖어 컴컴한 성 안을 울릴 제
철 아닌 겨울밤에 내리는 저 비인 듯

나의 마음은 눈물 비에 고요히 젖는다!

이 팔로 향기롭던 애인의 머리를 안고
여름밤 섬돌에 듣는 낙수의 피아노
즐거운 속살거림에 첫 닭이 울던
그윽하던 그 밤은 벌써 옛날이어라!

오, 사랑하는 나의 벗이여!
꿈에라도 좋으니 잠간만 다녀가소서

찬비는 객창에 부딪치는데

긴긴 이 밤을
아, 나 홀로 어찌나 밝히잔 말이냐!

1월 5일

기적(汽笛)

깊은 밤
캄캄한 하늘에
길게 우는
저 기적 소리

어디로서 오는 차인지
어디로 가려는 차인지
그는 몰라도
만나서 웃거나
보내고 울거나
나는 몰라도
간신히 얻은
고운 님의 꿈을
행여 깨우지나 말아라.

　　　　　　2월 16일

전당강(錢塘江) 위의 봄밤
　―하도 그대의 앓는 얼굴이 보이기에 지은 것―

가거라! 가거라!
지나간 날의 애처로운 자취여
가엾이도 희고 여윈 얼굴이여
나의 머리에서 가거라!

눈앞에 보이지도 말고
꿈속에 오지도 말고
소낙비 뒤의 구름 같이

흩어져 없어져서
다시는 내 마음 기슭으로
기어들지를 말아라.

불같은 키스를
주던 나의 입술은
하염없는 한숨에 마르고
보드라운 품에 안기던
가슴 속엔 서리가 내렸다.
아, 첫사랑의 애닯던 꿈이여!
두견새 우는 노곤한 봄밤
나그네의 베갯머리로는
제발 떠오르지를 말아라.

4월 8일 밤

뻐꾹새가 운다

오늘 밤도 뻐꾹새는 자꾸만 운다.
깊은 산 속 비인 골짜기에서
울려 나오는 애처로운 소리에
애끓는 눈물은 베개를 또 적시었다.

나는 뻐꾹새에게 물어 보았다.

"밤은 깊어 다른 새는 다 깃들었는데
너는 무엇이 섧기에 피로 우느냐"고
뻐꾹새는 내게 도로 묻는다.

"밤은 깊어 사람들은 다 꿈을 꾸는데
당신은 왜 울며 밤을 밝히오"라고
아, 사람의 속 모르는 날짐승이
나의 가슴 아픈 줄을 제 어찌 알까
고국은 멀고 먼 데 님은 병들었다니
차마 그가 못 잊혀 잠 못 드는 줄
더구나 남의 나라 뻐꾸기가 제 어찌 알까?

5월 5일 밤

나의 사랑하는 해영 씨

한 몸이 나뉘어 운포 만 리에 떨어져 있게 되오니 그립고 애달픈 마음 일초 일각도 잊을 수 없으나 더욱이 달 밝은 밤에 강변에 홀로 앉았을 때나 고요한 새벽에 잠이 깨어 먼 촌가의 닭소리를 들을 때 사랑하는 사람, 이 세상엔 둘도 없는 나의 아내를 생각함이 진실로 간절하오며, 솟아오르는 회포와 끓는 마음 스스로 금치 못하여 어떤 때는 꿈에 해영 씨를 만나 서로 안고 울기도 몇 번 하였나이다. 더욱이 편치 못하신 것을 보고 홀로 떠나온 후 잠시도 마음 편한 적이 없었고 또한 소식도 망연하고 일자 소식 왕래도 없고 하여 궁금 간절 미칠 듯하였사오며 그대와 같은, 드문 아내를 만남이 편행이나 외지로 돌아다니는 몸에는 참으로 큰 고통이 되더이다. 잊을래야 잊을 수 없고 생각지 말고자 하나 그도 할 수 없어 어떤 때는 우리 둘이 서로 만난 것이 도리어 후회 날 적이 있사오며 남 유달리 정든 생각하오매 반신은 없는 듯 그 외롭고 그리운 밤은 무엇으로 비하오리까.

오래간만에 주신 글월은 두 번이나 받았사오나 너무 반가움에 겨웁고 정이 넘쳐서 여러 번 답서 드리려 하였사오나 종이를 대하여 붓을 들면 그 많던 말이 다 달아나고 한마디도 쓸 수 없어 이제껏 드리지 못하였사오니 오직이나 무정히 생각하시며 집에 편지가 갈 때마다 얼마나 섭섭하였나이까?

그동안 고생한 일 다 쓸 수 없사오나 한 십년이나 된 듯하오며 그간 병중에 계셔 몇 달이나 소식 모르실 때, 얼마나 애를 태우시고 심려를 하였나이까. 더구나 여자의 일편단심에 맺힌 마음 내 마음에도 비할 수 없을 것이오며 원래 효심 지극하신 해영 씨나 초상범절을 병중에 치르시느라 얼마나 어려우셨으며 어리석으나마 얼마나 이 몸을 생각하셨나이까. 내외간에 무슨 인사가 있겠으리까마는 내 몸을 대신하여 집안일을 도우시며…

　내일은 조금도 틈이 없는데 잘 종이 치고 전등이 꺼지니 더 쓸 수 없어 이번은 할 수 없이 이만 그치오니 용서하소서. 오! 나의 사랑하는 해영 씨

　부디 기다란 편지 주시오 맛있는 글을 주시오 부디부디 긴 글월을 주시오. 고대고대하오. 보고 싶소…

　편지 보아야 이 편지 끝을 마칠테요

4월 29일

사랑하는 해영 씨!

　사랑이 샘솟듯 하는 글월을 주셔서 사랑에 목마른 나는 흠씬 마실 수 있었으니 나의 외로운 마음이 얼마나 기뻤으며, 반가웠으며, 흡족하였겠습니까. 그러나 그저 몸이 깨끗지 못하다 하셨으니 하루도 마음 놓일 때가 없소이다. 병 증세를 자세히 알고 싶으니 곧 말씀하여 주시오. 그리고 나도 틈만 있으면 자꾸 편지하려니와 제발 편지 좀 자주 길게 하여 주시오. 일과 삼아서….

　그리고 신병이 다 낫지 않거든 가을에도 학교에 다니지 않으시는 것이 좋을 듯하외다. 누동이나 돈의동 일에 대하여서는 너무 과히 염려 마시기를 바랍니다. 참 내가 하는 편지는 아무도 보이지 말고 꼭 혼자만 보시오 꼭이오. 만일 그렇지 않으면 편지할 수 없사오이다. 보아야 별 말은 없지만 그래도….

　집안이 다 보는 것 같으니 말이요

8월 18일

사랑하여 주는 사람으로부터

[『심훈문학전집 (3)』(탐구당, 1966, pp.614~622)을 재수록.]

신랑신부의 신혼공동일기

≪조선일보≫ 소재 소설 『동방의 애인』과 신혼생활―(서울 苧洞 寓居에서)―

▲ 1931년 1월 1일 쾌청(기자 주(註)=씨는 신진 소설가로서 최근 결혼한 신랑 되시는 분이다.)

　L씨 집에서 P부인과 친우들만 모인 망년회에 참석하였다가 마음 놓고 마신 술이 진흙같이 취하여 앞을 가누지 못하고 집으로 돌아오니 오전 두 시를 친다. W로 하여금 비록 반일(半日)동안이나마 일각(一刻)이 여삼추(如三秋)로 공규(空閨)를 지키게 하다가 불시에 달려드는 기쁨을 일

부러 주고 싶기도 하고 밤이 깊어 인적조차 끊긴 큰길을 헤매다가 그래도 인제는 기어들 내 집이 있거니 불 때어놓은 방에 자리를 깔고 기다려주는 사람이 있거니—하니까 마음한편 구석이 든든하기도 하다. 그 맛을 향락(享樂)(?)하기 위하여 가까운 길을 버리고 내 방에 불빛을 멀리 바라보면서 골목골목을 순경군(巡警軍) 모양으로 배회하다가,

"에헴! 에헴!"

하고 큰 기침을 하면서 문을 뚜드리는 가장의 위엄이 또한 그럴 듯하다.

W는 단걸음에 뛰어나온다.

"어쩌면 인제야 돌아오세요" 하며 조금 뾰로통해서 모자와 단장을 밧는다. 몽롱한 취안에 W의 미목(眉目)이 소프트 포커스로 어른거려서 사창(紗窓)을 격하여 은근히 바라다 보이는 초생달 같다고나 할까. 외투자락으로 분홍치마를 휩싸안고 방으로 들어왔다. 소원이던 일기책과 부인잡지를 선사하고 나서 L씨 집에서 구석구석이 훔쳐 넣었던 밀감을 우루루 쏟아놓고 베이스볼을 한바탕하면서 엄벙떼—ㅇ 하는 바람에 W의 입모습에는 비로소 귀염성스러운 미소가 떠돈다. 은행같이 쌍꺼풀이 진 눈초리와 졸음이 닥지닥지 매여달린 기—다란 속눈썹 석고로 빚은 듯한 콧마루 키스를 우박과 같이 끼얹어 주었다.

…11시나 되어서 기상. 머리맡에 연하장이 흩어져 있다. W는 어느 틈에 일어났는지 부엌에서 그릇소리가 다그락다그락 난다. 자리 속에서 담배를 피어물고 곰곰 생각하니 신혼한 지 제9일 되는 원단(元旦)을 맞는 감회가 여러 가지 의미로 자못 깊다. 친지에게 구걸하듯 하여 간신히 장가라고 들어 큰 문제 하나를 해결 짓고 나니 앞으로 호구지책이 막연하다. 그동안 실직을 하게 된 것도 의외였지만 새살림 밑천으로는 소설 고

료밖에 시량(柴糧)을 대어 볼 예산이 없었다. 그런 사정을 번연히 알면서 일 차의 주의도 없이 돌연 중지를 시켰다. 그나마 ××無한 한 개인의 소위 직권의 발동으로 『동방의 애인』이 피살당한 생각을 하니 지금까지도 몹시 분하다. ××의 과정을 10분의 9까지나 밟아 넘긴 부르주아 ××의 조그만 제 지위를 옹호하려는 마지막 발×적 행동으로 말미암아 나와 같은 무명의 주졸(走卒)까지 그 여독을 삼킨 생각을 하니 치가 떨린다.

『동방의 애인』을 집필하는 동안은 평상시와 같은 희□적(戲□的) 태도를 버리고 찬 방에서도 손에 땀을 쥐며 썼다. 집 세전(貰錢)이 몰려서 들어가지를 못하고 10여 회는 공원 벤치나 도서관 구석까지 원고지를 허리춤에 차고 다니며 계속해 왔었다. 전력을 경도(傾倒)하여 빚어내보려던 빈약하나마 내 정신의 자식이 불과 40회에 비명의 요절을 하고 만 것이다. 돌(咄)! 이중 삼중의 검열망! 글줄이나 쓴다는 사람까지도 그와 같이 자상천답적(自相踐踏的) 유린까지 당하고 말 것인가?

먹을 것이 없기로서니 설마 산사람의 입에 거미줄이야 치랴? 이 혹한에 나보다 10여 년이나 치지(稚遲)한 W가 설마 속옷까지 벗고 지내게야 될까? 이 '설마'라는 사주팔자적 자신(?)밖에 있는 것이라고는 없는 것뿐이다.

"젊은 부부가 건강하고 살려는 노력만이 있으면 무서울 것이 없다"

이것이 유일한 생활의 신조요 또한 나의 뱃심이다. 낙망하지 말자! 플랜 세운 대로 약진할 뿐이다.

…영창(映窓)을 활짝 열어젖히니 간밤에 소리 없이 내린 백설이 만산편항(滿山遍巷)에 애애(皚皚)하다. W의 손을 잡고 맑고 깨끗한 바람을 폐(肺)껏 들이마시니 전신의 묵은 세포가 녹아버리는 것 같다.

아랫목에서 신문잡지의 신년호를 뒤적거리면서 뭉개고 있노라니 해는 어느덧 금화산(金華山) 마루터기를 넘느라고 새빨간 낙조를 유리창에 끼 얹는다. 종일 내객 없어 단둘이서만 된장국에 소찬(素饌)으로 오붓하게 저녁을 먹었다.

"일단사일표음(一簞食一瓢飮) 곡굉이침지(曲肱而寢之) 악역재기중(樂亦 在其中)"의 진부한 문구를 염불 외우듯 하며 배포 유하게 두 다리—가 아 니라 합하여 네 다리를 요 밑에 뻗었다. W에게는 아직 아무 불만이 없 다. 앞으로 고생시킬 생각을 하니 몹시 애처로울 뿐이다. 사람은 기쁨과 슬픔이 기극(其極)에 달하였을 때는 머—o하니 표정조차 없이 자기 자 신의 존재도 잊어버리고 백치적(白痴的) 순간이 있는 법이다. 그러한 의 미로는 지금 내가 행복의 절정에 서 있는지도 모르겠다.

밤에는 김 씨 내외가 올라와서 동(冬) 냉면 내기 화투를 하고 놀다 갔 다. 끊임없는 그의 호의를 감사할 뿐이다. 자정이 넘어서 취침하였다.

처녀시대와 신혼 후

安貞玉

(기자 주=안(安) 여사는 작춘(昨春) 동덕여고(同德女高) 출신의 재원 (才媛)으로 심훈 씨와 신혼한 분)

1월 1일 청(晴)(木)

자리 속에서 내 곁에 아침잠이 깊이 든 심(沈) 선생을 (참 인제부터는 그 이름 H라고 쓰겠다. 선생님이라고 부르면 어쩨 퍽 서름서름한 것 같 으니깐) 물끄러미 바라다보니 우리가 신혼한 것이 참 정말 꿈같다. 내가 벌써 남의 아내가 되다니…

어젯밤 술이 취해서 들어오신 H는 "나 같은 나이도 많고 생활능력도 없는 사람을 무엇을 보고 결혼했느냐?"고 하면서 "가엾어라" "미안하다" 소리를 몇 십 번이나 하고 또 하고 하다가 어린애처럼 내 팔을 베고 잠이 드셨다. H는 어쩌면 그렇게 너름새를 잘 놀까? 일기책과 잡지의 프레젠트를 받고 귤을 던져주고 하는 통에 기다리느라고 골난 것이 눈 녹듯 하였다. 가엾기는 내가 왜 가엾을까? 나 같은 철부지를 아내라고 얻은 H가 가엾은데! 내게 무에 그렇게 미안스럽다고 할까? 나는 아무것도 없건만 새살림이 재미가 난다. 집에 있을 때에 일을 좀 배웠더라면—하는 후회뿐이다. 신혼 후 새해를 처음 맞는 감상! 이렇다 말할 수 없이 기쁘다면 기쁘다. 과거 1년 동안을 회상하니 지난해는 나의 일생을 정하여 줄 해임에 한편으로는 고맙기도 하나 또 한편으로는 섭섭함과 동시에 슬픈 생각이 난다. 아무튼 이러나저러나 나는 한 번 결혼한 몸이다.

다—만! 나의 사랑하는 남편을 위하야 아내 된 도리를 지키기에 힘쓰자. 나는 아무 능력 없는 자이다. 다만! 깊고 깊은 사랑으로써 남편을 위할 따름이다.

H는 술 자시는 습관이 있다. 기분 생활을 하기 쉬운 예술가니까 이따금 조금씩 잡숫는 건 도리어 자미 있을는지 몰라도 엊저녁처럼 취해 들어오시면 나는 싫다. 꼭 그 습관을 내 손으로 끊게 할 결심이다.

연애서한(戀愛書翰)의 소각(燒却)

沈熏

1월 2일 설(雪)

조조(早朝)에 이불을 걷어차고 눈을 밟으며 금화산에 오르다. 아침마다 계속해 보려는 운동인데 오늘은 날이 흐려서 상쾌치 못하였다. 돌아오는 길에 아침잠이 깊이든 이홍직(李鴻稙) 군을 찾았다. 그가 퍽이나 고독하게 지내는 것이 늘 보기에 딱하다. 나 자신이 수삼차나 실연(기실 포기한 것도 있지만)을 해서 쓴 눈물 단 눈물을 흘려본 경험이 있는 터이라 남의 일 같지가 않다. 나는 요행히 정옥이를 최후의 여성으로 맞이함을 획기(劃期)로 하여 다른 사람보다는 비교적 복잡다단하였고 풍파도 적지 아니 일으켰던 일절의 연애관계를 청산해서 그야말로 일축양기(一 蹴揚 棄)하였다. 결혼하기 수일 전에 정옥의 눈앞에서 그의 입증으로 C·O· K·R 등 나의 영혼을 들볶던 여러 여성에게 받아서 묶어두었던 러브레터 약 150통을 불살라 버렸다. (그 중에 P에게서 온 것은 지난 가을에 소포로 부쳐버렸다.) 장작이 활활 타오르는 새빨간 불길 속에서 5, 6인이나 되는 여성들의 묵흔(墨痕)이 아직도 반반한 편지가 흰 버러지처럼 뜨거운 듯이 꾸물거리다가는 금세 재가 되어 혹은 아궁이속에 처지고 혹은 그 잔해가 불길을 따라 내 얼굴에 확 확 끼얹어진다.

"온 것이 저만큼이나 되니까 간 것도 더 많겠지요?"

이것이 그때 곁에 앉아서 화염을 들여다보고 있던 정옥의 방백이었다. 그렇다. 천진한 그의 앞에 무엇을 속일까보냐? 차라리 자초지종을 적나라하게 고백하는 것이 사랑하는 본의요 운권청천(雲捲晴天)한 것같이 이 기분이 일소될 것도 같다.

아아 과거 6, 7년 동안이나 두고 저 편지를 받을 때마다 답장을 쓸 때마다 얼마나 애를 태우고 마음을 졸였던고? 가장 귀중한 청춘을 하염없이 좀 쏠리우다가 나중에는 파락호와 같이 사막처럼 쓸쓸한 서울의 거리거리를 얼마나 헤질러 다니었던고?

돌이켜 생각하니 도시(都是)가 허무하다…

일장(一場)의 악몽 이외에는 아무 것도 아니었다. 편지는 반이나 더 탔다. 시원하다는 듯이 활활 타버린 것도 있고 피봉만 끄슬리고는 물에 축은 것처럼 불을 받지 않는 것도 있다. 내 눈물을 더 많이 머금었던 편―지인가보다.

정직하게 말하면 그중에는 아직 미련이 남은 사람이 있다. 내 가슴의 한복판을 할퀴고 간 사람이었만 그래도 그의 행복을 영원히 심축(心祝)하고 싶은 사람도 있다. 그와 정반대로

'너는 눈깔 먼 자식이나 내질러라.'

하고 두고두고 저주하고 싶은 계집도 있다. 그것뿐이 아니다.

'내가 죽거든 꼭 당신의 손으로 손수 눈이나 감겨주세요!'

하고 살아있는 사람의 유언을 받은 내 마음의 암종(癌腫)도 있는 것이다.

"이것은 모두 내가 앞으로 반생을 살아가는 데 산 교훈의 재료가 된 것이요, 마지막 당신을 선택하기까지의 시금석이 된 줄만 아시오."

정옥에게는 이렇게 위무하듯이 들려줄 말밖에 없었다.

편지는 한줌의 먼지로 화하여 날려버리고 말았다. 텅 비인 아궁이 속만 멀거니 들여다보고 앉았노라니 화장장의 새벽과 같은 적멸이 졸지에 내 마음속을 엄습한다. 속칭 결혼은 연애의 무덤이라고 한다. 그러나 지금의 곤비(困憊)한 나의 넋은 무덤 속의 안도와 정적을 맛보고 싶다.

"휘―유―"

부엌바닥이 꺼지도록 긴 한숨을 내뿜고 일어섰다. ―그러하여 조그만 형극의 동산은 회신되고 말았다. 몽매간에도 옛집과 같이 드나들던 추억

까지도 소살(燒殺)시켜 버리고 만 것이었다.

… 오후에 누님과 남명(南明)씨가 다녀가고 처제가 왔다 갔다. 누님은 나 같은 유명한 게으름뱅이가 그래도 얌전히 차려놓고 산다고 의외로 감심하는 모양이다. 뒤를 이어 이창용(李創用) 군이 와서 훌륭한 서양접시 5, 6매를 W에게 선사하고 갔다. 그의 이력과 재분(才分)을 믿는 터이라 일본촬영소로 가서 수업하기를 간권(懇勸)하였다. 영화인을 만날 때마다 몇 번이나 절망하고 단념하였던 영화열(熱)이 끓어오른다.

영화 제작을 필생의 천직으로 삼지 않았던가? 오랜 세월과 적으나마 노력해 온 것도 내게는 시나 소설이나 희곡보다도 영화였다. 지금 와서 다른 길을 찾는 것은 전공이 가석(可惜)(?)할 뿐 아니라 개성이 두드러지지 못한 특징이 없는 두루뭉수리가 되고 말 것이다. 그 길은 간난(艱難) 하나마 우리 민중에게 봉사하려는 나의 의무로 여겼을 것이다. 따라서 조그마치라도 걸어가는 족적을 뒤에 남기려면은 작품 행동밖에는 없을 것이다.

다른 방면에 취직이라도 하여 소규모적으로 쁘띠, 부르의 흉내를 내여 이른바 생활 안정을 얻어 보려는 것과 삼순구식(三旬九食)을 하더라도 초지를 관철하려는 생각이 시시로 마음속에서 충돌한다. 그러나 영화의 제작과정을 잘 알고 있는 터이라. 도무지 엄두가 나지를 않는다. 생활도 되지 못하고 이른바 예술욕도 만족시킬 수 없다면 욕(辱)벌이요, 도로(徒勞)에 그치고 말 것이다. 아직 좀 더 자중하자.

… 누님이 주고 간 80전으로 반찬거리를 사가지고 들어왔다. 꼬리를 맞무는 공상과 나와 어린애들처럼 장난을 하다가 오늘 해도 저물었다. 탐닉하지 말자. 매양 절제할 것을 잊지 말아야 한다. 나는 극기하지 못하

는 것이 큰 흠점이다.

沈의 명령으로

安貞玉

1월 3일 청(晴)(土)

어머님 오시기를 하루 종일 기다려도 오시지를 않는다. H도 오늘은
공연히 화를 내고 나아가서 울고만 싶다. 허리가 굽었다고 성화같이 운
동을 하라고 하시었기로 운동을 한 후 방을 말짱히 소제를 하였다. 잡지
를 읽으려고 책상을 의지하고 앉으니 어느덧 시간은 세시 반을 가리킨
다. 밥쌀을 내다가 쌀을 일려고 하니까 문 여는 소리가 난다. H는 아직
들어오실 리는 없는데 하고 가만히 귀를 기울이고 있으려니 "아모도 없
니?"하시면서 어머님이 들어오신다. 안 오시는 줄 알았더니 미소를 띄우
시며 들어오시는 것을 보니 반갑기도 하고 또 공연히 눈물이 날 듯도 하
다. 저녁을 다 해가지고 들어와 H를 기다려 먹을까 하다가 어머님도 계
시고 또 오늘도 늦게야 돌아오실 듯하여서 먼저 어머님과 밥상을 받게
되었다. 서름질을 하느라고 부엌에서 물을 뜨고 있으려니까 귀에 익은
구두소리가 난다.

반갑게 나아가서 그를 맞으려고 하니 H는 외면을 하여버린다. 아침에
화가 아직도 아니 풀린 것 같다. 속으로 우습기도 하면서 저녁을 먼저 먹
은 생각을 하니 미안하기도 하다. "저녁상을 들여올까요"하니 아무 대답
도 아니 하신다. 그리고 옷을 갈아입으시다가 도로 입고 나아가신다.

어머님은 옆에 앉아계시다 민망하신지 H를 보고 어디를 또 가느냐고
물으시니 전화를 좀 하러나아간다고 하며 휙 나아가 버린다. 나도 슬그

머니 골이 나기로 아무 말도 아니하고 가만히 있었다. 얼마쯤 있다 들어
오시는 것을 보니 아마도 매식(買食)하고 들어오시는 듯하다. 나도 시치
미를 딱 떼고 상을 들여오려고 하니 고만두라고 하신다. 그리고는 또 아
무 말씀이 없다. 너무 속이 상하기로 아무것도 하지는 않으면서도 마루
에서 한참이나 장속을 뒤적거리고 있었다. 한참이나 있다 무슨 생각이
나셨는지 H는 나를 부르며 골난 것을 풀어준다. 7시경에는 이원용(李源
容) 씨와 김기림(金起林) 씨가 H 부재중 다녀가셨다.

약혼시대의 추억

沈熏

1월 4일 담(曇)(雨)

또 늦게 일어났다. 날이 흐려서 산에 오를 생각이 없다. 갖가지로 신세
를 입은 지구(知舊)들을 역방(歷訪)하고 비인 입으로나 만강(滿腔)의 고마
운 인사를 올려야 할 터인데 사지가 늘어져서 꿈지럭 거리기가 싫다. 신
경줄이 가닥가닥 풀려서 게으름뱅이의 본색이 들어나려는 조짐이 나 스
스로 집증(執症)된다. 못쓴다! 정신을 바짝 차려도 살아갈 밑천이 없는데
모르핀 환자 모양으로 찰나 찰나의 소안(小安)만 탐하면 어쩌잔 말이야?

공연히 눈살이 찌푸려지고 기분이 바깥 일기와 같이 침울해진다. 그
눈치를 약속 빨리 안 W는 옷을 갈아입더니 어느 구석에 넣어가지고 왔
던지? 어느 틈에 장난을 해보았는지? 하모니카를 꺼내어 문다. 그와 인연
이 깊은 따리아회 (나의 내종제(內從弟)인 윤극영(尹克榮) 군이 지도하던)
에서 배운 <반달>, <두루미>, <가을의 서곡(序曲)>… 서정 소곡(小
曲)을 실눈을 감아가며 분다. 그의 무릎을 베고 누어서 하모니카를 반주

삼아 나직이 콧노래로 맞추려니까 그때의 추억이 새삼스럽다. 그 당시의 안정옥이는 불과 10여 세의 소녀였다. 여러 동무들과 윤 군의 피아노를 제비같이 입을 벌려 신작(新作)한 동요를 부르고 나비처럼 춤을 추던 아주 어린애였다. 정옥이가 무용에 취미를 가지기도 그때부터일 것이다. 따리아회가 고모의 집이었던 관계도 있거니와 마음이 답답하면 천진난만한 소녀들의 노래를 들으려고 출입하였던 것이 그 정옥이와 결혼까지 하게 된 원인이 된 것이다. 이른바 연분이라는 것이 확실히 있나보다. 모두가 거짓말 같고 어지러운 듯하여 무량한 감개가 솟아오른다.

어느 겨울에 W의 눈에도 눈물이 갈쌍갈쌍하게 괴었다. 까닭을 물어도 원체 말이 적은 사람이라 대답이 없다. 아마 자신의 운명에 대하야 새삼스러이 신기의 눈을 뜨고 있는 것 같다. 그는 숨은 재화(才華)가 있다. 그러나 경조부박(輕佻浮薄)한 시체 모던 걸이 되어주지 말기를 바라고 한편으로 경계해야 할 것이다. 나는 그의 남편이라는 것보다도 장형(長兄)과 같이 때로는 선생과 같이 앞길을 지도해줄 무거운 책임을 진 것이다.

"아이고 이젠 저녁을 지어야지요."

하고 팔을 걷고 손을 불며 일어서는 것이 몹시 애처롭다.

"초년고생은 금을 주어도 못 산다"고 일러주신 아버님의 말씀을 고맙게 들은 것이 더욱 가상하다.

"날은 이렇게 추운데… 미안하구려."

하고 등을 두드려주니까 양과 같이 다소곳하고 있더니 고개를 흔들며

"무에 고생이야요? 밥 짓고 빨래하려고 왔는데요. 정말 재미가 나요"

응석부리듯 하며 가슴에 머리를 파묻는다. 상급(賞給)으로 키스 하나를 이마에 붙여주었다.

부엌에 내려가 장작을 패고 물을 길어주고 나니 그동안 된장찌개가 풍로(風爐)가에서 보글보글 끓는다.

… 진정(進呈) 온 ≪삼천리≫와 ≪동광≫을 밤늦도록 독파하였다. 임원근(林元根) 군의 상해 일기는 나의 체험에 비추어 흥미 있었다.

김 씨 내외가 놀러와 살림살이 이야기에 밤이 깊었다. 앞으로 써보려는 소설을 구상을 하다가 잠이 들었다.

비밀이 없는 곳에 행복이 있다

安貞玉

1월 5일 야우(夜雨)(월)

동모들한테 미안한 생각은 끊일 사이가 없으나 날마다 하는 일 없이 날을 보내게 되니 한심한 일이다.

S에게는 생각할수록 더욱 미안할 뿐이다. 낮에는 김 씨 내외가 놀러와 자미껏 놀았다. 두시쯤 하여 H는 외출하였다가 6시 반에야 들어오셨다. 낙화생(落花生) 한 아름을 사다 주셨기로 꼬물꼬물이란 별명을 들어가면서 그것을 까먹고 놀았다. 저녁을 먹은 후 목욕을 하고 돌아오니 철 아닌 겨울비는 부슬부슬 내리고 있다. 가만히 앉아 먼 산을 바라보니 집 생각이 간절하다. 어린 조카의 재롱을 부리는 것이 눈에 선하다. 지금쯤은 따뜻한 이불 속에서 곤히 잠들어 있을 것이다. 오늘 저녁은 사랑스런 조카가 눈물이 날 만치 보고 싶다. 옆에 앉은 H도 지난 일을 생각하고 감개무량한 듯! 술을 혼자 데워 마시다가 내게도 한 잔을 억지로 권하며 지난 일 노골적으로 이야기해 들려준다. 나는 그이의 과거를 조금도 어떻게 생각지 않는다. 무엇이든지 내게는 비밀을 갖지 않는 그의 무사기(無邪

氣)한 성격이 더욱 나의 마음을 끌 뿐이다. 그의 쾌활하고 사내다운 점이 나의 마음을 끌었던 것이다.

자리 속에서 잡지를 읽다가 모르는 술어를 물으니 너무 알기 쉽게 알으켜 준다…

1월 5일 소설(小雪) 야우(夜雨)

沈熏

신문사에서 편지와 연하장이 10여 통이나 돌아왔다. 답장이나 해야 옳겠는데 잔돈이 한 푼도 없이 똑 떨어졌다. 빈궁은 이미 각오한 바이지마는 홀아비 몸 하나도 지장(支掌) 못하던 나라는 위인이 살림을 벌리다니 엉터리없는 수작이다. 전당욕(典當慾)이 W의 무명지에 끼인 결혼반지를 노려보나 차마 거기까지는 손을 대일 용기가 나지 않는다.

오후에 신열이 나고 목이 아픈 것을 참고 나섰다. 행길이 곤죽과 같이 풀려서 촌보를 옮겨놓기가 어렵다.

'세창(世昌)' 집에서 일금 일 원을 얻어 넣고 '조극(朝劇)'에서 <이교도(異敎徒)>의 시사(試寫)를 보러갔다. 별로 신통한 작품이 못된다. 거기서 석영(夕影)을 오래간만에 만났건만 총총하게 돌아가는 사람을 "우리집으로 가서 저녁이나 먹세."하는 말이 나오지를 않아서 섭섭하게 헤어졌다. 여성(如星), 철구(鐵駒), 심경(心耕)과도 길에서 만났건만 따뜻이 술한 잔 대접 못하는 마음이 미안하다느니보다도 괴롭다.

횡령한 돈으로 '뚝배기'와 W가 좋아하는 낙화생을 받아가지고 귀소(歸巢)하였다. 그래도 외출하였다가 집에 돌아올 때에 외투 주머니에 무엇이고 사 넣고 돌아와야 호기가 나지 빈손으로 터덜거리고 들어오면 무슨 죄나 지은 사람처럼 고대하고 있는 W의 얼굴을 대하기가 겸연쩍다.

저녁을 달게 먹고 나니 W는 목욕을 간다고 혼자 두고 나간다. 만년 홀아비로 통이불 신세만 짓던 생각은 까맣게 잊어버린 듯 잠시도 사람이… W가 곁에 없으면 신변이 허전허전하다.

창밖에는 동우(冬雨)가 몽몽(濛濛)하여 이따금 빗소리가 뽕잎을 써는 누에[蠶]소리처럼 귀를 간질인다. 그밖에는 만뢰(萬籟)가 구적(俱寂)하다. 지나간 그 옛날을 회고하고 아득한 장래를 점치고 앉았노라니 만감이 참집(參集)하여 술생각이 몹시 난다. 이런 밤에 한잔쯤 읊조리는 것은 W도 이해하려니―석영이 생각난다. 철구는 왜 한번도 습격을 와주지 않노?

나간 지 한 시간이나 된 사람이 돌아오지를 않는다. 벌떡 일어나 우산을 들고 마중을 나갔다. 위선 술 한 병을 가서 몰래 품고 큰길로 왔다 갔다 하려니까 W가 참새처럼 찬비를 촉촉히 맞고 추녀 밑으로 기어온다. 우산 속에서 그를 껴안고 보금자리로 기어들었다.

…단둘이 마주앉아 이야기로 안주 삼아 한 잔 또 한 잔 그는 강권하면 2, 3배는 대작할 줄 안다.

밤이 깊어 빗소리는 양철지붕 위에서 피아노를 치는데 베개를 나란히 하고 누워 잡지를 읽던 W의 묻는 말―

"그런데 참 '그로(グロ)'라는 말이 무슨 뜻이야요?"

"그걸 그저 모른다는 말이오. '그로테스크' 즉 '괴기(怪奇)', '엽기(獵奇)'라는 의민데 꼭대기 두 자만 떼어서 '그로'라고만 부르는 것이오."

W는 "네―하고" 한참 주저하더니 "그럼 에로(エロ)라는 말은요?"

"무얼 알면서도 그러지."

하고 손가락으로 콧잔등이를 긁어주니까

"어렴풋이 짐작은 돼도 꼭은 몰라요… 참 정말"

하고 어깨를 흔들며 해석을 재촉한다. 그러나 '에로'라는 말을 한 입으로는 100퍼—센트)의 의미를 설명하기가 매우 곤란한 노릇이다. 백문이 불여일견이요 백견이 불여일행이라. 벙어리 하듯 과작(科作)으로써 감득(感得)시키는 것이 첩경일 것 같다.

!…침의(寢衣) 자락이 얼굴을 스치더니 전등불이 탁 꺼졌다…

(한 개인의 극히 사사로운 신변잡사적 생활기록을 발표하는 것은 의의도 없거니와 당자로서도 쑥스럽기 한이 없으나 그 죄는 두 사람의 일기를 억지로 집필케 한 편집자에게 돌릴 것이라고 변명이나 한마디 해둡니다. —필자—)

각본 〈영아(嬰兒)의 죽음〉

安貞玉

1월 6일 담(曇)(화)

작야(昨夜)에 일찍이 일어난다고 벼르고 잔 것이 오늘은 더 늦게 잠이 깨었다. H에게 미안한 생각이 적지 않다.

별명이 꼬물꼬물이라 오늘도 꼬물꼬물 조반을 지은 것이 자그마치 오후 한 시에나 먹게 되었다. 오늘도 하루해를 지나고 저녁때에 H가 방송할 약속이 있는데 각본이 없다고 하시기로 학교에서 해본 <영아(嬰兒)의 죽음>이라는 것을 말하니 보자고 하신다. 내놓고 낭독 겸 연습을 한번 하였다. 저녁에는 동무가 와서 같이 저녁을 해먹고 자미있게 놀다가 늦게야 돌아갔다. 그를 바래주고 방에 들어와 앉았노라니 부엌에서 그릇을 달랑달랑하는 소리가 들린다. 아침에도 하도 혼이 났기로 방문도 닫지를 못하고 신발도 신지 못한 채 부엌에를 뛰어나아가 보니 한 번 맛을 들렸는지 또 고양이가 와있다. 한편으로는 무섭기도 하고 또 한편으로는 어찌 밉살스러운지 금방이라도 뚜드려 패주고 싶다.

아침에도 한 근 반이나 되는 고기를 물어가 동무가 왔는데도 왜된장국과 비지찌개밖에는 못하여준 생각을 하니 더욱 밉살스러운 생각이 난다. 언제든지 고놈에 고양이를 한 번 혼을 내여 주어야…지.

영원한 행복을 위하여

安貞玉

1월 10일 설(雪)(토)

이불속에서 잠이 깨인 지는 오래이나 도무지 일어날 생각을 하니 더욱 추운 것 같다. 바람은 쇠—쇠 불며 눈보라를 치는데 아무리 일어나려고 하나 용기가 나지를 않는다. 아무 때 먹어도 김가(金哥)가 먹는다고 어차피 하기는 마찬가지다 하고 용기를 낸다. 문을 열고 나아가니 문고리에 손이 차—차 들러붙는 맛이란 참 별맛 같다. 마루걸레를 치니 치기가 무섭게 쩍쩍 미끄러지게 얼어붙는다. H가 세수를 하고 들어오는 것을 보니 머리끝에 고드름을 달고 들어온다. 손발이 꽁꽁 얼어서 금방 눈물이 나올 듯하다가 고드름을 달고 들어온 H를 보니 웃음이 폭발을 한다. 하도 날이 춥기로 나오시지 못하실 줄 알았더니 의외의 어머님이 나오셨다.

오! 지극한 모성애여! 눈물이 날 만치 반갑고 미안한 생각이 난다. 저녁에는 H의 자종(姊從) 되시는 분이 초대하였기로 갔다가 의외에 거기서 시어머님을 뵈었다. 반가이 맞으시며 밥 지어먹느라고 터진 손등을 어루만져 주신다. 우리 둘이서 집으로 모시고 왔다.

방은 좁고 빈한하나마 두 분 어머님을 모시고 남편의 곁에 누우니 마음이 든든하다. 그 두 분께서 간절히 기원(祈願)해 주시는 거와 같이 H에게 정성을 다하여 영원히 영원히 행복하게 살아야겠다!

《삼천리》, 1931.02. pp.54~60.

문인서한집 (1)

심훈 씨로부터 안석주 씨에게

저번 편지는 읽었을 듯 회답 없으니 매우 궁금하이. 사무에 과로치나 않으며 제우(諸友)들도 무고들 하신가? 알고자 하네. 소설은 1, 2일간에 예고할 것과 한 10일분을 우송할 터이니, 사수(査收)하시고 제목이나 내용을 1월 1일부터 실리기 적당하도록 썼으니, 신년호부터 연재해 주었으면 더욱 감사하겠네. 궁금할 듯도 해서 숫자 적네.

시골에 틀어박힌 사람에게 엽서나 한 장 하게그려. 이호태(李鎬泰) 형 만나나? 일간 또 편지함세.

≪삼천리≫, 1933.03. p.92. [이 글은 「문인서한집」이라는 특집기획에 쓴 것이며, 여기에는 심훈을 포함해 12명의 작가가 다른 문인에게 쓴 서간이 수록됨.]

제7부

설 문

신선(新選) '반도팔경(半島八景)'

一. 노량강변 (鷺梁江邊)(나의 고향 꿈속에도 그립다)

一. 금강산 (願生 '부르주아'子하야 실컷 遊於崑盧之下를)

一. 청류벽 (그와 나를 태워주던 사공은 그저 살아 있는가?)

一. 촉석루 (哀吾生之晩兮여 논개와 정사치 못함이 한이로다.)

一. 한라산 (야마(野馬)를 채질하야 남해(南海)에 풍덩실 빠져나 지고)

一. 유창상점 (裕昌商店) 3층 '종로'(밤마다 벌어지는 반우(返虞)의
행렬)

一. 인왕산록 (仁王山麓)

≪삼천리≫, 1929.07. p.47. [이 글은 ≪삼천리≫ 창간 기념으로 문인 37명에게 「반도팔경」의
추천을 받은 결과 중 심훈의 답변임.]

세쇄(細鎖)한 초려(焦慮)와 과색(過色)은 금물(禁物)

우리는 무슨 일을 하든지 건강이 절대로 필요하다. 건강한 몸과 건전한 정신으로야만 무슨 일이든지 힘 있게 할 수 있다. 그러나 건강은 1일에 얻을 수 있는 것이 아니니 일일(日日)의 부절(不絶)한 노력과 수련이 필요함은 물론이다. 이제 신년을 당하야 각계 제씨(諸氏)의 독특한 건강법을 공개할 수 있는 것은 무엇보다 유쾌한 일이다. 일꾼의 몸은 튼튼부터. 우리는 신년을 기하야 몸을 튼튼히 하도록 최대의 관심과 세밀한 주의를 가지기로 하자. (順序無順)

신장 5척 7촌 3분, 체중 16관 400문, 한 호흡 반이면 풍침(風枕)을 채우고도 남는 폐량(肺量)을 가졌으니 범인 이상의 건강체일 것입니다. 아마 우리 부모가 30여 세의 혈기가 방왕(方旺)하실 때에 창작해 주신 덕택인가 합니다. 종기(腫氣)로 외과수술을 받은 적이 있었으나 잔병하고는 아직 교제가 없습니다. 때로 과음을 하는 좋지 못한 버릇이 있었으나 근래에는 응시소작(應時小酌)하되 불급란(不及亂)의 수양을 하는 중이요 담배는 피워도 하루 한 갑이면 남습니다.

특별한 건강법은 없습니다. 여름에는 연년이 냉수욕을 시작했다가는 날이 선선해지면 잊어버린 듯이 계속하지 못하는 게으름뱅입니다. 그러나 구태여 남에게 건강법을 물으신다면

　1. 정신적으로는 세쇄(細鎖)한 일에 초려하지 않고 신변에 사적(私敵)

을 만들지 않는 일.

　2. 육체적으로는 성(性)을 안 이후에 과색(過色), 남색(藍色), 탐색(貪色)을 하지 않는 것.

≪동광≫, 1931.12.27. p.85. [필자명은 '創作家 沈薰'. 이 글은 「우선 健康, 일꾼의 몸튼튼부터, 나의 健康法」이라는 설문에 대한 응답임.]

약혼시대(約婚時代)에 애인에게 준(받은) 선물

워낙 가난했으니까요

약혼시대에 주고받은 프레젠트요 그것은 다 있는 사람들이나 하는 일이지요.

우리는 워낙 가난해서 그런 짓을 통 못해 보았습니다.

≪만국부인≫, 1932.10. p.11. [필자명은 '沈薰'. 이 글은 「約婚時代에 愛人에게 준(받은) 선물」이라는 설문에 대한 응답임.]

무명옷과 정조대

증기난로를 피운 신기루 같은 양옥 속에서 양복 입고 비단양말 신고 백합원의 양식접시를 핥으면서 사업을 한다는 보호색은 쓰지 않겠소이다. 무엇보다도 먼저 베옷 무명옷을 입어도 살결이 베어지지 않도록 단련을 시킬 일이요 강조밥, 꽁보리밥을 먹어도 아무 이상이 아니 생기도록 외장부터 개조시킬 공부를 하는 것이 초미의 급무일까 합니다.

남편이 감옥에 들어가 있는 동안에는 정조대를 만들어 차겠습니다. 콜론타이는 조선여자가 아니요 아라사 여자라는 것부터 변증해 둘 것이니 성욕을 동지에게 평균히 분배하라는 구절은 마르크스『자본론』속에는 없기 때문입니다. 그러고도 대로를 횡행하는 여류투사(?)의 얼굴 가죽을 측량해보았으면 합니다.

여류운동가가 되더라도 산성도 아니요 알칼리성도 아닌, 중성의 여자가 되고 싶지 않습니다. 조물주가 이브의 후예를 흙으로 빚었든, 갈빗대를 잘라서 만들었던 간에 선천적인 생리상 구조를 뜯어고친다는 것은 불가능한 일입니다. 자연의 법칙을 범하는 것을 선악으로 판단하기 전에 중성적 여성이란 사람으로서 불구자인 것부터 알아야겠습니다.

어디서 무슨 일을 어떻게 하겠느냐는 말씀이지요? 요새 같으면 잘 드는 가위를 들고 종로 한복판에 버티고 서서 오고가는 '못된 걸'들의 털을 댄

외투 자락과 무릎 위로 기어 올라가는 치마폭을 싹둑 잘라주겠습니다.

≪신가정≫, 1933.04. p.67. [필자명은 '沈熏'. 이 글은 「내가 만일 여성운동가라면?」이라는 특집에 심훈 외 8명의 글과 함께 수록되어있음.]

경구(警句): 어머니

어머니들이여! 자녀를 사유재산의 한 부분처럼 생각하는 관념을 버리시오

≪신가정≫, 1933.05. p.30. [필자명은 '沈薰'. 이 글은 「어머니는? 어머니에게…」라는 설문에 대한 답으로 작성된 것으로, 이 설문에는 심훈 외에 39명이 참여하여 「警句: 어머니」를 작성하여 수록하고 있음.]

편집여적(編輯餘滴)

시일이 촉급한 탓 찰떡같이 맞춘 원고가 이삼 층이나 늦게라도 물어오지 않은 탓 이 탓 저 탓으로 미흡한 채 그대로 내놓습니다. 순문예잡지가 아니니 양에 있어서는 크게 벌릴 수가 없으나 다음호부터는 그 질과 레벨에 있어 괄목하고 대하실 만한 문예란을 만들어 보겠다고 큰 소리나 한마디 합니다.

◇

그러나 지금은 해외에서 안신(雁信)조차 끊친 이경손(李慶孫) 씨의 연재 명역(名譯) 『최후의 행복』은 희귀한 소득이 아닐 수 없고 이태준 씨의 「달밤」은 매우 간결하고도 유니크한 단편입니다.

≪중앙≫, 1933.11. [필자명은 '熏生'. ≪중앙≫ 창간호의 「편집여적」에 수록된 것임.]

추천도서관

◇ 소설 쓰는 사람은 남의 것을 읽지 않는 것이 통례(通例) 같지만 이번 여름에는 특히 이태준 씨의 단편소설집 『달밤』을 읽었습니다. 전체를 통하여 간소하고 발랄한 문장이 퍽 좋게 감명이 되었으며 그 중에는 「불우선생(不遇先生)」, 「아담의 후예」 두 편은 그야말로 걸작이었습니다. 특히 '한글'로 쓴 것이라든지 내용에 충실한 것으로 보아 일반 남녀중학생들에게 읽기를 권하고 싶습니다.

☺ 《중앙》, 1934.10, pp.27~28. [이 글은 문인들의 「추천도서」에 관한 설문조사에 대한 응답임.]

사회인으로서 음악가에게 보내는 말씀

　10년 동안 음악회 구경을 다녀도 '콘체르토'나 '소나타'를 분간해 들을 줄 모르는 청중도 있고 소프라노 독주라는 제목을 태연히 붙이는 신문기자가 있는 이상 작곡자나 연구가는 서양 음악에 전통이 없고 그네들의 취미와 생활 감정이 사뭇 다른 조선의 일반 청중에게 좀 더 곡목에 대한 기초적 상식을 주기에 필요가 있을 줄 믿습니다.

　근자에 와서 연주회 전에 신문이나 라디오나 또는 무대 위에서 계몽적 해설을 시험해 보는 음악가가 있는 것을 보고 매우 좋은 일이라고 생각하였습니다. 음악가 자신도 잘 이해하지 못하는 난곡을 듣는 이보다는 차라리 산가(山歌)나 퉁소소리를 들어 흥에 겨움이 나을 듯합니다.

　≪신가정≫, 1934.12. pp.36-37. [필자명은 '沈薰'. 이 글은 「사회인으로서 음악가에게 보내는 말씀」이라는 설문에 답한 것으로, 이 설문에는 심훈 외에 7명의 답을 수록하고 있음.]

1935 연두(年頭)의 문답록(問答錄)

설문1. 신문을 펴시면 어디를 제일 먼저 보시고 또 어떤 기사를 제일 열심히 읽으십니까?

내가 발표하는 소설의 삽화. 그 다음이 문예란과 소설이나 희곡의 재료가 될 만한 실감 있는 기사.

설문2. 현대 청년(남, 녀)에게 무엇이고 적절한 충고를 가졌으면 발표해 주십시오.

책상머리에 세계지도를 걸어놓고 하루 세 번씩 쳐다보라. 아세아 대륙에 맹장과 같이 달라붙은 조그만 반도, 그 좁은 속에서 서로 다투고 재그락거리고 남을 헐뜯고 동지끼리 그 피를 빨아먹지 못해서 지지고 볶는 □□가 묘창해(渺滄海)의 일속(一粟)보다도 더 작고 그 생명이 부유(蜉蝣)와 같이 허무함을 느낄지어다.

설문3. 당신은 어렸을 때 어떤 사람이 되고 싶으셨습니까?

배우, 대작가 겸하여 성악가(그 목표는 세계적으로 일류라야만…)

설문4. 당신이 제일 싫어하는 물건, 사건, 인물을 말씀해주세요.

□□□ 밑에 요강. 여편네의 버선짝, ××사건. 사상범인 ××사건. 인육

(人肉)장수. 고리대금업자. □□적 변절자. 외면보살(外面菩薩) 내면야차
적(內面夜叉的) 인물.

설문5. 당신은 어떤 소설을 읽으시려고 하십니까?

발자크의 전작품을 깡그리 읽으려는 중. 틈틈이 『안나 카레니나』를 재
독(再讀).

설문6. 지금까지 보신 영화 중에 제일 인상 깊은 것은 어떤 영화였고 어느 장면이 좋으셨습니까?

너무 많이 보아서 도리어 인상 깊은 영화가 없소이다. 어디가 좋았느
냐고? 이 좁은 지면에다가 어떻게 다 적으란 말씀이요?

설문7. 스포츠를 좋아하십니까? 좋아하시면 무엇이 어째서 좋으십니까?

설문8. 가보고 싶으신 곳은 어디십니까? 어째 가보고 싶으십니까?

하도 우울하니 시베리아 눈벌판으로 썰매 타고 곰 사냥이나 가볼까.
파리에도 행랑뒷골에 선술집이 있다면 곱빼기로 한 잔 마시고 '조세핀
페이커'를 끼고 오페라가를 산보나 해볼까. 그도 못하면 태평양 한복판
에 조그만 낚거루를 띄우고 강태공의 혼백이나 건져볼까. 미국을 가자니
Ph.D가 너무 흔하고 양키 걸들의 겨드랑이에서 풍기는 악취에 골치가 아
플 듯. 런던의 안개나 마셔볼까 했더니 요즈음 '군축회의'가 무엇 때문에
우리 따위 명색 없는 인물쯤이야 어디 행차를 하겠소 아무튼 런던서 멜
버른까지를 겨우 71시간 만에 날아다니는 비행가(飛行家)의 기백이 부러

울 때가 많소

설문9. 여자의 어느 곳이 제일 아름답다고 생각하십니까?

글쎄 또 실없는 말을 묻는구려. 내가 나의 애인이니 다른 여인의 어느 부분을 아름답게 보든지 추하게 보든지 간에 그걸 노형(老兄)에게 꼭 보고를 해서 천하에 공포(公布)할 필요가 어디 있더란 말씀이요

설문10. 지금 백만 원을 가지신다면 무슨 사업을 하시겠습니까?

잠깐만 기다리시오. 어쩌면 우리 여편네가 밥을 짓다가 부엌바닥에서 부지깽이로 광맥 하나를 발견할 듯싶은데 내가 졸부가 되는 날이면 백만 원의 백분지일만 아낌없이 내놓아 잡지사 하나를 만들테요. 그리고는 나 같은 사람의 횡설수설까지 착취해다가 지면의 여백을 채우려는 명편집자에게 금일봉을 하사할테니….

《중앙》, 1935.01.

내가 존경하는 현대 조선의 작가와
외국인에게 자랑할 작품

설문의 1: 내가 존경하는 조선의 작가와 그의 작품

누구누구 할 것 없이 나에게 선배가 되는 분은 누구나 다 존경합니다. 어느 방면으로나 다소간 영향을 받았고 또한 어느 점으로나 나와 같은 무명의 문학청년으로서는 보고 배우고 본받을 게 많은 것이 사실이기 때문입니다. 게으른 탓으로 남의 작품을 골고루 읽지는 못하오나 내가 보아오는 이른바 중견작가로는

이기영 씨의 농촌을 제재로 한 작품.

이은상 씨의 시조

이태준 씨의 소설.(아직까지는 소품문(小品文)과 단편에 있어서)

유치진 씨의 희곡에 기대를 하고 있습니다. 그밖에는 좀 더 두고 보아서 회답하리다.

설문의 2: 외국인에게 자랑할 작품

열손가락을 펴들고 곰곰 생각해보다가 아직 한 손가락도 곱지 못하였습니다.

《중앙》, 1935.05.

영어 우(又)는 에쓰어로 번역하여
해외에 보내고 싶은 우리 작품

이 사람이 걸작을 낳거든 귀사(貴社)에서 한 번 그렇게 해주십시오.

《삼천리》, 1936.02. p.213. [필자명은 '沈熏'. 이 설문에는 梁柱東, 張德祚, 兪鎭午, 林和, 崔獨鵑, 金珖燮, 閔丙徽, 安碩柱, 丁來東, 張赫宙, 李一, 洪曉民, 李無影, 柳致眞, 徐恒錫, 金台俊, 金岸曙, 盧子泳, 咸大勳, 蔡萬植, 田榮澤, 廉想涉 등이 참여함.]

금년에 하고 싶은 문학적 활동기

무엇 하나 또 써볼까 하고 구상 중인데 아직은 눈, 코도 생기지 않았
습니다.

《삼천리》, 1936.02. p.223. [필자명은 '沈熏'. 이 설문에는 張赫宙, 廉想涉, 田榮澤, 兪鎭
午, 崔象德, 梁柱東, 盧子泳, 丁來東, 李無影, 洪曉民, 李一, 柳致眞, 金晋燮, 徐恒錫,
蔡萬植, 金岸曙, 張德祚, 金台俊, 金珖燮, 閔丙徽, 安夕影, 咸大勳, 林和 등이 참여함.]

조선 문학의 세계적 수준관(水準觀)

수준을 규정하고 싶지 않다

1. 구미 제국은 물론, 동양 어느 한 나라의 문학에도 정통하지 못한 소생(小生)으로서는 조선 문학과의 수준을 규정할 엄두가 나지를 않습니다.

2. 될 수 있는 대로 다른 분의 작품도 읽습니다마는 아직 피차의 우열을 논의할 자격이 없음을 스스로 부끄러이 생각합니다. 과대, 과소, 평가를 아울러 삼가야 할 줄 알기 때문이외다. 이상.

≪삼천리≫, 1936.04. pp.322~323. [필자명은 '沈熏'. 이 설문에는 李光洙, 朴英熙, 兪鎭午, 金岸曙, 洪曉民, 月灘, 李軒求, 李鍾洙, 朴八陽, 李無影, 閔丙徽, 金珖燮, 宋影 등이 참여함.]

나의 아호(雅號)

熏 [훈]

火炎上出 불김

灼也 지질 [詩] 憂心如熏

熏熏和悅 좋아할 [詩] 公尸來至熏熏 [文] 燻同薰通

≪중앙≫, 1936.04. p.189. [필자명은 '沈大燮'. 이 설문에는 심훈 이외에도 28명의 명사들이
자신의 아호(雅號)에 대해 설명하고 있음.]

명사의 독서 기타

요사이 제일 감명 깊게 읽은 책은 펄 벅 여사 저(著)『대지』 "The good Earth"입니다. 더욱이 우리 여류작가들에게 읽기를 권하고 싶습니다.

『トーキー脚本の作リ方』, 레이몬트 저『농민』제1권

꼭 사보고 싶은 책이 하도 많아서 일일이 적을 수가 없습니다.

《사해공론》, 1934.04. p.74. [필자명은 '沈熏'. 이 설문에는 金晉燮, 安在鴻, 李仁 등이 함께 참여함.]

조선사회 각 방면 인사(人士)의 제언

조선 영화주식회사 창립에 대한 기대

조선역사상에서 영화화될 사실은 이것이다

> **설문**
> 1. 이제 탄생되는 조선 영화주식회사에 대한 기대는 어떠하십니까.
> 2. 조선역사상 사실 중에서 영화화하여 대중에게 보이고 싶다고 생각하시는 것을 지적해주십시오. (가나다 順)

1. 대내대외로 기대가 자못 큽니다. 그만한 인물과 그만한 자본을 가지고 만일 좋은 업적을 남기지 못한다면 그야말로 조선 영화의 백년대계를 그르치게 될 것입니다. 관계자 전체가 비장한 각오로 일치단결하여서 파당(派黨)을 짓지 말고 사리를 꾀하지 말고 꾸준한 노력이 있을 것 같으면 조선 영화계의 장래가 철근 콘크리트로 짓는 건물과 같이 튼튼할 것입니다. 아직도 누인기(累印期)에 있는 조선 영화! 대중문화의 금자탑을 당신네 손으로 쌓으소서.

2. 삼국시대로부터 근계(近界)에 이르기까지 영화화함직한 한 소재는 무진장으로 있을 것이외다. 다만 예술적 가치가 있으면서도 대중을 교화시키고 정신상 영양이 될 만한 제재를 잡고 못 잡는 것은 거사자(擧事者)

의 안식(眼識)의 고저로 좌우될 것입니다. 가장 중요한 것은 원작의 선택
일 것이외다.

≪조선영화≫, 1936.11. p.22. [필자명은 '小說家 沈熏'. 이 설문에는 具玆玉, 具本雄, 金活
蘭, 金井鎭, 金晟鎭, 金復鎭, 李哲, 李圭煥, 李瑄根, 李箕永, 李無影, 馬海松, 朴昌薫,
卞榮魯, 邊成烈, 宋影, 申鼎言, 嚴興燮, 兪鎭午, 兪億兼, 崔麟, 崔永秀, 韓京淳, 白鐵,
徐恒錫 등이 참여함.]

나의 묘지명(墓誌銘)

파인(巴人), 강촌(江村) 제형(諸兄)

이 더위에 '어견무(御見舞)'는 할 줄 모르고 삼복 중에 송장이 썩을 생각을 한단 말가? 생ビール 대신에 사즙탕(屍汁湯) 한 사발이 마시고 싶은가? 고이한 친구들이로군.

그러나 ≪삼천리≫ 전월호나 한 권 보내주면 특별 용서함세.

　　　　生不如死而生之者死矣

　　　　　　　　　　　　　　　　　　　沈熏

≪삼천리≫, 1936.11. p.222. [이 설문에는 李光洙, 金岸曙, 方仁根, 崔貞熙, 韓仁澤, 田榮澤, 咸大勳, 蔡萬植, 金東仁, 盧子泳, 李鍾洙, 金文輯, 申不出, 金炯元, 林和, 柳完熙 등이 참여함.]

부 록

1901년(1세) 9월 12일(양력 10월 23일) 현 서울 동작구 노량진과 흑석동 부
근(어릴 때 본적지는 경기도 시흥군 신북면 흑석리 176)에서 아버지
심상정(沈相珽)과 어머니 해평 윤씨(海平尹氏)의 3남 1녀 중 막내로
태어났다. 본명은 대섭(大燮)이며, 아명(兒名)은 '삼준', '삼보', 호(號)
는 소년 시절 '금강생', 중국 항주 유학시절의 '백랑(白浪)' 등이 있다.
'훈(熏)'이라는 이름은 1926년 ≪동아일보≫에 영화소설 「탈춤」을 연
재하면서 사용했다(이후 많은 글에서 필자명이 '沈薰'으로 기록된 경
우가 있는데 이는 편집자의 실수로 보인다).

　　심훈의 본관은 청송(靑松)으로 소현왕후를 배출한 명문가였다. 부
친은 당시 '신북면장'을 지냈으며, 충남 당진에서 추수를 해 올리는 3
백석 지주로서 넉넉한 살림이었다. 어머니 윤씨는 기억력이 탁월했으
며 글재주가 있었고 친척모임에는 그의 시조 읊기가 반드시 들어갔
을 정도였다고 한다. 4남매 가운데 맏형 우섭(友燮)은 ≪매일신보≫
에서 '심천풍(沈天風)'이란 필명으로 기자활동을 했으며 이광수『무정』
(1917)에서 신우선의 모델로 알려져 있다. 누님 원섭(元燮)은 크리스
천이었다고 하며, 작은 형 설송(雪松) 명섭(明燮)은 기독교 목사로 활
동했으며 심훈의 미완 장편『불사조』를 완성(『심훈전집 (6): 불사조』
(한성도서주식회사, 1952)한 것으로 알려져 있는데 한국전쟁 중에 납
북되었다.

1915년(15세) 교동보통학교를 거쳐 같은 해에 경성 제일고등보통학교(현 경
기고등학교)에 입학했다. 졸업 후의 지망은 의학교였으며, 당시 급우
(級友)로는 고종사촌인 동요 작가 윤극영, 교육가 조재호, 운동가 박

열과 박헌영 등이 있었다. 보통학교 재학 시 소격동 고모댁에서 기숙했으며, 고보에 입학하면서부터 노량진에서 기차로 통학하고 이듬해부터는 자전거로 통학했다.

1917년(17세) 3월에 왕족인 후작(侯爵) 이해승(李海昇)의 누이이며 2살 연상인 전주 이 씨와 결혼했다. 심훈의 부친과 이해승은 함께 자란 죽마지우라고 한다. 심훈은 나중에 집안 어른들을 설득하여 아내 전주 이 씨를 진명(進明)학교에 진학시키면서 '해영(海英)'이라는 이름을 지어주었다. 학교에서 일본인 수학선생과의 알력으로 시험 때 백지를 제출하여 과목낙제로 유급되었다.

1919년(19세) 경성보통고등학교 4학년 재학 시에 3·1운동에 가담하여 3월 5일에 별궁(현 덕수궁) 앞 해명여관 앞에서 일본 헌병대에 체포되었고 서대문형무소에 투옥되어 11월에 집행유예로 출옥했다. 이 사건으로 학교에서 퇴학을 당했다. 서대문형무소에서 목사, 학생, 천도교 서울 대교구장 장기렴 등 9명과 함께 지냈는데, 이때 장기렴의 옥사를 둘러싼 경험을 반영하여 「찬미가에 싸인 원혼」(≪신청년≫, 1920.08)이라는 소설을 창작했다. 그리고 옥중에서 몰래 「감옥에서 어머님께 올린 글월」의 일부를 써서 어머니에게 보냈다고 한다. 당시 학적부 성적 사항은 수신, 국어(일본어), 조어(조선어), 한문, 창가, 음악, 체조 등이 평균점보다 상위를, 수학·이과(理科) 등에서 평균점보다 하위를 차지하고 있다.

1920년(20세) 흑석동 집과 가회동 장형 우섭의 집에 머물면서 문학수업을 하는 한편, 선배 이희승으로부터 한글 맞춤법에 대해 배웠다. 이 해의 1월부터 4월까지의 일기가 ≪사상계≫(1963.12)에 공개된 바 있으며, 이후 『심훈문학전집(3)』(탐구당, 1966)에 수록되었다. 그해 겨울 일본 유학을 바랐으나 집안의 반대로 중국으로 갔고 거기서 미국이나 프랑스로 연극 공부를 하고자 희망했다.

1921년(21세) 북경에서 상해, 남경 등을 거쳐 항주 지강(之江)대학에 입학하
여 수학하였으나 졸업은 하지 못했다. 이 시기 석오(石吾) 이동녕, 성
제(省齋) 이시영, 단재(丹齋) 신채호 등과의 교류를 통해 많은 감화를
받았으며, 일파(一派) 엄항섭(嚴恒燮), 추정(秋汀) 염온동(廉溫東), 유
우상(劉禹相), 정진국(鄭鎭國) 등의 임시정부의 청년들과 교류하였다.
(이 당시의 경험을 소재로 하여 장편『동방의 애인』과『불사조』를 창
작함)

1922년(22세) 9월 이적효, 이호, 김홍파, 김두수, 최승일, 김영팔, 송영 등과
함께 '염군사(焰群社)'를 조직하였다.(이듬해에 귀국한 심훈이 염군사
의 조직단계에서부터 동참을 한 것인지 귀국 후 가입한 것인지 불분
명함)

1923년(23세) 중국에서 귀국. 귀국 후 최승일 등과 '극문회(劇文會)'를 조직
하였으며, 조직구성원으로 고한승, 최승일, 김영팔, 안석주, 화가 이승
만 등이 있었다.

1924년(24세) 부인 이해영과 이혼했다. ≪동아일보≫ 학예부 기자로 입사하
였고 당시 이 신문에 연재되고 있던 번안소설『미인의 한』의 후반부
를 이어서 번안한 것으로 알려져 있다. 그리고 윤극영이 운영하는 소
녀합창단 '따리아회' 후원회원으로 활동하면서 신문에 합창단을 홍보
하는 활동을 하였다. 이 시기 후에 둘째 부인이 되는, 당시 12세의
따리아회원이었던 안정옥(安貞玉)을 만났다.

1925년(25세) 정확한 시기는 확인할 수 없으나 ≪동아일보≫ 학예부에서 사
회부로 옮긴 심훈은 5월 22일 이른바 '철필구락부 사건'으로 24일 김
동환·임원근·유완희·안석주 등과 함께 해임되었다. 그리고 조선
프롤레타리아예술동맹(KAPF)에 가담하였다. 그리고 조일제가 번안
한『장한몽』을 영화화할 때 이수일 역의 후반부를 대역(代役)했다고
한다.

1926년(26세) 근육염으로 8개월간 대학병원에서 병상생활을 했다. 8월에 문단과 극단의 관계자들인 김영팔·이경손·고한승·최승일 등과 함께 라디오방송에 적합한 각본 연구 활동을 위하여 '라디오드라마 연구회'를 조직하여 이듬해까지 활발하게 활동하였다. 11월부터 ≪동아일보≫에 필명 '沈熏'으로 영화소설 「탈춤」을 연재하였으며 이듬해 영화화를 위해 윤석중이 각색까지 마쳤으나 영화화되지는 못했다.

1927년(27세) 2월 중순 영화공부를 위해 도일(渡日)하여 경도(京都)의 '일활(日活)촬영소'에서 무라타(村田實) 감독의 지도를 받으며 같은 회사의 영화 <춘희>에 엑스트라로 출현했다. 5월 8일에 귀국(≪조선일보≫, 1927.05.13.기사)하고 7월에 연구와 합평 목적으로 이구영·안종화·나운규·최승일·김영팔·김기진·이익상 등과 함께 '영화인회'를 창립하고 간사를 맡았다. '계림영화협회 제3회 작품'으로 심훈(원작·감독)이 7월말부터 10월초까지 촬영한 영화 <먼동이 틀 때>를 10월 26일 단성사에서 개봉했다.

1928년(28세) ≪조선일보≫ 기자로 입사하였다. 영화 <먼동이 틀 때>에 대한 한설야의 비판에 장문의 「우리 민중은 어떤 영화를 요구하는가」로 반론을 펼치는 등 영화예술 논쟁을 벌였다. 11월 찬영회 주최 '영화감상강연회'에서 「영화의 사회적 의의」로 강연하기도 했으며 미완에 그쳤지만 시나리오 <대경성광상곡>, 소년영화소설 「기남의 모험」 등을 연재하는 등 영화예술 활동에 적극적이었다. 1926년 12월 24일 개최된 카프 임시 총회 명부에 심훈의 이름이 보이지 않는 것으로 미루어 이 시기 이전에 카프를 탈퇴했거나 거리를 둔 것으로 보인다.

1929년(29세) 이 시기 스무 편 가까운 시를 썼다.

1930년(30세) 10월부터 소설 『동방의 애인』을 ≪조선일보≫에 연재하지만 불온하다는 이유로 검열에 걸려 2개월 만에 중단되었다. 12월 24일 안정옥과 재혼하였다.

1931년(31세) ≪조선일보≫를 퇴직하고 경성방송국 조선어 아나운서 모집에
1위로 합격 문예담당으로 입국(入局)하였다. 거기서 문예물 낭독 등
을 맡아하다가 '황태자 폐하' 등을 발음할 때 아니꼽고 역겨워 우물쭈
물 넘기곤 해서 3개월 만에 추방되었다. 8월부터 『불사조』를 ≪조선
일보≫에 연재하지만 검열에 걸려 중단되었다.

1932년(32세) 4월에 평동(平洞) 집에서 장남 재건(在健)을 낳았다. 경제생활
의 불안정으로 전 해에 낙향한 부모와 장조카인 심재영이 살고 있는
충남 당진군 송악면 부곡리로 내려가서 본가의 사랑채에서 1년 반
동안 머물렀다. 9월에 『심훈 시가집』을 출판하려 했으나 검열에 걸려
무산되었다.

1933년(33세) 5월에 당진 본가에서 『영원의 미소』 탈고하고 7월부터 ≪조선
중앙일보≫에 연재했으며, 8월에 여운형이 사장인 ≪조선중앙일보≫
학예부장으로 부임했다. 같은 신문사 자매지인 ≪중앙≫(11월) 창간
의 편집에 간여했다.

1934년(34세) 1월 ≪조선중앙일보≫ 학예부장을 그만두었으며, 장편 『직녀성』
을 ≪조선중앙일보≫에 3월부터 이듬해 2월까지 연재하였다. 그 원
고료로 4월초 '필경사(筆耕舍)'라는 집을 직접 설계하여 짓고 본가에
서 나갔다. '필경사'에서 차남 재광(在光)을 낳았고, 이 시기 장조카
심재영을 중심으로 한 부곡리의 '공동경작회' 회원과 어울려 지냈다.

1935년(35세) 1월에 『영원의 미소』(한성도서주식회사) 단행본을 간행하였으
며, ≪동아일보≫ 창간 15주년 특별 공모에 6월에 탈고한 『상록수』
를 응모하여 8월에 당선되었다. 이 작품은 ≪동아일보≫에 9월부터
이듬해 2월까지 연재되었다. 상금으로 받은 500원 가운데 100원을
'상록학원' 설립에 기부하였다.

1936년(36세) 『상록수』를 영화화할 준비를 거의 마쳤으나 일제의 방해로 실
현되지 못했다. 4월에 3남 재호(在昊)를 낳았다. 4월부터 펄벅의 『대

지』를 ≪사해공론≫에 번역 연재하기 시작했다. 8월에 베를린 올림픽 마라톤 우승 소식을 듣고 신문 호외 뒷면에 즉흥시 「오오, 조선의 남아여—마라톤에 우승한 손·남 양 군에게」를 썼다. 『상록수』를 출판하는 일로 상경하여 한성도서주식회사 2층에서 기거하다가 장티푸스에 걸려 9월 16일 경성제국대학병원에서 별세했다.

심재호가 작성한 『심훈문학전집(3)』(탐구당, 1966)의 '작가 연보', 이어령의 『한국작가전기연구(上)』(동화출판공사, 1975)의 '심훈' 부분, 신경림의 『심훈의 문학과 생애 : 그날이 오면, 그날이 오며는』(지문사, 1982)의 '심훈의 연보' 그리고 『탄생 100주년 문학인 기념문학제 2001』(대산재단/민족문학작가회의)에 문영진이 작성한 '심훈—작가 연보' 등을 참고하여 편자가 수정—보완하였음.

1. 시

『심훈 시가집』(1932) 수록 작품			
제목	발표매체	발표시기	비고(창작일)
밤—서시	—	—	1923.겨울.
봄의 서곡	—	—	1931.02.23.
피리	—	—	1929.04.
봄비	조선일보	1928.04.24.	1924.04.
영춘삼수(咏春三首)	조선일보	1929.04.20	1929.04.18.
거리의 봄	조선일보	1929.04.23.	1929.04.19.
나의 강산이여	삼천리	1929.07.	1926.05.
어린이날	조선일보	1929.05.07.	1929.05.05.
그날이 오면	–	–	1930.03.01.
도라가지이다	신문예	1924.03.	1922.02.
필경(筆耕)	철필	1930.07.	1930.07.
명사십리	신여성	1933.08.	1932.08.19.
해당화	신여성	1933.08.	1932.08.19.
송도원(松濤園)	신여성	1933.08.	1932.08.02
총석정(叢石亭)	신여성	1933.08.	1933.08.10.
통곡 속에서	시대일보	1926.05.16.	1926.04.29.
생명의 한 토막	중앙	1933.11.	1932.10.08.
너에게 무엇을 주랴	—	—	1927.03.
박군(朴君)의 얼굴	조선일보	1927.12.02.	1927.12.02.
조선은 술을 먹인다.	—	—	1929.12.10.

독백(獨白)	—	—	1929.06.13.
조선의 자매여	동아일보	1932.04.12	1931.04.09.
짝 잃은 기러기	조선일보	1928.11.11.	1926.02.
고독	조선일보	1929.10.15.	1929.10.10.
한강의 달밤	—	—	1930.08.
풀밭에 누어서	—	—	1930.09.18.
가배절(嘉俳節)	조선일보	1929.09.18.	1929.09.17.
내 고향	신가정	1933.03	1932.10.06.
추야장(秋夜長)	—	—	1932.10.09.
소야악(小夜樂)	—	—	1930.09.
첫눈	—	—	1930.11.
눈 밤	신문예	1924.04.	1929.12.23.
패성(浿城)의 가인(佳人)	중앙	1934.01.	1925.02.14.
동우(冬雨)	조선일보	1929.12.17.	1929.12.14.
선생님 생각	조선일보	1930.01.07.	1930.01.05.
태양의 임종	중외일보	1928.10.26~29.	1928.10.
광란의 꿈	—	—	1923.10.
마음의 낙인	대중공론	1930.06.	1930.05.24.
토막생각—생활시	동방평론	1932.05	1932.04.24.
어린 것에게	—	—	1932.09.04.
R씨(氏)의 초상	—	—	1932.09.05.
만가(輓歌)	계명	1926.11.	1926.08.
곡(哭) 서해(曙海)	매일신보	1931.07.13.	1932.07.10.
잘 있거라 나의 서울이여	중외일보	1927.03.06	1927.02.
현해탄(玄海灘)	—	—	1926.02.
무장야(武藏野)에서	—	—	1927.02.
북경(北京)의 걸인	—	—	1919.12.
고루(鼓樓)의 삼경(三更)	—	—	1919.12.19.

심야과황하(深夜過黃河)	—	—	1920.02.
상해(上海)의 밤	—	—	1920.11.
평호추월(平湖秋月)	삼천리	1931.06.	
삼담인월(三潭印月)	—	—	
채련곡(採蓮曲)	삼천리	1931.06.	
소제춘효(蘇堤春曉)	삼천리	1931.06.	
남병만종(南屏晚鐘)	삼천리	1931.06.	
누외루(樓外樓)	삼천리	1931.06.	
방학정(放鶴亭)	—	—	
악왕분(岳王墳)	삼천리	1931.06.	
고려사(高麗寺)	—	—	
항성(杭城)의 밤	삼천리	1931.06.	
전당강반(錢塘江畔)에서	삼천리	1931.06.	
목동(牧童)	삼천리	1931.06.	
칠현금(七絃琴)	삼천리	1931.06.	

『심훈 시가집』(1932) 미수록 작품			
제목	발표매체	발표시기	비고(창작일)
새벽빛	근화	1920.06.	
노동의 노래	공제	1920.10.	
나의 가장 친한 유형식 군을 보고	동아일보	1921.07.30.	
야시(夜市)	계명	1926.11.	1925.07.
일 년 후	계명	1926.11.	
밤거리에 서서	조선일보	1929.01.23.	
산에 오르라	학생	1929.08.	1929.07.01.
제야(除夜)	중외일보	1928.01.07.	1927.12.31.
춘영집(春詠集)	조선일보	1928.04.08.	
가을의 노래	조선일보	1928.09.25	
비 오는 밤	새벗	1928.12.	
원단잡음(元旦雜吟)	조선일보	1929.01.02.	1929.01.01.
저음수행(低吟數行)	조선일보	1929.04.20.	1929.04.18.
야구	조선일보	1929.06.13.	1929.06.10.
가을	조선일보	1929.08.28.	1929.08.27.
서울의 야경	—	—	1929.12.10.
3행일지	신소설	1930.01.	
농촌의 봄	중앙	1933.04.	1933.04.08.
봄의 마음	조선일보	1930.04.23.	1930.04.20.
'웅'의 무덤에서	—	—	1932.03.06.
근음삼수(近吟三首)	조선중앙일보	1934.11.02.	12.11

漢詩	사해공론	1936.05.	
오오 조선의 남아여!(마라톤에 우승한 孫 南 兩君에게)	조선중앙일보	1936.08.11.	1936.08.10.
전당강 위의 봄 밤	심훈문학전집3	탐구당, 1966	04.08.
겨울밤에 내리는 비	심훈문학전집3	탐구당, 1966	01.05.
기적	심훈문학전집3	탐구당, 1966	02.16
뻐꾹새가 운다	심훈문학전집3	탐구당, 1966	05.05.

2. 소설 및 시나리오

제목	발표매체	발표시기
찬미가에 싸인 원혼	신청년	1920.08.
기남(奇男)의 모험 〔소년영화소설〕	새벗	1928.11.
여우목도리	동아일보	1936.01.25.
황공(黃公)의 최후	신동아	1936.01.
탈춤 〔영화소설〕	동아일보	1926.11.09~12.16.
대경성광상곡 〔시나리오〕	중외일보	1928.10.29~30.
5월 비상(飛霜) 〔掌篇小說〕	조선일보	1929.03.20~21.
동방의 애인	조선일보	1930.10.21~12.10.
불사조	조선일보	1931.08.16~ 1932.02.29.
피안기영(怪眼奇影) 〔번안〕	조선일보	1933.03.01~03.03
영원의 미소	조선중앙일보	1933.07.10~ 1934.01.10.
직녀성	조선중앙일보	1934.03.24~ 1935.02.26.
상록수	동아일보	1935.09.10~ 1936.02.15.
대지 〔번역〕	사해공론	1936.04~09.

3. 영화평론

제목	발표매체	발표시기
매력 있는 작품: 영화 〈발명영관(發明榮冠)〉 평	시대일보	1926.05.23.
영화계의 일년: 조선영화를 중심으로	중외일보	1927.01.04~10
조선영화계의 현재와 장래	조선일보	1928.01.01~?
〈최후의 인〉 내용 가치	조선일보	1928.01.14~17
영화비평에 대하여	별건곤	1928.02.
영화독어(獨語)	조선일보	1928.04.18~24.
아직 숨겨가진 자랑 갓 자라나는 조선영화계 (여명기의 방화)	별건곤	1928.05.
아동극과 소년 영화: 어린이의 예술교육은 어떤 방법으로 할까	조선일보	1928.05.06~05.09.
〈서커스〉에 나타난 채플린의 인생관	중외일보	1928.05.29~30.
우리 민중은 어떤 영화를 요구하는가―를 논하여 '만년설 군'에게	중외일보	1928.07.11~07.27.
관중의 한 사람으로: 흥행업자에게	조선일보	1928.11.17.
관중의 한 사람으로: 해설자 제군에게	조선일보	1928.11.18.
관중의 한 사람으로: 영화계에 제의함	조선일보	1928.11.20.
〈암흑의 거리〉와 밴크로프의 연기	조선일보	1928.11.27.
조선 영화 총관	조선일보	1929.01.01~?
발성영화론	조선지광	1929.01.
영화화한 〈약혼〉을 보고	중외일보	1929.02.22.
젊은 여자들과 활동사진의 영향	조선일보	1929.04.05
프리츠 랑의 역작 〈메트로폴리스〉	조선일보	1929.04.30.

문예작품의 영화화 문제	문예공론	1929.01.
내가 좋아하는 작품, 작가, 영화, 배우	문예공론	1929.01.
백설같이 순결한 〈거리의 천사〉	조선일보	1929.06.14.
성숙의 가을과 조선의 영화계	조선일보	1929.09.08.
영화 단편어(斷片語)	신소설	1929.12
소비에트 영화, 〈산송장〉 시사평	조선일보	1930.02.14.
영화평을 문제 삼은 효성(曉星) 군에게 일언함	동아일보	1930.03.18.
상해 영화인의 〈양자강〉 인상기	조선일보	1931.05.05.
조선 영화인 언파레드	동광	1931.07
1932년의 조선 영화—시원치 않은 예상기	문예월간	1932.01
연예계 산보: 「홍염(紅焰)」 영화화 기타	동광	1932.10
영화가 산보: 연예에 관한 수상(隨想) 수제(數題)	중앙	1933.11
영화소개: 〈영원의 미소〉	조선중앙일보	1933.12.22
민중교화에 위대한 임무와 연극과 영화사업을 하라	조선일보	1934.05.30~31
다시금 본질을 구명하고 영화의 상도에로: 단편적인 우감수제(偶感數題)	조선일보	1935.07.13~17
영화평: 박기채 씨 제1회 작품 〈춘풍〉을 보고서	조선일보	1935.12.07.
조선서 토키는 시기상조다.	조선영화	1936.11.
〈먼동이 틀 때〉의 회고 〔遺稿〕	조선영화	1936.11.
10년 후의 영화계	영화시대	1947.05.

4. 문학 및 기타 평론

제목	발표매체	발표시기
『무정』, 『재생』, 『환희』, 「탈춤」 기타	별건곤	1927.01.
프로문학에 직언 1,2,3	동아일보	1932.1.15~16.
『불사조』의 모델	신여성	1932.04.
모윤숙 양의 시집 『빛나는 地域』 독후감	조선중앙일보	1933.10.16.
무딘 연장과 녹이 슬은 무기 —언어와 문장에 관한 우감	동아일보	1934.6.15.
삼위일체를 주장: 조선문학의 주류론	삼천리	1935.10.
진정한 독자의 소리가 듣고 싶다 —『상록수』의 작자로서	삼천리	1935.11.
경성보육학교의 아동극 공연을 보고	조선일보	1927.12.16~18.
입센의 문제극	조선일보	1928.03.20~21.
토월회(土月會)에 일언함	조선일보	1929.11.05~06.
극예술연구회 제5회 공연관극기	조선중앙일보	1933.12.02~07.
총독부 제9회 미전화랑(美展畵廊)에서	신민	1929.08.
새로운 무용의 길로: 배구자(裵龜子)의 1회 공연을 보고	조선일보	1929.09.22~25.

5. 수필 및 기타

제목	발표매체	발표시기
편상(片想): 결혼의 예술화	동아일보	1925.01.26.
몽유병자의 일기	문예시대	1927.01.
남가일몽(南柯一夢)	별건곤	1927.08.
춘소산필(春宵散筆)	조선일보	1928.03.14~15.
하야단상(夏夜短想)	중외일보	1928.6.28~29.
수상록	조선일보	1929.04.28.
연애와 결혼의 측면관	삼천리	1929.12.
괴기비밀결사 상해 청홍방(靑紅幇)	삼천리	1930.01.
새해의 선언	조선일보	1930.01.03.
현대 미인관: 미인의 절종(絶種)	삼천리	1930.04.
도망을 하지 말고 사실주의로 나가라(기사)	조선일보	1931.01.28
신랑신부의 신혼공동일기	삼천리	1931.02.
재옥중(在獄中) 성욕문제: 원시적 본능과 청년수(靑年囚)	삼천리	1931.03
천하의 절승: 소항주유기(蘇杭州遊記)	삼천리	1931.06.01.
경도(京都)의 일활촬영소(日活撮影所)	신동아	1933.05.
문인서한집: 심훈 씨로부터 안석주(安碩柱) 씨에게	삼천리	1933.03.
낙화	신가정	1933.06.
나의 아호(雅號)—나의 이명(異名)	동아일보	1934.04.06
산도, 강도 바다도 다	신동아	1934.07.

7월의 바다에서	조선중앙일보	1934.07.16~18.
필경사잡기: 최근의 심경을 적어서 ―K군에게	개벽	1935.01.
여우목도리	동아일보	1936.01.25.
문인끽연실	중앙	1936.02
필경사잡기	동아일보	1936.03.12~18.
무전여행기: 북경에서 상해까지	심훈문학전집3	탐구당, 1966.
독서욕(讀書慾)	심훈문학전집3	탐구당, 1966.
1920년 일기	심훈문학전집3	탐구당, 1966.
서간문	심훈문학전집3	탐구당, 1966.

1. 작품집

『영원의 미소』, 한성도서주식회사, 1935.

『상록수』, 한성도서주식회사, 1936.

『직녀성 (상), (하)』, 한성도서주식회사, 1937.

『상록수』, 한성도서주식회사, 1948.

『영원의 미소 (상), (하)』, 한성도서주식회사, 1949.

『직녀성 (상), (하)』, 한성도서주식회사, 1949.

『심훈전집 (1): 상록수』, 한성도서주식회사, 1953.

『심훈전집 (2): 영원의 미소 (상)』, 한성도서주식회사, 1953.

『심훈전집 (3): 영원의 미소 (하)』, 한성도서주식회사, 1953.

『심훈전집 (4): 직녀성 (상)』, 한성도서주식회사, 1953.

『심훈전집 (5): 직녀성 (하)』, 한성도서주식회사, 1953.

『심훈전집 (6): 불사조』, 한성도서주식회사, 1953.

『심훈전집 (7): (시가 수필) 그날이 오면』, 한성도서주식회사, 1953.

『심훈문학전집 (1~3)』, 탐구당, 1966.

신경림 편저, 『그날이 오면, 그날이 오며는: 심훈의 생애와 문학』, 지문사, 1982.

백승구 편저, 『심훈의 재발견』, 미문출판사, 1985.

정종진 편, 『그날이 오면 (외)』, 범우사, 2005.

심재호, 『심훈을 찾아서』, 문화의 힘, 2016.

2. 평론 및 연구논문

1) 작가론

서광제 · 최영수 · 김억 · 김태오 · 이기영 · 김유영 · 이태준 · 엄흥섭, 「애도 심훈」, ≪사해
　　　공론≫, 1936.10.
김문집, 「심훈 통야현장(通夜現場)에서의 수기」, ≪사해공론≫, 1936.10.
이석훈, 「잊히지 않는 문인들」, ≪삼천리≫, 1949.12.
최영수, 「고사우(故思友): 심훈과 『상록수』」, ≪국도신문≫, 1949.11.12.
윤병로, 「심훈과 그의 문학」, 성균관대 『성균』16, 1962.10.
윤석중, 「고향에서의 객사: 심훈」, ≪사상계≫128, 1963.12.
이희승, 「심훈의 일기에 부치는 글」, ≪사상계≫128, 1963.12.
심재화, 「심훈론」, 중앙대, 『어문논집』4, 1966.
유병석, 「심훈의 생애 연구」, 『국어교육』14, 1968.
이어령, 「심훈」, 『한국작가전기연구 (上)』, 동화출판공사, 1975.
윤병로 , 「심훈론: 계몽의 선각자」, 『현대작가론』, 이우출판사, 1978.
유병석, 「심훈론」, 서정주 외, 『현대작가론』, 형설출판사, 1979.
백남상, 「심훈 연구」, 중앙대 『어문논집』15, 1980.
류양선, 「심훈론: 작가의식의 성장과정을 중심으로」, 『관악어문연구』5, 1980.
한점돌, 「심훈의 시와 소설을 통해 본 작가의식의 변모과정」, 『국어교육』41, 1982.
유병석, 「심훈의 작품세계」, 전광용 외, 『한국현대소설사연구』, 민음사, 1984.
노재찬, 「심훈의 <그날이 오면>」, 부산대 『교사교육연구』11, 1985.
전영태, 「진보주의적 정열과 계몽주의적 이성: 심훈론」, 김용성 · 우한용, 『한국근대작가연
　　　구』, 삼지원, 1985.
최원식, 「심훈 연구 서설」, 김학성 · 최원식 외, 『한국근대문학사의 쟁점』, 창작과비평사,
　　　1990.
임헌영, 「심훈의 인간과 문학」, 『한국문학전집』, 삼성당, 1994.
강진호, 「『상록수』의 산실, 필경사」, 『한국문학, 그 현장을 찾아서』, 계몽사, 1997.
윤병로, 「식민지 현실과 자유주의자의 만남: 심훈론」, ≪동양문학≫2, 1998.08.
류양선, 「광복을 선취한 늘푸른 빛: 심훈의 생애와 문학 재조명」, ≪문학사상≫30(9), 2001.
　　　09.
한기형, 「습작기(1919~1920)의 심훈」, 『민족문학사연구』22, 2003.
정종진, 「'그 날'을 위한 비분강개」, 정종진 편, 『그날이 오면(외)』, 범우사, 2005.
주 인, 「'심훈' 문학연구 방법에 대한 서설」, 중앙대 『어문논집』34, 2006.

한기형, 「'백랑(白浪)'의 잠행 혹은 만유: 중국에서의 심훈」, 『민족문학사연구』35, 2007.
권영민, 「심훈 시집 『그날이 오면』의 친필 원고들」, 『권영민의 문학콘서트』, 2013.03.19.
　　　(http://muncon.net)
권보드래, 「심훈의 시와 희곡, 그 밖에 극(劇)과 아동문학 자료」, 『근대서지』10, 2014.
하상일, 「심훈과 중국」, 『비평문학』(55), 2015.
박정희, 「심훈 문학과 3·1운동의 '기억학'」, 명지대 『인문과학연구논총』37(1), 2016.

2) 시

M. C. Bowra, 「한국 저항시의 특성: 슈타이너와 심훈」, 《문학사상》, 1972.10.
김윤식, 「박두진과 심훈: 황홀경의 환각에 관하여」, 《시문학》, 1983.08.
김이상, 「심훈 시의 연구」, 『어문학교육』7, 1984.
노재찬, 「심훈의 「그날이 오면」, 이 시에 충만한 항일민족정신의 소유 攷」, 『부산대 사대
　　　논문집』, 1985.12.
김재홍, 「심훈: 저항의식과 예언자적 지성」, 《소설문학》, 1986.08.
김동수, 「일제침략기 항일 민족시가 연구」, 원광대 『한국학연구』2, 1987.
진영일, 「심훈 시 연구(1)」, 동국대 『동국어문논집』3, 1989.
김형필, 「식민지 시대의 시정신 연구: 심훈」, 한국외국어대 『논문집』24, 1991.
이 탄, 「조명희와 심훈」, 《현대시학》276, 1992.03.
김 선, 「객혈처럼 쏟아낸 저항의 노래: 심훈의 작가적 모랄과 고뇌에 관하여」, 《문예운
　　　동》, 1992.08.
조두섭, 「심훈 시의 다성성 의미」, 대구대 『외국어교육연구』, 1994.
박경수, 「현대시에 나타난 현해탄체험의 형상화 양상과 의미」, 『한국문학논총』48, 2008.
김경복, 「한국현대시에 나타난 관부연락선의 의미」, 경성대 『인문학논총』13(1), 2008.
윤기미, 「심훈의 중국생활과 시세계」, 『한중인문학연구』28, 2009.
신웅순, 「심훈 시조고(考)」, 『한국문예비평연구』36, 2011.
장인수, 「제국의 절취된 공공성: 베를린올림픽 행사 '시'와 일장기 말소사건」, 『반교어문
　　　연구』40, 2015.
하상일, 「심훈의 중국체류기 시 연구」, 『한민족문화연구』51, 2015.

3) 소설

정래동, 「三大新聞 長篇小說評」, 《개벽》, 1935.03.
홍기문, 「故 심훈씨의 유작 『직녀성』을 읽고」, 《조선일보》, 1937.10.10.
김 현, 「위선과 패배의 인간상: 『흙』과 『상록수』를 중심으로」, 《세대》, 1964.10.

유병석, 「심훈의 생애 연구」, 『국어교육』14, 1968.

홍효민, 「『상록수』와 심훈과」, ≪현대문학≫, 1968.01.

천승준, 「심훈 작품해설」, 『한국대표문학전집6』, 삼중당, 1971.

홍이섭, 「30년대 초의 심훈문학:『상록수』를 중심으로」, ≪창작과비평≫, 1972.가을.

정한숙, 「농민소설의 변용과정: 춘원·심훈·무영·영준의 작품을 중심으로」, 고려대 『아세아연구』15(4), 1972.

신경림, 「농촌현실과 농민문학」, ≪창작과비평≫, 1972.여름.

김우종, 「심훈편」, 『신한국문학전집9』, 어문각, 1976.

이국원, 「농민문학의 전개과정: 농민문학의 새로운 방향을 위하여」, 서울대 『선청어문』7, 1976.

이두성, 「심훈의 『상록수』를 중심으로 한 계몽주의문학 연구」, 명지대 『명지어문학』9, 1977.

조진기, 「농촌소설과 귀종의 지식인」, 영남대 『국어국문학연구』, 1978.

최홍규, 「30년대 정신사의 한 불꽃: 심훈의 작품세계」, 『한국문학대전집7』, 태극출판사, 1979.

백남상, 「심훈 연구」, 중앙대 『어문논집』, 1980.

송백헌, 「심훈의 『상록수』: 희생양의 이미지」, ≪심상≫, 1981.07.

전광용, 「『상록수』고」, 『한국근대문학사론』, 한길사, 1982.

김붕구, 「심훈: '인텔리 노동인간'의 농민운동」, 『작가와 사회』, 일조각, 1982.

김현자, 「『상록수』고」, 서울여대 『태릉어문연구』2, 1983.

오양호, 「『상록수』에 나타난 계몽의식의 성격고찰」, 『한민족어문학』10, 1983.

이인복, 「심훈과 기독교 사상―『상록수』를 중심으로」, ≪월간문학≫, 1985.07.

송백헌, 「심훈의 『상록수』」, 충남대 『언어·문학연구』5, 1985.

최희연, 「심훈의 『직녀성』에서의 인물의 전형성과 역사적 전망의 문제」, 『연세어문학』21, 1988.

구수경, 「심훈의 『상록수』고」, 충남대 『어문연구』19, 1989.

조남현, 「심훈의 『직녀성』에 보인 갈등상」, 『한국소설과 갈등상』, 문학과비평사, 1990.

김영선, 「심훈 장편소설 연구」, 대구교대 『국어교육논지』16, 1990.

신헌재, 「1930년대 로망스의 소설 기법」, 구인환 외, 『한국현대장편소설연구』, 삼지원, 1990.

윤병로, 「심훈의 『상록수』론」, ≪동양문학≫39, 1991.

유문선, 「나로드니키의 로망스: 심훈의 『상록수』에 대하여」, ≪문학정신≫58, 1991.

김윤식, 「상록수를 위한 5개의 주석」, 『환각을 찾아서』, 세계사, 1992.

송지현, 「심훈 『직녀성』고: 그 드라마적 특성을 중심으로」, 『한국언어문학』31, 1993.

오현주, 「심훈의 리얼리즘 문학 연구:『직녀성』과 『상록수』를 중심으로」, 한국문학연구회

편, 『1930년대 문학연구』, 평민사, 1993.

오현주, 「심훈의 리얼리즘문학 연구」, 『현대문학의 연구』4, 1993.

류양선, 「『상록수』론」, 『한국문학과 리얼리즘』, 한양출판, 1995.

류양선, 「좌우익 한계 넘은 독자의 농민문학: 심훈의 삶과 『상록수』의 의미망」, 『상록수·휴화산』, 동아출판사, 1995.

김구중, 「『상록수』의 배경연구」, 『한국언어문학』42, 1995.

조남현, 「『상록수』 연구」, 조남현 편, 『상록수』, 서울대출판부, 1996.

윤병로, 「심훈의 『상록수』」, 《한국인》16(6), 1997.

곽 근, 「한국 항일문학 연구: 심훈 소설을 중심으로」, 동국대 『동국어문논집』7, 1997.

민현기, 「심훈의 『동방의 애인』」, 『한국현대소설연구』, 계명대출판부, 1998.

장윤영, 「심훈의 『영원의 미소』 연구」, 상명대, 『상명논집』5, 1998.

김구중, 「『상록수』, 허구/역사가 교접하는 서사의 자아 변화 연구」, 『한국문학이론과 비평』6, 1999.

신춘자, 「심훈의 기독교소설 연구」, 『한몽경제연구』4, 1999.

심진경, 「여성 성장 소설의 플롯: 심훈의 『직녀성』」, 『현대소설 플롯의 시학』, 태학사, 1999.

임영천, 「근대한국문학과 심훈의 농촌소설: 『상록수』 기독교소설적 특성을 중심으로」, 채수영 외, 『탄생 100주년 한국작가 재조명, 국학자료원, 2001.

박소은, 「새로운 여성상과 사랑의 이념: 심훈의 『직녀성』」, 동국대 『한국문학연구』24, 2001.

진선정, 「『상록수』에 나타난 여성인식 양상」, 『한남어문학』25, 2001.

채상우, 「청춘과 연애, 그리고 결백의 수사학」, 동국대 한국학연구소 엮음, 『한국문학과 근대의식』, 이회, 2001.

이상경, 「근대소설과 구여성」, 『민족문학사연구』19, 2001.

김윤식, 「문화계몽주의의 유형과 그 성격: 『상록수』의 문제점」, 1993. 경원대 편, 『언어와 문학』 역락, 2001.

박상준, 「현실성과 소설의 양상: 박종화, 심훈, 최서해의 1930년대 장편소설을 중심으로」, 《작가》, 2001.

최원식, 「서구 근대소설 대 동아시아 서사: 심훈 『직녀성』의 계보」, 성균관대 『대동문화연구』40, 2002.

임영천, 「심훈 『상록수』 연구: 『여자의 일생』과의 대비적 고찰을 겸하여」, 『한국문예비평연구』11, 2002.

문광영, 「심훈의 장편 『직녀성』의 소설기법」, 인천교대, 『교육논총』20, 2002.

권희선, 「중세서사체의 계승 혹은 애도: 심훈의 『직녀성』 연구」, 『민족문학사연구』20, 2002.

이인복, 「심훈의 傍外的 비판의식」, 『우리 작가들의 번뇌와 해탈』, 국학자료원, 2002.

류양선, 「심훈의 『상록수』 모델론: '상록수'로 살아있는 '사랑'의 여인상」, 『한국현대문학연구』13, 2003.

박헌호, 「'늘 푸르름'을 기리기 위한 몇 가지 성찰: 『상록수』 단상」, 박헌호 편, 『상록수』, 문학과지성사, 2005.

이진경, 「수행적 민족성: 1930년대 식민지 한국에서의 문화와 계급」, 동국대 『한국문학연구』28, 2005.

김화선, 「한글보급과 민족형성의 양상: 심훈의 『상록수』를 중심으로」, 『어문연구』51, 2006.

이혜령, 「신문·브나로드·소설」, 『한국근대문학연구』15, 2007.

남상권, 「『직녀성』 연구: 『직녀성』의 가족사 소설의 성격」, 『우리말글』39, 2007.

김화선, 「심훈의 『영원의 미소』에 나타난 근대적 글쓰기의 양상」, 『비평문학』26, 2007.

이혜령, 「지식인의 자기정의와 '계급'」, 『상허학보』22, 2008.

김경연, 「1930년대 농촌·민족·소설로의 회유(回遊): 심훈의 『상록수』론」, 『한국문학논총』48, 2008.

한기형, 「심훈의 중국체험과 『동방의 애인』」, 성균관대 『대동문화연구』63, 2008.

강진호, 「현대성에 맞서는 농민적 가치와 삶」, 『국제어문』43, 2008.

장영은, 「금지된 표상, 허용된 표상」, 『상허학보』22, 2008.

송효정, 「비국가와 월경(越境)의 모험」, 『대중서사연구』24, 2010.

정호웅, 「푸르른 생명의 기운」, 정호웅 엮음, 『상록수』, 현대문학, 2010.

정홍섭, 「원본비평을 통해 본 『상록수』의 텍스트 문제」, 『한국문학이론과 비평』47, 2010.

조윤정, 「식민지 조선의 교육적 실천, 소설 속 야학의 의미」, 고려대 『민족문화연구』52, 2010.

노형남, 「브라질의 꼬엘류와 우리나라의 심훈에 의한 저항의식에 기반한 대안사회」, 『포르투갈—브라질 연구』8, 2011.

박연옥, 「희망과 긍정의 열린 결말: 심훈의 『상록수』」, 박연옥 편, 『상록수』, 지식을만드는지식, 2012.

권철호, 「심훈의 장편소설에 나타나는 '사랑의 공동체': 무로후세코신[室伏高信]의 수용양상을 중심으로」, 『민족문학사연구』55, 2014.

강지윤, 「한국문학의 금욕주의자들: 자율성을 둘러싼 사랑과 자본의 경쟁」, 『사이』16, 2014.

엄상희, 「심훈 장편소설의 '동지적 사랑'이 지닌 의의와 한계」, 대구가톨릭대 『인문과학연구』22, 2014.

박정희, 「'家出한 노라'의 행방과 식민지 남성작가의 정치적 욕망: 『인형의 집을 나와서』와 『직녀성』을 중심으로」, 명지대 『인문과학연구논총』35(3), 2014.

권철호, 「심훈의 장편소설 『직녀성』 재고」, 『어문연구』43(2), 2015.

4) 영화

만년설, 「영화예술에 대한 관견」, ≪중외일보≫, 1928.07.01~07.09.

임 화, 「조선영화가 가진 반동적 소시민성의 말살: 심훈 등의 도량(跳梁)에 항(抗)하여」, ≪중외일보≫, 1928.07.28~08.04.

G. 생, 「<먼동이 틀 때>를 보고」, ≪동아일보≫, 1927.11.02.

윤기정, 「최근문예잡감(其3): 영화에 대하야!」, ≪조선지광≫, 1927.12.

최승일, 「1927년의 조선영화계: 국외자가 본(3)」, ≪조선일보≫, 1928.01.10.

서광제, 「조선영화 소평(小評)(2)」, ≪조선일보≫, 1929.01.30.

오영진, 「중대한 문헌적 가치: 심훈 30주기 추모(미발표)유고특집」, ≪사상계≫152, 1965. 10.

김종욱, 「『상록수』의 '통속성'과 영화적 구성원리」, ≪외국문학≫, 1993. 봄.

김경수, 「한국근대소설과 영화의 교섭양상 연구: 근대소설의 형성과 영화체험」, 『서강어문』15, 1999.

전흥남, 「심훈의 영화소설 「탈춤」과 문화사적 의미」, 『한국언어문학』52, 2004.

강옥희, 「식민지시기 영화소설 연구」, 『민족문학사연구』32, 2006.

주 인, 「영화소설 정립을 위한 일고」, 『어문연구』34(2), 2006.

조혜정, 「심훈의 영화적 지향성과 현실인식 연구」, 『영화연구』(31), 2007.

박정희, 「영화감독 심훈의 소설 『상록수』 연구」, 『한국현대문학연구』21, 2007.

김외곤, 「심훈 문학과 영화의 상호텍스트성」, 『한국현대문학연구』31, 2010.

전우형, 「심훈 영화비평의 전문성과 보편성 지향의 의미」, 『대중서사연구』28, 2012.

3. 학위논문

유병석, 「심훈 연구: 생애와 작품」, 서울대 석사논문, 1965.

류창목, 「심훈작품에서의 인간과제: 주로 『상록수』를 중심으로」, 경북대 석사논문, 1973.

임영환, 「일제 강점기 한국 농민소설 연구」, 서울대 석사논문, 1976.

이주형, 「1930년대 장편소설연구」, 서울대 박사논문, 1977.

오경, 「1930년대 한국농촌문학의 성격 연구: 이광수, 심훈, 이무영의 작품을 중심으로」, 이화여대 석사논문, 1974.

심재홍, 「심훈 소설 연구」, 연세대 석사논문, 1979.

신상식, 「『흙』과 『상록수』의 계몽주의적 성격」, 고려대 석사논문, 1982.

오양호, 「한국농민소설연구」, 영남대 박사논문, 1982.

이경진, 「심훈의 『상록수』 연구: 작품 분석을 중심으로」, 고려대 석사논문, 1982.

정대재, 「한국농민문학 연구: 춘원, 심훈, 김유정, 박영준, 이무영의 작품을 중심으로」, 중앙대 석사논문, 1982.

이정미, 「심훈 연구: 「탈춤」, 『영원의 미소』, 『상록수』를 중심으로」, 충북대 석사논문, 1982.

김성환, 「심훈 연구」, 충남대 석사논문, 1983.

이정미, 「심훈 연구」, 충북대 석사논문, 1983.

이항재, 「뚜르게네프의 『처녀지』와 심훈의 『상록수』 간의 비교문학적 연구: Parallel study에 의한 시도」, 고려대 석사논문, 1983.

임무출, 「심훈 소설 연구: 작품 속에 나타난 작가의식을 중심으로」, 영남대 석사논문, 1983.

심재복, 「『흙』과 『상록수』의 비교연구」, 충남대 석사논문, 1984.

이병문, 「한국 항일시에 관한 연구: 심훈, 윤동주, 이육사를 중심으로, 공주사대 석사논문, 1984

오종주, 「『흙』과 『상록수』의 비교 고찰」, 조선대 석사논문, 1984.

고광헌, 「심훈의 시 연구: 그의 생애와 관련하여」, 경희대 석사논문, 1984.

조남철, 「일제하 한국 농민소설 연구」, 연세대 박사논문, 1985.

정경훈, 「심훈의 장편소설 연구: 인물과 배경을 중심으로」, 충남대 석사논문, 1985.

이재권, 「심훈 소설연구」, 전북대 석사논문, 1985.

임영환, 「1930년대 한국 농촌사회소설 연구」, 서울대 박사논문, 1986.

하호근, 「소설 작중인물의 행위양식 연구: 심훈의 『상록수』와 채만식의 『탁류』를 대상으로」, 부산대 석사논문, 1986.

한양숙, 「심훈 연구: 작가의식을 중심으로」, 계명대 석사논문, 1986.

백인식, 「심훈 연구: 작품에 나타난 현실인식의 변모양상을 중심으로」, 경북대 석사논문, 1987.

유인경, 「심훈소설의 연구」, 건국대 대학원, 1987.

이중원, 「심훈 소설연구: 『동방의 애인』, 『불사조』, 『직녀성』을 중심으로」, 계명대 석사논문, 1988.

박종휘, 「심훈 소설 연구」, 서울대 석사논문, 1989.

신순자, 「심훈 농촌소설의 재조명: 그의 문학적 성숙과정을 중심으로」, 경희대 석사논문, 1989.

김 준, 「한국 농민소설 연구: 광복 이전의 작품을 중심으로」, 경희대 박사논문, 1990

최희연, 「심훈 소설 연구」, 연세대 박사논문, 1991.

백원일, 「1930년대 한국농민소설의 성격연구: 이광수, 심훈, 이무영 작품을 중심으로」, 동국대 석사논문, 1991.

신승혜, 「심훈 소설 연구」, 고려대 석사논문, 1992.

최갑진, 「1930년대 귀농소설 연구」, 동아대 박사논문, 1993.

장재선, 「1930년대 농민소설 연구: 이광수의 『흙』, 이기영의 『고향』, 심훈의 『상록수』를 중심으로」, 동국대 석사논문, 1993.

백운주, 「1930년대 대중소설의 독자 공감요소에 관한 연구: 『흙』, 『상록수』, 『찔레꽃』, 『순애보』를 중심으로」, 제주대 석사논문, 1996.

박명순, 「심훈 시 연구」, 한국외국어대 석사논문, 1997.

이영원, 「심훈 장편소설 연구」, 경북대 석사논문, 1999.

이정옥, 「대중소설의 시학적 연구: 1930년대를 중심으로」, 서강대 박사논문, 1999.

김종성, 「심훈 소설 연구: 인물의 갈등과 주제의 형상화 구도를 중심으로」, 성균관대 석사논문, 2002.

김성욱, 「심훈의 『상록수』 연구」, 한양대 석사논문, 2003.

박정희, 「심훈 소설 연구」, 서울대 석사논문, 2003.

최지현, 「근대소설에 나타난 학교: 이태준, 김남천, 심훈의 장편소설을 중심으로」, 동국대 석사논문, 2004.

이호림, 「1930년대 소설과 영화의 관련양상 연구」, 성균관대 박사논문, 2004.

조제웅, 「심훈 시 연구」, 영남대 박사논문, 2006.

김 선, 「한국 현대시에 나타난 '밤' 이미지 연구: 이상화, 심훈, 윤동주의 시를 중심으로」, 경희대 석사논문, 2008.

조윤정, 「한국 근대소설에 나타난 교육장과 계몽의 논리」, 서울대 박사논문, 2010.

양국화, 「한국작가의 상해지역 체험과 그 문학적 형상화: 주요한, 주요섭, 심훈을 중심으로」, 인하대 석사논문, 2011.

박재익, 「1930년대 농촌계몽서사 연구: 『고향』, 『흙』, 『상록수』를 중심으로」, 연세대 석사논문, 2013.